NA VOZ DELA

ALBA DE CÉSPEDES

Na voz dela

Tradução
Joana Angélica d'Avila Melo

Posfácio
Elena Ferrante

1ª *reimpressão*

Copyright © 1952 by Mondadori Libri S.p.A., Milão
Copyright do posfácio © 2003 by Edizioni E/O

*Grafia atualizada segundo o Acordo Ortográfico da Língua Portuguesa de 1990,
que entrou em vigor no Brasil em 2009.*

*Questo libro è stato tradotto grazie a un contributo del Ministero degli Affari Esteri
e della Cooperazione Internazionale Italiano.*

Obra traduzida com a contribuição do Ministério das Relações Exteriores
e da Cooperação Internacional da Itália.

Título original
Dalla parte di lei

Capa
Bloco Gráfico

Foto de capa
Filippo Carlot/ Alamy Stock Photo/ Fotoarena

Tradução do posfácio
Marcello Lino (adaptado de *Frantumaglia: Os caminhos de uma escritora.*
Rio de Janeiro: Intrínseca, 2017)

Revisão
Ana Alvares
Carmen T. S. Costa

Dados Internacionais de Catalogação na Publicação (CIP)
(Câmara Brasileira do Livro, SP, Brasil)

Céspedes, Alba de, 1911-1997
Na voz dela / Alba de Céspedes; tradução : Joana Angélica
d'Avila Melo ; posfácio Elena Ferrante.— 1ª ed. — São Paulo :
Companhia das Letras, 2025.

Título original: Dalla parte di lei.
ISBN 978-85-359-3993-4

1. Ficção italiana I. Ferrante, Elena. II. Título.

24-238269   CDD-853

Índice para catálogo sistemático:
1. Ficção : Literatura italiana   853

Cibele Maria Dias – Bibliotecária – CRB-8/9427

Todos os direitos desta edição reservados à
EDITORA SCHWARCZ S.A.
Rua Bandeira Paulista, 702, cj. 32
04532-002 — São Paulo — SP
Telefone: (11) 3707-3500
www.companhiadasletras.com.br
www.blogdacompanhia.com.br
facebook.com/companhiadasletras
instagram.com/companhiadasletras
x.com/cialetras

From childhood's hour I have not been
As others were; I have not seen
As others saw; I could not bring
My passions from a common spring.
From the same source I have not taken
My sorrow; I could not awaken
My heart to joy at the same tone;
And all I loved, I loved alone.

Poe

Sumário

Nota da edição, 9

Na voz dela, 11

Posfácio — Elena Ferrante, 451
Apêndice — *Prefácio à edição de 1994*, Alba de Céspedes, 457

Nota da edição

O texto aqui reproduzido é o mesmo da edição publicada na coleção Scrittori Italiani (Milão: Mondadori, 1994). Especialmente para aquele volume, Alba de Céspedes escreveu também um prefácio, o qual, porém, chegou à editora quando o livro já estava impresso e por isso saiu apenas no *Corriere della Sera* em 20 de outubro de 1994, sob o título "Quando l'Italia perse le illusioni" [Quando a Itália perdeu as ilusões]. Nesta obra, esse texto é reapresentado como apêndice.

NA VOZ DELA

Encontrei Francesco Minelli pela primeira vez em Roma, no dia 20 de outubro de 1941. Na época eu estava preparando a monografia de graduação e fazia um ano que meu pai ficara quase cego por causa de uma catarata. Morávamos num dos novos prédios de apartamentos no Lungotevere Flaminio, para onde tínhamos nos mudado logo após a morte da minha mãe. Podia me considerar filha única, embora, antes do meu nascimento, um irmão meu tivesse tido tempo de vir ao mundo, se revelar um garotinho prodigioso e morrer afogado aos três anos de idade. Em casa, se viam muitas fotografias dele nas quais sua nudez era maldisfarçada por uma camisola branca que escorregava dos ombros roliços; também era retratado de bruços sobre uma pele de urso, mas, dentre todas as fotos, minha mãe preferia uma pequenina que o mostrava de pé, com uma das mãos estendida para as teclas do piano. Ela dizia que, se ele tivesse vivido, teria se tornado um grande compositor, como Mozart. Chamava-se Alessandro e quando eu nasci, poucos meses após sua morte, me impuseram o nome de Alessandra para renovar sua memória e na esperança de que em mim se manifestassem algumas daquelas virtudes que tinham deixado dele uma recordação indelével. Esse laço com o irmãozinho defunto pesou demais sobre os primeiros anos de minha infância. Eu jamais conseguia me livrar dele: quando me repreendiam, era para me fazer notar que, apesar do meu nome, eu traíra as esperanças que me foram confiadas; e não deixavam de acrescentar que Alessandro nunca ousaria agir daquele modo; e mesmo quando eu merecia uma boa nota na escola, ou demonstrava diligência e lealdade, me tiravam metade do mérito insinuando que fora Alessandro a se expressar através de mim. Essa extinção da minha personalidade me fez crescer arisca e taciturna e, mais tarde, tomei por confiança em meus dotes aquilo que era apenas o desvanecimento da lembrança de Alessandro em nossos pais.

Contudo, à presença espiritual do meu irmão, com quem minha mãe se comunicava por meio de uma mesinha de três pernas e com o auxílio de uma médium chamada Ottavia, eu atribuía um poder maléfico. Não duvidava que ele se estabelecera em mim, mas — ao contrário do que meus pais defendiam — somente para me sugerir ações reprováveis, maus pensamentos, desejos malsãos.

Por isso me abandonava a eles, julgando inútil combatê-los. Em suma, Alessandro representava aquilo que para outras meninas da minha idade era o diabo ou o espírito maligno. "Aí está", eu pensava, "é ele quem comanda." Acreditava que ele podia se apoderar de mim tanto quanto da mesinha.

Não raro me deixavam sozinha em casa, sob os cuidados de uma velha criada chamada Sista. Meu pai estava no trabalho, minha mãe saía todo dia e se ausentava por muitas horas. Era professora de piano e teria podido manifestar um talento notável, compreendi mais tarde, se lhe tivesse sido possível direcioná-lo para a arte em vez de submetê-lo às exigências e aos gostos dos burgueses ricos a cujos filhos devia ensinar. Antes de sair, ela preparava algum passatempo para mim, a fim de que eu pudesse me distrair durante sua ausência. Sabia que eu não gostava de brincadeiras ruidosas e violentas: por isso me fazia sentar numa poltroninha de vime adequada à minha estatura e dispunha ao meu lado, sobre uma mesinha baixa, retalhos de tecido, conchinhas, miçangas para montar pulseiras ou colares, e alguns livros. Bem cedo, sob sua afetuosa orientação, eu aprendera a ler e escrever discretamente; e, a despeito de mim, até mesmo essa precocidade fora atribuída à manifestação de Alessandro. Na realidade eu raciocinava e me expressava como se tivesse o dobro da minha idade, e minha mãe não se espantava com isso, porque substituía mentalmente minha idade por aquela que Alessandro teria. Por essa razão, me deixava ler livros apropriados a meninas mais maduras. Hoje, contudo, posso considerar que a escolha de tais livros era ótima, sugerida por uma sólida cultura.

Portanto, ela saía, depois de me beijar apaixonadamente como se fosse haver uma longa separação, e eu ficava sozinha. Vinha da cozinha o estrépito dos pratos, no corredor passava a sombra esguia de Sista: ao entardecer Sista se fechava em seu quartinho, no escuro, e eu a ouvia recitar o rosário. Então, certa de não ser surpreendida, eu abandonava os livros, as conchinhas, as pulseiras de contas e partia para a descoberta da casa.

Não me era permitido acender a luz, porque vivíamos na mais rigorosa economia. Eu começava a circular na penumbra, caminhando lentamente, estendendo os braços como uma sonâmbula. Aproximava-me dos móveis, velhos e maciços, que, àquela hora, pareciam sair para mim de sua imóvel quietude e se animar com aparências misteriosas. Eu abria as portas, remexia as gavetas, impelida por uma curiosidade febril, e por fim, ao ver a luz se retirar dos soturnos aposentos, me encolhia num canto, invadida por um medo terrível e pelo prazer que este me proporcionava.

No verão, porém, eu ia me sentar na sacada que dava para o pátio comum, ou me debruçava na janela com a ajuda de um banquinho. Nunca escolhia as janelas voltadas para a rua: preferia uma que se abria para um patiozinho revestido de glicínias, o qual separava nossa casa de um convento de freiras. As andorinhas gostavam de descer para a sombra do pátio e, ao seu primeiro chilreio, eu me levantava como se tivesse sido convocada e acorria à janela. Ali me demorava seguindo com o olhar as andorinhas, os desenhos mutantes das nuvens e a vida da secreta comunidade feminina que se filtrava pelas janelas iluminadas. Por trás dos anteparos brancos que protegiam as janelas do convento, as freiras passavam ágeis, projetando grandes sombras chinesas. Os estrídulos cruéis das andorinhas eram como vergastadas que atiçavam minha fantasia. Calada, no cantinho da janela escura, eu me apropriava de tudo o que havia ao redor. Definia esse inefável estado de espírito como "Alessandro".

Depois me refugiava com Sista, que se sentava junto ao fogão na cozinha avermelhada pelos carvões em brasa. Minha mãe retornava, acendia a luz: da sombra assomávamos a velha criada e eu, aturdidas pelo escuro e pelo silêncio. Os mudos colóquios com o piano e com as andorinhas me cansavam tanto que deixavam meus olhos inchados. Minha mãe então me tomava pelo braço, para se fazer perdoar pela ausência, e me contava sobre dona Chiara e dona Dorotea, as jovens filhas de uma princesa às quais ela vinha ensinando música havia anos sem resultado algum.

Meu pai voltava um pouco tarde, segundo o costume dos meridionais. Ouvia-se a chave girar na fechadura — uma chave comprida e fina que sempre brotava do bolso de seu colete — e em seguida o estalido seco do interruptor. Estávamos na cozinha, minha mãe ajudava Sista a preparar o jantar: mas assim que ouvia o barulho da fechadura, antes mesmo que o marido entrasse em casa, ela ajeitava apressadamente os cabelos, passava para a sala de jantar e se sentava comigo no sofá rígido. Pegava um livro e fingia ler, absorta; então perguntava: "É você, Ariberto?", com uma voz estridente que expressava alegre surpresa. Durante os primeiros anos da minha vida, mamãe encenava todo fim de tarde essa pequena comédia que, por longo tempo, me pareceu incompreensível. Eu não conseguia entender por que ela abria agitadamente o livro, se depois não podia continuar a leitura; no entanto, a cada entardecer me sentia fascinada por aquela chamada que ecoava harmoniosa pela casa, fazendo parecer romântico o feio nome do meu pai.

Meu pai era um homem alto e robusto, de cabelos à escovinha. Quando me aconteceu ver, já adulta, algumas fotografias de seus anos de juventude, compreendi por que ele fizera sucesso entre as mulheres. Tinha olhos profundos, muito pretos, e lábios pesados e sensuais. Vestia-se sempre de cores escuras, talvez porque fosse funcionário num ministério. Falava pouco: se contentava em no máximo balançar a cabeça em sinal de desaprovação enquanto minha mãe discorria vivazmente. Ela contava sobre coisas vistas ou ouvidas na rua e temperava a narrativa com observações argutas, enriquecendo-a com a fantasia. Meu pai olhava para ela e depois meneava a cabeça.

Brigavam com frequência, mas sem cenas ou discussões barulhentas. Falavam-se em voz meio baixa, lançando habilmente um contra o outro, num duelo cerrado, frases secas e pungentes. Eu olhava para eles assustada, embora não compreendesse suas frases recheadas de alusões. Não fosse pela ira contida no olhar deles, eu nem sequer perceberia que estavam brigando.

Nesses momentos, Sista — que vivia escutando atrás da porta — vinha me buscar, me levava para a cozinha, me obrigava a responder ao rosário, às ladainhas; às vezes, para me distrair, contava a história de Nossa Senhora de Lourdes, que aparece à pastora Bernadette, ou a da Madona de Loreto, que viaja com a casa transportada pelos anjos.

Enquanto isso meus pais tinham se fechado em seu quarto. Ao redor da velha criada e de mim se adensava o silêncio. Eu temia ver surgir no vão da porta um daqueles espíritos que a médium Ottavia evocava às sextas-feiras e que na minha imaginação infantil se assemelhavam a esqueletos brancos e estalejantes. "Sista, estou com medo", eu dizia; e Sista me perguntava: "De quê?", mas com voz insegura, e muitas vezes olhava para o quarto da minha mãe, como se também estivesse com medo.

Eles falavam baixo, por isso eu não conseguia captar uma palavra sequer. O sinal da borrasca era dado pelo silêncio que se difundia no corredor escuro e nos quatro aposentos da casa: um silêncio ambíguo que escapava sob a porta fechada e avançava, saturava o ar, insidioso como um escapamento de gás. Sista abandonava o tricô sobre os joelhos, um tremor agitando-lhe as mãos. Por fim, com evidentes sinais de impaciência e ansiedade, me conduzia ao meu quarto, como que para me manter a salvo, começava a me despir, apressadamente, e me escondia sob os lençóis; eu obedecia, calada, deixava que ela apagasse a luz, calada, vencida pelo silêncio que partia do quarto de casal.

Com frequência, durante a noite, após esses serões angustiantes, minha mãe entrava na ponta dos pés, se debruçava sobre minha cama e me abraçava convulsamente. Não acendia a luz; na sombra eu entrevia sua camisola branca. Eu me agarrava ao seu pescoço e a beijava. Era um instante: em seguida ela escapulia e eu fechava os olhos, prostrada.

Minha mãe se chamava Eleonora. Dela eu herdara a cor clara dos cabelos. Era tão loura que, quando se sentava contra a luz da janela, seus cabelos pareciam brancos, e eu a olhava atônita, como se tivesse vislumbrado sua futura velhice. Seus olhos eram azuis, a pele transparente: esses atributos lhe vinham da mãe austríaca, que fora uma artista dramática razoavelmente conhecida e abandonara o palco para se casar com meu avô, italiano, oficial de artilharia. Na verdade, aquele nome havia sido dado à mamãe para recordar *Uma casa de bonecas* de Ibsen, que minha avó costumava encenar em suas récitas de honra.* Duas ou três vezes por ano, minha mãe — nas raras tardes de folga que se concedia — me fazia sentar ao seu lado, abria a grande caixa

---

* No original, *serate d'onore*. Antigamente, récitas que costumavam ser feitas em homenagem a um ator ou uma atriz, a quem cabia a metade da bilheteria. [Esta e as demais notas são da tradutora.]

dita "das fotografias" e me mostrava os retratos da vovó. Esta aparecia sempre muito elegante em seus trajes de cena, com vistosos chapéus adornados de plumas ou fios de pérolas entre os cabelos soltos; eu custava a crer que aquela fosse realmente a vovó, nossa parenta, e poderia vir nos encontrar na casa onde morávamos, entrar pela nossa portaria onde sempre ressoava o martelo do zelador, que era sapateiro. Sabia de cor os títulos das peças que ela representava e os nomes das heroínas que interpretava. Mamãe queria que eu me familiarizasse com o teatro: por isso me contava os enredos das tragédias, lia para mim as cenas mais importantes, se regozijando de que eu decorasse os nomes dos personagens como se fossem de nossos familiares. Eram horas belíssimas. Sista acompanhava essas narrações sentada num canto, as mãos sob o avental, como se quisesse assegurar, com sua presença, a veracidade de tais histórias maravilhosas.

Na mesma caixa eram conservadas fotografias dos parentes de meu pai: uma família de pequenos proprietários abruzenses, pouco mais que camponeses. Mulheres de seios fartos, apertados no corpete negro, cabelos repartidos ao meio que desciam em dois pesados cachos nas laterais do rosto maciço. Havia também uma fotografia do meu avô paterno de paletó escuro, gravata de laço. "São boa gente", minha mãe dizia, "gente do interior." Deles nos chegavam, com frequência, sacos de farinha e cestos de figos recheados, saborosos demais; mas nenhuma das minhas tias se chamava Ofélia ou Desdêmona ou Julieta, e eu não era gulosa o bastante a ponto de preferir a torta de amêndoas às tragédias amorosas de Shakespeare. A parentela abruzense, por isso, em tácito acordo com mamãe, era desprezada. Os cestos cobertos com pano rústico, todo costurado ao redor, eram abertos sem interesse, e até mesmo — apesar da nossa pobreza — quase com tolerância. Apenas Sista apreciava o conteúdo deles e o guardava ciumentamente.

Sista sentia por minha mãe uma temerosa e absoluta devoção. Habituada a servir, em casas pobres, a mulheres que usavam expressões deselegantes e vulgares, e que limitavam seus interesses aos limites das despensas e das cozinhas, ela fora conquistada de imediato por sua nova patroa. Quando meu pai não estava, seguia minha mãe por toda a casa, recuperando mais tarde, com o trabalho noturno, o tempo perdido. Se a ouvia tocar piano, abandonava rapidamente o que estivesse fazendo, arregaçava em um lado o avental e corria para a sala; escutava escalas, estudos, exercícios, como se fossem sonatas.

Gostava de se sentar na sombra, em silêncio: durante minha infância o escuro foi sempre animado por seus luminosos olhos de nuorense.* Falava muito pouco, creio que jamais me aconteceu ouvir uma fala ininterrupta sua. Parecia ligada à nossa casa pela atração irresistível que a figura de minha mãe exercia sobre ela, revelando-lhe um mundo que ela ignorara até mesmo no tempo da breve juventude. Por isso, embora beata, permanecia a nosso serviço, ainda que minha mãe nunca fosse à missa nem me educasse segundo uma moral estritamente católica. Creio que Sista se considerava em pecado, vivendo conosco; em suas confissões talvez falasse sobre sua permanência em nossa casa, prometesse cessá-la e, ao contrário, se visse cada vez mais atolada nesse pecado habitual. Em certas ocasiões, quando minha mãe estava fora, a casa devia lhe parecer uma veia esvaziada do sangue: as longas horas da tarde transcorriam solitárias e desgastantes; se a patroa se atrasava um pouco que fosse, de repente lhe acontecia temer que, distraída e sonhadora como era, tivesse sido atropelada pelas rodas de um bonde, de uma carruagem: imaginava o corpo de minha mãe, estendido, inerte sobre as pedras do calçamento, as têmporas pálidas, os cabelos lustrados de sangue. Eu sabia que um dilacerante ganido de cão habitava sua garganta enquanto ela ficava sentada, muda e imóvel, a mão sobre as contas do rosário ou sobre a escalfeta. Contudo, um remoto senso de pudor a impedia de esperar minha mãe à janela. Eu também, de resto, naqueles momentos era tomada por um temor irracional, enregelante, e me agarrava ao flanco de Sista. Ela pensava, talvez, que voltaria a servir a senhoras gordas, excelentes donas de casa; eu seria levada ao Abruzzo, para a casa da Vovó. A luz diminuía em camadas, ondas de escuridão nos submergiam: eram momentos muito tristes. Por fim mamãe voltava e da entrada anunciava festivamente: "Cheguei!" como se respondesse a um apelo nosso desesperado.

Sista servia também ao meu pai com fidelidade e mansidão. Servia-lhe e o respeitava: era um homem, o dono da casa. Aliás, se precisava perguntar alguma coisa, falar com ele lhe resultava mais fácil porque o reconhecia como de sua raça, humilde, inferior. As sórdidas aventuras amorosas do meu pai, das quais ela, como eu soube mais tarde, estava a par mediante mil sinais, nem sequer a aborreciam, porque tinha visto, primeiro em sua aldeia e depois na cidade, muitos outros homens casados agirem do mesmo modo.

* Nascida em Nuoro, cidade na Sardenha.

Eu não conseguia compreender, de início, por que meus pais tinham se casado, tampouco soube como se dera o encontro deles. Meu pai não diferia do modelo comum de marido pequeno-burguês, medíocre pai de família, medíocre funcionário que, nas horas livres, aos domingos, conserta os interruptores ou constrói habilidosas engenhocas para economizar gás. Sua fala era sempre a mesma, escassa, despeitada; ele costumava criticar governo e burocracia, com argumentos mesquinhos; se queixar de pequenos aborrecimentos no trabalho, se servindo de uma linguagem convencional. Até mesmo seu aspecto físico era desprovido de qualquer espiritualidade. Alto e corpulento, expressava uma prepotência física na ampla estrutura dos ombros. Seus olhos pretos, tipicamente mediterrâneos, eram doces e úmidos como figos setembrinos. Apenas suas mãos — na direita ele tinha o hábito de usar um anel de ouro em forma de serpente — eram singularmente belas e ostentavam, na nobreza da forma e da cor, as marcas de uma raça antiquíssima. A pele, lisa e fina, ardia como se contivesse um sangue rico. Foi esse ardor secreto que me revelou de maneira confusa o que impelira minha mãe para ele. O quarto de casal era contíguo ao meu e à noite, às vezes, eu me mantinha acordada, ajoelhada na cama, com o ouvido grudado à parede. Ficava rubra de ciúme, e o sentimento que me impelia a essas atitudes baixas me parecia verdadeiramente "Alessandro".

Um dia — eu era muito pequena, ainda não tinha dez anos —, ao entrar na sala de jantar, surpreendi os dois abraçados. Voltados para a janela, me davam as costas. Uma das mãos do meu pai pousava no flanco da mamãe e descia e subia em tapinhas gulosos. Ela vestia uma roupa leve e sem dúvida sentia o calor seco e abrasador da pele dele; mas era nítido que isso não a incomodava. Em certo momento ele pousou os lábios no pescoço dela, de lado, onde começa o ombro. Eu imaginava que seus lábios ardessem como suas mãos: minha mãe tinha um pescoço branco e longo, por demais delicado, no qual teria sido fácil deixar uma marca vermelha como uma queimadura. Esperei vê-la se rebelar com um dos seus ímpetos caprichosos, no entanto ela permaneceu colada a ele, preguiçosa, lenta, sôfrega. Tentei fugir e me choquei contra uma cadeira: ao ouvirem o barulho meus pais se voltaram e me olharam surpresos. Minha expressão estava contraída, o olhar irado. "O que você tem, Sandi?", perguntou mamãe. E não vinha em minha direção, não me abraçava, não fugíamos juntas. Em vez disso, soltou uma risadinha fútil, afetada. "Está com ciúme?", perguntou, brincando. "Está com ciúme?" Não respondi. Fiquei olhando fixo para ela, sofrendo acerbamente.

Voltei ao meu quarto e consumi em silêncio o meu surdo rancor. Ainda tinha diante dos olhos o rosto do meu pai sorrindo em maliciosa cumplicidade com mamãe. Pela primeira vez eu o vira entrar como um inimigo insidioso em nosso recolhido mundo feminino. Até então me parecera que ele era uma criatura de outra raça, confiada a nós, e à qual se deviam somente cuidados materiais. De fato, só estes pareciam interessá-lo: muitas vezes nós comíamos sobras da refeição anterior, ao passo que para ele se preparava um bife: suas roupas eram frequentemente passadas a ferro e as nossas penduradas na sacada, ao ar livre, para perderem os amassados mais evidentes. De tudo isso eu extraíra a convicção de que ele vivia num mundo diferente do nosso e no qual tinham lugar proeminente aquelas mesmas coisas que minha mãe com seu exemplo me ensinara a desprezar.

Comecei naquela época a pensar em suicídio acreditando que mamãe traía nosso entendimento secreto. Desde então essa ideia voltou incontáveis vezes a me tentar, quando eu temia não conseguir superar um momento difícil, ou somente uma noite de incerteza e de angústia.

Minha parca educação religiosa sempre me impediu de aceitar com resignação uma vida infeliz, considerando-a apenas transitória. Aliás, o pensamento do suicídio, sempre presente em mim como recurso extremo, me foi de grande ajuda nos dias difíceis. Graças a ele eu podia, até no desalento mais sombrio, me mostrar alegre e desenvolta. Desde menina imaginava me matar me enforcando na janela do meu quarto, que era munida de uma grade; às vezes, contudo, pensava que bastaria abandonar a casa, sair no meio da noite e caminhar, caminhar, até cair exausta e inanimada. Solução que, por outro lado, não me parecia viável considerando que toda noite meu pai, antes de ir dormir, trancava a porta de casa com três voltas de chave.

O sono aplacava meu desespero e meus intentos. Porém, com frequência, naquele período eu pedia a Sista que me levasse à igreja. Nisso me parecia com mamãe, em seus impulsos repentinos; ela também, às vezes por três ou quatro dias consecutivos, se dirigia à igreja no crepúsculo, se ajoelhava, cantava, arrebatada pela música. Mas eu pedia ao Senhor a graça de me fazer morrer. Tampouco julgava sacrílega minha prece: no grande edifício onde morávamos, Deus era chamado a defender as causas mais inconfessáveis. Uma ocasião, anos mais tarde, se espalhou a notícia de que o amante da senhora do segundo andar estava prestes a morrer de pneumonia. Soube-se também que a senhora havia pedido com urgência à paróquia vizinha um tríduo "segundo sua intenção". Intenção que todos já conheciam bem: ou seja, que o amante vivesse, recuperasse força e saúde, e que com ele lhe fosse possível continuar traindo o marido. Todas as moradoras do prédio compareceram ao tríduo. No primeiro banco, ajoelhada, estava a senhora do segundo andar, com o rosto escondido entre as mãos. As outras não se apinhavam em torno dela porque desejavam, de certa forma, respeitar seu pudor, sua honra e seu segredo: assistiam à função como se tivessem passado por ali casualmente, uma junto à pia de água benta, outra diante de um altar secundário. Todas, porém, se dirigiam a Deus com igual fervor, quase indignadas com o fato de ele continuar fazendo aquela pobrezinha sofrer.

Eu saía de casa ao entardecer, pendurada à mão de Sista: caminhava séria e compungida como se não sentisse em mim um desejo abominável, mas uma promessa de santidade. Através das ruas escuras do nosso bairro nos dirigíamos a uma igreja que se erguia, ágil e branca, entre os grandes edifícios do Lungotevere. Esse era o limite máximo concedido aos nossos passeios, como se o rio marcasse a fronteira do nosso feudo e, ao mesmo tempo, da nossa liberdade.

No Lungotevere, na primavera, os pardais lotavam os plátanos: e ao crepúsculo, quando eles iam com todo o capricho escolhendo o ramo mais adequado ao repouso, as velhas árvores zumbiam como colmeias e eram todas agitadas por voos curtos e inquietos. Eu gostaria de desfrutar da visão daquelas árvores; em vez disso, conduzida por Sista, penetrava no antro escuro da igreja. Sob as naves estagnavam um odor engordurado de corpos humanos, o perfume oleoso do incenso, e pairava a sombra a que Sista e eu, na ausência de minha mãe, estávamos condenadas. Eu mal conhecia as primeiras preces da nossa religião; mas aquela penumbra avermelhada, aqueles cantos, aquele perfume turvo, de repente excitavam minha fé, tornavam-na acesa, flamejante.

Eu olhava minhas mãos, que tremiam à luz dos círios; fitava-as intensamente, esperando perceber nelas o sangue dos estigmas; sentia meu rosto se afilar, como o de santa Teresa numa estátua de que minha mãe gostava. Aos poucos perdia meu peso de carne, me elevava no ar puro do céu e as estrelas brilhavam entre meus dedos. Um rio doce e selvagem de palavras inundava meu peito, junto com a música do órgão; eram as mesmas palavras que minha avó recitava no teatro, as palavras mais belas que eu conhecia, e com elas me dirigia a Deus. Ele me respondia usando a mesma linguagem: e assim desde então aprendi a reconhecê-lo nas palavras amorosas, melhor do que nos retábulos dos altares.

Todos, na igreja, me pareciam sérios e tristes: não sentiam alegria na prece e tampouco no canto. Eu os amava, queria que fossem felizes, e sabia que bastaria ensiná-los a rezar com aquelas palavras amorosas. Poderia salvá-los e não ousava: me retinha o pensamento de Sista, que me considerava somente Alessandra, uma menina. Todos me consideravam somente uma menina. Mas quando a função terminava, e as últimas notas do órgão nos impeliam para o Lungotevere, as andorinhas me reconheciam e me saudavam alegremente, como saudavam a Deus.

Morávamos num grande edifício da Via Paolo Emilio, construído nos tempos humbertinos. O vestíbulo era estreito, escuro, e a poeira se acumulava nele, porque o zelador, como já mencionei, se arranjava como sapateiro e sua mulher era preguiçosa.

A escada, sombria, em espiral, só recebia luz de uma claraboia alta. Apesar do aspecto reservado e quase equívoco da portaria e da escada, o grande edifício era habitado por burgueses de condição modesta. Ali os homens raramente eram vistos, no decorrer do dia: eram quase todos funcionários públicos, uma gente humilhada pelas contínuas privações, que saíam de manhã cedo e retornavam no mesmo horário de sempre com um jornal no bolso ou debaixo do braço.

Assim, o grande edifício parecia habitado só por mulheres: na realidade, pertencia-lhes o domínio inconteste daquela escada escura que elas desciam e subiam diversas vezes durante o dia, com a sacola vazia, com a sacola cheia, com a garrafa de leite envolta num jornal, acompanhando os filhos à escola com a cestinha e a lancheira, reconduzindo os filhos metidos em aventaizinhos azuis que despontavam de sob os casaquinhos demasiado curtos. Subiam sem sequer olhar ao redor: conheciam de cor os rabiscos que historiavam as paredes, a madeira do corrimão era luzidia por causa do atrito contínuo das suas próprias mãos. Somente as moças desciam ágeis, atraídas pelo ar livre; seus passos retiniam sobre os degraus como granizo sobre vidro. Dos garotos que moravam no prédio não recordo grande coisa: de início eram menininhos indelicados que viviam o dia inteiro na rua, iam jogar futebol no jardinzinho paroquial e depois, ainda muito jovens, eram absorvidos pela repartição paterna; e do pai logo assumiam o aspecto, os horários e os hábitos.

Mas o prédio, abandonado e triste por fora, respirava através do vão de seu grande pátio como através de um pulmão generoso. Diante das janelas internas, estreitas sacadas de grades enferrujadas revelavam, por seu arranjo, a condição e a idade dos inquilinos. Ali alguns ocultavam móveis velhos, outros guardavam gaiolas de frangos, ou brinquedos. A nossa era adornada com plantas.

Nesse vão sobre o pátio as mulheres viviam à vontade, com a familiaridade que une as pessoas que habitam um colégio ou uma cadeia. Mas tal confiança, mais que do teto comum, nascia do fato de se reconhecerem na penosa vida que levavam: através das dificuldades, das renúncias, dos hábitos, uma indulgência afetuosa as ligava, sem que elas mesmas soubessem. Longe dos olhares masculinos, se mostravam verdadeiramente como eram, sem a necessidade de levar adiante uma pesada comédia. A primeira batida das janelas ao serem abertas marcava o início da jornada, como a campainha num convento de freiras. Todas, resignadas, aceitavam, com o nascer de um novo dia, o peso de novas fadigas: sossegavam considerando que cada gesto cotidiano delas era apoiado em outro gesto semelhante realizado, no andar de baixo, por outra mulher envolta em outro robe desbotado. Nenhuma ousaria parar, por medo de interromper o movimento de uma engrenagem precisa. E, pelo contrário, em tudo aquilo que fazia parte da vida caseira percebiam inconscientemente a presença de um modesto valor poético. Uma cordinha que corria de uma sacada a outra para melhor estender as roupas era semelhante a uma mão que se estendesse pressurosa; cestinhas saltitavam de um andar a outro socorrendo, com um utensílio emprestado, uma necessidade repentina. Contudo, no decorrer da manhã as mulheres se falavam pouco: às vezes, nos momentos de pausa, alguma vinha se apoiar na grade e olhava para o céu, dizendo: "Que sol bonito, hoje". À tarde, ao contrário, o vão sobre o pátio ficava vazio e silencioso; atrás das janelas se intuíam quartos, cozinhas arrumadas. Alguma velha se sentava à sacada para costurar, e as criadas para debulhar ervilhas ou descascar batatas que deixavam cair numa panela disposta ao seu lado, no chão. Depois, ao anoitecer, também estas entravam de volta para seus afazeres e essa era a hora em que eu vivia solitária acima do pátio como se ele me pertencesse por direito.

No verão, com frequência, depois do jantar os homens também se sentavam nas sacadas, em mangas de camisa ou mesmo vestindo pijama: no escuro se via palpitar os vaga-lumes vermelhos dos cigarros. Mas as mulheres se diziam somente "Boa noite", e a voz delas estava diferente. Às vezes falavam das doenças das crianças. Todos, porém, entediados, entravam logo, fechando as janelas, e entre as sacadas se abria um grande vazio negro.

Minha mãe quase nunca aparecia nesse espaço e apenas, como eu disse, para regar as flores. Essa reserva que agastava as inquilinas lhe valia, porém, a admiração delas. Assim nossa família, embora paupérrima, desfrutava de uma consideração especial por causa da gentil beleza, do comportamento elegante de minha mãe, e de seu humor sempre leve e sereno.

No prédio não faltavam mulheres graciosas e desenvoltas; algumas tinham até certa cultura, porque antes de casar haviam sido professoras ou empregadas num escritório. Mas minha mãe não trocava com elas mais que um rápido bom-dia ou um comentário breve sobre o tempo ou sobre o mercado. A única exceção era uma senhora que morava no andar de cima e que se chamava Lydia.

Mamãe me levava frequentemente à casa dessa senhora para que eu brincasse com Fulvia, sua filha: nos deixavam sozinhas no quarto da menina, sempre abarrotado de brinquedos, ou num terracinho interno que também servia de depósito. As duas se deitavam na cama, conversavam baixinho e tão entusiasmadas que, se fôssemos interrompê-las a fim de pedir um xale para brincar ou uma folha de papel ou uma caneta, logo nos davam qualquer permissão desde que as deixássemos em paz. No começo eu não conseguia compreender os motivos da amizade de minha mãe com uma mulher a quem nenhuma afinidade a ligava. Só que, em pouco tempo, percebi que eu também estava sofrendo a influência da filha, que desde então foi minha única amiga. Ela parecia mais velha que eu, embora, ao contrário, fosse alguns meses mais nova. Era graciosa, morena, de traços marcantes e vivazes: aos doze, treze anos já estava tão feita que, quando saíamos juntas, acompanhadas por Sista, os homens a olhavam passar. Parecia-se com a mãe, a qual era uma mulher agradável, cheiinha e viçosa, que preferia vestidos de seda lustrosa, decotados a ponto de mostrar o exuberante sulco entre os seios.

Mãe e filha viviam quase sempre sozinhas porque o sr. Celanti era representante comercial. Quando voltava de viagem era como se elas hospedassem um estranho, e não hesitavam em fazê-lo compreender o estorvo que ele trazia, com sua presença, ao ritmo habitual da vida das duas: comiam às pressas, dormiam cedo, atendiam laconicamente o telefone, uma simulava longas enxaquecas, a outra insistia nas mais tediosas e aborrecidas brincadeiras de menina: a casa delas, alvo de visitas frequentes por parte das inquilinas, era abandonada assim que Lydia anunciava: "Domenico chegou". Enfim, talvez sem querer, ambas tornavam a casa tão inóspita, desorganizada e enfadonha que o sr. Celanti logo partia de novo com sua maleta, não sem enaltecer as vantagens da vida de hotel e a culinária das cidades do Norte.

Logo após a partida dele, Lydia e Fulvia recuperavam sua essência e seu modo de viver habituais: a mãe retomava os telefonemas inesgotáveis e, à tarde, saía deixando atrás de si, como uma echarpe, por toda a extensão da escada, um penetrante perfume de cravo.

Ia ver o capitão. Era sobre esse capitão que ela conversava baixinho com minha mãe. Fulvia e eu sabíamos muito bem. Ela o mencionava só pela patente: "o capitão diz… o capitão gosta…", como se ignorasse o nome e o sobrenome dele. Mas isso, na época, não me parecia estranho: outras senhoras do edifício tinham "o engenheiro" ou "o advogado", e desses também não se sabia nada mais específico.

Lydia contava dos encontros amorosos, dos longos passeios, das cartas que recebia com a cumplicidade de uma empregada. Minha mãe a escutava palpitando com ela. Quando fiquei maiorzinha, percebi que essas visitas à amiga em geral se seguiam às noites em que ela se fechava no quarto com meu pai e o silêncio se espalhava pela casa.

Tinham se conhecido por causa de umas aulas de piano que mamãe deveria dar a Fulvia. Lydia viera bater à nossa porta e — como sói acontecer naquelas moradias onde sempre se teme, ao chegar inesperadamente, encontrar os aposentos em desordem e as pessoas malvestidas — insistira em não entrar, e dizer o que desejava se mantendo na soleira. Sua visita causara certo espanto: ninguém jamais se dirigira a nós, nem mesmo pelo costume bastante difundido de pedir emprestado um pouco de sal ou umas folhas de manjericão. Minha mãe fez questão de recebê-la na sala, um cômodo tétrico que nunca era arejado. Lydia confessou — mais tarde — ter vindo só para

26

ver minha mãe de perto, porque sobre ela, tão bonita e sempre reservada, circulavam mexericos e lendas. Obteve sucesso imediato: Lydia era viçosa, perfumada de talco, viva e colorida como uma planta que acaba de ser regada. Minha mãe era uma mulher franzina, tinha seios pequenos. Foi atraída por aquele busto cheio e exuberante que parecia viver por conta própria uma vida animal, estranha a quem o possuía. Depois de poucas aulas, que Fulvia recebia contra a vontade, se contentando em aprender o necessário para martelar as cançonetas em voga, ficaram amigas. Minha mãe ia à casa delas num horário marcado, tal como o das outras alunas. Mas, assim que ela entrava, Lydia a chamava de seu quarto: "Entre aqui, Eleonora", e logo, vivamente, começava a discorrer, a desfiar suas histórias, oferecia-lhe cigarros. E assim as duas passavam horas.

Fiquei enciumada, com a veemência que testemunha a autenticidade de todos os meus sentimentos. Instigada por Sista, certo fim de tarde me arrisquei a ir chamar minha mãe pedindo que voltasse para casa. Era a primeira vez que eu subia a escada além do nosso andar; me sentia num mundo novo. Hesitei. Sista, lá de baixo, me incitou: "Coragem", e bati. "Diga à minha mãe que está muito tarde", falei, severa, cara fechada. Lydia sorriu: "Entre", me convidou, e, como eu parecia indecisa, "entre", repetiu, "diga você mesma a ela".

Raras vezes eu estivera na casa de outras pessoas: por isso, fui logo tomada pela curiosidade de ver de que modo elas viviam, como eram seus quartos, suas camas, que coisas punham sobre os móveis. Lydia fechou a porta e eu permaneci estática diante de umas estampas que representavam temas mitológicos, ninfas dançando num prado. "Quero te apresentar Fulvia, vocês vão ficar amigas." Era verão. Fulvia estava em seu quarto, seminua num longo vestido de voal da mãe. Tinha os cabelos presos no alto, os lábios pintados. "Eu sou Gloria Swanson", disse, e, como eu não entendesse, me iniciou na brincadeira, "venha", convidou, desfazendo minhas tranças, "vou te vestir que nem Lillian Gish."

Em pouco tempo Fulvia se apegou a mim como Lydia à minha mãe. Isso se deveu em grande parte à nossa ingenuidade, que as espicaçava, e ao desejo, talvez inconsciente, que elas tinham de destruir nossa ordem. Empolgadas pelo estupor que suscitavam em nós, nos revelavam a vida secreta do grande prédio onde morávamos fazia anos. As mesmas mulheres que havíamos encontrado a cada dia, tocado tantas vezes com o cotovelo ao subirmos a escada, nos apareciam, através das narrativas de Lydia e de Fulvia, enriquecidas por histórias românticas como as dos personagens que a vovó personificava no teatro. Finalmente compreendíamos a causa do silêncio que pesava, durante a tarde, sobre o pátio deserto. Livres de seus deveres ingratos, e até por um gesto de corajosa polêmica diante da vida pacata a que eram obrigadas, à tarde as mulheres fugiam dos aposentos escuros, das cozinhas sombrias, do pátio que, inexorável, esperava, com o cair da noite, a morte de outro dia de inútil juventude. Como pilastras, sustentando as casas arrumadas e silenciosas, permaneciam as velhas, ocupadas num trabalho de costura: e estas não traíam as jovens, ao contrário, as ajudavam, como se fossem afiliadas à mesma corriola. Unia-as um desprezo mudo, antigo pela vida dos homens, por sua ordem tirana e egoísta, um rancor que se transmitia, sufocado, de geração em geração. De manhã, ao se levantar, os homens encontravam o café pronto, o terno alinhado, e saíam para o ar fresco, desvinculados do pensamento da casa e dos filhos. Atrás de si deixavam os quartos abafados pelo sono, as camas desfeitas, as xícaras sujas de café com leite. Voltavam sempre no mesmo horário, às vezes em pequenos grupos, como os estudantes, já que se encontravam no bonde ou na ponte Cavour, e prosseguiam juntos, conversando; no verão, se abanando com o chapéu. Assim que entravam, perguntavam: "O jantar está pronto?", tiravam o paletó, mostrando os suspensórios puídos, diziam: "A massa virou uma papa, o arroz está aguado" e, com uma frase desse tipo, semeavam o mau humor. Depois se sentavam na única poltrona, no cômodo mais fresco, e liam o jornal. Dessa leitura sempre extraíam auspícios funestos: o pão vai aumentar, os salários vão diminuir, e concluíam sempre: "É preciso economizar". Nunca encontravam nada de bom no jornal. Logo saíam de novo; se ouvia a porta bater atrás deles enquanto, um minuto antes ou um minuto depois, as portas batiam nos outros andares. Voltavam quando a casa estava escura, as crianças dormindo, o dia encerrado, consumido, acabado. De novo tiravam o paletó, se sentavam junto ao rádio, escutavam as discussões políticas. Jamais tinham algo a dizer às mulheres, nem sequer: "Como você se sente? Está cansada? Seu vestido é bonito". Não contavam nada, não gostavam de conversa, de brincadeiras, sorriam pouco. Quando se dirigiam à esposa diziam: "Vocês fazem… vocês dizem…", arrebanhando-a com os filhos, a sogra, a empregada: gente preguiçosa, dispendiosa e mal-agradecida.

No entanto, seus noivados, segundo o costume burguês do Sul, duraram bastante. Os jovens haviam aguardado horas e horas só para ver a amada se debruçar na janela ou para segui-la quando saía a passeio com a mãe. Tinham escrito cartas apaixonadas. Não raro as moças esperaram pacientemente por muitos anos até se casarem porque era difícil encontrar um emprego sólido, economizar o dinheiro suficiente para adquirir a mobília: haviam aguardado preparando o enxoval, confiantes, na esperança de uma amorosa felicidade; e em vez disso tinham encontrado aquela vida extenuante, a cozinha, a casa, o inflar e desinflar de seus corpos para trazerem os filhos ao mundo. Aos poucos, sob uma aparência de resignação, nascera nas mulheres um sombrio rancor pelo engano ao qual tinham sido arrastadas.

Mesmo assim, elas costumavam levar adiante o fardo da vida cotidiana sem sequer se lamentar. Tampouco ainda lembravam ao marido as moças que foram, e as promessas de uma vida harmoniosa e feliz que receberam. Tentaram, no início: passaram muitas noites chorando, enquanto os maridos dormiam ao lado. Tinham lançado mão de coquetismos, malícias, fingido desmaios. As mais evoluídas procuraram fazer os companheiros se apaixonarem pela música, pelos romances, os conduziram aos jardins onde costumavam passear na época do amor, esperando que eles pudessem compreender e se emendar. Mas só o que tinham conseguido foi destruir na memória aqueles lugares queridos, porque ali, onde foram ditas as primeiras palavras trêmulas e trocados os primeiros beijos ainda impregnados de desejo insatisfeito e curiosidade, os cônjuges não encontraram nada a se dizer além de coisas apáticas e desgastadas. Nos primeiros anos de casamento várias dessas senhoras tiveram crises histéricas e de pranto convulsivo. Uma, Lydia dizia, tentara se envenenar com veronal. Algumas, enfim, haviam aceitado já ser irremediavelmente velhas, ter perdido qualquer encanto e atrativo. Mas essas eram as casadas fazia pouco tempo, ou aquelas que uma irrepreensível fé católica impelia: a maior parte das outras já esperava que ao fim da tarde o marido dissesse "Estou saindo" e que a batida da porta se fizesse ouvir. Aquelas cujas filhas já eram grandes esperavam que também estas saíssem, com as amigas de sua idade: mais tarde — depois de terem preparado cuidadosamente a merenda para eles, num pacotinho — mandavam os filhos menores às pracinhas, acompanhados pela empregada. Todos saíam para os próprios prazeres ou interesses. Ninguém perguntava a alguma delas: "E você, o que vai fazer?".

Deixavam-nas entre pilhas de roupa branca para remendar, cestos de trajes para serem passados a ferro, presas à sua rotina opressiva.

No inverno — Fulvia dizia — a vida era mais suportável. Empreguiça-das pelo frio junto a um braseiro ou na cozinha, as mulheres contemplavam a chuva que deslizava pelos vidros, e diligentemente tratavam das doenças sazonais dos filhos. No inverno acontecia que naquela recolhida vida domés-tica elas até encontrassem uma amarga satisfação. À noite, exaustas, caíam num sono opaco e desmemoriante.

Mas quando a primavera se aproximava, espalhando brotos vermelhos sobre as árvores que ladeavam as ruas desoladas dos Prati,* as mimosas e as madressilvas comprimidas atrás dos gradis difundiam no ar um odor intenso que penetrava inclusive no velho pátio. Então as mulheres abriam as janelas para escutar os chamados das andorinhas que passavam para lá e para cá, convidando-as insistentemente. Não resistiam mais: se livravam das dúvidas e dos remorsos como de laços odiosos, diziam "Jesus, me perdoe" ao passarem diante da imagem do Sagrado Coração no corredor, e iam se trancar nos quar-tos. Dali saíam, pouco depois, transformadas. Preferiam, todas, os vestidos de flores sobre fundo preto e os amplos chapéus que sombreavam o rosto. Usa-vam pó de arroz com cheiro de batom, luvas transparentes; vestidas assim, se apresentavam às velhas, sentadas junto a uma janela. As velhas quase não olhavam para elas: reconheciam o perfume, a voz resoluta que dizia: "Vou sair". E, mesmo que se tratasse da esposa do filho, não ousavam dizer nada: uma solidariedade mais forte que o parentesco as ligava.

Os amantes, Fulvia me disse — e eu às vezes conseguia avistá-los da ja-nela —, esperavam na esquina. Era um estratagema banal, já que, no bairro, todo mundo os conhecia. Com frequência eram homens mais jovens que elas e de condição um pouco superior. Eu imaginava que um amante devia ser um homem muito bonito, de aspecto romântico, bem-vestido. Espantava-me ao ver que, em geral, ele não tinha nenhuma dessas características. Mas depois tudo ficou mais claro quando Fulvia me disse que o advogado da se-nhora do terceiro andar sempre a chamava de "Nini".

Perturbadas por essas histórias, pela misteriosa presença daqueles homens que, de longe, assediavam tenazmente a nossa casa, minha mãe e eu, distraí-

* "Prados", bairro de Roma.

das e sonhadoras, descíamos a escada em silêncio. Retornávamos à nossa morada sombria, entre os móveis escuros, os livros, e o piano. Eu ia logo me deitar, minha mãe apagava a luz e se sentava na minha cama. Nesses momentos, se o marido a chamasse, ela respondia com voz seca e hostil. Enquanto isso Alessandro despertava em mim, me fazendo perguntas escabrosas, provocando um tumulto de sentimentos novos e inconfessáveis. Diante dos meus olhos passavam as cartas das quais Fulvia me falava: cartas de amor que circulavam pelas mãos das empregadas e do velho zelador. Queria ler todas, roubá-las.

Minha mãe se demorava em minha cama, em silêncio; por fim se afastava sem me beijar. Eu via sua figura esbelta sair pela porta. Pouco depois entrava Sista e me despertava do cochilo: "Você esteve na casa *delas*. Reze o ato de contrição, a ave-maria".

Depois aconteceram dois fatos notáveis: o conhecimento que minha mãe fez da família Pierce e as primeiras sessões com a médium Ottavia.

Os Pierce eram uma família de origem inglesa, que se mudara naquele ano de Florença para Roma. A mãe, americana, era riquíssima, e — ao contrário de muitas outras conterrâneas suas — não desperdiçava seu dinheiro oferecendo bailes ou festas mundanas, mas adquirindo obras de arte e ajudando os jovens musicistas. Moravam numa *villa* no Janículo, circundada por árvores frondosas e palmeiras altas. Dali se tinha uma vista encantadora: as cúpulas pareciam emolduradas pelas janelas, como quadros de família, e se via o Tibre entrar e sair das pontes como uma fita entremeada numa renda. Naquela época, com frequência minha mãe estabelecia como meta dos nossos passeios dominicais a colina do Janículo, para que papai e eu pudéssemos, de longe, admirar o parque da *villa*. Às vezes, aliás, nos adiantávamos até os portões secundários. Então ela me fazia subir à mureta e me apontava três grandes janelas no primeiro andar. Eram as da sala de música: ali ficavam o grande piano de cauda que a sra. Pierce mandara trazer dos Estados Unidos, a harpa que ela tocava, e um gramofone moderníssimo que trocava os discos sozinho.

Era uma *villa* muito bonita, de arquitetura antiga: a espessura da vegetação tornava o jardim intransitável. Via-se passar cães grandes e elegantes, e minha mãe me assegurava que nos gramados havia também alguns pavões brancos que, no entanto, eu jamais consegui ver. Ficávamos ambas fascinadas por aquela residência. Meu pai não compartilhava nosso entusiasmo, talvez por causa da antipatia instintiva que as pessoas de condição modesta experimentam por quem desfruta de uma evidente abastança. E nos pressionava, se mostrando impaciente por se dirigir a uma trattoria próxima para tomar soda limonada.

Todo domingo, no final do dia, ele nos levava ao café. Eu sempre fui ávida por sorvetes. Mas, depois de ter contemplado de longe o parque da *villa* Pierce, ficava distraída e pensativa, brincava com a colherinha, deixando que grande parte do sorvete derretesse numa água amarelada. Minha mãe fazia o mesmo: e essa nossa facilidade de nos manter absortas irritava por demais meu pai. Ele via nisso, erroneamente, um desprezo pela nossa condição e pela sua própria incapacidade de ganhar dinheiro.

No entanto, nem minha mãe nem eu dávamos importância alguma às nossas condições. Ela usava os mesmos vestidos por anos e, embora de vez em quando os renovasse com uma fivela, uma fita — ou talvez justamente por isso —, eles já estavam tão distantes da moda que o fato de trajá-los parecia uma extravagância ostensiva. Não possuía peliça, mas apenas um casaquinho preto, apertado, com o qual enfrentava todos os rigores do inverno. Seus belíssimos cabelos — que ela mantinha longos e presos à nuca — eram humilhados sob modestos chapeuzinhos que uma anciã desdenharia. Nossa mesa era demasiado frugal, as diversões se limitavam a esses passeios de domingo. Ambas nos demorávamos ao contemplar aquela *villa* só porque éramos atraídas pelas grandes árvores que a circundavam, reunidas em grupo ou em duplas como personagens, e apreciávamos o privilégio dos Pierce de se deleitar com a visão delas. Por outro lado, esse privilégio não era o único; minha mãe os considerava afortunados também porque eles podiam, graças ao dinheiro que tinham, conduzir a própria vida espiritual segundo a inclinação natural, sem dobrá-la às exigências cotidianas.

Enquanto isso, tomadas por esses pensamentos, nos sentávamos a uma mesinha de ferro numa calçada apinhada de outras mesinhas como a nossa, às quais também se sentava uma gente semelhante a nós, mãe, pai e criancinhas. Ao redor se erguiam grandes condomínios cinzentos, de janelas muito próximas entre si, e, daquelas janelas, os moradores espiavam com antipatia o nosso sorvete, até que este se esgotava no pratinho. O bonde passava rente à calçada e, a cada vez, um áspero estrídulo de ferro encobria nossa conversação indolente. E eu não podia evitar voltar com o pensamento ao extenso gradil atrás do qual viviam as árvores cobertas de hera e musgo, aos gramados úmidos e verdes por onde passeavam os pavões brancos que eu não tinha visto, e àquelas três altas janelas de frontão maciço atrás das quais permaneciam, sozinhos na penumbra, o piano e a harpa.

A grande atração que minha mãe sentia por aquele piano não se devia apenas ao seu ótimo desempenho, mas também ao fato de que ele não lhe servia para ensinar escalas, estudos ou pequenas sonatas tediosas, mas para tocar livremente como se ela estivesse na sua própria casa. De fato, os motivos pelos quais a tinham chamado à *villa* Pierce eram bastante originais. No primeiro dia em que ela estivera lá, a dona da casa não a recebera apressadamente, como faziam as outras senhoras, apresentando-lhe de imediato a nova aluna e as deixando sozinhas depois de poucos minutos; convidara-a para tomar chá, falara-lhe de suas coleções de arte, de suas viagens, e, por fim, de sua família. A qual era composta do pai, um industrial que nas horas de lazer colecionava borboletas brasileiras, de uma filha casada que residia em Londres e dos dois filhos mais novos, Hervey e Arletta, que moravam com ela, embora o primeiro, doente — informou, por alto —, com frequência estivesse viajando.

Era de Arletta que minha mãe deveria se ocupar; não para lhe ensinar piano, mas para despertar nela algum interesse pela música, assim como outros professores a vinham atraindo para a pintura e a poesia. Porque a moça — confessou a mãe, a meia-voz — não tinha a menor sensibilidade artística. Explicou que isso era penoso para outras pessoas da família, as quais viviam quase exclusivamente de tais valores. Hervey com regularidade se afastava de Roma também por isso. Na verdade, como partira havia pouco, ele permaneceria fora durante cerca de um ano. A personalidade de Arletta se tornava tão incômoda que não se podia ignorá-la na vida cotidiana da casa. Ela demonstrava preferir as cançonetas à música de câmara, e os romances mais ordinários aos clássicos da literatura. Por essa razão era preciso educar seu gosto, aos poucos; ela era muito jovem, dotada de boa vontade e portanto, talvez, curável.

Pouco depois apareceu Arletta e, como esta pudesse supor aquilo que, antes de sua entrada, fora dito a respeito dela, minha mãe confessou ter sentido certo constrangimento ao apertar sua mão; me disse que a imaginara diferente: vivaz, ousada, disposta à polêmica e à ironia. Mas, ao contrário, era uma garota um tanto gorducha da minha idade, de aparência caseira. Ofereceu-se de imediato para conduzi-la à sala de música, e minha mãe, pelo modo como a jovem girou a alta maçaneta dourada, intuiu o temor reverencial que aquele aposento lhe incutia.

Dentro, a vasta sala estava na penumbra; ramos leves se entrelaçavam diante das janelas, e o sol vespertino, atravessando as folhas novas das árvores que se erguiam até os peitoris, dava ao local uma cor verde de profundidade submarina, uma vaga nebulosidade de aquário. Similar a uma ilha, surgia num canto a forma escura do piano; e, alcançado pela poeira dos raios de sol, brilhava o ouro discreto da harpa. A grande sala não tinha mobília, exceto por algumas cadeiras em estilo império, enobrecidas por uma lira no espaldar, e por dois sofás que mostravam marcas profundas. Altos, junto a uma janela, quatro leitoris para violino lançavam, sobre a parede branca, grandes sombras transparentes como esqueletos. Minha mãe e Arletta caminhavam na ponta dos pés, temerosas de perturbar aquele silêncio e aquela ordem. No centro da sala, a jovem se deteve bruscamente: os braços brancos, a veste branca, na luz que vinha da janela, tornavam-na semelhante a uma grande medusa.

"Senhora", disse ela, "estou com medo. Meu irmão não quer que eu entre nesta sala." Parecia realmente aflita. "Ele me vê como um elemento refratário à música", acrescentou, "ou melhor, hostil. Não é culpa minha: eu não compreendo. Hervey tem razão. Ele viaja para longe só para ouvir um pianista e, quando está em Roma, se pode dizer que vive aqui dentro, sozinho, com os discos e o violino. Não quer que eu entre nesta sala porque, bem sei, teme que algo de mim permaneça no ar e o incomode mesmo quando não estou. É difícil para mim, é como se eu tivesse uma doença oculta, contagiosa. A senhora tem de me curar. Talvez seja preciso começar pelas coisas fáceis, adequadas às crianças. Eu tenho de sarar", disse resoluta. Depois concluiu baixinho: "Porque eu amo meu irmão Hervey acima de tudo".

Minha mãe tomou suas mãos, agradecendo-lhe por ter se aberto com ela. Escancarou as vidraças, para dissipar o ar de mistério que se formara na sala, e um ramo de abeto entrou pela janela como um animal que houvesse permanecido por muito tempo de tocaia; mas, apesar disso, a grande sala se obstinava em permanecer impenetrável, secreta: os instrumentos de música pareciam personagens com sentimentos e pensamentos. "É Hervey", Arletta repetia, olhando temerosa ao redor. E minha mãe também começava a se sentir inquieta.

"Nem mesmo mamãe ousa vir aqui para tocar na ausência dele", dizia Arletta, apontando uma cadeira de cetim branco junto da harpa. "Quando minha mãe toca, Hervey se estende no sofá e fecha os olhos para escutá-la."

"E você?"

"Fico no meu quarto, ou passeio pelo jardim. Longe, para que ele não me veja pelas janelas."

Minha mãe se arriscou a reprovar esse comportamento bizarro, mas Arletta defendeu enfaticamente o irmão.

"Oh, não, senhora. Hervey é um artista. Toca violino, ou então senta-se ao piano e improvisa. Mamãe diz que são coisas belíssimas. Não", prosseguiu, "a culpa é mesmo minha." E acrescentou, com tristeza: "Lady Randall, ou seja, minha irmã Shirley, que mora em Londres, toca piano muito bem".

Para acomodar essa nova aula minha mãe teve de abandonar outras, uma vez que permanecia na *villa* Pierce quase a tarde inteira, duas vezes por semana. Meu pai a desaconselhara a fazer isso, mesmo ignorando a natureza especial daquelas aulas: temia que, uma vez perdidos os alunos que estudavam com ela havia alguns anos, fosse difícil encontrar outros se, por uma partida repentina da família Pierce, essa fonte de renda cessasse.

Ela, porém, se mostrou decidida, ou melhor, obstinada. Nos dias em que devia ir ao encontro de Arletta ficava, desde a manhã, irrequieta e ansiosa como se uma festa a esperasse. Considerando meu caráter, e o sentimento que eu nutria por ela, eu teria ciúme da nova aluna se, ao retornar, ela não se mostrasse mais expansiva do que de costume. De fato, depois de passar algumas horas na *villa* Pierce, minha mãe parecia inflamada por um novo entusiasmo. Voltava para casa e a leveza vivaz de seu passo agitava os cômodos tétricos e sonolentos.

Com frequência trazia algum doce para nós, um saquinho de amêndoas confeitadas, que havia ganhado lá: isso irritava meu pai, e mesmo eu as comia de má vontade. Talvez ele temesse que sua mulher, tendo conhecido um modo de viver tão diferente do nosso, pudesse se queixar da vida que levava durante o resto da semana. De fato, até então a maior parte dos alunos que ela tivera eram pequeno-burgueses, mocinhas que estudavam para se tornarem, por sua vez, professoras, e assim ganhar a vida. Por isso ela não extraía de seu trabalho nenhuma satisfação pessoal e jamais, nas casas aonde ia, acontecia-lhe conhecer pessoas de algum modo notáveis ou interessantes; então, somente para ajudar meu pai a suprir nossas necessidades materiais, ela devia sair em qualquer clima, tomar o bonde, subir e descer escadas semelhantes à nossa, entrar em pequenos apartamentos sórdidos que revelavam, pelos odores, as refeições da noite e da manhã. Alegrava-me, portanto, que as tardes transcorridas na *villa* Pierce representassem para ela uma alegre folga, e de bom grado eu ajudava Sista a fim de poupar minha mãe das tarefas caseiras. Até aprendi a consertar roupas; era um trabalho que não me aborrecia, porque eu podia ficar em silêncio diante da janela predileta, deixando meus pensamentos à solta.

Os quais haviam sido bastante perturbados pelo fato de eu ter tomado conhecimento — através da médium Ottavia — dos misteriosos e assustadores personagens que habitavam o céu onde, ao pôr do sol, eu via passar as andorinhas.

Essa mulher frequentava, já fazia muito tempo, a casa das Celanti; Fulvia não raro me falava dela quando nos deixavam sozinhas conversando, no quarto ou no terracinho. Uma vez eu a vislumbrara na escada: era uma mulher de meia-idade, enérgica, cabelos grisalhos com corte masculino. Sempre carregava uma bolsa grande — na qual guardava imagens sacras, medalhas penduradas em fitas vermelhas, chifres de coral e saquinhos de ervas contra mau-olhado — e era seguida por um garoto de quinze anos que ela apresentava como seu sobrinho, um garoto de cabelo invariavelmente raspado, inclusive nos meses mais rigorosos do inverno. Ottavia tinha um problema na perna esquerda e por isso mancava, mas sem dificuldade ou mortificação: cada passo seu era uma batida arrogante, um ponto-final. Enea — assim se chamava o garoto — a seguia, se mantendo a certa distância; e, pelo que me lembro, sempre se vestia de preto, usava meias e luvas pretas, que lhe conferiam o aspecto de um jovem padre. Tinha uma pele luzidia, azeitonada: e os olhos — escuros, lânguidos, de cílios longos — se assemelhavam aos olhos do meu pai.

Pelo que diziam as Celanti, já fazia vários anos que a médium Ottavia circulava pela escada escura do nosso edifício. Tinha um modo especial de se anunciar, com três batidas discretas e firmes, para se assegurar de que os homens não estavam em casa; do contrário, fingia ter se enganado de andar. Isso acontecia durante as sextas-feiras, dia mais propício a tais sessões. Às sextas, desde a manhã, um pesado odor de incenso impregnava a escada. Nos patamares as portas se entreabriam, as moças iam de um apartamento a outro, cautelosas, levando emprestado um pano branco ou uma mesinha. Em suma, um fervor maldisfarçado animava a jornada da sexta-feira.

De fato, desde a manhã todos os mortos voltavam a habitar suas casas. "É o tio Quintino", dizia Fulvia, tranquila, ao ouvir um barulho no aposento contíguo. As mulheres se levantavam mais cedo, nesse dia, se empenhavam nas tarefas, talvez para que os mortos recordassem quão amargo era o bem da vida. Voltavam-se para o lugar que eles tinham ocupado durante anos, e lhes falavam duramente, ironicamente, culpando-os pela morte como por uma traição, uma fuga astuta. Às vezes suspiravam fitando a cadeira vazia que fora da mãe ou da avó: depois espanavam devagarinho o espaldar, com delicadeza, como se ajeitassem um xale. Da cadeira vazia, naquele dia, olhos parados e resignados as fitavam. Até mesmo eu, embora excluída dos colóquios espíritas, percebia ao meu redor uma presença invisível: bastava um estalido para que eu me virasse, encharcada de suor, com o coração agitado. "Alessandro", murmurava, amedrontada; sentia que ele não se resignava, como os outros, a ser uma sombra muda: queria participar da nossa vida, se servindo de mim.

Minha mãe, entretanto, não parecia se atrair por aquelas práticas nem acreditar em vaticínios iluminados: de resto, ela não sentia curiosidade por conhecer o futuro, não tendo, então, nenhuma esperança de que nossa monótona vida mudasse: meu pai continuaria funcionário do ministério, até o momento de se aposentar; ela continuaria a dar aulas até a idade avançada. E os sonhos que às vezes nos confidenciava — a possibilidade de se tornar uma pianista famosa, a casa de campo que poderíamos ter — jamais duravam mais do que o tempo que ela levava para narrá-los. Contudo, depois que começou a frequentar a *villa* Pierce, manifestou maior interesse por aquelas sessões; ria animada, ouvindo Lydia lhe descrever como as predições dos espíritos sempre haviam se confirmado. Porém, foi somente quando Lydia aludiu à possibilidade de comunicação com Alessandro através dos escritos de Ottavia que ela, embora ainda repelindo esse convite, se mostrou hesitante e disse: "Vamos ver".

* * *

Já contei que meu irmão Alessandro morreu afogado. É muito raro que um menino daquela idade possa se afogar no Tibre, um rio contido e limitado por muros altos de arrimo. Tudo aconteceu pelo descuido de uma babá, e por isso minha mãe jamais quis contratar uma para mim: preferia me deixar tardes inteiras em casa, me sugerindo sair para tomar ar na sacada, a me entregar a uma desconhecida. De má vontade, condescendia em me deixar ir à igreja com Sista.

Alessandro fora confiado — como é usual entre os que não dispõem de dinheiro — a uma garota de pouco mais de treze anos, que até então vivera no campo. As arvorezinhas mirradas e o cascalho poeirento dos jardins urbanos não atraíam aquela mocinha, habituada a sentir o úmido frescor da grama sob os pés descalços. Os grandes condomínios, as ruas barulhentas até lhe causavam medo: ela passava longas horas chorando, em seu quartinho sem janela, desesperada por estar longe dos prados e do rio. Por isso, desobedecendo às ordens da patroa, ela, carregando o menino, percorria um bom trecho de rua para chegar à margem do Tibre, pouco além da ponte do Risorgimento, numa zona então deserta de construções que era chamada Piazza d'Armi. Ali, tendo descido até a borda, tirava os sapatos, as meias, e fazia o mesmo com meu irmão. Estirava-se na orla verde e, embevecida sob o arco do céu, escutava o discurso da água e o canto dos pássaros, como em seu vilarejo. O menino brincava perto dela, fazia bolas de lama, corria entre o caniçal e a margem. Parece que, após a desgraça, ela insistia em descrever a felicidade de Alessandro naqueles momentos; confessava tê-lo incentivado a se familiarizar com a água. Disse que tudo aconteceu num instante. Ela estava deitada na grama, à sombra dos caniços; mantinha os olhos fechados, os braços sob a cabeça. Ouviu um baque e um breve grito, logo sufocado. Deu um salto, mas só teve tempo de ver uma mãozinha se agitar acima da água como uma bandeirola. Depois, mais nada: a água estava lisa e brilhante. Ela não pediu socorro: ficou perturbada, decepcionada, como se o rio tivesse lhe furtado um lencinho.

Voltou para casa e disse: "O rio levou o menino". De imediato muita gente acorreu ao local, os barqueiros procuraram, remexeram a água com os remos, mas o corpinho nunca foi encontrado. Por longos anos minha mãe evitou, com aversão, fitar o rio; quando passava pelas pontes olhava obstinada para a frente; evitava até mesmo falar do assunto. Mas todo ano, no dia 12 de julho, saíamos de casa os três: minha mãe vestida de preto, eu com um laço preto na cintura ou nos cabelos: em silêncio íamos até a ponte, depois descíamos, devagar, até a beirada. O triste local ainda era assinalado pela grande moita ciciante dos caniços. Minha mãe avançava até o limite extremo da margem e ali permanecia absorta encarando a água, como se esta fosse o rosto do menino. Depois lançava no rio as flores que tinha trazido: eram sempre grandes margaridas brancas. Jogava-as devagar, uma a uma; elas mal pousavam na água e já iam embora, arrastadas pela corrente. À noite ela nos chamava à sala e tocava Bach.

Para uma fantasia livre e desenfreada como a sua, esse filho roubado pela água parecia destinado a empreendimentos extraordinários. Ela sempre me amou com ternura, mas eu sentia que seu amor por Alessandro era de outra natureza. Em mim, ela encontrava o mesmo temperamento que herdara da mãe: a mesma sensibilidade perigosa. De fato, com frequência eu a surpreendia ocupada em me fitar com um olhar por demais amoroso, mas impregnado de tanta piedade sincera que me dava vontade de chorar, embora sem compreender o motivo. A ela não escapava minha predileção pela solidão, pelas permanências demoradas à janela, meu amor pela poesia. Às vezes a descoberta dessas nossas afinidades lhe sugeria repentinos impulsos de ternura; outras vezes, isso a perturbava a tal ponto que de súbito, como se um perigo invisível a ameaçasse, ela me afastava da janela e das minhas brincadeiras solitárias, me ordenando bruscamente: "Mexa-se, suba para ver Fulvia, não fique trancada nesta casa, vá brincar com as meninas de sua idade, respirar ar puro, saia".

Minha mãe estava convencida de que Alessandro teria sido diferente de nós. Defendia que ele seria capaz de obter na vida tudo aquilo que ela perdera: se tornaria inclusive um pianista famoso. Imaginava as viagens que faríamos, acompanhando-o às grandes cidades europeias: descrevia Paris, Viena, as pontes sobre o Sena e o Danúbio, Buda — ou seja, a parte antiga de Budapeste — e a ilha Margarida. Jamais estivera no exterior, mas conhecia de cor essas cidades que sua mãe lhe descrevera minuciosamente. A mim parecia quase impossível que existissem tantas maravilhas, às vezes eu suspeitava que ela as inventava: falava das pessoas que conheceríamos, reis, príncipes, e os artistas cujos nomes se liam nas capas das partituras. Descrevia as mulheres que Alessandro encontraria: dizia que algumas até mesmo viajariam, atravessariam oceanos para conhecê-lo. Eu as imaginava belas e infelizes, como Ofélia ou Desdêmona, e a escutava arrebatada; nesses momentos, até o rancor que sempre germinava em mim contra Alessandro se dissolvia. Depois ela silenciava e permanecia absorta, olhar estático: eu imaginava que via diante de si a garganta escura da ponte e o Tibre fugindo rápido e insidioso, já que, pálida, ela cobria o rosto com as mãos.

Ottavia veio pela primeira vez à nossa casa numa manhã de sexta-feira. Minha mãe, Sista e eu estávamos de pé junto à porta aberta como quando, nos dias da Páscoa, se espera o padre para a bênção. As Celanti também aguardavam conosco.

Ottavia entrou, e logo pediu um braseiro com um pouco de fogo aceso. Munida dele, lançou em cima um punhado de incenso extraído de um grande invólucro que ela trazia na bolsa; estendeu o braseiro ao garoto que a seguia e ordenou à minha mãe que a guiasse num giro completo pela casa. Em cada cômodo nos detínhamos e, enquanto Enea passava escrupulosamente por todos os cantos o braseiro com seu rastro de fumaça densa e perfumada, Ottavia permanecia imóvel, de olhos baixos, recitando preces pelos defuntos. Em seguida recomeçava a caminhar com seu passo duro e desigual.

Quando já visitáramos cada canto da casa, ela se deteve e perguntou: "Onde?"

"Melhor na sala", respondeu Lydia, obtendo com um olhar a concordância de minha mãe.

Então nos fechamos lá dentro. Era um aposento onde raramente entrávamos, só quando minha mãe nos chamava para perto do piano, e onde ficavam os móveis mais solenes da casa: nem sequer o ar podia entrar ali, impedido por cortinados robustos de estilo provinciano e datado. Ottavia quis que as janelas permanecessem fechadas, as cortinas abaixadas. Sista nos observava com uma expressão de reprovação entre as severas rugas da testa. Rápida, segura, Ottavia pousou na mesinha a lâmpada do abajur verde que minha mãe usava no piano à noite, jogou ali ao lado os amuletos atados com a fita vermelha, pegou papel e lápis e, se dispondo a escrever, nos convidou ao recolhimento.

Eu estava sentada entre Fulvia e Enea; a primeira mostrava um aspecto eletrizado e cheio de curiosidade, e o outro me fitava com tanta insistência que de vez em quando precisava me virar para responder ao chamado do seu olhar: aquele garoto que ousava viver cotidianamente em companhia dos espíritos me mantinha em sujeição. Minha mãe se instalara ao lado da médium e pousava as mãos abertas na mesinha: no círculo de luz, de novo ela me pareceu uma mulher diferente das outras, diferente de todas as outras mulheres do mundo; por isso me aborrecia vê-la ao lado de Lydia, que sabia se manter desenvolta mesmo naqueles momentos. A mão da médium começou a tremer sobre a folha de papel branca. Fulvia sussurrou para mim: "Ele chegou".

Eu estava com medo. Havia empalidecido, claro, como minha mãe, e o olhar de Enea, que me perscrutava incessantemente, piorava ainda mais o meu desconforto. Enquanto isso, Ottavia escrevia, e ia lendo à medida que as sílabas se formavam: "A-ben-ço-o to-dos vo-cês que es-tão a-qui re-co-lhi-dos".

Lydia, com a ajuda de um lornhão, lançou um olhar sobre o papel, e depois, como se tivesse reconhecido a caligrafia de um parente, disse: "É Cola". E a médium assentiu.

Esse Cola era um espírito condutor. Mais tarde Ottavia nos explicou que ele devia pagar a pena de continuar ligado ao nosso mundo, mediante a vida humana dela, até o momento em que pudesse ascender às esferas mais altas. Ottavia falava de Cola como de uma pessoa viva, um parente velho e lunático que morasse na sua casa, havia muitos anos, como pensionista: descrevia o temperamento dele, os gostos, e até os caprichos. Dizia que muitas vezes, quando queria se comunicar e não a encontrava pronta para escrever, Cola se insurgia contra ela, irritado, fazendo-a derrubar o que tivesse na mão, escondendo algum objeto, como faz uma pessoa exasperada, até que Ottavia pegasse papel e lápis e começasse a escrever. Disse que inclusive o tinha visto, algumas vezes, mas à noite, à luz do toco de vela que ela mantinha sempre aceso; ele era alto, e caminhava curvado como se estivesse triste ou intranquilo. Somente uma ocasião vislumbrara o rosto dele, por um instante: não tinha traços definidos, entretanto expressava profunda tristeza. Quando ele se mostrava, Ottavia dizia, era sinal de que se devia mandar rezar uma missa em sua intenção.

Naquele primeiro dia não foi possível nos comunicarmos com Alessandro: quando Ottavia perguntou por ele a Cola, minha mãe se agarrou à mesinha e ficou apavorada.

Cola escreveu: "Vou ver" e nos deixou, como se tivesse ido a um aposento contíguo, com o passo que Ottavia nos descrevera. Eu não conseguia compreender como eles conseguiam caminhar sobre as nuvens, no ar do céu. Cola voltou e escreveu: "Ele agora está ocupado. Não pode vir. Fica para a próxima sexta-feira".

Minha mãe baixou a cabeça ao ouvir aquela mensagem e aquele agendamento; eu comecei a tremer, e Enea segurou a minha mão para me dar coragem. A mão dele era seca e quente, semelhante à do meu pai. A esse contato, me arrepiei sem ousar me afastar: talvez porque já estivesse com os nervos abalados, talvez por causa daquele perfume e daquele breu, o fato é que senti um desejo impetuoso de me aproximar dele, reconhecendo naquele árido calor uma atração secreta e inconfessável.

Enquanto isso, Cola ditava a toda velocidade. Dizia enxergar, no futuro, acontecimentos que mudariam o curso da vida de minha mãe.

"Por quê?", ela perguntou, se debruçando sobre a mesinha com uma expressão ingênua e surpresa.

Houve uma longa pausa na escrita. O lápis se aproximava do papel e depois se afastava, hesitante. De repente Cola começou a escrever com tamanha rapidez inconstante que Ottavia tinha dificuldade para segui-lo.

Depois que o espírito ditou, Ottavia ficou pensativa por um momento, sem nos revelar a mensagem. Visivelmente, sua mão ainda tremia. Por fim ela ergueu os olhos para minha mãe, e sua expressão era séria: desviou o olhar para mim, talvez se perguntando se era o caso de falar sem rodeios. Minha mãe assentiu com um rápido aceno.

Lydia, já não conseguindo resistir à curiosidade, se inclinou sobre o papel e leu através do lornhão. Em seguida baixou as lentes e também começou a fitar minha mãe.

Esta, assustada, pediu:

"Falem: é uma notícia ruim?"

Ottavia balançou negativamente a cabeça e anunciou, mirando-a com deferência: "Ele diz que a senhora terá um grande amor".

Minha mãe não replicou, ficou perplexa, no rosto o leve rubor das jovens noivas. De repente Lydia a sacudiu, batendo com alegria em seu braço ou lhe dizendo: "Oh, querida, querida"; enquanto isso, buscava seus olhos, sorrindo alusiva e maliciosa. Também a médium a fitava sorrindo, comprazida por ter descoberto nela, apesar da modéstia natural, essa virtude insuspeitada e maravilhosa. Trêmula, vencida por aqueles sorrisos encorajadores, minha mãe também sorriu candidamente. Depois me olhou, transtornada.

Mas eu me levantei de chofre e, rompendo a contida ordem do aposento, corri a abraçá-la.

Tudo isso aconteceu um ano antes da morte da minha mãe e, portanto, eu tinha cerca de dezesseis anos. Já era muito alta, mais alta que minhas contemporâneas, e mesmo assim ainda usava duas longas tranças que pendiam sobre meu peito. Meu corpo não adquirira nenhum encanto feminino; as blusinhas brancas que eu vestia pareciam esconder o busto esbelto e magro de um garoto; e, como meu rosto — de caráter nórdico, bastante regular e imóvel — não me legava um riso com covinhas ou rugas graciosas, por longo tempo eu temi que essa aparência masculina se devesse à diabólica encarnação de Alessandro em mim.

Na maior parte do tempo eu vivia em solidão. Na escola, o fato de ser a primeira da classe me isolou bem cedo num círculo de fria desconfiança. E eu tampouco procurava sair dele: a vida da escola pouco me interessava, e o êxito dos meus estudos se devia apenas à impossibilidade que sempre me acompanhou de fazer qualquer coisa superficialmente ou sem entusiasmo. Por outro lado, a indolência dos meus colegas me aborrecia, assim como a vulgaridade de certas atitudes deles. Zombar dos professores, que, segundo me lembro, eram justos e benévolos, fazer uso de modos sarcásticos, dar respostas humilhantes a quem dedicava a própria atividade a nos instruir e aperfeiçoar me pareciam expressões de ânimo grosseiro e bárbaro. Talvez essas minhas apreciações se ligassem ao fato de que a pessoa mais amada por mim, acima de qualquer outra no mundo, isto é, minha mãe, era professora, e por isso eu não suportava a ideia de que ela também pudesse ser tratada daquela maneira por seus alunos; e tampouco me parecia engraçado se vangloriar da própria ignorância e das notas baixas, mostrando assim não ter o mínimo gosto por tudo o que serve para refinar e elevar o espírito.

Meus colegas, obviamente, riam de mim. Demonstrei não me ofender, e isso aumentava a ironia raivosa deles. Um dia, porém, aconteceu algo que me levou a sofrer ameaça de expulsão da escola, e que me parece útil contar.

Entre as colegas com as quais eu vez ou outra conversava, havia uma chamada Natalia Donati, uma garota não muito bonita por causa, sobretudo, de uns óculos grossos que ela precisava usar; era de inteligência modesta, mas doce e sensível, disposta à simpatia. Dizia-se que era apaixonada por um colega mais velho que ela, chamado Andreani, aluno do segundo ano do liceu. Na realidade ela não conseguia deixar de mudar de cor ao vê-lo passar, e uma ocasião, quando voltávamos juntas para casa, resolveu me confessar que só de trocar algumas palavras com ele, no intervalo, sentia que as forças a abandonavam. Seguia-o sempre com o olhar e talvez fosse importuna tentando se agregar aos grupos frequentados por ele, sem ser convidada.

Tais manobras não escapavam aos mais espertos da turma, que se aproveitaram disso para tramar uma brincadeira de péssimo gosto. De fato, Natalia me confidenciou ter recebido de Andreani uma carta afetuosa e depois uma declaração de amor. Em ambas, ele lhe suplicava não revelar a ninguém nem deixar transparecer, durante o intervalo, o segredo amoroso entre os dois, para não o sujeitar a comentários malévolos.

Natalia leu essas cartas para mim num jardinzinho público, o único recanto verde em meio aos tétricos e uniformes edifícios dos Prati. Ela desejara que nos afastássemos até ali porque, dizia, "não gosto de ler as cartas dele na rua, entre os passantes". Esse me pareceu um pensamento delicado. Sentou-se na borda do banco e sua voz se embargava ao repetir as palavras ardentes do amado; eu, porém, ao perceber, por sua emocionada confusão, a importância que minha colega atribuía àquelas palavras, e comparando as expressões escritas com a indiferença absoluta demonstrada por Andreani em relação a ela, comecei a desconfiar que aquelas cartas eram falsas e que a elas se devia os novos gracejos que serpenteavam entre os bancos sempre que Natalia se levantava para responder às arguições.

Acabei descobrindo que as missivas haviam sido preparadas por Magini, um garoto mais velho do que nós e que era repetente; ele as escrevera com a aprovação e o conselho de alguns outros colegas, atrevidos e sem escrúpulos. Não ousei revelar a descoberta a Natalia. Àquela altura, muitas vezes voltávamos juntas para casa, talvez por ser eu a única que sabia do entendimento secreto, e, ao me deixar, ela me beijava o rosto, prometendo continuar me confiando todas as sensações que aquele sentimento lhe suscitava.

Chegou outra carta e de novo Natalia a leu para mim no banco do jardinzinho público: aquelas frases habilmente combinadas me provocavam um sofrimento indizível; me senti compelida a revelar a verdade, mas não queria ser justo eu a lhe causar dor. Creio que exibi uma expressão dolorosa, pois ela me fitou por um momento e depois me abraçou dizendo que eu não devia desanimar, porque bem cedo também teria um namorado igualmente afetuoso.

Voltamos para casa de braço dado. Natalia falava com tamanho entusiasmo que quase me fazia acreditar que a história era verdadeira; mas, quando nos despedimos e eu a vi se afastar radiante, lançando-me um beijo com a ponta dos dedos, achei-a tão patética no casaco verde, com aqueles óculos grossos, que decidi fazer alguma coisa para defendê-la.

No dia seguinte enfrentei Magini após o sinal que encerrava as aulas. Segurei-o pelo braço enquanto ele atravessava o saguão, e comecei a falar baixinho e depressa.

Eu o conhecia pouco, mas, tratando-se de um garoto já grande, me pareceu que seria melhor conversar com ele francamente. Falei-lhe do entusiasmo de Natalia, de sua sensibilidade, da importância que ela atribuíra àqueles escritos. Ele se deleitou ao tomar conhecimento de tudo aquilo: disse que a brincadeira tivera sucesso e bateu no bolso onde, me confidenciou, mantinha uma nova carta para Natalia em que marcava um encontro para o domingo seguinte, no Jardim do Lago. Lá, em vez de Andreani, Natalia encontraria reunidos alguns colegas que iriam rir dela.

Empalideci, e implorei a Magini que desistisse do seu propósito. Ele balançava a cabeça, rindo. Dirigi-me a ele com seriedade: vencendo uma instintiva reserva, tentei fazê-lo compreender a importância dos sentimentos amorosos para uma mulher e como era criminoso brincar com isso. Ele continuava rindo; ou melhor, desde aquele momento, além de rir de Natalia começou a rir do amor. Fitei-o nos olhos lealmente, tentando mais uma vez dissuadi-lo, e minha voz tinha um tom comovido, aflito. Ele respondeu que a carta seria entregue no dia seguinte e que, se eu quisesse, podia ir com o grupo ao Jardim do Lago.

Senti um furor selvagem me invadir, num turbilhão. Magini estava diante de mim e sorria, malicioso, se despedindo. Então, num ímpeto, ergui o braço e o golpeei na têmpora com o estojo de material de desenho.

Ele era um jovem alto; caiu estirado no saguão e os companheiros se amontoaram ao seu redor, enquanto o sangue que escorria de sua fronte lhe empastava os pelos duros das sobrancelhas.

Fui levada à diretoria e deixada sozinha ali. Continuei vendo diante de mim aquelas densas gotas escarlates escorrendo da testa do garoto sobre a camiseta branca que ele vestia. A visão do sangue me era insuportável, assim como a de duas pessoas que brigam se rebaixando a maneiras vulgares. Eu não conseguia compreender como pudera ser protagonista de semelhante cena. Enfim entrou o diretor: era um senhor já idoso que me conhecia bem, porque eu frequentava sua escola havia muitos anos. Antes disso eu entrara em seu gabinete somente para ser elogiada. Ele me falou com bondade, me convidando a explicar o motivo do meu ato gravíssimo. Eu resistia, olhava-o fundo me perguntando se um velho poderia compreender a importância de uma história de amor, ou se iria rir daquilo tal como Magini. Diante do meu silêncio, ele começou a me interrogar, levantando algumas hipóteses. Eu continuava calada. Por fim, segurando minhas mãos, insinuou que Magini talvez tivesse se permitido algumas liberdades comigo e que eu agira para me defender. Então, pedindo segredo, falei. Disse que, depois, ficara horrorizada com o sangue, mas que no momento do golpe desejara que Magini caísse morto. Ele me encarava apreensivo e, no entanto, disse: "Compreendo". Depois falou com Magini e com os outros colegas. Graças à minha louvável conduta de costume, não fui expulsa da escola. A justificativa pública foi que tivéramos uma altercação por causa de um livro. Perdi, contudo, a amizade de Natalia, que me julgou uma garota violenta e vingativa.

No mesmo dia confessei à mamãe o acontecido.

Levei-a para perto da janela que dava para o jardim das freiras: ali, onde havíamos passado juntas muitas horas de doce intimidade, me parecia mais fácil lhe falar do assunto. Fiquei de pé na sua frente e contei devagar, com fartura de detalhes; não tanto para me justificar quanto para fazer com que ela — e talvez eu mesma — compreendesse como tudo aquilo pudera acontecer.

Sentia-me intimidada pelo seu olhar: achava que ela ainda devia me julgar uma menina por causa do meu corpo magro e das tranças. Ela me escutava com atenção, uma das mãos apoiada na face. E, quando eu disse que o golpeara na fronte e que ele caíra estirado e falei do sangue que descia da têmpora sobre a camiseta branca, ela teve um sobressalto, mas não me interrompeu, não me recriminou, me ouviu até o fim.

Depois se levantou devagar, me segurou pelos ombros e, me olhando nos olhos, perguntou, como se falasse com uma mulher adulta:

"Também para você o amor é muito importante, não é, Sandi?"

Fitei-a concordando com a cabeça, agitadamente, e explodi num pranto rasgado, de todo estranho ao ato que eu cometera. Senti se abrir dentro de mim um vazio melancólico ao qual minha mãe, com aquela pergunta inesperada, dera nome; e, amedrontada, me agarrei a ela como fazia quando era menina.

Assim abraçadas ficamos olhando através dos vidros da janela; e nos mantínhamos próximas, face contra face. Lá fora, recordo muito bem, as nuvens estavam baixas e o vento soprava forte, antes de ceder à chuva e ao temporal. Na iminência do ciclone, as freiras haviam fechado cuidadosamente todas as janelas e o muro do convento parecia impenetrável. As folhas mais frágeis tinham se deixado arrancar dos ramos e rodopiavam em meio a rajadas furiosas.

Consolada na tepidez dos braços que me acolhiam, senti uma paz amarga descer em mim. Mas de repente me agitei, murmurando:

"E o papai?"

"Não diremos nada ao papai", ela respondeu.

Após uma pausa, acrescentou baixinho:

"Não se pode dizer tudo ao papai. Os homens não compreendem essas coisas, Sandi. Não consideram o peso de uma palavra ou de um gesto; precisam de fatos concretos. E as mulheres estão sempre equivocadas diante dos fatos concretos."

Depois continuou: "Não é culpa deles. São dois planetas diferentes, os nossos; e cada um gira sobre o próprio eixo, invariavelmente. Existem alguns breves momentos de encontro; instantes, talvez. Depois, cada um volta a se encerrar na própria solidão".

O vento entrava pelas fissuras, sibilando: me dava arrepios.

"Você está tão alta quanto eu, quase", disse minha mãe. "Já é uma mulher, sua adolescência acabou."

Naquele momento recordo ter intuído que ela não permaneceria por muito tempo próxima a mim: suas palavras vinham já de um mundo distante, como se ela me falasse através de muito ar, ou de água. Abracei-a quase como para retê-la e não ousei olhar para o seu rosto temendo captar ali um esboço de despedida.

"Por isso eu gostaria que você fosse um rapaz", prosseguiu. "Os homens não têm, como nós, muitas razões sutis para serem infelizes. Eles se adaptam, os homens: têm sorte. E eu gostaria de deixar depois de mim uma pessoa de sorte. Minha mãe tentava a todo custo me afastar da música, dos romances, da poesia: queria que eu me distraísse, fosse mais forte do que ela. Eu ainda era pequena e ela me contava tristes e sangrentas histórias de amor, esperando que em mim brotasse um senso de defesa instintivo; eram narrativas sombrias, terríveis, alucinantes, e ela as contava num tom de voz baixo, trágico, manifestando sua vocação de atriz. Eu não conseguia escutá-la; chorava, queria me afastar e ela me segurava pelos pulsos. Era uma mulher singular: revelava uma espécie de obstinação ao fazer isso, uma cruel obstinação germânica. Eu me levantava à noite para ler poemas, ou o *Werther*, que era muito difícil, em alemão. Estudava piano com tanta paixão que cheguei a ter, certa vez, um grave colapso nervoso. Ela então parou de me tratar assim; somente um dia me disse, com seu gesto habitual, quase uma mania, de dividir meus cabelos na testa: 'Que pena, eu gostaria que você fosse feliz'."

"Era feliz, a vovó?"

Minha mãe hesitou um momento, depois disse:

"Não creio. Talvez antes de se casar, quando toda noite vivia no palco uma grande história de amor. Depois... Não, depois certamente ela não foi feliz. O casamento dela foi de paixão, mas, visto de perto, se assemelhava aos outros. Do sentimento irresistível que a levara a abandonar o teatro não restara nada, nada mesmo: eles até pareciam entediados por viverem juntos. Não tinham muita paciência e minha mãe era uma mulher violenta. Morreu muito nova, por isso não tenho muitas recordações dela. Mas de algumas coisas me lembro muito bem. No verão, por exemplo, ela me levava de férias ao Tirol. Passeávamos rente aos campos de trigo, entre as grandes montanhas que agigantavam nossa voz, a cada palavra dita. Ela caminhava desenvolta, com uma das mãos segurava a saia longa, com a outra me puxava atrás de si. Enquanto isso, recitava, em voz alta, trechos de algum drama. Recitava em alemão, eu não entendia muito bem. E sua voz era tão diferente da costumeira que me ocorria suspeitar que nela habitava um ser escondido, o qual só se revelava naqueles instantes; alguém que, no lugar dela, continuasse a viver no palco em meio ao odor de pó de arroz, de poeira e de pesada base de maquiagem, no camarim adornado por cestas altas de flores e onde, pendurada no armário junto com o figurino e a peruca, a cada noite ela encontrava uma maravilhosa história de amor." Após uma pausa, acrescentou: "Não, ela de fato não foi feliz. Lembro de seu modo desesperado de me abraçar, de me beijar".

E enquanto isso me abraçava. Ela não sabia, claro, mas o seu era também um modo desesperado de me abraçar. Senti um calafrio, perdida dentro de uma repentina piedade pela minha condição feminina. Éramos, me parecia, uma espécie gentil e desafortunada. Através da minha mãe, e da mãe dela, e das mulheres das tragédias e dos romances, e daquelas que se debruçavam sobre o pátio como das grades de uma prisão, e das outras que eu encontrava na rua e que tinham olhos tristes e ventres enormes, eu sentia pesar sobre mim uma infelicidade secular, uma inconsolável solidão.

"Mamãe", perguntei, com desespero, "alguma vez é possível ser feliz por amor?"

"Oh, sim", disse ela; "creio que sim, só é preciso esperar. Às vezes", acrescentou, em tom mais baixo, "se espera a vida toda."

Essa conversa mudou um pouco as relações entre mim e minha mãe: desde aquele dia, mesmo sem aludir ao assunto, abandonados certos afagos, ela me tratou com mais intimidade, como uma irmã. Preocupava-se menos com a maneira como eu passava meus dias, sabia que eu ficava sozinha por muito tempo e sem dúvida intuía que, desse modo, eu poderia aprofundar o conhecimento de mim mesma e me fazer todas as perguntas próprias da idade.

E assim ela passava, sem remorso, tardes inteiras na *villa* Pierce. Voltava para casa e me dizia: "Meu braço está doendo, toquei durante horas sem parar". Abandonava-se no leito e me chamava para perto, numa leve penumbra. As mãos, sobre a colcha escura da cama de casal, pareciam exangues; sob a pele, numa cor delicada que avermelhava suas faces, circulava um entusiasmo feliz que a rejuvenescia. Poucas vezes me acontecera vê-la embelezada por aquelas cores: somente quando ela falava sobre sua infância ou quando narrava as histórias de Shakespeare e parecia estar febril.

No entanto, algo a perturbava, lá em cima, e era a presença oculta de Hervey, à qual tudo na grande *villa*, coisas e pessoas, parecia obedecer. Seu tom de voz era nervoso, levemente irritado, quando ela falava desse Hervey. "As flores são arrumadas como ele gosta, se adquirem os quadros de seus pintores preferidos e durante a tarde, às vezes, ouço machadadas brutais no jardim, e as árvores de que ele não gosta despencam por inteiro, justiçadas. Não, não, digo sempre a Arletta: é preciso reagir. Quando eu paro de tocar para uma pausa e caminhamos um pouco pelo jardim, ou tomamos chá, ela começa imediatamente a falar do irmão." "E o que ela diz?", eu perguntava, curiosa. "Oh, não sei", respondia mamãe com displicência, "eu mal a escuto." Mas eu sabia que não era verdade.

Uma vez eu a vira descer a escada enquanto o automóvel dos Pierce, que vinha buscá-la todos os dias, estava parado diante do portão. Ela descia rápido, como as jovens que acabam de sair da adolescência e anseiam por se ver na rua para degustar nos olhos dos homens o aspecto delas e seu poder feminino. Ninguém pensaria que somente um carro vazio a esperava.

E, de fato, não estava vazio. Ali dentro, desde então, Hervey a esperava; não se viam fotografias dele nos aposentos da *villa*: mas, em cima do piano, estavam suas mãos, num molde em cera. Brancas, cortadas pelo pulso, separadas uma da outra porque, explicara Arletta, tinham servido de modelo para uma estátua de são Sebastião. "Eu toquei nelas", me disse mamãe, "num momento em que Arletta saíra da sala. Não são frias, sabe? A cera tem uma leve tepidez humana." Ela disse ter pousado uma no braço. Quando fiquei sozinha, passei uma das minhas mãos pelo braço, pelo pescoço, para experimentar a mesma sensação. Era uma sensação perturbadora.

Certa noite perguntei à minha mãe por qual motivo Hervey morava longe da *villa* Pierce. "Ele é doente", respondeu ela, mas num tom específico; sem dúvida o mesmo que Arletta usava, que até os empregados usavam ao falar do sr. Hervey. Ninguém, contudo, mencionava uma enfermidade determinada. Talvez fosse sua qualidade diversa que sugeria atribuir a uma anomalia física o modo diferente que ele tinha de falar, sentir, viver.

No entanto — assegurava Arletta —, algumas vezes Hervey até jogara futebol, quando garoto. Construíra pequenos planadores, se pensava que ele se tornaria engenheiro. Desses planadores se falava muitíssimo, quando Hervey não estava. Aliás, foi uma das primeiras coisas que minha mãe soube a seu respeito. "E depois?", lhe ocorrera perguntar. Então se começava a falar naquele tom abafado, secreto. Depois explodira a guerra: Hervey tinha quinze anos, Shirley nove e Arletta era recém-nascida. Os Pierce viviam em Bruxelas, numa *villa* semelhante à de Roma; o gradil, porém, flanqueava uma grande alameda citadina por onde passava muita gente. Ao anoitecer, Hervey saía da sala de estudos e ia se sentar atrás do gradil. Já não se viam os pacíficos burgueses passeando sem pressa, antes de entrarem de volta para o jantar. Passavam muitos jovens que já envergavam o uniforme militar; e o fuzil no ombro, ou a pistola no flanco, ou a baioneta; armas, em suma. Hervey não sentia pelos soldados aquele interesse tão comum aos jovens; mas, ao contrário, uma espécie de repulsa. Detinha-os com uma desculpa, chamava-os para perto do gradil. Observava o uniforme deles, as insígnias do regimento, espreitava-lhes o rosto sob a boina. Depois lhes dizia: "Não vão à guerra. Não se deve atirar contra pessoas que não fizeram nenhum mal". Os soldados se espantavam ao ouvirem um rapazinho falar daquele modo. E ele continuava: "Joguem o uniforme fora, fujam. Fujam para o campo, se escondam". Junto ao gradil se formavam grupinhos de curiosos: perturbado pela atenção que suscitara, Hervey corria a se refugiar em seu quarto.

Naquela época Hervey parou de fabricar planadores; mais ainda, se ouvisse passar sobre a casa o ronco ameaçador de um avião, empalidecia totalmente. Vinham-lhe súbitos e inexplicáveis acessos de febre nos quais, delirando, falava de homens sepultados vivos num submarino, que não podiam mais emergir do fundo do mar. "É preciso salvá-los", dizia, "salvá-los, libertá-los. Eles gostam do mar tranquilo, são marinheiros, pescadores." Sonhava descer nadando até as remotas profundezas marinhas onde estão as árvores de coral e os bancos de pérolas. Debatia-se no delírio. "Estou batendo no casco, bato, bato, bato. Não respondem mais." Médicos famosos vinham auscultá-lo. Hervey olhava para eles, o rosto rubro de febre. "Não respondem mais", repetia, com os olhos esbugalhados de terror, "não respondem mais." Os médicos o examinavam, Violet Pierce os acompanhava esperando uma palavra. Depois, enquanto lavavam as mãos, girando calmamente o sabão entre os dedos, diziam à mãe, cujo olhar não os abandonava nem por um instante: "É um jovem muito sadio, senhora". "E a febre?", ela perguntava. Eles silenciavam, enxugando com cuidado as mãos, cada unha, cada falange. E ela à espera. "Nervos, senhora, nervos: um pouco de neurastenia." Hervey já não saía do grande parque, nem os pais o impeliam a sair. Ele não queria ver, afixados nos muros da cidade, os grandes cartazes dos empréstimos de guerra nos quais se viam homens com o peito rasgado por feridas horrendas, a farda manchada de sangue. "Não convém fazer a guerra", dizia sem parar, pálido, se inclinando entre as barras do gradil.

As pessoas já conheciam o rapaz: algumas até esperavam que aparecesse para disparar palavrões e insultos contra ele. Hervey era louro e alto. "Alemão", gritavam ao vê-lo. "*Boche*."* E ele respondia: "Não sou alemão, mas, se fosse, que culpa teria eu?". E as pessoas assoviavam. "*Boche*", seguiam gritando, "*sale boche*." Atiravam seixos, e um o alcançou e feriu seu rosto. Os mais jovens haviam se encarapitado nas barras altas do gradil para melhor zombar dele. "Não se deve ferir", continuava o rapaz, sem ressentimento, "é preciso amar a todos, até os alemães, todo homem é um mundo criado por Deus." Os agressores continuavam a injuriá-lo. "Protestante", gritavam, "espião, *boche*." E lhe atiravam pedras nas pernas. Hervey se virou e retornou tranquilo para casa, o sangue escorrendo sobre a roupa. A mãe, ao vê-lo ferido, desmaiou. No dia seguinte três ou quatro pessoas se apresentaram na casa e, como os Pierce eram estrangeiros, os convidaram a partir imediatamente, a deixar a Bélgica. Pela segurança deles, diziam. Por segurança, também remexeram as gavetas de Harold Pierce.

Os Pierce voltaram para a Inglaterra e depois, terminada a guerra, vieram morar na Itália porque Hervey queria estudar música.

"Começou justamente assim", concluía Arletta, balançando a cabeça, "com aquele ódio à guerra. Primeiro, como contei à senhora, se pensava até que ele poderia se tornar engenheiro. Eu gostaria de ter um irmão engenheiro que construísse pontes e edifícios; mas Hervey não gosta de edifícios. Ele nunca se debruça no mirante que nós temos, sabe?, bem no topo da *villa*; dali se veem cúpulas e edifícios; todos os edifícios de Roma, róseos e vermelhos e amarelos, tão diferentes dos edifícios tristes de Londres: um panorama amplo, como do alto do Janículo. Apenas o papai e eu subimos às vezes, para desfrutar da vista. Minha mãe não aprova nossos gostos. No entanto, acredite, senhora, lá de cima é realmente bonito, à noite: se veem as faíscas nos trilhos dos bondes, os grandes anúncios em neon, as luzes acesas… Da janela de Hervey só se avista

* Em francês, termo injurioso para designar um alemão. Adiante, *sale boche*, "alemão imundo".

um grande cedro-do-líbano, uma árvore demasiado velha; meu irmão sempre me conta a lenda sobre ela. Eu não saberia reproduzi-la, é bastante longa; além disso, narrada por mim, perderia todo o sabor: eu não possuo, como ele, aquele jeito de narrar que torna extraordinárias todas as coisas. Mas, em suma, parece que dentro daquela árvore existe um cavalo encerrado. Noite alta, Hervey o escuta relinchar, quando a folhagem sussurra."

Ao me relatar tudo isso, a voz de minha mãe se tornava quente e abafada, como a de Ottavia ao ler as mensagens dos espíritos. Da escassa luz que clareava o aposento emergiam os móveis escuros, semelhantes a rochas soturnas. Na parede diante da cama, meu pai quisera uma grande fotografia de seus pais: eram meios-bustos e os ombros deles se tocavam, seus olhos fitavam severos o fotógrafo. Vestidos de preto, sobre o branco lácteo da ampliação, eles também eram sólidas rochas, escolhos.

"Mamãe", disse eu, baixinho, "não creio que o irmão de Arletta seja doente. O papai também, lembra?, quando leva o dedo à fronte e faz o gesto de girar um parafuso, diz que nós somos doentes."

"Ele diz isso, não diz?"

Ela se virou para me olhar: talvez quisesse descobrir nos meus olhos o verdadeiro significado da minha alusão. Em seguida me envolveu num abraço e permanecemos em silêncio, enlaçadas, sobre o leito alto. Por dentro, sem dúvida ela me dizia "minha menina", dizia "Sandi", dizia "querida, querida"; mas eu precisava intuir tudo isso sem lhe perguntar nada, compreendê-lo a partir daquele modo de abraçar desesperado que havia sido — ela me contara — habitual inclusive na vovó. De resto, eu sentia que não poderia abraçar, um dia, de nenhum outro modo outra mulher que fosse minha filha.

No ano seguinte Arletta começou a tocar piano; durante todo o inverno minha mãe fora todos os dias à *villa* Pierce e eu ficara sozinha. Foi um inverno triste e chuvoso, ou talvez tenha me parecido assim por causa da minha solidão; mas sem dúvida, quando rememoro aqueles dias, parece que sinto um odor de terra molhada e vejo o céu branco, nublado, para além das vidraças da janela.

Deixados sozinhos, com frequência meu pai e eu tínhamos oportunidade de conversar. Ele, aliás, parecia ter vontade de se aproximar de mim, embora não por se interessar pela minha educação nem para me conhecer melhor, mas só com o objetivo de tagarelar e preencher o tempo. Sentava-se ao meu lado e queria me encontrar disposta a lhe repassar informações e mexericos sobre as moças do prédio, que ele conhecia por tê-las visto passar pela escada. Não sabia o que fazer de si quando estava livre da repartição e terminara a leitura do jornal: lia diligentemente até os anúncios econômicos, ainda que jamais comprasse ou vendesse nada, e as mais insignificantes notícias da província. Ler o jornal era obrigatório, segundo ele; ler livros, porém, significava perder tempo. E ele se ocupava justa e unicamente em perdê-lo: se sentava na poltrona lixando as unhas, se debruçava na janela, descia para tomar um café no bar da esquina. Duas vezes por ano ia ao Abruzzo, à casa da Vovó, e voltava trazendo o dinheiro obtido com a venda das azeitonas e dos figos secos.

Íamos esperá-lo na estação ferroviária, todas juntas, mamãe, Sista e eu, para ajudá-lo a levar até o bonde duas cestas grandes cheias de provisões. Não costumávamos frequentar as ruas barulhentas do centro, em meio a tanta gente: na estação, seguíamos com olhos arregalados as pessoas que iam e vinham, rumo a países desconhecidos. Eu retornava mentalmente às descrições que mamãe fazia das fabulosas cidades onde a vovó ia se apresentar. Distraídas, partíamos suspensas à fumaça cinzenta que saía ondulante das chaminés, como à cauda de um cometa. O sopro dos pistões provocava uma palpitação pesada e acelerada em nosso peito. "Estes", dizia mamãe, "são os trilhos que levam a Viena." E ambas aguçávamos o olhar tentando segui-los ao longo de todo o percurso e até o destino.

Sista nos chamava: "O trem chegou", e sua voz grave, seu aspecto severo no vestido preto, no lenço preto atado sob o queixo, nos devolviam aos nossos hábitos melancólicos. Ainda devaneantes, recuávamos, com receio de ser atropeladas pelas rodas da locomotiva. Por fim uma cesta coberta por um pano branco, encostada à janelinha, nos informava que meu pai havia chegado.

De imediato, ao nos abraçar, ele anunciava: "Trouxe *caciotta** e *capocollo*". Ele gostava de comer bem. Tinha o aspecto do gourmet e o modo de vestir próprio do homem maduro que deseja agradar às mulheres. Levava

---

* Pequeno queijo fresco ou maturado, macio, difundido sobretudo na parte centro-meridional da Itália. A seguir, *capocollo*, também chamado *coppa*, é uma espécie de salame.

sempre consigo um pequeno pente e um estojo com alguns cigarros leves, embora raras vezes fumasse. Quando saía, nas tardes de sábado, passava brilhantina no bigode e no cabelo; e, depois que ele fechava a porta atrás de si, permanecia nos cômodos um odor penetrante que me incomodava profundamente. Eu abria portas e janelas para o perfume se dissipar e, enquanto este não desaparecia de todo, eu não sentia ter voltado a estar de fato sozinha. Não amava meu pai: era sempre levada a lhe responder secamente ou com dureza, embora fosse meu hábito ter modos corteses com quem quer que fosse.

Às vezes ele se aproximava de mim quando eu me sentava no meu cantinho, junto à janela. Sua presença me aborrecia tanto que me fazia assumir uma atitude hostil e rebelde.

"O que está fazendo?", perguntava ele, interrompendo minha leitura.

"Não está vendo?", eu respondia, áspera.

"Pois é. De que se trata?"

De má vontade, eu lhe mostrava a capa. Ele prosseguia:

"Você gosta de ler, hein?" E acrescentava: "É igual à sua mãe".

Em seu tom de voz se percebia uma inflexão de sutil desprezo; ele sempre adotava aquele tom quando dizia "sua mãe" em vez de dizer "a mamãe".

"E daí?"

"Daí que vocês não são como as outras mulheres, que gostam de ir ao cinema, de se sentar no café, e quando estão em casa costuram, trabalham, arrumam os cômodos. Vocês são princesas."

Frequentemente meu pai usava essa palavra, pretendendo, com o título nobiliárquico, resumir a preguiça, a inércia, o gosto pelas coisas fúteis e refinadas. Mesmo assim eu, tremendo de raiva, mantinha em relação a ele uma calma gélida, para não o admitir na intimidade de um ressentimento meu.

"Por que você diz isso?", perguntava então, sem encará-lo, continuando a separar as páginas do livro. "Nós gastamos demais, por acaso?"

"Oh, não, na verdade não."

"A casa está desarrumada? Não gostou da comida?"

"Pelo contrário."

"Nós pedimos diversões e roupas luxuosas?"

"Não, por certo não."

"E então?", eu perguntava, erguendo finalmente para ele um olhar carregado de antipatia reprimida. "E então?"

"E então não sei, mas vocês são mulheres diferentes das outras, estou te dizendo. Talvez seja culpa dos livros. Mas vocês têm alguma coisa, aqui, que não funciona."

E levava o indicador à têmpora, fingindo girar um parafuso: aquele gesto, que ele repetia com frequência, tinha o poder de me exasperar. Eu sentia o impulso de golpeá-lo com os punhos, com toda a força; e em vez disso, a duras penas, voltava a baixar os olhos sobre o livro, recomeçava a ler. Ele permanecia ali, na poltrona, porque não tinha nada para fazer; limpava as unhas com o meu corta-papel e enquanto isso me observava como se eu fosse uma pessoa qualquer, uma jovem sentada ao seu lado no bonde. Quando ele me olhava assim, instintivamente me ocorria esticar a saia sobre os joelhos.

Seguiam-se longos silêncios embaraçosos. Depois ele concluía o longo exame da minha pessoa:

"Você é magra", dizia, "na sua idade as moças já têm peito."

Eu corava, como que esbofeteada, e um constrangimento humilhante se difundia em mim, sob a pele: não lhe reconhecia o direito de me falar de coisas tão íntimas e completamente estranhas à confiança que uma relação paterna justifica.

"Você é como sua mãe."

"Minha mãe é uma mulher linda", eu protestava, enérgica.

"Sim", ele respondia, calmo. "Mas não tem peito."

Levantava-se, ia ler o jornal, ouvir rádio, e me deixava derrotada.

O temperamento do meu pai e sua fraqueza diante das belas formas femininas não escapavam a Fulvia, que me dizia:

"Seu pai gosta muito de mulheres. Percebo isso pelo modo como ele me olha. Dias atrás, me parou na escada e perguntou: 'Você é a amiguinha da Alessandra, certo?'. Acenei que sim e escapuli. Ele queria me agarrar. Mas os homens que têm esposa me dão nojo."

Muitos anos depois, Fulvia me disse que, naqueles tempos, com frequência ele a esperava na escada. Não lhe fazia propostas de amor nem tentava beijá-la: queria apenas tocá-la, como se ela fosse uma coisa. Disse-me também que, apesar da repugnância que aquelas mãos suscitavam nela, não ousava se defender, retida por uma espécie de sujeição perante um homem velho, marido de uma amiga de sua mãe. Por isso se deixava tocar, demonstrando não conhecer ainda o significado daqueles gestos e fingindo entendê-los como brincadeiras.

Fulvia era muito graciosa naquela época: ou talvez "graciosa" não seja o termo adequado. Era atraente e provocante, como muitas moças da burguesia romana em sua idade; tinha cabelos pretos e luzidios, estudadamente penteados, e um busto atrevido que ela não se preocupava em esconder. Se alguém lhe sussurrava um elogio, quando saíamos juntas, ela respondia em voz alta, com uma frase não desprovida de espirituosidade. Ignorava a minha timidez, os meus rubores. Mantinha uma correspondência regular com um rapaz que morava no prédio em frente e conversava com ele da janela, por meio do alfabeto de mudos; com outro, seu colega de escola, ia passear no campo em vez de frequentar as aulas. De resto, não precisava mentir, porque era livre na maneira como passava seus dias: em geral, Lydia ficava a tarde inteira com o capitão.

No fundo, Fulvia desfrutava com parcimônia dessa liberdade. Quando a mãe saía, ela se sentava diante da penteadeira e se divertia pintando os lábios e os olhos, arrumando os cabelos de várias formas, presos acima da nuca, reunidos na fronte num topete, tal como via nas revistinhas cinematográficas das quais era leitora assídua. Em casa se vestia com muito desleixo, como quase todas as garotas do condomínio; usava vestidinhos de algodão, desbotados por muitas lavagens, tornados curtos e apertados, rasgados sob as axilas; calçava sapatos velhos, usados como chinelos; no verão circulava nua, até mesmo por baixo do curto robe de estampa florida, muito apertado na cintura por um cinto. Quando estava sozinha untava o rosto com azeite de oliva, passava nele fatias de batata e suco de limão, embora tivesse uma pele muito jovial. Sua pele, aliás, era a coisa mais bonita que ela possuía; fina, transparente e aveludada. Quando nos deixavam sozinhas, eu tinha vontade de pedir: "Me deixa tocar?"; mas não ousava.

Eu, ao contrário, ia ficando cada vez mais taciturna e solitária. Não fosse por Fulvia, passaria dias inteiros fechada em mim mesma. Sentia que uma nova idade estava me transformando: e isso me fazia sentir uma perturbação fascinante. Na escola, o que acontecera com Magini certamente não servira para me tornar popular. As palavras que trocava com os professores eram, muitas vezes, as únicas que pronunciava ao longo da manhã. Os colegas não mostravam nenhum interesse por mim: "É metida e antipática", ouvi comentarem um dia; outra vez escutei dizerem: "É feia".

Muitas vezes, até Fulvia me ignorava por dias inteiros. Depois, de repente, me chamava da janela do pátio: "Venha aqui", dizia, autoritária. Assim que ela me chamava, eu fechava o livro e ia encontrá-la, subindo os degraus de dois em dois.

Deparava com a porta semicerrada e, na casa vazia e silenciosa, Fulvia ocupada em algum cuidado pessoal que ela não interrompia quando eu chegava. Nas longas tardes de verão, nos entretínhamos conversando no terracinho. Este sobrelevava a cidade, parecia que o grande edifício em que morávamos nos carregava em triunfo. Dali só se viam terraços desertos, telhados vermelhos e um campanário onde as andorinhas se refugiavam. Nosso assento era uma tábua estreita, apoiada sobre dois latões vazios. Às vezes Fulvia se estirava na tábua, me deixando apenas um espacinho para me sentar a seus pés; seu robe se abria sobre os ombros, os seios, as pernas, que eu contemplava com ávida curiosidade.

"Estou com calor, me abane", dizia ela, parando de tagarelar.

Eu obedecia, aceitando que me tratasse como a uma escrava. Sentia que Alessandro estava apaixonado por ela e queria consumi-la com os olhos. Mas era ingênua demais para poder aceitar conscientemente aqueles impulsos. Sentia prazer em observá-la, enquanto ela contava algo. Fulvia tinha um jeito brusco, ao falar, quase atrevido. O amor era para ela uma coisa apressada, banal, um pouco suja: os colegas com quem se habituara a sair costumavam usar uma linguagem fácil e grosseira, contavam historietas picantes, fumavam. Ela se comportava, com eles, como um homem; com todos, menos com Dario.

Dario era o rapaz que morava no condomínio em frente: frequentava a universidade e, quando os exames estavam próximos, se via sua janela iluminada até tarde da noite. Carregava os livros inclusive quando ia com Fulvia até o campo; se sentava, encostava-se a uma árvore e estudava, enquanto ela tomava sol. "Muitas vezes", ela me contava, "eu tiro a blusa."

"E por baixo usa o quê?"

"Por baixo? Nada. Estou toda bronzeada", dizia, abrindo um pouco o decote.

"E Dario?"

"Dario estuda e fica de sentinela. Me avisa, me diz 'cubra-se que aí vem gente', se eu fecho os olhos ele joga pedrinhas em mim para me acordar. Quando se cansa de estudar, deita-se na grama junto de mim."

Eu vigiava a porta, temendo que minha mãe pudesse surpreender nossas conversas. Depois, ruborizada, me voltava novamente para Fulvia e pedia: "Conte, conte mais, me explique". Queria que ela me falasse de Dario. "Você o ama?", perguntava. Ela respondia que não. Dizia que aquelas cartas e aqueles encontros não lhe causavam comoção alguma. Eu não compreendia então por que ela fazia tudo aquilo e certa vez perguntei isso timidamente, violando os estreitos limites da minha reserva habitual.

Ela respondeu, olhando séria para mim: "O que eu deveria fazer? Não valho grande coisa. Não sou como você, de jeito nenhum".

Interrompi-a, protestando energicamente. Achava que uma mulher jamais deveria descer àquela resignação amarga.

Certo entardecer, enquanto escurecia — ela estava deitada no banco e eu sentada a seus pés —, me explicou como são feitas as crianças.

Por causa das narrativas de Fulvia e das sessões espíritas, eu tinha dificuldade de ter um sono calmo, à noite. Quando meus pais se fechavam no quarto e a voz de minha mãe silenciava detrás da porta fechada, me parecia estar sozinha, abandonada a mil ameaças ocultas na sombra e nos meus pensamentos.

As recentes explicações da minha jovem amiga, às quais, em sua presença, eu demonstrara não dar importância, me mantinham, ao contrário, desperta e perturbada durante muito tempo. Era raro eu ir à igreja para me confessar e até então mal tivera consciência da culpa; de repente intuí o que era de fato o pecado e senti a miséria dele, junto com seu irresistível e obscuro poder. Ao mesmo tempo me parecia que só pela obediência cega do amor alguém podia ser arrastado a aceitar aqueles gestos, pagando-os talvez com a vida, como Desdêmona ou Francesca.* No entanto, Fulvia dissera: "É uma coisa que não tem nada a ver com o amor". Ante meus protestos, acrescentava:

---

* Protagonista, junto com seu cunhado Paolo, do Canto v do "Inferno" da *Divina comédia* de Dante. Os dois mantêm uma relação adúltera e por isso são trucidados pelo marido traído.

"Dario também diz isso". Mas eu não conseguia acreditar; desconfiava que ela queria me enganar, dada aquela sua mania de se mostrar cínica e indiferente.

Quando estava na cama, no escuro, na agitação da minha mente eu passava em revista os casais que conhecia, a vida deles, seus sentimentos. Achava inverossímil que os mesmos homens, que nunca tinham, durante todo o dia, uma palavra de amor por suas companheiras, de repente, à noite, pretendessem encontrá-las prontas para aqueles terríveis abraços. Tinha a impressão de ver as mulheres retomarem de manhã seu trabalho cotidiano trazendo nos olhos a lembrança de uma humilhação desgastante.

Agora que imaginava essas coisas, eu experimentava uma afetuosa piedade pelas minhas vizinhas. Eu estava sozinha na pequena sacada, encolhida num canto como um cão. E elas estavam sozinhas com seus gestos, que, vistos de longe, pareciam atos de loucura: agitar muitas vezes um pano, bater repetidamente um bastão sobre um tapete estendido. Cada uma de nós estava sozinha no mundo, um ponto preto no mundo, Europa, Itália, Roma, Via Paolo Emilio 30, apartamento 6, apartamento 4, apartamento 1. Como um cão, eu aceitaria de quem quer que fosse um gesto de amor; elas aceitavam aquela aproximação rápida de um homem que as envolvia, por uma hora, no calor de sua própria vida.

Eu sabia que não era fácil resistir. Durante as sessões espíritas, Enea se sentava ao meu lado, segurava meu braço com sua mão quente, árida, e eu não ousava me afastar, vencida pela novidade daquele contato que no entanto me resultava odioso. Certa vez ele veio à nossa casa para avisar que Ottavia estava doente. Entrou no vestíbulo e, enquanto falava, girava o olhar ao redor: a porta ainda estava aberta e eu me apoiava nela com mão trêmula. "Está sozinha, Alessandra?", perguntou. Assenti e ele empurrou docemente a porta até fechá-la. Eu nunca o encontrara fora das sessões; me parecia que ele trazia consigo o odor do incenso e que em torno de seus braços esvoaçavam os espíritos. "Faz muito tempo que eu queria encontrá-la um momento sozinha", declarou. Enquanto isso se aproximava de mim, ao passo que eu recuava até a parede. Enea já era um jovem crescido, seu olhar pousava em mim e, onde este pousava, minha carne amolecia como se os ossos se desmanchassem. "Sabia", perguntou, "que eu estou apaixonado por você?" Aproximava-se e com ele o calor de todo o seu corpo se aproximava de mim. "Talvez eu sinta nojo", pensei, "talvez, se ele se aproximar mais, eu venha a sentir nojo."

Quando ele aproximou sua boca da minha, me esquivei, para me subtrair à sua respiração. Eu sentia nojo, felizmente: sentia nojo. Escancarei a porta, e entrou um ar frio. "Vá embora já", falei baixinho, com dureza, "saia daqui." A escada estava às escuras. Se ele ainda tentasse se aproximar, eu me defenderia: pensei na tesoura aberta sobre o trabalho interrompido. Não queria que ele tocasse em mim. Ele viu nos meus olhos uma aversão tão decidida que saiu, murmurando apenas: "Você é uma idiota".

Voltei para o meu canto, me joguei na poltrona. Parecia-me que Enea circulava invisível pela casa como os espíritos depois das sessões. Tive medo de que minha mãe percebesse, ao retornar. "Como é que você sabe?", me perguntou, quando eu lhe disse que Ottavia não viria no dia seguinte. "Ela mandou recado por Enea", respondi. Estava sentada diante de minha mãe e a fitava, chamando-a com urgência internamente: "Olhe-me bem, mamãe, olhe o que está nos meus pensamentos". Certa vez, surpresa com a intensidade do meu olhar, ela perguntou: "O que você tem, Sandi?". "Nada", respondi, e desejei que ela não acreditasse.

Mas, pelo contrário, ela sempre acreditava em mim. A culpa era minha, talvez, se havia já algum tempo eu não conseguia me fazer reconhecer. Minha mãe passava ao meu lado, graciosa em sua postura recatada, ignorando que minha mente era habitada por curiosidades malsãs, pensamentos abomináveis. "Boa noite, Sandi", me dizia com uma carícia. "Boa noite, mamãe", eu respondia; e enquanto isso, internamente, chamava-a desesperada, dizia: "Não me deixe, me ajude". Minha mãe não compreendia: se minha mãe não compreendia, ninguém jamais poderia compreender. Talvez fosse essa gélida solidão o que ela queria afastar de mim, quando parecia querer me impedir de crescer, de me tornar adulta. Eu me agarrava a ela em pensamento: "Mamãe, estou com medo", berrava, e, embora não conseguisse encontrar voz, ela decerto me escutaria mesmo assim, como havia sido até então. Em vez disso, ela não me ouvia mais, e sem sua ajuda eu era frágil, pecadora. Minha mãe, me vendo virada para ela, tocava de leve em meus cabelos e, com um sorriso, me chamava "minha menina".

Com medo de ficar sozinha diante desses pensamentos, eu retinha Sista até tarde, fazia-a se sentar junto da cama.

"Sista", perguntei certa ocasião, bruscamente, "você já se apaixonou alguma vez?"

"Não", respondeu ela.

"Nunca, nunca mesmo?"

"Nunca."

Eu fitava seus traços regulares, a fronte pura: ela devia ter sido bela, um dia.

"Por quê? Nunca alguém de sua aldeia a cortejou?"

"Oh, sim: quando eu era jovem."

"E então?"

Ela hesitou um pouco, antes de responder baixinho:

"Os homens são uns porcos, Alessandra."

Deitada que estava, me sentei de supetão, irada. "Saia daqui", mandei, "vá dormir, vá embora."

Depois me virei para a parede além da qual minha mãe dormia com uma das mãos embaixo da face, como era seu hábito. E esperei que, através do silêncio noturno, ela me ouvisse chorar, pedindo-lhe ajuda desesperadamente.

Homens, naquela época, eu conhecia bem poucos: suas maneiras, sua voz, posso dizer, me eram quase desconhecidas. Meu pai, ao perceber que eu estava me tornando uma jovem nada feia, se apressara a me fazer abandonar a escola mista e me matriculara num liceu feminino dirigido por uma velha solteirona que tinha metade do rosto escondida por uma áspera mancha de cor roxa.

Assim, a consciência da minha condição de mulher me sugeria um sentimento de culpa. Envergonhada, eu descobria no meu corpo cada indício que revelasse tal condição e a tornasse óbvia não só para mim mesma como também para os outros.

Se simplesmente encontrava um homem na escada do prédio, enrubescia de repente e acelerava o passo, como se quisesse me esconder. Contudo, quando estava sozinha, não conseguia vencer minha curiosidade doentia. No bonde, observava atentamente os gestos dos homens, o modo como eles puxavam a carteira do bolso, como contavam o dinheiro; olhava seus dedos amarelados pela nicotina; se me visse espremida numa multidão, aproximava o rosto do impermeável, do casaco de um oficial, e aspirava aquele odor forte de tabaco e couro, que me parecia o odor de uma raça diferente.

Às vezes, meu pai anunciava a visita de algum colega de repartição. Gostava de receber esses amigos na sala de jantar e insistia em lhes oferecer uma taça de vinho, coisa que minha mãe não aprovava. Durante a tarde inteira, eu ficava curiosa e perturbada pela ideia dessa visita noturna. Ao ouvir a campainha, precisava me controlar para não demonstrar a apreensão que me tomava ao simples pensamento de me apresentar a um homem, apertar sua mão, falar com ele.

Do outro lado da mesa ficavam meu pai e seu amigo, e em frente aos dois minha mãe e eu graciosamente sentadas, olhando atentas para eles como para um palco de teatro. Tínhamos muitas coisas agradáveis e interessantes para contar, eu gostaria de falar de certos livros que lera, e minha mãe, da música, talvez. Mas eles nunca nos perguntavam nada.

Sobre mim, comentavam que havia crescido e isso os surpreendia como se crescer fosse um arbítrio, uma licença que eu me dava: depois, de repente, meu pai acrescentava que estava ficando velho e o outro dizia "Sim, sim", mas riam com malícia, de maneira ambígua. Em seguida, prontamente, com poucas frases, reconstituíam a repartição ao seu redor, e assim adquiriam maior desenvoltura.

Parecia-nos impossível que eles gostassem de se ver, inclusive à noite, de volta aos interesses mesquinhos da repartição, às misérias em meio às quais já devia ser penoso passar grande parte da vida cotidiana: no entanto, especulavam, preocupados, se lhes seria concedido, por ocasião de uma festividade próxima, um dia de folga. "Eles têm que dar", diziam. "Vão dar, sim", e riam de um modo obsceno e espalhafatoso, ostentando a certeza de que o pessoal do governo tinha medo deles.

Meu pai, contudo, não sabia nada de política. Da leitura do jornal extraía apenas uma surda e irônica irritação, em especial no que dizia respeito aos salários dos funcionários públicos. Quando estes eram contemplados por um pequeno aumento ou uma gratificação, nos mostrava a notícia impressa no jornal, nos dando um tapinha no ombro e uma piscadela, como se aquilo resultasse de uma manobra pessoal dele. Em relação ao Estado não sentia nenhuma solidariedade, mas só desconfiança, tal como a sentiria em relação a alguém que estivesse sempre prestes a tapeá-lo e com quem ele quisesse se envolver numa competição de astúcia. Com frequência mencionava pequenos truques para trabalhar o mínimo possível, na repartição, e às vezes ele e os amigos falavam de um superior demasiado zeloso a quem haviam apelidado Codino.* Essa alcunha lhes suscitava o humor só de pronunciá-la: "Você viu Codino?", diziam, e depois riam, com alegria. Ao que parece, da janelinha do lavabo era possível ver, no verão, as funcionárias do Ministério do Tesouro despirem o avental preto no horário de saída: meu pai e seu amigo se acusavam reciprocamente de ser assíduos no lavabo, naquela hora. Eu enrubescia, mamãe enrubescia, mas não se virava para mim para não ter de sustentar meu olhar. Eu fitava meu pai, enquanto ele, satisfeito, contava aquilo, e o fato de ele ter se reduzido ao nível dos meus colegas de escola me desagradava. Tentava sentir ternura por ele e não conseguia. Parecia-me que, fosse como fosse, a ternura que se podia experimentar pelos homens não devia nascer da piedade. Eu não queria experimentar piedade por um homem. "Viu que quinta-feira temos feriado? Eles tiveram que dar."

Do feriado eles se beneficiavam à sua maneira; era o descanso deles, o seu deleite: se sentar diante de uma taça de vinho esperando que na manhã seguinte a repartição reabrisse. Mas era uma folga às expensas do Estado, e por isso era um desaforo bem-sucedido, embora custasse muitas horas de tédio e de monotonia. Nos feriados meu pai perguntava: "Que horas são agora?" como quem espera que um trem passe, em meio à noite, na estação. "O Estado são vocês", recordo que mamãe disse certa vez. "Nós?", respondeu meu pai, fingindo irônica surpresa. "Nós?", repetiu. "Eu e ele?" "Vocês dois também, como todos." Os dois então recomeçaram a rir: "Ha, ha", relaxando nos assentos. "Se fôssemos nós o Estado, mostraríamos a você." "Para mim bastaria um ano", disse o outro, com repentina seriedade admoestadora. "Como assim?", meu pai replicou. "Um mês, oito dias." Finalmente estabelecido que vinte e quatro horas lhes seriam suficientes para assegurar o bem-estar do país, se serviram de outra taça de vinho. "Para começar", disse meu pai, "eu gostaria de ver Codino limpar as latrinas."

Eu não ousava crer que aqueles fossem mesmo "os homens". Os livros haviam me ensinado, sobre estes, coisas muito diferentes. Eu sabia que não eram assim: sabia com tanta convicção que às vezes experimentava um desejo furioso de me afastar daqueles, de enxotá-los, a fim de que não se extinguisse

---

* Literalmente, "Rabicho", trança ou tufo de cabelos presos acima da nuca, penteado masculino típico das classes aristocráticas no século XVIII. Por extensão, "reacionário", "conservador".

em mim a expectativa por um homem semelhante ao Devushkin de *Gente pobre*, leitura que naquela época me deixara fascinada e comovida. Não, não, eu dizia a mim mesma, e talvez balançasse a cabeça, não, não, porque mamãe segurava minha mão sob a mesinha e a apertava com força.

De homens se falava muito na casa de Fulvia. Direi, aliás, que raramente se falava de outro assunto. Ao entardecer, sobretudo na primavera e no verão, muitas moças se reuniam no terracinho que ela usava como sala. Algumas dessas moças moravam no mesmo condomínio, outras eram colegas de escola ou vizinhas.

Fulvia constituía o centro daquelas reuniões: tinha um forte poder sobre essas suas contemporâneas, que, como eu, estavam ali para obedecer a ela. Muitas vezes Fulvia as tratava duramente, até ordenava: "Vá buscar na cozinha um copo d'água para mim". Ou então dizia: "Estou com fome, vou comer", e, com uma indelicadeza que me fazia corar, devorava pão com azeite, ou uma bela fruta, diante dos olhos cúpidos das outras.

Se sua mãe estivesse ausente, Fulvia se arriscava a fumar dois ou três cigarros. "São os do capitão", dizia. Inebriadas, alargávamos as narinas quando a fumaça azul passava diante de nós. "Cigarros finos", dizia Aida, "meu irmão fuma os nacionais." "São cigarros egípcios", Fulvia explicava; e o hábito dessas mercadorias exóticas aumentava o fascínio do capitão misterioso. "Hoje ele está em inspeção", Fulvia nos confidenciava às vezes. Nesses dias Lydia ficava em casa e sorria para nós distante como uma jovem viúva. Seu busto rotundo, sobre o qual muitas vezes ela pregava uma flor, nos parecia inflado de incontível paixão. Imaginávamos o capitão relegado na caserna como um patriota no exílio.

Com frequência Fulvia lia em voz alta as cartas de Dario ou algum bilhete que os colegas a faziam encontrar entre os cadernos. Uma colega sua, chamada Rita, dizia que até o professor, um homem de trinta anos, era apaixonado por Fulvia.

"Sim… mas depois me dá nota seis…", replicava Fulvia.

"Mas deveria lhe dar zero."

Nós ríamos, sabendo que era verdade. Maddalena, uma lourinha lânguida e rosada que estava na mesma classe, dizia que seu irmão também se apaixonara por Fulvia. E assegurava que Giovanni, desde então, se tornara um irmão extremamente solícito. "Até vem me buscar na saída", dizia, rindo. Percebia-se que ela ficaria feliz se viesse a saber que Giovanni estava noivo de Fulvia (entre nós se usava na época a palavra "noivado" para qualquer namorico em nossa idade), talvez ele até tivesse recorrido a ela para que atuasse como hábil intermediária, e Maddalena descobria um sabor picante nessa tarefa.

"Venha comigo à Villa Borghese amanhã, Giovanni vai estar lá. Depois, quando escurecer, eu deixo vocês sozinhos num banco."

"Vá, sim", incitavam as outras, "vá, Fulvia", e era como se todas estivessem na escuridão da Villa Borghese, à espreita.

Eu olhava para ela, séria: gostaria de segurá-la pelo braço.

"Não gosto do seu irmão", Fulvia respondia. "Ele me chama de senhorita. Deve ser um idiota", repetia com frequência, para humilhar Maddalena, que por sua vez se rebelava contra aquela insinuação, como se o prestígio de toda a sua família estivesse comprometido pela ironia fácil da amiga.

Um dia, quando estávamos todas reunidas no terraço, Fulvia perguntou a Maddalena: "Não tenho visto seu irmão. O que houve, entrou para o seminário?".

Todas começaram a rir, zombando dele. Aida imitou o gestual de padre e, olhando de esguelha, fingiu recitar choramingando o rosário.

Maddalena olhou para elas com uma espécie de raiva contida: "Riam, riam", dizia, "podem rir. Se vocês soubessem o que encontrei na gaveta do meu irmão…".

"O quê?", perguntaram as outras, repentinamente curiosas.

Maddalena não respondeu, se limitando a repetir: "Riam, podem rir de Giovanni".

"O que você encontrou? Cartas de amor de Greta Garbo?", perguntou Fulvia, com desdém.

"Encontrei a fotografia de uma mulher completamente nua, que esconde o rosto com as mãos. Uma mulher belíssima."

Houve um silêncio. As moças se calaram e olharam admiradas para Maddalena, que detinha esse segredo, e depois para Fulvia, que supunham humilhada e derrotada. Mas Fulvia se ergueu num salto.

"Mais bonita do que eu?", disse, deixando cair o robe e surgindo nua contra o fundo cinzento do reservatório de água.

66

As moças soltaram um gritinho e olharam para ela. Eu desviei imediatamente a vista, sem sequer distinguir as formas do seu corpo, e escapuli. Atravessei a cozinha, o corredor escuro. Já estava com a mão sobre o ferrolho quando Fulvia me alcançou.

Ainda estava nua, mas apertara o robe em torno do corpo a fim de se cobrir. Segurou-me, me acuou num canto junto à porta da casa. Eu via seu rosto e seus ombros como uma confusa névoa esbranquiçada.

"Você me despreza, não é?", disse, me pressionando para que eu não fugisse.

As forças me faltavam. "Me solte", murmurei.

"Você me despreza, não é?", repetia ela; e, acariciando meu rosto: "Tem razão", murmurou. "Me perdoe. Pode ir. Vá embora, Alessandra. Vá embora."

Acariciou meus cabelos. Beijava-me com ternura, como a uma irmã mais nova. Depois abriu ela mesma a porta e me empurrou para fora.

Ouvi-a dizer, quando retornou ao terraço: "Aquela bobalhona já fugiu".

Fiquei cerca de um mês sem vê-la. Mas meu impulso seria o de voltar à sua casa, de imediato, e lhe suplicar que me perdoasse. Eu a ouvia cantar, rir, e isso me atormentava. Parecia-me que a errada era eu: eu, que carregava meu corpo como uma culpa. Gostaria de lhe explicar a presença de Alessandro, mas não ousava: temia que se tratasse de uma anomalia congênita, como se eu escondesse no sapato uma pata de cabra. Naqueles dias eu li, nos jornais, sobre uma moça que, em torno dos vinte anos, descobrira ser homem. Recortei a matéria e a escondi num livro. Não conseguia me convencer de que era uma jovem como as outras. Parecia-me, sobretudo, que a sinceridade das minhas amigas era muito mais honesta do que a minha covarde reserva.

Um dia eu estava sentada na sacada, ocupada em cerzir umas meias velhas do meu pai, quando Fulvia me chamou:

"Alessandra."

Levantei a cabeça e vi em seu rosto uma expressão zangada.

"Suba aqui", disse ela, recorrendo a uma solidariedade toda feminina, já sem lembrar o que acontecera no terraço. "Prenderam o irmão de Aida", me explicou, assim que entrei em sua casa. E, me levando pelo braço, me conduziu ao seu quarto como se tivéssemos nos deixado somente uma hora antes.

Aida estava sentada na cama, séria. As outras estavam ao redor dela. Maddalena segurava uma boneca sobre os joelhos.

"O que ele fez?", perguntei.

Em vez de responder, as outras me fitaram, hesitantes. Imaginei que se tratava de algo vergonhoso a que ninguém quisesse aludir.

"Roubou?", insinuei, mais baixo.

Eu jamais vira o irmão de Aida. Sabia que se chamava Antonio e aprendia o ofício de tipógrafo. Dele, como de todos os irmãos de nossas colegas, conhecíamos os gostos, os defeitos, o temperamento. As irmãs os mencionavam com descaso, já que o parentesco as tornava incapazes de captar algum atrativo em sua pessoa; mas esse Antonio, que Aida nos descrevera como taciturno, esquivo, grande leitor de livros, sempre despertara meu interesse. Desagradava-me imaginar que ele tivesse cedido à cupidez mesquinha do furto.

"Não", respondeu Aida. E me encaravam, esperando que eu adivinhasse. Todas me encaravam, sérias.

Baixei a voz para perguntar:

"O quê, então?"

"Foi preso com os comunistas", respondeu Aida finalmente.

Levei a mão à boca, num gesto de terror, e desabei numa cadeira, ao lado de Fulvia.

Nenhuma de nós sabia o significado exato daquela palavra, mas nunca ousáramos pronunciá-la. Estava fora do nosso vocabulário, como um termo vulgar ou obsceno. Todas olhávamos para Aida; eu segurei e acariciei sua mão, para confortá-la.

"Mas como aconteceu?"

"Os policiais foram à tipografia e depois vieram prendê-lo. Estávamos sozinhos em casa. Eu mesma abri a porta."

"Você? E então?", perguntou Fulvia.

"Então eles entraram, olhando ao redor. Não sei por quê, mas imediatamente compreendi que algo ruim viria daquela visita. Compreendi, e ainda assim, quando eles perguntaram: 'Antonio Sassetti?', respondi: 'É meu irmão, está no quarto dele'. Respondi exatamente assim."

"E então?"

"Ele estava deitado na cama, como se os aguardasse. Entrei primeiro e quis fazer alguma coisa, avisá-lo, mas os policiais já estavam atrás de mim. Um começou a remexer nos livros, fez um pacote. Meu irmão se levantou, vestiu o impermeável e saiu com eles. Já na porta, parou para me beijar: 'Ciao, Aida', disse, 'avise à mamãe que eu volto logo, talvez amanhã'. Mas não acreditava nisso, percebi muito bem. Eu sentia um nó na garganta, nem consegui me despedir. Fiquei ouvindo os passos dele e daqueles outros pela escada. Depois voltei ao seu quarto. Ainda pairava o cheiro dos cigarros nacionais, o que me fez cair no choro."

"Saiu alguma coisa no jornal?", perguntou Maddalena.

"Não. Nada. Papai esteve na chefatura. Lá, primeiro não diziam nada, depois informaram que ele era um comunista. Ninguém veio mais à nossa casa. Nós passamos e o zelador nos olha com maldade, através do vidro. Papai soube que são todos jovens como Antonio, e também há muitos estudantes."

"O que os comunistas fazem?", perguntou Maddalena, a meia-voz.

"Não sei", respondeu Aida, "não sei mesmo. Eles não estão contentes. Antonio nunca estava contente. Muitas vezes uns amigos vinham visitá-lo e tampouco pareciam contentes, nunca estavam alegres como os outros jovens da mesma idade. Eu abria a porta e a cada vez parecia que eles acabavam de receber uma notícia ruim. Vinham encontrar Antonio para ler. Nós acreditávamos que Antonio queria se instruir e deixar o ofício de tipógrafo, e seus amigos também. É estranho, mas agora, pensando em retrospecto, lembro que, quando anoitecia e eu entrava no quarto de Antonio para fechar a janela, eles erguiam a cabeça e me fitavam com olhos cheios de tristeza. Meu Deus! Que olhares tristes eles tinham! Nunca me fitavam como a uma garota, com quem as pessoas gostam de brincar. Eu achava que isso era por causa da janela, que era alta e deixava entrar pouca luz. Mas Antonio tinha aquele olhar durante o dia."

De repente senti em mim uma admiração comovida por aquele Antonio. Aida dissera que ele se assemelhava a ela, cabelos pretos, olhos castanhos. Parecia-me muito nobre uma pessoa se deixar levar para a prisão porque não está contente.

"Nós também não estamos contentes", disse Fulvia, olhando para a janela atrás da qual Dario estudava, encerrado em seu mau humor. "Nunca estamos contentes, e eu não consigo compreender por quê. É como se tivéssemos alguma coisa que nos sufoca e da qual gostaríamos de nos livrar."

Ela estava de pé, apoiada no peitoril, e olhava de través para a janela de Dario, não sei se interrogando-a ou desafiando-a. Parecia muito bonita em sua atitude, vestia uma blusa modesta, os cabelos estavam arrumados sem pretensão.

"Acreditamos que sejam os velhos preconceitos, dos quais gostaríamos de nos livrar, ou a família, ou certos princípios que quiseram nos impor", continuava Fulvia. "E talvez não seja isso. Talvez seja esse silêncio em torno de certas coisas, que nos sufoca, nos agarra aqui…", e levou as mãos à garganta. "Não estamos contentes, certo? E acreditamos que seja…", ela não ousava dizer a palavra, "… que seja…"

"Por amor", sugeri baixinho.

"Pois é", disse ela, e fez uma pausa. "Mas talvez não seja só por isso. Eu acho que os homens, ao contrário, sabem a verdade e a escondem de nós, como se costuma esconder das crianças as más notícias."

"Antonio sabia, eu acho", disse Aida, "e por isso me olhava com melancolia."

"Antonio estava noivo?", perguntei, após uma breve hesitação.

"Não sei", respondeu Aida. "Ele jamais contava nada sobre si. Dizia bom-dia boa-noite e fumava os cigarros nacionais, um atrás do outro, em silêncio."

Maddalena não dizia nada. Trouxera consigo a boneca por uma mania que tinha de ainda parecer uma menina aos olhos dos parentes, e talvez a seus próprios olhos. Era uma graciosa boneca de pano, vestida de rosa, boca entreaberta num sorriso e olhos muito vivazes, de belo vidro azul. Devagarinho, enquanto conversávamos, Maddalena lhe arrancara um olho, escavando o tecido com a unha, e agora o olho estava no chão e nos encarava. Aos poucos ela fez saltar também o outro olho e arrancou os cabelos, lentamente, com a fria crueldade de uma escalpeladora. Esmagou-lhe o nariz e em seguida, com as pontas dos dedos, o fez entrar de volta na cabeça que de repente — careca, e de órbitas vazias — pareceu uma caveira com as faces pintadas de vermelho.

Então Maddalena inclinou a cabeça sobre o peito e começou a chorar: "Minha boneca", dizia, "minha boneca…", fitando a cara horrível do fantoche.

Lydia apareceu, chamada por aquele pranto, e a consolou, disse-lhe que ela já estava grande para aquele tipo de brinquedo, já não era adequado à sua idade. Para acalmá-la, presenteou-a com uma echarpezinha de seda vermelha florida: "Ainda são meninas, meninas mesmo", disse à minha mãe, à noite. E lhe contou que Maddalena havia chorado por uma boneca de pano.

Acontece-me, às vezes, temer me demorar por demais na narração dos eventos que precederam meu casamento com Francesco. Mas a verdade é que não se conheceria nada de mim, do meu caráter e, em suma, de quem sou, se eu me calasse sobre como vivi, sobre o que senti naquele tempo. Por mais obscuro e árduo que fosse, hoje aquele tempo me parece de fato o da felicidade perfeita, até porque me era dado viver ao lado da pessoa extraordinária que foi minha mãe. Segundo os cânones da moral corrente, ela não era perfeita, talvez; mas suas imperfeições, suas fraquezas e aquela piedade amorosa que movia cada gesto seu eram justamente as características que já narravam sobre ela, presente e viva, uma lenda poética. Minha mãe era distante de mim como o são os personagens dos livros, uma daquelas mulheres iguais às quais se gostaria de ser e nunca se é por completo. Se perdesse a recordação da minha infância e a dela, eu ficaria privada de tudo o que foi importante para mim, me deu alegria, e até da fábula da minha vida. Porque ainda hoje me é fácil, em virtude daquelas recordações, enriquecer as longas horas de meditação solitária que compõem meu monótono dia a dia. De resto, desde menina eu aprendera a ser feliz na solidão: éramos pobres, como eu disse, e os pobres estão acostumados a se distrair com os próprios pensamentos. Nossa pobreza, o hábito cedo adquirido de viver sempre sozinha, me induzindo a dirigir a atenção para mim mesma e para meus sentimentos, na realidade se tornou minha única riqueza. Devo, contudo, reconhecer que a importância desmedida que sempre dei a tudo isso e minha tendência natural a viver com empenho e responsabilidade foram, em grande parte, as causas da minha condição atual.

Talvez eu não fosse uma jovem semelhante às outras que conhecia: tudo em mim se transfigurava, se tornava mágico, suscitava um eco. Às coisas que me circundavam, eu era ligada com pungente afeto. As plantas da sacada, por exemplo: suas folhas, suas pétalas faziam parte de mim tão integralmente que me parecia nutri-las com meu sangue. De manhã, assim que me levantava, eu logo corria à sacada para saudá-las: não me envergonho de confessar que, se o tempo estivesse frio, eu me ajoelhava para aquecê-las com minha respiração.

Acontecia-me, naqueles tempos, perceber a presença viva da felicidade: ela vinha me encontrar quando eu me sentava com minha mãe, junto à janela. Tínhamos adquirido o hábito de ficar em casa, nós duas, nas tardes de domingo, nos dedicando ao bordado ou à costura. Sista se sentava atrás de nós, remendando seus trajes pretos. No terraço em frente, as freiras também desfrutavam do repouso dominical, maravilhadas com o ar livre: às vezes organizavam uma brincadeira de roda e riam com voz inocente, enquanto suas saias se expandiam como corolas escuras.

Eu costurava em silêncio; mas incontáveis desígnios fermentavam em mim: sonhava me dedicar ao ofício de costureira, e trabalhar tranquila, com os panos brancos de linho no colo, limitando meu horizonte ao céu que eu via se abrir claro e leve sobre o pátio. As risadas discretas das freiras, o leve rangido da agulha de minha mãe sobre o tecido me deixavam convencida de pertencer a um mundo harmonioso e gentil. Às minhas costas, Sista murmurava o rosário: eu me sentia tão devota e pia que gostaria de imitá-la; mas não me parecia necessário. Naqueles momentos, minha vida já era uma prece.

Minha mãe trabalhava com vivacidade. Enterneciam-me seu fino pescoço curvado, o perfil gracioso, a massa leve dos cabelos; e o empenho que ela dedicava à costura lembrava aquele com que tocava piano, à noite; alguma coisa despertara nela, desde quando passara a frequentar a *villa* Pierce; ela bordava inventando caprichosos arabescos, flores nunca vistas.

Eram os crepúsculos tardios da primavera: o jardim das freiras explodia em bastos cachos de glicínias e o perfume nos provocava um suor nas têmporas. Na capela, as velas se acendiam atrás dos vitrais vermelhos. "Não se enxerga mais nada", minha mãe dizia, "daqui a pouco o papai voltará."

De início, ele havia protestado contra nossa decisão de ficar em casa aos domingos. Depois se familiarizara com a liberdade e, por fim, tomara posse dela. Saía imediatamente após o desjejum, voltava na hora do almoço e, antes de ir ao nosso encontro à mesa, se fechava no banheiro para lavar o bigode e as mãos.

Certa vez, num momento em que Sista se afastara para fazer o jantar e nós tínhamos ficado sozinhas, minha mãe disse, com voz opaca e amortecida: "Talvez você se pergunte por que eu me casei com ele…".

Até aquele momento, ela jamais me falara dessas coisas, assim como jamais se mostrara a mim sem roupa.

"Não seria fácil para você compreender, eu acho", continuou, "e hoje até a mim parece absurdo, incompreensível. Mas na época…"

"Pelo contrário, eu compreendo, compreendo bem…", respondi com prontidão cortante, e ela, sem prosseguir, baixou o olhar. Não achava que eu já tivesse experiência de vida a tal ponto: ficou surpresa e até um pouco chocada, como quando eu lhe confessara, anos antes, ter ferido Magini na escola. E na verdade as causas de seu matrimônio haviam suscitado em mim muitas interrogações, enquanto não me acontecera evocar toda noite a fantástica presença de Enea.

Antes disso, eu me perguntara frequentemente como minha mãe podia dividir sua intimidade com um homem que, durante o dia todo, se comportava como um estranho importuno. Quando ainda era menina, a cada noite eu tinha vontade de segurá-la pelo braço, enquanto ela me dava boa-noite avançando a cabeça entre os batentes da porta: pela fresta, que ela tratava de manter estreita, eu via meu pai tirando os sapatos.

O espelho do armário refletia o leito alto e solene, coberto de branco, um leito que viera do Abruzzo e no qual, como me fora dito, uma irmã do meu pai tinha morrido. O papel de parede era cinza-escuro, cor de ferro. Acontecia-me temer que minha mãe, tão delgada e clara, nunca mais saísse daquele quarto tenebroso. Eu a olhava, estendendo para ela meus braços magros. "Venha dormir comigo, mamãe", pedia, com a voz embargada por um soluço.

Minha mãe balançava a cabeça, me repelindo com doçura. "Não tenha medo", dizia, "a noite passa depressa, amanhã estaremos de novo juntas." Devagarinho, voltava a fechar a porta. Seguia-se o terrível silêncio, jamais quebrado por um suspiro, uma palavra. De pé em cima da cama, eu esmagava desesperadamente a orelha contra a parede, para me assegurar de que ela ainda estava viva. Mas não escutava nada. Naquele silêncio, quando fiquei maior, eu imaginava se aproximar do meu leito os passos de Enea.

"Sim, eu compreendo", repeti, interrompendo-a bruscamente, enquanto ela tentava me explicar as causas de seu matrimônio.

Meu pai dissera que o noivado dos dois havia sido breve: minha mãe era muito jovem, acabava de completar dezessete anos. "Saíamos de barco pelo rio, aos domingos: lembra, Eleonora?" Ele dizia essa frase inflando o peito e se inclinando um pouco para trás na cadeira, quase como se, daqueles passeios, pudesse se gabar como de ações heroicas, gloriosas. "Você se lembra?", insistia, e a solicitava com os olhos, obrigando-a a se virar e dizer: "Sim, sim, me lembro". Em seguida ele começava a caçoar, dizendo que minha mãe se sentava do outro lado do barco, para manter certa distância entre os dois. Descrevia-a amedrontada, pálida, com receio de perder o chapéu. "Ficava branca, branca", dizia, rindo. Divertia-se em alfinetá-la, detalhando sua timidez. "Tentava fugir de mim, sabe, Alessandra? Bancava a difícil, dizia: 'Não, domingo eu não venho, tenho o que fazer'. Mas depois vinha, eu nem precisava insistir muito: ela sempre vinha. Verdade, Eleonora?" Eu corria a abraçar minha mãe, enquanto as lágrimas me subiam aos olhos. "Descíamos na margem, lanchávamos num prado. Lembra-se do prado?" Interrogava-a continuamente, para tolher os pensamentos dela, obrigá-los a retornar a alguns detalhes. "Sim", ela dizia, "sim, me lembro de tudo." "Voltávamos à tardinha e sua mãe, Alessandra, tinha adquirido belas cores, verdade, Eleonora, verdade?" Ao interrogá-la, ele jamais desviava a vista: seus olhos brilhantes deslizavam sobre minha mãe, que afinal respondia, quase sem fôlego, como depois de uma corrida: "Sim, claro, eu ficava corada por causa do ar livre e do sol forte". Ao ouvir essas respostas ele ria, ria. Minha mãe, com uma olhadela, suplicava-lhe que se calasse para que eu não compreendesse. Mas eu compreendia muito bem e esperava que comigo não acontecesse de cair numa cilada semelhante àquela que havia capturado sua cândida juventude.

Já fazia quase um ano que minha mãe frequentava a *villa* Pierce, e as tardes que ela passava com Arletta, as notícias que esta lhe dava de Hervey, o florescimento das hortênsias ou das acácias, em suma, tudo o que lá acontecia já se tornara nosso único motivo de distração. Posso dizer "nosso" porque, ao voltar para casa, ela me contava cada coisa com tanta precisão que eu chegava a me iludir de ter participado de tudo. Esses relatos me entusiasmavam a tal ponto — enriquecidos como eram, por outro lado, pelo encanto de sua voz e pela graça de seus gestos — que, ao anoitecer, quando se aproximava a hora em que ela costumava retornar, eu era invadida por uma impaciência incontrolável. Se ela se atrasasse, me parecia que desejava me privar de um crédito, de um direito; assim que ela entrava em casa, eu perguntava: "E então?". Eu tinha a impressão de estar lendo um belo romance em fascículos.

Sem dúvida, parecia impossível que aquela vida existisse verdadeiramente. De fato, entre os relatos que Arletta lhe fazia sobre o irmão e as coisas que ela me narrava à noite, às vezes minha mãe também se perdia. Passava a mão pela fronte: "Não, talvez não seja exatamente assim", dizia, buscando na memória um ponto de referência. Ficava tão extenuada que temia o próximo retorno de Hervey como um abuso, uma ameaça. "Não vou mais àquela casa, se ele voltar. Não vou mesmo", exclamava. Arletta a presenteara com as partituras para piano das músicas que ele preferia e lhe pedira que as executasse. Enquanto isso, observava as mãos de minha mãe se moverem sobre o teclado. "Queria saber tocar como a senhora", dizia, fitando-a com inveja contida. Minha mãe sentia quase medo. "Eu poderia tocar para meu irmão", continuava a jovem, "ficar com ele nesta sala, por horas e horas. Mas não poderei. A senhora, contudo, poderá", anunciava. Um olhar ansioso iluminava seu rosto gorducho e bonachão. "Poderá acompanhá-lo enquanto ele toca violino. Hervey ficará aqui, de pé, ao seu lado. Pronto, vamos experimentar", dizia, deslocando um leitoril, "aqui."

Em torno do leitoril o ar se deslocava, formando um vazio angustiante. Minha mãe tentava sorrir, dizia brincando: "Agora chega". Mas Arletta insistia: "Vamos experimentar". Perguntava-lhe por que se vestia sempre de preto. "Eu queria…", começava; depois se aproximava, tocava o tecido do seu casaco, nos ombros, "se a senhora não fosse tão alta, eu gostaria de lhe emprestar um dos meus vestidos."

Enquanto minha mãe contava tudo isso, sua expressão era uma página escrita. Estávamos no seu quarto, ela deitada na cama; e, como a primavera avançava, deixávamos a janela aberta; no pátio se ouvia a voz áspera de uma mulher que repreendia o filho, o filho chorava, as janelas batiam com um barulho irritante. Ouvia-se o azeite chiar na panela e o cômodo era tomado pelo cheiro desagradável das cebolas. Encabulada, eu ia fechar a janela; contudo, no gesto de fechá-la, envolvia todo o pátio num abraço. Era como se nós fôssemos pessoas vivas e as da *villa* Pierce, anjos inacessíveis; de modo que, não fosse o medo maravilhoso que animava seu olhar, eu acreditaria que minha mãe estava sonhando na noite em que, ao voltar, me disse baixinho: "Conheci Hervey".

* * *

Ainda assim, tudo mudou para nós, a partir daquele dia. Ou talvez tudo já tivesse mudado, desde a primeira vez que ela descera a escada rapidamente, e o grande automóvel a levara.

Naquele momento eu talvez devesse ter me sentido desolada ou então tê-la julgado com severidade, mas em vez disso — recordo muito bem — uma doce paz se estendia dentro de mim: eu estava contente. Apenas não lhe perguntei, como fazia nas outras noites: "E então?", solicitando-lhe que me contasse: senti que se o fizesse cometeria uma indelicadeza. Àquela altura eu também permaneceria fora da sala de música, fora do gradil, como tudo o que pertencia ao pátio. Mas não sofria: e, visto que, de repente, aquele acontecimento me pareceu já previsível havia tempo, me espantou que só então ela tivesse nos olhos aquela expressão de medo. Perguntou-me se papai tinha voltado e, à minha resposta negativa, deu um suspiro de alívio. Dirigiu-se ao seu quarto, e eu intuía que não me chamaria para ficar perto dela, como fazia toda noite. De fato, não me chamou. Fiquei mais um pouco no corredor escuro, depois entrei na cozinha e me deixei cair numa cadeira. Sista me observou por um instante: "Ela conheceu o irmão de Arletta, não é?", disse, e eu assenti com a cabeça.

Contudo, por algumas semanas, minha mãe não mais mencionou Hervey. Tornara-se insolitamente taciturna e distraída: à mesa, se papai lhe dirigia a palavra, eu devia deslizar a mão sobre seu braço para chamar sua atenção. Muitas vezes, ela subia à casa das Celanti para telefonar, adiar algumas aulas: marcava quase todas para o período da manhã. Eu a ouvia se levantar muito cedo, ainda no escuro, e falar baixinho com Sista, tentando compensar naqueles momentos o tempo que passava na *villa* Pierce.

Ia para lá toda tarde. Antes de sair, assomava à sala de jantar, onde meu pai estava sentado ouvindo rádio: "Estou indo agora", dizia. Às vezes retornava de repente e o abraçava como se fosse partir para uma viagem. À noite, de volta para casa, vinha se sentar comigo junto à janela. A essa altura ela não contava mais nada. No entanto, aquele seu silêncio era o primeiro relato sobre a *villa* Pierce que me parecia verdadeiro.

No terraço, ao crepúsculo, se viam as freiras que passeavam, num breve intervalo. Passeavam em duplas, ou em grupinhos afetuosos, de saias ciciantes.

Às vezes, quando se tratava de freiras jovens, se perseguiam umas às outras, com pequenos gestos pudicos, esquivos, e eram todas tão graciosamente femininas que pareciam ter vestido por brincadeira aquele hábito severo. Sem dúvida era a primavera que as transformava. De fato, por toda parte se via a estação nascer com prepotência: no muro do convento, em poucos dias as folhas novas das glicínias haviam passado do verde tímido a um verde ousado e vivaz. Tufos de grama despontavam entre as velhas pedras como penachos, franjas, debruns. Tudo participava do amor de minha mãe e, melhor dizendo, me parecia até que a estação se renovava por causa dela.

Logo, sobre o véu delicado do céu, aparecia o ouro das primeiras estrelas. As árvores ficavam grisalhas, depois negras, envoltas pelas sombras da noite. "Venha cá", dizia mamãe, me convidando a sentar na mesma poltrona que ela.

Meu pai nos arrancava do escuro, girando subitamente o interruptor. "O que estão fazendo aqui?" O jantar estava pronto, a casa arrumada. Parecia-me sentir a contrariedade dele por não encontrar razão alguma para nos recriminar. "Maluquices", dizia de si para si, e espetava a testa com a ponta do indicador. "Maluquices"; em seguida olhava longamente para nós, nos observava, tentando descobrir as causas de nossa natureza diferente.

"Vocês estão pálidas", observava. Depois se virava para minha mãe e dizia: "Você parece doente". E de fato aquele cor-de-rosa que sempre lhe ornava as maçãs do rosto salientes e delicadas havia desvanecido: sua pele se tornara branca como o trigo que cresce no escuro dos porões.

"Eleonora, você está ficando feia", meu pai lhe disse, um dia.

Ainda estávamos à mesa. Meu pai tomava apenas o café e, raramente, acendia um cigarro: não estando habituado a fumar, segurava o cigarro de modo pretensioso, suspenso entre o indicador e o médio. Levava o cigarro aos lábios estendidos e soltava longas e densas baforadas.

Ela ergueu os olhos, fitando-o com um misto de hostilidade e ironia: talvez esperasse ouvi-lo dizer: "Estou brincando".

"Você está feia", repetiu ele, porém. "Estou avisando: de uns tempos para cá, você ficou feia."

Minha mãe o encarou por mais um momento, e depois caiu na gargalhada: eu nunca a vira rir assim, inclinando a cabeça para trás, sobre o encosto da cadeira. Ela não era vaidosa: eu já disse que costumava se vestir às pressas, enfiava um chapéu na cabeça sem sequer se olhar no espelho. Por isso, aquela sua gargalhada segura, e o modo como ela endireitou o busto, me surpreendeu.

Levantou-se de chofre e girou em torno da mesa, num voo. Desapareceu na sala escura e nós a ouvimos começar a tocar atrevidamente: era um motivo pastoral que evocava os prados verdes, a liberdade da manhã, e aos poucos se tornava intenso, diabólico, se desenfreava em jubilosos arpejos, trinados festivos, argênteos. Ela o executava com uma atitude arrogante, parecia continuar a rir inclinando a cabeça para trás, como havia feito à mesa. Eu quis correr para ela: "Mamãe", admoestá-la, "mamãe", a fim de que se detivesse; me parecia que ela perdera todo o controle e, sem perceber, estava mostrando seus sentimentos mais secretos. O olhar do meu pai, contudo, me prendia à cadeira.

Quando acabou, ela voltou à sala de jantar, se apoiou na mesa e se inclinou para nós com um sorriso triunfante. Suas faces estavam acesas por uma cor viva.

"Sabem o que é?", perguntou, aludindo ao trecho que havia executado. E, sem esperar nossa resposta: "A *Primavera*, de Sinding", disse. "Não é grande coisa, certo? Mas é como fazer uma corrida num prado, de manhã cedo."

Feliz, começou a girar em torno da mesa, repetindo as notas do motivo. "Din, dan, dadan, dan, dadan", cantava com sua voz vítrea. "Din, dan, dadan, dan": me parecia que sob seus pés deviam ter nascido talos de grama, jacintos, e brotado nascentes, águas alegres, "din, dan, dadan", talvez a janela se escancarasse e ela voasse para longe como uma andorinha. Sista olhava para ela, imóvel, as mãos entrelaçadas no regaço. Meu pai estava sério. Eu a adorava, queria beijar a fímbria de suas vestes. "Din, dan, dadan."

De repente ela parou, ofegante, e se encostou no aparador: "Vou tocá-la num grande concerto", disse, "que darei na *villa* Pierce dentro de alguns dias. Vocês estão convidados".

Minha mãe sempre sonhara poder dar um concerto. Meu pai replicava que as despesas eram muitas e não conhecíamos ninguém que tivesse condições de comprar os ingressos. Sem lhe dar ouvidos, ela continuava falando da música que gostaria de tocar, do sucesso clamoroso que obteria. Acalorada nessas descrições, andava animadamente pelo cômodo, para lá e para cá, e tentava dissipar as objeções do marido expressando a esperança de que nossa situação melhorasse. Talvez ela até soubesse que isso não ocorreria: contudo, pedia apenas uma aprovação, uma esperança que lhe permitisse cultivar aqueles sonhos. "Não é?", perguntava-lhe, com um sorriso. Mas ele balançava a cabeça dizendo que não via de que maneira esse concerto poderia acontecer.

Eu fitava meu pai e o rancor contido no meu olhar era tão agressivo que eu esperava chegar a feri-lo. Não, não, fizera ele com a cabeça; e todos os sonhos de minha mãe fugiram.

Mas agora, talvez porque o inverno terminara, parecia que o período triste e escuro da vida dela se encerrava, como uma estação. Eu jamais a considerara velha, como costuma acontecer com os filhos; por outro lado, ela então contava apenas trinta e nove anos. Depois do encontro com Hervey, até parecia ter voltado a ser uma garota. Quando saíamos juntas, as pessoas se viravam para olhá-la: no entanto, ela se vestia de forma modesta, não usava nada de extravagante ou vistoso. Mas era difícil encontrar outra mulher que possuísse tanta graça, tanta harmonia inerente. Ela me levava pelo braço, como uma árvore leva seu ramo. Hesitava antes de atravessar uma rua; parecia recear ser atropelada; mas eu sabia que, na verdade, nada via: carruagens, automóveis, bicicletas passavam diante dela como um rio.

Em casa eu a surpreendia igualmente distraída: diante de um armário, de uma gaveta que abrira já sem recordar por quê. Às vezes, porém, se mantinha junto à minha janela, na poltrona, e olhava lá fora, a cabeça levemente inclinada de lado. Meu Deus! Como minha mãe era jovem, naqueles momentos! Eu me dava conta de que no contorno das faces ela ainda conservava um frescor infantil e todos os seus gestos pareciam ter se tornado ainda mais pudicos e castos, como se ela não fosse uma mulher casada, nunca tivesse conhecido o desejo de um homem e eu não tivesse nascido de seu ventre. Seu amor por Hervey, que outros talvez poderiam julgar culpável, a meu ver a encerrava num mágico véu de inocência que uma palavra, uma risada, um gesto poderiam macular. Sei que minha mãe, naqueles momentos, se sentia muito perto de Deus e sem dúvida também dos seus preceitos que induzem as pessoas a serem boas, puras e honestas. Era tão magra que dentro do vestido parecia haver somente um pouco de ar. Sim, minha mãe enamorada era a coisa mais gentil que eu jamais vira. "Vamos sair daqui", eu sussurrava a Sista, e a deixávamos sozinha junto à janela.

Caladas, íamos nos sentar na cozinha. Eu segurava a respiração, quase, para que, no silêncio da casa, minha mãe se sentisse guardada e protegida como numa concha. Costurava depressa, espetava os dedos com a agulha para me castigar, me humilhar. Não estava contente: temia que as desprezíveis curiosidades despertadas em mim por Enea me impedissem de me assemelhar à mamãe. Então, muitas vezes, voltava com o pensamento a Antonio, o irmão de Aida. Ele tampouco estava contente, dissera Aida, mas, em vez de se render às causas de seu descontentamento, se fizera conduzir à prisão. Eu invejava sua capacidade de ser forte, que no entanto gerava uma melancolia tão profunda. Antonio poderia me defender, me livrando de Enea. E, embora nunca o tivesse visto, me prometia a ele, me propunha a esperá-lo durante meses, anos, dizia a mim mesma "sou a sua noiva". Nesse pensamento queria me tranquilizar, indiferente à benévola compaixão que velava os olhos desconhecidos de Antonio. Nós nos casaríamos, eu imaginava, iria buscá-lo na saída da prisão. Era, porém, outra cidade, outra prisão; eu era adulta, séria, trajava um velho impermeável e esperava longamente, apoiada na pilastra de um portão. Por fim Antonio descia e eu o via pela primeira vez; mas sua feição já me era familiar: ele tinha um rosto macilento sob os cabelos castanhos, o queixo magro, os olhos fundos. Segurava um pacote e, de imediato, eu me oferecia para carregá-lo; ele não queria e começávamos a caminhar em silêncio, com aquele embrulho entre nós. Parecíamos gente humilde. Eu considerava que esse era meu primeiro encontro de amor e recordava o passo leve e vibrante que minha mãe tinha quando conheceu Hervey. Eu, ao contrário, caminhava com dificuldade ao lado de Antonio, estorvado pelo embrulho enorme, e inutilmente esperava chegar a um jardim, uma bonita alameda: um pouco de verde, em suma. Caminhávamos ladeando o muro de uma fábrica, um muro enegrecido pela fumaça. Era a periferia de uma cidade grande, de cerradas cumeeiras sob o céu cinzento, e no fundo o mar, liso, de chumbo, para além de uma praia escura. "Antonio", eu chamava. E gostaria de dizer palavras amorosas, sorrir, resplandecer, mesmo em meio àquela desolação. Em vez disso, quando ele me dirigia seus olhos melancólicos, eu pedia: "Deixe que eu carregue o pacote para você", mas ele acenava não, não com a cabeça e, em silêncio, continuávamos a caminhar.

Assim, eu já carregava dentro de mim dois segredos: os impulsos vis que Alessandro me sugeria e o desejo de me rebelar contra a vileza, como fizera

Antonio. Esses sentimentos se debatiam em mim, me tornando ainda menos sociável. Da janela, eu olhava as pessoas que passavam na rua e tentava adivinhar que nome teria o segredo delas. Talvez todas carregassem dentro de si uma luta inconfessável, uma tara vergonhosa. Minha mãe, ao contrário, carregava orgulhosamente Hervey no seu passo e na voz audaciosa do piano.

Para aquele concerto minha mãe me fez costurar um vestido novo, em tafetá xadrez branco e preto. Orgulhosa de meu traje, perguntei: "E o seu, de que cor vai ser, mamãe?". Ela se voltou, ficou perplexa um instante, e depois disse: "Vou usar um dos meus vestidos de sempre, Alessandra".

Mais tarde, porém, eu a surpreendi diante do armário aberto: tocava os vestidos um a um. Eram todos de cor neutra: havana, cinza, dois ou três eram de seda crua, entristecidos por uma golinha de renda branca: roupas adequadas a uma anciã. Constrangida por ser flagrada naquela dúvida, ela pareceu me pedir opinião com um olhar. Os vestidos pendiam frouxos dos cabides. Eu disse, baixinho: "Parecem muitas mulheres mortas, mamãe…".

Nós nos abraçamos, horrorizadas. Depois, num impulso, ela se afastou de mim, foi até a cômoda e dali tirou uma enorme caixa que eu nunca vira. A caixa era atada por barbantes muito velhos: mamãe os despedaçou com um puxão. Levantada a tampa, apareceram diáfanos tecidos cor-de-rosa e azuis, plumas, fitas de cetim. Eu não imaginava que ela possuísse semelhante tesouro: por isso olhei para ela, espantada, e ela dirigiu o olhar para o retrato de sua mãe. Compreendi que se tratava dos véus de Julieta ou de Ofélia e toquei com devoção aquelas sedas.

"Como poderemos adaptá-los?", ela me perguntou, indecisa.

Estávamos totalmente às escuras quanto às exigências da moda, e nos vimos perdidas diante daqueles metros de voal.

"Precisaríamos perguntar a alguém, mamãe."

Então ela guardou de novo os véus e as sedas, me tomou pela mão e, carregando a caixa sob o braço, se dirigiu à porta de entrada. Ali encontramos Sista, que voltava do mercado.

"Sista, vou ter um vestido novo", disse mamãe, acariciando-lhe os ombros ao passar. "Um vestido com os véus de Julieta e de Desdêmona", acrescentei, pretensiosa.

Rapidamente fechamos a porta diante do olhar atônito de Sista, subimos a escada e chamamos à casa das Celanti. Eu batia energicamente, para que abrissem logo.

Fulvia acorreu em seu robezinho de percal. "Precisamos fazer um vestido para a mamãe com os véus de Ofélia!...", exclamei, abraçando-a. Lydia vinha ao nosso encontro agitando as mãos abertas para secar o esmalte das unhas. Imediatamente, sem perguntar nada, as duas entraram no jogo.

"Vamos para o meu quarto, lá tem espelho."

Embora fosse quase meio-dia, o quarto ainda estava escuro, desarrumado: uma lamparina ardia sobre a mesinha de cabeceira, junto à cama desfeita. Meias, peças íntimas se amontoavam nas cadeiras, e os sapatos estavam jogados aqui e ali sobre o tapete. Um pesado odor de ambiente fechado se misturava ao cheiro enjoativo do esmalte.

"Posso?", perguntou minha mãe, hesitando.

Mas Lydia deu de ombros: "Entre, entre", sem se preocupar em arrumar a cama e guardar as roupas espalhadas. Escancarou a janela e, no ar ensolarado da manhã, o desmazelo do quarto pareceu ainda mais rude.

Em seguida abriu a caixa, com exclamações agitadas de entusiasmo. Eu ria, numa excitação infantil, e abraçava minha mãe, que sorria atordoada. Enquanto isso Fulvia despira o robezinho e drapeava em torno do corpo uma seda que ela adaptava habilmente em forma de vestido, enquanto Lydia punha um véu na cabeça como fazem as indianas.

Divertida, minha mãe assistia às invenções delas. Em seguida perguntou timidamente: "Acham que destes tecidos seria possível fazer um vestido para mim?".

"Um vestido de noite?", perguntou Fulvia.

"Oh, não, um vestido... como direi? Eu queria usá-lo no dia do concerto."

"Vamos ver", disse Lydia. "Tire a roupa."

Minha mãe hesitou por um instante. Levou as mãos ao pescoço, onde começava a longa fileira de botões que fechava seu vestido. Eu jamais a vira nua, em tantos anos. Jamais a vira circular pela casa de camisola, no calorão de agosto, como faziam as outras mulheres do prédio.

"Tire a roupa", repetia Lydia. "O que foi, tem vergonha de nós? Somos todas mulheres, não?", disse. E Fulvia riu.

Ambas já agitavam o tecido preferido. "Vamos, Eleonora, vamos", insistiam. Minha mãe começou a se despir mostrando uma pele demasiado fina e branca, braços elegantes, magros: somente uma leve tumescência elevava, no peito, a combinação.

"Parece uma mocinha", disse Lydia.

"Uma noiva", acrescentou Fulvia. "Vamos vestir a noiva."

Eu as incentivava. A face de minha mãe estava totalmente corada. Felizes por se ocuparem com ela, e quase violando sua graça oculta e seu pudor, Lydia e Fulvia a envolviam numa seda azul que lhe deixava os braços livres e se cruzava no decote.

"É esta, sem dúvida é esta", sentenciou Fulvia.

"Precisamos pensar bem. Saia e depois entre", disse Lydia.

"Como assim?", perguntou mamãe, titubeante.

"Sim, entre pela porta, se deixe ver."

Minha mãe se retirou. Por um momento, o vão da porta ficou vazio. Eu escutava as fortes batidas do meu coração. Temia que ela não voltasse mais, nos deixasse com a lembrança do traje azul. Estava prestes a chamá-la, assustada, quando vi sua mão afastar a cortina de veludo desbotado, e ela entrou, leve, com um sorriso tímido nos lábios. Estava linda.

Fulvia e eu aplaudimos, entusiasmadas. "Isso mesmo", gritávamos, "isso mesmo." Lydia também aplaudia conosco, mas de repente nos pediu silêncio com um aceno e disse, séria:

"Um momento. Tem certeza de que ele gosta de azul?"

Impressionadas, nós, as garotas, ficamos em dúvida, num silêncio cheio de apreensão. Minha mãe hesitou, e afinal respondeu: "Não sei".

"Talvez alguma observação que ele tenha feito sobre algum vestido seu…"

"Nunca falamos dos meus vestidos, e aliás eu não tenho roupas coloridas."

"Mas é muito importante. O capitão, por exemplo, não suporta o verde. Todos os homens têm uma cor que os aborrece, que os irrita. A Mariani, você sabe quem é, aquela do primeiro andar, me disse que o dela nunca lhe permite se vestir de vermelho."

Minha mãe se sentara, contemplando o belo tecido azul pousado em seu colo. "Não sei", repetia, "não sei mesmo." Não conseguia se mover à vontade em meio a tais problemas, se sentia perdida.

"Você notou se ele costuma usar uma gravata azul?"

"Está quase sempre sem gravata. Usa uma camisa branca aberta no peito, arregaça as mangas até o cotovelo."

Ela apoiara a cabeça na parede e seu olhar se dirigia à janela, de onde, para além dos terraços despojados do nosso bairro, se via o verde do Pincio.* Falava baixinho, as mãos apoiadas nos joelhos, em meio ao tecido, e nós permanecíamos atentas para escutá-la, como quando meu irmão nos falava pela boca de Ottavia.

"As cortinas de seu estúdio são brancas. O sofá também é claro, em tom cru. É um lugar grande e ele vive sempre ali dentro, como os ciganos em suas carroças. Nas paredes há estantes altas, repletas de livros; e quadros que representam conchas, conchas extraordinárias, do mar do Caribe; foram pintadas por um artista mexicano. Ele me disse que esse pintor desce ao fundo da água para pescar. Ofusca os peixes com uma luz e eles, atordoados, acorrem, batem contra seus óculos de mergulho. E há também umas fotografias: de gazelas, de camurças, de pumas. E fotografias de árvores, emolduradas como se fossem retratos de amigos." Fez uma pausa e em seguida continuou: "Não. Na verdade não consigo imaginar que cor ele prefere. Talvez nem sequer notasse a cor de um vestido. Não creio que um vestido tenha muita importância para ele. No entanto…".

"No entanto?…"

"Sempre que eu chego e ele me olha, sinto vontade de estar bonita como uma mulher num quadro." Levantou-se, correu a dar um abraço em Lydia e em Fulvia, depois em mim, se adiantou até o espelho com um breve voo e ali parou, se perscrutando. "Deixem-me bonita", disse, apertando as mãos sobre o coração. "Deixem-me bonita."

Eu gostaria que ficasse bem clara a absoluta inocência, a verdadeira candura, com que minha mãe falava de Hervey.

Naquela época, os dois ainda não tinham pronunciado uma só palavra de amor que pudesse fazer suas relações parecerem incrimináveis; e eu mesma, lhe fazendo perguntas contínuas sobre ele, reforçava sua convicção de

---

* Ou Pinciano, uma das colinas de Roma.

não estar fazendo nada de errado, uma vez que essa amizade podia ser compreendida até mesmo por uma jovenzinha da minha idade, que além do mais era sua filha.

Quando ela me falava dos encontros dos dois, parecia recitar um poema; e por isso eu intuía que seu sentimento era realmente o amor como eu sempre imaginara que devia ser: palpitante, fabuloso, mágico, e ainda assim inexorável em sua tremenda majestade. De fato, ao seu surgimento, a vida de minha mãe mudara: ela inclusive se tornara mais inteligente, como se até então todas as coisas lhe tivessem sido mostradas ocultas detrás de um véu. À noite, ao retornar da *villa* Pierce, me falava dos passeios no parque, das pausas na sala de música: minha mãe, ao piano, acompanhava Hervey, que tocava violino.

"E Arletta?", eu lhe perguntava às vezes. Ela evitava me responder; um dia, afinal, me contou que Arletta viajara, acompanhada por uma governanta, a fim de passar algum tempo na Inglaterra com a irmã mais velha. Certa vez minha mãe disse: "Quando eu entro na sala de música, sempre tenho a impressão de que ela vem ao meu encontro em seu vestido branco". Depois escondeu a cabeça entre as mãos. E eu acariciava seus cabelos, encorajando-a docemente a não sentir remorso se mesmo de mim, um dia, já não recordasse mais que o perfil, na moldura da janela predileta.

Tais relatos, que mostram com clareza como Hervey era o pensamento constante e o mais caro desvelo de sua vida, poderiam parecer cruéis em relação a mim, se não se considerasse que ela jamais amara até então e — não tendo por conseguinte vivido sua vida de mocinha e de mulher — não podia se satisfazer sendo somente mãe.

Talvez eu pudesse criticá-la por ter me feito viver continuamente num clima de exaltação que me tornara devotada, acima de tudo, ao mito do grande amor, me reduzindo assim, mesmo sem querer, à dolorosa condição de hoje. Poderia criticá-la por isso, talvez, se ela não tivesse expiado primeiro os seus ambiciosos propósitos. E se agora sou obrigada a escrever estas coisas a seu respeito, e a buscar os momentos mais íntimos e dramáticos de nossa vida em comum, na verdade não é para acusá-la de ter me feito como sou, mas para explicar a outros certas ações minhas que sem isso permaneceriam claras somente para mim mesma.

Minha condição atual me favorece, permitindo que eu não tenha nenhum constrangimento em me examinar cruamente e em subscrever atos e pensamentos que, em outros momentos, talvez evitasse revelar a um homem. Creio, por isso, que nenhum homem teria o direito de julgar uma mulher sem saber de que matéria diferente dos homens as mulheres são feitas. Não considero justo, por exemplo, que um tribunal composto exclusivamente de homens decida se uma mulher é culpada ou não. Porque se existe uma moral comum que vale para os homens e para as mulheres, e à qual é costumeiro observar, como poderá afinal um homem compreender verdadeiramente as sutis razões que conduzem uma mulher ao entusiasmo ou ao desespero e que nela são conaturais, formam com ela uma só coisa, desde seu nascimento?

Um homem, talvez, não poderá compreender como, no grande condomínio onde morávamos, tudo se movia em virtude do amor; nem mesmo os homens que viviam conosco percebiam isso. Acreditavam que o amor havia sido para suas companheiras um breve enredo, uma leve exaltação necessária a obter o direito de ser uma dona de casa, ter filhos, e dedicar, depois, toda a vida aos problemas do mercado e da cozinha. Sim, efetivamente eles pensavam que o odor das refeições, o peso da sacola de compras no braço, os longos e pacientes remendos e as lições de aritmética às crianças podiam substituir o romance que estivera na raiz de seus encontros. Conheciam tão pouco as mulheres que pensavam ser esse, de fato, o desígnio e o ideal da vida delas. "É uma mulher frígida", confidenciavam aos amigos, com um suspiro, "se ocupa apenas da casa, dos filhos pequenos." E, através dessas conclusões fáceis, se recusavam a dar crédito a um problema cujo compromisso e responsabilidade não queriam aceitar. Contudo, bastaria escutar as conversas que as mulheres mantinham quando estavam sozinhas e que interrompiam quando os homens surgiam, como crianças à aproximação dos pais; ou atentar para os livros pousados na mesinha de cabeceira, nos quartos onde, em muitos casos, uma ou duas crianças dormiam; ou notar o modo como as mulheres abriam a janela depois do jantar, com um leve suspiro. "Estão cansadas", diziam eles, sem jamais indagar os motivos daquele cansaço. No máximo, pensavam: "São mulheres"; mas nenhum deles se perguntava o que representava o fato de ser mulher. E nenhum intuía que todo gesto, toda abnegação, todo heroísmo feminino correspondia a um desejo secreto de amor.

Minha mãe enamorada se tornou, aos nossos olhos, dotada de um privilégio extraordinário. Embora ela não fosse próxima de ninguém, exceto de Lydia e Fulvia Celanti, a curiosidade que o grande automóvel americano suscitava, e algumas indiscrições de nossas amigas ou da médium, haviam posto as inquilinas a par da história amorosa. Muitas vezes, quando eu passava, uma delas me chamava pelo nome, me fazia algum elogio, e aproveitava a ocasião para me dirigir algumas perguntas inocentes sobre mamãe, de modo que eu me alegrava ao sentir, por toda parte ao meu redor, o calor de uma crescente simpatia.

Além disso, a primavera de 1939 era esplendorosa: ou ao menos assim me pareceu em virtude do meu estado de espírito. De fato, pelo que me lembro, o céu nunca foi tão azul nem o ar tão brando. Contudo, devo reconhecer que à doce inquietude da estação se acrescentava a perturbação que a imagem romântica de Hervey me proporcionava. Ele tumultuara não só a vida de minha mãe como também, por reflexo, a minha e a das Celanti. Por sua causa, Fulvia e eu nos tornáramos irônicas e desdenhosas perante nossos jovens amigos, e também já não sentíamos o mesmo prazer ao conversar com eles; e sem dúvida Hervey não era estranho a algumas divergências que surgiam, naquela época, entre Lydia e o capitão. Certa vez, ao entrar numa leiteria da Via Fabio Massimo, eu os vira sentados, em silêncio, diante de dois copos vazios, sujos de creme.

Ninguém, contudo, vira nem de longe a *villa* dos Pierce, e eu mesma não sabia dizer onde se localizava precisamente; mas a enriquecia, ao falar dela, com atrativos singulares. Falava dos pavões e dos galgos brancos. Eu havia lido sobre certas orquídeas que nascem selvagens nas árvores, nos países das Índias Ocidentais, e atribuía aquelas esplêndidas parasitas aos grandes carvalhos da *villa* Pierce. Chegava ao ponto de descrever um laguinho sulcado pelo plácido deslizar de cisnes negros, onde minha mãe e Hervey passeavam de gôndola. Não sei se Fulvia sempre acreditava em mim, mas gostava de me escutar.

"Conte mais", solicitava. E, ao falar de Hervey, no fundo eu não fazia mais do que falar de mim mesma. Atribuía-lhe meus desejos, meus impulsos, no discurso lhe emprestava a linguagem dos meus monólogos junto à janela. De modo que me parecia ser eu quem acompanhava mamãe nos passeios românticos, e me sentava com ela ao piano. E era para ir ao meu encontro que ela descia voando a escada.

Depois silenciávamos. Fulvia, às vezes, tentava se recobrar com uma risada agastada, zombeteira. Caminhávamos juntas, de braço dado: eram lentas noites de verão, desoladas, e uma paz deprimente se espalhava pelas ruas. Mamãe nos recomendava insistentemente que não transpuséssemos a ponte que separava nosso bairro do resto da cidade; para ela, essa era uma espécie de terna fixação como se, desse modo, pudesse me impedir de me tornar adulta. Fulvia me instigava a trair minha promessa, me sugerindo mentir, na volta: "Não", eu respondia, "não gosto de recorrer a subterfúgios", e ela se espantava com minha repugnância pelas mentiras, considerando-a uma covardia.

"No entanto", me assegurava, "sua mãe não saberia."

"Não é por ela", expliquei-lhe certa vez, "é por mim mesma. Você acha que eu sou muito boa, mas não é verdade. Sou tentada pelo diabo, o dia inteiro."

"Você acredita no diabo?", ela me perguntou, com ironia.

"Sim, creio que o diabo é esta soma de tentações, de armadilhas, que produzimos para nós mesmas continuamente. Há dias em que não aguento mais, só me resta uma defesa frágil. Se também aprendesse a mentir, eu estaria perdida."

"O que te tenta?"

Fiquei em silêncio por um momento; estávamos sentadas num jardim público perto do Castelo Sant'Angelo, como dois soldados de folga: passava gente diante de nós, as crianças se perseguiam em suas brincadeiras.

Baixei os olhos para confessar: "Tudo".

Fulvia se virou para me olhar, surpresa com a minha confidência: depois voltou a fitar um ponto qualquer, no vazio, e, repentinamente pensativa, disse:

"É muito difícil, não? Eu sinto que poderia facilmente me tornar santa ou, com a mesma facilidade, uma daquelas mulheres a quem os homens pagam. Talvez você não compreenda, sua opinião sobre mim poderá mudar."

"Ao contrário, compreendo tudo", respondi baixinho. E continuei, após uma pausa: "Só tenho uma coisa que me ajuda, além da dificuldade que sinto em dizer mentiras: os homens, se se encostarem excessivamente em mim, me dão um certo nojo. Um dia desses, na casa de Maddalena, quando os rapazes chegaram e nós dançamos, vocês acharam que eu me mantinha à distância porque não sabia dançar bem. Mas não, era porque eu não podia suportar a mão de um desconhecido em minhas costas. Ela queima, através do vestido leve. Na manhã seguinte, o vestido ainda conserva um cheiro forte de fumo, um cheiro de homem que me incomoda. Compreende?".

"Sim, compreendo. Compreendo." Ela ficou pensando um momento e depois concluiu: "Compreendo que os homens agradam mais a você do que a mim".

"Por que você supõe isso?", reagi.

"Porque é assim. A mim não incomoda nem um pouco a boca de Dario sobre a minha: enxugo os lábios e logo posso voltar à salinha onde se dança e começar a brincar com outro. Você viu, não?"

"Sim, vi."

"Não consigo justificar aquilo que leio com frequência nos livros: ou seja, a necessidade, o instinto de se defender que uma mulher sente, as dúvidas que a assaltam antes de ceder a um homem ou até antes de beijá-lo." Em seguida, continuou: "No ano passado eu ia à praia, em Fregene, com Dario e os outros do grupo. Às vezes somente com Dario. Pegávamos um barco, íamos até o largo; ali mergulhávamos e depois tirávamos as roupas".

"Na água?"

"Sim. Atirávamos as roupas dentro do barco, era lindo. Meus cabelos se grudavam nas faces, num arrepio gelado. O mar estava verde, celeste, nós nos tocávamos, nadávamos debaixo d'água, nossos corpos brancos pareciam peixes num aquário. Eu ficava contente como são contentes os peixes, as algas marinhas…"

Eu ri, para dissimular minha perturbação: "E se o barco fosse embora com as roupas?".

"Estava ancorado", explicou ela, dando de ombros. E recomeçou: "Às vezes Dario me tocava com a mão. Mas era uma mão de água, me fazia rir. Eu queria ficar perturbada, compreende? Queria me rebelar, ou então saborear a ousadia dos gestos que executava. Nada. Nada. Queria sentir ao menos uma vez aquilo que você sente quando um homem se encosta em você".

Estávamos passeando pelo Lungotevere de Borgo, sob a sombra móvel dos plátanos e a conversa dos pardais aninhados entre os ramos. Gritavam com tanta força que abafavam nossas palavras. Muitos padres passavam àquela hora, apressados, tomados de surpresa pelas primeiras sombras da ave-maria.

"Vamos atravessar?", perguntou Fulvia, sorrindo e me dando um leve empurrão com o braço quando passávamos diante das pontes.

"Não, não", supliquei.

"Você é muito inocente", ela disse, enternecida.

Baixei a cabeça, embaraçada por enganá-la daquele modo. Eu já compreendera que minhas contínuas inibições e minhas lutas só serviam para conter uma natureza demasiado ardente. Meu físico me defendia: magro, enxuto, ainda infantil. Os homens passavam ao meu lado sem me notar.

"Você é inocente", Fulvia prosseguiu. "Por isso me atraiu desde o primeiro dia em que a vi, na escada. Você ia passando com sua mãe, ela a segurava pela mão. Pronto, afinal descobri o que se sente ao ver você: o desejo irresistível de tomá-la pela mão e fazê-la entrar na própria vida para sempre. Muitos homens vão pedi-la em casamento, bem sei. É impossível se resignar a tê-la somente por uma hora, depois de vê-la. Você é como sua mãe."

Até então ninguém me falara de como eu era ou parecia. A partir do agudo interesse que Fulvia me dirigia, eu tomava forma pouco a pouco: já não era um emaranhado de desejos dúbios e aspirações, mas uma pessoa inteiramente construída, com uma fisionomia precisa. Até aquele momento eu acreditava que os outros não tinham nenhuma opinião a meu respeito. Por isso, ao escutar as palavras de Fulvia, era como se pela primeira vez me olhasse no espelho. Agarrei-me ao seu braço, à sua pele fina, ao seu calor.

"Antonio está ali dentro",* disse eu, ao passarmos diante do grande edifício.

Nós duas nos apoiamos no parapeito sobre o rio, olhando as janelas protegidas pelas grades e o letreiro na fachada: "Cárcere judiciário".

"Não, ele agora está numa ilha", disse Fulvia, baixando a voz.

"Mas o que ele fez?", perguntei, impaciente.

"Não se sabe."

A resposta era sempre a mesma. Àquela altura se falava muito pouco de Antonio, e me convenci de que realmente ninguém sabia. Meu pai se irritara com minhas perguntas repetidas, e me proibira de me envolver com tais coisas. Aida disse que o irmão fora acusado de imprimir certos panfletos. "O que estava escrito?", perguntei de imediato. Aida também respondeu: "Não se sabe".

---

* Refere-se ao Castelo Sant'Angelo, que na época funcionava como prisão.

Eu fitava as janelas da prisão e, internamente, chamava Antonio com tanta insistência que me pareceu, a certa altura, ver seu rosto surgir atrás das grades. Na tristeza do seu olhar se lia o desalento, que os outros expressavam com aquelas três palavras: "Não se sabe". Recordei o que Aida dissera no primeiro dia: ou seja, que Antonio e seus amigos não estavam contentes. Desde então a consciência da penosa condição deles me advertia continuamente.

Na luz cinza do crepúsculo muitas pessoas passavam diante de nós, entre nós e o cárcere: conversavam, liam o jornal, riam, duas mulheres passeavam de carruagem e uma delas empoava o nariz. Parecia-me que aquelas pessoas faziam tudo isso com empenho, para se distrair de seus pensamentos; de modo que sua jornada, e também a minha, se apresentava como uma sequência de ações vertiginosas que se alternavam, sem trégua, na precisa intenção de impedir um exame de consciência. Talvez, se pudessem se interrogar, todas descobririam não estar contentes.

"É terrível", murmurei.

"Sim", repetiu Fulvia, "é terrível estar fechado lá dentro, enquanto aqui fora temos uma estação tão bela."

Ela olhava avidamente ao redor. Brando, o último sol do entardecer tingia de rosa os tetos dos prédios e as copas intumescidas das árvores, sobre o Janículo, atrás do cárcere.

"Ali em cima fica a *villa* Pierce, não?", me perguntou.

Assenti com um aceno da cabeça.

"Não se avista daqui?"

"Não", respondi bruscamente. "Não se avista daqui nem de outro lugar. Fica escondida pelas árvores, nunca se consegue vê-la."

Tínhamos voltado a caminhar, em silêncio.

"Sabe?", disse ela a certa altura. "Às vezes me parece que a *villa* Pierce não existe, e tampouco Hervey."

"Por quê?"

"Não sei, é uma impressão. Recordo ter lido num livro a história de um andarilho que atravessava a floresta, noite alta, e estava esfomeado, exausto, sem esperança de conseguir resistir ao frio e à fadiga. De repente ele viu ao longe o lume de uma casa: entrou e encontrou comida, se aqueceu numa grande lareira. Foi acolhido por um velho elegante e uma anciã, os quais o trataram com uma cortesia, uma solicitude que ele, até então, não conhecera.

Acompanharam-no ao leito, agasalharam-no, e ele adormeceu no sono mais agradável de sua vida. Mas de manhã despertou deitado no chão, no limite da floresta, junto à estrada principal. A casa, os velhos tinham desaparecido."

"Oh!", exclamei. "E quem eram?"

"Seus pais, que perdera na infância, de fato eram eles, como se tivessem envelhecido em outro lugar, longe do filho. Não é uma bela história?"

"Sim: mas você estava dizendo…"

"Pois é. Assim creio que deve ser a *villa* Pierce. Parece-me que há algo de espectral até em Hervey, até em Eleonora. Eu também, veja, às vezes tenho a impressão de que ela vai desaparecer, não vai mais voltar, como você teme."

"Cale-se", respondi, sentindo um calafrio enquanto entrávamos no regular tabuleiro de xadrez das ruas próximas ao nosso prédio. Caminhávamos de braço dado, encolhidas por um frio repentino, e eu levava nas mãos a vida de minha mãe, como alguém carrega um belo globo colorido, suspenso na vasta liberdade do céu e ligado a nós somente pela tênue cumplicidade de um fio.

No dia do concerto, meu pai e eu almoçamos sozinhos. Mamãe fora convidada para fazer essa refeição na *villa* Pierce. Era a primeira vez que nos acontecia comer sozinhos, um diante do outro, como, ao contrário, mais tarde veio a acontecer durante muitos anos. Isso me pareceu, recordo, um presságio sinistro, e no entanto — por uma solidariedade instintiva com mamãe — eu decidira fingir estar completamente à vontade. Ainda me sentia tomada pelo entusiasmo com que ajudara minha mãe a vestir a roupa azul. Parecia-me que esta ficara de fato elegante: Lydia insistira em que fosse confeccionada por uma costureira de boa fama e, para pagar a conta, Sista precisara fazer sua primeira viagem ao Monte di Pietà* levando um broche de ouro da vovó para empenhar. Minha mãe ficou linda no vestido azul. A seda, se inflando no peito e nos flancos, suavizava sua magreza, e a cor combinava com a de seus olhos. Quando a vi pronta, nos cômodos onde sempre a via circular com

---

* Literalmente, "montepio", instituição financeira sem fins lucrativos, dedicada a conceder pequenos empréstimos com juros bem inferiores aos do mercado, em troca da penhora de algum bem. Criada na Itália no século XV por iniciativa de frades franciscanos, existe até hoje.

modéstia em suas roupas escuras, cheguei a levar a mão à boca para abafar um grito de surpresa.

Ela vinha ao nosso encontro abrindo a roda do vestido como uma jovenzinha no primeiro baile. Parecia-me que com aquele seu passo ligeiro iria ser fácil para ela ir embora, sem parecer empreender um gesto verdadeiramente grave. De modo que a fitei com amor intenso por um longo momento; depois lhe acenei um adeus com a mão e caí no choro. Abracei-me a Sista e escondi a cabeça no côncavo de seu ombro, respirando aquele odor áspero de cozinha e panos de limpeza que era costumeiro em meus dias solitários.

Minha mãe se deteve, perplexa:

"Por que esse choro de vocês? Sandi, por que está chorando? O que eu fiz, meu Deus?"

Não podíamos lhe explicar nada: um entendimento secreto corria entre mim e Sista, semelhante ao medo que nos envolvia quando a esperávamos, sentadas na cozinha, e cada momento que passava, marcado pelos grandes ponteiros do relógio, aumentava nosso temor de não a ver mais. Ela não compreendia que sua presença era o único bem da nossa vida. Sorrimos, fitando-a entre as lágrimas. Então ela também sorriu e nos abraçou, comovida por nos ver participar tão intensamente de sua alegria.

"Sinto um pouco de medo", disse, hesitando à porta; e logo acrescentou: "Estou com muito medo". Mas superou sem demora esses temores. Começou a descer agilmente a escada e de vez em quando se aprumava junto ao corrimão para nos olhar mais uma vez. "Adeus!", gritava, nos lançando um beijo, e a sórdida escada se iluminava com seu sorriso.

Mais tarde o carro voltou para nos buscar. Eu já estava pronta havia algum tempo, e, assim que escutei a buzina, meu coração começou a bater desenfreadamente. Meu pai disse: "Um momento" e fingiu ler uma notícia importante no jornal. Descemos a escada devagar, um atrás do outro, e eu caminhava no odioso odor de brilhantina.

No automóvel nos sentamos tolhidos, apartados: meu pai demonstrava indiferença, ou melhor, tédio, mas eu sabia que ele estava orgulhoso de ser conduzido por um motorista de uniforme com galões, num veículo caro. Já eu pensava que mamãe passava por ali diariamente, para se dirigir à *villa* Pierce. E por certo, no percurso, se livrava de sua monótona vida cotidiana; atrás dela, a rua onde morávamos, o grande condomínio, os cômodos escuros, meu pai, Lydia, Sista, desmoronavam, murchavam sem rumor. Era isto: ao enveredar pela grande alameda frondosa do Janículo talvez ela se esquecesse até mesmo de mim.

O portão estava aberto, o carro entrou esmagando o cascalho, que respondeu com um barulho de água sob remos. No vestíbulo, Violet Pierce, com os cabelos brancos tingidos de violeta, recebia os convidados. Fomos acolhidos com entusiasmo, como se ela estivesse ali só para aguardar nossa chegada. "Você também toca piano?", me perguntou futilmente.

Intimidados, meu pai e eu nos sentamos no fundo da sala. Nas cadeiras pousavam pequenos programas que anunciavam o "Concerto da pianista Eleonora Corteggiani". A pianista Eleonora Corteggiani era minha mãe: aquele sobrenome era o do meu pai, por aquele sobrenome me chamavam na escola. No entanto, me parecia que ela não fazia parte da nossa família, se chamava assim por homonímia. Eu observava ao redor e não reconhecia a sala de música tal como minha mãe a descrevera para mim.

Muitas pessoas falavam inglês, e nós ficamos restritos ao embaraço de quem se encontra sozinho num país estrangeiro cuja língua e cujos hábitos ignora. Eu procurava Hervey com o olhar e de repente me convenci de que ele não estava presente: para criar coragem, olhava fixamente o piano diante do qual, dali a pouco, veria sentada a querida figura de minha mãe.

Era um piano de cauda, longuíssimo, lustroso, muito diferente do velho Pleyel vertical que tínhamos em casa. Meu pai o olhava com antipatia e, naquele momento, eu não podia evitar me sentir ligada a ele pelo constrangimento comum: nossa casa, Sista sentada na cozinha, as vozes do pátio, a escada empoeirada e escura me pareciam mais adequadas a nós, mais acolhedoras até. "Vamos embora daqui", estive prestes a dizer ao papai, "voltemos para casa", quando vimos os criados de libré fecharem as portas, a sra. Pierce erguer as mãos pedindo silêncio e, de uma pequena entrada lateral, surgir minha mãe.

Avançou com seu passo leve até o piano. Depois se deteve, pousou uma das mãos no leitoril e, naquele instante, as pessoas aplaudiram. Não era somente uma homenagem, mas algo que sua presença arrancava como um grito.

Ela estava muito pálida e o vestido feito com os véus de Ofélia, que entre as paredes de casa parecera tão surpreendente, ali dentro parecia antiquado.

"Está magra demais, sua mãe", disse papai, "vou mandá-la fazer um tratamento para se restabelecer."

Virei-me para olhá-lo: ele pretendia, com aquelas palavras, fingir não perceber que sua esposa era uma mulher extraordinária; agradava-lhe saborear o direito que lhe cabia de julgá-la e de fazê-la respeitar seu julgamento. Eu gostaria de lhe responder duramente, com ironia, mas naquele momento minha mãe começava a tocar *Prelúdio e fuga* de Bach.

Aquelas, e as outras que se seguiram, eram peças que eu ouvira incontáveis vezes; mas até essas, ali, pareciam diferentes. Talvez porque minha mãe estivesse escondida pelo leitoril, me ocorria duvidar que fosse realmente ela a executá-las. O toque era de uma pessoa muito forte e corajosa, diferente daquela que estávamos habituados a ouvir falar em tom baixo, submisso, aceitando docilmente as injunções do marido.

No final de cada peça o público aplaudia de imediato, com entusiasmo. Minha mãe não se levantava para agradecer; em vez disso baixava a cabeça, mostrando inteiramente sua confusão. Naquelas pausas Violet Pierce borboleteava entre os convidados e sem dúvida sussurrava algo lisonjeiro sobre minha mãe, porque sorria olhando para o estrado. Veio deslizando até perto de nós e parou um instante para dizer: *"Isn't she wonderful?* Ela não é maravilhosa?"*. Decerto já não recordava quem éramos.

Em seguida se deteve junto a uma poltrona das primeiras fileiras e começou a falar ininterruptamente, em inglês. Embora eu não compreendesse nada do que ela dizia, pela sua expressão facial intuí que se dirigia a Hervey e experimentei uma súbita comoção. Era fácil adivinhar que ela estava tentando convencê-lo. Por fim minha mãe, que por todo o tempo mantivera o olhar sobre o teclado, dirigiu o olhar para ele, convidando-o. Então, de imediato, Hervey subiu ao estrado.

Minha mãe jamais o descrevera para mim, nem sequer superficialmente; eu só sabia que ele era muito alto e tinha cabelos claros. Contudo, desde o primeiro momento, sua feição se adequou à imagem que eu construíra de sua pessoa. Ele havia apanhado o violino e o afinava, virado para minha mãe, se preparando para tocar com ela, sem se preocupar com o público. Mas, mesmo não vendo seu rosto, eu descobria entre nós os sinais de uma afinidade remota, como entre certas plantas que fazem parte da mesma família. E, talvez por causa da figura esbelta ou talvez da nuca, que, curvada sobre o violino, se assemelhava à de um cavalo, me parecia realmente que nele se reunia tudo o que me agradava na vida, os belos animais, as belas árvores, e não só o que me agradava num homem.

Hervey tinha começado a tocar. Eu não conhecia aquela música: se desenvolvia em torno de um tema pastoral, daqueles que minha mãe dissera serem os preferidos dele: e o piano, em vez de acompanhá-lo, lhe dava a cada frase a resposta adequada; o violino perguntava, o piano respondia baixinho, era um diálogo sereno. Mas, pouco a pouco, aumentava de tom e de intensidade, como se as perguntas fossem ficando progressivamente mais insistentes, mais densas. Nos compassos finais, pareceu que o piano queria se distanciar fugindo e o violino o perseguia.

Quando a música cessou, tínhamos todos o coração na garganta como se os tivéssemos acompanhado na corrida. Houve um instante de silêncio antes de o público se recuperar e começar a aplaudir. Meu pai estava calado, pálido em seu terno escuro.

Eu batia palmas e no meu interior ecoavam altos gritos de alegria, os quais me era difícil conter. O público aplaudia freneticamente. Violet Pierce subira ao estrado para se congratular com os instrumentistas. Era o fim: minha mãe, ruborizada, se levantou do piano e esboçou uma fuga, mas Hervey a segurou por um braço. Olharam-se e depois sorriram, confusos por terem manifestado um sentimento que até então eles mesmos haviam acreditado ignorar. Naquele sorriso, se voltaram para nós.

Comovida, parei de aplaudir: olhei-os absorta, deixando que o pranto subisse aos olhos. Estava orgulhosa e enternecida, como se fosse eu a mãe e ela, a filha. Através de um véu de lágrimas, luminoso e trêmulo, via minha mãe e Hervey se destacarem do chão de mãos dadas, e subiam, subiam, se alçavam sobre o vestido azul como sobre uma nuvem. E, por causa daquele véu de lágrimas, eu não conseguia distinguir as feições deles; me parecia que eram ambos do mesmo sexo: nem homem nem mulher, anjos. De fato, os dois eram altos e, talvez em virtude da cor dos cabelos, pareciam irmão e irmã. Essa dúvida atravessou por um instante a minha mente, me deixando maravilhada e insegura. Eu não sabia dar uma explicação para aquela misteriosa semelhança, para a harmonia que transparecia neles. Destacados do solo, tremiam no aquário opalescente dos meus olhos e minha mãe sorria como quando se virara para me saudar, antes de desaparecer na escada.

Por fim, convocada pelo público, ela voltou a se sentar ao piano e iniciou aquela *Primavera* que havia executado na noite em que nos deu a notícia do concerto. De novo nós a ouvimos rir através da música. Muita gente estava de pé. Meu pai disse: "Vamos", e passou o braço sob o meu.

Atravessamos as grandes salas vazias, seguidos pelos tinidos festivos e pelos arpejos. Lá fora ainda era dia, mas as grandes árvores tinham se envolvido na sombra como num manto. Das janelas a música nos perseguia, nos impelia pelas costas. Nós apressávamos o passo, desejosos de nos afastar: para além do portão, não se ouvia mais o piano.

Meu pai se apoiava em mim, se confiava a mim. Mais tarde, quando ele ficou cego e eu o levava para passear, reconheci o modo como ele se apoiara naquela noite. Seu rosto envelhecera de repente, se debilitara, como muitas vezes acontece nos momentos de cansaço aos rostos que conservam por muito tempo o aspecto juvenil. Ele não fazia nenhum comentário sobre o concerto nem ousava mais repetir que minha mãe estava magra. Incapaz de expressar seus sentimentos a não ser por imediatas reações físicas, se desfazia, pesava sobre meu braço, arrastava os pés. E em vez de ter compaixão por ele, e pela sua vida que decaía depois de ter gerado a minha, a qual eu sentia forte e jovem, devo confessar que me regozijei com o seu abandono. Senti que mamãe e eu possuíamos o segredo de uma juventude eterna: naquele dia ou dali a muitos anos, as mesmas coisas nos proporcionariam alegria e entusiasmo, superaríamos o tempo, e até a decadência física, entregues a prazeres que meu pai não conhecera. Na pessoa dele pendurada ao meu braço, eu tinha a impressão de carregar tudo o que é transitório em nossa vida: a carne que envelhece e, um dia, apodrece. Sentia aversão, quase, repulsa, nojo, como quando Enea quisera me impelir contra a parede para que eu conhecesse seu corpo. Mamãe havia sido a única ponte que meu pai tivera com a poética verdade da vida. Permanecera ao lado dele, durante anos, convidando-o a segui-la. Agora ela fora embora e ele estava sozinho.

Devagar, através das vielas de Borgo, eu o reconduzia até nossa casa. As vozes e os odores das ruas vinham ao nosso encontro, nos acolhiam. Era o nosso bairro, a nossa gente, onde minha mãe parecia ter surgido por engano.

Eu olhava para o meu pai, que, sem perceber, se confiava a uma mocinha como eu, de cujos pensamentos e hábitos ele tantas vezes havia zombado. Sentia o cheiro de sua brilhantina: revia-o sentado à mesa com o jornal aberto e o anel de ouro no dedo, enquanto, nos observando, balançava ironicamente a cabeça.

Então, penalizada por aquela recordação, disse: "Venha, venha, papai", enquanto o ajudava a atravessar uma rua.

Assim que entramos de volta meu pai perguntou a Sista se o jantar estava pronto e, embora ainda fosse cedo, mandou-a servir. Sista não ousou perguntar nada: pôs a sopeira no centro da mesa e depois ficou atônita, as mãos entrelaçadas sobre o avental preto, fitando o lugar onde a patroa costumava se sentar. Minha mãe tinha o hábito de dobrar seu guardanapo no formato de um coelhinho; naquele momento, a visão daquele guardanapo me enternecia como os brinquedos de Alessandro que ela conservava devotamente numa gaveta. Caíam, para além da janela, as diletas sombras do crepúsculo que às vezes nós esperávamos juntas; e eu estava sozinha. Surpreendi-me ao substituí-la nos gestos por ela executados até a véspera: preparei o prato para Sista e, ao estendê-lo, me ocorreu usar as mesmas palavras, com a mesma cadência afetuosa.

Ao ouvir minha voz papai ergueu a vista do prato e me olhou; se deu conta de que eu já era uma mulher, e como, no aspecto e nos gestos, me mostrava muito semelhante à minha mãe, de imediato viu em mim uma adversária. Sista mordiscava um pedaço de pão, sentada num canto, e o silêncio permanecia entre nós como uma zona de gelo, sobre a qual ninguém ousaria se aventurar. Mas logo ouvimos passos apressados subindo a escada: eu dei um salto, radiante, corri à entrada e abri a porta.

Direi que ainda agora, passados tantos anos, quando volto à minha mãe com o pensamento, com frequência me acontece revê-la como ela era naquele instante. Apertava junto ao peito um grande buquê de rosas que lhe fora oferecido e do casaco lhe fugiam as fímbrias do vestido azul, como se ela já não conseguisse retornar ao seu modesto aspecto cotidiano. Tinha os cabelos um pouco desarrumados e o rosto corado, por demais atraente. Apoiou-se na parede, como para se proteger de uma tontura repentina. "Oh, Sandi", murmurou, e me pareceu que ela jamais pronunciara meu nome com tanta doçura. "Oh, Sandi", repetia, semicerrando os olhos. Estava linda. Eu queria que ela se deitasse em minha cama, com o vestido que fora de Ofélia, e me contasse a lenda do seu dia como me narrava as histórias de Shakespeare, quando eu era menina.

De súbito, nossa feliz intimidade foi interrompida pela voz do meu pai que vinha da sala de jantar. Era uma voz que possuía mãos enormes e denso pelo escuro, a voz dos ogros nas fábulas.

"Eleonora", chamou, "Eleonora", repetiu com força, porque ela demorou a responder.

Em seguida ele apareceu na entrada e minha mãe, nem um pouco intimidada, acolheu-o com um sorriso. Estava tão feliz que, ao menos naquela noite, experimentava a ilusão de vê-lo compartilhar sua alegria. Senti que ela queria ir ao encontro dele cordialmente, falar-lhe de Hervey; e queria que ele a escutasse, participando de sua alegria. Tampouco me envergonho de admitir que isso me parecia de todo natural: já que eu não via nenhuma relação entre o vínculo que os mantinha unidos e os sentimentos que a ligavam a Hervey.

"Venha comigo", ordenou-lhe ele, se encaminhando para o corredor.

Mortificada, minha mãe o seguiu de imediato. Parecia muito jovem, talvez por causa daquele casaquinho que mal lhe cobria o vestido: uma garota surpreendida ao retornar de um baile ao qual tivesse ido às escondidas.

Antes de entrar no quarto deixou cair as rosas, que eu recolhi num impulso, espetando as mãos. Depois, sem sequer me olhar, fechou atrás de si a porta cinza.

Sentei-me ali fora, no piso de tijolos vermelhos, e grudei o ouvido na fresta. Sista havia tentado me arrancar dali e depois se agachara ao meu lado, no chão. De início houve um silêncio. Por fim escutamos a voz do meu pai, carregada de um ódio pungente que eu nem sequer acreditava que ele possuísse. "Esta é a última vez que você vai à *villa* Pierce", dizia. Então imaginamos que ele a puxara pelo braço e a apertava com força, porque ela soltou um gemido abafado.

Minha mãe falava baixinho, não ouvíamos suas palavras. Meu pai respondia no mesmo tom. Parecia que ambos tinham vergonha do que diziam um ao outro. Aquele duro confronto me atemorizou tanto quanto o silêncio que, outrora, acompanhava as noitadas de amoroso entendimento e de serenidade vividas por eles, e me reconduziu com o pensamento àquelas horas nas quais eu experimentara pela primeira vez a amargura da minha solidão de filha, diante da cumplicidade perturbadora dos próprios pais. Descobri o quanto era sempre terrível aquilo que acontecia entre um homem e uma mulher, quando estavam sozinhos. Relembrei o que Fulvia me dissera sobre o modo como se fazem os bebês. Não era um ato feliz, luminoso, singelo como deveria ser aquele em que se transmite a vida; e de fato para realizá-lo escolhia-se o escuro e o segredo da noite. Nas vozes rancorosas que eu ouvia para além da porta cinza se manifestava toda a miséria da intimidade que um homem e uma mulher estabelecem. E até o modo deles de se amarem — pelo que eu sabia — me parecia tão horrível e vulgar quanto a luta à qual eu estava assistindo.

"Vou te trancar aqui dentro", ele dizia. "Aqui, entendeu?, aqui."

Consternada, apertei a mão de Sista: imaginava minha mãe acuada entre o grande leito de ferro, onde tia Caterina morrera, e a cômoda negra, com um tampo lívido de mármore; imaginava seu corpo delicado oprimido por aquela mobília lúgubre.

"Por favor, Ariberto, por favor", dizia ela com voz implorante, dolente. "Eu te suplico", dizia. "Eu te suplico." E era como se se arrastasse de joelhos, logo ela, tão altaneira e leve, como se até se aniquilasse diante daquele mesmo homem que eu reconduzira à nossa casa compassivamente, pendurado ao meu braço.

Virei-me para Sista, aterrorizada: "Precisamos salvá-la, temos que fazer alguma coisa, salvá-la".

Sista não me respondeu: à luz mortiça que pendia no meio do corredor, eu via sua sombra magra, apoiada na ombreira da porta. Seu rosto estava paralisado, de cera. Muitas vezes me acontecera vê-la preocupada com um breve atraso da mamãe, temerosa de que esta não voltasse mais, e me espantou que, num momento tão grave, ela conseguisse manter aquela rígida impassibilidade.

"Precisamos salvá-la", repeti. E ela se mantinha calada. Por fim, quando a sacudi várias vezes pelo braço, perguntando: "O que podemos fazer, diga, vamos, o quê?", ela, sem mudar a expressão petrificada do rosto, disse:

"O que você quer fazer? Ele é o marido."

* * *

Depois daquela noite pavorosa, nossa vida recomeçou exatamente igual à que sempre havia sido. Meus pais tampouco supuseram em algum momento que eu escutara tudo o que acontecera entre eles. Por isso continuaram a se tratar reciprocamente da mesma maneira como se tratavam nos dias que tinham precedido o concerto.

Apenas uma mudança ocorrera: eu sabia, àquela altura, o que acontecia quando eles se trancavam no quarto de casal, e portanto o tom afável que usavam para se falarem me parecia um fingimento insuportável. Ao mesmo tempo, a partir daquele momento minha mãe parou de me relatar a crônica de seus dias na *villa* Pierce, e o fato de eu não a interrogar ansiosamente na volta, como fora até então, provava que eu intuíra as razões de sua reserva e de seu silêncio. Grande parte dos acontecimentos que narrarei de agora em diante (e que não se deram em minha presença ou no âmbito de nossa casa), eu vim a saber após sua morte pelas narrativas de Lydia, e por um caderninho que achei escondido no piano, no qual mamãe anotava seus pensamentos. Assim, para mim foi bastante fácil reconstituir os fatos.

Poucos dias após o concerto, Hervey se declarou à minha mãe. Isso devia ter acontecido em 21 de maio, já que a data, na caderneta, estava sublinhada duas vezes, e naquela página a caligrafia dela, alta e sinuosa como uma fita, escrevera por toda parte: "Eu te amo, Eleonora".

Depois daquela data, estavam anotados itinerários românticos: "*villa* Celimontana", "vimos uma amendoeira no Palatino", "*villa* Adriana", "os íris da Via Appia". Uma pétala daqueles íris estava esmagada entre as páginas e eu a usei ao pescoço num relicário da vovó Editta.

Aquele relicário foi a única joia que me restou dela. Minha mãe abandonara quase totalmente seus alunos e, eu soube mais tarde, a partir do momento em que havia conhecido Hervey não mais quisera receber da família Pierce nenhum pagamento. No fim do mês entregava um envelope ao marido, como fizera por muitos anos: era o preço de sua liberdade durante todo o dia. Pagava-lhe pontualmente, talvez com um leve toque de desdém: "Aqui está o dinheiro, Ariberto". Sista fizera muitas viagens ao Monte di Pietà, e, quando meu pai, após a morte da mulher, abriu as gavetas dela, encontrou no estojo de cetim vermelho, além do relicário, apenas um maço de apólices reunidas por um grampo.

Minha mãe me falou claramente dos seus propósitos por volta do final do mês de junho.

Era sábado, um dia quente; papai saíra todo vestido de branco, e com uma gravata azul de laço.

Eu lia, perto da janela, e minha mãe estava sentada junto de mim, na poltrona. Pouco tempo antes, me permitira ler romances e ela mesma, aliás, vinha me sugerindo quais, traçando para mim uma espécie de programa ideal.

Recordo muito bem que, naquele dia, eu estava lendo a história de Emma Bovary. Era um livro que minha mãe devia ter relido várias vezes, porque parecia muito usado e alguns trechos estavam sublinhados. Às vezes aqueles trechos revelavam impulsos e sentimentos dos quais ela, apesar da nossa intimidade, jamais ousaria me falar. Tropeçar numa daquelas confissões involuntárias, enquanto eu acompanhava o enredo de um romance, com frequência me deixava constrangida, me fazendo temer ter cometido uma grave indelicadeza. Ademais, eu não tinha simpatia alguma pela sra. Bovary — embora minha mãe gostasse muito dela — e não queria conhecer as remotas afinidades que ela descobria nesse personagem, assim como não queria conhecer as causas que a tinham levado a desposar meu pai.

Estava me debatendo entre esses pensamentos quando minha mãe disse:

"Hoje não vou sair, Sandi: preciso falar com você."

Virei-me para ela, agradecida: "Ficaremos aqui, diante da janela?".

"Sim, claro", respondeu sorrindo.

Encostei minha poltrona à dela e permanecemos satisfeitas, em silêncio. Eu nem me perguntei o que ela pretendia me dizer, embora tivesse ficado surpresa com a gravidade de seu tom. Desfrutava do fato de estar em sua companhia, no círculo do seu olhar. Sentia a felicidade correr dentro de mim, como uma água tranquila. Assim me acontecia com Francesco, em nossos primeiros encontros.

Pouco depois minha mãe, olhando lá para fora, me perguntou:

"Sandi, você gostaria de sair daqui?"

Um nó espinhoso fechou minha garganta, e meu coração começou a bater acelerado: temi que ela quisesse me afastar de si, me adulando com a novidade de uma viagem.

"Com você?", perguntei, num sopro.

"Comigo, claro."

"Oh, sim, mamãe, sim!", exclamei. E acrescentei baixinho, quase a instigando a executar uma ação arriscada e má: "Vamos embora". Ela não respondeu de imediato nem se virou. Seus olhos espelhavam o céu que se avistava pela janela aberta. Depois repetiu, num sussurro: "Vamos embora". Pelo seu tom de voz compreendi que essas palavras eram um pensamento constante, uma obsessão, que aquela frase se repetia dentro dela a cada momento: quando estava acordada à noite no grande leito, quando ia e vinha pela casa. Permanecia sob qualquer outro pensamento, qualquer outra palavra que ela pronunciasse. "Vamos embora." Ela balançava inutilmente a cabeça para expulsá-las: circundavam-na, zumbiam, envolviam-na, estavam no próprio ar que ela respirava: "Vamos embora".

Devia ser um alívio pronunciá-las em voz alta, finalmente: era como se livrar delas, aceitando-as. "Iremos para além da fronteira, sabe? Para a Suíça, talvez."

Ela parecia estar inventando uma brincadeira, como fazia quando eu era criança, fingindo partir comigo para as cidades estrangeiras onde a vovó estivera representando.

"Viveremos no campo, longe das cidades, dos grandes condomínios, das ruas superlotadas, e dos bondes que estridulam a noite inteira. Assim que sairmos de casa, já teremos os pés na grama. E eu terei um grande piano. Um aposento inteiro para o piano."

Eu a seguia na brincadeira. Gostava de lançar nesse desenho de nossa vida futura todos aqueles desejos que até então eu jamais esperara satisfazer.

"Eu vou sair para passear", dizia, "e voltarei para casa através dos bosques, guiada pelo som de seu piano, como pelo cometa de Belém."

Ela assentia com um aceno da cabeça. "Certo. E no inverno tudo estará sepultado pela neve, inclusive nossa casa: ficaremos trancadas com o piano e os livros, acenderemos um grande fogo na lareira."

Continuava a falar baixinho: paisagens e dias se sucediam em minha imaginação, como num espetáculo. Maliciosamente, eu imaginava papai ao voltar para casa, na noite de nossa fuga. Ele nos chamaria com sua voz impaciente e irônica, diria: "Estou com fome", perguntaria: "Está pronto?". Mas o silêncio acolheria e agigantaria suas palavras. "Eleonora", chamaria ele, "Alessandra…" Eu ouvia a voz de início irritada, depois raivosa, e por fim angustiada, via o gesto com que ele escancararia a porta dos aposentos onde a tétrica mobília o aguardava para sufocá-lo e oprimi-lo, como havia oprimido minha mãe por muitos anos.

"Sandi…"

"Mamãe…"

Seguiu-se um silêncio. Depois ela se virou e olhou para mim, séria, me convidando a sair do mundo fantástico que aquelas imagens haviam suscitado ao nosso redor.

"Sandi", me disse, "não estaremos sozinhas."

"Oh, mamãe", respondi sorrindo, "em nenhum momento pensei que partiríamos sem ele."

Sua mão pousou na minha e a apertou com força, como se ela quisesse me fazer entrar em seu íntimo, em seus sentimentos e problemas.

"É uma coisa muito grave", continuou.

"Você não pode viver aqui dentro", protestei vivamente, "deve…"

"É uma coisa muito grave", repetiu ela, me interrompendo, "eu queria que você compreendesse isso. É uma coisa da qual uma mãe nunca deveria ousar falar à própria filha, a uma jovem. Mas, na verdade (e talvez esse seja um dos meus erros), eu nunca pensei em você como numa filha, creio que nunca a tratei assim. Sempre a tratei como a uma mulher, desde quando você nasceu, e a acompanhei dia após dia, consolando-a, encorajando-a, eu que já sabia o quanto é difícil ser mulher. Porque uma mulher, na realidade, nunca tem uma infância de verdade, é sempre já mulher, desde quando tem apenas poucos anos ou mal sabe falar. Talvez eu tenha errado. Temo realmente ter errado porque, com essa minha atitude, você acabou crescendo frágil e indefesa como eu. Quando você era muito pequenina, eu gostava de me iludir imaginando-a como um menino, como Alessandro, e depois… Depois, um dia a vi aqui, sentada à janela. Você era muito pequena e eu te perguntei o que estava fazendo, se não se entediava assim, tão sozinha: 'Não', foi sua resposta, 'estou muito contente'. E eu, naquele momento, recordei uma janela junto à qual me sentava por longo tempo quando morávamos, com a mamãe e o papai, em Belluno. Eu conhecia o significado da solidão precoce. Sabia que você iria sofrer, que muitas coisas iriam feri-la, mas de outras, oh, de outras você faria sua glória. Porque havia em você, como em toda mulher, a capacidade de se mostrar um ser extraordinário, maravilhoso, um objeto de graça e de harmonia, como uma bela árvore ou uma estrela. Como uma mulher, em suma. Uma mulher, Sandi, é todo o universo, tem o mundo inteiro em si, em seu ventre, o sol e as estações, e o céu que envolve os campos e as cidades..." Fez uma pausa; depois se recobrou: "Não sei como chegamos a falar de tudo isso... O que eu te dizia, no início? Minha mente está confusa...".

"Você dizia que partiríamos logo", sugeri.

Então minha mãe se levantou, num ímpeto. Eu a vi andar de um lado para outro pelo aposento, parecendo não conseguir conter a impaciência: torcia as mãos, olhava ao redor procurando nas paredes, nos móveis, os sinais de sua vida monótona, dos seus dias sem surpresas. "Ir embora daqui... ir embora...", murmurava, sentindo estar salva, àquela altura, da cilada que durante anos aqueles aposentos haviam armado para ela, com a inexorável tenacidade das areias movediças. "Sair daqui... sair daqui." Abriu a porta da saleta e dali veio o bafo de mofo que as poltronas trazidas do Abruzzo nunca tinham perdido. "Sair daqui!", gritou como um insulto, no vazio escuro do aposento. Depois começou a rodopiar com leveza: "Sair daqui", dizia com sua voz cantante. "Sair daqui..."

De repente parou:

"E Sista?"

Ficou indecisa por um instante, finalmente decidiu:

"Depressa, vá chamá-la."

Encontrei Sista remendando na cozinha.

"Venha", sussurrei, pegando-a pelo braço, "venha, venha."

Minha mãe foi ao encontro dela animadamente.

"Escute", disse, "nós vamos partir. E você vem conosco."

"Para onde?", perguntou Sista, espantada.

"O que te importa saber para onde? Você vem conosco."

"É um lugar belíssimo", disse eu. "Tem árvores, vacas, pastagens. Você vai ver. Nós vamos sair daqui. Entendeu? Nós três... Vamos embora, vamos, vamos."

Inebriada, mamãe recomeçara a girar com graça pelo aposento: suas mãos se fechavam e se abriam em leves acenos de adeus. Voltou para perto de nós, nos envolveu num abraço.

"Oh, minhas queridas", murmurava, "minhas queridas, minhas..."

Depois nos confidenciou que logo partiríamos.

Passaram-se cerca de duas semanas sem que minha mãe tornasse a mencionar nossas intenções de fuga. Contudo, eu percebia que, no momento de sair, ela me abraçava com mais ternura ainda que de costume, me tranquilizava. "Eu volto logo, querida, sabe?", num tom afetuoso e exaltado, como se quisesse dizer: "Tenha mais um pouco de paciência".

Essa expectativa secreta me mantinha constantemente num estado de excitação que para mim era difícil dominar: eu temia que alguém notasse minha rara loquacidade e a energia incomum que animava todos os meus gestos, embora o verão, os dias compridos, as férias, tivessem transmitido inclusive aos outros habitantes do condomínio uma nova euforia. No pátio, as plantas haviam florido; e, movida por um vento penetrante, a roupa branca estendida para secar ondulava, crepitava, saudava alegremente. Das janelas abertas se via inflar as cortinas como velas. Os trajes de inverno tinham sido batidos com desprezo e sepultados nos baús. Encorajadas por um vestido novo, as mulheres subiam o tom de voz, assumiam uma segurança renovada. Em suma, o enorme edifício cinzento se tornava risonho e sonoro e, à tarde, respirava por todas as janelas abertas. O martelo do sapateiro batia com um toque revigorado e veloz, e a zeladora se sentava relaxada ao portão enquanto as filhinhas dos inquilinos se divertiam ao seu redor com brincos feitos de cerejas.

Eu saía frequentemente com Fulvia e nossos passos se harmonizavam num ritmo ágil e jovem. Conversávamos sem parar, sussurrávamos palavras no ouvido uma da outra, ríamos sem motivo ou por uma bobagem. O bairro, no verão, era completamente estridente de andorinhas: nenhum bairro de Roma conhece tão bem a voz das andorinhas como o dos Prati. Bem cedo, pouco depois do nascer do sol, elas se perseguem em voos altos e jubilosos. Estridulam, nos desafiando a alcançá-las, no azul velado do céu. Ao entardecer, porém, descem às ruas, afloram as janelas, e gritam com voz desesperada,

106

tentando se subtrair à insídia da noite. Depois, quando escurece, silenciam de repente, como os instrumentos ao sinal do maestro. Fulvia e eu, então, voltávamos apressadas ao grande edifício, onde já muitas famílias jantavam na penumbra a fim de economizar energia.

Muitas vezes Dario nos acompanhava. Nunca marcávamos com ele um encontro de fato. "Vai sair?", acenava ele a Fulvia, da janela em frente. Ela respondia que sim.

Saíamos e Dario não estava à vista: mas logo o encontrávamos em nosso caminho, cada dia num local diferente. Esperava fumando, parado na calçada, e espreitava nossa passagem com olhares lentos e indiferentes. "Olá", dizia-lhe Fulvia. E ele começava a caminhar conosco.

Era um rapaz magro, tinha o queixo pontiagudo de uma raposa. Suas feições eram relativamente comuns, mas os olhos azuis e ao mesmo tempo profundos enobreciam sua fronte larga. Caminhava conosco sem falar: muitas vezes, com um gesto nervoso da mão, tentava em vão ajeitar os cabelos lisos e desarrumados. Seu silêncio aborrecia Fulvia, que prometera a si mesma uma tarde alegre e aprazível. Falava ela própria, então, dos mais diversos assuntos, tentando despertar o interesse do jovem; mas, em geral, com pouco resultado. De início eu não compreendia que prazer ela experimentava em se entreter com ele: depois, contudo, pareceu inclusive a mim que o silêncio antipático de Dario era preferível à desenvoltura vazia de outros contemporâneos nossos. Estes pareciam decididos a encontrar uma transcrição original deles mesmos e fingiam, com algumas esquisitices, ter uma personalidade incomum. No entanto, se assemelhavam entre si de maneira realmente impressionante: se vestiam de acordo com os mesmos critérios, falavam usando um jargão, como os soldados ou os marinheiros, e eu tinha dificuldade em me habituar a essa linguagem convencional, que Fulvia, ao contrário, manejava com destreza. "O que você fará quando adulto?", me ocorria às vezes perguntar a um deles. A essa questão todos respondiam de modo irônico, e eu me via constrangida como na escola mista, quando os colegas me ridicularizavam pelas minhas ótimas notas. "Morreremos todos", me respondeu um deles certa vez, "até você morrerá, com sua nota nove em latim."

"Vocês são garotas, não podem compreender tudo isso", dizia Dario, nos dirigindo um olhar afetuoso que rompia a frieza apática do seu rosto. "Não é fácil falar dessas coisas com vocês."

"Por quê?", eu lhe perguntava, ofendida pela diferença que ele tencionava estabelecer entre nós.

"E o que sabe ele mesmo?", dizia Fulvia. "O que sabe ele do porquê?"

Pareciam, todos, perdidos numa triste solidão: mas, em vez de se lamentar disso, ostentavam bastar até demais a si próprios e não precisar de nenhum apoio na vida, nem sequer o da amizade ou do amor. Afetavam um cinismo impiedoso, uma crueldade inútil, toda construída. Certa vez um deles se vangloriou de ter depenado vivo um pintassilgo que a irmã tinha numa gaiola. Os outros riram, até Fulvia, até mesmo a doce e gorducha Maddalena. Eu senti um calafrio e me rebelei contra aquela perfídia idiota.

"Por que fez isso?", perguntei a ele com veemência. "Diga, não se envergonha? Você me dá nojo."

Os outros continuavam a caminhar, rindo, mas eu compreendia que se afastavam embaraçados, queriam nos deixar sozinhos.

Claudio (esse era o nome do garoto) ainda tentou rir, debilmente. "Como pôde fazer isso?", eu insistia. Aos poucos ele se ensombreceu: os outros, àquela altura, já não podiam nos ouvir. Passeávamos por uma alameda larga do Monte Mario e se ouvia cantar os passarinhos.

"O que eu devia fazer?", Claudio respondeu afinal, irritado. Senti que ele queria desafogar uma raiva, uma impotência secreta. "Sou covarde o bastante para implicar com os mais fracos do que eu."

"O que há?", perguntei afetuosamente. "O que você tem?"

Ele se voltou para me olhar, surpreso com o interesse que eu demonstrava. Pareceu me avaliar por um instante, perguntando a si mesmo se podia confiar em mim.

"Não sei", disse. Depois, temendo que eu atribuísse sua reserva a falta de sinceridade, acrescentou: "Realmente não sei, Alessandra", repetiu, e me deu o braço.

Ele tinha um braço magro, áspero, nodoso, e as mãos grandes demais para sua estatura. Vestia uma camiseta branca vazada, e levava a jaqueta nos ombros. Dele emanava um odor acre de suor e de pele talvez não muito limpa, como o de todos os garotos que conhecíamos. Eu supunha que eles se lavavam pouco de manhã, com pressa de escapulir de casa. Aquele odor, misturado ao cheiro áspero do tabaco barato que ele fumava, tornava-o mais querido para mim, em vez de me afastar.

"Você não está contente, não é?", perguntei a meia-voz, olhando o vazio como quando, internamente, falava com Antonio.

"Não", respondeu ele no mesmo tom baixo, controlado. "Como se pode estar contente?"

Não havia nenhum mal naquilo que estávamos dizendo, e no entanto percebi que Claudio espiava ao redor. À direita se erguia um caniçal alto e rígido: as folhas, movidas pelo vento, ciciavam como se alguém estivesse escondido ali dentro para escutar. À nossa esquerda, contudo, víamos grandes conjuntos habitacionais de operários; nas fachadas amarelas, as janelas eram grudadas, muito próximas, os panos estendidos se tocavam, criando um parentesco entre os moradores de cada andar.

"Como é possível estar contente?", perguntava ele, "não se pode falar com ninguém: é a primeira vez que eu falo, Alessandra, e parece que já me sinto melhor, liberado de um peso. Talvez somente a uma mulher seja possível falar com sinceridade. Eu não aguento mais."

Baixei ainda mais a voz e me apoiei nele ao caminhar. Mas, na realidade, era ele que se apoiava em mim, como meu pai fizera na noite do concerto. Claudio era três anos mais velho que eu e já parecia homem-feito, a amizade dele foi a primeira que estabeleci com uma pessoa de sexo diferente do meu. Eu queria repousar nele, confiar a ele meu peso de incertezas e de dúvidas, me deixar consolar. Mas ele me precedeu e isso já não foi possível. Nunca, nunca foi possível ser frágil, Deus meu, nem por um instante. Desde então, precisei aprender a ser o ombro que sustenta, a mão que segura, a voz que consola. Somente aqui, hoje, encontrei repouso; no entanto, eu temia que jamais pudesse repousar.

Caminhávamos lado a lado, então, e Claudio se apoiava em mim. Eu tinha a impressão de que outros casais caminhavam atrás de nós, fingindo a mesma entrega amorosa, e em vez disso tentando unicamente se sustentar, homem e mulher, criar uma defesa sólida contra um perigo desconhecido que nos insidiasse de algum lugar.

"Você conhecia o irmão de Aida?", perguntei.

"Sim", respondeu ele.

"Está preso."

"Eu sei", disse Claudio, em tom baixo. Depois de repente continuou, com um toque de desprezo na voz: "É uma covardia, como depenar um pintassilgo, como se jogar da janela. É uma covardia, acredite, Alessandra: uma rebelião é simples, bastam cinco minutos. Depois o sujeito já é um herói, e na prisão resta apenas se limitar à ordem, à reflexão, à paz interior. É preciso ter a coragem de continuar vivendo dia após dia com o pai que não te compreende, com a mãe que te causa aflição: viver, olhe ali, atrás de uma daquelas janelas", disse ele apontando o grande prédio amarelo, "ir à escola, calados, ao escritório, calados, nunca perguntar nada, nunca se rebelar, e enfrentar a vida fácil que progressivamente te envolve e arrasta".

Seguíamos os amigos, ouvíamos que eles falavam e riam pouco adiante. Claudio me apertou contra si, perguntando:

"Você me quer bem, Alessandra?"

"Sim, eu te quero bem", respondi.

"Você me ama?", perguntou, mais baixo. E impelia seu braço áspero contra o meu, queria fazer de nós uma coisa só.

Baixei a cabeça, humilhada por lhe subtrair uma ajuda: eu poderia responder que sim, em meu lugar Fulvia faria isso, tamanha era a simpatia espontânea que a pessoa dele suscitava em mim, mas eu queria sobretudo ser sincera: e não me parecia que o sentimento que experimentava fosse amor. Eu conhecia a face transfigurada com que mamãe voltava para casa depois de ter encontrado Hervey.

Não respondi, e continuamos caminhando em silêncio até que os amigos se detiveram a fim de voltarmos para casa todos juntos.

Na mesma noite minha mãe segurou minha mão no corredor escuro junto à cozinha e me disse baixinho: "Mais tarde vou falar com o papai, direi a ele que vamos partir. Você fica junto e, se eu não te pedir, não se afaste de mim".

Havia assumido uma expressão seca e séria, como se estivesse impelida por uma vigorosa resolução. No entanto, nos últimos dias se mostrara mais conciliadora, mais dócil que de costume, dominando aqueles arroubos caprichosos que formavam sua fisionomia. Às vezes eu me perguntava com temor se ela renunciara à iniciativa tão ansiada: contudo, esperava que desejasse apenas se fingir uma mulher como as outras, vencida, domada, em quem fosse possível confiar.

"Coragem", respondi, tocando sua face com um beijo.

Almoçamos. Meu pai falava das coisas de sempre; enrolava os fios de espaguete no garfo com o pedantismo habitual, e me espantava que ele não intuísse aquilo que estava para acontecer, não sentisse o ar inconfiável em que nos movíamos todos. Mas ele estava tão profundamente envolto em seu egoísmo que nada poderia alcançá-lo. "Bobagens", dizia sempre, quando se mencionava alguém que sofria por um sentimento; se se tratasse de uma mulher, acrescentava: "vá procurar o que fazer".

Sista tirou os pratos, os copos; meu pai e minha mãe permaneceram um em frente ao outro, separados pela toalha branca. Ela, com um movimento, varria da toalha as migalhas de pão; parecia desejar que tudo estivesse nítido e desimpedido entre os dois. Quando o marido fez menção de se levantar, reteve-o com um olhar e disse:

"Um momento, Ariberto, preciso falar com você."

Ele permaneceu à espera, sondando as intenções da esposa. De má vontade, se reinstalou à mesa e perguntou, com desconfiança:

"O que houve?"

Minha mãe estava muito calma: entrelaçou as mãos sobre a toalha, que já estava livre de todas as migalhas, e disse:

"Dentro de alguns dias partirei com Alessandra."

Nunca havíamos partido em viagem. Nossas malas, de papelão e de vime, de aparência antiquada, jaziam no alto de um armário.

"Vão partir?", perguntou ele, fingindo um divertido estupor. "E para onde, se for possível saber?"

"Nós nos vamos", respondeu minha mãe, calma. "Vamos embora."

Houve um silêncio. Eu tinha encostado minha cadeira à dela, e ambas o fitávamos sisudas.

"Não queremos mais ficar aqui, nesta casa."

"O que há de ruim nesta casa? É uma casa confortável, com um aluguel vantajoso. O que vocês têm a reclamar desta casa?"

Minha mãe hesitava, esperando que ele compreendesse sem outras explicações, unicamente pelo olhar, poupando-a de uma tarefa desagradável.

Por fim, disse: "Não queremos mais estar com você".

Ele ficou indeciso, medindo a seriedade das nossas palavras. Estávamos sentadas lado a lado e me pareceu que ele devia estar vendo diante de si duas

Eleonoras, igualmente firmes, igualmente resolutas, que expressavam com todo o seu ser o desejo de abandoná-lo.

Mas meu pai, depois de passar o olhar de uma para outra várias vezes, caiu na gargalhada. Deixava-se levar para trás na cadeira e ria odiosamente. "Ha, ha", fazia, "ha, ha", e nos olhava como se tivéssemos dito uma coisa muito engraçada, cômica até: "Ha, ha, quer dizer então que vocês não querem mais estar comigo".

Pálida, minha mãe disse: "Não faça isso, por favor, é uma coisa séria".

Ele continuava rindo. Era uma tarde sufocante e as janelas estavam abertas; a parede do edifício em frente parecia estar mais próxima por causa da canícula. Eu temia que todos, em nosso condomínio, nos condomínios vizinhos, na rua, ouvissem a gargalhada do meu pai e, curiosos, viessem bater à nossa porta para saber a causa daquela hilaridade incontível. A causa éramos nós e a angústia que impregnava nossa vida.

"E como vão viver?", ele perguntou de repente, parando de rir e simulando uma benévola e interessada alegria. "Como vão viver?", repetiu.

Isso, mais uma vez, deixava-o seguro de seu poder: o envelope amarelo que lhe davam no ministério no dia 27 de cada mês. Com aquele dinheiro ele acreditava ter comprado não só o direito de nos tratar como locatárias de quartos ou empregadas, mas também o de rir de nós sem se perguntar o que havia por trás da nossa decisão.

"Eh, digam afinal: como vão viver?", insistia.

"Eu sempre ganhei dinheiro", minha mãe respondeu. "Sei que posso até ganhar mais."

"Com os concertos?", insinuou ele, irônico.

"Sim, também com os concertos."

Papai recomeçou a rir. No riso sua camisa se abria sobre o peito forte, peludo. Nossas palavras nem sequer arranhavam sua casca espessa: seguro de si, ele não se preocupava em nos dissuadir de nosso propósito. Em vez disso, nos apontava a porta que estava ali, a dois passos: bastava que a abríssemos para ficar livres. No entanto, permanecemos grudadas à toalha branca, e ele ria.

"É uma coisa séria, Ariberto", repetiu minha mãe, tentando abrir caminho entre as pausas daquele riso, "nós já decidimos."

Então ele achou que a brincadeira já durara o bastante. Parou bruscamente de rir, se endireitou na cadeira e mudou o tom de voz.

"Vocês estão loucas", disse, olhando com dureza primeiro para uma e depois para a outra. "Loucas", repetiu. "Precisam de um tratamento para se restabelecer, um tratamento para os nervos, um sedativo. Eu já lhes disse: vocês têm alguma coisa aqui que não funciona." Encostou o indicador na têmpora e, fazendo o gesto de girar um parafuso, "aqui", disse, nos encarando com ironia. "Aqui."

"Não faça esse gesto, Ariberto!", explodiu minha mãe, vivazmente. "Não faça esse gesto, por favor!"

"Sedativo", repetiu ele.

Levantou-se e, sem acrescentar nada, saiu do cômodo. Logo ouvimos o ruído costumeiro da fechadura.

Seguiram-se dias difíceis. Até nossa amizade com as Celanti se assemelhava àquela solidariedade afetuosa, àquela compreensão íntima e piedosa em que se unem as vítimas de uma minoria perseguida.

Às vezes, durante a tarde, quando eu fazia os deveres de casa, mamãe entrava no meu quarto e, sem motivo algum, me convidava a interromper de imediato o estudo e subir à casa de Fulvia; se eu resistia, intuindo que aquilo era um pretexto seu para ficar sozinha com papai, ela me suplicava com o olhar: "Vá lá para cima, Sandi, por favor".

As Celanti, só de me verem aparecer, compreendiam que mamãe me afastara para não me fazer assistir a alguma conversa penosa ou dramática: de modo que logo me dedicavam, afetuosamente, sua atenção. Certo entardecer ouvi Lydia telefonar para o capitão e lhe dizer que não podia sair por causa de Eleonora. Eu gostaria de pedir a ela que não se preocupasse comigo, mas o desejo de não ser deixada sozinha era mais forte. Nós nos sentávamos na cama e quase não falávamos, não fazíamos nada; esperávamos que aquelas horas passassem, e esperar juntas parecia mais fácil. Tensas, atentas, nos sobressaltávamos a cada mínima voz, a cada rumor, prontas para acorrer em auxílio. E, através da nossa espera lancinante, lutávamos nós também contra meu pai, com todas as razões que existem nas mulheres e que os homens não podem compreender.

Um dia, assim que entrei, Lydia me anunciou, agitada: "Hoje ela diz tudo a ele".

"Sobre o quê?"

"Sobre Hervey."

Fiquei pesarosa; temia que uma risada do meu pai pudesse estragar, macular e até destruir a doce fábula que eu também vivia por meio da mamãe.

"É preciso falar francamente", disse Lydia, "chega um ponto em que não se pode evitar."

"Sim", admiti, "mas não com o papai. O papai não compreenderá nada."

"Ao contrário: justamente por isso", replicou Lydia. "É preciso pensar na lei."

"O que tem a ver a lei? Estamos falando de sentimentos."

"Oh!", exclamou Lydia, "a lei nunca pensa nos sentimentos das mulheres."

"Mas então", repliquei, "como é possível fazer uma lei que seja realmente justa, se se despreza uma coisa que para nós é a mais importante?"

"No entanto, assim é", disse Lydia.

"E para os homens, mamãe?", perguntou Fulvia, após uma pausa.

"É diferente: para os homens nunca se fala de sentimentos, mas somente da necessidade que eles têm de... como direi? é difícil explicar..."

"Você quer dizer", perguntou Fulvia brutalmente, "de ir para a cama com uma mulher?"

"Isso mesmo."

Eu tinha em mim uma rebeldia, um nojo tão profundo que ousei perguntar, num ímpeto: "E com essas coisas, ao contrário, a lei se preocupa?".

"Sim", respondeu Lydia, "para os homens, sim."

Subiram-me à face chamas ardentes: "Mas talvez", comentei, "seja possível prescindir dessas coisas. É difícil, mas creio que é possível". Eu pensava em Enea e falava sem encarar minhas amigas. "Mas como se pode prescindir de um sentimento?", perguntei, angustiada.

Fulvia e Lydia não responderam. Pouco depois Lydia me explicou como a lei era feita: o significado diferente que se dava, para o homem e para a mulher, à palavra "fidelidade". Disse também que minha mãe decidira confessar ao marido que estava enamorada de Hervey, que nunca fora sua amante, que desejava ir embora justamente para agir com honestidade e ter com ele uma vida feita de gostos e aspirações comuns.

Enquanto Lydia falava, eu havia começado a chorar. Não chorava fazia muito tempo, talvez anos: minha mãe fizera de mim uma menina feliz. Ensinara-me a me contentar com poucas coisas materiais e a me sentir rica de todas as outras. Na verdade eu não recordava ter chorado algum dia, desde criança. Só uma vez, com pouco mais de onze anos, temera estar muito doente. Então confidenciara com Sista, porque não queria que mamãe pudesse sentir alguma apreensão por minha causa. E Sista me dissera que eu não estava doente: dissera apenas que eu já era uma mulher. Sem pedir outras explicações, eu me afastara, seguira para meu quarto, para a caminha apertada entre os armários que era um refúgio valioso, e o nó de dolorosa humilhação que eu tinha dentro de mim se dissolvera em pranto.

"É preciso fazer alguma coisa pelas mulheres", disse Fulvia. "Dario diz que com o tempo isso será feito."

"Com o tempo!...", exclamou Lydia. "Toda mulher espera que esse tempo chegue, e enquanto isso sua vida inteira passa, acaba."

"No entanto, Dario garante que com o tempo se fará alguma coisa. Nos Estados Unidos as mulheres podem ser eleitoras e deputadas."

Largada na cama, eu chorava baixinho, o pranto me fazia bem. Fulvia seguia falando e eu balançava a cabeça, pedindo-lhe que não continuasse. Mal sabia o que era deputado ou eleitor, não tinha desejo de ser nada disso: mas não queria que se falasse de fazer alguma coisa pelas mulheres como se faria para seres inferiores ou incapazes. Queria que nos deixassem viver segundo nossa índole melindrosa e delicada, tal como ao homem era permitido viver com sua força e segurança. Não, eu dizia balançando a cabeça, não se devia fazer alguma coisa por nós: também nós, como os homens, pelo simples fato de termos nascido, devíamos ter direito ao respeito pela nossa existência.

Eu chorava, as duas deixavam que eu chorasse. Lydia me dava tapinhas no ombro e esse era o único conforto que ela podia me dar. Segurei sua mão roliça e a beijei com agradecida ternura. Finalmente ela disse: "A esta hora, devem ter terminado", e eu desci de volta. Havia escurecido.

Dirigi-me à cozinha, onde Sista engomava sob a luz amarela da lâmpada de poucas velas. Ergueu os olhos, ao me ver entrar, e eu lhe fiz um aceno que significava: "Onde estão?".

"Seu pai saiu", respondeu ela.

"E a mamãe?"

"No quarto do casal, no escuro. Deve estar na cama. Fechou a porta girando a chave."

Peguei uma cadeira e me sentei junto à tábua em que Sista continuava a engomar, com empenho. O ferro, indo e vindo, lançava sobre mim lufadas candentes e afogueadas.

Ela estava passando uma camisa do meu pai, uma camisa de mangas longas, difíceis de manejar. Embora fosse muito hábil nessa tarefa, Sista não conseguia dominar aqueles braços compridos.

"O que aconteceu?", perguntei.

"Não sei. Seu pai gritava, sua mãe não parava de chorar."

"Por quê?"

Ela hesitou um pouco e afinal respondeu: "Não sei".

"Você está mentindo, Sista. Tenho certeza de que não se aguentou e foi escutar atrás da porta. O que eles disseram?", insisti com dureza.

Após uma pausa, ela confessou em voz baixa:

"Não consegui ouvir muito, sua mãe falava baixo. Ele dizia: 'Isso vai passar'; ela chorava, dizendo: 'Não é possível, nunca vai passar', e acrescentou 'enquanto eu viver'. Ele respondia dizendo que as mulheres são..."

"São o quê?"

"Dizia: 'São todas umas rameiras'."

"Ele disse isso à mamãe?"

"Sim", respondeu Sista de cabeça baixa, continuando a engomar. "E depois ele disse: 'Você vai ficar aqui, nesta casa'."

"E o que mais?"

"Não sei. Ele andava para lá e para cá pelo quarto, tive medo de que me descobrisse."

O ferro ia e vinha sobre a enorme camisa do meu pai. Sista se calou e eu já não tinha forças para interrogá-la: fitava a camisa com os olhos arregalados, ofuscada por aquele branco. Não sentia vontade nem sequer de me mover, de ir encontrar mamãe para confortá-la. Olhava Sista e em sua face imóvel, nos olhos inexpressivos, via um antigo hábito de obedecer. "O que se pode fazer, Sista?", eu lhe perguntara certa noite. Ela respondera: "O que você quer fazer? Ele é o marido". "São coisas deles", dissera num outro dia, "coisas de pessoas que se casaram e devem passar a vida juntas. A vida é longa." Eu não queria me resignar: no entanto, espantada, percebi que já abandonava minha mãe, deixando-a sozinha, mergulhada em sua funda angústia, exaurida pelo pranto, e continuei a observar Sista que passava a ferro. Sob a luz da lâmpada, a grande camisa (com a abertura circular para o pescoço, os punhos, a forma dos ombros) parecia um homem vivo e invasivo, estendido diante de nós em toda a vastidão do seu corpo: emproado, seguro de si. Nós estávamos atentas a ele e o servíamos, cuidávamos de sua pessoa. Eu via o ferro preto deslizar lentamente sobre a camisa branca como sobre uma pele retesada, lívida. O ferro parecia uma sanguessuga nojenta. Sista o impelia sob o colarinho, já passado e rígido, para que também ali o tecido absorvesse a goma. Impelia-o repetidas vezes, insistentemente, com tenacidade. Parecia que o bicho negro queria se grudar ao pescoço, sugar todo o sangue. E de repente, naqueles golpes duros e pungentes, eu descobri uma intenção secreta.

"Você precisa me ensinar a engomar, Sista", murmurei.

Ela ergueu de chofre a vista para mim, assustada por ter sido surpreendida em seu delito. Perscrutava-me e seu rosto macilento era devorado pela fixidez dos olhos. Gostaria de negar, talvez. Em vez disso, após um instante, recomeçou a impelir o ferro preto e pontiagudo contra a frágil brancura do colarinho.

"Sim", respondeu em voz baixa. "É uma coisa que todas as mulheres devem saber fazer."

E assim chegamos ao dia 12 de julho, décimo oitavo aniversário da morte do meu irmão. Já fazia muitos anos que, nessa data, minha mãe e eu íamos sozinhas ao rio: meu pai estava cansado de uma cerimônia que, àquela altura, aliviada a primeira dor lancinante, devia lhe parecer inútil ou, quem sabe, até mesmo grotesca. "Hoje não posso", dissera na primeira vez, enquanto nós nos arrumávamos para sair, em nossos vestidos pretos, "estou envolvido numa tarefa importante." Ao aduzir esse pretexto, se mostrava constrangido como se houvesse precisado utilizá-lo para fazer algo ruim: de resto, nós sabíamos muito bem que ele jamais tivera nenhuma tarefa importante. No ano seguinte, encontrou outra desculpa: depois não disse mais nada.

No dia 12 de julho minha mãe, de manhã cedo, tinha convocado Ottavia. Ela agora vinha à nossa casa com bastante frequência, se bem que meu pai nunca a tivesse visto. Quando Ottavia entrava com seu passo claudicante e resoluto, de repente a casa inteira caía em seu poder.

Até Enea era excluído da sala, naqueles dias: se sentava na cozinha com Sista, esperando o fim do colóquio sobrenatural. Eu imaginava que todos os seus dias deviam transcorrer assim, passando de uma cozinha a outra, arrastando de casa em casa aquela atitude que, deliberadamente, ele mantinha séria e compenetrada. Se a sessão durasse muito tempo, Sista lhe oferecia um pedaço de pão com um pouco de queijo. Ao comer, ele conservava a expressão taciturna, como se nem mesmo o ato de matar a fome pudesse, naquele momento, alegrá-lo: engolia um bocado após outro, em silêncio, apertando entre os joelhos a desgastada bolsa das ervas e dos amuletos.

Naqueles momentos, nem sequer ousava me tocar com o desejo untuoso que muitas vezes transparecia em seus olhos. Ficava totalmente concentrado no gesto lento e sôfrego de se alimentar, sua animalidade oculta se exauria em morder, mastigar, engolir. E sua fome e sua vida nômade, humilhante, acabavam suscitando em mim uma espécie de piedade. A passagem do tempo o mudara pouco; o corpo continuara atarracado sob a cabeçorra; e o ar malicioso de seu rosto se acanalhara numa experiência já adulta. Vestia-se sempre de preto.

"Tive algumas manifestações", me disse ele no dia 12 de julho. "Vi uma face aparecer sobre a parede e, certa noite, ouvi distintamente uma voz me sugerir: 'Escreva'."

"Quer dizer então", respondi, "que você decidiu também exercer esse ofício?"

"Não é um ofício", corrigiu ele, "é uma missão."

Sista se afastara para ir espiar atrás da porta da sala e ele aproveitou para pegar na minha mão. O contato de sua pele me perturbava profundamente: e me encolerizava pensar que justo um homem como ele despertasse em mim aquele langor invencível. Na bolsa onde carregava as ervas e os amuletos, os clientes lhe deslizavam uma pequena gorjeta, de poucas liras, ou mesmo alguns ovos, um pedaço de pão. Mas ele não se sentia mortificado por sua condição servil: pelo contrário, queria continuar por toda a vida aceitando essas esmolas, embora fosse forte e saudável e pudesse facilmente enfrentar um ofício.

"Solte-me", reagi, empurrando sua mão. "Partirei logo, sabia? Vou embora daqui. Você e sua tia nunca mais virão a esta casa. Talvez", acrescentei, com uma pontinha de desprezo, "esta seja a última vez que nos vemos."

Enea sorriu odiosamente e disse: "Não pense nisso. Pense em mim, agora". Ao mesmo tempo tentava deslizar sua mão pelo decote da minha blusa.

Livrei-me com um empurrão. De repente escutei mamãe sair da sala, como se quisesse vir em meu socorro, fazendo correr as argolas da cortina num arpejo.

Nós duas nos abraçamos no vestíbulo semiescuro; seu olhar estava brilhante, alucinado.

"Hoje, *ele* também comparecerá ao encontro", me disse ela.

Ao entardecer fomos ao rio, descemos à margem. O Lungotevere já não era deserto como no tempo da minha infância: para além da ponte do Risorgimento, até quase a ponte Milvio, se erguia uma fileira de horríveis condomínios verdes, amarelos e azuis. Mas ali, na areia, tudo estava intato e pacífico; ainda havia o caniçal alto além do qual o menino avançara para brincar, e a grama era verde e macia, estrelada de margaridinhas.

Minha mãe se aproximou da beira e se inclinou sobre a corrente, lançando flores. Depois se sentou junto ao caniçal, sem desviar o olhar do rio. O vento lhe passava entre os cabelos; e o busto, muito delgado, parecia ondular com os caniços. "Querida", eu lhe dizia internamente com furiosa paixão.

Ela nem sequer me olhava, atenta ao ciciar do vento entre as espadas agudas do caniçal.

"Você o ouve?", murmurava. "É ele."

Deitei-me de costas no prado e o frescor da grama umedecia minha nuca. Formara-se, ao nosso redor, uma mágica zona de silêncio e de paz; não se escutavam vozes nem estrídulos. Acima, eu tinha o grande arco do céu e, ao meu lado, o Tibre se arrastava plácido, preguiçoso. Senti que Alessandro estava realmente presente naquele momento: girava ao nosso redor, imenso, com um grande manto de ar: e ele morto e nós vivas éramos uma só corrente vaporosa. A lua se desenhava pálida no céu e me parecia poder arrancá-la dali com um golpe de unha. Adeus, adeus, Enea, eu dizia. O curso do rio me arrastava, me distanciando da crônica brutal da vida.

"Mamãe, partiremos logo, não é?", perguntei com um sorriso.

"Não sei", respondeu ela, baixinho; e acrescentou: "Não creio. Não pense nessa partida, Sandi. Não pense mais nisso".

Fiquei insegura, esperando que ela se virasse para rir de mim, como fazia muitas vezes, zombando ternamente da minha credulidade natural. Mas dessa vez ela estava imóvel e séria. Temi que pudesse desaparecer num instante, que tivesse escolhido justamente aquele lugar de suave solidão para me abandonar. Gelada de terror, me endireitei para me sentar e disse, quase num grito:

"Oh, mamãe, não vá embora sem mim."

Ela se voltou, surpresa com o meu tom. Em seguida, depois de me olhar com intensa ternura, disse:

"Não, Sandi, não tenha medo. Eu não poderia partir sem levá-la comigo. Justamente por isso, pedi que você não pense mais em nossa partida." Após uma pausa, explicou: "O papai não quer me deixar ir. Disse: 'Vá, se quiser, mas tem que deixar minha filha aqui'".

"Eu?", exclamei, espantada. "Por quê? Ele e eu não temos nada a nos dizer, nada a viver em comum."

"Pois é. Eu sei. Mas ele diz: 'A lei está do meu lado'."

Com uma expressão triste, logo voltou a fitar o rio. Sem dúvida falava com Alessandro, se entretinha com ele. E, de repente, me senti estranha àquele colóquio dos dois, pelo tanto que eu trazia em mim do meu pai e que Alessandro, com a morte, havia renegado. Eu tinha alguma semelhança com papai, alguns diziam as mãos, outros os dentes: nem mesmo o meu amor infinito pela mamãe podia destruir esses sinais que a lei lhe permitia reivindicar.

Dali a pouco ela se levantou, subimos de volta a escada e nos encaminhamos para casa. Havia muita gente no Lungotevere: era domingo e as famílias passeavam em silêncio, esgotadas pela convivência contínua. Todos olhavam para os transeuntes com interesse, esperando descobrir no rosto deles alguma coisa que pudesse distraí-los. Passeavam lentos pelas margens do Tibre, que era o limite e o orgulho de seu bairro: alguns jovens empurravam a bicicleta, outros seguravam uma mulher apoiada amorosamente neles. Caminhávamos ao longo dos prédios onde íamos descansar nosso corpo quando estava cansado, matar a fome quando o emaranhado de vísceras que levávamos dentro de nós exigia comida; os aposentos emanavam o odor de nossa pele, de nosso suor, o odor dos alimentos que comíamos. No Lungotevere Mellini se viam velhos condomínios parecidos com o nosso, nos quais, havia anos, várias pessoas nasciam, se casavam, morriam. Eram, me parecia, pessoas que se assemelhavam todas fisicamente como se fossem aparentadas entre si através de uma vasta sucessão de gerações. E eu gostaria de me rebelar, mas algo me prendia, me retinha: talvez o olhar triste e bondoso daqueles que passavam ao meu lado ou a piedade em mim inspirada pelo passo calmo com que eles se moviam em suas humildes vicissitudes.

Minha mãe se achegava a mim, era como se juntas tentássemos romper uma corrente compacta. Debatendo-me numa angústia inexprimível, eu me julgava mesquinha e egoísta: porque amava minha mãe, amava-a desesperadamente, mas não tinha a força de me sacrificar para liberá-la. Não a amava, portanto, como sempre havia pensado que se devia amar. No entanto, bastava pouco: abrir a mão e deixar voar uma borboleta.

"Mamãe", eu lhe disse, "parta sem mim."

Tinha falado com desenvoltura, como se lhe dissesse algo desprovido de importância, enquanto as pessoas passavam entre nós e nos dividiam.

"Não", respondeu ela do mesmo modo. "Não é possível."

Houve um silêncio. Passou uma colega de escola e me disse: "Olá". Respondi: "Olá", e sorri.

Então minha mãe me deu o braço, para que mais ninguém pudesse nos dividir, e começou a falar baixo, quase como se conversasse consigo mesma.

"Não posso te deixar", disse, "o que desejo fazer é uma coisa bela, e se tornaria uma coisa feia se eu agisse assim. Tentei falar sinceramente com seu pai, esperava que ele compreendesse. Mas ele não compreendeu."

"Não pode compreender", respondi.

Começava a escurecer; as árvores já estavam densas de sombra. Minha mãe se deteve e nos debruçamos no parapeito; lentamente, às nossas costas, as pessoas continuavam a passear.

"Vamos partir, mamãe", eu insistia, "vamos agora, logo, sem voltar para casa. O papai não sofrerá, eu te garanto: Sista permanecerá com ele, preparará para ele o almoço e o jantar, cuidará de suas roupas. O que mais ele queria de nós? Tenho certeza de que não moverá um dedo para nos procurar."

"Não sei, talvez seja verdade isso que você diz: mas seria muito ruim, uma ação desleal. Eu não quero agir de maneira desleal. Isso alteraria todo o rumo da minha vida. Então, o resto se tornaria inútil, compreende?"

As pessoas continuavam a passar às nossas costas; se ouviu uma voz feminina perguntar: "Está com fome, Gigino?".

"Tudo se tornaria inútil", repetiu minha mãe, "até o amor. E não porque eu seja incapaz de transgredir uma regra rigidamente estabelecida. Oh, não. Acredite, Sandi, não é dessa forma, e talvez seja ruim; eu já te disse: é ruim. Mas eu não saberia me adaptar a uma vida espiritualmente medíocre nem a um amor medíocre. Que importa um amor medíocre? A rua está cheia disso", continuou, "se vire e olhe atrás de nós. Muitas dessas pessoas não enfrentam um só dos meus problemas. Vivem com facilidade, dia após dia, sem se perguntar o porquê de sua passagem pela terra, o significado dos seus gestos e de suas ações. Foram elas que quiseram essas leis desumanas, das quais são as primeiras a tentar fugir, ao preço de pequenos compromissos, pequenas covardias."

Eu silenciava, fitando o rio escuro. Queria perguntar à minha mãe se ela de fato acreditava que os outros viviam com facilidade, ou se no viver já existia um sofrimento extenuante e profundo que ninguém podia consolar. Mas estava fascinada por ela, pelo encanto que experimentava ao ver brotar um gesto seu, ao escutar o ritmo harmonioso de cada palavra sua.

"Muitas vezes me perguntei", prosseguia ela, "de que lado estava a razão: se do meu ou do deles. Parecia-me ter sido feita de um modo anormal, como os que nascem com duas cabeças ou com seis dedos. Tentava me adaptar aos compromissos deles. Depois me convenci de que sou eu quem está com a razão. Eu tenho razão. Nós temos razão: mas eles são mais fortes."

Ouvíamos os outros passarem às nossas costas, alguns nos tocavam ao caminhar, formavam uma corrente inflada e rígida que, ao fluir, nos retinha. Sentíamo-nos presas entre dois rios inimigos. No Tibre algumas luzes refletidas se abriam, compunham monstruosas faces humanas, e depois a corrente as eliminava. Para além do paredão oposto, todas as luminárias da cidade estavam acesas e nos chamavam; aquilo parecia uma ilha feliz diante da qual estivéssemos em quarentena, sem poder desembarcar.

"Está muito tarde", minha mãe disse.

Entramos pela Via degli Scipioni. Naquela rua as árvores roubam todo o espaço: são plátanos idosos, e os longos ramos, com sua carga de folhas e de passarinhos adormecidos, se unem impedindo a visão do céu. As construções são altas e sombrias. E, à noite, nas janelas do térreo, as pessoas se debruçam, desfrutando daquele pouquinho de ar que passa entre as folhas e os mosquitos. Diante de certas janelas se sentam, em silêncio, pai, mãe e uma criança. Atrás deles se percebem interiores escuros e desleixados, e em seus olhos se vê a melancolia em que, em certos monumentos funerários, estão petrificadas famílias inteiras, aniquiladas por uma desgraça horripilante, um incêndio ou uma inundação.

De uma janela a outra, minha mãe e eu sentíamos aqueles olhos que nos seguiam. Espremidas entre as árvores, os prédios e os olhares, tínhamos a impressão de caminhar sob uma baixa galeria de pedra, interminável, sem claridade ao fundo. "São mais fortes do que nós", eu pensava; e minha mãe também pensava isso, já que fugia dali, ágil, com a graça inigualável de sua bela pessoa. Segurava-me pela mão e somente nos cruzamentos das ruas diminuía o passo, esperando avistar uma luz, uma salvação: mas, de um lado e de outro, se viam outras ruas retas e inexoráveis, lotadas de plátanos gigantescos, de prédios cinzentos e de janelas.

Tendo chegado a um ponto um tanto avançado desta minha confissão, me ocorre que possa não ter sido sempre totalmente sincera, como havia decidido ser. Oh! Deus meu, talvez isso tenha acontecido. Aconteceu, bem sinto, mas como eu poderia ter agido de outra maneira? Esta é para mim a única verdade, não existe outra verdade além desta. Aludo precisamente ao perfil que estou traçando de minha mãe. Temo ter narrado sua fábula em vez da crônica fiel de sua vida. Talvez ela não tenha sido sempre tão perfeita como a venho descrevendo, nem sempre tão aérea nos gestos, harmoniosa no tom de voz; talvez volta e meia tenha expressado alguma palavra dura, algum sentimento mesquinho como costumam fazer todas as mulheres.

Mas eu não recordo nada disso: ela permaneceu, em minha memória, justamente com essa rara fábula de graça e candura à qual gosto de ajustar, em tom humilde, a minha. De modo que *foi* verdadeiramente assim para mim. Creio que a fábula que pretendemos deixar de nós mesmos é a razão secreta dos nossos gestos e das nossas palavras; por que não dizer até mesmo que é a razão da nossa vida?

Minha mãe era para mim a mais gentil encarnação da mulher. E, quanto mais o traçado de minha vida decaía e se humilhava com o passar dos anos, mais sua imagem se enriquecia de fulgor.

Nossa visita ao rio me deixou perturbada: eu queria fazer alguma coisa por minha mãe, retribuindo-lhe tudo o que ela me sacrificava com sua elegância natural. Temia que minha devoção ilimitada já não bastasse para ajudá-la. E também Sista sentia esse temor, talvez, porque nos olhávamos atordoadas e havíamos retomado o velho hábito de esperá-la à janela. Sista, naquela época, empalidecia, emagrecia, como mamãe: parecia ter lhe confiado, para que o gastasse a seu bel-prazer, o intato patrimônio de sua juventude reprimida. Através de minha mãe, ela se via vivendo com o ímpeto fogoso que certamente sempre mantivera oculto dentro de si. Quando a patroa saía, também ela desfrutava de uma desforra pessoal, uma rebeldia, uma fuga; mas, logo depois, queria se arrepender de seus impulsos. Ficava ansiosa enquanto não a via retornar para casa.

Estávamos debruçadas no parapeito e eu fitava seu duro perfil de medalha. Era bonita a raiz de seus cabelos, nas têmporas; e em toda a sua pessoa ela exibia a sóbria e severa dignidade das mulheres da Sardenha.

"Quantos anos você tem, Sista?", perguntei.

Ela se virou, espantada com aquela pergunta.

"Não sei", disse em seguida, "faça as contas. Eu sou de 1899."

"Tem quarenta anos? É um pouco mais velha que a mamãe?"

Sem me responder, Sista olhou de novo para o final da rua, na direção das árvores da Via Cola di Rienzo. Eu perscrutava a raiz de seus cabelos junto às têmporas: era vigorosa, rica, e me sugeria a imagem do seu corpo ainda jovem sepultado vivo sob os trajes pretos, submetido à desgastante lida de servir numa casa pobre como a nossa.

"Sista…", murmurei, me aproximando para abraçá-la.

"O que foi?", respondeu ela com aspereza. "Tome juízo. Olhe você também. Daqui a pouco ele volta. Não entendo", murmurava meneando a cabeça, "não entendo o que ela tem para fazer o dia inteiro com aquele sujeito."

"Eu a proíbo de chamá-lo assim, compreendeu?", respondi, golpeando-a duramente com o cotovelo. "Ele não é um homem como os outros."

Sista me olhou de través, com uma expressão compadecida, e balançou a cabeça.

"Todos os homens são iguais: é uma desgraça, o homem", disse baixinho, e enquanto isso passava a mão no rosto, na testa, como se quisesse afastar um mau pressentimento. "Ainda não apareceu", murmurava, apertando os olhos para distinguir de longe a figura querida de minha mãe. "Não aparece, não aparece", repetia desnorteada, e seu braço tremia sobre o mármore frio do parapeito.

De fato, mamãe voltou depois do papai e recebeu com indiferença as reclamações dele. Foi se deitar cedo, sem falar uma palavra comigo. Era uma noite de sexta-feira.

No dia seguinte minha mãe se levantou nervosa. Disse:

"Não consegui dormir esta noite. Ouvia o tempo todo a voz de Alessandro me chamando."

Seu aspecto era alucinado e transtornado. "Você não deve mais consultar Ottavia", sugeri-lhe com doçura.

"Por que me diz isso?", disparou ela vivamente. "Agora você também está contra mim? Também adota as mesmas palavras?"

Dirigi-lhe um afetuoso olhar de reprovação. Era um dia de siroco, sem sol. Vistas da janela que dava para o pátio, as nuvens avançavam ameaçadoras. A casa parecia ainda mais sombria que de costume, e quente, escaldante.

"Temos o temporal sob a pele. Precisamos nos acalmar, mamãe."

Enquanto isso eu arrumava, espanava, me esforçando por restringir numa ação precisa a inquietação que me dominava. Desde menina eu sofrera o influxo do tempo e do clima. Meu humor era sujeito ao vento, ou ao sol: e um trovão que se ouvia ao longe me provocava arrepios como se rolasse pela minha espinha.

"Eu queria me acalmar", repeti, "recuperar um equilíbrio. Tentei estudar, hoje de manhã, assim que acordei. Mas não conseguia."

Minha mãe me atraiu para si e fitou meu rosto, como num espelho.

"Eu queria que você me perdoasse", disse. "É culpa minha. Fiz tudo errado. Devia salvá-la, pelo menos."

Continuou me interrogando com o olhar e em seguida acrescentou, apertando-me os ombros: "Você deve se salvar. Você possui uma força secreta que eu não tenho".

Eu a fitava e não queria que aquilo fosse verdade. No entanto, havia e até hoje há em mim a tenacidade dos avós abruzenses, a força daqueles que, desde a infância, estão habituados a lutar em solidão contra as armadilhas da alma e da natureza. Ela percebia em mim essas atitudes e quase me invejava por isso. Mas não compreendia que eu também tinha, sem saber, como muita gente daquela terra, o gosto pelo rancor longamente incubado, a violência impulsiva e a incapacidade de perdoar.

"Supliquei ao seu pai que nos deixasse ir. Supliquei a noite inteira. Eu não deveria te falar dessas coisas", prosseguiu, afastando um pouco o rosto, "mas você precisa saber. Eu tinha esperança de enfraquecer a decisão obstinada dele. 'Creio', dizia-lhe, 'que no casal há um momento, talvez somente um, em que é necessário os dois serem amigos, amigos à maneira de dois estranhos.' Você não acha?"

"Deveria ser assim."

"Pois é." Depois de uma pausa, recomeçou, mais devagar: "Mas ele não quis compreender nada. Disse apenas: 'Vou pedir transferência para a província, para perto da minha família, no Abruzzo, assim esses seus caprichos passarão'. Dizia assim mesmo: 'os caprichos'. Respondi: 'Não vou'. E ele insistia: 'Vai, sim'. Repetiu inúmeras vezes: 'Vai, sim, vai, vai'. E não dizia isso para me ajudar; dizia como se atirasse uma pedra. 'Seu lugar é aqui', repetia. E eu olhava ao redor... Oh, não, Sandi, eu não devia te contar tudo isso...".

"Continue, mamãe, continue."

"Eu olhava ao meu redor e via o grande armário preto, a cômoda preta, móveis da terra dele, móveis que me foram hostis desde o primeiro dia. Quando entrei naquele quarto, recém-casada, me pareceu estar emparedada viva num túmulo. Há uma incompatibilidade secreta entre mim e eles, uma luta que prossegue há anos. Você não vai acreditar, mas sou atormentada por essa mobília que há anos não me quer, me repele. Tentei rir, cantar, soltar os cabelos como para destruir um feitiço: mas no espelho do toucador, quando me sento ali em frente para me pentear, se reflete o grande retrato da falecida irmã dele, aquele que está pendurado ao lado de nossa cama."

"Tia Caterina?"

"Sim. O toucador lhe pertencia, ela ainda é a dona. Seu espelho me devolve todo dia a imagem do meu rosto contraída, deformada, cheia de calombos: é uma crítica, compreende?, uma polêmica entre a vida dela e a minha. Você não sabe de muitas coisas. Caterina era uma mulher forte, dura: quando ela era muito jovem, o marido a abandonou, foi viver com uma camponesa, num vilarejo ali perto. Ela não se mostrou ferida nem derrotada por isso;

e nunca, nem por um dia, quis admitir a verdade: ou seja, a de ter sido abandonada. Talvez por não querer se sentir diminuída nem sequer diante de si mesma. Logo depois dessa fuga — e embora todos estivessem a par do acontecido —, explicou que o marido partira para os Estados Unidos, onde um bom emprego o esperava. Fingia receber cartas, até mesmo vales-postais, dinheiro, se mostrava orgulhosa de que seu marido, nos Estados Unidos, tivesse alcançado uma posição elevada. Enquanto isso, a amante dele circulava pelo vilarejo, às vezes grávida de algum dos numerosos filhos que tiveram. Mas isso não demovia Caterina de sua atitude orgulhosa. Todo o vilarejo mostrava admiração por ela. Ariberto sempre a menciona para mim como exemplo. Morreu jovem e até o fim quis manter de pé sua corajosa mentira. O padre, ao assisti-la nos últimos momentos, disse-lhe que Deus premiaria a força da qual ela dera provas na desventura. Com isso, acreditava confortá-la. Mas Caterina, concentrando no olhar severo a pouca visão que lhe restava: 'Que desventura?', perguntou. Não queria compaixão nem sequer de Deus. Era uma mulher demasiado forte. Eu a vejo nos cantos do quarto, com a boca retorcida numa careta patética."

Olhava ao redor amedrontada, pálida: eu sentia sua razão vacilar.

"Acalme-se, mamãe", aconselhei-a, "se acalme, por favor."

"Eu não sou tão forte assim, Sandi, não tenho mais força, nenhuma força mais, nenhuma." Toda a vida se acendeu em seus olhos numa mirada inesquecível: "E afinal eu o amo", me confessou baixinho, extenuada.

Então a fitei com piedade afetuosa: que força minha mãe podia ter naquele momento?

"Saia desta casa", falei, "suba à *villa* Pierce. Parta com Hervey, mamãe. Eu fico."

Era a primeira vez que eu pronunciava o nome dele. Dissera-o com calma. Eu estava muito calma, recordo: enquanto conversávamos, me obstinava em polir um velho e escuro peso de papel que sempre despertara em mim uma aversão singular. Representava um corcunda com um treze na mão. Eu queria deixá-lo limpo, lustroso. Queria encontrar forças para continuar vivendo ali dentro, pacientemente, polir outros odiosíssimos trastes como aquele. E torná-la livre.

"Não", respondeu ela, "não é possível."

Ficou ainda mais pálida e acrescentou:

"É preciso desistir."

Afastou-se de mim como se quisesse ir logo falar com ele. Pegou o impermeável pendurado na entrada, jogou-o sobre os ombros. Dali, me chamou:

"Sandi... Alessandra..."

Acorri. Nós nos abraçamos com desespero: "Vá", eu lhe sussurrava: "Não volte mais, mamãe, vá".

Ela não respondia. Estava frágil em meu abraço. Olhava com fixidez o vazio, e seu rosto estava suavemente iluminado. Pareceu-me convicta. Eu mesma a empurrei para fora da porta. "Vá, vá", dizia-lhe, e me sentia totalmente gelada, um bloco de solidão e terror.

"Vá."

E a vi desaparecer na escada que o temporal tornava tenebrosa.

Não voltou na hora do almoço. Chovia e ventava, depois o granizo bateu contra as janelas, duro, aos punhados. Esperamos bastante, e por fim eu disse:

"Ela não vai voltar, com este tempo. Vai ficar na *villa* Pierce para o almoço."

Meu pai me olhava, desconfiado. O jantar da noite anterior só servira para despertar nele uma fria desconfiança de guardião. Assim que voltara, acreditando não ser percebido por Sista nem por mim, ele abrira o armário onde estavam guardados os poucos vestidos que sua mulher possuía. Permaneciam todos lá.

"Suba à casa das Celanti para telefonar", me disse. "Confirme se ela está na *villa*", acrescentou, me encarando com determinação.

Eu me pus a caminho, como se estivesse tranquila. Fui até a escada, subi alguns degraus e esperei ali, grudada à parede. Queria dar à minha mãe o tempo necessário para ficar a salvo. Talvez eles já tivessem partido no grande automóvel. Experimentei imaginar seus perfis bem juntinhos, observando a paisagem que corria para além da janela do veículo. Recordo com clareza que os via fugir por um campo ensolarado e verde. Minha mãe não mais subiria aquela escada, não mais se apoiaria no corrimão. Eu sentia em todos os membros uma dor aguda e fria.

"Sim, ela está lá", disse quando retornei, "o carro enguiçou. Voltará na hora do jantar."

À tarde meu pai saiu e eu me instalei junto à janela que dava para o pátio das freiras. Duas ou três vezes Sista veio se sentar atrás de mim, mendigando uma palavra. Eu nunca me voltava: relaxada na poltrona, fingia descansar e enquanto isso, por dentro, me tornava adulta.

Ao entardecer Lydia desceu para saber da mamãe; Fulvia a acompanhava.

"Onde está Eleonora?", perguntou.

"Não está", respondi sem me mover.

Escurecia, e a sombra exalava um cheiro de terra molhada, como no outono. Era um entardecer semelhante aos demais: do convento vinha o som do harmônio que acompanhava a função vespertina. No entanto, eu tinha a impressão de morar pelo primeiro dia naquela casa e de precisar enfrentar o início de um novo costume. Fulvia e Lydia estavam quietas, contemplando o pátio forrado com folhas luzidias de chuva. Então Lydia insistiu:

"Aonde foi?"

"Não sei."

Mãe e filha ficaram sentadas comigo, esperando. Lydia se instalou na borda da cadeira: queria me falar, cruzar informações: mas tinha medo, e eu também tinha medo de que se começasse a falar dessas coisas. Agora que escurecia, me parecia que eu já não era muito forte.

Sista entrou, e se sentou conosco. "Sista...", disse-lhe Lydia. "Senhora...", respondeu a outra num gemido. A voz delas, melancólica e desnorteada, me provocava um calafrio sob a pele. Enquanto isso os minutos passavam, o dia se fechava sobre nossa expectativa.

"O que estão esperando?", explodi, me dirigindo com dureza às três mulheres. "A mamãe não voltará."

Na minguada luz do ocaso, vi os olhos delas me fitarem incrédulos, antes de se encherem de preocupação.

"Não voltará mais", repeti, "foi embora."

"Ela mesma te disse?", me perguntou Lydia, recuperando logo a calma.

"Não, não disse: mas eu compreendi pela maneira como me abraçou. Não retornou para o almoço. Não voltará mais."

Após um instante de incerteza, Lydia se virou para a filha e ordenou: "Suba, telefone para a *villa* Pierce".

Esperamos um tempo interminável, talvez cinco minutos. Quando voltou, Fulvia relatou que minha mãe não estava na *villa* Pierce.

"Quem atendeu?", quis saber Lydia.

"Uma voz de homem."

"Era ele?"

"Não sei. Atendeu com muita gentileza."

"Deve ter sido ele, então."

Eu disse: "Os criados da *villa* Pierce são como os patrões. Também atendem com gentileza".

Recomeçamos a esperar. Lydia fazia umas conjeturas. Eu repetia: "Ela foi embora" e, cada vez que pronunciava essas palavras, um suor me gelava inteira.

De repente Sista se levantou como se só então tivesse compreendido o que estava acontecendo: veio até mim e me interrogou:

"Você quis dizer que ela partiu com aquele homem lá da *villa*?"

"Sim", respondi.

"Não é possível", afirmou ela com segurança. "Não levou nada. As gavetas dela estão em ordem. Não pegou nem a escova de cabelo."

Então Fulvia riu. "Ele tem dinheiro suficiente para comprar quantas escovas ela queira e também blusas e vestidos e casacos de pele. Vocês não sabem o tanto de dinheiro que os Pierce têm?"

"E daí?", objetou Sista. "O dinheiro não é dela, e ele não é o marido. A patroa não usaria vestidos comprados com dinheiro de outro."

Essa observação de Sista me deixou perplexa. Talvez dali a pouco ouvíssemos os passos de minha mãe na escada, e ela apareceria à porta como um milagre.

"Pode ter levado consigo algum ouro", disse Lydia.

E Sista, meneando a cabeça: "Todo o ouro está no Monte di Pietà".

Recomeçamos a esperar. Enquanto isso, escurecera, meu pai não demoraria a voltar para casa: já escutávamos os passos dos outros homens que regressavam, as chaves entrando nas fechaduras, as portas se abrindo e se fechando. Passamos para a cozinha; e, embora preocupadas com seu retorno e com a notícia que devíamos lhe dar, de imediato, com presteza, todas começamos a preparar o jantar para ele. Lydia escolhia as folhas da salada, Fulvia descascava as batatas.

Sista fora se debruçar sobre o poço da escada.

"Quer que fiquemos com você?", me perguntou Lydia, passando um braço em torno dos meus ombros. Mostrava um olhar afetuoso e eu me lembrei de quando tivera ciúme dela. Senti-me, naquele momento, confortada pela sua presença; Fulvia também me parecia diferente de quando ficava estirada no terraço, de robe. Eram mulheres e se aproximavam de mim para me dar a ajuda que somente as mulheres sabem dar às mulheres. Lydia se ofereceu para me levar à sua casa e me fazer dormir com Fulvia, na mesma cama.

"Não, obrigada", respondi. "Estou tranquila."

Nesse momento Sista voltou esbaforida, anunciando: "Ele chegou". As Celanti fugiram e a porta foi fechada às pressas atrás delas.

Meu pai entrou e imediatamente assomou à cozinha. Não fez nenhuma pergunta, mas observou ao redor como se mamãe tivesse se escondido num canto. Contudo, pelo nosso ar misterioso, deveria ter percebido logo que estávamos sozinhas. Eu o olhei e não disse boa-noite, porque aquela noite que se anunciava não seria de fato boa. Ele, recordo, avisou que estava com fome e queria comer logo, embora, depois, ambos quase não tocássemos na comida. Era sábado, e eu notei que ele não deixava como rastro o insuportável odor de brilhantina.

À mesa, trocamos poucas frases indiferentes. Entre nós dois havia aquele lugar vago diante do qual Sista tinha preparado, como toda noite, um frasquinho de certo medicamento que minha mãe costumava tomar antes das refeições, porque sofria de anemia. Eu me sentia forte; mas não podia olhar para aquele frasquinho sem ter vontade de apoiar a cabeça entre os braços e chorar.

Sista retirou a louça, apressada, ansiosa por eliminar aquele lugar vazio. Peguei um livro.

Meu pai havia tirado da gaveta um velho baralho e o estava arrumando sobre a mesa para jogar paciência. Era uma coisa que ele nunca fazia. De resto eu também, àquela hora, raramente lia. Parecia que ambos estávamos tentando adquirir novos hábitos. Pela janela aberta entrava a voz do rádio; era uma cançoneta: "Me ne vogl'i' a Surriento". Desde então, quando ouço aquela música, sempre experimento um arrepio gelado por todo o corpo: "Me ne vogl'i' a Surriento". Supunha que àquela hora minha mãe já estaria muito longe, fora de nossa cidade, dos campos que eu conhecia; via dois faróis luminosos perfurarem a densa escuridão, sob uma alta crista de montanha. Ela não escreveria mais, não mais daria notícias. Considerei que dali em diante aquela deveria ser minha vida cotidiana: a outra tinha sido um período de férias, um regalo. Porém, não sofria: mentalmente conseguia até cantarolar aquela canção: "Me ne vogl'i' a Surriento".

Pouco depois meu pai se levantou e foi fechar a porta que dava para a cozinha. Essa sua vontade de me isolar de Sista me deixou desconfiada: instintivamente, me pus de pé e encostei na parede para me defender.

"Alessandra", disse ele, "aonde foi sua mãe?"

Havia falado baixo. Eu não conhecia aquela sua voz abafada e cortante: se assemelhava a uma lâmina com que ele tentasse abrir a fechadura de um cofre. Assim falava com minha mãe, sem dúvida, quando se trancavam no quarto. Não respondi e o desafiei com a dureza do meu olhar.

Ele deu alguns passos em minha direção e perguntou de novo:

"Aonde ela foi?"

Chegou muito perto de mim, perto demais: eu sentia o calor desagradável de sua pessoa. No bolsinho do colete se via a chave da casa onde àquela altura estávamos condenados a viver juntos.

Eu não sentia medo: imaginava que minha mãe estava longe, e a mim cabia defendê-la, mesmo ao preço de sofrer duramente por ela. Por isso o encarei por um momento e depois disse, violenta e precisa, como se atirasse uma faca contra ele:

"Foi embora."

"Para onde?"

"Não sei."

"Sabe, sim."

"Não sei", repeti. Queria que ele acreditasse em mim: desse modo, ela lhe pareceria ainda mais distante, inalcançável.

"Para onde foi?", insistia ele, incluindo, naquela pergunta, sua raivosa impotência.

"Foi embora. Para longe daqui. Longe."

Ele me segurou pelo pulso e me sacudiu. Desejei que me machucasse, que fizesse estalar minhas juntas, que me fizesse sofrer fisicamente, em suma; queria, desse modo, ser obrigada a exibir uma força que eu sentia vacilar naquele momento. Na realidade, porém, ele mal me apertava, talvez tivesse agarrado meu braço para se apoiar.

"Aonde ela foi?", repetia.

"Não sei."

No meu íntimo, eu sentia o grande automóvel correr, se inclinar nas curvas. "Depressa", incitava-a com o pensamento, "depressa", me parecia que qualquer demora poderia pôr tudo a perder, "depressa."

"Não vai voltar", repetia eu furiosamente. "Nunca mais vai pôr os pés nesta casa."

"Com quem foi?", perguntou ele, a meia-voz.

"E eu lá sei? Ela foi embora daqui."

Senti que exibia nos olhos e na face uma expressão atrevida, impertinente: queria irritá-lo, fazê-lo entender que eu partira com mamãe, ainda que a lei me obrigasse a ficar.

"Você sabe", disse ele. "Sabe de tudo." Depois, brusco, perguntou: "Que horas são?".

Ambos olhamos para o grande relógio que pendia acima do aparador. Faltavam poucos minutos para as dez, dali a pouco o portão do prédio seria fechado, deixando minha mãe do lado de fora. Então tudo acabara, ela fugira. Respirei.

Todo barulho silenciou. Os vizinhos tinham desligado o rádio, os garotos não brincavam na rua, como sempre faziam no verão, antes de irem dormir. Pareceu-me que o silêncio jamais fora tão profundo: só se ouvia o surdo tique-taque do relógio, monótono, inexorável, opressivo.

"Ela voltará", disse meu pai. "Amanhã de manhã mandarei a polícia procurá-la."

Saiu rápido da sala e foi para seu quarto, sem trancar com chave a porta de casa, talvez temendo, se executasse esse gesto, destruir uma última esperança.

Sista e eu nos encontramos na entrada. Tive a impressão de estar com febre e creio que realmente estava. Abracei-me a ela, para não ver seu olhar afundado no côncavo das olheiras.

"Está salva", disse eu. "Amanhã de manhã será tarde demais, certo? Ele já não poderá recuperá-la, ela foi embora."

Imaginei as fronteiras se fecharem como portões altíssimos: e ela já estava longe, o grande automóvel corria através de um campo fresco e verde. Na pele, no estômago, um sofrimento acerbo despertava em mim.

"Foi embora", repetia Sista em tom sombrio, "foi embora, foi embora."

Nesse mesmo instante ouvimos passos na escada. Eu logo me soltei de Sista, aterrorizada. Os passos subiam, ficavam cada vez mais próximos, mais distintos, alcançaram nosso andar. Diante de nossa porta, cessaram e eu corri para abrir.

Eram dois homens de roupa escura: embora fosse verão, usavam chapéu e não o tiraram para cumprimentar.

"É aqui a residência de Eleonora Corteggiani?", perguntou um deles em voz baixa. O outro segurava a bolsa da mamãe.

Fitei-os por um momento, apalermada. Em seguida perguntei baixinho, mal movendo os lábios:

"Ela morreu, não é?"

Sério, aquele que falara assentiu com a cabeça. O outro olhava ao redor, cismado.

Então eu me afastei da porta, atravessei às pressas o corredor e, sem bater, entrei no quarto de casal. Meu pai, pelo ruído da fechadura, devia ter tido certeza de que a esposa havia retornado. Severo, carrancudo, estava de pé junto ao toucador, à espera.

Explodi numa risada convulsa.

"O que eu te disse?", perguntei. "Ela não vai voltar."

Ele me observava rir, inseguro, desconfiado.

"Ela morreu", expliquei. "Suicidou-se."

Vi os olhos do meu pai se arregalarem num terror desumano. Em seguida desabei no chão, desfalecida na minha risada como numa poça de sangue.

Dois dias após a tragédia, chegou meu tio Rodolfo. Nós o encontramos à porta, quando saíamos de casa com as Celanti para ir ao funeral. Os dois irmãos se abraçaram em silêncio e tio Rodolfo logo me segurou pelo braço, me apoiando, e não me soltou até que voltássemos. Eu mal o conhecia, e ele nunca me escrevera em muitos anos: mas era meu padrinho de batismo e compreendi que seria confiada a ele, no futuro próximo.

No portão encontramos o zelador vestido com capricho, de colete e gravata, e alguns inquilinos reunidos: as mulheres usavam roupas escuras. Viram-nos passar, sem nos dirigir uma palavra de conforto, e saíram atrás de nós, que nos encaminhávamos à parada do bonde.

No bonde, fiquei sentada entre papai e tio Rodolfo: como ambos eram altos e tinham ombros fortes e quadrados, me parecia estar encerrada entre duas muralhas cinzentas, intransponíveis. Diante de nós estavam sentadas Lydia e Fulvia: o sr. Celanti se instalara ao lado do papai e volta e meia lhe dava um tapinha no ombro. As duas mulheres me fitavam, afetuosas; eu havia morado com elas desde a morte de minha mãe até aquele momento, mas já sabia que deveria me desprender também daquele afeto e senti minhas forças diminuírem.

Ao sair do Lungotevere, o bonde, com uma guinada brusca, entrou pela ponte do Risorgimento. Ali perto minha mãe se matara; justamente ali, onde Alessandro morrera afogado. Parecia-me que o bonde, com o peso fragoroso das rodas, iria passar sobre o corpo dela, triturando-o.

Diante da porta do necrotério encontramos outros inquilinos com Ottavia, Enea, e a costureira que morava em frente ao nosso prédio e que fazia nossos vestidos. Ainda era cedo, talvez nove horas, e o dia se anunciava belíssimo; do jardim do Policlínico os oleandros lançavam ao redor um odor áspero e fresco. Eu não sofria, recordo, não sofria mesmo. Ali estavam também Aida, a irmã de Antonio, e Maddalena, que chorava, embora conhecesse minha mãe só de vista. Não ousavam se aproximar, por causa do meu pai e do tio Rodolfo, e me olhavam de longe com curiosidade séria, tentando alcançar as margens do meu sofrimento. Mas naquele momento, como já disse, eu não sofria.

Estávamos reunidos num grupinho à porta do necrotério. Celanti ia e vinha, seguido por um velho vestido de preto, e meu pai lhe agradecia com o olhar. Pouco depois apareceu um homem baixo, de avental, e um solidéu branco na cabeça. "Vai descer agora", disse ele. Compreendi que se tratava de minha mãe.

Eu não a vira morta, meu pai não me pedira que fosse saudá-la pela última vez, e, se ele o tivesse feito, creio que eu teria me recusado: queria conservar a imagem de que eu gostava tanto, animada por uma férvida agitação, queria recordar seus olhos doces, o passo que se assemelhava a um voo. E também eu nunca vira um morto; temia sentir medo ou nojo: não queria sentir medo ou nojo dela. De modo que, apesar de tudo, minha impressão era a de que ela não estava morta, mas em viagem. Desde a terrível noite em que ela não retornara, eu tinha vivido na casa de Lydia: eu a vira ao meu lado desde quando recuperei os sentidos, enquanto meu pai falava com os policiais: ela me fazia cheirar vinagre. Fulvia segurava minha mão e a acariciava. Sista estava no chão, encolhida em seus panos pretos, rezando. Meu pai entrara, pálido, com os lábios trêmulos: "Senhora", dissera ele a Lydia, "eles querem interrogá-la, a senhora era sua única amiga. Atirou-se no rio, onde o menino se afogou. Pedi que não interrogassem Alessandra, talvez queiram ver Sista. Lembrem-se de que ela se matou porque não se conformava com a perda do filhinho. Entendem?". A expressão dele era dura, sob a cor de terra do rosto. Acenamos sim, sim, com a cabeça, mortificadas. Em seguida papai saiu com os policiais para o reconhecimento, Sista pegou meus lençóis, as cobertas, e me fizeram uma cama no chão, no quarto de Fulvia.

"Aí vem", disse o homem do solidéu branco, e atrás dele, nos ombros de homens rudes e desconhecidos, vimos um estreito ataúde de madeira.

Então comecei a sofrer atrozmente. Desde quando me recuperara do desmaio, sempre pensara em minha mãe como uma forma delicada esvoaçante no ar. Não conseguia imaginá-la imóvel, fechada naquele caixão; mas aquela visão macabra me deu a certeza material de que minha doce vida acabara. Sentia-me sozinha, entre as pessoas que me circundavam, e intuía que não mais poderia falar daquelas coisas que eram tão importantes para nós duas e que os outros pareciam ignorar.

O cavalo caminhava com lentidão: nós seguíamos a pé, eu entre meu pai e tio Rodolfo. Sobre o esquife tinham posto um grande arranjo de rosas vermelhas que o cobria inteiro. O arranjo não trazia nenhum nome escrito na faixa, mas todos sabiam de quem era. Sem dúvida meu pai sentiu o impulso de mandar os homens vestidos de preto que andavam ao redor, atarefados, retirá-lo, mas depois recordou que a esposa morrera porque não se conformava com a perda de um filho, e então não pôde dizer nada. O ar estava fresco e puro, as árvores se inclinavam ao leve empuxo do vento. E pouco a pouco, no ritmo e no rumor dos passos que acompanhavam minha mãe, calma, deitada sob o arranjo de rosas, me pareceu descobrir uma resignada harmonia que me confortava. Senti alívio em me deixar apoiar pelo braço do tio Rodolfo, um braço forte, no qual era possível confiar.

Entramos numa capela da grande basílica de San Lorenzo que eu nunca tinha visto. Era uma capelinha secundária, porque as pessoas que cometem suicídio não podem mais ser acolhidas no seio da Igreja. O padre apareceu em paramentos de luto e nos perscrutou com um misto de compaixão e desconfiança, talvez porque fôssemos parentes de uma mulher que se jogara no rio. Em seguida o caixão foi coberto por um pano preto no qual depositaram o arranjo de rosas.

Eu me vi junto de Fulvia e Lydia: instintivamente as mulheres haviam se instalado à esquerda e os homens à direita do caixão, como fazem os camponeses nas igrejas rurais. E, ao me sentir de novo no calor daquelas criaturas semelhantes a mim, a dor se alastrou, inflou no meu peito e me preencheu inteira.

O padre, em meio aos coroinhas, recitava as preces dos mortos. Indiferente a tudo o que ele fazia, eu fitava, para além do caixão, o grupo dos homens que escutavam sérios, alguns de braços cruzados. Pareciam constrangidos, mais que doloridos: em seu olhar transparecia o desconcerto ante aqueles atos irrefletidos que as mulheres executam de repente e dos quais eles confusamente intuem ser a causa. Eu sentia que a violência dessas rebeliões súbitas os assombrava, pois estavam convencidos de que bastava o chamado de uma criança, a presença de um estranho, ou até um vestido novo, para consolar uma mulher. O zelador repetira muitas vezes que minha mãe, ao sair naquela manhã, cumprimentara-o com cortesia: "Bom dia, Giuseppe". Perplexo, repetia esse detalhe a todo mundo. Os homens não compreendem como as mulheres conseguem dizer "bom dia, Giuseppe" e sorrir pouco antes de morrer: no entanto, alguma coisa as liga com tanta tenacidade à vida que elas tentam fazer parte desta até o último segundo, talvez esperando que a salvação venha do próprio vigor que existe nela. Minha mãe se lembrara de pegar o impermeável porque o tempo se mostrava nublado, bom dia, Giuseppe, e se jogara no rio.

Enquanto isso muita gente chegara à capela. Atrás de uma pilastra, vi o capitão, fingindo ser um transeunte que entrara ali por acaso. De imediato apertei o braço de Lydia, que assentiu com um leve aceno da cabeça. Outras senhoras do prédio também entravam, comovidas e cautelosas, temendo ser indiscretas. Algumas choravam e todas moviam os lábios sem parar, dando à prece uma intensidade dramática.

A presença delas e o impulso que as levara a se mostrarem solidárias à minha mãe, embora mal a conhecessem, suscitavam em mim uma força desesperada: por isso, me obstinei com mais empenho em observar os homens que se mantinham, em grupo, do outro lado do caixão. Um furor raivoso me invadia, o desejo de expulsá-los para que nos deixassem sozinhas. Estávamos separados, como dois exércitos que se preparam para um confronto; e entre nós já havia, naquele caixão, um soldado caído.

Minha mãe foi sepultada no campo comum. Sobre o túmulo os coveiros puseram o arranjo de rosas, ajeitaram-no, nivelaram-no e o prenderam como um lençol. Meu pai observava tudo isso já sem escarnecer ou ameaçar: seu poder tinha acabado.

"Vamos", finalmente decidiu ele. Tio Rodolfo me pegou pelo braço e Celanti disse que àquela hora os circulares passavam vazios.

E assim voltamos para casa. Eu estava muito cansada, queria me estirar na cama, não ver mais ninguém e dormir. Esperava encontrar minha mãe, no sono, e falar com ela. Mas papai pediu a Lydia que me recebesse mais uma vez para o almoço, porque ele precisava conversar com o irmão. Mais tarde mandou me chamar e me anunciou que na manhã seguinte eu partiria para o Abruzzo com tio Rodolfo.

No trem, nos sentamos um diante do outro e não tínhamos nada para dizer, porque nos conhecíamos muito pouco. Ambos fingíamos uma familiaridade que deveria estar estabelecida pelo grau de parentesco tão próximo. Mas, mal ele fechava os olhos para dormir, eu o perscrutava atentamente, assim como, quando eu cochilava, sentia seu olhar me esquadrinhar, se empenhando em adivinhar o que havia sob meu aspecto pacato, sob a docilidade das minhas feições. Ele tentava adequar minha imagem ao retrato que o irmão devia ter lhe feito de mim. Eu abria os olhos e sorria, demonstrando não opor nenhuma resistência à sua investigação.

"Quantos anos você tem?", me perguntou de repente.

"Dezessete", respondi: "farei dezoito em abril."

"Que série cursou?"

"Passei para a terceira do liceu."

Espantado, ele quis saber: "Continua estudando?".

"Claro, caso contrário o que deveria fazer?"

"Aprender a costurar, a remendar."

"Eu sei fazer isso", respondi; "sei cozinhar também."

"Oh!", exclamou ele, me ameaçando de brincadeira com o dedo, "você vai ver só o exame a que a Vovó vai te submeter…"

Respondi que temia ser reprovada, pois só sabia fazer o necessário. Parecia-me que era suficiente. Acrescentei que gostava de estudar, de cultivar minha inclinação natural às letras e à poesia. E assim manifestei também o propósito de me diplomar o mais depressa possível, a fim de ganhar a vida.

Ele pareceu surpreso com minhas intenções. "Qual é a necessidade?", perguntou. "Você é uma jovem bonita, vai se casar cedo, terá a casa e os filhos."

Sorria, ao dizer estas últimas palavras. Apesar da tarefa ingrata que ele devia cumprir em relação a mim, eu tinha sentido uma simpatia instintiva pela sua pessoa, desde quando o vira. Parecia-me um homem sincero e, além disso, seu aspecto simples me tranquilizava: ele não possuía aquela languidez dos olhos e das mãos que num homem da condição do meu pai testemunhava uma sensualidade dissimulada.

"Talvez Ariberto tenha razão", prosseguiu, baixando o tom de voz, "se sua mãe tivesse tido muitos filhos, não lhe sobraria tempo para tocar piano. A desgraça, diz ele, estava toda aí."

Amedrontada, eu me retraía no banco: imaginava fugir com um salto, me lançar do trem em movimento. Até então obedecera docilmente e aceitara a partida como uma solução natural: tudo o que me atraía na casa da Via Paolo Emilio fora embora com minha mãe. Sista lançara um lençol branco sobre o piano, que adquirira o aspecto de um fantasma. E por toda parte, na casa, pesava aquele ar opressivo que minha mãe dissipava com um gesto ou uma palavra. Por isso, quando meu pai me anunciara que eu partiria no dia seguinte, eu sentira um consolo. Fulvia e Lydia tinham soluçado ao se despedirem de mim, e com elas também minha infância chorava, minha adolescência, e tudo o que havia sido Alessandra até então. Choravam a janela, a escada, a torneira de água gélida sob a qual eu me lavava toda manhã, o pátio e a parede do vestíbulo onde Enea me impelira e eu compreendera o que era um homem. Ao ver Fulvia e Lydia exauridas pelo sofrimento daqueles dias, eu as consolara afetuosamente, repetindo que era melhor assim, com meu pai eu não poderia viver.

Tinha-o saudado antes de partir. Era cedo, mal se podia enxergar, e eu acreditava que ele ainda estava na cama, já que decidira não me acompanhar à estação. Eu entrara no quarto, baixando devagar o trinco, e o encontrara sentado numa cadeira, já todo vestido, de paletó e gravata. Estava com as pernas afastadas, a coluna encurvada, uma das mãos pousada na mesinha: na luz fria que vinha da janela, ele parecia um homem já sem nenhuma ambição ou energia, um homem velho.

Voltara-se e, ao me perceber, no vão da porta, vestida de preto, começara a chorar. "Nora", dizia baixinho, "Nora…", repetia amargurado, me olhando e procurando, talvez, no meu rosto, a imagem dela.

Eu nunca o ouvira chamá-la por aquele nome afetuoso, em tantos anos. E por isso, horrorizada, recuara da intimidade deles.

"Queria me despedir de você, papai", dissera bruscamente.

Sim, sim, fazia ele com a cabeça, se mostrando também pronto para aquele afastamento. Pela janela aberta entravam os gritos das andorinhas que eu ouvia na infância quando me levantava cedo para ir, com Sista, receber a comunhão. Tentei reter aquele som nos ouvidos, junto com o próprio ar da minha infância feliz.

No trem eu fingia dormir, para fazer silêncio dentro de mim e ouvir de novo aquelas vozes agudas, frescas, estridentes. Mas não conseguia, talvez por causa do rumor dos pistões. A muito custo conseguia ouvi-las de novo na fantasia.

Tio Rodolfo deu um tapinha no meu braço para me despertar do torpor em que me julgava adormecida:

"Está cansada, não é?", perguntou afetuosamente, ao me ver abrir os olhos com dificuldade. Em seguida sorriu, encorajador: "Dentro de poucos minutos chegaremos".

Vovó nos esperava na sala de jantar, sentada numa poltrona. Ladeavam-na, como duas asas negras, tia Violante e tia Sofia.

"Venha, se aproxime, Alessandra", disse Vovó. "Não tenha medo."

Mas eu tinha medo, sim. Vovó era uma velha altíssima, seu rosto era grande, o nariz maciço e o porte, de um grande animal. O gesto com o qual acenava para que eu me aproximasse recolhia todo o ar do aposento. Estava sentada numa ampla poltrona forrada de branco e seus ombros ultrapassavam o espaldar. A voz, talvez por causa do sotaque, se assemelhava à do meu pai.

Avancei devagar sobre os largos ladrilhos brancos e pretos. Impelida por meu tio, fui parar bem na frente dela. "Beije a mão", sussurrou o tio no meu ouvido. Era a mão grande e fria de uma estátua.

Quando me reergui, ela e eu nos encaramos. Vovó tinha os olhos pretos e brilhantes do meu pai, mas inflamados por uma altivez natural que eu jamais percebera nele. Olhava-me avaliando minha estatura, a largura dos meus quadris, com uma mirada rápida e precisa.

"Você não se parece com Ariberto", disse, concluindo o exame.

"Não", respondi, e minha voz se perdeu entre as paredes altas, "eu me pareço com a mamãe."

Houve um silêncio frio depois que pronunciei essa palavra. Mas, na realidade, ela bastara para me restituir um pouco de força. Olhei ao redor: as cortinas de tecido branco, as paredes brancas, faziam aquela sala se assemelhar ao grande parlatório de um convento.

"A gente se sente bem, aqui", murmurei, embora me parecesse estar entre os mortos, ou talvez justamente por isso.

"Sim", disse Vovó. "É uma casa confortável. Eu nasci aqui e suas tias também. Aqui nasceram seu pai, seu tio Rodolfo, e a pobre tia Caterina, que está no céu. Aqui nasceu seu primo Giuliano, o filho de Violante", explicou, apontando-a à sua direita. "Aqui você também deveria ter nascido, mas sua mãe não quis: preferiu uma clínica na cidade. Agora, você também veio."

Sim, acenei com a cabeça, e a convidei a sorrir, mas Vovó, como me dei conta depois, nunca sorria. Continuava a me fitar e todo o meu corpo se retraía, intimidado, sob as vestes.

"Você é magra", prosseguiu, "teve alguma doença, quando menina?"

"Não", respondi, "apenas sarampo e gripe."

"Essas não contam. Talvez você tenha crescido depressa demais. Não tem peito nem quadris. No entanto, deve ter dezessete anos, certo? Será preciso chamar o médico. Com um peito como esse não se pode amamentar."

Enrubesci, minha nuca ficou dolorida, frágil: sentia, às minhas costas, a presença do tio Rodolfo, e me parecia que Vovó tinha me arrancado o corpete.

"Pegue uma cadeira, Alessandra", disse tia Violante. E eu fiquei contente por executar uma ordem, por me dobrar, mostrando minha docilidade. Depois me perguntaram se eu tinha fome ou sede; e as tias, para me oferecerem uma *ciambella*,* se afastaram da poltrona, saindo do quadro que representavam.

Elas também eram altas, mas, mesmo se movendo, não conseguiam dominar o grande busto da Vovó. Um gesto dela bastaria para empurrá-las do armário até o aparador. Enquanto isso, tio Rodolfo desaparecera, me dando um tchauzinho como sinal de entendimento, e eu permanecera entre aquelas mulheres desconhecidas, com as quais devia fingir familiaridade.

"Coma", me ordenara Vovó, "molhe a *ciambella* no vinho." Eu comia, tentando me concentrar toda naquele ato, e no cuidado de não manchar o

---

* Rosca, bolo em forma de anel.

vestido. Parecia-me estar morta eu também, como minha mãe, e que aquilo fosse o além que muitas vezes, juntas, tínhamos tentado imaginar. "Creio que viveremos outra vez", dizia mamãe, "que recomeçaremos desde o início outra vida como esta. Eu queria ao menos poder conservar a recordação dos dias que vivi." Era justamente assim, como ela havia dito: quando eu mencionava minha mãe, ou a casa de Roma, Vovó e as tias fingiam que minhas palavras não tinham som.

"A mamãe nunca bebia vinho", comentei, para experimentar de novo. Mas de novo foi como se eu não tivesse falado.

Demorei-me, comendo em pequenos bocados. Perguntava-me, inquieta, o que faria, depois. E o que faria até a noite, e amanhã. O dia seguinte se afigurava escuro, aterrorizante. Parecia-me possível continuar resistindo pelo resto da noite, mas não além disso. Eu nem sequer vislumbrava minha capacidade de resistir uma semana, ou um mês. Contudo, obscuramente, compreendia que era impossível retroceder. Meu passado não tinha sido Roma, uma cidade, uma casa: tinha sido minha mãe. E ela havia morrido.

"Agora você subirá para seu quarto", disse Vovó. "Tia Sofia vai acompanhá-la. Pode descansar, se quiser, mais tarde mandarei chamá-la para rezar o rosário conosco, antes do jantar. Lembre-se de pegar o terço."

"Não tenho", disse eu.

Vovó me interrogou com o olhar: "Você quer dizer que o deixou em Roma?".

"Não. Não tenho, não o possuo."

"Então, sua mãe nunca a levava à igreja?"

"Oh, sim, algumas vezes: para escutar a música."

Vovó silenciou. Sentar-se ao lado dela era como sentar-se ao lado de uma grande montanha, e eu me sentia perdida num vale de solidão. Gostaria de fazê-la entender de que modo eu rezava, recolhida junto à janela, de lhe dizer que, por meio de Ottavia, falávamos com Alessandro e com muitas outras almas do Purgatório. Ela, porém, não compreenderia.

Depois de uma longa pausa, ela me prometeu, para o dia seguinte, a visita de um sacerdote. "Agora, suba", ordenou. Eu me dispunha a obedecer quando a porta se abriu e tia Clarice apareceu.

Era uma velhinha minúscula, sorridente, branca e delicada como um merengue. Tinha a estatura de uma criança de dez anos, e em seu rosto permanecera intato o estupor da infância. No braço trazia pendurado um banquinho adequado às suas proporções.

"Quero ver a menina", disse. "Na cozinha me disseram que ela chegou." Aproximou-se de mim, com curiosidade.

"Eu sou Clarice", acrescentou, dando uma risadinha e me advertindo com o dedo, como se me desse uma notícia surpreendente, "sou a tia Clarice."

Vovó explicou: "É minha irmã".

"Que cabelos lindos você tem", me falou tia Clarice. "São os cabelos de Eleonora. Quando vinha aqui ela sempre os lavava e depois se punha ao sol para secá-los. Sofia tinha inveja", acrescentou, com malevolência infantil, "porque naquela época havia perdido os cabelos por causa do tifo. Eleonora me deixava lhe fazer companhia na sacada. Era boa, Eleonora. Me dava dinheiro para as amêndoas. Posso pegar uma *ciambella*?", pediu, fazendo um pequeno trejeito, enquanto se sentava, comportada, no banquinho.

Tendo-a recebido, começou a comê-la, já sem me dar atenção. Vovó me liberou com um gesto e tia Sofia me conduziu ao meu quarto. Era uma casa muito grande: para ir de um cômodo a outro, se atravessavam pequenos patamares escuros em cujos degraus era fácil tropeçar. Os quartos ficavam em níveis diferentes e isolados uns dos outros, ao estilo de celas de convento: as portas, estreitas e espessas, mal deixavam passar uma pessoa. No meu quarto havia somente um armário, uma escrivaninha, uma cadeira e o leito de ferro.

"Está chovendo", disse tia Sofia, "convém fechar a janela." Enquanto fazia isso me explicou que aquele era o lugar onde meu pai dormia quando criança.

"Eu deveria ter nascido aqui, não é?"

"Talvez", respondeu ela com um sorriso. Olhou para mim, me oferecendo uma aliança que me pareceu sincera: "Espero que você se sinta bem. Descanse um pouco, arrume suas coisas. Depois desça".

Assim que fiquei sozinha, corri à janela e a escancarei. A chuva era forte, um véu reluzente estremecia entre o céu e a terra. A janela, pintada de cinza, era estreita e comprida, ia até o piso de lajotas vermelhas: em vez de peitoril, uma grade também cinzenta a ocupava, alta até quase meu peito. A casa era plantada no centro do vilarejo e dominava as casinholas que se viam amontoadas, uma encostada à outra, como para se apoiarem ombro a ombro. Na frente delas, em vez de ruas ou becos, havia largas rampas de pedra, desgastadas pela passagem dos camponeses e dos jumentos. Abaixo das casas se estendia um pequeno vale percorrido pela torrente então seca, e diante de mim se erguia uma colina em parte cultivada e na maior parte árida, salpicada de prados amarelos e pedras. À minha direita, para além das colinas mais próximas, se via uma montanha alta e imponente, que mais tarde eu soube chamar-se Majella.

Livre das nuvens robustas que rapidamente se dissolviam em chuva, a paisagem logo se tornou brilhante, de aço. Uma névoa radiosa subia ao céu, branca como a luz de fogos de artifício, e o verde das árvores era vivo e limpo. Ouvia-se a água escorrer por toda parte: parecia que a casa era circundada por alegres torrentes, e eram apenas as calhas. O odor que subia da terra molhada suscitava em mim a lembrança dos dias em que minha mãe e eu íamos passear, assim que estiava, protegidas pelo arco-íris.

"Mamãe", murmurei. "Mamãe, me salve, me leve daqui."

O quarto, de paredes nuas, se assemelhava a uma cela de prisão: acima da cama pendia o crucifixo. Abri o armário e dois cabides, balançando, deram batidas sinistras contra a madeira. A escrivaninha era coberta por um pano esverdeado, liso e cheirando a mofo. Habitar aquele cômodo significava encontrar ali somente o necessário à sobrevivência, dia após dia. Diante de mim o Cristo — pregado na cruz de ferro, acima da cama de ferro — mostrava que era preciso se oferecer ao sofrimento e ao sacrifício. Eu estava presa numa armadilha, trancada, prisioneira, como Antonio.

"Antonio...", murmurei, "Antonio", e me deixei cair de joelhos junto à janela, apoiando o rosto na grade.

De repente aquele nome me deu uma sensação de alívio e de paz. Pareceu-me, aliás, que Antonio, distante e jamais visto, era a única coisa que me restava da minha vida anterior. "Não se esqueça de mim", dissera Fulvia, me abraçando. Levara-me para me despedir do terracinho, o lugar onde havíamos brincado juntas quando eu subira à casa delas, na primeira vez. "Quantos anos se passaram, meu Deus", suspirava Lydia, "eu acabava de conhecer o capitão..." E, ainda mais debilitada pela dor que a morte da amiga provocara, sentia ternura por si mesma, por seu passado. "Que tragédia!", exclamava, enxugando os olhos. "Ah, que sofrimento, o amor! Ai de você se eu a vir apaixonada, Fulvia, e ai de você também, Alessandra. Vocês devem ser livres, felizes, se casar com um homem rico... Que estrago, o amor", repetia. Nós tínhamos permanecido em silêncio, fingindo aceitar o destino que ela nos vaticinava. Mas internamente, ao contrário, ansiávamos por esse amor que conduz às lágrimas e à morte.

"Eu não deveria tê-la encorajado", dissera Lydia com o rosto úmido de lágrimas. "Deveria ter dito: 'Não o encontre mais, pense bem, você tem uma família', fiz mal, a culpa é minha…"

Mas, poucos instantes depois, aproveitando uma breve ausência do marido, viera me informar que Claudio me esperava na escada.

Tinha ido ao encontro dele sem entusiasmo porque não o amava, mas, desde o dia em que ficáramos passeando no Monte Mario, Claudio seguia minha vida, dócil e fiel como uma sombra. Nunca me perguntara se seu sentimento era de fato amor; às vezes achava que ele amava apenas a possibilidade de se buscar e se identificar que eu fora a primeira a lhe proporcionar. "Não se pode", dizia ele, "não se pode em absoluto falar com os pais. É preciso fingir não ter outro pensamento além daquele de comer estudar dormir. Se tentássemos fazê-los compreender que às vezes não dormimos à noite, por causa dos problemas que nos assaltam, e que muitas vezes esses problemas nos propõem como única solução a ruptura com a vida, o suicídio, eles não saberiam nos ajudar de outro modo senão gritando conosco, nos ameaçando, meu pai daria socos na mesa, o que te falta?, diria. Sem supor que não é o que me falta, mas justamente aquilo que eu tenho, aquilo que possuo em mim de bem e de mal, que me lança nessas alternativas. Creio que, nos repreendendo (e assim nos proibindo de lhes revelar nossas dúvidas e nossas incertezas), os pais se defendem de maneira instintiva do dever que teriam de nos ajudar a resolvê-las. Porque já sabem que não existe solução, ou pelo menos, com muita frequência, ainda não encontraram a deles. Falta-lhes piedade. Já você, ao contrário, Alessandra…" Olhava-me como a uma aparição miraculosa através de uma zona de ar que ele intuía não poder transpor, ou melhor, não queria transpor, para me deixar, intacta, no segredo que me circundava. Ao me dirigir à escada, eu imediatamente percebera seus olhos, arregalados de ansiedade. Estendera-lhe a mão, permanecendo, imóvel como uma imagem, um degrau acima.

"Você viu?", eu dissera, desconsolada, aludindo a tudo o que acontecera naqueles dias. "Ah!…", respondera ele, num suspiro dolorido e impotente. "E agora eu vou embora daqui", completei. "Poderei te escrever?", perguntara ele timidamente. "Não creio", eu dissera após uma breve hesitação. "Acho que meus parentes não gostariam." Ele então propusera me enviar cartões com a assinatura Claudia. "Mande-me um cartãozinho também, de vez em quando", acrescentara com um leve tremor na voz. A escada já estava às escuras, e a harmonia de sua forma em espiral sugeria dentro de mim uma languidez, uma melancolia imensa. Eu esperava que uma dor lancinante me surpreendesse ante a ideia de deixar aquelas rampas, animadas, somente dois dias antes, pelos passos de minha mãe. O barulho da água que corria na fonte do pátio me recordava o rolar da carroça que a levara embora.

Por fim, Claudio dissera: "Sabe? Eu passei. Tirei oito em filosofia". "Bravo", respondera eu. "Em outubro", acrescentara ele, "vou para a universidade. Medicina. Você gosta?" "Sim. Não sei. Não sei mais nada." Ele me olhava fixamente: olhava cada detalhe meu, me arrebatava cada um para conservá-lo e fitá-lo de novo durante minha ausência. "Uma coisa eu queria que você soubesse, Alessandra. Que eu esperarei seu retorno durante meses, e até durante anos. Sempre."

Pronunciara essa última palavra quase com raiva. Depois segurara minha mão, apertara-a por um instante e fugira sem olhar para trás. Eu permanecera parada no escuro, agarrada ao ferro frio do corrimão.

Agora me agarrava aos ferros de uma janela que dava para uma colina árida e para a imponência majestosa da Majella.

Olhava-me refletida no vidro que recobria a madeira cinza do postigo. Via a linha suave do meu corpo agachado no chão, as mãos que pousavam, brancas, no preto opaco do vestido. Tentava me entender, me interrogar.

Mas a porta se abriu, e eu recuei em direção à grade. Era tia Violante, magra em seu longo traje preto.

"Oh, você está aí no chão, Alessandra?", disse.

Sua voz era doce, e eu não me mexi. Fitei-a perplexa, porque sua entrada me lançara de súbito de volta a uma realidade que eu não tinha forças para enfrentar.

"Nem sequer desfez as malas", prosseguiu ela. "Compreendo. Certamente não deseja ficar. No entanto, será necessário que fique. São dias difíceis, não é? Compreendo. Mas depois se acostumará, porque, na realidade, todos os dias são difíceis. Ter vindo para cá, no campo, é uma sorte para você. A Vovó te dará alguns dias para conhecer a casa e as pessoas: depois a fará trabalhar. O que você sabe fazer, Alessandra?"

"Nada", respondi, em tom agressivo.

Revejo, à distância de muitos anos, o rosto da tia Violante se sobressaltar como se tivesse recebido um tapa. Ela se calou; depois, de repente, o nó de ressentimento que a apertara se desfez, e ela disse afetuosamente:

"Eu não te daria parabéns por isso. Mas sei que não é verdade. Frequentemente Ariberto me escrevia que você sabia cozinhar, arrumar a casa…"

"Quero estudar", disse eu, em voz baixa e hostil, "no próximo ano quero entrar para a universidade. Minha mala está cheia de livros."

"Se você assim deseja", respondeu ela, "ninguém a proibirá, ao menos assim acredito. Mas talvez você mesma não queira, dentro em pouco. A cidade é longe daqui: às vezes parece inexistente. E o dia no campo tem um curso breve: se abre com os sinos, e agora, está ouvindo?, já se encerrou, com os sinos."

Ergui-me de um salto e me dirigi a ela, de mãos postas: "Oh, tia Violante, eu te peço, suplico, me deixe estudar, não me impeça…".

"Eu?!", exclamou ela, surpresa. "Eu não, Alessandra. Será preciso que você queira, compreendeu? Você mesma. É difícil se defender. Existe algo tão entorpecedor no ritmo da vida de cada dia que pouco a pouco, sem querer, somos capturadas. E não há tempo, nunca há tempo para nada. Está vendo?", perguntou, me impelindo pelos ombros, "já é hora do rosário."

Puxou do bolso um terço de contas ásperas, cor de tabaco, e me deu. As escadas estavam fracamente iluminadas, assim como os corredores, os patamares, os degraus toscos e porosos. "Veja", disse ela, se detendo por um instante e me apontando um quadrinho em que divisei, pintada, uma borboleta: "Esta aqui fui eu que pintei, quando mocinha. Tinha a sua idade, estava noiva."

"E depois parou?"

"Não, ainda pintei uns contos de fada para Giuliano."

"E depois?"

"Depois não tive mais tempo." Enquanto isso, me acenando para silenciar, abria com cuidado uma porta.

Vovó estava sozinha na sala de jantar e parecia dormir: tinha os olhos fechados, as mãos sobre os braços da poltrona, e repousava ereta como um cavalo majestoso. A poltrona havia sido deslocada, e agora ela estava sentada diante de um grande armário de madeira preta, lisa e luzidia. Pareceu-me bizarro encontrá-la naquela posição, mas não ousei perguntar nada porque o rosto da tia Violante voltara também a se fechar numa severa impassibilidade.

"Deu o rosário a Alessandra?", perguntou Vovó, sem abrir os olhos; e, tranquilizada, voltou à sua meditação. Nós nos instalamos atrás dela, em duas cadeiras. Em seguida tia Clarice entrou e veio se sentar ao meu lado, em seu banquinho; e, com uma piscadela me convidando à cumplicidade, me mostrou um bolso amplo, cheio de ameixas. Duas criadas entraram e se sentaram no chão; entraram duas mulheres que haviam se encontrado na cozinha, por acaso, vindas para vender sua mercadoria. Por fim entrou tia Sofia, com um véu na cabeça, e abriu o armário.

No armário havia um altar. Tia Sofia foi acendendo as velas e, pouco a pouco, emergia da sombra a face negra e terrível da Madona de Loreto. Todas as mulheres se ajoelharam e eu as imitei: só Vovó continuou sentada, como se entre ela e o Céu vigorasse um pacto de igualdade. Sua voz entoou o rosário e eu respondi junto com as outras.

Àquela altura, como estava anoitecendo, o grande aposento obtinha luz somente das chamas avermelhadas e crepitantes das velas. Atônita, eu observava as pessoas que me circundavam, desconhecidas até poucas horas antes e que agora, graves e taciturnas, me mantinham numa sólida engrenagem pela qual eu intuía que seria fácil alguém se deixar arrebatar. Em vão tentava evocar as lembranças de minha vida anterior, a expressão arguta de Fulvia, a indulgência de Lydia. Do passado eu só reconhecia — na porta aberta do armário preto — o rosto carrancudo da tia Caterina, o mesmo que eu vira na ampliação, no quarto dos meus pais. No lado interno daquela porta, um junto ao outro, em molduras negras e semelhantes entre si, se viam os retratos de todos os mortos da família. Eram velhas sisudas e jovenzinhas de olhos arregalados numa espécie de espanto: algumas tinham tranças escuras pesadas, enroladas em torno da fronte, outras, cabelos brancos e ralos; mas todas tinham em comum a finura maciça do rosto e o ventre pleno. Os homens, em comparação, se mostravam fracos e dóceis: era aquele ventre, sem dúvida, que triunfava sobre eles e os intimidava, nele estava a transmissão segura e poderosa da vida, de geração em geração. Calvos em sua velhice, imberbes e atordoados em seus trajes de colegial ou de soldado, os homens se mostravam vencidos naquela parede macabra. Imaginei o retrato de minha mãe ao lado do de uma velha muito gorda, uma tia-avó, que morrera recentemente, sufocada por sua obesidade. Não, dizia eu para mim mesma, não, não. Sentia minha mãe se irradiar ao meu redor como uma auréola, suas forças se juntavam às minhas. "Experimentem nos dobrar", eu dizia mentalmente, desafiando as parentes ajoelhadas, tia Caterina pregada na folha escura da porta.

Quando a função acabou, vislumbrei no fundo do aposento tio Rodolfo, tio Alfredo (marido da tia Violante) e seu filho Giuliano. Os três me fitavam constrangidos por me verem em sua casa, entre seus móveis, seus hábitos.

Tio Alfredo me beijou, embora nunca tivesse me visto. Giuliano me estendeu a mão, mole e úmida como a de um coroinha. Chamaram-nos à mesa: Vovó se levantou e essa foi a primeira vez que eu vi sua estatura por completo. Ela era mais alta que meu pai, mais alta que tio Rodolfo: as portas quase a continham, e por isso me pareceu natural que sua taça, cheia de vinho, fosse maior que as demais. Ela comia abundantemente, revelando, a despeito da idade, um apetite vigoroso. Logo depois dela, a travessa passava a tio Rodolfo, a tio Alfredo e em seguida a Giuliano, que se servia com gula descarada, tratando de não deixar nenhum bocado apetitoso. Tia Violante escolheu para mim o que restava de melhor: a sobra coube a ela e a tia Sofia.

Naquele vasto cômodo, os móveis que, na casa de Roma, pareciam atarracados e grosseiros revelavam uma nobreza que tinha sido evidente para mim desde que chegara: em contraste com as cortinas brancas, de bonito linho, mais pretos pareciam os vestidos pretos das mulheres e os cabelos delas. Comíamos em silêncio, como nos refeitórios, e eu fingia manter no rosto uma expressão natural; em vez disso, porém, até pelo meu raro hábito de estar na casa de outros, me sentia totalmente alerta, numa curiosidade suspeitosa. Olhava para tio Alfredo, que me estudava com olhadelas. Ele também, como tio Rodolfo e meu pai, não demonstrava a idade que tinha. Isso me impressionou com frequência nos homens do Sul: tinham todos um rosa delicado nas faces, o olhar úmido e satisfeito, os dentes muito brancos. Além do mais pareciam ter muito cuidado com suas unhas, que de fato se mantinham rosadas, ao passo que bem cedo as das mulheres ficavam amareladas e secas.

Ao meu lado sentara-se Giuliano: como ele estava em mangas de camisa, seu braço nu pousava na toalha e reiteradamente roçava o meu. Era como se a cada vez, esbarrando nele, eu roçasse uma urtiga e a coceira incômoda permanecesse em minha pele.

"Vocês têm a mesma idade", disse tia Violante a certa altura. "Giuliano se tornou maior há pouco tempo: mas não se parecem de modo algum, embora sejam primos de sangue."

Nós nos viramos um para o outro, nos observando: e eu vi que tudo o que mais me desagradava num homem estava reunido nele. Não era feio, também exibia os belos olhos típicos dos homens daquela família: mas tinha um aspecto desarrumado, irônico, dissimulado, os cabelos desgrenhados, o rosto coberto de espinhas vermelhas, e sobretudo as mãos, oh, suas mãos eram horrendas: brutas, disformes, ainda manchadas pelas frieiras invernais, encerravam pesadamente o braço marcado por cicatrizes e arranhões.

"Não, não se parecem", disse Vovó.

Eu quis ser gentil e, vencendo minha aversão, me dirigi a Giuliano: "O que você faz?", perguntei.

"O que eu poderia fazer?", respondeu ele. "Trabalho no campo."

"Não estuda?"

"Por que eu deveria estudar? Afinal, não vou ser padre."

"Eu também não", disse eu, tentando rir, "ainda assim, estudo."

"Vê-se que você gosta de perder tempo", concluiu ele bruscamente.

Fiquei calada. O olhar agudo e severo da Vovó passava de Giuliano para mim, nos medindo: agora, depois de tanta distância, eu ousaria dizer que ela se divertia em nos atiçar como a dois galos, para ver qual era o mais forte. Não respondi, e me pareceu que Vovó marcou um ponto a meu favor.

Enquanto isso os homens tinham se levantado, sem esperar que termínássemos de comer a fruta. Tio Rodolfo fora para o terreiro, enquanto tio Alfredo me circundava, me observando; seu olhar deslizava pelo meu pescoço, até dentro do decote, subia dos pés ao longo das pernas cobertas por meias pretas: e eu sentia que devia permanecer parada, imóvel, me prestando docilmente ao seu olhar.

"Está cansada?", quis saber tia Violante, notando a palidez do meu rosto.

"Não, obrigada, não estou nem um pouco cansada."

"Então, vamos trabalhar", disse Vovó. "Quer começar uma meia, uma meia três-quartos?"

"Não sei fazer isso", confessei num sopro.

"O que você sabe fazer? Bainhas?", perguntou ela de novo, paciente.

"Sim, bainha eu sei fazer muito bem."

Entre nós quatro, sentadas em círculo, tia Violante abriu um grande lençol branco. "Pronto, então faremos este. Cada uma de um lado."

"E eu?", disse tia Clarice, bamboleando como uma menina. "Sem fazer nada eu me entedio, deem algum trabalho para mim também."

"Não é possível, Clarice", disse Vovó, severa, "se sente do lado e fique olhando."

"Então, enquanto vocês trabalham, eu canto."

"Está bem", assentiu Vovó. "Cante um belo hino à Virgem."

"Vou ficar aqui perto de Alessandra", disse a tia, e eu lhe dirigi um sorriso. Seus olhinhos esverdeados tinham uma água límpida como aquela que fica estagnada nos olhos das crianças.

"Cante", pedi.

"*O Maria, grembo di rosa…*",* começou ela.

Estávamos inclinadas sobre o branco imaculado do tecido: só Vovó fazia o lençol chegar à sua altura. Por isso tínhamos a impressão de costurar a seus pés, em penitência. Essa impressão duplicava minha diligência: eu costurava depressa, toda contrita e concentrada naquele ato. A cada ponto a agulha estalava na trama forte do tecido: era como um grito, um soluço. Estalava até sob os dedos da tia Violante, sob os dedos vigorosos da tia Sofia; Vovó costurava mais devagar que nós, calma, com suas mãos de mármore. Os dedos me doíam como os joelhos quando, em criança, eu ficava muito tempo sobre os bancos da igreja: mas eu não reduzia o ritmo dos pontos, assim como naquela época não me sentava para descansar: já naquela época a dor me proporcionava uma espécie de esgotamento muito doce. A expressão de tia Violante e a de tia Sofia despertavam em mim uma comoção afetuosa. Voltei a me sentir premida entre os gestos costumeiros das mulheres: ágil entre elas, minha lenda fluía como um riacho entre margens seguras. Havia, ao redor, um silêncio delicado. Somente, de vez em quando, vindas do aposento contíguo, se ouviam as vozes dos homens, interrompidas por gargalhadas ruidosas.

"O que estão fazendo?", perguntei, desviando os olhos da costura.

"O que eles poderiam fazer?", respondeu Vovó, dando de ombros. "Estão jogando baralho."

---

* "Oh, Maria, regaço de rosa…"

* * *

Os primeiros dias foram muito difíceis, para mim, na casa da Vovó: ninguém jamais mencionava a morte de minha mãe, ignorando-a a tal ponto, aliás, que eu quase pensava tê-la imaginado para sentir pena de mim mesma. O mundo em que eu sempre vivera em Roma já não me oferecia nenhum socorro e eu não me adaptava facilmente à nova ordem, rigorosa e incompreensível, à qual, dali em diante, deveria me integrar.

Além disso, até então eu estava convencida de possuir um caráter sobretudo esquivo, nem um pouco original. Estava habituada a viver de luz refletida, na simpatia que minha mãe suscitava em torno de si. Aliás, acreditava que a todos eu parecia até mesmo insignificante, por causa da minha dificuldade de expressar o que sentia.

No Abruzzo, ao contrário, todos me consideravam fantasiosa e extravagante: e o estupor que meu comportamento suscitava era — eu compreendia muito bem — impregnado de reprovação. Vovó me concedeu um longo período de liberdade e de descanso: para me recuperar do cansaço da viagem, dizia, e me aclimatar; mas essa liberdade, da qual nos primeiros dias eu desfrutava com entusiasmo, se tornou difícil de suportar quando percebi que me era concedida somente para que ela pudesse me estudar melhor. De modo que cada gesto meu, cada palavra se tornava uma confissão. Às vezes, arrependida, eu desejava substituir aquela palavra, mas meus parentes já haviam se apoderado dela, atribuindo-a inexoravelmente ao meu caráter.

Sem dúvida, na rigidez cerrada dos costumes de lá, a resignação com que eu suportava o desaparecimento de minha mãe e a distância em relação ao papai devia ser considerada reveladora de um temperamento firme e obstinado. Ninguém podia supor a que ponto eu achava desagradável a companhia diária do meu pai. E afinal ninguém, exceto Vovó, intuía o conforto que me era proporcionado pela possibilidade que eu tinha de, pela primeira vez, viver em contato com a natureza.

De manhã eu me levantava cedo, e já avistava Vovó, em pé no meio da horta. Ela segurava um bastão comprido com que, para não precisar se deslocar, dirigia as operações de colheita. As mulheres se mantinham curvadas sobre suas amplas saias de cores que se destacavam agradavelmente em meio ao verde. O tipo de silêncio era de todo novo para quem vinha da cidade: naquele silêncio, se ouvia o canto do rouxinol se elevar desenhando um rabisco prateado no ar transparente. E, sob o sol vivaz da manhã, todas as coisas resplandeciam: as folhas que se moviam ao vento, e um pequeno curso d'água que passava ali perto, e o verde-esmeralda das colinas, e a ravina cascalhenta da Majella.

A herdade não era grande, mas era repleta de hortaliças, e revelava um cuidado vigilante e atento. Logo além da herdade havia prados e pequenos bosques, entrecortados porque o terreno, naquela zona montanhosa, era todo em terraços e degraus. No bosque cresciam carvalhos e bordos; no outono as folhas dos bordos se tingiam do rosa dos corais e depois do vermelho do sangue. Naquela completa solidão eu falava com as árvores, me inclinava para colher uma flor desconhecida e me encantava até diante do desenho delicado de uma folha. Ninguém poderá jamais compreender, através da pobreza destas linhas, quanto entusiasmo me invadia naqueles momentos e quanta participação eu tinha na vida e na azáfama da natureza. Às vezes, naquele silêncio estupendo, eu ouvia, do alto de um ramo, o rouxinol me dirigir um cumprimento: ou, quando me sentava na grama, uma mancha de sol caía como um fruto em meu colo. Certa vez, era de tarde, adormeci entre as raízes de um velho carvalho como no côncavo de um ombro.

"Você gosta do campo, Alessandra?", me perguntava Vovó, ao me ver retornar daqueles passeios. "Gosta de viver no campo?", repetia, e enquanto isso se inclinava para arrancar uma erva daninha a fim de disfarçar o interesse com que fazia sua pergunta. Mas uma pergunta feita por ela sempre se assemelhava a uma pergunta emitida no Juízo Final. Eu me calava e ela me olhava: eu sustentava seu olhar. Era um olhar duro e resoluto; contudo, naqueles momentos, eu compreendia facilmente que Vovó me amava.

Durante as primeiras horas da tarde — horas de mormaço nas quais o silêncio era rompido somente pela voz de um galo ou pelo chocalho de uma vaca —, eu estudava. Pela janela, através do arabesco móvel das acácias--bastardas, passava uma luz verde tão doce que às vezes me obrigava a baixar a cabeça sobre a escrivaninha: era difícil me concentrar naquelas horas. Mas à noite meu quarto era iluminado apenas por uma tênue luminária franjada de miçangas, de modo que eu era forçada a adormecer sem ter lido. Assim que atentei para esse novo hábito, temi constatar nele o primeiro indício daquela renúncia que tia Violante previra. De resto os poucos livros, romances ou poemas, que eu trouxera de Roma e que pertenciam à exígua biblioteca da mamãe, estariam em breve exauridos, embora eu os lesse com parcimônia e frequentemente até relesse alguns capítulos. Ademais, eu precisava de livros didáticos.

Por isso, decidi falar com tio Rodolfo. Ele era a única pessoa com quem me parecia poder contar: por causa da aguda polêmica que, por meu intermédio, ele estabelecera com Vovó e com as outras mulheres da casa. Contudo, me lisonjeava que reconhecessem em mim o valor de poder servir a essa polêmica.

Eu ia encontrá-lo quase todo dia, em seu gabinete. O tio ficava ali por muitas horas, para a eventualidade de algum camponês querer consultá-lo. Seu gabinete, porém, era só aparente, e ele era o primeiro a se dar conta e a rir disso: na realidade, Vovó nunca permitia que os camponeses chegassem até lá.

Aquele lugar me agradava; ou melhor, exercia sobre mim uma espécie de fascínio: se assemelhava à sala de um velho tabelião, e não tinha o aspecto conventual característico de todo o resto da casa. A lâmpada, velada por um abajur verde, difundia uma luz calma e agradável. Estantes muito altas revestiam as paredes e, atrás dos vidros, se alinhavam grossos volumes encadernados em pergaminho. Tio Rodolfo dissera que eram livros latinos e velhos códices do meu avô, que exercera no lugar a função de jurista. Um dia me mostrara um grande volume empoeirado, dizendo que aquele era o nosso livro da família. Não sem orgulho, acrescentara que era possível localizar a trajetória de nossa linhagem ao longo de várias gerações, que nossos antepassados haviam sido probos, e todos encerraram a vida com uma boa morte. Nessas palavras, me pareceu captar uma alusão à minha mãe e por isso enrubesci, ferida. Mas logo compreendi que na mente do tio Rodolfo não havia nenhuma intenção de me ofender. Para dissipar o constrangimento criado entre nós, ele me tomou pelo braço e me indicou o desenho emoldurado de uma árvore grande e frondosa que representava nossa família. Depois me ajudou a encontrar meu nome, escondido entre os ramos mais jovens.

A árvore, tão robusta, se parecia com tio Rodolfo, e eu lhe disse isso. Ele riu, mostrando uma dentição forte e branca. Em seguida respondeu que a comparação era inadequada a ele, justamente porque não tinha filhos. "Por que não se casou, tio Rodolfo?", perguntei. Ele ficou em silêncio, voltando o olhar para a janela e se deixando ofuscar. Senti que naquele momento recapitulava sua vida e me calei, respeitosa. "Quem sabe?", disse ele por fim, concluindo seu exame e se escondendo atrás daquelas palavras evasivas. Com um sorriso amargo, acrescentou: "Existem alguns ramos que murcham para que outros ramos cresçam mais fortes".

Sua discrição me comoveu: as feições dele, ásperas, decididas, haviam se suavizado por um pudor que eu sempre pressentira em seu espírito. Éramos sozinhos, ligados por uma solidariedade forte e leal que em mim até mesmo se tornava ternura; fitei, pendurados na parede, seus fuzis de caça, seu gorro, a cartucheira, dois cachimbos, tudo o que testemunhava seus gostos de homem solitário e simples. No pano gasto da escrivaninha pousavam algumas coisas velhas que ele não ousava expulsar da própria vida: um porta-relógio, um peso de papel em forma de leão, um calendário com a inscrição *Ricordo*.

Enquanto isso o tio desdobrava diante de mim uma grande tabela em que a descendência da família era traçada de forma geométrica. Viam-se os irmãos e respectivos cônjuges que pendiam como os pratos de uma balança. As proles numerosas, em vez disso, tinham a forma de um ancinho. Ao lado do meu pai, Ariberto, minha mãe figurava com o sobrenome de solteira, e eu a via engaiolada entre aquelas linhas com os cabelos claros recolhidos na nuca e amedrontada, pálida, como quando se sentava no barco. Ao lado do nome dela tio Rodolfo, em silêncio, traçou uma pequena cruz e escreveu uma data. Pouco abaixo, meu nome e o dia do meu nascimento pendiam, sozinhos e perdidos, no vazio.

Para falar com tio Rodolfo, escolhi uma tarde em que Vovó e as tias se encontravam no vinhedo. A casa estava silenciosa e os grandes aposentos despojados recolhiam o primeiro frescor de outubro. O gabinete, em contraposição, se mostrava quente e acolhedor. Meu tio estava sentado em sua velha poltrona de couro e eu diante dele, do outro lado da escrivaninha. Ele apoiava o queixo na mão e escutava atento, fitando meu rosto iluminado pela lâmpada. Talvez se sentisse perplexo ante a minha animação: de fato, era a primeira vez que eu saía da apatia com que executava a programação cotidiana que outros determinavam para mim. Já fazia algumas semanas que Vovó me atribuíra alguns encargos domésticos, sem dúvida os que haviam lhe parecido mais adequados à minha natureza e às minhas atitudes. Tratava-se de tarefas diretivas, na maioria, e eu não podia deixar de notar que ela fora a única a perceber, por trás da frieza das minhas feições e dos meus gestos, uma capacidade ativa de gerir. Certa vez, recordo, eu devia descer à adega a fim de supervisionar o transporte de alguns garrafões de vinho para lá. "Preciso das chaves, Vovó", disse eu. Ela se deteve, impressionada com o meu pedido. "As chaves?", repetiu, surpresa. Ninguém jamais ousara pedi-las em muitos anos e minha atitude a deixou insegura. Olhou-me e no meu rosto acreditou ler uma consciência, ou melhor, uma determinação que a fez decidir se render. Lentamente, afastou o avental e tirou da cintura o grande molho prateado das chaves. Estendi a mão: ela ainda hesitou um momento e disse: "Tome", com uma voz que eu não conhecia. Partia de seu íntimo, de seu ventre, era a voz com a qual eu imaginava que se falasse a um amante. Fiquei estupefata ao pegar aquelas chaves que brilhavam na penumbra do corredor. Eram frias, pesadas, e me parecia ter sacrificado alguma coisa aceitando-as, como a noviça que oferece a cabeça à tonsura. Desci correndo a escada da adega, voltei ofegante a Vovó. "Tome", disse, devolvendo-lhe as chaves. Parecia-me ter vencido uma batalha.

Tio Rodolfo me escutou sério, me perscrutando: depois, com um leve sorriso que de início pareceu irônico, me deu uma cédula de cem liras que ele acabava de puxar do bolso.

"Isto é para comprar os cadernos", disse. "Quando precisar de mais dinheiro, me peça; e prepare a lista dos livros: pedirei que me enviem de Roma."

No ímpeto do agradecimento, me pus de pé, porque desejava abraçá-lo: mas temi que meu gesto pudesse parecer atrevido e me contive.

"Obrigada", exclamei, "oh, obrigada, obrigada." Gostava de estar ligada a ele por um complô tramado para me restituir a paz e a felicidade.

"E escute", continuou ele, baixinho, me chamando com um aceno, "você tem um bolso?"

Surpresa, assenti, mostrando-lhe o avental que vestia.

"Venha cá, pegue isto. Leve-o sempre com você."

Olhei o objeto que ele deslizara em minha mão: era um chifre de coral vermelho.

"Guarde-o no bolso, não o mostre a ninguém. Este é um lugar onde se vive entre maus-olhados e bruxarias. Sobretudo quando não quer permanecer escondida entre os ramos", acrescentou, sorrindo, e apontando nossa árvore genealógica. Então, ao ver meu nome aprisionado entre aquelas frondes, senti que me faltava o fôlego; ao meu redor, outros nomes se comprimiam densamente, e me lembrei do que minha mãe dissera, nos dias anteriores à sua morte: "Não existe pessoa livre, ninguém é livre. A liberdade acaba poucas horas após o nascimento, quando nos impõem um sobrenome, nos enxertam numa família. A partir de então já não podemos fugir, nos desvincular, ser, em última análise, verdadeiramente livres. O grande edifício do registro civil é a nossa prisão. Estamos todos esmagados naqueles livros, esfacelados, despedaçados; até as mulheres jovens, até as crianças pequenas. Nosso caminho é seguido, registrado, controlado. Aonde quer que você vá, os homens que escrevem naqueles livros a perseguem".

Fascinada, eu olhava para o quadro em que meu nome aparecia imprensado entre o de Giuliano e o de uma prima, morta com poucos anos. Gostaria de me soltar daqueles ramos invasivos, de abrir espaço para mim: no entanto, as frondes, me escondendo, pareciam me proteger. As famílias que eu conhecera em Roma não podiam de modo algum ser comparadas a uma bela árvore. Mas desde quando estava no Abruzzo eu sentia ter também, como aquele pinheiro, as raízes profundamente mergulhadas na terra, e intuía que isso se devia, de modo especial, à minha condição de mulher. Por essa condição me parecia que todos esperavam alguma coisa de mim, uma coisa que ainda não estava definida em minha consciência mas que, com desalento instintivo, eu intuía possuir. Passava a mão sobre meu busto, que era pequeno, levemente arredondado, e recordava as faces imóveis das mulheres que toda noite me olhavam da porta negra do altar, seu busto cheio e triunfante. Eu era o ramo da árvore pelo qual passava a linfa, branca como o leite das plantas. Não, eu dizia para mim mesma, não. E me refugiava no pensamento sobre minha mãe; sua lembrança me proporcionava aquela ambição presunçosa que uma pessoa experimenta em possuir um título nobiliárquico; de minha mãe eu me adornava, me envaidecia. E a essa altura Vovó já me permitia isso: em virtude de certas qualidades sólidas que iam se manifestando em mim, ela me perdoava essa mania inocente. Às vezes, quando estávamos juntas na cozinha ou na sala, eu começava a contar as histórias de Shakespeare, como minha mãe fazia quando eu era menina. Tia Violante abandonava a agulha e seu belo rosto regular palpitava, acompanhando o desenrolar do enredo; já tia Sofia trabalhava com mais empenho, fingindo não me escutar. No final, tia Clarice batia palmas.

"Como você conta bem!", exclamava. "É uma história real?"

"Não", dizia Vovó secamente, precedendo minha resposta, "na vida essas coisas nunca acontecem."

Eu tentava protestar, reunia minhas informações históricas para demonstrar como os Malatesta, por exemplo, tinham de fato habitado a cidade de Rimini, e portanto não era improvável que a tragédia se baseasse num fundamento real.

"Não", contrapunha Vovó, incisiva. "Não insista, Alessandra. Quando se casar, você também compreenderá que essas são lorotas, fanfarronices."

"Não quero compreender isso, Vovó", eu me rebelava.

"Vai compreender ainda assim."

Por causa da estatura da Vovó, parecia impossível alguém se aventurar a discutir com ela. Eu invocava minha mãe em meu auxílio, mas sua pessoa, diante da de Vovó, era tão frágil que eu não podia obter dela nenhum apoio eficiente. Além disso eu descobrira que Vovó, em minha ausência, costumava falar da mamãe como "aquela desgraçada"; e os outros seguiam seu exemplo. Essa palavra, dirigida à mais querida criatura que jamais existira sobre a terra, me fazia sofrer profundamente: eu não podia suportar ouvi-la circular baixinho pela casa. Por isso decidi falar sobre o assunto a Vovó, com franqueza. Era um entardecer, antes do rosário: ela estava sentada em sua grande poltrona e eu, de pé, não conseguia chegar à sua altura.

"Não há nada de ofensivo nessa palavra, Alessandra", respondeu, depois de ter refletido por um instante. "Exprime somente compaixão e piedade."

"Não quero que se compadeçam dela", retruquei impetuosamente. "A mamãe preferiu morrer a ceder aos compromissos que muitas outras mulheres aceitam com facilidade. Não sei o que vocês pensam dela, neste lugar, não sei o que os padres insinuaram. Minha mãe não fez nada de ruim (compreenda, Vovó), nada de que devamos nos envergonhar."

Vovó me olhava com um misto de estupor e satisfação: em seus olhos eu captava aquela fagulha imperceptível com que, eu já disse, ela frequentemente se divertia em me espicaçar como um galo.

"Acredito, Alessandra", respondeu, calma. "Você diz e eu acredito. Mas mesmo depois do que você me disse, e talvez também por causa disso, continuarei pensando que sua mãe foi desgraçada. É uma desgraça não saber ser dono das próprias reações, dos próprios instintos. Dono da própria vida, em suma. É uma desgraça possuir tal temperamento."

Friamente, como para erguer entre nós duas uma barreira intransponível, eu disse:

"Meu temperamento é igual ao dela."

Percebi que a atingira porque ficou pálida: mas logo se refez, extraindo segurança de um olhar atento, que ela deslizava sobre mim.

"Não é verdade, Alessandra, creio que já a conheço o bastante: não é verdade. E você está errada quando julga que sua mãe foi uma mulher extraordinária. Extraordinárias são as mulheres que não se deixam arrastar…"

"Ser levadas pelo rio…", interrompi-a, seguindo um pensamento meu.

"Se você preferir: que permanecem firmes, em suma, que não se deixam arrancar pela corrente como arbustos sem vigor. Eu", acrescentou com um esgar, "não tenho nenhuma indulgência para com elas. As mulheres vivem uma vida contrária ao seu temperamento e à sua natureza, aos seus sentimentos e aos seus impulsos: por isso devem ser muito fortes. Os homens não precisam se obrigar a ser fortes: foram contemplados com sua ousadia, assim como nós com nossa fraqueza. Por outro lado, nunca sentem um impulso verdadeiro. E, quando o sentem, eles o seguem, e pronto", acrescentou, rancorosa. "Um homem tomba na guerra: é um herói. Ainda que seu heroísmo tenha sido inconsciente. Ah!", fez Vovó batendo a mão no braço da poltrona e se erguendo na majestade de sua estatura. "Mas quantas vezes uma mulher deve morrer conscientemente, em sua vida miserável de todo dia?"

Disse essa frase com uma voz terrível, que, à distância de anos, eu ainda ouço. Na luz tênue do crepúsculo seus olhos cintilavam. E, ouvindo-a falar daquele modo, eu tinha em mim, como quando chegara, uma irrefreável sensação de medo.

"Não", murmurei, balançando a cabeça, "não, Vovó, não, não…"

"Venha cá", disse ela com uma voz grave que certamente lhe parecia muito terna. "Ainda assim, é belo ser mulher. São as mulheres que possuem a vida, como a terra possui as flores e os frutos. As flores têm vida breve, assim como a luz clara da manhã. Mas a noite… veja como é bela. O erro está em acreditar que se possa tirar tudo da vida. A vida sempre nos exige alguma coisa, e à vida sempre se deve dar."

Para além da janela se estendia o campo que eu já conhecia tão bem, e a luz do crepúsculo, ao mesmo tempo doce e triste, me sugeria uma vontade enorme de chorar. Eram justamente a suavidade da hora e o harmonioso desenho das montanhas que me transmitiam aquela dor pungente.

"Vovó", chamei-a, para que me socorresse na perturbação que me vencia. "Filha", respondeu ela, pousando a mão em meus cabelos.

Entraram as tias e as mulheres da cozinha para o rosário: ao prepararem as cadeiras, a pia de água benta, as velas, passavam ao meu lado, caladas em suas longas saias escuras, iam, vinham, e seus passos me atavam, me envolviam como fios invisíveis. Eu não podia deixar de admirar a altivez melancólica dos gestos que elas repetiam, iguais, dia após dia, e que, justamente por causa daquela melancolia incessante, mantinham-nas prisioneiras. Um calafrio me percorria a espinha: eu queria fugir dali, me liberar num grito; no entanto, o instinto me impelia a acrescentar minha vibrante força àquela ordem taciturna e operosa. Sentia a vocação de me mover com um passo semelhante ao delas, apartado de qualquer entusiasmo ou aventura. Ajoelhei-me num canto e lancei todo o meu ardor na prece. Mas meu ardor nunca se exauria.

À noite, enquanto ainda estávamos sentados à mesa, com frequência alguns familiares vinham nos encontrar: nossa parentela era vastíssima, porque, no Abruzzo, até os primos em terceiro ou quarto graus são considerados próximos. As visitas haviam se tornado mais frequentes após minha chegada, já que todos — mesmo não demonstrando isso — tinham uma viva curiosidade de me conhecer e de ver como era a filha de uma desmiolada que se matara por amor.

Em pouco tempo todos me chamavam pelo nome, me tratando por você: e, sem aquelas fórmulas de cortesia que ao menos a familiaridade escassa deveria impor, me pediam que lhes trouxesse um copo d'água, um cinzeiro ou uma cadeira. Assim que eu desviava o olhar, os parentes me observavam atentamente, se detendo em cada detalhe da minha roupa, que no entanto era por demais modesta. Vinham em casais, na maioria, e às vezes os homens apareciam sozinhos, explicando que a esposa estava ocupada com uma criança, a qual a impedia de sair, por causa de uma doença ou uma birra. Os homens daquele lugar permaneceram em minha memória como alegres, de excelente caráter e generosos; quando vinham sozinhos, se arriscavam a me trazer de presente uma fruta ou uma *ciambella*, subtraída ao guarda-comida da casa e apressadamente escondida no bolso; gostavam de brincar, se mostravam hábeis em fazer jogos de adivinhação com baralho, e na conversação, desenvolta e fácil, com frequência mencionavam certos episódios inocentes de sua vida quando solteiros. Em contraposição, nas ocasiões em que vinham com as esposas, me diziam apenas "Boa noite, Alessandra", e os mais velhos me davam um tapinha no ombro para me assegurar da benevolência com que julgavam meu caráter e a triste história da minha vida. Essa atitude me ofendia sem que eu ousasse demonstrar meu ressentimento.

Embora erroneamente, eu tinha a impressão de que os homens eram de estatura modesta e as esposas, altas e imponentes. Eles se reuniam em grupo, para conversar, e as mulheres, contentes por estar sozinhas, volta e meia os espiavam com um olhar atento. Todas, como Vovó, sorriam pouco; e, se às vezes eu me deixava levar por um leve impulso de alegria, olhadelas severas me interrogavam imediatamente, com aborrecida surpresa. Vestiam-se sempre de preto, e por isso sobre elas pesava o tempo todo um ar de luto recente: a conversa, em geral relativa às situações cotidianas, era entremeada por suspiros e comentários sobre a aspereza da vida de uma mãe ou de uma dona de casa.

As visitas se prolongavam consideravelmente desde quando tio Rodolfo adquirira um rádio moderníssimo, que captava as estações mais distantes. Até mesmo naquelas zonas rurais já começava a se difundir a notícia de que dali a pouco entraríamos em guerra. Essa era uma palavra a que eu não conseguia dar um significado exato: a outra guerra acontecera antes do meu nascimento e, se meu pai — que participara dela nas divisões de saúde — a mencionava, me parecia que ele estava se vangloriando, se beneficiando de uma lenda. Recordo que para mim era impossível compreender de que modo se fazia a guerra e onde os soldados encontravam coragem para se lançar ao ataque, friamente, por motivos que com frequência eles mal conheciam. Por isso, naquela época, eu começara a ler os jornais, mas os artigos de política logo me cansavam e eu não conseguia prosseguir a leitura. De resto, a natureza das notícias fornecidas pelos periódicos era sempre a de não despertar nenhuma apreensão. Os camponeses, me vendo passar, largavam o cachimbo e perguntavam: "Já que vem de Roma, a senhorita sabe dizer se é verdade que haverá guerra?". Eu respondia que havia deixado Roma fazia tempo e que, segundo os jornais, tudo ia bem. Eles então, tranquilizados pelas minhas palavras, voltavam ao trabalho. Só as mulheres desconfiavam: toda noite ouviam: "O que diz?", perguntavam, embora a conversa tivesse sido demasiado clara. Um instinto nativo as tornava desconfiadas, e por isso tentavam captar o verdadeiro sentido daquelas palavras, aparentemente inócuas. Tia Violante, olhando para Giuliano, dizia a meia-voz: "Já estão chegando os cartões de recrutamento". Os camponeses vinham se despedir da Vovó, quando o cartão chegava. Eram jovens, e em seus olhos transparecia uma incerteza angustiada. "Dizem que vamos para a África", repetiam todos. Vovó os encorajava, assegurando que se tratava de uma viagem belíssima: conheceriam novas terras e voltariam logo porque, sem dúvida, a guerra iria poupar o nosso país. Eles sorriam confiantes e aturdidos, dizendo: "Em Roma, se preocupam conosco".

Também sorriam os homens que, toda noite, vinham escutar o rádio; pareciam se ver diante de um capricho repentino cujos motivos não compreendiam plenamente, e que no entanto imaginavam benévolo. "O que se entende do que eles querem, em Roma?", diziam. Não havia aversão em seu tom: no máximo, uma tolerância compassiva, como se na capital soprasse um doce vento de loucura. Acreditavam-se cúmplices de uma brincadeira que não traria consequências. Eram um tanto originais, porém não maldosos, em Roma. Eu, em Roma, conhecia as pessoas que iam trabalhar, voltavam para casa, comiam, dormiam e iam de novo trabalhar.

"Não estão contentes, em Roma", eu dizia, recordando certas noites lúgubres, quando a escuridão descia sobre o pátio. Mas eles sorriam, balançando a cabeça. "E agora, por que querem fazer a guerra?", perguntavam as mulheres. "Quem sabe?", respondiam os homens. Em seguida acrescentavam, à maneira de uma tirada espirituosa: "De vez em quando eles querem fazer alguma coisa. Talvez esta de agora lhes agrade".

Riam, e os outros acabavam aderindo àquela risada. As mulheres, que de início os fitavam inseguras, por fim se deixavam vencer também, se adequando à cômoda convicção de que eram os homens que deviam tratar desses assuntos obscuros de política e de guerra. Pouco a pouco, até eu me deixava dominar pela confiança deles; ao redor havia um belo silêncio pacífico, a lua iluminava o campo, as árvores fiéis: nada de ruim parecia poder se instalar no mundo. O rio Sangro corria alegre aos pés da Majella já embranquecida de neve. Logo chegaria o Natal. Eu ria: sim, claro, isso também seria bom e eu não sabia a que exatamente aludíamos. Mas queria que tudo estivesse pacífico ao meu redor, uma feliz promessa, porque eu era jovem e uma longa série de anos e de acontecimentos me esperava. Acompanhávamos nossos visitantes até a porta, eles se despediam com efusões cordiais. Súbito eu afastava meu pensamento de Antonio, que, fazia algum tempo, provocava em mim um incômodo sentimento de culpa.

Outro pensamento me angustiava, naqueles dias: e estava ligado às condições em que viviam os habitantes dos campos e dos pequenos povoados, semelhantes àquele onde eu morava. Da minha janela se podia ver o vilarejo descendo em direção ao vale e à torrente. Era um vasto amontoado de pedras sob as quais parecia impossível que alguém pudesse encontrar abrigo: e apenas a fumaça que saía das cumeeiras negras fazia suspeitar um rastro de vida humana.

Em pouco tempo eu começara a gostar de adentrar os becos estreitos que passavam diante daqueles casebres. E de repente se extinguira a curiosidade jubilosa que o conhecimento de novos costumes e novas paisagens sempre desperta em mim. As moradias eram todas de pedra bruta; e nenhuma tinha por base a calma confiável do terreno plano. Uma se apoiava na outra e os tetos formavam outros tantos degraus: desse modo se agarravam ao flanco da montanha buscando proteção contra o vento e contra o frio, que no inverno era bastante rigoroso. O calor, ao contrário, abrasava aquelas pedras calcárias a tal ponto que nas casas os moradores se sentiam cozinhar, como o pão entre as pedras do forno.

O vale era amplo, rodeado por colinas e montanhas que o estreitavam num perímetro circular. As montanhas se tingiam de rosa ou de amarelo segundo a posição do sol e, ao sol, pareciam benéficas e acolhedoras. Mas, no flanco das montanhas, nasciam como fungos, verrugas, e separados entre si por vales e riachinhos, outros burgos miseráveis de cujo centro o campanário se erguia como um grito.

164

Aflita, eu me aproximava das portas daqueles tugúrios, olhava lá dentro: eram antros escuros e enfumaçados. Um pouco de luz passava por uma fresta e ali, no peitoril rústico, um gerânio florescia numa lata. Enegrecidas pela fumaça do fogão, ainda assim as cozinhas mantinham aquela nobreza que mais tarde reconheci em qualquer casa ou pessoa no Abruzzo. E apesar da miséria do lugar, e dos trapos nos quais as mulheres e as crianças se envolviam, entre aquelas paredes se concentrava apenas o cheiro bom da madeira seca, prestes a ser queimada. Direi até que aquele cheiro era específico de todo o vilarejo, como de um grande depósito de lenha: um cheiro vigoroso que, mesmo no verão, sugeria a ideia da neve e da lareira.

As mulheres tinham o rosto moreno e apagado sob o lenço negro; me observavam, e tudo de mim — desde o caminhar, a atitude, até a cor clara dos cabelos — as espantava. "Bom dia", dizia eu com um sorriso. E elas nunca sorriam, respondiam: "Entre", sem se perguntar o porquê da minha curiosidade ou solicitude. Tudo lhes era indiferente, percebi: me olhavam compadecidas, como se eu, que passeava com um cão, devesse ainda compreender a tremenda carga que era a vida cotidiana. Eu lhes pedia notícias dos homens, os quais raramente se encontravam no local, durante a estação boa. "Estão labutando", respondiam, mas sem ostentação ou pena: porque a labuta é própria do trabalho, e no trabalho está o pão.

Certa vez me aconteceu ouvir uma mulher responder com desprezo: "Ih! Eles labutam no verão, os homens. É pesada a labuta da terra, maior que a da casa, a casa defende, a terra mata. Mas no inverno os homens dormem junto ao fogo, fumam cachimbo e repousam. Nós, não. Os filhos nascem também no inverno, a polenta precisa ser cozida. A terra repousa, a casa nunca repousa". Terminou a frase num tom em que o ódio estava concentrado, coagulado. E continuou, após uma pausa: "Até nós mesmas vamos labutar nos campos, quando vem a colheita ou a semeadura. Também labutamos quando vem a guerra. A guerra é dos homens. Eu tive três maridos", dizia, calma, sem o constrangimento que, ao dar essa informação, qualquer mulher da cidade sentiria. "O primeiro morreu na África, o segundo na Espanha. Agora", acrescentou alteando um pouco o tom estridente da voz, "quero ver onde mandam o terceiro morrer."

Eu sabia que ela era uma mulher jovem, mas em torno de sua boca, na testa, junto aos olhos, as rugas eram sulcos na pedra; couro era a sua pele, morena como a de Sista; como Sista, ela não tinha idade. Casara-se poucas semanas antes, porém continuavam a chamá-la "a viúva Martina". Eu me sentara e a olhava, enquanto ela sovava a massa do pão; as mangas arregaçadas descobriam o antebraço forte e musculoso, semelhante ao de um homem jovem. As mãos, se abrindo e fechando na massa mole e adesiva, revelavam um impulso violento que se descarregava naquele gesto. De repente me lembrei da sanha com que Sista impelia o ferro de passar sobre a camisa do meu pai.

"O que vocês fazem?", perguntei baixinho.

"O que deveríamos fazer?", respondeu ela, começando a sovar com empenho. "Eles estão em Roma, nós estamos aqui, paz para eles, e esperamos. Esperamos e agradecemos a Deus o fato de que não nos cabe decidir as guerras, enviar os cartões de recrutamento. A nós cabe apenas labutar. O resto cabe às pessoas instruídas, aquelas que leem jornais, leem livros."

Achei que ela se referia a mim, pessoalmente: por isso me afastei, rápida, já sem olhar para as casas nem cumprimentar as mulheres. Fazia algum tempo, me parecia que seria eu a decidir a morte do terceiro marido de Martina.

Eu tentava falar dessas coisas com tio Rodolfo. Àquela altura, descia com frequência ao seu gabinete; lia, enquanto ele escrevia, nós dois reunidos no círculo da mesma lâmpada. Nas pausas da leitura, erguendo os olhos até a parede, eu via uma só fotografia de quando ele estava no front, audaz, o pé apoiado sobre uma rocha, braços cruzados, bigode petulante. Ocorria-me relacionar aquela audácia às ilusões que ele devia ter tido, na juventude, quanto a ser amado pela sorte e pelas mulheres. Se tivesse morrido na guerra, e dele restasse aquela imagem, "que pena", diriam, "tinha a vida inteira pela frente, quem sabe quantas coisas não teria feito". Agora já não era um homem jovem, vivia numa casa velha, num vilarejo remoto do Abruzzo, mantinha as contas do meeiro num grande registro, e eu sabia que era submisso à mãe, a qual podia dispor dele com um gesto.

Ao pensar em seu destino, de repente comecei a temer pelo meu; não queria que decaísse, que se adaptasse facilmente à mediocridade, como fizera o dele. Sentia calafrios ao suspeitar que minha força poderia ser apenas aparente, como aquela do tio Rodolfo na fotografia; talvez eu também viesse a ser sufocada, atropelada, porque me faltava a dureza necessária para resistir.

Além disso, eu me dava conta de não ter nenhuma experiência da vida: a solidão me deixara mimada, e quase todos os meus conhecimentos eram, na realidade, somente literários: aprendidos com os livros, ou com minha mãe, que transformava qualquer acontecimento em fábula. "Eu serei sempre jovem", dizia ela, "seremos sempre jovens", me garantia, numa feliz excitação. Talvez tio Rodolfo também pensasse assim quando se fazia fotografar apoiando o pé sobre uma rocha, no tempo da guerra. Agora minha mãe estava morta, e tio Rodolfo exibia uma dobra molenga sob o queixo, enquanto escrevia no livro de contas.

"Você estava contente, naquela época, tio Rodolfo?"

"Quando?", perguntou ele, surpreso, erguendo a cabeça dos papéis.

"Naquela época", repeti, apontando a fotografia.

Ele se virou, acompanhando meu gesto, e disse: "Naquela época, sim. Era um tempo belíssimo, o mais bonito da minha vida". Sorriu olhando o vazio, como se revisse pessoas lugares imagens, e aquele sorriso o rejuvenesceu. "Mas não somente pelo fato, muito importante, de eu ter pouco mais de vinte anos. Havia em nós, então, uma confiança natural, uma bondade cívica, uma solidariedade com o próximo que nos fazia rir com facilidade, contentes, sem reticências nem suspeitas..."

Calou-se de repente, como se temesse ter se deixado levar a falar demais, e me lançou um rápido olhar a fim de conferir o efeito produzido por suas palavras.

"Agora, ao contrário", disse eu, baixando a voz, "ninguém está contente, não é?"

"Isso mesmo, agora parece que ninguém está mais muito contente."

Baixou de novo a vista para os papéis. Mas pareceu refletir sobre minha pergunta, porque tornou a olhar para mim, tentando adivinhar o que se escondia nela. Eu não ousava aprofundar as causas desse descontentamento: mas bastava recuar com a lembrança para perceber que ele havia sido compacto, opaco, denso, ao meu redor, desde quando eu era menina. No entanto, ninguém jamais ousava falar disso, nem mesmo Fulvia e eu, quando estávamos sozinhas no terraço e tocávamos nos mais espinhosos assuntos. Tio Rodolfo não desejava que eu continuasse aquela conversa e me pedia isso com um olhar humilde e constrangido.

"Não se pode dizer que não estamos contentes, não é?"

167

"Não", respondeu ele, balançando a cabeça. "Ninguém diz. Nem mesmo eu disse, nunca, até agora. E lamento que você seja a primeira a me perguntar isso: porque pertence a uma geração muito distante da minha. E aos seus contemporâneos certas coisas parecerão até incompreensíveis: mas antigamente, quando voltei da guerra, certas coisas se adequavam à nossa segurança, à nossa afoiteza, era natural tomar certas atitudes, na época: a partir dos riscos e dos incômodos que havíamos sofrido, nos parecia termos obtido o direito de impor aos outros a presença clamorosa da nossa vida, da nossa força, da nossa lei. Não, vocês não poderão jamais compreender como tudo isso era natural, naquela época: e saudável, fácil, sem armadilhas. Tínhamos pouco mais que a sua idade: o mundo parecia começar a partir de nós, de nossas terríveis experiências. Naquela época...", repetiu, apontando o retrato. "Depois voltei para cá, para o campo, me fechei neste gabinete e na descoberta de uma vida pessoal, interior. Também me enamorei: foi uma longa história", acrescentou, com um sorriso tímido. "Em suma, eu me fechei no âmbito dos meus interesses, casa terra família, perdi qualquer segurança, arrogância, e, além disso, devo reconhecer, a vida cotidiana desgastou em mim o entusiasmo, a participação genuína em certas coisas que pertenciam a um tempo remoto, a uma idade perdida. Outros se fecharam nos escritórios, se casaram, formaram uma família. Já ninguém falava, como antes, com tanto empenho, de certas coisas. E enquanto isso certas coisas mudavam, se transformavam, se agigantavam: nosso próprio silêncio as agigantava. Agora...", concluiu, abrindo os braços.

Ele me olhava, esperando de mim uma absolvição, ou uma resposta veemente. E eu não sabia muito bem a que ele queria aludir com suas palavras, mas compreendia que pretendia se referir à dificuldade de atingir os ideais que havíamos preestabelecido para nós: ou seja, à dificuldade de viver que é ilimitada, desanimadora, e que eu sempre pressentira no desespero pelo qual meus raros momentos de felicidade se faziam acompanhar. Eu tinha poucos anos, era menina, e já conhecia os rostos melancólicos das mulheres que se debruçavam para o pátio; via os homens saírem, bem cedo, voltarem para comer, retornarem ao escritório, comerem de novo, se lançarem na cama, cansados, embrutecidos, para dormir; conhecia a máquina aviltante que era a vida dos homens: "o dinheiro acabou", dizem as esposas, os filhos esperam com os olhos arregalados e hostis, "vou providenciar", respondem os homens, e saem de novo para a rua; angustiados, aflitos, e enquanto isso certas coisas acontecem e os homens deveriam pensar antes de tudo em certas coisas; mas já não são homens fortes e livres, são os chefes de uma família; o que uma família pode fazer diante de certas coisas?

Eu sentia o desejo irrefreável de cumprir uma missão perigosa e, com o meu risco, me resgatar de uma responsabilidade cujas origens eram desconhecidas por mim mas cujos efeitos dolorosos eu descobria. Eu era livre, sozinha podia arriscar tudo, até a vida: fugiria à noite, no vestido preto que sempre usava, àquela altura, e, depois de uma viagem longa e extenuante, chegaria a Roma. A cidade permanecera na minha memória como uma mancha de sol branco, de casas brancas, com o verde gritante das árvores, o azul vívido do céu: negra, segura, eu me via caminhando pelas ruas, toda concentrada numa única tarefa, que era a de dizer: "os camponeses não estão contentes", falar das casas de barro, das casas de pedra na encosta do monte, e do descontentamento que nos sufocava. Mas me desanimava o pensamento de não poder especificar esse descontentamento, de não conhecer suas causas e seus limites. Minha ignorância me fazia fremir de raiva, minhas mãos tremiam, eu olhava ao redor buscando ansiosamente um sinal revelador. Não saberia sequer para que lugar me dirigir; se pensava a quem deveria recorrer, me sentia fulminada. Um instinto obscuro me sugeria não fazer isso, você é louca?, não se pode fazer isso, convém ficar calado calado calado, de Antonio sempre se falava baixinho.

Eu queria — apesar da desconfiança que seu aspecto me incutia — falar sobre essas coisas com Giuliano. Ele era a única pessoa, ali, da mesma idade que eu: talvez pudéssemos conversar a respeito delas sem nossos parentes saberem, como, quando os adultos saíam, Fulvia e eu falávamos do amor e do modo de fazer os bebês: coisas que pareciam tão secretas quanto essas. Mas nossa aversão recíproca se revelava mais óbvia a cada dia. Ele percebera a simpatia que Vovó alimentava por mim e me combatia, embora eu não tivesse nenhuma intenção de lutar. Mesmo assim ele tentava me depreciar e, sobretudo, com ironia banal, escancarada e grosseira. E eu não era afetada pela grosseria de seus modos, mas pela vulgaridade dos sentimentos que ela exprimia. Quando me sentava para ler, na horta ou na copa, ele girava ao meu redor, me espicaçando, esperando destruir o bem-estar que me envolvia: minha vida era um círculo ajuizado, eu mesma percebia sua harmonia, que, em contraposição, aborrecia Giuliano. Talvez ele ainda não tivesse tido nenhuma mulher e essas curiosidades deviam assediá-lo: por isso o meu aspecto, que era puro e honesto, atiçava-o contra mim. "Por que você é tão arrogante?", sempre me perguntava. Certa vez me disse: "Você é feia".

"Não me importa", respondi, sorrindo. "Realmente, Giuliano, posso te garantir: não me interessa nem um pouco."

"Diz isso porque é presunçosa. Mas essa é a única coisa importante para uma mulher. Você é alta demais. É magra. As mulheres devem ter quadris, busto, um belo rosto redondo. Não vê como é magra? Nenhum homem vai te desposar, ele se machucaria só de encostar em você, na cama."

Aproximava-se, rindo, me fitando com olhos maus e desdenhosos nos quais eu percebia vibrar o desejo obstinadamente reprimido. Eu me afastava, apertando o livro ou a costura contra o corpo, para me cobrir.

"Não importa", respondia, calma, "não tenho a menor intenção de me casar."

"Faz bem ao dizer isso, até porque ninguém a desposaria, por outra razão. Você não devia ser tão arrogante."

"Por quê?", disse eu, tratando de permanecer calma; mas enquanto isso me mantinha de pé, e minhas mãos tremiam.

"Porque todos sabem que sua mãe tinha um amante."

"Não é verdade", respondi, agredindo-o com o olhar.

"É verdade, sim. Todo mundo diz. Do contrário, por que ela se mataria? Matou-se por vergonha."

"Não é verdade", repliquei enfática, "foi porque…" Mas não conseguia continuar. Era impossível definir as razões minuciosas que compunham a infelicidade da minha mãe; era impossível, sobretudo, fazer um homem como Giuliano compreendê-las. Derrotada, fugi apressadamente.

De imediato ele se precipitou em minha perseguição: "Tinha amante, sim: todo mundo sabe…". A casa estava deserta, parecia não me oferecer saída. Eu não queria ir à cozinha para que as mulheres não pudessem ouvir as palavras que Giuliano repetia, me seguindo de perto, e um instinto me advertia para não subir ao meu quarto. Eu tapava os ouvidos. Do corredor, saí para uma sacada em que ficava o cubículo de uma latrina. Entrei ali; aflita, puxei o ferrolho.

Da sacada, grudado à porta demasiado estreita, Giuliano repetia: "Tinha amante, sim. Abra. Todo mundo sabe. Deixe de ser tão arrogante".

Sua mão sacudia a maçaneta e o ferrolho era frágil. Ele conseguiria abrir. Além disso, no alto da porta havia um postigo de vidro opaco. "Abra", dizia ele, "ou eu quebro esse vidro."

O cubículo ficava suspenso no vazio porque a casa, como eu disse, era encarapitada no alto do vilarejo. Achei que eu só teria salvação se o pavimento cedesse, me precipitando sobre as pedras agudas da via ali embaixo: com alívio, me imaginava despedaçada, imóvel num gesto desesperado. A voz de Giuliano repetia: "Abra, sua idiota, abra". Sua mão batia ritmicamente na fechadura com uma insistência de pesadelo. "Até porque você continua me ouvindo: sua mãe tinha amante, sua mãe tinha amante."

O terror me invadia: eu estava certa de que ele conseguiria abrir a porta, certa de que, se ele a abrisse, eu não poderia opor nenhuma resistência e, no entanto, não sabia exatamente a quê. Suas palavras tinham me acuado ali dentro, desprovida da segurança e da liberdade dos meus gestos. Por uma fresta que dava para o vale, eu avistava a querida paisagem abruzense, forte e doce, que se tornara minha companheira predileta; ela, contudo, que me confortava durante todo o decorrer do dia, não podia vir em meu auxílio naquele momento. O espaço era exíguo, com um passo Giuliano me empurraria contra a parede, me obrigando a escutar aquelas palavras sussurradas em meu ouvido.

No vidro opaco do postigo, vi seu rosto se grudar para olhar para mim. Distinguiam-se os olhos, os lábios grossos e o nariz esmagado, uma mancha de carne branca. "Estou te vendo", disse ele, "estou te vendo muito bem."

E ria, ao me observar naquele lugar imundo. Eu não podia escapar ao seu olhar. Encostada à parede cinzenta, cobri o rosto com as mãos.

"Estou te vendo. Chega de arrogância, entendeu? Sua mãe tinha um amante. Não adianta você se trancar na latrina."

Passou-se muito tempo e eu não tirava as mãos do rosto para não ver a boca de Giuliano, lívida, esfacelada contra o vidro. De repente ouvi o cão latir. Ele estava lá fora e me chamava, as unhas raspavam a madeira com paciente insistência. O silêncio me confirmou que eu ficara sozinha. Então saí dali, cautelosa, e me agachei junto à mureta, ao lado do animal.

Era quase noite, e os olhos do cão mal se distinguiam, na penumbra; se via o feitio amargurado da boca, e a prega desconsolada que existe em todo focinho canino. Ele pousou a cabeça no meu colo; tranquilizado pela minha presença, logo começou a respirar com força em seu sono. O calor do corpo dele sob o pelo liso se propagava aos meus membros, confortando-os depois de uma constrição humilhante. Apoiei a cabeça na parede e, erguendo os olhos, vi algumas estrelas brancas, límpidas, aflorarem sobre o manto negro do céu. Era uma bela noite, pacífica. Eu acariciava o cão. Pouco depois ouvi a voz da tia Violante me chamar da casa: "Alessandra... Alessandra...". Não respondi. Esperava que me esquecessem lá fora, no escuro, e não somente naquele crepúsculo, mas para sempre.

À noite dormi pouco, e no dia seguinte houve o episódio do galo. Esse foi um dos acontecimentos que todos citaram como prova da minha crueldade. Quando me foi perguntado, na época e recentemente, por que eu agira daquele modo, respondi: "Não sei". Todos julgaram que eu estava me esquivando, mas era a verdade. No poleiro havia numerosas galinhas e um galo belíssimo. Desse galo se falava até no vilarejo, por suas penas frondosas, a cor verde-dourada destas, a ousadia da crista. Ele viera do Norte numa gaiola, e as criadas o equiparavam a um hóspede respeitável.

Nunca era o primeiro a acorrer quando se jogava o milho no chão: logo vinham as galinhas, festivas, sacolejando a ampla barriga como donas de casa atarefadas. Bicavam gulosas, ágeis, mas ordenadas por uma respeitosa solidariedade. Depois chegava o galo. Era alto, muito mais alto que todas as galinhas, e seu passo era majestoso, grave; caminhava levantando as patas ornadas de esporões plumados. Inclinava-se sobre as galinhas e, mirando o pescoço delas, bicava-as de súbito, cruelmente, com grande maestria. Bicava uma após outra, rápido, como se assestasse golpes de punhal. Muitas vezes uma gota de sangue manchava a gola branca e macia das galinhas. Elas fugiam, deixavam-no sozinho diante da ração restante, e então o galo, revelando uma avidez repentina, devorava rapidamente, com bicadas precisas, os grãos amarelos e volumosos do milho. Era esplêndido. No ímpeto da voracidade, suas penas se sacudiam, a barbela se acendia numa vívida cor de sangue e a crista parecia ainda mais ousada e túrgida. O pescoço, inflando sobretudo pelo bem-estar da saciedade, atraía meu olhar. Era repleto de penas, e leve, belíssimo.

Chamei-o, aliciei-o com um punhado de grãos. Ele se aproximou, pois confiava em minha voz e em minha pessoa. Avançava com seu passo cauteloso e solene; por um momento, um só olho, sob a crista ereta, me fitou, me medindo como fazia ao se aproximar das galinhas. Eu estava ajoelhada no solo: senti que ele podia me ferir, me bicar de repente, não por maldade, mas por um direito seguro que lhe era permitido afirmar. Encaramo-nos, seu olho era de pedra dura. De repente o agarrei pelo pescoço, meus dedos afundaram entre as penas, e com aversão profunda apertei seu corpo mole e luzidio entre meus joelhos.

Eu tenho mãos longas e magras: parecem mãos frágeis, à primeira vista, delicadas mãos femininas. Parecem, disse eu. Sempre tive mãos muito fortes, na verdade: e o gosto por dobrar alguma coisa com elas, despedaçar os ramos, os arbustos. Sob a mole gaforinha das penas vistosas do galo, o pescoço dele se revelava frágil, embora ainda cheio de comida: imaginei-o branco, lívido, violáceo. Apertei. Seu corpo de asas vibrantes se debatia entre meus joelhos, me provocando uma incômoda repulsa; mas, com o incômodo, minha preensão redobrava. Apertei, puxei, no quente recôndito das penas, até que o galo ficou imóvel, rolou no chão, e dali me fitava, assustador, com o olho de pedra dura.

Era manhã alta, quase meio-dia. No terreiro havia sol, entretanto pouco a pouco as belas penas do galo iam se apagando como se, com a vida, a cor também as abandonasse. Eu estava de joelhos, o vestido preto sujo de poeira. Rápida, lavei as mãos na torneira, enveredei pelas escadas frias de sombra, alcancei meu quarto e me joguei na cama, de olhos fechados, esgotada.

Embora ninguém tivesse me visto, logo confessei que fora eu quem matara o galo. As criadas me olhavam com respeito porque eu me atrevera a executar um gesto tão ousado. Discutiu-se longamente a quem cabia depená-lo. Nenhuma queria se dispor a essa tarefa, como se isso significasse continuar o delito. Por fim, uma moura robusta, chamada Adele, disse: "Eu", e pôs mãos à obra com fervor. As penas esvoaçavam ao seu redor, e seus cabelos crespos se balançavam a cada puxão. Ela disse: "Só penas, um corpo mísero".

Vovó subiu até meu quarto para me interrogar. Sua visita me fora anunciada e eu a esperava, calma, tal como havia esperado o diretor da escola depois de ter ferido Magini.

Contudo, quando ouvi seu passo na escada, uma agitação incontível me venceu. Parecia-me que eu não saberia como justificar meu ato, que, na verdade, eu não conseguia explicar nem a mim mesma. Mais uma vez, como quando era criança, gostaria de acreditar que um ser sobrenatural me possuía, meu irmão Alessandro, ao qual eu pudesse atribuir qualquer ação vergonhosa ou cruel. Agora, porém, eu já não encontrava refúgio naquelas escapatórias fáceis. Sentia-me totalmente responsável, embora incapaz de provar minha absoluta inocência.

"Por que você fez isso?", me perguntou Vovó.

Estava sentada diante de mim: seus joelhos altos sustentavam a escalfeta, a veste preta drapeada sobre as pernas parecia um pedestal sobre o qual seu busto se apoiasse solenemente.

"Não sei", respondi; e ela não acreditou. Eu me empenhava em me interrogar esperando descobrir, de repente, a misteriosa razão daquele gesto. Mas estava apenas vazia, cansada. "Não sei", repeti.

"Não é possível. Você queria comê-lo?" Eu balançava a cabeça, sorrindo. "Giuliano faria isso por despeito, talvez; mas você, não; você sabia que eu gostava muito daquele galo. Então, por quê?"

"Não sei, Vovó."

Ela pareceu decepcionada, e até entristecida: "Eu achava", disse com pesar, "que você nunca recorreria a mentiras. Já a perdoei. Não quero que tenha medo de mim. Já a perdoei. Agora me diga".

"Não sei", repetia eu, balançando a cabeça. "Não sei."

Sentia em mim um profundo e selvagem desespero. Realmente não sabia por que executara aquele gesto que eu considerava horrível, e que no entanto me proporcionara uma saborosa volúpia. Recordei a segurança de Adele ao arrancar as penas, o corpo magro do galo, o pescoço fino e flexível. "Matou-o muito bem", dissera Adele, e todos tinham olhado para minhas mãos.

"Gostaria que você confiasse em mim, Alessandra", dizia Vovó. "Tenho muita confiança em você, muita mesmo. Desde quando veio eu me sinto mais forte, embora tivesse temido muito por sua pessoa, no início: você afirmava se parecer com Eleonora. Mas não é verdade: você não se parece com sua mãe." Depois de uma pausa, acrescentou: "É comigo que você se parece".

Eu a fitava, e me fascinava seu aspecto formidável. Talvez essa semelhança, que ainda não era óbvia para mim, não demorasse a se manifestar irresistivelmente, como o impulso que me levara a matar o galo. Inclinei-me para Vovó, me pareceu estar animada por uma nova potência que agigantaria meus traços, minha estatura.

"Talvez você não se dê conta disso logo", continuou ela, "nem eu mesma sabia que sou como sou. Depois, devagarinho, fui conquistando a força: dia após dia, devo dizer. Você passa seu tempo lendo: e faz mal. Os livros nos enfraquecem, fazem sofrer, escravizam. Não devemos sofrer; devemos eliminar o sofrimento de nossa vida, se quisermos ser fortes. Só vale a pena sofrer para trazer os filhos ao mundo. Cada filho que eu trazia ao mundo era como se me sentisse vivendo mais uma vez."

Eu a contemplava, fascinada: ela era uma divindade majestosa à qual parecia natural oferecer em sacrifício sangue humano e crianças vivas.

"Vi que você gosta do campo, gosta de circular por aí. Já conhece tudo muito bem. Escute", me confidenciou em voz baixa, "a herdade é sua, veja", disse, apontando o vale e o declive da colina. "Veja como é bonita. Organizada, as videiras em espaços quadriculados, os campos de trigo em terraços até lá embaixo, até as oliveiras."

Pela primeira vez sua voz se fazia terna, comovida: era a voz de uma mulher, e não mais a de uma grande montanha.

"A herdade se estende flanqueando o rio. É banhada pelo rio, ele nutre a terra como a mãe nutre o filho. A relva cresce densa e as espigas são mais túrgidas a cada ano. Dentro em pouco, na primavera, o pomar floresce; em seguida vêm os frutos: ricos, duros, sólidos. A adega está cheia de fruta perfumada, estonteante."

Ela pegara em minha mão. "Giuliano não terá nada", continuava, "só o pouco da parte da mãe. Pouco, uma miséria. Assemelha-se ao pai; muitas vezes eu disse a ele: estude, encontre um emprego na cidade. Eu esperava uma mulher. Quanto a você, eu a julgava perdida. Quando soube que sua mãe tinha morrido, disse a Rodolfo: vá buscá-la, traga-a para cá. Na noite anterior à sua chegada, não consegui dormir."

Observávamos juntas o campo, através do vidro da janela, e os olhos da Vovó estavam brilhantes, exaltados. Depois, devagar, ela afastou o avental preto: sobre o negro da veste apareceu o molho prateado e luzidio das chaves. A luz do entardecer se concentrava no aço, que emitia reflexos incandescentes. Vovó passava sua grande mão sobre as chaves, apertava-as numa prazerosa e demorada carícia.

"Recordo o dia em que você me pediu as chaves. Pareceu-me que eu já morrera e que você estava no meu lugar. Ao descer até a adega, seu passo era firme. Seus cabelos claros se distinguiam no escuro. Sofia e Violante têm medo do escuro, você não. Você é como eu."

Passava a mão pelo meu braço, pelo ombro, num frêmito: exibia no rosto a expressão resoluta e impaciente do rabdomante que encontrou água. Imóvel, eu esperava que ela me atraísse para si, que seus braços me envolvessem. "Você não deve mais ler livros", murmurava. "Deixe-os para os homens... Eu também lia, antes de me casar, tocava harmônio. Quando seu avô morreu, mandei transportar o harmônio para o sótão e o tranquei com chave. Ainda era jovem, tinha pouco mais de trinta anos e cinco filhos para criar, a casa, a herdade: em suma, devia ser muito forte. Compreendi isso, felizmente. E me tornei forte, fortíssima." Empertigou-se, ao dizer essas palavras: talvez ela tivesse começado a crescer desde então; desde então suas mãos haviam se tornado grandes, o porte nobre. "O harmônio faz mal, é como ler livros. Você não precisa ler livros: será a patroa."

Induzida pelas palavras da Vovó, eu fitava o vale, a colina defronte, me esforçando por imaginá-los meus. Esperava uma impressão viva, um arrepio guloso e satisfeito. Tentava imaginar que aquela terra me pertencia tal como a carne dos meus ombros, do ventre, e que o rio corria em minhas veias. Mas, em vez disso, me parecia que era eu quem pertencia à terra. Não se podia ser dono da terra, era contra a natureza. De novo, e com mais força que de costume, descobri em mim a repugnância a possuir alguma coisa.

Vovó era chamada por todos de "a patroa". Era natural que a chamassem assim: aquele nome lhe cabia por um direito íntimo que não só a propriedade lhe atribuía. Naquele lugar, me dei conta, o que estabelecia a condição social era a propriedade: um campo equivalia a um predicado nobiliárquico. Vovó levava na cabeça uma coroa de rainha, embora sua propriedade fosse modesta. Ela, porém, em cada gesto e palavra, revelava a força consciente dessa propriedade. Às vezes, quando o tempo não estava severo ou nublado, se sentava no meio do campo. Uma serva levava-lhe a cadeira, creio que se tratava de uma cadeira comum, mas parecia mais alta que as outras. Sentava-se, farejava o ar, o vento, girando lentamente a grande cabeça branca. A saia recobria a cadeira, e era como se a própria terra se erguesse até ela para sustentá-la no trono. Assim, parecia justo que a terra e as árvores frutíferas lhe pertencessem, chegando até o altiplano das oliveiras. Ela as dominava de longe, como o maestro domina os instrumentos mais afastados. Sob seu olhar as árvores se arrepiavam e se despojavam dos frutos, as oliveiras se esmagavam de bom grado no lagar, lhe ofereciam o suco amarelo e denso. "Muito bom", julgava ela, séria, lambendo o azeite na ponta dos dedos.

Às vezes eu me sentava junto a uma cerejeira de leve copa transparente. "Peça-a de presente, senhorita", me sugeriu Adele um dia. Tia Sofia possuía as amendoeiras, tia Violante um bosquezinho de nogueiras; durante o varejamento, elas permaneciam vigilantes junto às árvores, e rapidamente calculavam os frutos, à guisa de moedas. Mas, ao ouvir as palavras de Adele, senti que enrubescia: me pareceu que ela queria me instigar a comprar um escravo. Além do mais, aquelas árvores pertenciam a Vovó; haviam sido plantadas por sua ordem, ela as vira crescer, cuidara delas, fizera-lhes a poda. Contava-se que certa vez, poucos anos antes, à noite caíra neve e à neve se seguira o gelo: os ramos das árvores rangiam sob o peso, se lamentando. Vovó descera ao pomar com seu bastão comprido: sozinha, começara a liberar os ramos, o gelo caía se despedaçando com barulho de vidro. De manhã, se esquivara dos protestos solícitos, afetuosos dos familiares: "Estava frio também nas noites em que Rodolfo não voltava para casa e eu o esperava na porta, também na noite em que Caterina morreu e eu a velei". Eu jamais tinha velado as árvores como se fossem filhos, e portanto as árvores não eram minhas.

Contudo, como me tratavam com maior deferência, percebi que Vovó devia ter falado a alguém sobre seu propósito de deixar a propriedade para mim como herança. Eu jamais suscitara simpatias, a não ser na gente simples: os outros pareciam se perguntar quem eu era, na realidade, e o que queria. Depois começaram a compreender que eu era a provável herdeira da terra, da casa e do outeiro. Por isso, à minha passagem, se fazia aquele silêncio desconfiado que circunda a presença dos donos. Uma menina de poucos anos se levantou do degrau onde estava sentada e me fitou com olhos firmes e temerosos. Eu não estava contente, sentia um gelo repentino nos membros, uma sinistra advertência. E, sobretudo, tinha a sensação de que dali em diante estaria sozinha, sem poder me comunicar com ninguém: "Por que você se levantou?", perguntei à menininha, sacudindo-a pelo braço. Ela, sem me responder, continuava a me encarar, atordoada. "Por quê?", eu insistia. "Por quê?" Sacudi-a com mais força, e ela não se abalava. Deixei-a despencar de volta no degrau, duramente. A menina não chorou, parecia esperar de mim aquele gesto, qualquer gesto incompreensível e impiedoso.

Eu iria ser dona do porco. Atrás da casa o porco tinha um chiqueiro imundo. Ele saía dali e fitava Vovó, que ia pesá-lo com os olhos. Fitavam-se reciprocamente, se medindo; e a gordura bamboleante do porco era apoiada por um olhar penetrante, maldoso. "Ainda não", decidia Vovó.

No bosque, os bordos estavam vermelhos quando mataram o porco. Ouviu-se, vindo do terreiro, um grito humano dilacerante, um lamento doloroso. Estávamos reunidas em torno da Vovó, na copa; costurávamos, e minhas mãos tremiam. Perturbada por aquele horrível lamento, eu queria interromper o trabalho, tapar os ouvidos, me afastar dali. Mas erguia os olhos para o rosto calmo da Vovó e continuávamos cosendo. Por fim se ouviu um berro mais agudo, um gorgolejo. "Acabou", disse Vovó, abandonando no colo o pano branco da costura.

O porco fora transportado sobre uma padiola de galhos, como um leal adversário derrotado. No terreiro permanecera o odor quente e adocicado do sangue.

Denso, aquele odor pesava na cozinha enquanto se preparava a carne do porco para o inverno. Presentes todas as mulheres, reunidas numa euforia insólita. Algumas se sentavam à mesa, outras iam da mesa até a grande pia, e seus aventais brancos estavam manchados de sangue. "Venha, Alessandra", me convidara Vovó, ao me ver na porta. "Venha", haviam dito todas, animadas por uma vivacidade infantil, "venha, venha."

Era fim de outono, dias breves. A luz quente da lâmpada que pendia acima da mesa acentuava o vermelho tenro da carne triturada, pronta para as salsichas e os codeguins, o bloco vermelho-escuro da carne magra e sem osso a ser conservado em sal. Avancei timidamente, com a sensação de caminhar na carne viva. Vovó examinava, contra a luz, as tripas do porco: lívidas, veladas, inflavam num balanço repugnante. Em seguida, considerando-as intactas, estendia-as às filhas, às criadas, para que as enchessem e atassem. Festivamente, as mulheres comprimiam a carne nas longas tripas, amarravam o barbante.

O vermelho fulgurante da carne ricocheteava nas paredes; nos cantos de sombra, parecia que manchas avermelhadas se adensavam. Num grande recipiente, o sangue luzidio e rubro espelhava a lâmpada. Tia Sofia deslocou o recipiente: o líquido oscilou, transbordou e uma camada de sangue caiu no chão, num jorro. "Boa sorte", exclamaram as mulheres. Todas quiseram molhar ali a ponta dos dedos. Com o sangue, Adele pintou duas manchas vermelhas nas faces. "O porco está morto", cantarolou, e com o sangue traçou uma cruz sobre o focinho maciço pousado na pia. "O porco está morto", repetia tia Clarice, batendo palmas.

Trabalhavam com fervor, revelando uma surpreendente habilidade, incentivando uma a outra a agir mais rápido. Com violência, socavam a carne no massudo *zampone*;* depois aproximavam do rosto da vizinha a pata unhuda, a fim de assustá-la. Riam. Eu via suas mãos reluzentes de sangue vermelho, opacas de escuro sangue coagulado. O gosto enjoativo do sangue permanecia em minha garganta com um sabor nauseabundo. De pé, Vovó afundava a faca na carne fria e robusta. Eu seria dona do porco.

"Não", disse com força, num grito. Virei-me e fugi tateando pelo corredor, os olhos toldados por placas vermelhas e móveis de sangue. "Não, não", repetia. De parede em parede, os retratos das minhas antepassadas abruzenses me acompanhavam. Eram rostos firmes, sombrios, severos. Neles eu lia a profunda satisfação de terem sido donas do porco. "Não", eu murmurava, "não"; aquela não era a minha história. Minha história estava na caixa em que mamãe, toda ciumenta, guardava os véus de Julieta e de Desdêmona.

Alguns dias depois, tia Clarice veio ao meu quarto.

"Eu queria saber, Alessandra", disse ela, se encarapitando na cadeira e deixando seus pezinhos calçados de preto balançarem no vazio, "é verdade que Eleonora morreu?"

---

* Embutido feito com a pele do pé do porco. Mal comparando, uma espécie de mocotó recheado.

Fitei-a por um instante, indecisa: me parecia que eu deveria inventar uma mentira, como se faz com as crianças.

"Se morreu", continuou ela, sem esperar minha resposta, "fico muito contente. Porque, assim, é mais uma que encontrarei no paraíso. Já tenho muita gente à minha espera: mamãe, papai, Cesira, e também muitas tias, primos, sobrinhos, minha avó, que, quando eu era pequena, me queria muito bem. Farão uma grande festa quando me virem. Não vejo a hora desse momento chegar. Quem sabe como acontecerá? Eu gostaria de poder chegar de surpresa, com todos sentados em círculo, e dizendo: 'Como você demorou, Clarice!'."

Eu estava junto dela, acariciando seus cabelos brancos, lisos, luzidios: "Você ficaria contente mesmo?", perguntei.

"Claro", respondeu, quase ressentida, dando de ombros com delicado gestual de gato, "não tenho mais vontade de estar aqui: já sou velha, fico entediada. Não faço nada o dia inteiro. O inverno passa depressa porque eu me deito ao pôr do sol e durmo; mas, no verão, os dias nunca acabam. Fico entediada: queria ir para o paraíso e ouvir música."

Sua pele cheirava a talco e bombons: "De que música você gosta, tia Clarice?", perguntei, para incitá-la a falar.

"Todas as músicas: quando escuto música, tenho a impressão de estar na igreja e me sinto bem. Eleonora tocava harmônio, quando vinha aqui: você era recém-nascida. Certa vez fomos juntas ao sótão, onde está o harmônio, e ela tocou uma música que se chamava, ainda me lembro, *Sonho de valsa*. Tocava baixinho, para que Vovó não escutasse, parece que havia ali algum mal: eu não entendo como pode existir algum mal na música, mas eu nunca entendo nada. As empregadas riem de mim, na cozinha, quando falam de coisas sujas, coisas que os homens fazem. Não entendo e me sinto contente por não entender. Não gosto de homens."

"Nunca você gostou? Nem quando era jovem?"

"Oh, não! Eles me davam muito medo, na época: agora não os julgo mais. E também, escute", acrescentou, baixando a voz, "os homens não entendem nada, estou te dizendo. Quem é que leva adiante a casa, que lava, passa, cozinha, quem é que sabe fazer doces? As mulheres. Tudo, as mulheres. Os homens bebem, ficam embriagados, brigam por causa de política, sem chegar a conclusão nenhuma. Quando eles estão em casa, é preciso dizer sempre 'sim, sim', e depois fazer totalmente o contrário. Acha que um homem saberia tocar *Sonho de valsa*?"

"Não sei", respondi com um suspiro.

"Que nada! Não saberia, isso eu te garanto. Giuliano atira e mata os passarinhos: que bravura existe nisso? Alfredo leva as camponesas para o depósito de lenha e depois todas saem coradas, desgrenhadas, como as galinhas. Que idiotas. Sabia que Rodolfo zomba de mim porque eu quero ir logo para o céu? Pois é, ele acha que é melhor ficar por aqui vendo-o jogar cartas e beber vinho."

Havia assumido uma expressão aborrecida. "Mas não se aflija…", acrescentou pressurosamente, "assim que eu chegar lá peço a Eleonora que te faça ir sem demora. Gostou?"

Sentada a seus pés, eu a encarava sem responder. A luz que descia de seus cabelos a vestia toda de branco: era como se no meu quarto, por milagre, tivesse entrado uma pomba.

"Não me respondeu", disse ela. "Entendi: nem mesmo você gostaria de morrer. Deve ser porque não quer deixar os homens. Eles já te enfeitiçaram. Do contrário, por que uma mulher não deveria desejar morrer? Lá no alto há um bom perfume de lírios, como na igreja, para o Corpus Christi. Os santos levam flores brancas nas mãos e santa Cecília toca música. Eleonora toca *Sonho de valsa*. Mas, e aqui? Aqui, trabalhar, trazer filhos ao mundo, amamentar os filhos, trabalhar nos campos, trabalhar em casa, trabalhar o dia inteiro. E sempre ter medo dos homens porque estão de mau humor, porque têm uma amante e gastam dinheiro com a amante. Sempre tremer, chorar, chorar sempre, por esses homens antipáticos. Se não estivessem enfeitiçadas por eles, por que as mulheres não deveriam desejar morrer?"

Com um pulinho, desceu da cadeira e me tomou pela mão. "Venha", disse, "vamos pedir à Vovó que nos leve ao sótão para ela tocar harmônio."

Vovó concordou: pegou a chave num escaninho e, tendo chamado as filhas, nos precedeu pela escada escura.

Subia lentamente: nós, por respeito, retínhamos o passo; e, como estávamos todas vestidas de preto, parecíamos formar uma procissão.

O sótão era claro, ao contrário do que seria de esperar: nos cantos se amontoavam velhos móveis em desuso: a janela baixa, que concluía a sucessão empoeirada das velhas traves, se abria para as doces colinas e para o céu descolorido do crepúsculo iminente.

"Cá estamos", disse Vovó, fechando a porta.

Por toda parte havia teias de aranha, mas tão organizadas e nítidas que já tinham assumido o caráter estável de decoração. O pó velava os objetos, que por isso perdiam seus contornos precisos e pareciam se mostrar sob o aspecto fantástico dos sonhos.

Tia Violante olhou ao redor, murmurando: "Não subíamos aqui há muito tempo". "Como é bonito!", exclamava tia Clarice. "Quando éramos jovens, a Vovó e eu vínhamos com frequência ao sótão para abrir os baús. Passávamos a tarde olhando, experimentando, tocando. Estão aqui os vestidos brancos de todas as noivas; o de nossa mãe, o da Vovó, os de muitas tias-avós. Nós os acomodávamos nas cadeiras, estirados, com as mangas estendidas. A seda ainda fala, faz fru-fru. Escurecia, os vestidos brancos pareciam fantasmas. Vamos abrir os baús, esta noite?", propôs, com uma vozinha convidativa.

"Não", disse firmemente Vovó, "já chega, estamos muito velhas. Não quero mais me comover. Um dia Alessandra verá tudo isso. Nós viemos aqui para ficar em paz e tocar um belo hino."

O harmônio era grande: em comparação, até os gestos da Vovó se apequenavam. Direi inclusive que, quando se sentou diante dele, ela me pareceu, pela primeira vez, dominada. Pressionou uma tecla em que estava escrito *voce angelica*, abriu uma partitura, e começou a tocar.

Era um hino à Virgem e as tias o cantavam com atenção devota. Tia Clarice, para ler melhor as palavras, subira num banquinho.

Através daquele canto comum, fui descobrindo uma íntima afinidade entre todas as mulheres da minha família. Vovó nos guiava e nós seguíamos concentradas, cada uma renunciando ao destaque pessoal da própria voz, para que o canto resultasse uniforme e agradável a todas. A expressão dolorida de tia Violante parecia abandonar seu peso, e a expressão severa de tia Sofia, se abrir à suavidade do tema.

O sótão nos reunia num tranquilo bem-estar. E eu, de repente, compreendi como era fácil, para uma mulher, entrar para uma comunidade religiosa, e que encanto eu poderia encontrar nela. Invadiu-me um vivíssimo desejo por aquela vida fervorosa e solitária, o qual se expressava no ímpeto com que eu me entregava ao canto.

* * *

Eu imaginava uma cela pequenina, de azulejos límpidos, uma janela semelhante a esta diante da qual adquiri o hábito de escrever. A sombra das grades forma uma grande cruz no chão: me adaptar àquela cruz me parecia um supremo bem-estar. Imaginava, para além das paredes, a extenuante solidão de outras mulheres semelhantes a mim e, naquela solidão, sentia se aplacarem todos os problemas que se apresentam às mulheres.

Ao retornar dos meus passeios eu avistava o vilarejo, descolorido, rude, áspero, parecido com aqueles que os santos padroeiros levam na palma da mão. Era um tétrico amontoado de pedras; as pedras formavam as casas e as casas jamais concediam saída, respiro. Eu distinguia, alta acima das outras, a nossa casa, as janelas estreitas. Entrava e, como vinha da luz externa, me inclinar naquele escuro era como me abaixar sob um jugo. À noite, frequentemente eu não conseguia dormir. No inverno, se ouvia o Sangro correr com um longínquo rufar de tambores. E, no silêncio, a casa falava; era uma casa velhíssima, Vovó afirmava que completara duzentos anos. Toda manhã, por duzentos anos, as mulheres se ajoelharam para separar as brasas das cinzas, sopraram o carvão, o fogo começara a crepitar na escuridão da casa sonolenta. Naquela casa haviam transcorrido, pontualmente, todas as horas da vida delas: ali, de meninas se fizeram mulheres, conheceram um homem no leito nupcial, pariram os filhos, envelheceram, e por fim os homens — batendo os sapatos duros nos seixos dos becos — tinham carregado seus caixões nos ombros, levando-as embora. No assustador silêncio noturno, eu sentia todas essas mulheres mortas passarem e repassarem, inquietas, pelos corredores, pelas escadas, as chaves tilintando em seus flancos: Vovó dizia ter ouvido tia Caterina rir, certa noite, muitos anos depois da morte, quando a amante do marido dela o traiu. Também dizia que com frequência se ouvia caminhar pela casa uma jovem esposa vinda do Vêneto, Ortensia Boni, morta no parto. Eu ouvia os passos de Ortensia, leves, quando o vento subia, ouvia tia Caterina rir no rangido de uma vidraça. "Você se casará aqui", me repetiam todos; Vovó falava de um matrimônio vantajoso. Portanto, aquele aposento viria a ser meu quarto nupcial, aquele era o teto que eu veria enquanto um homem se deitava ao meu lado, ali eu iria parir. "São leitos confortáveis", dizia Vovó, "leitos de ferro, é possível se ancorar neles." Bastava tirar da parede o crucifixo para pousá-lo em meu peito, quando eu morresse.

Queria me rebelar contra esse destino sórdido: sentia que havia em mim a força para, de algum modo, ser portadora da mensagem que minha mãe me confiara. Imaginava-me num laboratório, vestida de branco, entre provetas e destiladores. Não. O que me atraía era sempre o ser humano. Então logo depois me via vestindo toga, num tribunal. Atrás de mim estava sentada uma mulher de meia-idade, com as mãos apoiadas nos joelhos. Eu falava, me exauria. "Salvem-na", dizia, "ela é inocente." Repetia: "Senhores jurados, ela é inocente, todas as mulheres são inocentes". Mas eu não podia ser advogada, minha timidez me impediria. No entanto, sentia que fazer alguma coisa pelas mulheres era minha tarefa, eu devia fazer isso, mesmo ao custo de me anular, me sacrificar. Uma voz dentro de mim me chamava: "Faça-se santa", intimava. O calor de uma comunidade feminina me atraía irresistivelmente. Eu ansiava por me ver encerrada numa cela pobre com um catre rude, como Clara em Assis. O rosto de são Francisco a mim se apresentava abatido, do outro lado de uma grade. "Meu Deus", eu murmurava, estendendo os braços ao longo dos flancos. "Meu Deus, Senhor, tomai-me."

Mas não acreditava. Quando pensava em me fazer freira, pensava, na realidade, em exaltar a mim mesma. Obstinava-me no aperfeiçoamento de mim mesma, me queria a cada dia mais límpida, mais pura, um ser extraordinário, uma mulher maravilhosa. Eu podia ser santa sem rezar, sem pronunciar os votos. "Sim", minha mãe me incitava com sua doce voz, "sim, faça-se santa." O rosto magro de Antonio atrás das grades da prisão substituía pouco a pouco o rosto pálido de são Francisco. Ele tinha os olhos brilhantes de febre. "Alessandra", dizia, "Alessandra." "Sim", eu respondia exausta, num sopro, "sim, santa por amor."

Foi justamente naqueles confins do Abruzzo, quando minha aparência era selvagem, meus cabelos maltratados, e meu corpo humilhado sob as vestes pretas, que tomei consciência dos atrativos do meu aspecto físico.

Espelhava-me no rio, nas árvores, e dos atrativos do campo extraía confirmação dos meus atrativos pessoais. A estação me deixava mais bela, tal como adornava e embelezava as moitas ou os canteiros: minhas mãos desabrochavam como cólquicos sobre o negro opaco da veste. "Como sou bela", eu pensava, olhando minhas mãos contra a luz. Eu ardia como a terra do prado, como a areia do rio, e o ritmo pulsante do sangue me trazia uma imagem na qual me parecia ter me tornado mulher de repente.

Acontecera havia poucos dias. Eu vinha descendo a escada externa que levava ao terreiro e trazia nas mãos uma jarra cheia de água fresca tirada da fonte. Era a hora parada e seca da sesta. A esquina da casa lançava uma sombra azul sobre a escada, por isso eu descia devagar, para me manter naquele frescor. O terreiro, a horta e os campos jaziam na brancura ofuscante do sol.

Ouvi um estertor rouco, raivoso, a que outro estertor logo respondia. Parei, e a água balançou na jarra.

Dois homens batiam milho no terreiro. Estavam de torso nu, o peito e os ombros reluzentes de suor. Ambos tinham nas mãos um açoite comprido, e, enquanto um o baixava sobre as espigas para debulhá-las, o outro, levantando-o com um impulso vigoroso dos braços e dos ombros, fazia-o voltear no ar. Um se erguia, o outro se abaixava, como duas engrenagens da mesma máquina. Haviam adotado um ritmo igual, monótono, alucinante; era no ato de baixar o açoite que deixavam escapar aquele grito rouco, desesperado, um estertor.

Eu me mantinha imóvel, apoiada na parede. Aquele movimento regular, rítmico, me fascinava, eu não conseguia desviar os olhos dos dois homens. No sol o tórax deles brilhava, a pátina luzidia do suor era um espelho. A sombra da escada se tornava ardente, abrasada, as cigarras estridulavam e o sangue pulsava nas minhas têmporas com o ritmo ousado daqueles braços másculos em movimento. Os dois homens não tinham me visto: eu respirava devagar, para que não pudessem me descobrir. Permanecia ali, fascinada, sem poder afastar meu olhar daquele ritmo. Sobressaltava-me a cada golpe do açoite e, na sombra fria, meu corpo se cobria de suor, tal como os corpos deles na investida do sol. Nunca se cansavam. Parecia-me que era a minha presença oculta que os incitava. Eu queria que não parassem, que continuassem para sempre. Sentia que seria eu que desmaiaria na escada. Quando me pareceu não mais resistir, encostei os lábios à jarra e bebi avidamente. A água fria escoava dos meus lábios para o decote do vestido. "Você voltou, Alessandro", murmurei. "Vá embora."

Desde então, até o dia em que conheci Francesco, nunca mais acreditei ser bonita; e de fato, mesmo no Abruzzo, enquanto as outras moças da minha idade eram assediadas, cortejadas, eu era considerada por todos um ser extravagante, sem sexo nem idade.

Somente tio Alfredo, quando me olhava, parecia me achar interessante. Contudo, em seus olhos eu sempre descobria um traço de ironia condescendente. De fato, ele parecia saber de algum delito meu e me manter sob seu controle, mesmo me concedendo a liberdade. "Como você representa bem!", me dizia com os olhos. Fumava, calado, me seguindo enquanto eu tirava a mesa, costurava ou me ocupava com a rotina da casa. "Eu te conheço pelo que você é", dizia sua mirada. Eu ficava tentada a me virar bruscamente e enfrentá-lo: "Pois bem, fale, o que você quer? Abra o jogo". Não conseguia manter uma atitude tranquila enquanto tio Alfredo me observava, sua presença toldava tudo. Parecia que ele me reprovava por enganar meus parentes, me disfarçando de moça honesta. "Eu sou honesta", gostaria de lhe responder. Em vez disso, silenciando, aceitava sua cumplicidade.

Da companhia da esposa e da cunhada, tio Alfredo parecia já estar cansado; à noite preferia descer à cozinha e ali bebericar uma taça de vinho, em pé, brincando com as empregadas. Fazia algum tempo que demonstrava interesse por mim; me incitava com algum chiste medíocre. Tia Violante o deixava agir, tratando-o como a um menino que se compraz com um novo capricho. Contudo, vigiava até que ponto o capricho chegava. "Não", me acenou com a cabeça, numa noite em que ele me convidou para acompanhá-lo à colina a fim de vermos o eclipse lunar. O mesmo fez tia Sofia quando o ouviu, certa vez, me pedir um pouco de vinho; e eu não perguntava o motivo daquelas interdições.

Ele era o único a falar de minha mãe. "Era bonitinha", dizia. "Ia tomar banho no rio porque sofria com o calor. Era bonitinha." Enquanto isso me olhava: e sob seu olhar minhas roupas se tornavam transparentes e minha pessoa, abjeta, ordinária. Eu não podia suportar a ideia de que minha mãe também tivesse sido observada por ele daquela forma. Fechava os olhos, tentando esquecer que ambas éramos mulheres e que muitas coisas nos ligavam, inclusive as experiências sórdidas e repugnantes que toda mulher silencia a outra. "Venha cá", parecia me dizer tio Alfredo, "venha cá, eu sei que você pensa em certas coisas."

Eu o desprezava, ele era um covarde. Seu atrevimento, ostentado no pacato círculo familiar, mostrava a trama de uma pusilanimidade natural.

"Desliguem o rádio", dizia, pálido e raivoso, quando escutávamos estações estrangeiras, "desliguem, não quero me aborrecer." Parecia que era justamente sua covardia que o impelia para mim, confiando em todas as pequenas covardias que existem em todo ser humano, que também existiam em mim, contra as quais eu lutava.

Vovó nunca escutava tio Alfredo quando ele falava. Certa vez ela me chamou para perto de si com um gesto e disse: "Tranque seu quarto com chave, à noite". Tia Violante estava ali, e tia Sofia também ouviu. Não perguntaram o motivo, e eu queria perguntar, esperando que respondessem: "Existem ladrões no campo, ladrões de galinhas: você poderia levar um susto". Mas ninguém me disse nada. À noite, girando a chave na fechadura, minhas mãos tremiam de vergonha.

Dediquei-me com todo afinco ao estudo. Ficava muitas horas à escrivaninha, até sentir os olhos cansados, vermelhos, as costas doloridas. Dizia a mim mesma que era preciso fortalecer a mente a qualquer custo, ampliar meus conhecimentos. Sempre pedia novos livros a tio Rodolfo, ou então dinheiro para comprar cadernos. Escrevia frequentemente a Roma, me mantinha em contato com os amigos, os colegas de escola, informava-os sobre o progresso dos meus estudos, das minhas leituras, decidida a me restringir ao círculo dos meus interesses prediletos.

Muitas vezes as cartas de Fulvia mencionavam o propósito que meu pai nutria de se mudar para uma nova casa. De início acreditei que, nos aposentos sombrios da Via Paolo Emilio, a lembrança de minha mãe não lhe desse paz. Talvez ele a ouvisse tocar piano, suplicar-lhe insistentemente que a deixasse ir. Sista a procurava por toda parte, me escrevera Fulvia. Sentava-se no escuro, na cozinha, e a chamava: "Senhora...". Certa noite entrara na casa das Celanti, pálida, atordoada: "Escutei na escada os passos da Senhora, que subia para o apartamento deles", dissera.

Eu, ao contrário, já não sofria pelo desaparecimento de minha mãe. Tinha certeza de que ela decididamente confiara sua memória ao compromisso da minha vida de mulher: de fato, o motivo e o modo de sua morte me legavam uma grave responsabilidade. Eu não poderia me aviltar sem aviltá-la.

Se falasse dessas coisas com tia Violante, eu tinha certeza de que ela me compreenderia. Talvez para que falássemos do assunto, ela com frequência subia ao meu quarto e me fazia companhia enquanto eu estudava. Lia os títulos dos meus livros e depois me fitava, perplexa. "Não creio que seja bom saber tantas coisas", dizia. "Acho que quanto mais coisas se conhecem mais difícil é viver."

Tia Violante era muito bonita, apesar de sua expressão melancólica, uma expressão de mulher enlutada. Não raro ela repetia que quando jovem pintava as unhas, as quais eram longas e abauladas como amêndoas. Ao anoitecer abríamos a janela e observávamos as árvores em flor, os prados verdes. Eu começava a compreender que há uma janela na vida de toda mulher. Ao primeiro indício de abril, tia Violante dissera a meia-voz, com despeito: "Agora sentimos falta até mesmo da primavera".

Olhei para ela, e sua perturbação me contagiou; no céu azul, convidativo, no mole abandono da terra, em toda parte eu podia vislumbrar uma ameaça insidiosa à minha paz.

"Tia Violante", disse baixinho, "minha idade é muito difícil."

Eu queria que ela me tranquilizasse, como talvez mamãe faria. Em vez disso, respondeu, séria: "Eu sei. Mas você é muito forte, em você não se poderia reconhecer a moça que eu fui. Quando eu era jovem, me parecia... Não, é ridículo...".

"Diga."

"Parecia-me ser feita de vidro. Qualquer bobagem me magoava, me fazia chorar: bastava a chuva ou uma expressão da minha mãe. Não se podia conversar com ela, porque nos impunha sujeição. Devíamos viver todas apertadas no espartilho. Vocês têm sorte por ter sido abolido esse uso do espartilho. Então, meu único passatempo era esmagar as flores entre as páginas dos livros; às vezes eu as copiava em aquarela. Era cansativo conviver com Sofia, que tinha um temperamento arrogante, duro, e me condenava sempre, sem misericórdia."

"A tia Sofia?", perguntei com espanto.

"Sim. Agora está mudada. Está muito mudada. Aconteceram muitas coisas em vinte anos. Está mudada, pobre Sofia." Houve uma pausa constrangedora, e depois ela continuou: "Sim, sua idade é inquieta, mas breve. Depois vem uma idade muito difícil. A cada dia se espera que tenha acabado. E no entanto é inexaurível, esta terrível meia-idade. Você é forte, felizmente. Eu sou muito religiosa e tenho Giuliano. Quando Giuliano se casar, terei netos. Penso sempre no nascimento dos filhos de Giuliano. Estarei então muito ocupada; as crianças choram, à noite; eu gosto de me levantar à noite, de acalentar as crianças. Mas não é justo que uma mulher as acalente toda noite, que as faça crescer, cuide delas e as instrua, e depois venha a guerra. Dizem que haverá guerra, dentro em pouco. A mim parece impossível: existem filhos demais na Itália para que se possa realmente fazer a guerra. Você acha que eu conseguirei esconder Giuliano? Temo que deverei sofrer também essa experiência. E depois ficarei velha, enfim. Velha".

À repetição dessa palavra, se difundia nela uma paz estupenda: cada músculo de seu rosto se distendia, a pele era uma pedra polida.

"Ah!", fez a tia, num longo suspiro de alívio. "Eu também terei direito à minha velhice. Gostaria de engordar. Aliás, não creio que esteja muito longe: tenho quarenta e dois anos."

"Não parece", observei.

"Não importa. Já estou muito à frente. Tenho direito a envelhecer", repetiu, com um leve ressentimento. "Sofia é muito mais nova que eu."

Do alto avistávamos tia Sofia se movendo no amplo espaço do terreiro. Dava ordens a alguns trabalhadores braçais: precisa, séria, se concentrava em sua tarefa, a que aderia totalmente mas sem convicção. Pela primeira vez me dei conta de que ela era esbelta e tinha quadris roliços, gestos harmoniosos. Devia ter trinta e nove anos; a idade da minha mãe quando tocara no concerto, a idade de Lydia quando saía com o chapéu preto para ir encontrar o capitão.

"Ela é jovem", murmurei.

"Sim", disse tia Violante. Fez uma pausa e acrescentou: "Ela também vai envelhecer".

Fitava-a com intensidade raivosa. Até mesmo a chamou: "Sofia... Sofia...", pelo prazer de vê-la se voltar, de fazê-la obedecer. Tia Sofia logo voltou a baixar a cabeça e recomeçou a trabalhar. "Está muito mudada, pobre Sofia", dissera tia Violante. Certa vez Adele mencionara um rancor entre as irmãs e, sobre tia Violante, dissera: "É ciumenta". Recordei, de repente, o tom com que tio Alfredo chamava "Sofia", a docilidade que ela demonstrava ao servi-lo, primeiro dirigindo um rápido olhar à irmã, como que para obter o seu consentimento. "Não", haviam ambas me sugerido de maneira resoluta, tendo nos olhos a mesma expressão consciente.

"Ela também vai envelhecer, pobre Sofia", disse tia Violante se reclinando no espaldar, como se abandonasse uma luta. "Envelheceremos todas, graças a Deus."

Àquela altura, quase toda noite amigos e parentes vinham ouvir o rádio, porque se dizia que a guerra estava próxima. Nós nos sentávamos em torno do aparelho, esperando que a costumeira voz arrogante começasse a falar. Agora falava sempre da impaciência que todos tínhamos de participar da guerra. Embora vivesse num círculo restrito, eu duvidava fortemente que isso fosse verdade; já que nenhum de nós sentia ódio por aqueles que deveríamos atacar nem amizade sincera por aqueles com quem deveríamos combater. Na realidade, todos eles nos eram igualmente indiferentes: e eu sentia que aquela indiferença era a nossa culpa.

Às vezes parecia impossível que algo de novo estivesse realmente para acontecer: os dias eram iguais àqueles que os haviam precedido, e bastava não ligar o rádio para ignorar tudo, desfrutar da natureza e da vida cotidiana. Eu relembrava minha infância; recordava o que minha mãe me dissera sobre a guerra, o horror que Hervey sentira desde criança por tudo aquilo; ela me explicara inclusive o que significava "objetor de consciência". Essas coisas, contudo, se afiguravam adequadas a Hervey, à mamãe, ao mundo extraordinário deles, que parecia estar para sempre vedado a mim e aos meus contemporâneos.

Claudio, em suas cartas, se referia frequentemente à possibilidade de uma guerra. Espantava-me que até ele, tão pensativo e reflexivo, aceitasse essa desgraça ao modo de um fenômeno meteorológico, uma precipitação atmosférica. "Eu queria revê-la, antes de partir", escrevia. Tampouco se afligia por mim, por aquilo que poderia me acontecer. Pensava, talvez, que éramos ambos responsáveis por essa catástrofe e devíamos pagar por ela juntos; aliás, sua atitude me convencia de que minha responsabilidade era equivalente à dele; e a de todas as mulheres, equivalente à de todos os homens.

Comecei a lamentar não ter jamais sentido nenhum interesse pela política e ser obrigada, pela minha ignorância, a me valer das afirmações alheias.

Até então, embora me empolgasse facilmente com qualquer assunto, os problemas políticos haviam me entediado. E, assim que percebi em mim, confusamente, a presença dessas curiosidades, logo compreendi que eram coisas a manter ocultas, como a presença de Alessandro. Por isso queria ignorá-las, me contentando em participar das conclusões que a voz do rádio nos fornecia. Mas não podia deixar de constatar que era uma voz antipática, a qual usava tons e palavras diferentes daqueles que durante toda a minha vida eu aprendera a amar. Era uma reação instintiva. E então, na sequência dessa reação instintiva, eu tentava ao menos imaginar a dor que sentiria ao ver o país invadido por exércitos estrangeiros, por tropas que falavam uma língua diferente da nossa. Sei que poderá parecer uma heresia, até mesmo um sacrilégio, mas essa hipótese me deixava, recordo, de todo indiferente. Rebelava-me só ante a ideia da desordem que aqueles homens armados trariam ao lugarejo onde eu vivia; me aborrecia imaginar o barulho dos passos deles no terreiro, sabendo que faria qualquer coisa para impedir, a eles e a nós, um ato de violência. Tentava me afeiçoar sobretudo ao nome "Itália", repetia-o internamente com afeto, até me enternecer com a lembrança de certas páginas lidas na escola. Então, num impulso comovido, eu saía a descoberto, "É a Itália", pensava, olhando as pistas brancas das ruas pelas quais nossa gente passava: mulheres que carregavam jarras na cabeça, camponeses com fardos de palha, rapazes descalços. Gente nossa, eu pensava, e sentia por eles um impulso de afeto, uma ternura suscitada não tanto por sua condição de gente pobre ocupada em trabalhar, quanto pela de gente empenhada em viver. Esforçava-me por imaginar o que eu sentiria se os camponeses que capinavam ali perto fossem estrangeiros, em vez de italianos. Não experimentava nenhuma rebeldia, nenhuma hostilidade, mas sim o desejo de falar todas as línguas, de me entender com todos os povos.

Muitas vezes, de manhã, no céu que encimava as montanhas surgiam zumbindo esquadrilhas de aviões reluzentes, metálicos. Aquele zumbido penetrava nos meus ouvidos como uma broca; aquele zumbido, sim, me era insuportável pela determinação precisa que expressava. Atravessavam o ar azul, rápidos, decididos, e, inevitavelmente, à sua passagem todos os passarinhos fugiam. O sol se refletia com um lampejo maldoso em suas asas abertas, a paz do campo era maculada. No vale fechado, o fragor dos motores arrancava um eco das encostas das montanhas sonolentas, a terra se sacudia, as árvores estremeciam, a água do rio se encrespava num arrepio. E, fragmentando os raios do sol, os aviões lançavam sobre a terra uma sombra fria, como fazem as nuvens que precedem o temporal. Aquelas sombras passavam por cima de mim uma após outra, me provocando calafrios; o zumbido eliminava de minha mente qualquer imagem, de meus ouvidos qualquer palavra doce.

Nas asas dos aviões se viam, pintadas em círculo, as três cores da bandeira italiana, e eu as odiava. Os grandes círculos passavam ameaçadores, alternando sobre mim o calor do sol e a sombra fria. Eu sentia medo. Até então jamais conhecera o medo, e isso me enchia de vergonha e desgosto.

Certa noite, em meio às outras pessoas, veio um rapaz vestido de preto e eu logo entendi que era aquele que Vovó me destinava para marido. "Levante-se daí, Giuliano", disse ela, a fim de que o rapaz pudesse se sentar ao meu lado. Quando ele se sentou, Vovó o avaliou com uma longa mirada; em seguida correu sobre mim o olhar, se empenhando em me considerar objetivamente, e seu rosto mostrou uma expressão satisfeita.

"Quer mais uma fruta?", me ofereceu tio Rodolfo. "Um pouco de vinho?" Compreendi que, com aquelas palavras, ele tentava romper a incerteza gélida que nos envolvia; queria me induzir a pensar que aquela era uma noite como as outras e que eu, em sua opinião, continuava a mesma, uma jovem que ele tinha o dever de proteger. Fitei-o nos olhos, num doce impulso de agradecimento. Voltou-me à lembrança a história que me fora contada sobre seu longo amor. Era uma mulher casada, me dissera Adele. Encontravam-se de madrugada: ela saía de casa, cautelosa, e o esperava no fundo do jardim, o rosto coberto por uma echarpe de tule. Ao observá-lo, naquela noite, me pareceu fácil compreender como era possível esperá-lo ansiosamente a cada noite. Sem dúvida ela se lançava de imediato naqueles braços, em seu peito largo. Desejei estar no lugar daquela Emilia que o amara tanto. Emilia, um nome gracioso. "Estou apaixonada por ele", pensei, com um arrepio de horror. Era o irmão do meu pai, trinta anos mais velho que eu. No entanto, senti que apenas nele eu poderia confiar: ficaria feliz por ir ao seu encontro, como Emilia, por me dar de presente a ele. Recordei num instante o modo como ele me olhava quando eu entrava em seu gabinete. "Como você caminha bem, Alessandra!", me dissera um dia. Eu enrubescera, mas rira para mudar de assunto e ele logo concordara em fazê-lo.

Nós nos fitávamos nos olhos, para além do espaço branco da toalha; estávamos sós, numa solidão religiosa. Então ficou claro para mim que ele me amava: eu também o amei por um instante, desesperadamente: foi um dos momentos de mais intenso amor da minha vida. O parentesco me atraía de maneira irresistível, por não sei qual antiga afinidade que estimulava um vínculo perigoso e fascinante. Ele tinha as belas mãos do meu pai, mas as suas eram fortes, nobres. Com a mão ele me apontou meu vizinho e disse: "Você não conhece Paolo? Ele não vem muito aqui, mora em Guardiagrele".

Era um rapaz bonito, embora pouco alto; logo me dirigiu sua atenção e eu notei que ele tinha um sorriso simpático. "A senhorita estuda, não é?", me perguntou. Em seguida perguntou se eu gostava do campo.

Foi Giuliano quem respondeu em meu lugar. "Ela gosta, sim. Gosta de se levantar tarde e ir passear com o cachorro, de se sentar embaixo de uma árvore e ler. Voltar para casa, encontrar o almoço pronto, ir dormir no prado. Colher ramos floridos, arruinando a plantação de amendoeiras. Colocar as flores nos jarros, flores do campo, boninas. Também gosta de esganar os galos, despedaçar a lenha com as mãos, como fazem nas carvoarias. Tem horror ao porco cru, mas o assado ela come com grande apetite. Creio que gosta do campo", concluiu com uma risada áspera.

Vovó o expulsou da mesa com uma olhada.

"Por quê, Vovó?", tentei dissuadi-la sorrindo. Voltei-me para meu vizinho e disse: "É verdade".

Rimos juntos, e um bem-estar se espalhou pela sala.

Paolo voltou muitas vezes, porque logo se estabelecera entre nós uma simpatia sólida e vivaz. Fazia muito tempo que eu não convivia com pessoas da minha idade, exceto Giuliano. Paolo era inteligente, sincero: a mim bastava olhar seu rosto, seus cabelos desalinhados numa desordem juvenil para me sentir alegre. Quando ele estava, eu ria com frequência e, em suma, me divertia.

Não me recordo do que falávamos: ele não tinha os mesmos interesses que eu, creio que em geral me contava sobre sua vida no campo; mas sua presença conferia ao meu dia um sabor saudável e jovem. Assim que ele chegava, eu — passando entre as sombras pretas das tias — ia ao seu encontro com uma luz alegre nos olhos. Frequentemente olhava para o relógio, me entristecia quando ele ia embora. Nunca nos deixavam sozinhos, e aquela vigilância contínua me aborrecia, porque expressava uma suspeita que não podia se referir, em absoluto, às relações que transcorriam entre mim e Paolo.

Ele me olhava sorrindo, um pouco surpreso com meus modos desenvoltos: eu sentia que, de início, ele estivera prestes a me julgar mal, e depois fora logo desarmado pela sinceridade da minha conduta. No entanto, eu sempre fora reservada até demais, em comparação com minhas contemporâneas: mas, ali, o hábito que eu tinha de revelar gostos pessoais, de expressar opiniões, parecia até uma desfaçatez: as mulheres traziam escondida qualquer paixão como se se tratasse de uma culpa, e só ousavam manifestar as que sentiam por Deus e pelos filhos. De modo que às vezes — derramando nestas toda a carga das outras — acontecia de exagerarem: rezavam dramaticamente, sem pudor, envolviam com tanta força os filhos nos braços que os corpinhos pareciam sufocados no abraço materno. Paolo dizia que eu era diferente das outras moças. "Você nunca costura", me explicava, "não prepara seu enxoval. Aqui, entre nossa gente, as moças preparam o enxoval desde que são meninas. Trabalham com paciência. Quando alguém vai encontrá-las, elas têm sempre as pernas cobertas por um grande lençol branco em que estão trabalhando."

"Você gosta dessas moças?", eu perguntava.

Ele respondia: "Sim".

Caía entre nós um silêncio melindrado. Eu tinha vontade de chorar. Durante alguns dias interrompia os estudos e, mexendo penosamente minhas longas mãos, aprendia a fazer tricô. Em suma, tentava aderir a um modelo de mulher que não pudesse reservar surpresas. Mas não conseguia. Previa que Paolo não voltaria mais.

Ele, porém, voltava sempre. Dizia: "Conversar com você é como fazer uma excursão pela montanha: a cada curva da trilha se descobre uma paisagem nova. Com você, se fala de coisas diferentes daquelas das quais estamos habituados a tratar com as moças". Mas pouco depois se interrompia, arrependido de ter se deixado levar; então me perguntava se eu gostava de crianças.

Em casa, ninguém me falava dele; e eu percebia o perigo daquele silêncio. Tia Sofia, quando ele vinha, me chamava de sob a janela: "Alessandra, Paolo está aqui". Muitas vezes, num impulso repentino, eu queria dizer: "Falem do assunto, vamos falar disso". O silêncio das minhas parentas me prendia num cerco; eu sentia que algo se estabelecia, ganhava forma; e me propunha a avaliar até que ponto esse domínio descortês sobre minha pessoa ousava avançar. Era um desafio entre mim e Vovó. E mais ainda: entre mim e uma tradição humilhante. Eu sabia que nenhuma moça, no Abruzzo, recebe frequentemente um rapaz se não for o noivo: do contrário nenhum outro iria querer desposá-la, e a ela só restaria encontrar marido na cidade. Além disso desejava polemizar sobre um costume bastante difundido entre os camponeses: ou seja, o de fazer os noivos se casarem assim que o pedido é feito e o dote estabelecido. Depois da cerimônia, ela volta para a casa dos pais, e o marido também retoma sua vida em família. Às vezes se passam anos até que possam montar uma casa e viver juntos, já que o matrimônio acontece quando eles mal saíram da adolescência. Desse modo, porém, se ele, cansado, abandonar a esposa, a reputação dela não fica comprometida.

Nos campos, se via uma ou outra moça acompanhada por um rapaz que pousava o braço em seus ombros. "É o marido", me diziam. Amorosamente se davam as mãos, se beijavam à sombra de uma árvore, a esposa encostada contra o tronco, abraçada. "É o marido", me asseguravam. Ao crepúsculo, na melancolia que precede a noite, deviam se separar, voltar cada um para a própria casa. As estrelas despontavam, os grilos limavam o ar inebriante do verão e a coragem necessária ao afastamento. As mulheres acompanhavam o casal por um trecho, o mais demoradamente possível, como se tentassem retê-lo. Paradas, viam os dois se distanciarem, saudando-os com a mão até que a sombra da noite os ocultava. "Por que não podem ficar juntos?", eu perguntava. "Ele ainda não tem dinheiro para comprar a cama, para manter os filhos." Eu imaginava as moças encarando os homens, imobilizando-os numa acusação impiedosa. Eles prometiam: vai ser logo, resolverei logo, conseguirei esse dinheiro, nem que o roube. Adele dizia: "Se não existe a cama, existe a grama fresca do prado".

À noite, já se tornara muito difícil ficar estudando: parecia que, no encontro direto com a natureza, toda curiosidade se exauria, e que no giro do sol já estivesse revelado o mistério que regula o universo. A verdade de cada religião estava no ar, assim como a poesia e também a música. O perfume da grama cortada me envolvia a cabeça. Paolo se anunciava com um leve assovio.

Então eu fechava os livros, descia correndo a escada, entrava na sala de jantar e, no ímpeto, a saia preta girava ao meu redor. Eu sorria, dali a poucos dias iria completar dezoito anos. Parecia-me estar representando um belo papel de protagonista.

Desde quando Paolo vinha me encontrar, a vida se tornara mais fácil, a casa mais luminosa, meus parentes revelavam uma ternura insuspeitada. Certo dia Vovó quis que eu a acompanhasse a um aposento do térreo onde ninguém entrava, à exceção dela, e que em outros tempos fora utilizado como capela. "Entre", disse Vovó, me impelindo pelos ombros e fechando imediatamente a porta atrás de nós.

Era um grande cômodo mal iluminado, com paredes pintadas de violeta. Ao redor, armários escuros e imponentes o revestiam; alguns eram de formato nobre, semelhantes àqueles que se veem nas sacristias. Eu tinha a sensação de ter penetrado num subterrâneo onde havia muito não se filtravam ar ou luz. Armários e paredes, preto e violeta, se confundiam numa escuridão opressiva. "Cá estamos", disse Vovó com um timbre de satisfação. Seus olhos expressavam a alegria de ter me feito cair numa armadilha: a porta espessa não deixaria escapar nem mesmo um apelo desesperado da minha parte, a janela era protegida por uma grade. Fiz menção de dizer alguma coisa.

"Psiu!", impôs Vovó, me fazendo atentar para seus gestos. Afastou o avental e a sombra se sobressaltou ante o mágico fulgor das chaves. Ela as tateou, apalpou-as, escolheu uma e, depois de tirar a penca da cintura, aproximou a comprida chave reluzente da fechadura de um armário preto. Delicadamente, introduziu a chave no buraco, quase temerosa de que o armário se rebelasse contra aquela violência e se abatesse sobre ela, fulminando-a. Por fim, afastou as bandas da porta e a escuridão do aposento foi dissipada pela alvura da roupa de cama arrumada nas prateleiras.

Vovó abria os armários um após o outro, espiando ansiosamente a admiração em minha face. O lugar se vestia de uma brancura luminosa. "Veja", dizia ela, "veja." Pegou-me pelo braço e quis que eu me aproximasse de um grande armário aberto: "Toque", me incitava. Ela mesma guiou minha mão, acompanhando-a enquanto esta deslizava sobre os dorsos frescos dos lençóis. "Toque", insistia.

"São muitos", dizia ela, "sabe quantos?" Hesitou, avaliando minha capacidade de manter segredo; depois disse: "Mais de duzentos. Duzentos e dezesseis. Alguns são novos, intactos, ninguém nunca os desdobrou, talvez você venha a fazer isso, ou uma filha sua. Melhor que seja a filha de sua filha", acrescentou como se ilustrasse um sonho. "Este…", e deslizou a mão por uma superfície de linho bordado. "Este é o seu lençol de noiva. Tem a inicial A, veio no dote de minha mãe, que se chamava Antonietta. Veja: A."

A inicial era aprisionada entre ramos e frondes. No alto trazia um amor-perfeito, como uma jovem que trouxesse uma flor na cabeça. "Estes", disse ela, "são os lençóis das crianças."

Abraçou-me. Permanecemos paradas naquela brancura com perfume de espigueta, e eu era quase da altura de Vovó. Ela me acariciava a fronte, recolhendo em sua grande mão todos os meus pensamentos. Parecia-me já não estar vestida de preto, não calçar sapatos pretos, não ter os cabelos presos numa trança. Dócil se apresentava a mim o sonho de todas as moças: eu estava vestida de noiva e todos me sorriam. "Como é bela", diziam, ao me ver passar. Depois eu me estendia sobre o lençol de linho bordado e Paolo ria comigo, éramos jovens juntos.

"Estou tranquila", continuava Vovó, "já tenho pronta uma tumba que dá para esta casa." Do cemitério, estendido sobre o verde flanco da colina, se dominava o vilarejo como do alto do paraíso. "Eu a verei. Você deve se levantar cedo, ser sempre a primeira. A casa dorme, os homens dormem, são preguiçosos, esperam que o café lhes seja levado na cama. Nessa hora, você é realmente a patroa. Faz a ronda dos aposentos, dos corredores, desce à despensa, à adega, aqui embaixo, abre e fecha com as chaves. Leve-as sempre na cintura. Quando se deitar, ponha-as debaixo do travesseiro. Eu não conseguiria dormir se não sentisse as chaves debaixo do travesseiro. No dia em que eu morrer, você já sabe onde encontrá-las."

Desde aquela noite, Vovó com mais frequência me manteve próxima. Queria ser compreendida só com um breve aceno, um olhar: de fato, eu a compreendia. E justamente aquela afinidade me consternava. Agora era preciso até mesmo me esconder para estudar. Se ouvisse os passos dela na escada, guardava os livros. Recorri a tio Rodolfo mais uma vez, pedi-lhe que intercedesse junto a Vovó a fim de que ela me deixasse ir a Sulmona para as provas. Enquanto os dois discutiam, eu aguardava sentada no gabinete, como se esperasse ser indultada. Mas, ao voltar da conversa, o tio abrira os braços em sinal de resignação: Vovó respondera negativamente.

Fui até a janela para não mostrar a ele os meus olhos, cheios de lágrimas. Através de um tremor denso, eu via o verde vale fechado pela Majella como por um corpo estorvante, intransponível.

"Ainda farei tudo o que puder", murmurava às minhas costas tio Rodolfo, se desculpando.

"Lamento ter te pedido dinheiro para os livros", disse eu, sem me virar. "Vou te pagar tudo."

Eu o feria, queria feri-lo. Houve outra conversa entre Vovó e ele. Falaram longamente, fechados na sala. Eu soube depois que o tio não tratara só de mim, mas também de minha mãe, e daquela Emilia a quem ele tanto amara. Por fim Vovó entrara em acordo com o filho: "Você diz que, depois desse diploma do liceu, ela terá terminado?". Numa pausa, parecia ter calculado o tempo, os dias. Por fim, decidira: "Pois bem, que vá".

Eu ia a Sulmona acompanhada pela tia Sofia. Estávamos um tanto tristes, vestidas de preto, e todos nos olhavam. Sulmona, recordo, era muito empoeirada, eu tinha sede o tempo todo. As moças que esperavam comigo a vez de ser arguidas usavam vestidos floridos, se penteavam, pintavam os lábios. Uma delas me perguntou se eu era uma noviça.

Respondi que não, mas me parecia ser mentira. Eu estava tolhida naquele constrangimento que sempre sofro quando há muita gente: uma sensação de amor ilimitado por aqueles que me circundam, o qual não consigo externar de modo nenhum. As provas não me pareciam difíceis, nas escritas tentei ajudar meus colegas, sobretudo as moças. Eles aceitavam, mas depois me olhavam com desconfiança, se perguntando qual objetivo eu me propunha: ninguém intuía a verdade. Eu desejava me sair mal em pelo menos uma prova, talvez parassem de me olhar daquela maneira, iriam se compadecer de mim, me confortar: mas me saía sempre bem. Ao deixar a sala, me sentia envergonhada e acreditava que isso se devesse à minha alta estatura.

No último dia, quando fui me informar sobre os resultados, tio Rodolfo me acompanhou. Nas ruas de Sulmona, a novidade de me ver sozinha com ele me fazia prender a respiração: caminhávamos afastados, sem nos fitarmos, e, quando nossos olhares se encontravam, nós os desviávamos imediatamente, como se queimassem. Ele me apresentava a cidade, os edifícios, eu falei de Paolo, contei até sobre Claudio, sobre as cartas que recebia; mas nem um nem outro pareciam existir de verdade, era como se eu os inventasse naquele momento.

Fui aprovada com louvor: enquanto lia as notas, alguns colegas me observavam e eu dava risada, com a impressão de que tudo aquilo era um presente, um crédito que estava sendo aberto para mim e que eu não merecia. Tio Rodolfo me deu o braço e, quando saí, todos me cumprimentaram.

Lá fora havia um sol forte, as pedras cintilavam. Eu tinha em mim uma alegria incontível, ria por qualquer coisa, e me parecia vislumbrar em toda parte uma excitação insólita, provocada, talvez, pela minha presença. Tio Rodolfo me observava enquanto eu ria, enquanto eu caminhava, enquanto eu me movia: por isso me parecia rir, caminhar e me mover com mais gosto. Bebemos um vermute e, não habituada, aquele pouco álcool incrementou minha despreocupada euforia. "Estou velha", eu falava, "daqui a alguns meses irei para a universidade." Veias, membros, cabelos, nada bastava para conter minha juventude. "Velha", repetia. No rádio anunciaram que convinha escutar uma transmissão às cinco da tarde. Previ que todos os parentes viriam a nossa casa para escutá-la e, talvez por causa daquele vermute, comecei a rir deles como jamais fizera. "Não tenho vontade de vê-los", dizia, "vontade nenhuma." Então tio Rodolfo me propôs almoçarmos em Sulmona e voltarmos no trem das seis.

Preciso abrir espaço para esta lembrança, em meio às outras: é muito importante. Durante os anos que se seguiram, quando eu vivia com Francesco, e mesmo agora, muitas vezes esta lembrança atravessa minha mente, como um trem com todas as luzes acesas atravessa o campo escuro e depois desaparece.

Tio Rodolfo me guiava pelo braço e, como havia sido desde o primeiro dia, no funeral de minha mãe, eu me confiava de bom grado a ele. Escolheu uma pequena trattoria, com uma pérgula transparente de folhas de glicínias: sob aquele teto verde, parecíamos pálidos, mas de uma palidez saudável, cândida, semelhante à das crianças. A taberneira veio ao nosso encontro sorrindo, com um misto de afeto e cumplicidade: não fiquei constrangida, embora fosse a primeira vez que ia comer fora com um homem. A mulher nos observava e talvez se perguntasse se eu era amante do homem que me acompanhava, ou sua filha: mas o julgamento dela não me interessava, eu o lançava à conta do tio Rodolfo, assim como me apoiava nele quando caminhávamos juntos, de braço dado.

O sol passava entre os desenhos móveis das folhas e a toalha parecia água em movimento. Peguei o pão a fim de parti-lo em pedaços e percebi que minhas mãos, em geral tão fortes, estavam fracas, débeis. "Parta-o você", disse ao tio, "eu não consigo."

Parecia impossível que um homem de quarenta e seis anos ainda pudesse ser tão jovem. Fazia muito tempo que eu não me sentia alegre assim: desde quando ia com minha mãe roubar as flores dos gradis dos jardins. Eu ria, ele me observava rir: me mostrava gulosa, e ele se divertia ao me ver comer. Pedia para mim pratos raros, saborosos, se irritava por não os encontrar, se desculpava, eu o deixava se desculpar. Servia devagar o vinho na taça, de uma garrafa empoeirada; depois parou, inseguro: "Será que vai te fazer mal?".

À distância de anos, recordo ainda a ternura que havia em seu olhar enquanto ele dizia essas palavras. Mostrava uma consciência tão atenta da fragilidade de uma mulher, e ao mesmo tempo uma preocupação tão viva com o meu bem-estar e a minha felicidade, que eu quis experimentar mais um pouco o meu poder: "Não creio", respondi, e tomei um gole demorado; em seguida disse: "Quero fumar". Ele remexeu nos bolsos, envergonhado por não me oferecer cigarros finos. Comecei a fumar desajeitadamente, soprando a fumaça para longe. "Talvez me faça mal", pensei, invadida por uma leve tontura: mas me sentia tranquila porque ele estava ali, iria me carregar nos braços, me levaria embora, pensaria em tudo, eu poderia me abandonar à minha fragilidade, ao meu mal-estar. Recuperaria os sentidos num leito aconchegante de cortinas brancas; no quarto, veria flores claras, e ele ajoelhado junto ao meu leito, devotado e feliz. Sim, eu poderia até desmaiar, se quisesse. Nunca mais a implacável vida cotidiana me deu esse privilégio.

"Emilia não tinha medo, quando vinha ao seu encontro, certo?"

"Quem te disse isso?", perguntou ele, surpreso.

"Acha ruim que eu saiba?"

"Não. Você, não. Pelo contrário, muitas vezes estive prestes a te falar dela. Depois pensava que não eram coisas adequadas à sua idade. Mas você é muito mais velha do que os anos que tem: se fala com você como se fala com uma mulher-feita. E essa sua maturidade me enternece, me dá muita pena."

Segurou minha mão, cobriu-a com a dele: minha mão estava ali refugiada, protegida. Ainda hoje, se fecho os olhos recordando aquele episódio, revejo uma luz verde de verão, e minha mão é uma inocente mão de menina.

"Emilia já morreu, não é?"

"Muitos anos atrás. Você era recém-nascida. Morreu em Cesena, para onde ele havia sido transferido. Foi transferido em poucos dias." Calou-se por um momento e então recomeçou, com ironia amarga. "Talvez a Vovó não tenha te dito…"

"Não foi ela quem me falou disso."

"Ah, bom. Pois é. Em suma, a Vovó teve uma parte nessa história, na época. Desde então, já não somos os mesmos de antes. Ou pelo menos eu não sou mais o mesmo. A Vovó não pode mudar. E Emilia está morta."

"Era bonita?", perguntei baixinho.

Ele tirou uma fotografia da carteira: não era bonita, me pareceu, tinha o rosto redondo, um véu branco sobre o peito, mechas pesadas de cabelos louros na fronte. Parecia envelhecida.

"Tinha vinte e quatro anos. No ano seguinte, partiu. Você tem cabelos claros, como ela."

"São os cabelos de minha mãe", eu disse.

"É. De Eleonora eu me lembro muito pouco."

"Era uma mulher extraordinária."

"Como você?", sugeriu ele, sorrindo.

"Oh, não!", respondi vivamente. E comecei a falar dela com fervor. De repente, chamada pelas minhas palavras, minha mãe entrou e olhou ao redor, espantada. Estava verde sobre o branco céreo das mãos, seu rosto era uma folha tenra. Vaporosa, rápida, se aproximou de nós enquanto eu falava de seu jeito de andar: e o dia se envaidecia dela, tio Rodolfo a olhava fascinado.

Eu estava feliz. Sobre a mesa havia um maço de flores do campo, com alguns ramos de erva-cidreira. "Vou levá-las comigo, na bolsa." Cumprimentei afetuosamente a mulher gorda que nos sorria: "Voltaremos", disse eu. Tio Rodolfo me olhou; depois repetiu, comovido: "Voltaremos".

Saímos para a avenida poeirenta: há muita poeira em Sulmona. Ele me deu o braço e começamos a caminhar. O tio deveria ter me levado embora naquele dia, tudo teria sido diferente. Eu era uma mulher frágil e as mulheres se apoiam nos homens como ele, altos e fortes. Não consigo perdoá-lo por não ter feito isso: meu pensamento se enraivece contra ele, queria que ele lesse estas páginas. Mas por que você não fez isso? Dou-lhe socos no peito: por que não me levou embora? Em vez disso, ele perguntou: "Vamos ouvir o rádio?", e eu respondi sorrindo: "Sim, vamos".

Caminhávamos em silêncio, expressando nossa alegria nos passos audazes, lépidos. Eu sorria, ainda acreditava me apoiar nele, e na verdade a cada passo me afastava daquele dia feliz, da lenda de minha mãe, me tornava Alessandra, totalmente Alessandra, cada passo me conduzia de maneira inexorável para Francesco, para Tomaso, para minha vida solitária.

O rádio informou que havia estourado a guerra.

No dia seguinte, quando abri a janela, eu acreditava encontrar tudo diferente. Por isso, me surpreendi ao ver que o sol resplandecia, os prados estavam verdes, o céu limpo, os camponeses trabalhavam nas lavouras. Tive a esperança de haver sido vítima de um pesadelo; mas as horas vividas durante o dia anterior ainda estavam tão nítidas em mim que essa feliz esperança logo se desvaneceu. Observei ao redor, duvidosa, interroguei os rostos das pessoas que passavam pelo terreiro. Eram rostos serenos, desprovidos de expressões malévolas. Por isso considerei quão exageradas eram as descrições da outra guerra que nos foram feitas pelos nossos pais: eu imaginava que eles não haviam tido um só dia de calma e de sol, que o céu sempre tivesse estado escuro, o ar dilacerado por estrondos pavorosos, ecoando gritos e lamentos. Em vez disso, se ouviam as vozes domésticas das galinhas, o atarantado balido das ovelhas. Eu sorria, considerando que, afinal, estar em guerra não era assim tão terrível.

Nas semanas seguintes, muitos jovens partiram, mas partiam tranquilos, todos assegurando que voltariam bem depressa. Os que permaneciam trabalhavam de má vontade, se sentavam fora de casa, fumando, à espera do cartão de recrutamento. Paolo estava ausente, em Guardiagrele; quando voltou, disse apenas: "Você ouviu?". Mas ele também fumava muito, e quando nos encontrávamos já não estávamos alegres. Eu não conseguia compreender por que isso acontecia, uma vez que nada havia mudado, nada. Claudio escrevia que também na cidade a vida continuava a mesma, apenas se gastava muito para comprar os jornais.

Contudo — emanada dos olhos das mulheres, da palidez de seus rostos, dos gestos convulsos com que vestiam e acariciavam os filhos pequenos, do tom lúgubre das preces que provinham das igrejas —, uma inquietação opressiva estava no ar. Um véu de temor e de incerteza envolvia os dias; um véu odioso se mantinha entre mim e a poesia, como Giuliano tinha previsto. Eu me enraivecia desesperada contra esse véu inexistente, sem dúvida criado pela minha fantasia. Tentava reagir, me recusando a aceitar a guerra. Era fácil, dizia a mim mesma: nada perturbava o curso normal dos meus dias. Eu lia, preestabelecia programas de estudos, de pesquisas; escrevia longas cartas a Claudio já sem me referir a esses acontecimentos; comprei um vestido novo; e, ao passar pelos corredores da casa, cantava para repelir a opressão que me rodeava. Não escutava mais o rádio. Não queria saber nada. Respondia distraidamente quando me davam alguma notícia. Isso serviu para me considerarem ainda mais fria e egoísta: até mesmo tio Rodolfo me olhava com estupor, e eu me comprazia em me fechar nessa atitude. Percorria o vilarejo demonstrando não querer me entreter com ninguém: levava um lenço preto na cabeça, o cão Giuseppone pela guia. Mas a voz do rádio me seguia por toda parte: em casa havia sempre alguém sentado junto ao aparelho, movimentando o ponteiro nervosamente: mesmo quando estava no meu quarto, eu imaginava uma mão que se agitava, ansiosa, sobre o botão de sintonia. No vilarejo, transbordando das janelas abertas, a voz do rádio se alastrava pelas ruas, me esperava à mesinha do café, no boticário, na mercearia. Eu não queria ouvir suas palavras: não as ouvia. Mas o tom arrogante da voz me alcançava, embaralhava meus pensamentos, despertava em mim uma revolta. "Chega!", eu murmurava com furor reprimido. "Chega! Chega!"

Vovó nunca falava da guerra; ela também, como eu, não queria se dobrar à odiosa prepotência dos acontecimentos. Porém, se tornara mais pálida, um grande cadáver. "Por quê?", eu queria protestar. "Não está acontecendo nada. Desliguem o rádio. Basta desligar o rádio." Mas à noite, quando o rádio silenciava, eu me sentia impelida a descer através da casa escura até a sala deserta, acender a luzinha do mostrador, deslocar febrilmente o ponteiro, até localizar aquela voz. Ela agora fazia parte do próprio ar que eu respirava: quando silenciava, me faltava fôlego.

Com impaciência cada vez maior eu aguardava as visitas de Paolo, embora já não me trouxessem a mesma alegria: minha esperança era a de que justamente ele tivesse o poder de me fazer voltar a ser aquela que eu fora até então. Certa noite, de repente, nos deixaram sozinhos. Paolo jantara conosco, ninguém ligara o rádio, e parecia que todos queriam se refugiar numa tranquilidade artificial. Tia Sofia saíra por último, carregando a grande toalha branca toda embolada: ia sacudi-la no terreiro, e de manhã as galinhas bicavam os farelos. Não voltara mais. De início Paolo ficara desconcertado com a inusitada liberdade que estava sendo concedida a nós; olhara ao redor, tentando compreender o significado daquilo. Por fim me pedira que saísse com ele. Havia uma bonita lua.

Subimos pela trilha que levava a uma pequena alameda a meia encosta, uma alameda de choupos-brancos. Sobre os choupos se moviam como borboletas folhas brancas, e na grama os grilos agitavam tímidas campainhas de prata sem conseguir encobrir os grasnidos raivosos das rãs.

"Paolo", disse eu. Ele me deu o braço.

Não me sentia feliz. Havia sempre um denso véu entre meus pensamentos e a felicidade: entre aquele passeio e um passeio feliz. Eu tentava rir, dizer coisas agradáveis, ler; tudo soava falso, preparado com inconsciente e coquetismo tolo. Desde quando minha mãe morrera, as palavras já não formavam, ao meu redor, aquele mundo poético e fascinante em que eu aprendera a me sentir viva: e eu sabia que só conheceria o amor e a felicidade quando pudesse falar aquela linguagem com um homem.

"O que você tem?", perguntou Paolo.

Sentamo-nos numa mureta: eu tinha os pés na grama fresca de orvalho. "Você é bem diferente das outras moças", disse ele. "Por que não está feliz, agora?"

"Você está feliz?", perguntei.

"Eu, sim."

Olhei-o com desconfiança. Temia que, escondendo de mim a melancolia daquele instante e dos dias insidiosos que vivíamos, ele quisesse me tratar como a uma menina. Mas sua expressão era sincera: compreendi, então, que somente os homens possuíam a força e a segurança: nenhum deles tinha jamais a expressão desnorteada de minha mãe, a expressão dolorida da tia Violante, a expressão patética de Lydia quando estava longe do capitão. Fui invadida por um desejo repentino de me apoderar da força deles. Queria roubá-la, levá-la comigo, me livrar do denso véu que me negava a alegria despreocupada.

"Eu também queria estar feliz", disse.

Então Paolo se aproximou de mim: seu rosto estava contra o meu, seus vivazes olhos escuros se enevoaram. Como eram belos os traços de um homem, o nariz forte, a fronte larga. Paolo tinha a pele bronzeada, e um odor agradável vinha de sua camisa aberta, um odor de pele que ficou por muito tempo no sol. Enlevada, fechei os olhos.

E assim recebi dele o primeiro beijo. Na realidade, não acreditava que fosse o primeiro: Claudio me beijara algumas vezes, mas eram beijos sutis, rápidos, amedrontados. Os lábios de Paolo pressionavam com força os meus, aquilo me doía, fechei a boca para me esquivar. Então ele me beijou longamente, me forçando a descerrar os dentes, me imobilizou no estupor.

Depois nos afastamos e eu queria fugir dali: fui retida pelo temor de que ele não fosse uma pessoa normal e, por isso, me perseguisse para me submeter a algum impulso bruto, se aproveitando do lugar solitário. Recomeçou a me beijar, e eu o deixava agir, horrorizada e ao mesmo tempo curiosa por tornar a experimentar aquela sensação perturbadora. Tive vontade de enxugar a boca, mas temi que Paolo se ofendesse, como se eu não desejasse beber no mesmo copo que ele.

"Por quê?", perguntou, ao me ver entristecida. "Você não deve se aborrecer: eu te quero bem e nós estamos noivos."

Ao dizer tais palavras, ele me abraçava, acariciava meus ombros: não se perguntava se eu gostava do seu modo bizarro de beijar.

"Não", disse eu.

"Por que não?", perguntou ele distraidamente, voltando a me beijar.

"Não", repeti, enxugando os lábios, "não estamos noivos."

"Mas claro que sim", insistia Paolo, ansioso por recomeçar o beijo interrompido, "vamos nos casar logo, antes que eu possa ser convocado."

"Não", disse eu, descendo da mureta, "não estamos noivos: não estou apaixonada por você."

Ele continuara sentado: tinha os cabelos bagunçados; sua camisa branca estava amarrotada, a calça caía mal, acima da meia enrolada se via a pele nua. Encarava-me fixamente, num estupor tão cândido que fui tomada por uma raiva repentina contra mim mesma, contra minha dificuldade de ser feliz. Foi então que me defrontei pela primeira vez com aquele olhar infantil e perdido que iria reencontrar com tanta frequência nos olhos de Francesco: oh, sempre bastou que os homens me fitassem assim para que eu me sentisse uma criatura desprezível, mantida por uma espécie de loucura. Arrependida, desejei que Paolo esquecesse o que eu dissera, desejei esquecer aquilo eu mesma, pedir-lhe desculpas. Querido Paolo, dizia-lhe internamente, querido;

e, enternecida pela decepção que sentia, acariciava sua fronte para consolá--lo. Querido Paolo, vamos, faça alguma coisa, remova este peso que nos opri-me. Parecia-me que bastaria a invenção amorosa de uma palavra, uma da-quelas palavras com as quais minha mãe magicamente suscitava a felicidade. Eu estava tão só que nem mesmo as montanhas, as árvores, as estrelas do céu bastavam para me fazer companhia. Sobre os montes já não se viam as al-deias, o campo estava desabitado: estávamos sozinhos sobre a terra, eu e ele, mulher e homem, condenados a viver sempre juntos.

"Não quer?", perguntou ele, carrancudo, ajeitando os cabelos. Falava secamente, já não era o amigo com quem eu gostava de rir.

"Não", respondi.

"Por que me fez acreditar que estava contente, que me queria bem?"

"Eu estava contente, na verdade." E o encarava, fitava-o nos olhos para que ele pudesse entender minha sinceridade absoluta.

"E então? Por que não quer se casar comigo?"

"Então... Veja, talvez para você seja difícil me compreender: eu espero que seja bom estar sozinha na terra com um homem, e não angustiante, hor-rendo. Espero..." Estive prestes a dizer "espero Hervey". Mas, de repente, tomei o cuidado de reter essas palavras. Ele não as compreenderia, nenhum homem compreenderia. Por isso meu olhar o acariciava de modo maternal, ajeitava seus cabelos. Querido Paolo, eu lhe dizia internamente, querido Pao-lo, me parecia que ele estava na margem, em terra firme, e eu num frágil veleiro que se distanciava.

Por alguns dias fui esperá-lo ao entardecer, no limite extremo da proprie-dade. Somente Paolo poderia me tranquilizar, retornando, e me devolver a certeza de ser uma mulher como as outras. Perscrutava a trilha entre os car-valhos pela qual ele costumava vir até onde eu estava. Mas via apenas grama, árvores, céu. Ali não chegava sequer a voz arrogante do rádio.

Com as primeiras sombras eu voltava ao terreiro, levando no vestido preto a melancolia da espera inútil. Ninguém se espantava com a ausência de Pao-lo, e por isso compreendi que eles sabiam de tudo. Perguntava-me até que ponto estavam informados: se olhassem para o meu rosto, temia que me repro-vassem por conhecer aquele modo terrível de beijar. Sentia-me dominada por uma inquietação invencível que me impelia a me esconder, me julgando malquista e importuna. Do alto da minha janela, via todos ocupados no trabalho. Percebi que os gestos deles eram de uma lentidão inexorável, o ritmo de um gesto se tornava regra de vida. Eu já não estudava, não me ocupava da casa, me mantinha nos limites daquela regra operosa. Frágil, comprimida entre duas engrenagens arrebatadoras, me reduzia a escutar o rádio por horas e horas.

Ao lado do rádio, encontrava tio Alfredo. Às vezes ia espontaneamente me sentar ao seu lado. Ele me olhava sempre com ironia: olhava assim para todas as mulheres. Mas eu temia que soubesse do beijo de Paolo, das conversas com Fulvia, da mão de Enea que me roçara o seio. Um dia ele disse: "É verdade, você se parece muito com sua mãe".

Ao ouvir aquelas palavras, aparentemente inócuas, tive vontade de cobrir o rosto e explodir em pranto. Estava abalada pelo remorso de ter maculado a lembrança dela. Não podia mais suportar minha imagem refletida nos vidros das janelas; via o pecado em mim, na minha pessoa loura, alta e esbelta que, ali, constituía uma evidente anomalia. Já não bastava esconder livros, diários, cartas. O olhar hostil de Giuliano, o olhar irônico de tio Alfredo, os olhos tristes das tias me aguilhoavam, me afligiam, me impeliam a abrir a janela, a morrer para me esconder.

"Vovó", eu lhe disse certa noite, "não aguento mais."

Ela estava sentada, branca e majestosa, como eu a vira pela primeira vez no dia em que chegara. Eu falava baixo, sem ousar erguer os olhos à sua altura: era difícil me confessar derrotada.

"Eu sei", respondeu ela, calma.

Seus ombros ultrapassavam o espaldar da poltrona, a cabeça se perfilava no vão da janela, contra o céu, mais alta que as montanhas. Dali de cima, ela sem dúvida via tudo, e por isso era inútil falar. Agachei-me a seus pés, tomei-lhe a mão, me parecia estar na igreja.

Ela, porém, me fez a pergunta que eu temia: "Por que agiu daquele modo com Paolo? Você parecia contente".

"Eu estava contente", respondi. "Esperava ansiosamente por ele durante todos esses dias. Oh, eu gostava de vê-lo entrar na casa, de ir ao seu encontro…"

"Gostava", me interrompeu ela, "de ir passear com ele sozinha, ao entardecer?"

"Sim, creio que no fundo eu gostava."

"Então, por que não quer se casar com ele? Gosta de se deixar beijar por um homem e não o quer para marido?"

Hesitei antes de responder: à severidade implacável da Vovó, era difícil fazer entender certas reações sutis.

"Sim, gosto", disse eu, me decidindo a falar com franqueza. "Mas penso que o amor é outra coisa."

"Não é outra coisa, você está enganada. Todos os homens são iguais, dizem as mesmas palavras, fazem os mesmos gestos. São homens. Paolo é um jovem honesto, gentil, iria te dedicar um grande respeito. E em breve vocês poderiam ter um filho. Quando se espera um filho, se fica muito grata aos homens. Nessa fase você se sente verdadeiramente viva, seu corpo se expande, um bem-estar generoso te invade, você tem fome, sede, sono, todos os instintos são renovados, você possui a certeza de ser saudável e fértil, como a terra quando o trigo germina. Deixa de alimentar rancor contra os homens, eles também são seus filhos. E de fato uma branda compaixão materna te penetra, ao vê-los se agitar em ações e problemas tão inúteis, tão pobres, diante do triunfo de sua vida."

"Eu não sinto rancor pelos homens. Apenas gostaria de ter aquela segurança, aquela força que eles possuem, e com a qual podem contar a qualquer momento."

"Não é força", respondeu ela, batendo a grande mão no braço da poltrona, "é falta de piedade. E, na verdade, só quem tem piedade é forte. Compreendeu? Lembre-se disso. Temo que você tenha se enganado completamente, acreditando que eles são os patrões e confiando a eles sua felicidade. Enganou-se. A casa é nossa, os filhos são nossos, somos nós que os carregamos e os nutrimos: portanto, a vida é nossa. Até o prazer que eles te dão é uma pobre coisa que convém manter secreta; através desse segredo eles te mantêm submissa, aviltada. Só quando esperamos um filho é que nos tornamos enfim seguras: nesse momento o vínculo que nos uniu aos homens já não é baixo, desprezível, mas esplêndido: somos nós que nos beneficiamos dele, que nos envaidecemos dele. Você engorda, se torna bela, seus seios se enchem de leite. Você, sozinha, basta para matar a fome do seu filho, ele não te pede outra coisa. Até a dor que se sente ao trazê-lo ao mundo é uma espécie de prazer monstruoso: se você é de fato mulher, deveria ter vontade de senti-la.

O nascimento de Ariberto foi muito difícil; eu perguntava a ele: 'Filho, por que você quer me fazer sentir tanta dor? Tenha piedade, vá devagar'. Nesses momentos os homens estão do lado de fora da porta, amedrontados, envergonhados, não encontram paz. É você que possui a força de enfrentar, sozinha, o terrível momento em que se transmite a vida."

As palavras da Vovó caíam do alto sobre mim: eram pedregulhos que atropelavam minha pessoa frágil, os sonhos que eu mantinha com carinho. "Não", pensava eu, rolando na escuridão, "não quero possuir essa força horrível, não quero."

Esmagada pela consciência da minha miséria, eu disse: "Me perdoe, Vovó. Achei que tinha me tornado forte, que era parecida com você. Deixe-me ir embora, eu não resisto".

"Eu sei", ela repetiu com voz dolorida, surda: "Eu tinha dito a você que abandonasse os livros, a música. É preciso expulsar com firmeza isso tudo, pouco a pouco." Acrescentou, como minha mãe: "Eu gostaria que você fosse feliz".

Fiquei arrepiada e me abracei aos joelhos dela. Sentia o rio correr embaixo de mim, ao meu redor, veloz, e me agarrava a um tronco da margem, a uma rocha. "Estou com medo, me ajude", murmurei, prostrada.

Da casa vizinha do colono vinha a voz do rádio: entrava no cômodo, nos alcançava, nós a respirávamos. O plácido entardecer de verão se povoava de ameaças. Na voz do rádio ouvíamos o zumbido dos aviões, o furioso precipitar-se dos aviões, o flamejante parafusar dos aviões, três aviões, seis aviões caídos.

"Estou com medo", confessei. "Vovó, estou com medo."

"Todos estamos com medo", disse ela. "Aliás, me parece que a esta altura esse medo não poderá mais nos deixar. Eu deverei sentir medo ainda por pouco tempo: estou velha. Mas não consigo esquecer a expressão do seu rosto quando você voltou de Sulmona, no entardecer do anúncio da guerra. Você havia compreendido que ninguém poderia escapar a esse medo; de resto, este que estamos vivendo é o seu tempo, é justo que você o interprete melhor que eu. Eu, naquele momento, tinha ainda a esperança de salvá-la, tinha pensado em mandar construir um refúgio na despensa: é uma gruta sólida, de pedra. Fiquei a noite inteira remoendo ideias absurdas, fantásticas: revestir um aposento com aço, embora não tivesse dinheiro para isso. Pensava nesse aposento para você... para Paolo", disse ela baixinho, "queria esconder ali até a roupa de cama, os sacos de trigo. Em suma, fazer uma coisa semelhante à arca de Noé. Serei mais forte que a guerra, eu pensava. Mas não é possível. A guerra entra do mesmo jeito. Seu pai escreveu que Sista está com medo e quer voltar à terra dela, na Sardenha. Ele não pode ficar sozinho, sem uma mulher que cuide da casa, que passe, cozinhe, conserte as roupas. De início cheguei a rasgar a carta, sem sequer mostrá-la a você: pensava em mandar Adele."

"É melhor que eu vá", disse eu.

"Sim", assentiu ela após uma pausa, "é melhor."

Permanecemos próximas, em silêncio. O rádio se calara: se ouviam as vozes dos grilos, os ganidos de um cão. Adeus, dizia eu internamente, adeus, adeus.

Entraram as tias e eu me pus de pé, tentando me recuperar. No entanto, a reserva silenciosa que sempre havíamos mantido entre nós estava rompida; nós nos conhecíamos tão intimamente como só as mulheres podem se conhecer, ainda que tenham acreditado nunca se confidenciarem.

"Alessandra vai embora", disse Vovó. Elas não demonstraram nenhuma surpresa. Ficou decidido que eu partiria dali a dois dias: segunda-feira. De manhã cedo, na segunda, tio Rodolfo calçou as botas para ir ao campo. "Lamento", disse, "eu queria acompanhá-la até a estação. O meeiro a levará na caleça. Eu tenho muitas coisas para fazer: não posso."

Segurou minha mão. Eu olhava para ele: "Por que você não me beija?", perguntava-lhe com os olhos, "por que não me beija como Paolo?". De novo me surpreendi considerando que um homem de quarenta e seis anos é ainda muito jovem, atraente. "Beije-me", eu insistia, "me tome nos braços, me beije." Desse modo, implorava-lhe que me libertasse de todas as coisas que me esperavam ao longo da vida, de todos os gestos que eu devia realizar. Ambos sabíamos o que significava a minha partida. Eu mesma devia me aviar, partir, sozinha pela primeira vez. Vovó me dera o dinheiro para a passagem, e depois me presenteara com uma pequena quantia, solenemente. Eu não voltaria mais àquela casa, e por isso olhava ao redor para me despedir da vida pacífica que me repelira. Atrás do tio Rodolfo eu via seus fuzis pendurados, os cachimbos, sua fotografia feita no Carso e o meu nome, na grande árvore genealógica, livre, sozinho, no ramo extremo, no vazio.

"Compreende?", disse ele. "Não posso acompanhá-la. Vamos nos despedir aqui."

Estavam todos à porta quando eu subi na caleça com o meeiro. Vovó no meio, tia Violante à esquerda, tia Sofia à direita, as criadas atrás, como numa fotografia. Giuliano estava sentado no chão, desempoeirando os sapatos com o rebenque. Houve um momento de silêncio, e em seguida tia Clarice explodiu em pranto: "Por que Alessandra está partindo?", soluçava. "É culpa minha? O que eu fiz? Fiz alguma coisa errada?"

Então Vovó, baixando a cabeça, deu uma ordem: eu fiz um gesto quase para resistir, me agarrar. Mas o meeiro havia chicoteado o cavalo e o barulho das rodas sobre o cascalho não demorou a se mesclar à voz aguda da tia Clarice que chorava.

Em meu retorno, o que mais me surpreendeu foi a escuridão na qual a cidade estava sepultada, por causa do blecaute. De fato, ao entrar na estação de Roma, o trem pareceu se abaixar a fim de deslizar para dentro de uma galeria tétrica, insidiosa. No escuro, mal reconheci meu pai, que viera com Sista para pegar as cestas. Durante a longa separação, nossa correspondência havia sido escassa e gélida; por isso me pareceu inútil fingir uma emoção afetuosa. De resto, ele se ocupava alegremente das cestas. "Você tem o carnê de abastecimento?", me perguntou a meia-voz; e, à minha resposta afirmativa, deu um suspiro de alívio. "Hoje fiquei o dia inteiro preocupado com isso."

Meu pai deixara a velha residência da Via Paolo Emilio e se mudara para um apartamento minúsculo nas novas construções do Lungotevere Flaminio. Isso reforçou minha sensação de ter chegado a uma cidade desconhecida; no emaranhado de altos prédios brancos, eu avançava calada, seguindo meu pai e Sista como a pessoas estranhas. Carregava uma pesada cesta de vime que arranhava meu pulso, e nem sequer olhava ao redor. O elevador me assombrou: era um elevador moderno, as portas se abriam sozinhas; como na chegada ao Abruzzo, me surpreendi receando estar morta, vivendo no além: talvez fosse possível morrer muitas vezes, cada vez renunciando a alguma coisa, a alguém.

Os três pequenos cômodos eram sufocados pelos velhos móveis pretos: meu pai substituíra o leito nupcial por uma caminha de ferro; cada vestígio da passagem de minha mãe desaparecera, roupas, fotografias, o piano fora vendido. "Joguei fora as coisas inúteis", foi dizendo meu pai. E, ao me mostrar o banheiro, os armários embutidos, a cozinha, perguntava satisfeito: "Gostou?". Respondi que sim, mas, na realidade, não me fizera essa pergunta e pedia apenas um cantinho onde dormir, já que — ainda mais do que quando chegara à casa da Vovó — me parecia ter um pecado grave a ser perdoado.

As lâmpadas de poucas velas difundiam uma luz mortiça e amarelada. Naquela época meu pai começava a sofrer dos primeiros distúrbios de visão. Ele escancarou a janela, o breu era denso: um rio negro me separava do bairro onde eu vivera com minha mãe.

De manhã, percebi que a casa ficava logo acima da ponte e do caniçal, de modo que, para nós, era como morar no cemitério: mas certamente meu pai não pensara nisso nem se sentia incomodado. "Em linha reta, estamos muito próximos do Vaticano", dizia, "não creio que devamos nos preocupar com as bombas."

Diante do fogão branco e azul, Sista se agitava desorientada: me tratava com cerimônia, se dirigindo a mim como "senhorita", e eu aceitava isso sem protestar porque me parecia que todos éramos outros e que as velhas fórmulas não valiam mais. Não tínhamos nada a dizer um para o outro e, quando esgotei as notícias relativas à saúde da Vovó e ao andamento das coisas no campo, não foi possível encontrar outro assunto de conversa. Eu me mantinha numa atitude de gratidão servil: estava contente por ter um quarto meu, uma janela. Queria retribuir de algum modo, por isso aceitei com entusiasmo quando meu pai disse: "Vai ser preciso que você cozinhe, que se encarregue da casa". Eu disse que no dia seguinte iria me matricular na universidade, que iria procurar ativamente um emprego: ele podia contar comigo.

Meu pai sorriu, tranquilizado. "Você vai ver", disse, "quando Sista não estiver mais aqui, poderemos viver direitinho, se você me ajudar. Agora teremos também a indenização por bombardeio. Um homem que vem do campo nos traz um pouco de carne. E nesta casa estamos bem. Conheci um viúvo, no primeiro andar, com quem jogo escopa às vezes. Aqui", prosseguiu após uma breve pausa, me fitando nos olhos, "ninguém sabe de nada. Entendeu?"

O tom de sua voz indicava claramente que a vida transcorrida com minha mãe era uma fábula e que ambos devíamos nos arrepender de tê-la inventado.

Dois dias depois, fui encontrar Fulvia. À medida que me aproximava da rua onde vivera por tantos anos, minhas pernas perdiam a força e o vigor do passo: eu reconhecia os lugares, as vitrines, os comerciantes sentados atrás dos balcões, mas era como se na realidade nunca os houvesse visto e apenas tivesse ouvido falar deles difusamente. As andorinhas vieram ao meu encontro com um grito alto de saudação: reconheci-as, ainda eram minhas parentas; rápidas, desciam até a rua deixando por toda parte seu aflito desespero. Eu as sentia gritar dentro de mim.

Devagar, trêmula, me adiantei escada acima. Parei em frente àquele que, outrora, havia sido nosso apartamento; esperava ver a porta se abrir de repente, e mamãe vir ao meu encontro com a graça inefável de seu passo: "Oh, Sandi", ela diria, "você voltou…".

Na porta, contudo, estava escrito "Ridolfi", e eu prossegui. Fulvia, quando veio abrir, teve dificuldade de me reconhecer. "Alessandra!…", gritou afinal, num abraço frenético.

Estava tão agitada que já não sabia onde me receber: foi tentada a abrir a porta da saleta japonesa onde nunca entrávamos, e eu mal tive tempo de retê-la. Então nos sentamos em sua cama, no quarto forrado de novas fotografias nas quais ela figurava em trajes de banho. Eu nunca a vira assim, não conhecia seu novo penteado nem o vestido que ela usava: estive prestes a cair no choro. Ela disse: "Sandi, estou feliz por você ter voltado, preciso te contar mil coisas, como faremos?, precisaremos passar dias, noites inteiras conversando. Fique para dormir aqui hoje, por que não? Lamento que a mamãe não esteja em casa", acrescentou. "Ela foi…"

"Ver o capitão?"

Fulvia fez uma pausa e em seguida continuou, séria: "Não. O capitão foi transferido, pouco depois da morte de sua mãe. Foi um drama. Este… este é um construtor, um construtor que tem um Fiat 1500".

"Ah, entendo", disse eu. "Quantas coisas!…"

"Oh, muitas coisas…"

"E Dario?", perguntei, sorrindo.

"Continua ali", disse ela, indicando com o queixo o prédio em frente. Fomos até a janela para olhar a rua: estreita, poeirenta, um triste corredor. Na luz crepuscular, a fachada do outro lado estava violácea. Dario não estava sentado à escrivaninha, estudando, como eu sempre o recordara em minha ausência. Sua janela aberta mostrava uma cortina branca desgastada, um interior esquálido. Por breves instantes, o verde livre dos prados, o esplendor das montanhas do Abruzzo me atravessaram a mente luminosos, ofuscantes, tal como paisagens vistas em sonho. Mas minha vida era aqui: à rua melancólica eu voltava a me oferecer docemente.

"Como ele é?", perguntei, indicando a janela de Dario.

"Bom", respondeu ela, "afetuoso. Às vezes, porém, é muito insensível, incompreensível, desaparece. Mas talvez você, que vem de fora, não possa compreender: para eles, se trata de um período difícil. Dario foi convocado porque estava na idade, mas depois o dispensaram por causa da vista. Eu vivi dias atrozes: agora passou, felizmente."

"Por causa da possível partida dele?"

"Sim, e além do mais, imagine, eu acreditava que estava grávida."

Tive um sobressalto e me afastei da janela, para esconder o rosto na sombra. Senti-me enrubescer violentamente: no entanto, não conseguia parar de olhar para o rosto, o corpo de Fulvia. Pensei não ter compreendido bem: talvez Fulvia e Dario tivessem se casado em segredo; mas, sobretudo, sofria por ter sido excluída dessa confidência, e até enganada, porque, durante os meses transcorridos, continuara pensando em Fulvia como se ela fosse a mesma de sempre.

"Pois é", disse ela, desviando o olhar. "Pois é, você não sabe de nada. Aconteceu no outono, dia 13 de outubro."

Continuei a fitá-la, calada, olhos arregalados, escutando-a pronunciar com facilidade aquelas palavras, enquanto esmagava um cigarro no peitoril. Habituara-se a fumar.

"Eu queria te escrever a respeito", prosseguiu ela, "mas certas coisas a gente escreve constrangida, seria melhor falar pessoalmente, e também eu temia que sua correspondência pudesse ser lida por estranhos. Lembra que, naquele período, eu fiquei várias semanas sem te escrever?" Acenei que sim com a cabeça. "Você perguntava de mim, estava preocupada, eu empilhava suas cartas: não podia recomeçar a escrever como antes, ainda que, na realidade, nada tivesse mudado. Depois te disse: desculpe, aconteceram algumas coisas importantes... Lembra?" Assenti de novo. "Era isso."

Ao mesmo tempo, crescia no meu interior um rancor amargo contra ela, por causa daquele silêncio. Durante longos meses eu continuara a me corresponder com um personagem que não existia mais; esse engano me doía; não pensei nem mesmo em julgar a conduta de Fulvia; julgava somente sua falta de sinceridade comigo. Além disso, desde quando éramos muito jovens, havíamos jurado que assim que uma de nós se casasse revelaria à outra cada detalhe da primeira noite de amor; mas logo intuí que ela não diria nada: se lhe recordasse o juramento, talvez ela risse, me tratasse como a uma menina. Revi a figura alta de Dario, quando nos esperava na esquina da praça, a desenvoltura indolente de seu passo, e me parecia que ele era o único responsável pela traição de Fulvia.

Ela se aproximou de mim, me puxou para o peitoril: na incipiente penumbra, eu distinguia ainda a janela de Dario, a escrivaninha deserta. Entrevia-se um leito branqueando o fundo do aposento, um paletó pendurado no espaldar da cadeira. Aqueles sinais da vida cotidiana de um homem nos pareciam misteriosos, indecifráveis.

"Aconteceu aqui", disse ela, "numa noite em que a mamãe estava fora, no teatro."

Eu queria me voltar, olhar ao redor. Ao entrar, talvez não tivesse percebido nada, habituada que estava a revê-la parada na recordação, mas certamente alguma coisa devia ter mudado; era impossível que aquilo tivesse acontecido em meio aos velhos baús, naquele mesmo quarto em que Fulvia se apresentara a mim, quando éramos meninas. "Eu sou Gloria Swanson", dissera ela, levantando os cabelos acima dos olhos pintados com carvão. Aqui, pensava eu, exatamente aqui.

"Conte", murmurei.

Fulvia começou a falar, fitando com amoroso rancor a janela em frente. Disse ter resistido por todo o verão.

"Mas era uma resistência obstinada, apenas formal: na fantasia, eu já cedera bem antes. Devia lutar mais comigo mesma do que com ele. Ele compreendia e assistia à luta sem sequer tomar o partido de si próprio, sabia que eu era sua melhor aliada: me deixava sozinha, nessa tremenda batalha. Nós nos víamos diariamente, duas vezes por dia, e sempre havia entre nós um rancor no qual eu me sentia incapacitada, porque não sabia até que ponto podia contar com meus propósitos. Temia ter empacado sobretudo numa convenção social: ficaria feliz em ceder se ele prometesse me desposar. Ele não me dizia nada, às vezes nem sequer me abraçava. 'Desculpe', dizia, se condescendesse em me beijar ou em me tocar com o braço. O sorriso irônico que às vezes eu descobria em seus lábios me irritava, um leve sorriso de compaixão ao qual Dario não tinha me habituado. Aquele sorriso era a única cilada que ele armava para mim. No mais, se tornara dócil, doce, sempre pronto a acorrer quando eu o chamava. Diante de sua generosa ternura, eu tinha a impressão de ser uma criatura indigna, calculista, possuída por uma avareza sórdida e tenaz. Sobretudo, me parecia estar representando uma comédia: me fingia perturbada pelo pecado que estava prestes a cometer, somente para respeitar uma tradição tranquilizadora. Quando me certifiquei de que esse temor do pecado era fictício, de que eu, na verdade, estava ansiosa para consumar o pecado, então…"

"Então?"

"Disse a ele: 'Mamãe vai ao teatro esta noite, suba aqui por um momento, só um momento, entendeu?'. Também dessa vez eu estava mentindo, queria que ele insistisse, que fosse ele a me forçar, me obrigar…"

"E ele?"

"Respondeu: 'Está bem'."

"E… quando subiu, como estava?"

Fulvia, após um silêncio, murmurou: "Ele tremia".

Depois dessa palavra, ambas nos viramos com ternura para a janela, acariciando-a com o olhar. Relembrei o dia em que Lydia me dissera "Venha conhecer minha filha". Eu me achegava timidamente ao mundo desconhecido que Fulvia representava para mim, sentia que uma nova estação tinha início e que aquele encontro seria um experimento grave: minhas brincadeiras, minhas confidências, revelavam por inteiro o meu caráter, era perigoso confiá-las a alguém. Por isso eu tremia. Dario também tremia. Havia desafiado um risco, ao entrar naquele quarto. E eu esperava que nossas brincadeiras resistissem e que ele saísse derrotado, humilhado.

"Nós nos víamos com frequência", prosseguia Fulvia, "sempre que a mamãe saía à noite." A palavra "ver-se" assumira para ela outro significado, e eu enrubescia ao pensar ser sua cúmplice no valor secreto daquela palavra. "Nunca acontecera nada, durante meses. Comecei a temer justamente quando Dario foi convocado, nos dias em que ele fazia os exames médicos. Eu não podia acreditar que fosse verdade, me parecia injusto que uma coisa que havíamos feito de maneira tão leviana, como jovens, pudesse provocar as mesmas consequências de um casamento celebrado na igreja, com o consenso dos pais, do pároco, de todos. Parecia-me impossível justamente porque estávamos habituados a nos encontrar aqui, neste quarto: parecia uma das muitas coisas, das muitas conversas que mantínhamos às escondidas de minha mãe e da sua. Compreende?"

"Sim, claro."

"Eu me revoltava igualmente contra a partida de Dario. Era tão injusta quanto a presença do ser desconhecido que se impunha em mim. Não tínhamos desejado essa criança, assim como não tínhamos desejado a guerra. Eu não falava com Dario sobre minhas dúvidas, me parecia uma coisa aviltante, mortificante, daquelas às quais as mulheres recorrem quando um homem está prestes a deixá-las. E tampouco ele era sincero: me dizia 'Você vai ver, eu volto logo, de que serve a eles, na guerra, um homem míope como eu?'. Ríamos, íamos ao campo. Eu me deitava na grama, apoiava a cabeça em seus joelhos e ele acariciava meus cabelos. Havíamos adquirido o hábito de falar de política como se fôssemos dois homens. Sim, ler os jornais, falar de política eram nossas conversas de amor. Ao voltarmos, nas listas de recrutamento afixadas aos muros, eu lia o sobrenome dele na letra C, seguia-o com o dedo: 'Clerici, Dario'. Em cada rua por onde passávamos, as listas estavam afixadas. Dario Clerici era reconhecido em toda parte, seguido, vigiado, não poderia fugir. Aquelas listas afixadas me tiravam o fôlego; eu não podia pensar em outra coisa senão naquela dúvida tremenda, na presença inelutável que se aninhava dentro de mim, semelhante a um polvo monstruoso que apertava, sufocava; e na guerra. Dario se despedia no portão. 'Ciao, Fulvia.' Às vezes eu dizia com indiferença: 'Suba aqui, mais tarde', ele respondia: 'Ah, está bem'. Um dia disse: 'Devo me apresentar amanhã'. Oh, Alessandra, você não pode entender, você não entende."

Era a primeira vez que ela me falava assim.

"Naqueles dias", Fulvia continuava, "muitas vezes pensei em me matar. Pensava em me jogar no Tibre. Olhava para a água e pensava que seria fácil alguém se encerrar ali dentro, como se adormecesse sob uma coberta macia. Pensava em sua mãe, também; parecia que ela me chamava, que dizia: 'Venha, Fulvinha, a gente se sente bem aqui embaixo'. Via-me saltando do muro de arrimo, via meu corpo afundar, desaparecer. No entanto, me mantinha imóvel, colada ao muro, e isso não se devia ao medo: você sabe, eu não sou covarde; mas sentia que pertencia à terra e à minha angústia, que devia saboreá-la pedaço por pedaço. Parecia-me não poder fugir à lei que existe na dor, tal como havia obedecido espontaneamente à outra lei que é natural naqueles que se amam. Entende?"

"Sim", eu dizia.

"Depois Dario foi dispensado, eu me acalmei quanto às minhas dúvidas. Que alívio. Foram dias terríveis... Agora estamos tranquilos, recomeçamos a brigar."

Silenciamos, ela pousou a mão em meu ombro. "Ainda está com roupas de luto?", perguntou, tocando meu vestido preto. "Compre um vestido claro. Corte os cabelos. Você deveria se esforçar para…"

"Não", respondi bruscamente.

Em seguida a abracei, temendo tê-la ofendido: comecei a falar da viagem, do retorno, mas era difícil recomeçar a conversar com ela, tão diferente estava, naquele quarto diferente. Eu tentava docilmente me adequar. Disse que esperava ver Lydia, que ficaria mais um pouco, embora já fosse tarde.

"Mamãe não volta para jantar", disse ela com um leve embaraço, "vai jantar fora, hoje." Depois de uma pausa, acrescentou: "Vai ao teatro".

"Ah", fiz eu, e ficamos em silêncio. Nós nos queríamos bem, um bem difícil e profundo. "Então, eu já vou", resolvi, "amanhã te telefono."

Desci a escada, devagar, na tênue penumbra. Enquanto isso via minha mãe descer lépida no vestido azul, para ir ao encontro de Hervey.

Foi bastante difícil, nos primeiros dias, me habituar a viver no apartamento do Lungotevere. Meu quarto era pequeno, os móveis haviam sido dispostos ali sem amor, segundo o critério utilitário do meu pai e de Sista; num canto se amontoavam baús e malas recobertos por um desgastado cretone ferruginoso. O corredor claro, a cozinha moderna, o banheiro límpido contrastavam com o sono da mobília que, descendo da vasta austeridade da casa abruzense, já enfrentara a dificuldade de se adaptar ao apartamento da Via Paolo Emilio. Eu não conseguia encontrar um cantinho acolhedor; meu quarto se abria para um balcãozinho de estuque, semelhante a uma banheira; no pátio, as pessoas que eu avistava não tinham a fisionomia indulgente dos inquilinos do velho condomínio. "Não convém se debruçar", dizia Sista balançando a cabeça, porque mais de uma vez alguém havia abaixado a cortina de esteira verde para se proteger de sua benévola curiosidade. Debruçada para o pátio, ela corria o olhar pelas paredes brancas, pelas cortinas abaixadas, e depois, suspirando, dizia que a guerra mudara o humor das pessoas. Meu pai obrigava Sista, e mais tarde a mim, a enfrentar longas horas de fila para comprar uma qualidade de frutas ou de legumes que, em tempos de paz, ele não demonstrara preferir. Eu o satisfazia de bom grado e essa minha nova docilidade o deixou contente, sem suspeitar que era mais perigosa do que uma rebelião. Na verdade ele já não suscitava em mim nenhuma revolta, mas só indiferença ou tédio.

Em pouco tempo percebi que suportar essa convivência era menos fácil do que eu tinha previsto: ele se mantinha em contínua suspeita em relação a mim; escondia cuidadosamente o dinheiro e me fazia faltar até o necessário para comprar minhas meias ou para tomar o bonde. Só ficava feliz quando me via lidar com a rotina da casa. "O que temos de bom?", perguntava; se voltasse para casa com um pacote de presunto ou de anchovas, punha-o na mesa, entre nós dois, e insistia em me oferecer aquilo a fim de que não restasse nada para Sista: "Era só o que nos faltava", dizia, "presunto para a empregada, nestes tempos". A cada dia o abismo que nos dividia se tornava mais profundo: eu me demorava no quarto, como se morasse numa pensão: meu pai descia até os inquilinos do primeiro andar e nunca me chamava para acompanhá-lo.

No novo prédio todos me observavam passar, curiosos pelo meu modo de vestir; eu usava sempre roupas pretas, embora o período do luto tivesse transcorrido; calçava pesados sapatos pretos, comprados no Abruzzo; prendia os cabelos num coque sobre a nuca. Quando descia a escada, rápida, em meu vestido relativamente longo, as moças se voltavam para me olhar: estavam bem penteadas, maquiadas, às minhas costas trocavam comentários alegres, riam. "Senhorita", me disse Sista, "por que não usa os vestidos da Senhora?" Disse isso poucos dias antes de deixar nossa casa, certa de que eu não os utilizaria enquanto ela estivesse ali. Os vestidos estavam todos guardados num baú. "Ele queria vendê-los", explicava Sista; havíamos adquirido o hábito de nunca dizer o nome do papai.

Eram poucos vestidos, cinza, havana, pretos. Escolhi um preto; peguei também o impermeável, recuperado na margem do rio. No baú se encontrava também um invólucro comprido de ciciante papel de seda.

"O que é?", perguntei a Sista.

"É o vestido azul do concerto", Sista respondeu.

Houve um silêncio longo. Eu ouvia de novo o som decidido e vibrante do piano; escutava minha mãe tocar, sorria para ela acariciando o papel branco que respondia com um gemido estridente.

"Sabe alguma notícia dele?", perguntei num sopro.

"Não", respondeu Sista. "Nada. Somente... Bom: eu ia com frequência ao cemitério e levava umas flores: mas nos vasos havia sempre flores frescas, as flores do campo de que a Senhora gostava. O vigia me informou que quem as trazia era sempre um belo senhor alto: 'o marido', dizia."

Nossas mãos se apertaram sobre o papel ciciante. Eu não podia tirar da mente a melodia impetuosa da *Primavera*, os tinidos semelhantes a risadas.

"Não convém voltar mais ao cemitério, Sista."

"Pois é, não. A sra. Lydia disse que, se encontrasse alguém, talvez não voltasse lá. Convém deixá-los sozinhos, disse a sra. Lydia."

"Sim", concordei, "convém deixá-los sozinhos."

"Por isso eu prefiro ir embora. Não é por causa da guerra: eu disse isso a ele porque não podia explicar muitas coisas. De um modo ou de outro se deve morrer, dizem que sob os bombardeios não se tem nem tempo para sentir nada. Vou embora porque não aguento mais: já foi difícil esperar que a senhorita voltasse."

Acompanhei-a até o trem numa manhã, ao alvorecer. "Tenho medo de sentir enjoo", dizia ela, para disfarçar sua inquietação. Eu sabia que nada a esperava, na Sardenha, os pais eram falecidos: ela iria servir de empregada na casa de um irmão; mas não queria ficar comigo, não podia me ver caminhar: "Fico impressionada", dissera a Lydia, "parece que estou vendo a Senhora". Vinha nascendo um dia nevoento, a estação ainda estava às escuras: caladas, esperávamos a hora da partida, tal como esperávamos minha mãe, perdidas no crepúsculo e no temor. "A Senhora...", disse Sista, enquanto o trem se movimentava. "Roubei todas as fotografias."

Então fiquei só, e adquiri o hábito de estudar na cozinha; a panela fervia no fogão e o borbulhar da água, o roxo aceso da chama me faziam companhia. Meu pai gostava porque isso economizava luz. Nunca fui tão só quanto naquele período.

Pouco após minha chegada, Claudio seguira rumo à escola de oficiais, em Milão, e sua partida havia sido um alívio, uma libertação quase. Durante aqueles dias ele não fizera outra coisa além de esperar o momento em que poderia me ver; e eu, se em vez disso me demorasse estudando ou fosse visitar Fulvia, tinha a sensação de cometer uma crueldade. Quando eu lhe permitia me acompanhar, ele ficava feliz por se aquecer no doce calor da minha proximidade. Olhando-me, se tornava quase bonito, todo sentimento nobre se refletia nele. Eu pensava que ele deveria morrer naqueles instantes, não tinha mais nada a aprender da vida.

"Vou partir amanhã", disse ele uma noite, "daqui a vinte e quatro horas."

Parecia calmo: o sofrimento o cumulava a tal ponto que não deixava espaço para o desespero. "Se você não estiver cansada, queria te propor voltarmos àquela alameda, no Monte Mario, onde compreendi pela primeira vez que estava apaixonado por você." Eu disse sim. Sentia que ele queria retornar ao início de sua obediência amorosa para encontrar a força de aceitar a nova obediência que o esperava. Ali havíamos falado de Antonio e ele manifestara incompreensão e desprezo, acusara-o de covardia. Dissera que se rebelar era mais covarde que aceitar todas as exigências dolorosas da vida.

Eu me apoiava em seu braço e ele devotadamente, com todo o seu ser, me servia de apoio. No entanto, me parecia ser eu a padecer a injustiça que ele sofria, partindo. Àquela altura eu já não podia ignorar a guerra, se ela alcançava até meus colegas de infância, meu amigo predileto.

Da probabilidade de partir meus colegas nunca falavam, ou falavam com leviandade, brincando: porém, como os jovens camponeses no Abruzzo, não tinham mais nenhum compromisso com o viver: se levantavam tarde, ficavam horas e horas na cama lendo, fumando, enquanto as mães, as irmãs os serviam apressadamente, reconhecendo-lhes o direito ao ócio e à inércia. Sentiam que já pertenciam à guerra, esperavam que a guerra os chamasse; e, quanto mais ódio experimentavam contra esse chamado, mais inexorável lhes parecia o dever de esperá-lo. Talvez tivesse sido essa consciência que os deixara intratáveis, desde garotos. Nem mesmo o grande amor que Claudio sentia por mim bastava para lhe sugerir uma revolta. As mulheres se rebelavam porque a guerra não estava no destino delas: Vovó pensava em construir um refúgio, tia Violante em esconder Giuliano, e eu sofria por permanecer estranha às relações misteriosas e inclementes que se davam entre Claudio e a ordem que ele recebera, entre Claudio e a possibilidade que ele tinha de morrer.

Como na véspera da minha partida para o Abruzzo, agora ele me suplicava que lhe escrevesse: ainda poucos dias antes, sua última carta estava assinada "Claudia": era um subterfúgio infantil. "Enderece ao aluno oficial de infantaria Claudio Lori", recomendava ele agora, temendo que eu pudesse esquecer alguma coisa e a carta chegasse com atraso ou se perdesse. O aluno oficial Lori não tinha mais nada em comum com o rapaz que eu encontrara pela primeira vez no terracinho de Fulvia. Já me parecia que ele cheirava a couro, como todos os militares, imaginava-o ficar rapidamente em posição de sentido, falar com aquela voz inumana que a farda exige para poder responder: "Às ordens", para poder ordenar: "Os senhores devem partir de imediato e estar pontualmente no front africano onde dentro de dezesseis dias, à 0h28, deverão morrer".

"Não vá", pedi-lhe com raiva.

Comovido com essas palavras, ele se demorou me explicando que o dia seguinte era o último prazo para chegar à escola de infantaria em Milão; e, sabendo-me ignorante de tudo o que se referia ao exército, acrescentou sorrindo que ele seria um daqueles que têm o fuzil de ouro no quepe. Contudo, esse esclarecimento brincalhão expressava o pesar por não poder se apresentar a mim no uniforme militar: ele esperava que seu aspecto pudesse lhe ser proveitoso e despertasse em mim uma agradável surpresa; amor, talvez; não sabia que desde menina eu sempre tivera aversão aos menininhos que brincavam de guerra. No pátio havia um que, durante todo o dia, usava um chapéu de atirador de elite. Se eu o olhava, ele se pavoneava e depois, aborrecido por não suscitar inveja ou admiração, apontava os indicadores contra mim, com o gesto de empunhar o fuzil, e fazia "Bum, bum!". Era um menino pálido, franzino, muitas vezes aparecia na sacada envolto num xale e vestindo o chapéu de atirador. Minha mãe dizia que talvez ele só se achasse saudável e forte quando usava aquele chapéu; por isso, devia nos inspirar compaixão. "Sabe?", refletia ela, "a guerra não é uma prova de força, é uma prova de fraqueza.

Uma prova de medo", acrescentava. "Somente o medo e a fraqueza podem impelir os homens a matar outros homens que não fizeram nenhum mal."

O verdadeiro perigo da guerra, na verdade, parecia estar justo no medo e na inércia que gradativamente, inexoravelmente, como uma névoa densa, se apoderavam de nós tirando-nos qualquer confiança no futuro. Os mais velhos podiam ao menos se apoiar no passado, nas recordações. Na verdade se empenhavam em protegê-las, tal como, ciumentos, protegiam os bens materiais. Alguns enterravam as joias e o dinheiro, sem perceber que, com tal gesto, estavam condenando seu direito a usufruir desses bens. Aos jovens, que possuíam apenas o futuro, não restava nada.

Eu olhava para Claudio e — recordando a fotografia do tio Rodolfo que vira no Abruzzo — tentava inutilmente imaginá-lo naquela postura audaz, os braços cruzados e o pé apoiado sobre uma rocha. No entanto, os dois enfrentavam a mesma experiência, na mesma idade. Tio Rodolfo me falara muitas vezes daquele tempo: e o tom destemido de sua voz testemunhava que ele participara da guerra como de uma manifestação de aventurosa exuberância viril. Quando tio Rodolfo, na penumbra do gabinete, me falava da partida das tropas, do passo de marcha destas, jubiloso, seguro, dos cantos, das flores que as mulheres lançavam das janelas, das bandeiras que o vento fazia tremular, me parecia ouvir se aproximar do aposento, pouco a pouco, um som marcial de fanfarras, e meus olhos brilhavam.

Agora, em vez disso, à noite se ouvia subir da rua um surdo, desordenado arrastar de pés. Passava um grupinho de jovens, desmazelados em suas camisetas de verão; levavam na mão um pacote, uma mala, e caminhavam em silêncio atrás de um homem de farda. Ao ouvir aquelas pisadas melancólicas as pessoas se remexiam na cama, suspirando. As janelas permaneciam fechadas, por discrição. À noite os recrutas abandonavam a cidade, à noite embarcavam, à noite os navios deixavam a água negra do porto. Envoltos nas fardas grosseiras, apinhados nas estivas, não tinham sequer o ódio para nele se amparar e tampouco ainda valia, para eles, aquela instintiva prepotência masculina que desde quando eram meninos os fizera brincar de guerra: visto que sabiam que não poderiam medir seu valor de homens com base no valor de outros homens. Conscientes da fragilidade do heroísmo humano contra o duro choque das máquinas e dos equipamentos, sabiam que os esperava sobretudo o gesto vil do homem que corre a se esconder num buraco, e treme, abalado pelas explosões do bombardeio, treme, envergonhado da própria impotência. Toda noite eu ouvia aquele melancólico arrastar de pés: Fulvia também o ouvia, porque ambas morávamos perto de uma caserna. Os mais velhos dormiam; nós não conseguíamos dormir. Eram os passos dos nossos amigos de infância, os passos que ouvíramos no pátio da escola, os passos que haviam acompanhado os nossos nos passeios amorosos. À medida que se afastavam, silenciavam. Ao amanhecer, o rastro da passagem dos recrutas era assinalado por cascas de laranja e bitucas de cigarro.

Assim, parecia que não acontecia nada. Roma era uma cidade tranquila; os aviadores inimigos a distinguiam do alto, branca, inocente, cerrada em torno da grande cúpula, parecia estar ocupada em rezar: por isso, logo se afastavam respeitosos. Mas nas praças já não se ouvia o discurso amigável das fontes; a Piazza Navona estava silenciosa, no gesto aterrorizado dos Fiumi.* Em vez da doce voz da água se ouvia a voz arrogante do rádio. À noite, quando eu estava na cama, ela penetrava no meu quarto através da débil proteção das paredes; se eu dormisse, entrava nos meus sonhos, com o grito dilacerante das sirenes: eu acordava suada, arregalava os olhos no escuro. Fulvia dizia: "Estes são nossos melhores anos, isto é aquilo que havíamos esperado, o amor, a juventude. Desejei muito completar dezoito anos para ter um vestido de noite, de tule cor-de-rosa, godê".

Calados, Claudio e eu subimos a grande alameda, de braço dado. "Está escurecendo", ele disse, tomado de angústia, "não consigo mais ver seu rosto. Quando a verei de novo?" Era um lugar deserto, nós nos apoiamos numa árvore para conversar. Mas, vindo da única residência que ficava perto, o rádio logo nos alcançou. Enganoso, fingia o gorjeio de passarinhos; em seguida a voz inexorável começou a falar. Claudio pareceu não se dar conta, seu olhar tentava forçar a sombra para continuar vendo meu rosto. Ele já pertencia àquela voz; era como se aquela voz me olhasse com amor, me fisgando. "Me dê um beijo", suplicou. Eu pensei: um beijo antes de morrer, e a emboscada de morte que ele trazia em si, em sua supina obediência, despertava em mim

---

* Esculturas barrocas, instaladas no centro da Piazza Navona, que representam alegoricamente os principais rios (*fiumi*, em italiano) da Terra, um para cada continente então conhecido: Danúbio, Ganges, Nilo e Rio da Prata. Projetadas por Gian Lorenzo Bernini (1598-1680), foram realizadas entre 1648 e 1651 por um grupo de artistas.

uma repugnância invencível. Virei o rosto para me desviar da doce insistência de seus lábios.

"Oh", dizia Fulvia, "nossas mães eram tão afortunadas que podiam até se matar por amor."

Seguiu-se um período obscuro, de lutas, hostilidades e desconforto. Eu me matriculara na faculdade de letras, embora meu pai não tivesse ficado satisfeito com isso. Contudo, não se opôs: "Basta que você encontre um emprego". Eu não sabia a quem recorrer: não tínhamos amizades, conversei a respeito com Fulvia, com Dario, lia os anúncios do jornal. Comecei a estudar estenografia, por conta própria, com o auxílio de um guia prático. Adormecia em cima do caderno, na cozinha, e acordava tarde da noite, com frio.

Estava muito cansada porque não tinha o hábito de arcar com todo o peso das tarefas de casa, além daquele dos meus estudos. Levantava-me cedo, ia dormir tarde. Não achava que lavar louça ou varrer fosse tão pesado: tampouco meu pai achava, porque sempre comentava que a casa não estava muito limpa e que comíamos mal.

À tarde, saía em busca de trabalho: quando me perguntavam o que eu sabia fazer, ficava calada, e em seguida sugeria: "Eu poderia fazer qualquer coisa…". Perguntavam se eu tinha parentes no front, anotavam meu endereço, diziam que iriam me escrever: mas ninguém me escrevia.

Apresentei-me até numa perfumaria onde estavam procurando uma "moça de boa apresentação". Uma mulher jovem, loura, elegantemente vestida, veio ao meu encontro e com fria gentileza me perguntou o que eu desejava: enquanto isso observava meu vestido preto e o impermeável. Respondi que viera por causa do anúncio: ela me pediu que esperasse e fiquei contente por poder permanecer um pouco ali dentro, entre os frascos enfileirados, os potinhos claros, e aquele odor adocicado de pó de arroz. Ela voltou logo, dizendo que a vaga já fora preenchida. Eu disse obrigada, e enquanto isso a contemplava sorrindo porque ela era muito bonita. Poucos dias depois tirei uma fotografia para a carteira do bonde e, quando a vi, compreendi que teria sido melhor não responder ao anúncio.

"Nada de novo?", perguntava meu pai implacavelmente, toda noite, assim que voltava para casa. Eu o ouvia subir a escada; o elevador já estava parado por falta de energia; a cada degrau, seus passos pesados, surdos, se aproximavam e, com eles, a confissão da minha derrota. Eu tremia enquanto ele lia de maneira depreciativa os títulos dos livros que eu estudava, folheava as apostilas. Certa noite disse: "As mulheres que têm de fato a intenção de ganhar algum dinheiro ou estudam obstetrícia ou aprendem a trabalhar como costureiras".

Eu era tão sozinha que às vezes uma espécie de medo me invadia. Em casa não aparecia ninguém, o telefone jamais tocava. Vencida por uma crise de depressão, eu não tinha ânimo nem para sair, atravessar a ponte. "Não posso", dizia a Fulvia, "tenho de consertar roupas, passar a ferro." Dizia isso com um pesar infantil, como se tivesse sido posta de castigo. Às vezes, porém, largava tudo e enveredava pela Via Paolo Emilio, cheia de vento frio.

A presença de Lydia e Fulvia me transmitia um bem-estar imediato; elas estavam sempre animadas com algum propósito que as inflamava: mediam com afinco o tecido para um vestido que devia absolutamente estar pronto no dia seguinte, cortavam, alinhavavam; ou então me informavam sobre uma rifa que haviam organizado, em favor de uma pensionista. Fulvia, ao se pentear, me perguntava se eu encontrara um emprego. "Que tristeza", suspirava, passando o rímel. Lydia falava por telefone com o construtor e se escondia atrás de uma cortina para não ouvirmos o que ela dizia. O mesmo fazia Fulvia quando falava com Dario. Depois saíam do esconderijo e contavam tudo.

Ficava-se bem naquela tepidez feminina, em meio às roupas íntimas jogadas aqui e ali, em desordem, os rolos de cabelo, os vestidos. Eu me abandonava sobre o leito grande, como minha mãe fazia. "Descanse", dizia Lydia, colocando a bolsa de água quente entre minhas mãos.

Um dia Fulvia me chamou por telefone. "Venha imediatamente", disse. "Aconteceu alguma desgraça?"

"Não. É uma coisa boa. Venha." Sem esperar confirmação, disse *"Ciao"* e desligou.

Cheguei ofegante, por ter subido a escada de dois em dois degraus. Assim que entrei, perguntei: "O que foi?", enquanto despia o impermeável.

"Adivinhe…", respondeu Lydia.

"Eu conto", avisou Fulvia.

"O que você tem a ver com isso? Conto eu."

Depois de uma pausa que serviu para instalar um belo clima de ansiedade em torno da notícia, Lydia anunciou:

"Ele arranjou um emprego para você."

"Ele" era o construtor. Tratava-se de um posto modesto, por enquanto, na administração de sua empresa, mas convinha ter em vista o futuro — diziam —, e talvez dali a não muito tempo eu poderia substituir uma secretária que, se casando, iria se mudar para outro lugar.

"Espero que você não se apresente com esse vestido", disse Fulvia. Depois nos sentamos na cama e nos demoramos louvando a índole gentil do meu benfeitor. Lydia dizia, com modéstia: "Acreditem, ele é realmente uma pessoa fina".

Soube que ele era engenheiro e se chamava Mantovani. Lydia pediu minha discrição, mas não para salvaguardar a si mesma, explicava: o sr. Celanti já se estabelecera em Milão, sozinho; mas o engenheiro estava numa posição delicada: sobretudo porque a esposa sofria do coração. "Eu não gostaria de ter esse remorso", suspirava Lydia, com um pestanejar acelerado.

O engenheiro era um sessentão turinense, afável e expedito. Lydia me telefonou logo e, em tom de lisonjeira condescendência, me contou que eu produzira nele uma boa impressão. "Disse que você é uma pessoa distinta." Pensei que isso se devia ao velho vestido blazer de minha mãe, que eu decidira usar; mas dei um suspiro de alívio. Ficara um tanto insegura após o fracasso na perfumaria.

Na hora, aquilo me deixara indiferente; mais tarde, eu começara a pensar no assunto às vezes, até porque passava com frequência diante daquela loja, que mantinha uma grande vitrine voltada para o Corso* e era uma das perfumarias mais renomadas da cidade. Na loja havia sempre clientes elegantes, e as vendedoras conseguiriam estar no mesmo nível delas se não adotassem, para tal fim, um excessivo refinamento de modos que parecia artificial, simulado. A vitrine refletia minha face severa, minha figura magra no impermeável comprido; e, às minhas costas, o asfalto cinzento da rua, as pessoas que passavam ligeiras, concentradas nos seus pensamentos, moças que voltavam do trabalho e moças como eu, que não encontravam trabalho e às quais o pai perguntava "Nada de novo?" para ouvi-las responder "Nada" enquanto pelavam as batatas queimando os dedos. Eu fitava as senhoras que estavam

---

* Corso ("percurso", "caminho") Vittorio Emanuele II, ampla via que atravessa Roma no sentido leste-oeste.

sentadas na loja, escolhendo hesitantes a cor do ruge. Um rancor incontível me subia das entranhas: minha vontade era a de quebrar a vitrine com uma pedrada, e eu tentava justificar esse ressentimento atribuindo-o a uma rebeldia contra as injustiças da sociedade. No entanto, era só inveja, raiva. Eu pensava que elas talvez fossem medíocres, estúpidas, e só tivessem interesses superficiais; mas essas considerações, que eu lhes lançava violentamente, como insultos, não adiantavam para estragar o poder da beleza que elas exibiam. Naqueles momentos, eu tinha a impressão de que renunciaria até mesmo à lembrança de minha mãe para me assemelhar a uma delas.

Humilhada, me afastava da vitrine. Imaginava como um homem devia ficar feliz por acolhê-las num encontro: a alegria que minha presença fizera nascer nos olhos de Claudio se empobrecia, desaparecia. Dele eu recebia longas cartas, mas já disse que ele não escrevia bem: se demorava me falando do curso, da vida militar. Meu dia era um corredor escuro. "Nada de novo", eu respondia ao meu pai. Pelar as batatas, lavar a roupa, me refletir na água gordurenta da pia de louça suja, parecia que nada disso bastava para compensar o espaço que eu ocupava para dormir, as parcas refeições. "Não é possível que você continue assim, sem fazer nada", dizia ele.

Alegrou-se ao saber que eu fora contratada pela empresa Mantovani; ainda assim, por trás da satisfação aparente, era fácil perceber seu despeito por não mais poder me humilhar a cada noite, quando voltava para casa. Depois do primeiro dia, me perguntou "E então?", e em seguida disse "Ainda bem", com um sorrisinho de compaixão pela empresa Mantovani, que se contentava com tal funcionária.

Eu deixava que ele me atacasse, sem sequer tentar me defender: continuava a caminhar pelo corredor escuro e interminável: assim transcorreu aquele triste período da minha vida, que durou mais de dois anos. A qualidade do meu trabalho não era do tipo que suscitasse meu interesse, e a companhia dos colegas de escritório não me agradava. Quase todos se propunham, como meu pai, a trabalhar o mínimo possível, considerando suficiente para justificar o salário o fato de concordarem em permanecer fechados entre aquelas paredes, das oito às catorze em ponto: nessa hora, mal ouviam o primeiro toque da sineta, se precipitavam para a rua, levando nos olhos uma expressão de desforra. Eu não gostava do meu trabalho, mas preferia fazer contas ou escrever à máquina a conversar com meus pouco atraentes colegas: que, com a ajuda de um fogareiro, se empenhavam em preparar elaboradamente algumas xícaras de péssimo chá, só porque o diretor administrativo recomendara economizar energia elétrica. Depois escondiam o fogareiro, trocando brincadeiras insípidas, contando piadas políticas e até piadas obscenas. A batida incessante da minha máquina de escrever os incomodava; muitas vezes, na hora da saída, eu ainda estava debruçada sobre o grande livro-razão, me debatia entre cifras irrequietas, hostis. Eles tinham uma mentalidade escolar e implicavam comigo como se eu fosse a primeira da classe.

O contador zanzava suspeitoso ao meu redor, e depois revia meus cálculos. Também nele, como em meu pai, eu percebia uma ligeira irritação, quando dizia: "Muito bem". Notava, contudo, que ele se comportava desse modo inclusive com as minhas melhores colegas: havia sempre, da parte dos homens, um leve senso de desconfiança para com o trabalho feminino. Esperavam sempre que falhássemos. Queriam ter a possibilidade de perdoar um erro nosso. O contador passeava pelo corredor enquanto a moça do caixa conferia o balanço. A mulher o ouvia andar para lá e para cá, do outro lado da porta; e aquele passo monótono abalava seus nervos, os números se confundiam, caíam dos quadradinhos da folha de papel. O contador achava que talvez lhe bastasse percorrer mais vinte vezes o corredor para que ela se rendesse, pedisse ajuda: "Os cálculos não batem, senhor contador". Acorremos em três ou quatro até ela, todas mulheres: a coitada se debatia, levava as mãos à cabeça, era uma mulher madura, tinha três crianças. Nós a ajudamos, eu até resolvi preparar um café no odioso fogareiro. "Acalme-se", dizíamos, "está tudo bem, acalme-se." Estávamos todas de pé atrás dela quando ele abriu a porta, ao terminar o circuito que previra. "E então, senhora?", perguntou. Estávamos pálidas. "Tudo certo, contador."

Não, não havia muita justiça para as pobres jovens que trabalhavam comigo. Talvez nem sempre fossem simpáticas, ou de aspecto agradável; algumas eram displicentes, pintavam as unhas e deixavam o esmalte descascar, se fingiam louras e a risca denunciava seus cabelos negros. Às vezes ficavam nervosas porque, como muitas colegas da universidade, ainda estavam indecisas entre uma carreira profissional séria e o desejo de arranjar marido. E manifestavam essa incerteza no fato de fazerem as duas coisas. "A senhorita é sempre tão pontual", diziam os homens. "Assine o ponto por mim, por favor." Elas jamais se negavam, se alegravam por fazer os homens lhes serem gratos; assim haviam agido suas mães, suas avós; assim agiam elas também.

Levantavam-se às primeiras luzes do dia e mal se lavavam, porque ninguém gosta de se lavar com água fria, no inverno: mas aqueciam a água para os homens; arrumavam o próprio quarto; e, depois de prepararem o desjejum para o pai ou para os irmãos, ou de levarem a irmãzinha menor à escola, se espremiam apressadas no bonde: todas as mulheres são ridículas quando correm, mas elas não temiam ser ridículas, temiam apenas não ser pontuais. Chegavam ofegantes, às vezes em cima da hora de assinar o ponto: se o portão se fechasse severamente, se plantavam incrédulas diante daquela alta porta proibida, tentavam brincar e tremiam por dentro, porque haviam mantido intacta sua timidez de estudantes. Quando o portão se reabria, o recepcionista dizia "Para a sala do contador!" com a voz ríspida de um bedel. Apresentavam-se ao contador, algumas levavam no braço uma sacolinha com os mantimentos já comprados para o almoço. "Lembrem-se", dizia o contador, "nos escritórios já existem mulheres demais." Eu chegava sempre com as meias molhadas: tinha somente um par, e elas nunca secavam durante o pouco tempo em que eu dormia.

No período dos exames, eu só dormia duas ou três horas. Estudava na cozinha porque fazia menos frio; ali se mantinha por muito tempo o calor da minestra. Meu pai ia para a cama e roncava. O barulho regular do seu sono pacífico me transmitia uma irrefreável vontade de dormir. No pátio, todas as janelas estavam às escuras e eu respirava o sono dos vizinhos como uma fumaça densa, soporífera. As palavras se confundiam diante dos meus olhos, dançavam entre as linhas, entravam nos rápidos sonhos que eu tinha ao fechar os olhos sem perceber. Às vezes eram pesadelos extenuantes: o professor me arguía e eu não podia responder porque o recepcionista do escritório estava me beijando na boca; enquanto isso o portão se fechava, eu não podia mais assinar o ponto, e o professor me expulsava da universidade. Eu abria os olhos em sobressalto, somente poucos minutos haviam se passado no grande relógio da cozinha. O ronco monótono do meu pai atormentava a calma da noite. Eu ia até a pia, molhava o rosto e recomeçava a estudar.

Meu pai nunca me perguntava se eu estava cansada. Não quero dizer, com isso, que me tratasse mal; ele fingia acreditar que meus principais interesses eram os da cozinha, do mercado, da casa. Nunca me perguntava se eu gostava do trabalho, se preocupava apenas em me participar os aumentos e as previdências interessantes para os empregados da minha categoria. "Bom, como foram as coisas?", perguntava quando eu retornava dos exames, franzindo a testa e fingindo uma apreensão exagerada. Eu passava nos exames facilmente, com notas modestas. Ele se alegrava com isso e à noite trazia para casa uma garrafa de vinho, embora soubesse que eu era abstêmia. Uma vez por semana, me convidava para sair com ele, e estava convencionado que eu aceitaria: me levava para tomar sorvete, como quando eu era menina. Creio que nessas ocasiões se congratulava consigo mesmo por ter sido sempre um ótimo pai, a despeito de graves sacrifícios.

De manhã, quando ainda estava escuro, eu lhe levava a jarra de água quente para a barba; às vezes precisava segurar um espelho na sua frente, já que ele não enxergava bem. Se minha expressão fosse de cansaço, ele perguntava: "Mas o que você fez?". As cartas de Claudio o deixavam suspeitoso, creio que as lia às escondidas, porque eu encontrava minha gaveta em desordem; e a desconfiança instintiva que ele sentia pelas mulheres fora reforçada pela minha recusa em desposar Paolo. Essa recusa, em sua opinião, era totalmente desprovida de bom senso, a ponto de dar a entender que eu tinha em mente algum desígnio furtivo: por isso ele farejava o meu dia, esperando conseguir descobri-lo. Já estava bastante irritado com o fato de que eu logo me diplomaria, ao passo que ele só dispunha da formação ginasial. "Hoje em dia não vale a pena ter diploma universitário: todo mundo tem um", dizia negligentemente, dando a entender que ele o desprezara.

O fato é que ele só gostava das mulheres que se atinham ao modelo tradicional, ou então daquelas das quais se obtém distração e prazer. Certa vez eu estava com gripe e Lydia foi me visitar. Eu percebia que, ao se dirigir a ela, meu pai usava frases galantes e alusivas, levemente indecentes, como o olhar do tio Alfredo. Lydia jamais tivera simpatia pelo meu pai, no entanto eu a via satisfeita com os elogios antiquados dele: falava com voz coquete, abria o casaquinho numa repentina onda de calor, dava risadinhas sôfregas e, ao rir, seu busto já pesado se soerguia. "A geração do senhor era diferente da de hoje", dizia ela, "os homens sabiam como tratar as mulheres. E também", acrescentava com um suspiro, "os meridionais…" O capitão era meridional. Por causa do blecaute, meu pai decidiu acompanhá-la até em casa: ela fez menção de se esquivar, mas no fundo ficou lisonjeada por aquela galanteria.

Ficamos sozinhas, enquanto papai vestia o casaco: "Estou preocupada com Fulvia", ela me sussurrou, "você deveria convencê-la a falar com Dario, a tomar a iniciativa. Vocês já têm mais de vinte anos. Você também, pobre filha…".

Despediram-se, eu fiquei sozinha em casa. Do outro lado da porta, ainda ouvia Lydia rir, se fingindo amedrontada pela escuridão da escada: meu pai lhe iluminava o caminho com a lanterna; naquela noite, pela qualidade do seu riso, me dei conta de que Lydia já não era uma mulher jovem.

A última carta de Claudio chegou quando Dario já soubera, pela família do meu amigo, que ele fora feito prisioneiro. Fulvia e Dario vieram me trazer a notícia e me chamaram de sob a janela. Eu mal ouvi o chamado, porque estava passando uma coluna militar no Lungotevere. Àquela altura passavam com frequência, e faziam muito barulho. "Desça", me disse Fulvia, com um aceno; ela não queria subir para não cruzar com meu pai.

Desci, e nos encontramos em meio à poeira e ao barulho. "Má notícia", começou Dario, "Claudio…"

"Está tudo bem", interrompeu-o Fulvia, ao me ver empalidecer, "tudo bem: ele foi feito prisioneiro."

A carta que recebi, poucos dias depois, revelava desânimo mas também calma: justamente através daquela calma amarga se podia vislumbrar o pressentimento de uma nova obediência, uma nova mortificação. "Talvez", dizia, "esta seja a última carta que te escrevo." Em Monte Mario, ele dissera: "É a última vez que te vejo". Claudio tinha vinte e dois anos e muitas coisas já haviam sido as últimas para ele.

Toda noite o rádio transmitia os nomes de alguns prisioneiros, a fim de que os familiares se tranquilizassem. O frio, o escuro, a pobreza, o medo, encerravam os cidadãos entre as paredes das casas, tal como os outros estavam encerrados entre os arames farpados; e o rádio, que até então fora a voz inexorável da guerra que os dividia, agora, ao contrário, era a única voz que os mantinha unidos.

O rádio transmitia poucos nomes a cada vez: dez, doze.

Entre um nome e outro se estendia uma pausa de silêncio. Era um silêncio de uma espécie nova, desalentadora, terrível, em que nos parecia ouvir a lenta respiração do mar; uma pausa que delineava a deserta terra africana no vazio negro da noite insidiosa. Naquele vazio, um débil nome de homem aparecia, vibrava por um instante, e logo era apagado por outra longa pausa. A casa parecia povoada por aqueles nomes sem rosto que se escondiam nos cantos, como os espíritos depois das consultas de Ottavia.

O nome de Claudio ainda não havia sido mencionado. Toda noite, após o último nome, voltava a se estabelecer entre nós o vazio que aquelas pausas longas determinavam. "Talvez amanhã", pensava eu em voz alta. Meu pai observava: "Por que você se incomoda, se não quer se casar com ele?". Eu não tinha forças para me magoar, naqueles momentos. "Procure entender, papai", dizia, "é o meu melhor amigo." Naquelas noites, nem mesmo meu pai ousava falar rispidamente: aqueles nomes o intimidavam, enchiam-no de melancólico respeito. "Quando eu era jovem", replicava, "as moças não tinham amigos." Eu sentia que isso era verdade e experimentava uma compaixão benévola por ele, pela crueza que ele sempre encontrara em suas relações com as mulheres. Enquanto isso ele me perscrutava, hesitante entre a curiosidade e a desconfiança.

Muitas vezes eu me sentia olhada desse modo, inclusive pelos meus colegas, na universidade. Frequentava apenas as aulas da tarde: pela manhã ia para o escritório, onde já ocupava o posto de secretária. Tinha uma roupa nova: um blazer cinza com uma saia de pregas. Fulvia me criticava por escolher modelos antiquados e usar vestes compridas demais. Eu cortara os cabelos, mas eles eram excessivamente finos e escorriam lisos nas laterais do rosto. Fulvia balançava a cabeça, embora Lydia dissesse: "Eu gosto. É o tipo dela, era também o tipo de Eleonora, que também parecia usar as roupas de uma pessoa falecida muitos anos antes".

Essas palavras, ditas com superficialidade, suscitaram em mim uma ressonância profunda. Pedi a Fulvia que me deixasse experimentar um vestido dela. "Não, você tem razão", ela mesma reconheceu. "Esqueça, esqueça." Voltei a usar a blusa fechada até o pescoço, a saia comprida; mas continuava olhando para o vestido de Fulvia, branco e vermelho, estampado com flores. Eu cobiçava aquele vestido, gostaria de ser uma moça roliça, sorridente, cabelos ondulados, lábios macios. Naqueles vestidos, naquelas feições, me parecia vislumbrar a possibilidade de aderir facilmente à vida e desfrutar dela. "Não", dizia Fulvia, fechando o armário, "você não pode se vestir assim."

Nós nos víamos mais raramente. Agora a vida dela dependia dos horários e do humor de Dario.

Por isso, aos domingos eu costumava sair com alguns estudantes. Eram da província, em sua maioria, moravam em quartos mobiliados, à margem da vida citadina; afloravam a cidade, os prédios, os hábitos, sem conseguir fazer parte deles. Em sua companhia eu me sentia bem, e compartilhava de sua incerteza. Como não tínhamos dinheiro, íamos nos sentar na Villa Borghese ou passeávamos ao longo da Appia Antica. Nas manhãs de domingo visitávamos os museus. Alguns daqueles jovens me acompanhavam no bonde até minha casa, queriam carregar meus livros. Todos acreditavam que eu ficara de recuperação em algumas matérias, e se espantavam ao saber que eu ainda não tinha vinte e um anos. Confiavam tanto em mim que, certa vez, um deles até me pediu dinheiro emprestado; era um valor ridículo, que eu tinha na bolsa. "Desculpe", disse ele; "eu não teria me atrevido a isso com nenhuma outra mulher." Quando nos afastamos ele subiu correndo no bonde, me atirou um beijo. Voltei para casa a pé porque ficara sem dinheiro. Caminhava, e me parecia estar indo ao encontro do tio Rodolfo. "Você está cansada", ele me dizia, "não quero que fique tão cansada." Parava um carro, me levava para jantar numa trattoria cheia de luzes alegres, de músicas doces, comprava uma linda flor para eu pregar no vestido.

Eu o chamava, ele não vinha; e eu, só, não sabia sair do corredor escuro. Naquela escuridão, às vezes aceitava que algum dos meus colegas caminhasse comigo; até me deixava beijar, na avenida de Valle Giulia, pelo colega que me acompanhava; certa vez me deixei beijar num abrigo, durante um alarme aéreo. Mas eram beijos ásperos, com sabor de cigarros baratos; me parecia ser um homem e suportar o beijo de outro homem. "Não me telefone", eu dizia, usando o "você" com grande esforço. "Meu pai não quer." Ao retornar, com alívio encontrava papai, agradecida pela defesa involuntária que ele representava para mim.

"Está tarde", ele dizia, sem me repreender. Havia começado a perder sua segurança ferina, desde quando a doença nos olhos o obrigara a ficar em casa. Por algum tempo, conseguira esconder sua enfermidade. Consultara um oculista, sem que eu soubesse, e usava sempre óculos escuros. Um dia, eu lhe estendi uma xícara de café e ele não a viu. "Papai…", disse eu, para chamá-lo. Ele enrubesceu, estendeu a mão com um gesto inseguro, e murmurou: "Já não enxergo muito bem…". Pouco depois, foi obrigado a me revelar o esconderijo onde guardava o dinheiro.

Em pouco tempo se tornara um homem triste, embora a doença tivesse suavizado seu temperamento. Ele não se tornara irritadiço, como costuma ocorrer nesses casos; não quis nem tentar uma operação, já que tinham lhe dado poucas esperanças. "Talvez mais tarde", dizia, "quando eu não enxergar nada mesmo. Ainda enxergo", assegurava, "vejo tudo através de um véu branco." Depois disse: "Ainda vejo as sombras".

Minha presença tampouco podia lhe servir de conforto: eu não o amava e, de resto, remontando às minhas primeiras lembranças, considerava que ele nunca me amara como, ao contrário, tinha amado meu irmão. Quando eu nasci, parece que ele aguardava nervoso, andando pelos corredores da clínica. "Uma mulher?!", exclamara. Depois pusera o chapéu na cabeça, ressentido, e fora se sentar num café. Minha mãe havia chorado, e depois me contou que eu também chorava lamentosamente, como se intuísse não ser bem-vinda.

Ele relatava com frequência esse episódio, quando eu era menina; talvez, como todos os adultos, não pensasse que isso poderia me fazer sofrer. Contava-o rindo e, depois, me dava um tapinha no rosto; mas isso me humilhava ainda mais, porque eu vislumbrava indulgência e perdão nesse gesto.

Já precisara pedir que o dispensassem da repartição. No final do mês eu lhe entregava, juntos, meu salário e o dele: e não para deixá-lo com a impressão de ser ainda o chefe da família, mas — já que ele distinguia muitíssimo bem as cédulas — para fazê-lo notar que eu ganhava muito mais que ele. E de fato ele notava; dizia: "Hoje em dia as mulheres são bem pagas". Imediatamente se corrigia acrescentando que isso se devia à guerra. "Não é verdade?", perguntava. Eu não respondia. "Por acaso vocês têm a pretensão de que uma mulher ganhe tanto quanto um homem? Pois vão ver", dizia entre risadinhas, "vão ver no fim da guerra." Eu respondia: "Veremos".

Minha calma o exasperava. Eu me esforçava por ser cada vez mais obediente, prestativa, por antecipar seus desejos; me esquecia de mim mesma, me contentando com minhas duras tarefas; o escritório, os estudos, a casa, a assistência que prestava ao meu pai, sobrepujavam meu físico resistente mas limitado. Estava exausta, quando me deitava à noite. Ele se tornava cada vez mais frágil; até me perguntava: "Está cansada, Alessandra?". "Não, não estou cansada", eu respondia, para manter de pé a batalha que travávamos desde a minha infância e da qual eu saía vitoriosa.

* * *

Certa noite o sinal de sua derrota se manifestou. Ainda estávamos sentados à mesa, depois do jantar. "Quer que eu leia o jornal para você?", eu perguntara. "Não", respondera ele, "não quero mais saber como vão as coisas."

Vencida pelo cansaço, eu não me decidia a enfrentar o esforço de me levantar, me despir, escovar os dentes; no entanto, a doçura que o leito me prometia era inefável. Eu adquirira o hábito de colocar entre os lençóis uma velha garrafa de espumante cheia de água quente. Era a única coisa afetuosa que me acolhia, ao término da jornada.

"Escute...", disse meu pai.

O tom incomum de sua voz me preocupou: era o mesmo com que eu o ouvira dizer "Nora..." na manhã de minha partida para o Abruzzo; por isso intuí que, agora, ele estava prestes a falar dela. Não havíamos mais mencionado mamãe, e aquele compromisso tácito constituía um dos esteios da nossa convivência suportável.

"Você o conheceu?", perguntou ele, baixinho.

Respirei fundo; senti um sorriso imperceptível distender meu rosto e meus lábios.

"Sim", respondi. "Claro. Eu o via com frequência."

Em seu silêncio me pareceu perceber um claro convite: então comecei a falar de Hervey — embora, como ele, eu apenas o tivesse visto de relance no dia do concerto —, descrevendo sua pessoa, sua voz, seus gestos. Na escuridão dos olhos do meu pai, aquelas imagens pungiam como alfinetes. Ainda assim, logo que me calei, ele me dirigiu outras perguntas, de início tímidas, e depois cada vez mais precisas. Tranquilizada, eu respondia brevemente para obrigá-lo a me interrogar sobre os mínimos detalhes.

E assim adquirimos o hábito de falar de minha mãe e de Hervey. Toda noite, quando o vizinho não subia para lhe fazer companhia, eu já me apresentava implacavelmente no quarto do meu pai e me sentava na sua frente, no escuro. O silêncio se tornava denso de imagens. Por fim ele perguntava: "E então?".

Eu começava a contar. Toda noite enriquecia com novos atrativos a figura mágica de Hervey. Através da lembrança das conversas de minha mãe, e com a ajuda das minhas fantasias amorosas, reconstruía a história dos encontros deles, de seus diálogos, e até de seus olhares. Meu pai nunca se perguntava como eu havia chegado ao conhecimento de tudo aquilo. Escutava, e seu rosto ficava imóvel, pétreo. Pelas suas perguntas, eu compreendia que ele nunca pensara em outra coisa, naqueles anos: mesmo quando parecia se ocupar unicamente do racionamento, do dinheiro, das provisões. Irritava-se com o fato de minha mãe não ter consumado o adultério, porque combater um amor somente espiritual era um empreendimento muito árduo para ele.

"Não era necessário que fossem amantes", eu lhe dizia através de suas trevas melancólicas. "Eram muito mais que isso."

Eu sabia que o golpeava, com tais palavras.

"Você acha que sua mãe me odiava?", me perguntou certa vez.

"Te odiava?!", exclamei, indignada com sua esperança de ter suscitado semelhante sentimento. "Não, não", prossegui, conciliadora. "Tinha somente piedade."

"Então", continuou ele, "foi por isso que não partiu? Por piedade?"

"Não", respondi, decidida a cortar o último vínculo pelo qual ele acreditava mantê-la ligada. "Ela não partiu para não me deixar."

Mal pronunciei essas palavras, me dei conta de que o rosto de pedra expressava um alívio. O gelo daquele rosto passou então para mim, percorreu minha espinha: de repente, temi ter sido eu a responsável pela morte de minha mãe. Sim: com meu amor, eu a mantivera retida, aprisionada, eu a impelira para o rio, eu, com meu peso, arrastara-a até o fundo, enchera sua boca de água. Agora meu pai estava certo de que a culpa era minha, mas não dizia nada: queria me encerrar numa cumplicidade repulsiva.

Eu saía, atravessava os jardins públicos, e me detinha para observar as crianças. Algumas eram lindas, e todas pareciam ter uma expressão aberta, inocente no rosto. As mães se sentavam nos bancos e vigiavam os filhos; enquanto isso tricotavam, com lã azul e rosa. Também me sentava num banco e chamava as crianças com um aceno. "Venha cá", insistia: até que, vencidas pela ameaça do meu olhar, elas se aproximavam. Eu tocava em seus braços: eram fofos, lisos, gorduchos. "Sim", pensava, e me voltavam à mente as palavras da Vovó: "São doces, os filhos. Doces, macios, inocentes". Nós nos fitávamos e eu sorria, acariciando as carnes tenras, me espelhando na água azul daqueles olhos sem culpa. Mas, aos poucos, de seus olhares cândidos e espantados eu via aflorar uma força implacável que extraía seu vigor justamente daquela inocência inexperiente, daquela inerme fragilidade. A segurança delas nascia, de fato, daquela carne tenra que ninguém teria coragem de ferir, da incolumidade da qual desfrutam os fracos, aqueles que precisam ser protegidos. As mães desenrolavam ágeis o fio azul, o fio rosa, e ignoravam a possibilidade que eles tinham de atar, sufocar, matar, com a ternura inconfiável das mãos gorduchas. Eu matara minha mãe com a simples presença da minha vida.

Oprimida pelo remorso, corri à Via Paolo Emilio e na verdade foi Lydia quem me tirou do pesadelo. "O que você tem a ver com isso?", me dizia duramente, para me despertar. "Você não sabe o que acontecia entre eles, naquelas noites. Sua mãe implorava, se arrastava de joelhos. 'Você não pode ir embora', respondia seu pai. 'Não poderia ir nem mesmo se deixasse Alessandra. Alertarei todas as fronteiras sobre você, o marido pode fazer isso, farei a polícia te surpreender. Tente', dizia."

"Não", eu respondia ao meu pai, "não creio que ela tenha te amado algum dia, nem mesmo quando aceitou te desposar. Não era amor."

Meu pai não replicava e, com aquele silêncio, reconhecia sua culpa. Apenas uma noite seu rosto se animou de repente: "Cale-se", me disse, "sua víbora, fique quieta!".

Levantei-me, deixei-o sozinho. Ele não podia mais ficar sozinho, àquela altura: na escuridão de seus olhos talvez as lembranças o assediassem e amedrontassem, eu o vinha convencendo de que mamãe não estava no cemitério, mas debaixo de sua janela, na água verde do rio; dizia-lhe que muitas vezes ela entrava em casa, que eu a ouvia caminhar com seu passo leve. "Chegou", eu lhe anunciava, "você não a vê?" Ele não podia vê-la.

Pouco depois me chamava, com voz lamentosa, suplicante. "Alessandra, venha cá. Perdoe-me."

Eu levava a minestra para ele, o vinho: estendia com garbo a toalha na sua frente e pensava nas mãos inocentes dos filhos.

Era outubro quando um colega da arquitetura se ofereceu para me acompanhar à inauguração de uma mostra, na Galleria Borghese. Eu gostava de estudar história da arte. Recorria com frequência ao jovem professor que substituía o titular da cátedra, impossibilitado por uma enfermidade. Chamava-se

Lascari; eu achava que, no momento oportuno, gostaria de preparar o trabalho de conclusão com ele. Enquanto isso, visitava os museus; e, como dispunha de pouco tempo, às vezes passava ali a hora do almoço, comendo um sanduíche vergonhosamente dissimulado num jornal. Àquela hora as galerias estavam desertas, parecia que as estátuas me esperavam: eu me apresentava à porta das salas e murmurava sorrindo: "Aqui estou". Talvez isso possa dar a impressão de imodéstia, mas, quando me via sozinha diante da natureza ou de uma obra de arte, me parecia que elas haviam esperado com impaciência a minha chegada para então revelarem seu esplendor secreto. Lascari me surpreendera certa vez quando eu entrava numa sala, imitando inconscientemente os passos de minha mãe. "O que a senhorita faz aqui?", me perguntara com fingida severidade. Enrubescida, escondi o sanduíche atrás das costas.

Eu queria pedir a Lascari alguns conselhos sobre o método de estudo que convinha seguir, mas não tinha coragem. Era o único que me tratava de maneira brincalhona, como se eu fosse criança. Diante dele eu nunca encontrava as palavras, na verdade usava verbos impróprios, adjetivos equivocados. Como tinha certeza de que ele me julgava pouco inteligente, eu temia que não quisesse se ocupar de mim.

Na inauguração da mostra, Lascari também estava presente: ao vê-lo, de início o evitei temendo que, como sempre, ele me interpelasse com benevolência irônica, perguntando o que eu estava fazendo em meio às pessoas adultas. Sentia-me ainda mais tímida, naquele dia, por causa da inebriante comoção que experimentara ao atravessar a villa,* a pé, para chegar à Galleria Borghese. Tinha chovido e depois, de repente, o céu liberado das nuvens mostrara o mais atrevido azul. Sobre a sebe de buxo, pérolas iridescentes tremiam e o pintarroxo trinava, esvoaçando entre os ramos das acácias: dos ramos caíam gotinhas frescas, saltitantes, que alfinetavam agudamente meu rosto.

"Desculpe", dissera eu ao colega que me esperava à porta, "estou atrasada, vim caminhando devagar."

Seu aspecto desagradável me aborrecera, as mãos roxas, os cabelos desalinhados: mas, se estivesse sozinha, eu não teria coragem de entrar na multidão.

---

* A autora se refere ao imenso parque (a Villa Borghese, justamente) no interior do qual, entre muitos outros pontos interessantes, fica a homônima galeria de arte.

O estudante conhecia muitas pessoas e se detinha para cumprimentá-las, me apresentando a elas somente pelo sobrenome. Eu enrubescia, encabulada, permanecia em silêncio, não entendia coisa alguma, me entediava, estava perdida. De repente vi Lascari passar de novo e tive um movimento brusco, um impulso repentino. "*Ciao*", disse ao estudante. Ele me reteve: "Aonde você vai? Espere".

"Não", respondi, "não posso."

Ele me segurou pela manga: "Espere".

"Não posso, já te disse; preciso ir falar com Lascari."

Ele me retinha e eu me debatia: estava irritada com a sua prepotência, sentia uma violenta raiva subir dentro de mim. Lascari já enveredara pela escada, com um amigo. Invadiu-me o temor de não conseguir alcançá-lo: tendo enfim me livrado, atravessei a sala e comecei a descer a escada com agilidade, depressa, cada vez mais depressa, com leveza, num voo. Era uma escada em caracol, como a da Via Paolo Emilio. Minha saia comprida de pregas se abria em círculo, e eu fui invadida por uma doce tontura na espiral monótona da escada. Eles já estavam à porta. "Professor...", chamei, e me detive esbaforida, rubra.

Ambos se voltaram. "Oh, Alessandra...", disse Lascari. Retornou e me apresentou seu amigo. Eu sorria, ainda ofegante pela corrida. Era Francesco.

Recordo tudo, desde aquele momento, cada detalhe daquela que foi depois a minha vida; e direi tudo, com impiedosa sinceridade, com crueza. Talvez só a partir deste ponto a história comece a ser verdadeiramente importante em relação aos fins para os quais foi escrita. Mas eu não podia silenciar tudo o que precedeu nosso encontro: Francesco estava em mim desde o primeiro momento, quando nasci, e meu pai se aborreceu porque eu era menina. Era ele que me fazia companhia quando eu me sentava junto à janela, enfiando as miçangas. Por isso o reconheci ao vê-lo passar; e desci lépida pela escada, obriguei-o a voltar-se.

Também agora Francesco senta-se ao meu lado e fala. Ele me diz: "Alessandra, como você estava bonita naquele momento! Estava ofegante, levava a mão ao coração. Lascari te disse uma bobagem, lembra? Disse que você parecia saída de um quadro do século XIX. Eu sentia vergonha das coisas fúteis que os homens dizem às moças, não queria adotar aquela linguagem, me parecia que não era adequada a você, e por isso desde então aprendi a te falar com o meu silêncio. Você estava linda, e eu jamais tinha visto toda a graça do mundo reunida numa pessoa. Você se colocou entre nós dois, começamos a caminhar. Lascari podia caminhar facilmente ao seu lado, e eu não podia conciliar seu passo gracioso com o meu passo pesado de homem. Desde então me vi tolhido e desajeitado; e sempre foi assim, por isso eu me mostrava insociável. Oh, você estava tão linda, Alessandra".

De fato ele nos deixou bruscamente e eu fiquei vendo-o se afastar, sozinho, pela avenida. Lascari, sorrindo, explicava que Minelli era de temperamento fechado, melindroso, conhecia-o havia anos, desde os tempos do ginásio. Enquanto ele falava eu permanecia séria, muda.

No dia seguinte Francesco me telefonou. "Desculpe", disse. "Lascari me deu o seu número. Parece que eu fui grosseiro."

"Oh, não…", respondi, confusa.

"Sim. Deve ser verdade. Eu tinha muitas coisas para fazer."

"Oh…", eu murmurava, e não sabia dizer uma palavra.

"Gostaria de vê-la", acrescentou ele, "para me desculpar. Irei amanhã à aula de Lascari, na faculdade."

Eu disse sim, está bem. Recordo que, logo depois, quis ligar para ele, dizer que não podia, de manhã eu ia para o escritório: mas ele desaparecera, eu não sabia onde morava, quem era, toda a cidade estava vazia dele; contudo, talvez por isso, toda a cidade o reapresentava à minha memória. Fiquei junto ao telefone, ainda segurando o aparelho. Meu pai sentiu o peso do meu silêncio: "O que foi?", perguntou irritado.

Respondi, após um instante: "Amanhã de manhã devo estar na faculdade". E, ao ouvir de novo aquela expressão "amanhã de manhã", me pareceu que a espera seria infinitamente longa e que eu não saberia como aliviá-la; me virava para o telefone, que era duro, preto, mudo; dizia: não amanhã de manhã, mas já. Meu pensamento se debatia percorrendo toda a cidade. Depois peguei a lista telefônica, consultei-a ansiosa: Minelli era um sobrenome comum, e eu ainda não sabia que Francesco se chamava Francesco.

"Mas eu sabia que você se chamava Alessandra", ele me diz, enquanto paro de escrever para ouvi-lo. "Estava contente por não ter jamais conhecido uma mulher que se chamasse assim; porque nenhuma mulher se parecia com você. Pronunciei muitas vezes o seu nome, naquela noite, para que no dia seguinte pudesse ter familiaridade ao menos com alguma coisa sua. Pronunciava-o em variados tons. Estava no escritório, sozinho, precisava preparar uma aula, e em vez disso me mantinha sentado na poltrona, a cabeça reclinada no espaldar, e dizia Alessandra com naturalidade, como se fosse para chamá-la de um aposento a outro, Alessandra com ironia, Alessandra com mau humor, com raiva. Mas seu nome parecia se rebelar; de modo que comecei a dizer Alessandra com ternura, com um leve tom de prece. Eu estava fumando, o aposento ficou enevoado, com odor forte, denso. Alessandra, eu disse, com amor. Assim me parecia fácil pronunciar seu nome. Eu queria ouvi-lo pronunciado por você, ver que aspecto seus lábios assumiriam. Por isso te perguntei logo qual era seu nome, na manhã seguinte. Você ficou surpresa, um pouco decepcionada."

Aquela pergunta me gelou. Caminhamos por um momento em silêncio. Eu pensava que ele havia sido tão escassamente curioso a meu respeito que, ao telefonar para Lascari, nem sequer lhe perguntara meu primeiro nome.

Sentia-me humilhada por ter preparado um papel que ninguém me pedia para interpretar; houve um silêncio e naquele silêncio frio eu me perdia, me precipitava. Um estudante passou, disse: "Bom dia, professor".

Tentei me recuperar: "O senhor leciona?", perguntei.

Francesco assentiu: "Filosofia do direito. Sou interino".

Sua voz tinha um tom grave, quase sombrio: parecia que ele lamentava dar qualquer informação sobre si. Era difícil compreender se estava contente por me acompanhar ou se cedia mal-humorado a uma incumbência que lhe fora confiada e à qual não podia se subtrair. Não me lembro do que íamos dizendo, nos primeiros momentos; porque se tratava justamente daquela linguagem a que se recorre quando entre duas pessoas não há nada em comum e se tenta estabelecer uma conversa mediante frases feitas; por um momento pensei em não aceitar aqueles temas obsoletos e depois compreendi que os estávamos dispondo entre nós para opor uma barreira a outras palavras que não queríamos dizer. Nós nos abandonávamos por completo à estupenda novidade de caminharmos juntos, sem nos consultar sobre a direção a tomar; eu sempre havia caminhado sozinha, no máximo me apoiando no tio Rodolfo ou deixando que Claudio se apoiasse em mim, mas naquele dia, pela primeira vez, descobria o equilíbrio harmônico dos nossos passos lado a lado, que nos conduziam através de ruas que eu não identificava, asfaltos que se desdobravam diante de nós, árvores que nos faziam companhia. Eu não estava particularmente contente, e aliás a comoção me comprimia a ponto de me proibir a felicidade, mas a ideia de interromper o passeio me perturbava como se, de repente, eu tivesse que parar de respirar.

"E o senhor, como se chama?", perguntei bruscamente.

Caminhávamos sem nos olhar e ele hesitava em responder, como se hesitasse em render-se.

"Francesco", respondeu baixinho.

Enrubesci, porque me pareceu ter recebido uma confissão íntima. Mantive seu nome levemente suspenso entre os dedos como uma coisa frágil, recém-nascida. Eu pensava Francesco, ele pensava Alessandra, e a consciência do seu nome que habitava em mim, do meu que se estabelecera nele, nos proporcionava uma perturbação feliz. Na esteira desses nomes saíamos do âmago de nós mesmos, nos apresentávamos; cada um falava de si com indulgência, como de um amigo extravagante a quem se estimasse, apesar das suas imperfeições.

De repente percebi que havíamos chegado ao rio; bastava virar à direita e minha casa estava ali, poucos passos adiante. "Oh!...", exclamei, e meu rosto expressava um pesar tão profundo que ele logo me perguntou: "Onde mora?".

"Ali", respondi com um gesto atarantado, como se indicasse um inimigo que me esperava de tocaia. "Quando era menina morava nos Prati, do outro lado do rio."

"Eu sempre morei num velho prédio na praça da ponte Sant'Angelo."

"Tínhamos o rio entre nós."

Rimos e, enquanto eu sentia aquela frase me arrastar para um temor confuso, Francesco me perguntou qual era minha idade. Depois especificou: "Eu estava do outro lado do rio onze anos antes da senhorita".

O vento soprava, desalinhava meus cabelos, eu precisava segurá-los. "Que pena", falei, "eu não sabia. Minha mãe sempre me proibia de atravessar a ponte."

Ele riu, supondo uma brincadeira: "E agora?".

O Lungotevere estava ventoso, nossas palavras fugiam assim que eram ditas.

"Agora minha mãe está morta. Eu moro com meu pai."

"Deveria se arrepender de ter chegado tão atrasada", disse ele, e eu enrubesci.

Viramos as costas para o vento, os cabelos varriam meu rosto. Como se obedecesse a uma obrigação incômoda, Francesco disse: "Preciso revê-la". "Quando?", nos perguntamos. Ambos queríamos responder "esta noite", mas dissemos: "Amanhã".

Preciso recolher, rememorar, reunir meus pensamentos: porque, quando examino aquele tempo da minha vida, e os doces dias do encontro com Francesco, de imediato eles se animam, se elevam, ondulam e inflam como se um vento impetuoso os tumultuasse. Naqueles dias eu tinha sempre em mim um ritmo feliz de corrida; e o desejo de dar vazão ao maravilhoso arroubo que me animava. Meu passo era elástico, vibrante: quando eu descia a escada as vizinhas penavam para seguir com o olhar a rápida passagem do meu vestido preto; no escritório, se o engenheiro Mantovani me chamava, eu abria a porta de sua sala num ímpeto jubiloso que depois me fazia enrubescer. Datilografava deslocando a alavanca num arpejo; o rumor das teclas parecia uma chuva de granizo estival. Os colegas, espantados, vinham espiar minha sala, eu dizia "Bom dia" com um alegre sorriso de triunfo. Escancarava as janelas, fazia correr a água no banheiro, batia os ovos, esfregava os panos para lavar sempre naquele leve ritmo de corrida e todos se voltavam, paravam e se espantavam.

O fato é que durante todo o dia eu corria para o encontro com Francesco; e ao longo dessa corrida cumpria facilmente minhas obrigações cotidianas. Detinha-me somente perto dele; assim que ele vinha ao meu encontro, eu sentia que chegara o momento de parar. Após alguns instantes de silêncio, nos quais sentíamos apenas nossos nervos se distenderem, nossa respiração se tornar ampla e segura, começávamos a nos falar, a contar às pressas, com ânsia, até mesmo nos interrompíamos um ao outro e pedíamos desculpas com um sorriso. "O que ele te diz?", Fulvia me perguntava. "Nada", eu respondia, me iluminando, "não diz nada." De fato cada um de nós estava aflito por falar somente de si, cada um se retirava do passado escuro e se conduzia até o outro para se apresentar. E eu ansiava por dividir com Francesco tudo aquilo que até então havia sido ciumentamente meu. Através daquelas narrativas conhecia a mim mesma, afinal, e ao mesmo tempo o conhecia. Era uma sensação belíssima.

Eu contava a Fulvia sobre aquela feliz ansiedade, e ela me escutava juntando as mãos num gesto de prece. "Falei de você com ele", dizia eu; ela sorria, grata por ter sido admitida, ainda que por breves instantes, no encantamento dos nossos colóquios. "Também falei deste quarto, das brincadeiras que fazíamos quando crianças." "E ele ainda não te disse nada?" Tinham se passado cinco ou seis dias desde nosso primeiro encontro. "Não", eu respondia, "nada." "Deve estar muito apaixonado, para não falar", considerou ela.

Certa vez, por fim, tive a impressão de que o nosso era um encontro de amor. Chovia, por isso tínhamos decidido nos ver num café. Cheguei sob uma chuva fresca que alfinetava divertidamente meu rosto; eu vestia o impermeável comprido de minha mãe, com o capuz na cabeça. Ao entrar, logo avistei Francesco, sentado a uma mesinha sobre a qual havia uma xícara de café. Intimidada, atravessei a desolação da salinha despojada me dirigindo para ele, que era um homem alto, magro, levemente calvo. Parecia-me não o conhecer, exceto por seu aspecto exterior, o terno cinza, a gravata, o casaco dobrado na cadeira. Ele se levantou e, retido pela mesinha num espaço estreito, se inclinou para me saudar de maneira correta, como se saúda uma mulher com quem se tem encontro marcado. No canto oposto da sala estava sentado outro casal, o homem vestia farda. Fitavam-se, de mãos dadas. E, me espelhando neles, eu de repente enrubesci: Francesco seguiu o meu olhar e disse: "Desculpe: pensei em nos vermos aqui porque é perto de sua casa. Não queria que a senhorita se molhasse muito. Vamos embora?". "Não, por quê?", respondi; mas a chuva me provocava um frio nos ombros, nas costas: eu não queria tirar o impermeável, para não ceder àquele ambiente melancólico. Lembrei-me do dia em que surpreendera Lydia, numa leiteria, com o capitão.

O garçom trouxe o café na xicrinha de vidro, eu o bebi sem vontade; pensei que fosse o rito a cumprir em todo encontro como o nosso. Enquanto isso o olhar de Francesco seguia amorosamente os gestos das minhas mãos. Eu também olhava para ele: já que, caminhando juntos, aprendera a conhecer somente o seu perfil duro, de maxilar saliente.

Naquele dia, porém, ele estava diante de mim: aos poucos, tal como o outro casal, tínhamos nos aproximado. Eu sentia seus joelhos rígidos, via seu rosto severo, a fronte alta, e, como em seu pescoço havia um arranhãozinho vermelho, concluí que de manhã ele se cortara ao fazer a barba. Ele fitava meus olhos, meus lábios: eu não me subtraía ao seu olhar; pelo contrário, me oferecia, sem sorrir, numa expressão intensa do rosto; e, no impulso que nos impelia a aprofundar também esse conhecimento, acreditei reconhecer a angustiante presença do amor.

"Sim", respondi a Fulvia, à noite, "talvez você tenha razão, talvez ele esteja apaixonado por mim." Ela se mostrava curiosa: "Conte, conte mais", pedia. "Como é Francesco?" Chamava-o pelo primeiro nome, como eu jamais ousara fazer. De longe era fácil ganhar familiaridade com ele; comecei a falar de sua pessoa, a descrevê-lo, me parecia que ele já não era tão esquivo, se deixava olhar, corpo desconhecido que até então nos proibíramos até de imaginar com precisão. Eu hesitava: "Não, talvez ele não seja bonito", disse, "não sei. É alto"; prossegui: "Muito mais alto que eu. E também... Não, não adianta, você não compreenderia". "Diga." "É o seguinte: a nuca dele lembra a nuca de um cavalo. Mas você não pode compreender, é uma bobagem." "Pelo contrário, eu compreendo: você disse a mesma coisa sobre Hervey, no dia seguinte ao do concerto. Fiquei muito impressionada: eu olhava para sua mãe e pensava na nuca do cavalo. Sabe, eu era jovem. E, no entanto, ouvindo-a falar, parece a mesma história, que você continua." Estávamos deitadas em sua cama, no quarto dos brinquedos onde ela agora recebia Dario. "Minha história", disse Fulvia amargamente, "continua a história da minha mãe."

Francesco me esperava na Piazza San Pietro. Tinha sido eu que escolhera o local do encontro, no desejo inconsciente de reencontrar as ruas prediletas de minha mãe e de Hervey. Começamos a caminhar entre os velhos edifícios das cúrias.

Aos poucos, fomos nos afastando da área habitada e subimos ao Janículo por uma bela estrada campestre: a mesma que eu percorrera, muitos anos antes, quando me dirigia ao concerto na *villa* Pierce. Tinha sido eu que buscara a ocasião para aquela lembrança; no entanto, ela me pegou tão despreparada que fiquei enternecida.

"Minha mãe gostava muito desta estrada", disse.

Eu nunca falara da mamãe com Francesco, nem com outras pessoas que não a tivessem conhecido; após o retorno do Abruzzo, me limitara estritamente à versão sugerida por meu pai. Na conversa com Francesco, apenas aludira a algo que havia abalado profundamente e talvez mudado o curso da minha vida.

"Minha mãe ficava muito feliz quando passava por aqui", acrescentei e, forçando com delicadeza minha temerosa reticência, comecei a falar dela, de seus gostos, de seu extraordinário modo de caminhar. Falei também da vovó Editta. "A mamãe lia Shakespeare para mim, em voz alta, às escondidas: meu pai não queria. Eu tinha sete, oito anos. À noite, na cama, repetia aqueles versos e assim aprendia a rezar." Ele me escutava com um interesse que minhas palavras jamais haviam suscitado; não era a atenção humilde e submissa de Claudio nem o divertido estupor de Paolo; e a intimidade que se estabelecia entre nós, através daquelas confidências, não parecia provisória ou casual, mas gerada por raízes remotas, como se desde muito tempo antes soubéssemos tudo um do outro. Inflamada pela narrativa, me virei para Francesco e vi que ele me olhava com uma comoção tão nova no rosto que me interrompi e corei.

"Como a senhorita se parece com sua mãe!", exclamou ele afetuosamente.

"Eu?", respondi, e me detive, confusa.

"Sim, creio: ao falar dela, está fazendo o retrato de si mesma."

Perturbada, baixei a cabeça. A presença dele já me proporcionava, além de uma felicidade descontraída, uma espécie de desconcerto inquietante. Talvez minha mãe também não estivesse apenas feliz quando passava por aquela estrada, talvez também sentisse medo.

Confusa, me virei a fim de olhar para Francesco: estávamos parados no crepúsculo, numa luz vermelha, demasiado violenta: naquela luz ele parecia ruborizado por um sobressalto íntimo. Na superfície despojada de seu rosto me parecia que estava tudo o que até então eu amara somente em mim mesma e na natureza; um impulso irresistível me impelia para ele, tal como para as árvores, os cursos d'água, e minha imagem refletida no espelho. Agora, sob a condução de um olhar, tudo o que era mais secreto e recôndito em nós passava facilmente de um para o outro. Oh, ao recapitular aquele momento e os outros que se seguiram, a luz daqueles encontros, o esplendor da paisagem, a brandura do ar, e a presença viva de Francesco, sinto as forças vacilarem em mim, um suavíssimo langor me invadir, lágrimas de emoção me encherem os olhos, a tal ponto que as palavras se confundem e tremulam sobre o papel.

"Minha mãe", revelei num sopro, "se matou por amor."

Anoitecia quando voltei para casa. Eu tinha pedido a Francesco que não me acompanhasse, aduzindo uma desculpa, mas na realidade porque desejava ficar sozinha por alguns momentos. Havia muita gente nas ruas do meu bairro, àquela hora. Na densa escuridão do blecaute, era possível ver as pessoas passando rápidas, entrando e saindo das lojas para as últimas compras antes do jantar. Eu caminhava devaneante, com o rosto em chamas, e obtinha frescor de um pouco de vento que levantava meus cabelos. As pessoas me tocavam com o braço, se chocavam comigo, e eu nem me virava; tinha diante dos olhos o rosto de Francesco, chamava-o, ele me respondia, falávamos uma língua que ninguém podia compreender.

Desde aquele momento o meu amor por ele não mais se separou de mim, era um hóspede que eu acolhera com gratidão jubilosa e comovida e que, em pouco tempo, preenchera tudo de mim, sangue e espírito. Gosto de me demorar quanto a este ponto. Desde então, e mesmo agora, apesar das coisas penosas e das coisas terríveis que ocorreram entre nós, meus olhos sempre estiveram plenos de seu rosto, para além do qual, em transparência, qualquer outra coisa me aparecia: o campo, os prados, as casas, as ruas da cidade, até as árvores, eu só conseguia vê-los atrás de seu rosto, como que pintados sobre um leve anteparo. E até o rosto de Tomaso, o riso amável de Tomaso, eu via através do rosto dele que eu acariciava, desde aquele entardecer, não só com os pensamentos amorosos, mas com todos os bons e maus pensamentos que sempre estiveram em mim, desde que nasci.

Subi depressa a escada, entrei em casa. Logo corri à janela do meu quarto e me debrucei. "Amanhã", murmurava, repetindo os termos do nosso encontro marcado. "Amanhã às cinco."

Meu pai me chamou e eu acorri: ele estava sentado, calmo, no quarto levemente iluminado pelo gélido clarão da lua: "Está tarde, Alessandra", disse, "eu queria comer". Sua voz já não revelava irritação, ou despeito: e a miséria de seu estado parecia ter conferido solenidade à sua pessoa, enobrecido os traços de seu rosto. Vestido de escuro, se fundia com a cadeira escura: já branco nos cabelos e no mármore liso da pele, também ele parecia uma estátua, como Vovó.

Peguei um banquinho, me acomodei diante de seus joelhos. Ele olhava para a janela, embora já não enxergasse quase nada: e cada coisa sua, forma e pensamento, parecia se ajustar em torno de um nome, "Nora", que ele se ocupava em repetir e conservar. "Nora", ele aprendera a dizer, um dia, como eu agora aprendia a dizer "Francesco". Ao sentimento que ele nutrira por minha mãe eu devia o fato de ter nascido e de conhecer, eu também, um sentimento igual. O rancor que me sustentara por tantos anos repentinamente se dissolveu, me prostrando num ato de sincera contrição. Recordei o propósito que alimentava de abandoná-lo, a alegria cruel com que toda noite me encarniçava contra ele para feri-lo. O amor transbordava de mim, a bondade me inebriava, e me parecia que os impulsos generosos que eu experimentava deviam se dirigir ao meu pai, sobretudo, e convergir nele. Fitei-o com grata ternura: recordei seu hábito de me levar para tomar sorvete, quando eu era criança; também agora às vezes ele me dizia, numa contradição humilhante: "Venha comigo, vou levá-la para tomar sorvete". Porém, o que mais me enternecia era a lembrança de seus dias monótonos, regulados somente pelos horários da repartição, e o aviltamento que aquele ritmo de vida havia gerado nele; sua mesquinhez ingênua, sua vacuidade presunçosa, e em suma tudo o que me irritara, ou até indignara, suscitou repentinamente em mim uma comoção profunda. Porque era também a tudo isso que eu devia o fato de ter chegado, hoje, ao encontro na Piazza San Pietro.

Meus pensamentos estavam tão inflamados que ele por certo percebeu seu calor. Virou-se um pouco para mim e perguntou:

"O que você tem, Alessandra?"

Não respondi logo, não queria dizer uma mentira: em mim já não havia lugar para uma só mentira, um só engano. Palpitante, escutava a confirmação daquilo que estava me transtornando; e, tendo-a recebido, me fiz leve, leve para confessar:

"Estou apaixonada."

Esperava que meu pai me abrisse os braços, sorrindo, e que eu pudesse me refugiar nele, finalmente, pousar a cabeça em seu ombro, chorar, talvez, me derramar. Em vez disso, ele teve um sobressalto, que eu atribuí à surpresa, e perguntou:

"Quem é?"

"Chama-se Francesco."

Mal pronunciei o nome, estremeci: senti ter cometido uma grave indiscrição, temi que, em sua casa, no escritório onde sempre estava àquela hora, Francesco tivesse levantado a cabeça, bruscamente, se ouvindo chamar, e me pareceu ler em seu rosto uma expressão irônica e estarrecida. Eu não soubera resistir à tentação de pronunciar seu nome entre as paredes da minha casa: como todas as mulheres, era incapaz de guardar um segredo.

"Você não sabe nem o sobrenome dele?", observou meu pai, ressentido; e eu vagamente intuí que fizera mal em falar. "Como se chama? Que profissão exerce?"

"Oh, sim, eu sei", respondi logo, intimidada. "Chama-se Minelli, Francesco Minelli. É professor da universidade."

"Professor?", repetiu meu pai, com um leve tom de desprezo. "A pior categoria dos funcionários públicos. Mortos de fome, cheios de soberba e de pretensões. Onde o conheceu? E por que ele não veio falar comigo?"

Eu me levantara, hesitando em responder; cada palavra dele expulsava um pouco do encanto inefável que me invadira até então.

"Por quê?", perguntei timidamente, procurando reconduzi-lo à imagem afetuosa que eu traçara dele. "Por que ele deveria ter vindo falar com você, papai?"

"Porque é isso que fazem os homens honestos quando querem se casar com uma jovem."

"Mas ele não quer se casar comigo: nunca disse isso."

"Ah, não? Ótimo. E o que ele quer, então? Divertir-se?"

Fiquei em silêncio, horrorizada. Desde suas primeiras perguntas eu deveria ter lhe suplicado que se calasse, não estragasse a alegria que pela primeira vez me era permitido sentir.

"Não quer se casar com você! Só se divertir. Acredito. E você vem me dizer isso, ainda por cima."

Tentei compreender o significado da palavra "divertir-se", relacionada a nós dois, a Francesco e a mim. E essa palavra, inocente na aparência, fazia labaredas de rubor irrefreável subirem às minhas faces. Temi que Francesco pudesse escutar nossa conversa e se retirasse enojado e decepcionado, torcendo a boca numa careta.

"O que você tem a dizer?"

"Nada, papai. Vou preparar o jantar."

A casa estava escura, silenciosa, triste. Naquela escuridão eu queria me esconder, desaparecer. Estava tão só que nem sequer o pensamento em Francesco conseguia me fazer companhia; me parecia que eu não mais ousaria ir ao encontro dele, levando comigo as palavras humilhantes do meu pai. No fogão a água sibilava na panela; dali a pouco eu deveria jogar a massa, aquecer o molho. Nem mesmo naquela noite eu podia me dar folga: depois, me esperavam as roupas para passar a ferro. Não podia nem mesmo me jogar na cama e chorar. Minha mãe me tomou nos braços. "Oh", disse, "eu também não queria que você fosse uma menina."

O telefone tocou em meio ao silêncio. Hesitei um momento, surpresa com o fato de que alguém ligasse àquela hora. Depois atendi.

"Aqui é Francesco", disse ele.

Depois da primeira vez, não havia telefonado mais. Tinha uma voz quente, contida, e seu rosto surgia diante de mim no vazio negro do fone.

"Oh, obrigada... obrigada...", respondi.

"Por quê?"

"Por me telefonar."

"Pois é. Estou incomodando?"

"Como assim? Pelo contrário..."

"Desculpe, eu não podia esperar até amanhã. Queria te dizer uma coisa."

"Que coisa?"

Houve um silêncio. Era um silêncio doce, um escuro agradável.

"Bom, já não tem importância. Eu queria te falar sobre hoje, mas..."

"Compreendo."

"Compreende?"

"Sim", respondi baixinho. "Eu também queria te falar."

Houve mais um silêncio. Não tínhamos a sintonia entre nossos passos para nos ajudar: as palavras se apresentavam nuas em seus significados.

"É muito tempo, até amanhã."

"Oh, sim", confessei num sopro.

"Mas agora já está melhor."

"Muito melhor."

"Peço desculpas. Boa noite, Alessandra."

"Boa noite, Francesco." Era a primeira vez que eu o chamava pelo nome. Ficamos em silêncio por um instante, ligados pelo fio: eu ouvia no fone o arfar de sua respiração; depois ele desligou, eu desliguei, devagarinho, para não ter de ouvir o clique que encerrava a conversa.

Meu pai não disse nada; comemos, e ele me sentia forte e resoluta do outro lado da mesa.

Poucos dias depois, era dia 11 de novembro, nos encontramos na Galleria Borghese. Francesco, ao me convidar para voltar ao local onde acontecera nosso primeiro encontro, tinha a voz suspensa numa trêmula interrogação. Séria, fitando-o, eu dissera sim.

Procurei-o ansiosamente, de sala em sala, e ao passar nem mesmo saudava as pinturas, as diletas estátuas; pelo contrário, fugia da sua imobilidade misteriosa. Caminhava lépida, com o passo de minha mãe, e só me detive quando vi Francesco parado diante de um quadro: ele olhava para o quadro, mas escutava meus passos se aproximando e não via nada. Assim me explicou depois. Eu disse: "Aqui estou", e não sorria. Tínhamos ambos aquele rosto dolorido, aflito, do qual a felicidade inconsciente desapareceu para dar lugar à inquietação do amor.

Caminhávamos juntos, admirando os quadros. Viam-se, nas paredes, os vazios deixados pelas obras que haviam sido removidas, por causa da guerra. Diante daqueles vazios nos detínhamos, amedrontados, fitávamos a trama da juta, o vil entrelaçamento dos fios. Eu pensava que poderia ficar desolada, como aquelas paredes. Assim foi que Francesco me deu o braço, e eu me acheguei a ele, para nos proteger. "Não", ele disse, "estou liberado por causa da universidade."

Meus pensamentos gemiam, num medo repentino. Invoquei o auxílio da Vovó, pensei no refúgio que ela queria construir para mim, na rocha. Francesco estava na minha frente e me olhava: "Poderemos nos ver mais cedo, amanhã". "Sim", respondi, "às três." Queríamos ter certeza de podermos nos encontrar amanhã, depois de amanhã, sempre, numa corrente ininterrupta de dias, a fim de achar a calma necessária para nos olharmos. Talvez não seja fácil compreender que a fabulosa recordação do dia 11 de novembro consiste naquele estar eu apoiada na parede e ele diante de mim, um fitando o outro.

Mas em sua mirada eu tive pela primeira vez consciência de mim mesma, dos meus olhos, da boca, da praia lisa da fronte, e por fim compreendi com que objetivo eles tinham sido desenhados em meu rosto.

Não recordo como foi que ele declarou me amar. Falava de modo brusco, confuso: talvez não tenha dito nada e eu disse tudo no meu interior, fitando-o. Mas todo mês, durante anos, quando chegava o dia 11, eu esperava me sentir bela como naquela data. Sem dúvida é imodesto dizê-lo: mas eu acreditara ser mais bela que minha mãe no dia do concerto, mais que a vovó Editta em suas récitas de honra. Eu tinha seu rosto romântico sob o chapéu de plumas, os cabelos de Ofélia, o manto de Desdêmona.

Nós nos víamos todo fim de tarde. Uma resoluta inclemência me animava durante o resto do dia: eu estava friamente determinada a isolar a hora do encontro das outras horas da minha vida. Já não sentia em mim a felicidade bem-aventurada dos primeiros momentos, mas uma fervorosa tenacidade que eu aplicava em me dedicar totalmente ao amor. Parecia-me que só ele poderia me ajudar naquele aperfeiçoamento de mim mesma ao qual me dedicava desde a adolescência. De fato eu me tornara mais inteligente, mais desenvolta: no escritório, a prontidão com que executava minhas tarefas e o senso de responsabilidade que eu adquirira já me valiam o respeito por parte dos homens. Em casa, executava com maestria as tarefas a fim de chegar à hora do encontro deixando para trás os cômodos reluzentes, os lençóis frescos, arrumados. Gostava de carregar em mim a nitidez da cozinha limpa, das belas páginas datilografadas, dos estudos realizados com método. Naquela época prestei uma prova e tirei a nota máxima.

Havíamos àquela altura adquirido o hábito de nos encontrar em locais solitários para podermos nos beijar. A cidade estava cada vez mais escura pelo temor das incursões aéreas: embora tal cautela nos recordasse a presença insidiosa da guerra, Francesco e eu nos beneficiávamos dela. Toda manhã, embora não o confessássemos, observávamos o tempo a fim de saber se seria possível nos refugiarmos, ao entardecer, na sombra da Villa Borghese. Nós nos desejávamos ardentemente, e eu, de início relutante, depois me abandonara àquele desejo que já não me dava trégua: ver Francesco se mover, mesmo quando nos sentávamos para conversar num café, renovava a perturbação que eu experimentara no Abruzzo, ao observar os dois camponeses que batiam espigas de milho no terreiro. Cada gesto das mãos dele despertava em mim a mesma sensação, eu tinha de me abster de olhar para ele quando se movia, indiferente, para não sentir arrepios como naquele dia. Na primeira vez que nos beijáramos eu experimentara um agudo desprezo por mim mesma: me parecia desnecessário recorrer àquele meio para saborear o fogo dos nossos sentimentos. Além disso, um leve constrangimento me retinha: naqueles momentos eu sentia que meus olhos perdiam a doce limpidez com que me habituara a fitar Francesco; meu rosto se transformava, eu temia que ele se surpreendesse por descobrir em mim outra pessoa, totalmente diferente daquela que ele conhecia, e me recriminasse por tê-lo enganado. Pensava em Enea, quando me encontrara sozinha em casa e se aproximara para me beijar: ele tinha uma expressão transtornada, maldosa: me parecia aceitar uma cumplicidade com ele, acolhendo no meu rosto aquela mesma expressão; era como se, à distância de tantos anos, eu o chamasse de volta e lhe abrisse a porta. Na sombra escura dos carvalhos Francesco interrogava meu rosto, e eu o cobria com a mão. Ele afastava minha mão para me conhecer também naquele aspecto contra o qual eu lutava desde quando era menina. "Vá embora, Alessandro", dizia internamente, e me apresentava como modelo o rosto sempre casto de minha mãe. Contudo, quando Francesco me beijava eu o via animado pelo mesmo ardor com que se empenhava em descobrir meus propósitos, meu passado, meus pensamentos: na verdade, era fácil passar das confissões mais cândidas aos beijos mais atordoantes: às vezes eram até os episódios que eu contava sobre minha mãe que me impeliam para o limite daquele doce abismo.

Eu tinha narrado a Francesco a história de minha mãe e de Hervey. Não posso julgar se a versão dessa história era fiel à verdade porque, cada vez que a contava ao papai, eu a enriquecia com tantas imprecisões que já não saberia identificar. Francesco e eu havíamos adquirido o costume de irmos nos debruçar sobre o Lungotevere, ao entardecer, perto do lugar onde minha mãe se deixara levar pela água. Eu lhe falava de Alessandro, dos aniversários, da mamãe lançando as margaridas no rio. "Não quero conhecer seu pai", ele me dizia de cara fechada; olhava para a água, para as árvores; "basta-me estar aqui para me sentir em sua casa, com seus parentes." Oh, era realmente um homem extraordinário, Francesco, e a minha vida se espelhando nele me parecia também extraordinária. Ele já circulava pela minha infância e pela história de minha mãe, com afetuosa confiança. De sua mãe falava raramente: dizia que ela era uma mulher seca, como ele, e que usava sempre uma gargantilha de fita branca: quando eu telefonava e ela me atendia, glacial, minha impressão era a de me chocar contra aquele colar. Não, sem dúvida ela não podia concorrer com uma mãe como a minha, que se matara por amor. No Lungotevere que sobressaía ao caniçal, as árvores eram verdes, leves; na primavera floresciam com pluminhas cor-de-rosa, que cheiravam a pó de arroz e confeitos. Naquele lugar parecia que nos beijávamos com maior arroubo; enquanto Francesco me beijava, se ouvia a correnteza do rio. Àquela altura, no bairro dos Prati, eu e ele caminhávamos como numa igreja.

Francesco me manifestara muitas vezes sua curiosidade por conhecer Fulvia: mas eu hesitava em apresentar um ao outro porque, através das minhas conversas, me parecia que eles tinham enfrentado o primeiro encontro havia tempo e já estavam ligados por uma familiaridade cotidiana. Deviam voltar atrás, fingir não se conhecerem: ficariam constrangidos por representar essa comédia na minha presença. Eu pressentia isso e por essa razão retardava tal momento. Francesco insistia: ele acreditava que Fulvia era a única pessoa informada sobre nossos encontros, já que eu lhe ocultara a desgraçada conversa com meu pai, e o incomodava aquela testemunha desconhecida. "Mas afinal", me perguntava, "o que Fulvia pensa de mim?" "Oh", respondia eu, "tem muita simpatia…" Ele disparava: "Por que ela deveria ter simpatia? Não me conhece em absoluto". Eu explicava que frequentemente falávamos dele, e uma inocente vaidade masculina o impelia a competir com o personagem desenhado por mim. Mas eu sabia que, instigado por seu temperamento esquivo, ele, ao contrário, faria de tudo para se apequenar. Eu não ousava lhe pedir que fosse amável, cortês: me remetia à primeira impressão que tivera dele, para prever a impressão que minha amiga relataria.

Finalmente, um dia combinei o encontro. Tínhamos marcado na rua. "Fulvia sempre se atrasa", observei, desejando que ela não viesse; Francesco estava de humor duvidoso: talvez também desejasse o mesmo. Caminhávamos de um lado para outro, afastados, e, pelo fato de chamar uma amiga para fazer parte do nosso segredo, me parecia que eu já não estava tão enamorada assim. Francesco envergava um terno marrom, que não me agradava muito: eu não gostaria que Fulvia o conhecesse justamente com aquela roupa. "Se ela demorar mais", eu disse, "vamos embora." Mas, nesse momento, avistei-a de longe. "Aí vem ela", anunciei. Fulvia se vestira de maneira vistosa, como se fosse comparecer a uma recepção: nas orelhas exibia um par de pingentes de ouro que sobressaíam demais no castanho dos cabelos. De fato Francesco disse: "É esta? Eu a imaginava diferente".

Foi muito difícil, para Fulvia: fomos nos sentar num café e a conversa se arrastava, penosa. Em olhadelas, Francesco e ela se estudavam sem piedade: eu tentava ajudá-los, destacando alternadamente um e outro: mas sentia que Francesco era o mais forte, pois tinha o meu amor para nele se apoiar: Fulvia não podia vê-lo separado desse sentimento e por isso supunha que ele possuísse méritos superiores àqueles revelados na insípida conversa. Ela, ao contrário, estava sozinha diante dele: consciente de sua solidão, tentava superá-la com vivacidade excessiva. Eu fui pusilânime, recordo: para me distinguir dela, me fechei na reserva mais estrita do meu temperamento, me esquivei, acentuando com meu silêncio a magreza do meu corpo, que fazia parecerem demasiado provocantes as belas formas dela.

Em suma, não conseguimos superar o constrangimento mútuo: e, quanto mais tentávamos nos livrar dele, mais nos envolvíamos. Não houve um só momento de alívio. Fulvia servia o chá, sorrindo, misturava o leite. "Sem açúcar, certo?", disse, se virando para Francesco. Eu me senti enrubescer. "Como sabe?", perguntou ele, espantado. Fulvia ficou desconcertada e olhou para mim. "Fui eu", expliquei, "já não recordo como, falávamos de… Você tem boa memória", acrescentei friamente. Deixei que ela se afogasse. Me perdoe, eu lhe implorava por dentro.

Por fim, nos despedimos à porta: Fulvia ia ao encontro de Dario, que agora trabalhava num escritório; se fingiu pesarosa pelo fato de Dario não ter podido conhecer Francesco. "Pena", disse. Francesco e eu começamos a caminhar e só depois de algum tempo conseguimos nos sentir novamente sós. "Pobre Fulvia", suspirei. Ele permanecia quieto. Temi que não me amasse mais: bastava um silêncio seu para me transmitir aquele temor, para mover em direção a ele meu pensamento, aflito, desorientado. "O que achou dela?", perguntei. "É simpática", respondeu, mas sua voz estava indecisa. "E que mais?" "Não sei; se a encontrasse por acaso, não pensaria que ela era sua amiga." "É preciso conhecê-la", admiti. "E sua mãe? Gostava dela?" "Oh, sabe?", respondi frivolamente, "mal a conhecia." Estava irritada com ele, que me obrigava a mentir. Eu não saberia ser tão dura em relação a um amigo dele: pediria a esse amigo que me contasse o que Francesco fazia quando criança. Ele não perguntara nada, não vira em Fulvia o terracinho, o pátio, não compreendera o quanto havia sido necessário que ela existisse em certos momentos da minha vida: julgara-a pelo que ela era e não pelo que representava para mim. Tínhamos dormido abraçadas na noite em que minha mãe morreu. E, sobretudo, eu acusava Francesco de não ter compreendido que justamente tudo o que havíamos sido uma para a outra impedira Fulvia de ser espontânea, segura: conhecê-lo, e admiti-lo em nosso afeto, deixara-a intimidada a tal ponto que ela precisara daquele vestido vivaz, daqueles brincos de ouro. Eu me achegava ao braço de Francesco lhe pedindo uma palavra amigável em relação a Fulvia. "Ela sabia que eu nunca uso açúcar no chá", observou ele com ironia. "Você conta tudo para ela, então, tudo?"

Não respondi: seu temperamento, embora franco e agradável, às vezes parecia reservar algumas áreas nas quais para mim era difícil penetrar. Achava difícil, por exemplo, seguir o que ele fazia durante o dia. Ele era sempre evasivo, fugidio: nunca me falava de seu trabalho, a não ser com alusões breves, irônicas, que talvez indicassem uma modéstia excessiva. Sempre mudava de assunto para voltar a falar de nós e eu consentia de bom grado em acompanhá-lo.

Mas toda noite, ao deixá-lo, me parecia que ele silenciara algo a respeito de si, algo muito importante. Se eu não soubesse onde ele morava, quem eram seus pais e qual profissão exercia, teria até duvidado de conhecer sua verdadeira identidade. Às vezes suspeitava que ele tinha esposa, em algum lugar do mundo; e, por isso, eu com frequência repetia que o casamento não tinha importância para mim, só o amor era importante. Também rechaçava outra suspeita que não raro me perseguia: ou seja, de que ele tivesse uma amante e não ousasse abandoná-la: esse temor nascia do fato de que ele, algumas vezes, chegava atrasado aos nossos encontros ou os remarcava de última hora: certo entardecer, na Villa Borghese, eu o vira se voltar bruscamente, como se temesse estar sendo seguido. Seu humor oscilava: de repente, sem razão alguma, seu rosto se ensombrecia; isso não dependia de mim, eu tinha certeza; pelo contrário, naqueles momentos ele me pegava pelo braço com obstinação.

Certo entardecer, estávamos passeando e Francesco me mantinha envolvida daquele modo raivoso que era o principal indício de sua inquietação; parecia querer desafiar um vento desfavorável que tentasse nos separar, um torvelinho. Eu não lhe perguntava nada, me limitava a ficar bem perto dele mostrando que também queria travar aquela batalha, ainda que não conhecesse o adversário. Depois nos sentamos num banco isolado, acendemos um cigarro. Então perguntei:

"Está preocupado com alguma coisa, Francesco?"

Enquanto isso, batia a cinza do cigarro; fingia desenvoltura, embora estivesse arrependida de ter solicitado uma confidência que ele, apesar do amor que me dedicava, ainda não me faria.

De início Francesco me perscrutou, aborrecido com o fato de seus sentimentos se manifestarem de modo tão óbvio; em seguida, desviando o olhar: "Sim, muito", respondeu, e segurou amorosamente minha mão, amassando-a na sua.

"Não diz respeito a você", continuou, em tom caloroso e tranquilizador, "nem ao nosso amor", especificou baixinho, com o recato que sempre adotava ao pronunciar certas palavras. "Ou pelo menos não diz respeito mais do que não o diz a todo o resto: toda a nossa vida."

"Explique-se", pedi; e senti um gelo em mim, sob a pele, um medo repentino.

"Hoje, não", respondeu ele, "não me peça isso, não estou com vontade. Garanto-lhe: é uma coisa que não se refere diretamente a mim e a você."

"Está bem", concordei, sem insistir mais. Ele me olhou ternamente, apreciando minha discrição, e não porque vislumbrasse nisso aquela inexperiente mansidão feminina que — ao contrário — muito o irritava, mas apenas porque ela era a prova da nossa confiança recíproca.

Despedi-me como toda noite. Sorri, ele também tentou sorrir. Abraçou-me com força, no escuro do saguão. "*Ciao*", disse, e se afastou bruscamente.

Esperei que ele chegasse em casa e lhe telefonei: não estava. Chamei-o mais tarde: não voltaria para jantar. Eu tinha certeza de que aquele abraço expressava um adeus. Debrucei-me na janela esperando que, por acaso, ele passasse ali embaixo e eu pudesse ao menos vê-lo uma última vez. Na sombra se distinguiam a margem gramada do rio, o caniçal. "Ajude-me", eu dizia à minha mãe, "ajude-me", e lançava meu apelo na água negra do rio: o Tibre, passando diante da minha casa, alcançava a casa de Francesco. "Ajude-me", eu soluçava, confiando-lhe uma mensagem desesperada.

Telefonei também durante a noite: mas assim que ouvi a campainha, imaginando-a tocar no silêncio dos aposentos, desliguei pesarosa. Talvez Francesco entendesse e me chamasse de volta. Esperei no escuro junto ao aparelho, de camisola, temendo acordar meu pai. Francesco não telefonou. Tive certeza de que ele estava com outra mulher. "Não importa", eu murmurava, "me ligue ainda assim."

Consegui lhe falar de manhã, depois de uma noite em claro. Ele era sempre lacônico por telefone. "O que houve?", perguntou.

"Nada. E então, nos vemos às seis?"

"Certo, está bem."

Encontramo-nos num pequeno café. Feliz por olhar para ele, por rever a cor de sua pele, os traços de seu rosto, sua camisa azul um pouco surrada, mesmo assim eu estava dominada por uma angústia incontível. Gostaria de aderir à contenção que decidira adotar: ou seja, não falar de nada, ficar satisfeita apenas de vê-lo; eu sabia que faria mal em mostrar minha curiosidade, meu penoso ciúme, mas sua presença anulava em mim qualquer propósito. Eu estava transtornada. Parecia-me que os outros fregueses me observavam, desconfiados.

"Vamos sair", pedi logo depois, "aqui não se pode conversar."

"Sim", assentiu ele, "é melhor."

Sua concordância me amedrontou. Então havia alguma coisa, não se tratava de uma dúvida, de uma suposição ridícula: havia, e ele se preparava para me confessar o que era. Talvez quisesse me deixar, não me amava mais. Eu ainda esperava que se tratasse de uma questão de dinheiro, uma dívida de jogo. Dispunha-me a aceitar qualquer confissão.

Demos ainda alguns passos em silêncio; depois ele disse: "Sou vigiado pela polícia".

Sobressaltei-me, apavorada e ao mesmo tempo aliviada. "Por quê?", perguntei em voz baixa, me achegando a ele. "O que você fez?"

"Nada", respondeu, com um sorriso amargo, "eu sou antifascista."

Recordo que, ao ouvir essa palavra, tive a impressão de receber um violento golpe no peito. Era uma palavra que me aterrorizava, embora eu não compreendesse seu significado: na realidade, não saberia precisar em que consistia o fato de ser antifascista. Eu jamais tinha visto um antifascista: às vezes lia no jornal que um deles tramara um complô, lançara uma bomba, e fora fuzilado pelas costas. Eram uns fora da lei, indivíduos suspeitos, proscritos: Francesco pertencia àquela espécie e eu caminhava com ele havia meses sem saber disso. Meu coração batia forte e eu experimentava uma leve sensação de náusea, como se ele de repente tivesse me revelado padecer de uma doença vergonhosa.

Todos esses pensamentos me atravessaram a mente num segundo, enquanto, após um silêncio, eu dizia apenas: "Ah".

"Isso a desagrada?", perguntou Francesco, em tom arrogante.

"Não", respondi. "Por que deveria me desagradar?"

Senti medo dele. Temi que pudesse me maltratar, me bater, puxar do bolso uma bomba; me parecia ter caído numa armadilha e inconscientemente reagi com astúcia, fingindo aceitar a notícia sem estupor ou desaprovação. Mas não ousaria repetir a palavra "antifascista", assim como não ousaria ler em voz alta certas palavras escritas nos muros, as quais, quando criança, eu procurava no dicionário. Eu acreditara conhecer tudo a seu respeito; em vez disso, de repente, ele se tornava um personagem incompreensível e misterioso, como Antonio. Fazia muito tempo que eu não pensava em Antonio. Para me mostrar sem preconceitos, disse:

"O irmão de uma amiga minha foi preso com os comunistas."

"Quando?", perguntou ele, se detendo de chofre.

"Muito tempo atrás, em 1936, acho."

"Ah, coisa antiga. Hoje também prendem muita gente. Eu, há poucos dias, fui notificado pela polícia."

Eu não conseguia vencer um desconforto interior, uma vontade infantil de chorar: as pessoas passavam e eu não ousava erguer a vista, humilhada por estar de braço dado com um homem manchado por uma tara secreta. Um desalento repentino tomou conta de mim quando pensei que, talvez, a possibilidade de preferir aos outros um homem suspeito ou culpado sempre estivera no meu temperamento. Por isso eu deixara o Abruzzo, por isso me recusara a desposar Paolo, e todos sempre haviam desconfiado de mim: meu pai, por exemplo, quando tocava a própria fronte com o gesto de girar um parafuso, tio Alfredo quando me olhava e parecia dizer: "Dispa-se". Baixei a cabeça.

"O que você tem?", perguntou Francesco. "Talvez preferisse que eu fosse fascista", acrescentou, com irônica amargura.

"Não, não", respondi, de repente amedrontada. "Ou melhor, não sei, nunca me fiz essa pergunta. Sobretudo eu não pensava que os antifascistas fossem pessoas como você."

"Ah", fez ele, quase divertido. "E como achava que fossem?"

"Bem, pessoas ordinárias…"

"O que significa 'ordinárias'?"

"Pessoas de uma categoria diferente da sua, terroristas…"

"E um professor, segundo você, não poderia ser um terrorista? Não poderia matar, se fosse necessário?"

Parecia irritado. "Mas é claro", disse eu, "sem dúvida." E ao olhar para ele me espantei por achar sua fisionomia tão agradável e amável: a mesma fisionomia do dia anterior. "Não sei", murmurei, "não sei nada."

"Pois é, essa é a verdade: você não sabe nada."

Pronunciou essas palavras duramente e eu me calei, mortificada. Temi que me abandonasse, me considerando uma mulherzinha desprovida de coragem. Era pior do que se tivesse uma amante: tudo estava acabado, ele não me amava mais.

"É justamente porque muitas pessoas não sabem nada que eu sou antifascista."

Ele dissera essa frase com a voz que usava todo dia para me falar, e naquela voz era doce reconhecê-lo. Assim, me contentei, quase me tranquilizei, não pedi outras explicações. Estávamos numa rua isolada atrás do Castelo Sant'Angelo, uma das adoráveis ruas dos Prati. Senti-me comprimida entre o braço de Francesco e a lembrança de Antonio. "Não estão contentes", dizia Aida. Eu tampouco encontrava forças para me sentir contente como antes. Talvez fosse pior do que se ele tivesse me deixado. Já não estávamos contentes, ele nunca o estivera.

Apoiei-me no muro, na escuridão: comecei a chorar.

Francesco se aproximou, me segurou pelos ombros. Era a primeira vez que ele ousava me abraçar na rua. Baixou um pouco o chapéu sobre os olhos. Um antifascista, eu pensava, estou abraçada a um antifascista.

"Isso te desagrada muito?", perguntou ele, me fitando com olhos enamorados.

Não, fazia eu com a cabeça.

"Você me ama?"

Assenti com a cabeça.

"Por que está chorando?"

Encolhi os ombros e ele continuou: "Não chore. Eu te amo muito. Desculpe, eu deveria ter te contado logo no começo: mas são coisas das quais não se fala com uma desconhecida. E — depois — eu tinha medo de te perder. Temia que você pudesse me deixar. Não vai me deixar, diga, não vai me deixar, não é?".

Eu fazia não, não, com a cabeça, sem alegria. Os transeuntes nos observavam com curiosidade. "Diga que me ama", insistia ele. "Você é minha? Diga. Sorria. Fique tranquila. Não creio que me prendam; mas, se vier a acontecer, pense que é por pouco tempo. Eles perderão a guerra…" Eu olhava ao redor, ainda que Francesco falasse muito baixo. "Irão embora. E então, enfim, poderemos estar contentes… estaremos casados então, trabalharemos juntos, e então você também estará verdadeiramente contente… Tenho certeza de que você nunca esteve verdadeiramente contente."

Eu via seus olhos exaltados, sob a aba escura do chapéu: me parecia conhecer pela primeira vez o verdadeiro aspecto dele, tal como vira Paolo pela primeira vez quando ele se sentou na mureta depois de me beijar.

"Pense bem: algum dia você esteve contente?", insistia ele.

E de fato, recapitulando-a desde o meu bairro pobre, desde o flanco de um daqueles grandes prédios de apartamentos onde o dia se desenrola num ritmo desgastante, implacável, toda a minha vida transcorrida me parecia dolorosa e miserável, após a breve fábula que eu vivera com minha mãe. Na verdade, eu jamais estivera contente: esperava que finalmente minha inquietação se aplacasse, se exaurisse nele, em nosso amor. E em vez disso era necessário continuar e caminhar juntos por um corredor sórdido e escuro.

"É verdade", respondi, fitando-o com intensidade, "eu nunca estive contente."

Em vez de me consolar, ele sorriu, radiante, como se só naquele momento tivesse vindo a saber que eu o amava. Beijou-me demoradamente, na boca. E, enquanto ele me beijava, eu pensava que ele não era mais o mesmo do dia anterior, era um homem que eu não conhecia em absoluto. Humilhada, já sem regozijo ou prazer, retribuí seu beijo; em seus lábios, ao sabor frio do fumo, se mesclava o sabor salgado das minhas lágrimas.

* * *

Talvez isto possa parecer exagero, mas, naquela noite, ao voltar para casa, me parecia que na escada alguém me seguia. Desde o momento em que Francesco me fizera aquela terrível confidência, eu tinha a impressão de estar sob um gélido refletor que nos espiava. E, ao entrar, me senti tomada por uma angústia irrefreável: o rádio estava ligado, e a voz arrogante, circulando pelo apartamento, parecia me procurar, me apontar severamente. Eu espiava o telefone, a porta; temia que todos soubessem, que meu pai tivesse sido alertado pelo vizinho e se calasse a fim de me manter sob sua guarda. Sem dúvida, Lascari também sabia: de fato, ele parecia contrariado ao saber quão íntima se tornara minha amizade com Francesco.

Naquela noite, tomada por um agudo sentimento de culpa, servi meu pai docilmente, desconfiando dele e até de sua cegueira. Temi que estivesse fingindo, para me estudar melhor, que de repente se desmascarasse e se voltasse contra mim à queima-roupa, me acusando de frequentar Francesco por ser afiliada a uma seita. Se meu pai dissesse alguma coisa contra ele, eu responderia com atrevimento: "Sim, também sou antifascista, há anos: desde quando Antonio foi preso".

Aquela coincidência singular me deixava espantada: talvez eu seja uma mulher fraca, pensava, e me aproxime instintivamente dos homens fortes. Ainda assim, perplexa, me perguntava se eles eram de fato mais fortes ou, ao contrário, mais fracos, tal como Claudio argumentava. Francesco tinha tudo contra ele. Falara-me da dificuldade que enfrentava com os estudantes, por causa dos boatos que corriam a seu respeito, e que aludiam inclusive à possibilidade de ele ser afastado da cátedra. Até aquele dia eu acreditara que Francesco era um homem seguro de si, arrogante, e agora, ao contrário, intuía o motivo de sua áspera solidão. Era a piedade por aquela solidão que me impelira para Antonio, outrora, e agora me fazia ficar com Francesco, desejosa de confortá-lo.

Com os meus pensamentos, eu tentava alcançá-lo em sua casa por mim desconhecida. Admirava-o, confortava-o como a um personagem inquietante e romântico que me fora confiado. Não supunha qual fosse sua atividade e por isso não podia segui-lo na vida dupla que ele levava. Eu imaginava que, a exemplo dos conspiradores do século XIX, ele saía noite alta, disfarçado: revia-o com o chapéu abaixado como quando me abraçara, naquela rua isolada dos Prati. E soube que o acompanharia aonde quer que ele fosse, talvez permanecendo do lado de fora de uma porta para vigiar a chegada da polícia. Senti-me indissoluvelmente ligada a ele por uma cumplicidade que eu nem sequer sabia qual era. Tinha vergonha de lhe perguntar: "Afinal, o que os antifascistas fazem?".

Aquela foi uma das noites nas quais ouvimos a sirene do alarme: sobre o teto do prédio vizinho havia uma que uivava dentro da minha janela. Ao primeiro sinal permanecemos imóveis, mas cada vez que ele se repetia meu pai ficava mais pálido. Eu mesma estava com medo porque me parecia que aquele som me chamava para prestar contas dos meus pensamentos mais secretos: cada uivo da sirene me sacudia pelos ombros, me obrigava a fugir, a me esconder. "Vamos descer?", propus.

Íamos saindo de casa quando Francesco telefonou para me recomendar que ficasse tranquila, mas o tom seguro de sua voz quase me fazia entender que entre ele e os aviões havia uma daquelas relações misteriosas que eu nem mesmo ousava imaginar. Seu encorajamento, em vez de me tranquilizar, me preocupava.

À noite não consegui dormir. Ainda trazia nas roupas o odor de mofo que impregnava o porão adaptado para servir de abrigo. Não ocorrera nenhum bombardeio. No entanto, como as notícias da guerra eram cada vez menos tranquilizadoras, e os bombardeios sobre as outras cidades já se tornavam cotidianos, nem mesmo em Roma tínhamos a esperança de ser poupados. No abrigo ficáramos sentados em círculo, em bancos de madeira, e meu pai segurava meu braço. Ao lado das mulheres estavam sentadas crianças sonolentas que tentavam desfrutar da aventura noturna e fitavam os olhos do meu pai com um misto de assombro e curiosidade. Os homens iam e vinham entre a porta externa e o abrigo, fornecendo breves informações destinadas a nos acalmar. "Eles não vêm", diziam os homens, "não se arriscam a vir a Roma." Falavam sempre de maneira alusiva. "Não estão", anunciavam, de volta ao abrigo; ou: "Não atiram". Justamente como Aida dissera um dia "Não estão contentes".

265

Parecia-me que falavam dos amigos de Francesco; e por isso, implicitamente, se referiam a ele e a mim. Uma senhora que tremia me perguntara de onde eu tirava tanta coragem. As crianças ensonadas me olhavam tentando se mostrar inocentes e indefesas, para que Francesco não as atacasse. Eu via as outras mulheres agarradas aos filhos, desarrumadas nos trajes, perdidas na expressão facial apavorada; os homens as encorajavam com mentiras evidentes: não as fitavam nos olhos, não as seguravam pelo braço como Francesco, quando me perguntara: "Não vai me deixar, diga, não vai me deixar, não é?". A essa altura eu podia suportar qualquer coisa, inclusive a guerra. Apoiava a cabeça na parede áspera do abrigo, que fedia a mofo, e bastava que baixasse as pálpebras para me ver com Francesco. "Estaremos casados, então...", dissera ele. Desceremos juntos ao abrigo, eu pensava; se o abrigo for abalado pelas bombas, diremos um para o outro: "Coragem, eu te amo". Francesco quisera dizer justamente isso, ao me telefonar. Quando o alarme cessou, todos haviam começado a dar risadinhas nervosas: "Eles não têm coragem de vir a Roma", diziam, e me parecia que me olhavam com atrevimento. Eu tinha no rosto uma expressão dura: já era cúmplice de Francesco, que dizia: "Não há dúvida, perderemos a guerra. Então estaremos contentes".

Mesmo assim, entre os lençóis frios eu custava a me esquentar: via os olhos das crianças que me interrogavam, as mulheres gordas e trêmulas. "Por que você faz isso, Francesco?", eu perguntava, e ouvia o ronco dos aviões. As crianças tentavam rir e depois de repente se calavam, pálidas. "Tem certeza de que servirá para salvá-las? E tem certeza de que querem ser salvas?" Perguntava-me se ele tinha o direito de subverter a vida delas, a vida das mulheres que talvez só desejassem se assemelhar à minha mãe. Subvertia também a minha vida, e eu aceitava isso; aceitava sua condição, qualquer desgraça: iria todo dia ao cárcere a fim de levar comida para ele, esperaria na fila entre as demais mulheres, como Aida fazia, com o caldo quente na marmita. Esperava que me dissesse que, para ele, eu era sempre mais importante que tudo, inclusive aquele corrosivo descontentamento. Em vez disso, ele dissera que nunca estivéramos contentes. Eu queria telefonar para ele, suplicar: "Fale comigo, diga que na Galleria Borghese você estava contente". Mas não podia fazer isso: sua mãe dormia, decerto ele também dormia. Eu pensava que ele poderia ter sido preso até mesmo noite alta: os vizinhos haviam me parecido muito fracos, recém-tirados do sono em que a sirene os surpreendera. Via-o

266

passar sonolento pela ponte do Castelo Sant'Angelo entre as estátuas brancas. Dois guardas em trajes civis o ladeavam. Tiravam-no de mim. "Francesco...", eu murmurava, esgotada pelo amor e pelo medo.

Os encontros com Francesco eram inquietos e angustiados. Assim como — nos primeiros tempos — nos empenhávamos em ter pela frente uma sequência de dias livres, de igual modo agora estabelecíamos, sobretudo, o que faríamos se Francesco fosse preso. Ele temia que, encontrando-o diariamente, eu acabasse por ser indiciada. "Me perdoe", dizia beijando minhas mãos, "não posso deixar de vê-la."

Eram aqueles os momentos em que eu ainda encontrava alegria no amor: desejaria que viessem me capturar, que me levassem para a prisão, que me torturassem e eu conseguisse silenciar seu nome. "Não tenho medo", eu lhe dizia: aliás, aquele medo opressivo acabava por intensificar o sabor dos nossos encontros. Toda noite nos separávamos dilacerados, temendo não mais nos ver no dia seguinte; mas, assim que nos distanciávamos, retrocedíamos para nos despedir uma última vez entre palavras soltas, confusas. Até que finalmente ele se afastava de mim de chofre e o escuro absorvia sua querida sombra.

Já então eu vivia o dia inteiro num estado de tensão nervosa. Aparentemente, porém, tudo parecia ser como antes. Isso me tirava o fôlego, me transtornava: eu preferiria que, de algum modo, a insídia se manifestasse para poder combatê-la com mais facilidade.

"Explique-me", pedia a Francesco, "me diga como foram as coisas."

"Eles me chamaram, junto com um amigo: ele foi detido, eu fui advertido apenas."

"E depois?"

"Não há depois: se eu continuar e me descobrirem, eles me prendem."

"E você?"

Ele me olhava com ternura, segurava minha mão, beijava-a longamente, sem responder.

"Continua, não é?", eu insistia.

"Como poderia não continuar? Já não seria eu, deveria mudar meu projeto de vida, meus pensamentos: você não me reconheceria, talvez até deixasse de me amar."

"Como eu poderia não continuar?", eu também disse a Fulvia. Por alguns dias resistira à tentação de falar do assunto com ela: mas, passado esse período, para mim era impossível mentir para Fulvia, dissimular meu tom de voz no telefone. "O que você tem?", ela sempre me perguntava. Diante do meu silêncio obstinado, chegou a supor que Francesco não me amava mais, e foi essa suspeita que me levou a decidir. Nós duas nos fechamos no quarto dos brinquedos e contei a ela. Fulvia pousava a mão em meus joelhos e me escutava séria. Por fim, timidamente, perguntou se eu pretendia continuar a ver Francesco. "Como eu poderia não continuar?", respondi. Olhei ao redor: o cômodo conhecido, a velha mobília. "Lembra-se do dia em que Aida anunciou que Antonio havia sido preso? Maddalena arrancou os olhos da boneca." Eu tinha a impressão de continuar a partir de então. Depois Fulvia perguntou sobre a atividade de Francesco e eu não sabia nada: ele me falara de reuniões, de discursos aos estudantes, de opúsculos impressos... "Como Antonio!", exclamou ela. "Pois é", disse eu, e constatei que nada havia mudado em muitos anos. "Não estão contentes", repeti. O descontentamento deles nos alcançava, nos oprimindo; eu queria me rebelar, gritar. Disse: "Como é possível se adaptar a não estar contente? É melhor se deixar conduzir à prisão, melhor se jogar no rio".

Mal pronunciei essas palavras, fui invadida por um medo gélido. Voltaram-me à mente as palavras melancólicas de tia Violante e as palavras orgulhosas da Vovó, as quais, porém, me aconselhando a me adaptar logo à resignação, expressavam a mesma soma de experiências amargas. Vovó e tia Violante tinham me falado severamente: ambas me amavam e por isso não queriam que eu me acostumasse à felicidade. Até minha mãe, quando eu era menina, às vezes me arrancava da janela onde eu me entretinha em companhia dos sonhos. Vovó tinha trancado o harmônio no sótão.

Afastei esses pensamentos, me refugiando na lembrança de Francesco: convinha lutarmos juntos para defender a esfera amorosa da nossa vida. Eu jamais me adaptaria a estar descontente com ele nem reduzida às pequenas coisas sujas que haviam perturbado a ordem do quarto dos brinquedos. "Nós vamos nos casar", anunciei a Fulvia.

Francesco e eu falávamos disso com frequência; e, aludindo livremente ao futuro, parecíamos querer experimentar a segurança e a intangibilidade deste. Assim, pouco a pouco, nossa história recuperara a dianteira: o perigo se tornara o sal dos nossos dias, e o cansativo trabalho de casa e do escritório, que eu antes suportava facilmente, agora me pesava como uma imposição cruel. Eu já não estudava, negligenciava a casa: a cegueira do meu pai me parecia reveladora da cegueira em que sua vida se desenrolara. Eu o acusava de nunca ter lutado, de ter dormido tranquilo, se fiando no Estado e na perspectiva da aposentadoria.

Francesco me emprestara alguns livros que eu mantinha ocultos em meio à roupa de cama. Lia-os à noite, depois os escondia, mas a casa, as paredes, os móveis, pareciam trair a presença deles. Agora eu já era culpada por aquelas leituras que bastavam para constituir a prova de minha cumplicidade com Francesco. Tinha pressa de me casar com ele para aprofundar essa cumplicidade. Ele me fitava admirado, com uma terna luz de gratidão nos olhos: eu mesma me admirava me espelhando nele. Oh, eram dias belíssimos. "Eu queria que nos casássemos logo", Francesco disse. "Vou falar com seu pai."

Abri com muita timidez a porta para Francesco. Até então eu me apresentara a ele, sozinha com minha lenda. Falara-lhe dos móveis abruzenses que haviam oprimido nossa casa e minha infância; do pesadelo que a presença deles representara para mim. Eu temia que, ao vê-los, Francesco os achasse comuns, inofensivos, e considerasse exaltada a minha fantasia: no entanto, eu lhe dissera a verdade. De fato, ao entrar ele logo observou com simpatia um armário grande que o vizinho considerara de valor: era o grande armário preto que sufocava meu leito em minha infância e que eu acreditava habitado pelo espírito de Cola porque, à noite, a madeira estalava.

Francesco olhou ao redor, talvez considerando que éramos uma família de condição modesta: sua casa, como vi mais tarde, era diferente. Seu pai tinha sido magistrado: por toda parte se viam livros fechados nas vitrines, inclusive no vestíbulo. Já em nosso vestíbulo havia uma balança romana na qual papai pesava a farinha que vinha do campo.

Eu avisara meu pai na véspera. Em vez de acolher a notícia com alegria, ele tivera um momento de fria hesitação e quase de contrariedade: Francesco, ao vir pedir minha mão, não correspondia à figura que ele gostava de imaginar, a despeito de mim. Apesar disso, nos abraçáramos. De manhã meu pai quisera fazer a barba, se vestir de escuro, e me perguntara qual era a gravata que eu lhe entregava. Eu tinha comprado umas flores e, me propondo a oferecer um café a Francesco, tirara do aparador umas xicrinhas graciosas que nunca usávamos.

Deixei-os sozinhos. Quando voltei com o café, eles já tinham chegado ao objetivo principal do encontro: Francesco dera algumas informações sobre sua família e sobre si mesmo, dissera que pretendíamos nos casar dali a um mês, e ficara sabendo que eu não tinha um centavo de dote, salvo o enxoval que Vovó mandaria do Abruzzo e, após a morte dela, um pedaço de terra; quando entrei, meu pai estava justamente falando daquele terreno, e me pareceu que negociavam a venda de um animal. Facilmente, como homens que eram, os dois haviam desempenhado essa função cruel da qual pareciam envergonhados em minha presença. Eu já não sentia amor por Francesco, mas apenas o desejo de me rebelar e fugir. Na realidade, ele não fizera nenhuma objeção e, pelo contrário, dissera que tais detalhes não o interessavam. Meu pai acrescentou que eu era uma dona de casa razoável e que no escritório ganhava bem. Francesco riu. Odiei os dois. Servi-lhes o café com rancor. Ao sair, Francesco disse: "É um bom homem", e eu fechei a porta como fecharia para um estranho.

Eu esperava ao menos reencontrar a felicidade na iminência das nossas núpcias, e em vez disso me sentia presa no giro de uma roda irrefreável. Desde o dia em que Francesco falara com meu pai até o do nosso casamento, estivemos sempre ocupados em correr um atrás do outro. Devíamos resolver problemas aparentemente relativos ao nosso amor mas que, na verdade, nos desviavam dele. Habituada à solidão e aos encontros secretos, eu me via desorientada: me parecia que estávamos cometendo um grave erro acolhendo tanta gente e tantas coisas em nossa ciosa intimidade. Expressava meu temor a Francesco, que sorria, acreditando que eu estava brincando; depois me beijava: quando ele me beijava, eu já não pensava que estávamos prestes a cometer um erro.

Éramos pobres, e não devíamos fazer muitos preparativos. A casa, porém, era nos Parioli, num edifício elegante que de início me intimidou; ou melhor, quem me intimidou foi justamente o porteiro, que cumprimentou de modo respeitoso o "professor" e depois, me olhando de soslaio, demonstrou desaprovar a escolha que o professor fizera.

Eu sofria com essas avaliações, temendo não agradar a Francesco; naqueles dias ele me olhava menos porque estava muito ocupado: quando ele não me olhava, eu deixava de me achar bonita. Comprei alguns vestidos, mas, como era Fulvia quem me aconselhava, Francesco temia que fossem excêntricos ou vistosos: naqueles dias Fulvia e Francesco se conheceram melhor e fizeram o possível para se tornar amigos: mas não conseguiram nem se tratar por "você".

Enquanto isso o medo, que no começo parecia apenas ter se afastado de nós, aos poucos foi desaparecendo de todo. Era impossível que se pensasse em golpear duas pessoas honestamente ocupadas com seus preparativos de núpcias. Francesco, naqueles dias, não podia negar que estava contente; às vezes eu pensava que ele até exagerara ao se imaginar em perigo, e esse pensamento o tornava mais querido para mim, reforçando meu desejo de acompanhá-lo e protegê-lo; e, desde quando visitáramos a nova casa, o temor de ter perdido nossa dileta solidão também desaparecera: eram apenas poucas semanas, e depois toda a vida seria como no Palatino e na Villa Borghese.

Eu me propusera chegar ao casamento através de uma série de dias idílicos: já era primavera, a cidade, o rio, a cor do céu se transformavam, e eu queria desfrutar de tudo isso com meu amado. A cada dia imaginava um itinerário romântico para o dia seguinte: mas no dia seguinte não tínhamos tempo. Uma tarde voltamos à Villa Borghese; as árvores estavam transparentes de folhas novas e o sol já demorava a desaparecer, os dias se alongavam: não foi possível encontrar sombra alguma. Beijamo-nos apressadamente, temendo ser vistos; eu havia esperado transcorrer um doce serão, como nos primeiros tempos: imaginava, aliás, que este seria ainda mais belo, agora que já não tínhamos o medo em nós e tampouco o sentimento de culpa. Em vez disso, não reencontramos o mesmo ardor: eu pensei que aqueles beijos roubados já não nos satisfaziam, ansiosos que estávamos pela liberdade total que nos aguardava.

"Escute", disse a Francesco, "quero voltar com frequência à Villa Borghese para nos beijarmos. Inclusive depois", acrescentei, "não quero perder este doce hábito." Ao redor, o crepúsculo primaveril era de uma brandura convidativa. "Iremos sempre ao Janículo, sempre ao Palatino..." De repente me agarrei ao braço dele e disse: "Francesco, tenho medo. Nenhum desses casais que passam ao nosso lado é de marido e mulher".

"Engana-se", respondeu ele, "são casados, sim."

"Não, não", insistia eu, perturbada, "tenho certeza. Vamos perguntar."

Francesco ria afetuosamente. Nos últimos tempos eu o vira rir pouco: um temor repentino me impeliu para ele.

"Tenho medo", eu repetia. "As pessoas casadas nunca vêm à Villa Borghese. Só vêm aos domingos, com as crianças. Não, Francesco, certo? Você me jura que não será assim? Ainda passearemos juntos, certo?"

"Sim", ele me garantia, me fitando com uma doçura grave, "sim, eu te juro."

Falou exatamente assim; por isso eu devia acreditar. Retornamos sem pressa, de braço dado. Eu lhe contava sobre a Via Paolo Emilio; a mesquinhez dos convívios conjugais, a vida cansativa e melancólica que eu vira todas as mulheres levarem. As jovens esposas, nos primeiros anos, aguardavam impacientemente o domingo esperando reencontrar no marido o enamorado ardente e devotado de antes; depois já não aguardavam nem mesmo esse dia: aprendiam a fazer uma bela torta, para o domingo. Com ansiedade, eu remexia entre minhas lembranças, procurando ao menos um casal que se salvasse. "Nenhum", dizia a ele, amedrontada. "Oh, meu Deus, nenhum. Se saírem juntos, vão ao cinema. Fulvia e eu os víamos bocejar nos intervalos."

"Como isso seria possível, entre nós?", dizia Francesco. Ele começava a falar da minha fantasia, do meu temperamento, e eu me tranquilizava: gostava muito de ouvi-lo falar de mim. No crepúsculo perfumado, voltava a me sentir leve, feliz. Sorríamos enquanto, sem saber, saíamos felizes da *villa* pela última vez.

Naqueles dias Francesco me apresentou alguns de seus amigos que, como ele, não estavam contentes.

Ficou satisfeito que eu gostasse de seus amigos e logo se deu conta de que eles gostavam de mim. Naquelas ocasiões eu conversava de um jeito afável, dizia sempre coisas inteligentes; mas já não era Alessandra, era Alessandra que personalizava a mulher amada por Francesco: eu gostava que ele amasse uma mulher singular. Alberto e Tomaso me escutavam atraídos, curiosos. Alberto era um filósofo, tinha já quarenta anos. Não lecionava mais: escrevia livros cuja publicação era proibida e que circulavam datilografados entre os amigos. Tomaso era jornalista: não estava contente, mas parecia estar. Era seu ofício, dizia: mas eu compreendi que era seu temperamento. Tomaso tinha vinte e sete anos e, brincando, chamava Francesco de "chefe". De início ambos hesitavam em me confiar seu amigo Francesco; sobretudo Alberto hesitava; pouco depois foram eles mesmos que o ofereceram a mim, me encarando com simpatia. Eu sentia que Francesco me amava muito, enquanto nos afastávamos sozinhos e ele me levava pelo braço. Éramos altos, juntos caminhávamos bem; mas nossos passos se tornaram demasiado seguros.

O encontro com sua mãe foi menos fácil. Eu preferiria me apresentar a ela acompanhada de Francesco, mas ele, por telefone, havia dito "Te esperamos", e eu não ousara replicar.

Era uma tarde belíssima: o céu amarelo se refletia no espelho cinza do rio. Exaltada pela nova estação, cheguei um pouco aturdida: tinha os cabelos desgrenhados, a expressão sonhadora. Isso acontecia com frequência à minha mãe: se distrair justamente quando queria causar a melhor impressão. Fiquei de imediato intimidada pelo vestíbulo espaçoso, com móveis antigos e cortinas vermelhas: não pude evitar compará-lo ao meu vestíbulo dominado pela balança romana.

Faltou-me sobretudo a ajuda de Francesco, que, pela primeira vez, já não era somente meu, era também o filho da anciã com uma fita branca em torno do pescoço. Tive uma sensação estranha: não ousava olhar ao redor, envergonhada por conhecer as coisas entre as quais ele vivia e que suscitavam em mim uma melancolia profunda. Sua mãe me observava: ela não estava contente com nosso casamento, porque eu era pobre e precisava trabalhar. Contudo, não manifestou sua contrariedade e foi até cortês: apenas incidentalmente me perguntou se eu era boa datilógrafa e Francesco se apressou a esclarecer que eu cumpria a função de secretária do diretor. Era verdade, mas ele disse isso porque se envergonhava de mim. No entanto, sempre demonstrara me admirar muito pelo trabalho que eu fazia, ele mesmo informara Alberto e Tomaso a respeito, acrescentando que eu conseguia tempo inclusive para frequentar as aulas na universidade. Sua mãe disse que lamentava não poder ajudar o filho a fim de que eu tivesse a possibilidade de sair do escritório.

"Por quê, senhora?", repliquei. "Não seria justo. Mesmo que Francesco fosse muito rico, eu gostaria de trabalhar da mesma forma, de contribuir para nossas despesas. É uma sensação desagradável, essa de ser um peso sobre o trabalho de um homem. Aliás, minha mãe também trabalhava; saía todo dia para dar aulas de piano."

Houve um silêncio frio e eu compreendi que tinha errado. Em seguida entrou uma copeira com a bandeja de chá; na bandeja havia umas xícaras muito bonitas. Eles também, pensei, tiraram do aparador as melhores xícaras. Mas isso não bastava para me fazer ter vergonha de minha mãe.

Com desenvoltura fingida, ajudei a copeira a servir o chá. Francesco me olhava satisfeito e a anciã também pareceu apreciar meu gesto, que na realidade era fácil e óbvio, qualquer moça saberia fazer aquilo, ao passo que nem todas saberiam ocupar meu lugar, no escritório. A conversa se encaminhou para os nossos preparativos e eu comecei a ganhar confiança, olhava as fotografias nas molduras. A sra. Minelli desaprovava a escolha do nosso apartamento, embora fosse muito difícil encontrar algum naquela época: era pequeno demais, dizia ela: "Convém prever o futuro: vocês vão se casar, é claro, para ter filhos…".

"Oh, não, senhora", interrompi-a, supondo que a tranquilizava, "não é por isso que estamos nos casando. Nós vamos nos casar para estarmos sempre juntos."

De novo minhas palavras instauraram um silêncio penoso entre nós. Francesco passou um braço em torno dos meus ombros.

Sua mãe sorriu com azedume, se servindo de mais uma xícara de chá. Deu uma rápida olhada para Francesco e disse: "Ela é encantadora, em sua ingenuidade".

Eu queria me rebelar e explicar que não era ingênua, nunca fora: mas Francesco apertou meu braço, sinalizando que eu devia me calar. Para dissipar o embaraço, mudou de assunto, e tive a impressão de haver caído numa cilada. Os dois falavam de parentes, de amigos aos quais deveriam enviar o informe das nossas núpcias: se perguntavam quanto à necessidade de convidar para a cerimônia, muito íntima, a sra. Spazzavento, avaliando cuidadosamente as reações. Confessei não ter parentes em Roma: não imaginava que tia Sofia viria do Abruzzo para assistir ao casamento, como afinal aconteceu. Informei ter apenas uma amiga que morava na Via Paolo Emilio. Foi decidido, então, convidar a sra. Spazzavento. Eu escutava, perdida na melancolia: me parecia que aquela cerimônia e aqueles preparativos não tinham mais nada em comum com as conversas que Francesco e eu mantínhamos na Villa Borghese ou no Janículo.

"E para onde irão, depois, numa curta viagem de núpcias?", perguntou a sra. Minelli, quando já nos dirigíamos para a saída.

Francesco me dava o braço, por isso tive a impressão de ser mais forte:

"Desculpe, senhora", respondi gentilmente, corando, "esse é o nosso segredo."

Francesco não me pareceu gostar dessa resposta, quando chegamos à rua: tentei lhe explicar que não quisera revelar o lugar onde havíamos decidido passar nossos primeiros dias pelo simples objetivo de reencontrar, de algum modo, nossos tempos clandestinos, secretos. Ele me puxou para si, à sombra dos plátanos, no Lungotevere: "Mas sim, claro", dizia, "aliás eu gosto desse seu capricho".

Apressei-me a explicar que não se tratava de um capricho: "Fulvia compreende isso", eu dizia, "compreende muito bem".

"Sim, claro", ele assentia, esperando que eu abandonasse minha atitude polêmica, porque desejava me beijar.

Desde quando havíamos marcado a data das núpcias, acontecia de ele me agarrar pela cintura e me beijar de repente, consciente do seu direito. E, à medida que sua segurança crescia, eu, ao contrário, me tornava mais confusa. Fazia algum tempo, não pensava em outra coisa senão na primeira noite que passaríamos juntos; não conseguia me distrair da doce e tremenda expectativa. A ideia daquela noite e todos os detalhes dela ocupavam minha mente inclusive quando eu atendia o telefone, no escritório, quando datilografava ou estenografava as cartas ditadas pelo engenheiro Mantovani. Até mesmo experimentar o robe azul que eu encomendara me perturbava. Azul, em memória do vestido de minha mãe. Eu adormecia imaginando Francesco desatando o laço do robe. Era como um filme que se desenrolava ininterruptamente em minha fantasia: e o que me atraía nem era tanto o desejo quanto o sentido religioso do rito que cumpriríamos ao nos unir. Perdia-me imaginando as palavras que Francesco pronunciaria; como quando eu estava na igreja, um rio ininterrupto de palavras de amor me inundava; eu fantasiava seus gestos e baixava as pálpebras. Via-me entrando em nosso quarto, me apresentando a ele, com graça; era um quarto diferente de todos os que eu conhecia; vasto, elegante, acolchoado por lassos cortinados: eu caminhava sobre um tapete macio. A luz era discreta, flores altas perfumavam um canto, angélicas-dos-jardins. Eu jamais vira um quarto como aquele, supunha que eram assim os quartos da *villa* Pierce.

Um dia havíamos ficado sozinhos, na casa nova: os carregadores tinham saído depois de arrumar os móveis reluzentes do quarto, presente da sra. Minelli. Silenciada a batida da porta, nos vimos frente a frente, Francesco e eu, de um lado e do outro do grande leito. Os móveis novos, impecáveis, pareciam estar ainda na vitrine: o colchão era de uma brancura invasiva e despudorada.

Francesco, me beijando, me impeliu a deitar sobre o colchão, de través, e se deitou ao meu lado. Seu rosto exibiu uma expressão diferente, quando ele se acomodou: era um rosto novo, eu o acariciei para ganhar segurança. Nunca estivera deitada ao seu lado: ele me beijava, e eu não via mais o seu rosto. Do pátio subiam as vozes de umas crianças que brincavam. "Estamos sozinhos", sussurrou Francesco, "você quer?" Enquanto isso, se preparava para desabotoar minha blusa.

Soltei-me dele e me pus de pé: ele me seguiu dizendo que não tivesse medo.

"Não estou com medo", respondi, "mas você gostaria, aqui? Aqui?"

Olhei para o quarto frio, o colchão branco, o fio elétrico que pendia do teto. "Aqui?", repeti; e enquanto isso me imaginava no robe azul. "Não, é claro, não acontecerá na primeira noite", eu pensara. "Já vai ser muito difícil estar num hotel sozinha com ele."

Ele ajeitou os cabelos e disse: "Desculpe. Eu te amo demais. Vamos embora".

Casamo-nos numa igrejinha romântica: Sant'Onofrio, aos pés do Janículo. Eu escolhera aquela igreja como recordação do nosso primeiro passeio, e também porque minha mãe me falava do lugar com frequência. Ao anoitecer, ela e Hervey desciam da *villa* Pierce, passeavam devagar, e depois entravam naquela igreja para descansar um pouco. Quando Francesco e eu estivéramos ali pela primeira vez, havíamos tido a impressão de entrar num lugar duplamente sagrado. "Eles dois também estarão aqui", dissera eu, correndo sobre os bancos um olhar fascinado.

Na noite anterior ao casamento, Francesco me deixou no portão de casa como nos primórdios. Tia Sofia chegara, e dormia numa cama dobrável; de modo que se tornara impossível encontrar um momento de solidão e de liberdade. Àquela altura parecíamos apenas dois sócios, ansiosos por concluir um negócio vantajoso: nos telefonávamos brevemente, para combinar alguma coisa, passávamos muitas horas nos corredores sombrios do cartório de registro civil. Em casa eu encontrei Fulvia, que me esperava com tia Sofia: as duas admiravam os lençóis que Vovó mandara do Abruzzo: meu pai os examinava com a mão. Um lençol, muito bonito, estava desdobrado entre eles. "O que estão fazendo?", perguntei. "Deixem isso aí!" Depois pedi desculpas: "Estou muito nervosa", mas me reaproximei para dizer: "Dobrem tudo de novo", e fui me trancar no meu quarto com Fulvia.

Fulvia foi muito bondosa, naquela noite. Era uma noite terrível, a mais difícil que eu enfrentara até então; até mesmo mais difícil do que aquela em que os policiais tinham vindo, trazendo a bolsa de minha mãe.

Fechada a porta, Fulvia me olhou com ternura. "Sandi", chamou. Eu andava para lá e para cá, depois a abracei, pousando a cabeça em seu ombro. Ela disse, tímida: "Eu trouxe um presente para você".

Era um presente caro, e imaginei que fora necessária a ajuda do engenheiro Mantovani. "Obrigada", eu disse, e comecei a chorar.

Fulvia me acariciou: nunca havia sido e nunca mais foi tão doce. "Coragem", me disse, e depois perguntou: "Afinal, você não o ama tanto?"

"Sim", respondi, "justamente por isso."

Ficamos olhando para a mala aberta, pronta para a partida do dia seguinte. Via-se meu robe azul dobrado. Eu jamais tivera um robe de seda, e Fulvia sabia disso. Estávamos sentadas sobre um baú e no quarto a desordem era grande, sapatos espalhados, cartas rasgadas, as capas de cretone desbotadas. "Quantos anos...", disse Fulvia. Havia um profundo vínculo entre mim e ela, entre mim e aqueles baús e a velha máquina de costura na qual um dia, quando criança, eu espetara um dedo. Ocorreu-me que eu deveria abandonar tudo o que me acompanhara até então.

"Tenho medo", desabafei, me levantando de repente e fitando Fulvia nos olhos. "Tenho medo de não estar contente. Sabe?", acrescentei agitada, amedrontada. "Neste momento não o amo mais, não recordo sequer como é o rosto dele."

Fulvia me dirigiu um olhar tão compassivo que quase me alarmou.

"Acalme-se", disse ela, "hoje é assim, amanhã será pior…"

"Pior?!"

"Sim, talvez", e enquanto falava ela recolocava os chinelos sobre o robe azul. "Depois passará, você vai ser muito feliz."

Durante a cerimônia eu pensava nas palavras de Fulvia esperando que a alegria voltasse, mas nunca voltava: não me sentia comovida em absoluto; me parecia assistir a uma função de Páscoa ou de Natal. A igreja estava linda, Fulvia a enfeitara graciosamente com flores. Lydia e ela choraram, emocionadas por me ver no altar: tinham os olhos vermelhos, assoavam ruidosamente o nariz. A sra. Minelli se virava para olhar para elas, Francesco também se virou, sem mover os braços que mantinha cruzados sobre o terno escuro. Ele e sua mãe as condenavam, por certo, sem compreender que elas pensavam em Dario, no engenheiro Mantovani, no capitão, e, em suma, estavam enternecidas por aqueles pensamentos que todas as mulheres têm quando outra mulher se casa.

Eu envergava um vestido branco, curto, que depois usei por todo o verão, e nos cabelos tinha uma pequena mantilha que pertencera à vovó Editta; quando eu mencionara essa mantilha, de início Francesco havia demonstrado apreciar minha intenção romântica, mas pouco depois dissera: "Não será uma coisa de teatro?". Isso me mortificou: eu não compreendia que ideia ele fazia do teatro e sobretudo de mim. Mas naquela manhã, quando eu me dirigia ao altar, acompanhada por meu pai, Francesco pela primeira vez me sussurrou: "Você está linda" e, acanhado, me estendeu um buquê de gardênias.

Assim, de toda a cerimônia, só me comoveram aquelas gardênias e o canto dos pássaros que provinha da paz da remota pracinha, se insinuando entre as notas do harmônio. Levei as flores comigo no trem. Ao sair de casa, eu voltara atrás e exclamara: "As gardênias!". Todos me beijavam; tia Sofia dissera: "Gostei de seu marido"; olhava para ele e depois para mim, como se tentasse estabelecer uma comparação. Meu pai iria se mudar para o Abruzzo e partiria poucos dias depois, com ela. Ele quis que nos despedíssemos, sozinhos, em seu quarto.

"E então, Alessandra?", disse. "Acabou."

Segurou minha mão e de novo eu senti o calor seco de sua pele. No dedo ele continuava usando o anel de ouro em forma de serpente: revi sua mão se estender para a de minha mãe e pensei em Francesco que esperava do outro lado da porta.

"Você está feliz?"

"Sim", respondi, e não era verdade: eu estava simplesmente com pressa.

"Ainda bem. Eu acreditava que para você seria difícil ser feliz... Pois é. Você bem sabe o que eu quero dizer."

Era a primeira vez, em vinte e dois anos, que meu pai e eu conversávamos.

"Gostei de seu marido", ele também disse, como tia Sofia, provocando em mim uma leve sensação de temor. "Espero que não demorem a ir ao Abruzzo: gostaria que Francesco fosse conhecer a Vovó."

"Claro. Ou você virá aqui, poderia ficar em nossa casa."

"Não, obrigado", respondeu ele, decidido. E repetiu: "Acabou".

Francesco me solicitava e por isso saímos de casa, alegremente, às pressas. "Adeus", dizia Fulvia, se debruçando do patamar. "Adeus", eu repetia, agitando a mão no vão da escada. Algumas portas se abriam enquanto nós passávamos, o porteiro sorriu com simpatia, assim como alguns inquilinos reunidos no portão. Uma jovem, do terceiro andar, nos lançou um gerânio colhido no peitoril.

O erro foi ter esperado aquela viagem com tamanha ansiedade: tínhamos dedicado semanas, meses, a imaginá-la, entretanto ela se consumia depressa, gesto após gesto, minuto após minuto.

Havíamos renunciado a Capri e a Nápoles, por causa dos bombardeios: escolhêramos Florença e eu me sentia contente por ser esta uma cidade com um belo rio. Na chegada Francesco se irritou com o carregador, e pela primeira vez eu o ouvi levantar a voz: era tão correto o que Francesco afirmava que aquela irritação me contagiou. Além disso, mal entramos no hotel, houve uma altercação porque não tinham reservado para nós um quarto com vista para o Arno. Eu expressara esse desejo; Francesco escrevera à direção do hotel muitos dias antes, e por isso tinha o direito de se aborrecer. Discutiu com o recepcionista, com o gerente, sem compreender o quanto era constrangedor para mim assistir àquela briga. Ele repetia: "Escrevi claramente: um quarto voltado para o Arno". Os outros protestavam. Eu estava sozinha junto às malas, com as gardênias na mão. Por fim conseguimos o quarto: fechada a porta, logo fomos nos debruçar na janela. "Oh!", exclamou ele em tom de desforra, mas ainda muito irado para desfrutar da vista do rio.

Sim, o erro esteve justamente na grande expectativa por aquele dia. Talvez devêssemos ter esperado que aquele dia passasse. Em vez disso, nem sequer jantamos: eu mesma disse "Não estou com fome", porque meu único desejo era que aquele mau humor e aquele gélido constrangimento se dissipassem. Esperava me sentir feliz: me esforcei por isso, sorria, tentando me concentrar na doce novidade de estar sozinha com Francesco. "Ajude-me", eu lhe dizia internamente, "ajude-me, fale comigo." Eu precisava ouvi-lo falar de mim, de si, do nosso amor, para voltar a dirigir toda a atenção sobre nós dois; não podia evitar pensar que ele se sentia como eu e sorria e me beijava apenas porque naquele momento tinha a exata obrigação de fazê-lo. Teríamos feito melhor em sair e caminhar ao longo do Arno, entregues à harmonia dos nossos passos. Em vez disso permanecemos naquele quarto, fingindo não poder resistir ao desejo. Eu não conseguia tirar da mente a expressão arrogante no rosto do carregador, e dos ouvidos as palavras descorteses que o gerente dissera. Pensava em Fulvia, ao ver o robe azul amontoado no chão. Na parede branca, os hóspedes que tinham nos precedido haviam esmagado dois pernilongos.

Depois, Francesco adormeceu. O silêncio era pesado, e o tique-taque do pequeno despertador com que Fulvia me presenteara media o interminável transcorrer do tempo. As costas nuas de Francesco apareciam fora do lençol e eu observava friamente sua pele desconhecida. Nos ombros ele tinha sete sinais, dispostos numa ordem que lembrava a constelação da Ursa Maior. Sua nuca era lisa, tenra, convidativa. Eu o chamava: "Ajude-me", lhe dizia em pensamento. "Acorde, fale comigo, me tome nos braços." Respondia-me o ritmo regular de sua respiração, que tornava o silêncio mais profundo e minha solidão mais angustiante.

Tudo havia sido diferente de como eu pensara: eu imaginara que Francesco beijaria minhas mãos, me tocando apenas com o olhar, e pouco a pouco, em virtude de suas palavras amorosas, me levaria a aceitar a ousadia dos seus gestos. Em vez disso, ele não falara em absoluto: talvez acreditasse que, em certos momentos, os gestos também podem ser amor. No entanto, não: ele tinha onze anos mais que eu, mas eu era mulher e sabia que os olhares e as palavras são amor, até mais que os gestos, que servem também para expressar sentimentos de todo distintos. Ele, sempre tão carinhoso, parecia ter se tornado severo, fazia movimentos apressados: para onde quer que eu me virasse, me chocava contra seus braços. Eu o afastava de mim para fitá-lo nos olhos, me sentir viva e amada em seu olhar; mas logo seus braços estavam de novo sobre mim e eu não mais conseguia ver o rosto dele. "Francesco, amor", sussurrava-lhe em pensamento, "olhe para mim." Eu sentia ter uma expressão suplicante em todo o corpo e naquela voz secreta que ele tantas vezes demonstrara saber ouvir.

Honestamente devo confessar que a intimidade com um homem não tinha me espantado; não tinha nem mesmo suscitado em mim a revolta e a surpresa do primeiro beijo que Paolo me dera. Naquela ocasião eu não previa o beijo nem a novidade desconcertante que havia nele: como não estava apaixonada por Paolo, não me dera ao trabalho de prevê-lo. Em contraposição, amando Francesco, imaginara cada gesto na fantasia e já o aceitara por amor. Só me espantava que, depois, ele não me fitasse amorosamente, não me chamasse "rainha", ajoelhando diante de mim. Permanecemos por um tempo deitados lado a lado, ele pegou os cigarros na mesinha de cabeceira; eu sentia o sangue gelado dentro de mim e, no entanto, fumava tranquila, olhando para o teto branco, as velhas cortinas. "Tio Rodolfo", dizia dentro de mim, "tio Rodolfo, venha, me ajude." Revia os seus olhos, no dia em que havíamos almoçado em Sulmona.

Francesco e eu conversávamos fumando, para nos ajudar a fingir desenvoltura: ele recapitulava alguns detalhes do dia, propunha itinerários para o dia seguinte, recordava até o atrito com o gerente, mostrando uma satisfação máscula pelo sucesso obtido.

Junto à cama, as gardênias emanavam um perfume penetrante: desde então, cada vez que sinto aquele perfume, tenho a impressão de retornar àquela noite. Ao vê-las eu me criticava por ser injusta, mal-agradecida, esquecendo tudo o que a presença delas expressava. Via Francesco entrar na loja, apontar as gardênias: me sentia lisonjeada porque ele, pensando em mim, escolhera aquelas flores: simples, delicadas, perfumadas.

"Francesco", eu lhe disse, "suas flores falaram comigo durante todo o dia: falam até agora e são um grande conforto. Queria te agradecer: são muito importantes, para mim, os pensamentos de amor."

De início ele silenciou. "Bem", respondeu afinal, "preciso te dizer a verdade. Foi Fulvia. Eu não teria pensado nisso, te confesso: talvez seja uma deficiência minha, ou talvez um homem nunca pense nessas coisas. Fulvia me telefonou: perguntou discretamente se eu já providenciara as flores para você. Respondi que não, que não sabia, não sabia quais flores escolher, quais poderiam te agradar mais: em suma, estava atrapalhado. Ela então, com muita gentileza, se ofereceu para me ajudar. Disse que cuidaria de tudo, me deu o endereço do florista: eu só precisaria ir à loja para buscar o buquê. Foi muito atenciosa. Você sabe, eu não simpatizava com ela: mas depois desse gesto compreendi o quanto gosta de você. Insistiu muito em que eu não te contasse nada! Mas eu quis te contar, para que você a conheça ainda melhor, e também te dizer que agora compreendo por que você é sua amiga. Amanhã", acrescentou, "mandaremos um cartão-postal para ela."

Tinha sido Fulvia. No entanto, ela sorrira, animadora, quando lhe mostrei as gardênias dizendo: "Veja que pensamento delicado Francesco teve". "Oh!", exclamara ela, se alegrando. Abraçara-me, tristonha, depois da cerimônia: "Você vai embora... vai embora...", murmurava; depois dissera "Adeus", sorrindo entre as lágrimas e se debruçando na espiral da escada: ficaria lá em casa para arrumar a mala do meu pai, guardar os copos nos quais havíamos bebido o espumante.

"Sim", concordei, "um lindo cartão com a vista do Arno."

"O que você tem, Sandra?", me perguntou Francesco, surpreso com meu tom de voz.

"Nada, o que eu poderia ter?" Na verdade eu não tinha mais nada, em mim, além do rancor.

Fiquei muito tempo acordada: de vez em quando Francesco movia um braço, e eu me afastava mais. Quando, por trás das janelas fechadas, o grisalho da aurora clareou o céu, adormeci, arrasada pela tristeza. Foram de novo os braços de Francesco que me despertaram, no escuro por onde a luz do sol se filtrava. Eu já não era sua inimiga, como antes do meu breve sono. Ele me mantinha abraçada e conversamos olhando para o nada; falamos de coisas, de programas, já não falávamos de nós, para nos conhecer e nos buscar. Numerosos personagens entravam em nosso círculo fechado: a sra. Spazzavento enviara um belo presente e dissera à minha sogra que eu era bonitinha, embora muito magra. Francesco dizia que efetivamente eu deveria engordar e se propunha a vigiar ele mesmo a fim de que eu seguisse um tratamento. Envergonhada, puxei a coberta até os ombros.

Depois Francesco se levantou e abriu a janela, me anunciando que o dia estava lindo e poderíamos passear. Então me disse "com licença, querida" e, ajeitando os cabelos com um gesto desenvolto, me deixou sozinha e entrou no banheiro. Ouvi a água correndo na banheira, o atrito de uma escova. "Está escovando os dentes", pensei. "Não sei como Francesco é quando escova os dentes." Parecia que a parede era de vidro e que cada um podia ver os gestos do outro, o qual, contudo, habilmente fingia estar só. Escutei-o entrar na banheira, fazendo grande ruído; depois começou a se ensaboar numa massagem impetuosa. "Não é possível que ele faça assim toda manhã: está exagerando para disfarçar o embaraço. Sim, ele exagera porque eu estou aqui ouvindo." Esfregava-se vigorosamente, dava rápidos tapinhas nos ombros, cantarolava. Era tão tímido em sua afoiteza que, de repente, senti por ele uma ternura irrefreável. Gostaria de ajudá-lo a superar o árduo início de nossa intimidade cotidiana, se eu mesma não estivesse demasiado confusa para poder socorrê-lo.

Eu tinha acendido um novo cigarro: faltava um cinzeiro ao lado da cama: e a cama, tão desarrumada, despertava em mim uma aguda sensação de constrangimento. Fechei os olhos para voltar a dormir, e assim evitar aquele dia difícil: mas os lençóis já não conservavam somente o meu cheiro: me mexendo, eu sentia o cheiro da brilhantina de Francesco, perfumada de lavanda: era o cheiro que ele trazia consigo desde o dia em que eu o conhecera, que eu sentia quando ele se aproximava de mim, quando me beijava, o próprio cheiro da nossa história de amor; no entanto, naquele momento me pareceu um cheiro absolutamente estranho, tão perturbada eu estava por senti-lo em minha cama. Aquele cheiro desencadeava lembranças escabrosas, culpadas;

pertencia à desordem em que se encontravam minha pessoa e meus cabelos; estava ligado ao chacoalhar que provinha do banheiro, à voz masculina que cantarolava segura, ao casaco cinza que pendia do cabide, sob um chapéu preto, e que já não era o velho capote com que Francesco se aproximava de mim em nossos encontros, era o de um homem que se despira para se deitar com uma mulher. Senti-me sozinha, consumida, amarrotada, embora aquele fosse o primeiro despertar depois das minhas núpcias: não imaginava que também naquela manhã seria necessário executar os gestos costumeiros, acreditava que tudo iria se desenrolar por magia.

"Francesco!", chamei, atordoada.

Ele apareceu, poucos instantes depois: usava um roupão listrado não muito novo, e em torno do pescoço trazia uma toalha, com que esfregava as faces ainda besuntadas de sabão. "Desculpe, querida", me disse apressadamente, "o que foi?" Enquanto isso, continuava enxugando o rosto.

Eu o chamara num ímpeto, com um grito. Eu gostava que ele envergasse um roupão velho, sem dúvida era o que usava quando vinha me atender ao telefone; o bolso estava um pouco deformado pelo peso dos cigarros. Se ele vestisse um roupão novo eu o insultaria, acredito: "hipócrita, mentiroso", teria dito. Esperava que ele não notasse a pretensão do meu robe azul de seda artificial; me dispunha a não o usar, a vestir o casaco sobre a camisola, como fazia no Abruzzo. Porém, justamente o seu roupão velho e suas pantufas com o calcanhar dobrado faziam brotar em mim uma vontade irrefreável de chorar. Porque me parecia fácil enxertar uma na outra duas vidas efêmeras, preparadas com cuidado para um encontro agradável e rápido: se a cama estivesse em ordem, o esquálido quarto de hotel se transformasse num quarto decorado luxuosamente, se cada coisa ao redor revelasse abastança, indiferença às preocupações cotidianas, e nós mesmos nos mostrássemos conformes ao modelo dos nossos ideais estéticos, talvez meu estado de espírito fosse despreocupado e feliz. "Francesco", eu diria com aquela entonação que eu conhecia tão bem e que levava os homens a se voltarem, surpresos e comovidos, como quando ouvem a música de um carrilhão. "Francesco, por favor, peça o desjejum." Eu teria muita fome, a fome caprichosa dos ricos. Porém, era difícil entrelaçar uma à outra nossas vidas de duas pessoas pobres, habituadas a lutar em solidão e empenhadas num amor profundo. Eu lhe implorava em pensamento: "Esconda aquele meu robe azul, esconda-o logo, Francesco, não nos finjamos outros, devemos nos aceitar assim, na desordem desta cama, com meus cabelos desalinhados, com essas suas velhas pantufas, venha cá", chamava-o desesperadamente. "Vamos enfrentá-la juntos, esta manhã difícil."

Ele disse, porém: "Desculpe, amor, já libero o banheiro para você".

Continuava enxugando o rosto, e os cabelos ralos se eriçavam nas têmporas. Virei-me e comecei a chorar. Afundava o rosto no travesseiro para me aprofundar no odor da noite transcorrida, naquele odor de sono masculino que eu conhecia pela primeira vez. E o fundo amargo daquele desespero era o meu grande amor por Francesco, que eu desejaria livre da escravidão do leito, dos lençóis, desejaria que tivéssemos nos unido de um modo angelical, místico, inocente, fugindo às leis comuns a todas as criaturas. "Francesco", eu murmurava, "Francesco…" Voltava-me à memória a imagem do jardim dos Pierce, dos grandes cedros-do-líbano habitados por cavalos, de Emilia que cobria o rosto com uma echarpe de tule para ir ao encontro do amado. E eu ali, ainda sem tomar banho, entre aqueles lençóis.

"Não chore, me diga", ele insistia, me abraçando, "fiz alguma coisa que te machucou? Diga, por favor, certamente eu fiz. Quando?", perguntava ansioso. "Ontem? Esta noite? Hoje de manhã? Você deve me dizer. Quando? Você deve me dizer tudo, tudo."

"Não", eu respondia entre os soluços, "eu te garanto, você não fez nada."

"Não é possível", insistia ele, "querida, me perdoe, o que eu fiz? Sandra, diga…"

Saímos, mais tarde. Havia sempre aquele véu denso entre mim e a felicidade. Fui eu que arruinei tudo, dizia a mim mesma; a culpa é minha.

"Sim", ele me diz agora; e sua voz se torna vibrante, polemizadora; somente quando falamos daquela noite me parece que ele tenta se defender. Talvez porque, ao recordá-la, eu também não consiga mais escrever com calma, dominar o sofrimento e o furor: "Sim", ele insiste, "a culpa foi sua. E você foi a primeira a sofrer com isso, admito. Oh, Alessandra, você não sabia como era difícil enfrentar aquelas horas já vividas na fantasia havia meses. É difícil permanecer à altura da fantasia, se arriscar a fazer aqueles gestos que no pensamento não têm peso nem confronto, e que, ao serem feitos, assumem, ao contrário, seu aspecto mais cru. Se eu não a amasse — você deve acreditar em mim, a esta altura eu exijo que acredite — tudo teria sido muito fácil; com outra mulher eu poderia agir com frieza e até mesmo superar o retrato que ela fazia de mim, em seus pensamentos. Mas você era Alessandra e eu a amava. Quando a vi entrar vestida no robe azul, a emoção me invadiu com tanta força que tive a sensação de retornar vertiginosamente à perturbação que sentia quando tinha pouco mais de oito anos e via aparecer uma menina por quem era apaixonado. Quando nos encontrávamos, eu jamais conseguia falar com ela: enquanto eu a fitava, adorando-a, ela me chamava de mudo, estúpido, e depois ria de mim. Oh, você estava tão linda, se movia com tanta graça, e os gestos que devíamos executar, para dar conta de nosso dever inelutável, me pareciam todos vulgares, diante do encanto de sua pessoa. Aliás, eu não te desejava em absoluto, naquela noite: até propus que fôssemos jantar, preferiria só te ver se mover na bela cor que te vestia, beijar suas mãos: e talvez ir embora, humilhado por ser um homem. Mas a ideia da minha tarefa doce e impiedosa assim como um selvagem desprezo masculino me impeliam a ser mais forte que meus próprios temores. Eu queria que você compreendesse tudo isso, mesmo sabendo que você não podia compreender porque eu era o primeiro homem que você conhecia. E o erro nasceu justamente do grande amor que eu te dedicava e que me fizera permanecer tão respeitoso diante de você. O que aconteceu naquela noite deveria, ao contrário, ter acontecido logo, assim que sentíramos estar apaixonados; e deveria ter acontecido de repente, precedendo nossa fantasia. Então, te vendo entrar no robe azul, eu estaria em vantagem ante o aspecto de mim que me precedera. Foi um erro grave, aquele, que me impeliu a me livrar o mais depressa possível da obrigação angustiante de não te decepcionar. Desde então nasceu em mim o rancor contra sua mãe, que não tivera coragem de enfrentar a concretude de um amor, o hábito, e talvez a decadência, o fim. Se ela tivesse sido amante de Hervey, não teria nos feito tanto mal: você me falaria dela de outro modo, você mesma seria diferente. Eu me enraivecia, em pensamento, contra ela, acusava-a de covardia, de hipocrisia, insultava-a, quase. Oh, Alessandra, era quase uma polêmica que eu entabulava com ela, te revelando como são verdadeiramente os homens. Eu te amava muito, e por dentro te chamava de querida, de rainha, e me parecia impossível ousar com você tanta intimidade. Eu estava tão esgotado por essas lutas e incertezas acerbas que — depois — logo adormeci. Não queria ser testemunha dos seus pensamentos, não queria saber se você sofria. Foi somente esse o meu erro. Oh, Alessandra, não era fácil te falar então: você era uma moça tímida, em sua primeira noite de matrimônio. Hoje você é uma mulher. Hoje, pode me compreender. Me perdoe".

Na verdade, acreditei tê-lo perdoado sem demora. Mal saímos ao ar livre reencontrei seu passo, que me era familiar. Parecia-me aliás que eu poderia esquecer tudo, até as gardênias. Durante a tarde fui ousada o bastante a ponto de prender uma na lapela do meu vestido preto. Não sabia que desde então aquela noite angustiante habitaria sempre em mim, dominando sorrateiramente meu sangue, cada fibra minha, como um germe maligno. Contudo, naqueles dias ela soube se ocultar muito bem, a ponto de me permitir ser feliz. Eu estava tão feliz que enviei a Fulvia dois cartões-postais com recados bobos e exaltados. O ócio e a possibilidade de nos dedicar por inteiro ao amor nos ajudavam com eficácia. Fomos juntos visitar a Galleria degli Uffizi e Francesco se deteve diante de um quadro. "Agora saia da sala", me disse sorrindo, "e depois venha ao meu encontro, como naquele dia na Galleria Borghese." Voltei fazendo o personagem de mim mesma, em caricatura. Rimos. Beijamo-nos. Assim dois turistas alemães nos surpreenderam, e eles também riram; estávamos felizes a ponto de nos alegrar com o riso dos alemães. Fomos às trattorie onde havia música ao vivo, nos fizemos fotografar no Piazzale dei Colli. Em suma, seguimos com divertimento juvenil todos os itinerários de sempre nas viagens de lua de mel. À noite dormíamos tarde, abraçados.

Voltamos a Roma um dia antes de minha licença terminar: já não tínhamos um centavo, e na estação tivemos de carregar as malas nós mesmos. Isso foi muito divertido e Francesco admirava minha agradável disposição: talvez não recordasse que eu estava habituada à pobreza. Comentei que poderia receber meu salário com dois ou três dias de antecedência e Francesco ria, dizendo que seu sonho sempre havia sido o de ser sustentado por alguém. À noite fomos jantar na casa de sua mãe e eu recomendei a Francesco não contar a ela que ficáramos sem dinheiro: não queria fazê-la suspeitar que ele gastara demais comigo. Houvera a comovente aquisição de um chapéu de palha de Florença com que ele insistira em me presentear; de fato, este se adequava muito bem ao meu rosto, e eu lamentei não poder colocá-lo porque já ninguém usava chapéu. Na estação, por causa das malas, o adereço se tornara um estorvo, e eu fora obrigada a levá-lo na cabeça. Isso foi motivo de uma alegria pueril, pois todos me olhavam. O porteiro dos Parioli nos viu chegar a pé, com as malas nas mãos, e aquele chapéu. Foi um contratempo infeliz, porque de imediato ele teve uma impressão ruim de nós, como novos inquilinos.

O apartamento era agradável, um ático: diante do nosso quarto se estendia um terraço pavimentado com tijolos vermelhos. Imaginei que ali eu poderia ler e estudar tranquilamente. Mas no início nunca encontrava tempo para estudar, porque em casa não tínhamos tudo de que precisávamos e era necessário se adequar mediante numerosos estratagemas. Eu não pedia nada a Francesco, temendo que ele recorresse à mãe em busca de ajuda: ela poderia criticá-lo por ter se casado com uma moça pobre, que, ainda por cima, ganhava pouco. Por isso decidi relaxar nos estudos, naqueles primeiros tempos, e fazer, no período da tarde, algumas horas extras de trabalho. O custo de vida aumentava continuamente e para os pobres não era fácil se abastecer. Pior ainda para aqueles que — como nós — deviam manter um decoro aparente.

Eu não tinha ninguém que pudesse me ajudar: o condomínio dos Parioli era ainda mais impenetrável que o do Lungotevere Flaminio: os pátios eram fechados, reluzentes, e nem mesmo as criadas se debruçavam sobre eles. Eu não sabia o nome dos moradores porque eram raras as plaquinhas pregadas às portas: pela escada parecia não passar ninguém, e ninguém jamais se detinha nos patamares. Naquele prédio as pessoas nasciam sem alegria, morriam sem dramas, por respeito à boa educação. O porteiro mal nos cumprimentava, porque não tínhamos empregada: e devo confessar que ficava envergonhada por passar diante dele com a sacolinha do mercado.

Com frequência, para me livrar daquela prisão inclemente, eu descia até os Prati, feliz por me sentir de novo em meio a uma gente simpática e cordial, e voltava ao prédio da Via Paolo Emilio. Havia muita poeira no saguão: eu me perguntava se o lugar fora sempre tão sujo, me parecia impossível. A porteira logo perguntava sobre minha saúde, sobre meu marido, e se comprazia em me tratar por "senhora". As dificuldades políticas de Francesco o impediam de exercer sua atividade profissional e por isso, extinta a despreocupação efervescente dos primeiros dias, agora nos víamos diante de condições de vida muito difíceis. Não apenas nos sobressaltávamos ante qualquer toque de campainha, e Francesco era cada vez mais cauteloso ao telefonar e ao se encontrar com seus amigos, mas também estávamos reduzidos a passar fome, com frequência, ainda que ambos garantíssemos ter comido o suficiente. Para Francesco já não era possível executar aqueles trabalhos que, ao lado do exíguo salário da universidade, nos permitiriam viver com menos restrições: eu não conseguia mais estudar e a casa ainda não assumira o aspecto acolhedor que eu desejava. No escritório havia apenas a escrivaninha de Francesco e algumas estantes, vindas da casa de sua mãe. Era muito desagradável ter somente cadeiras e nenhuma poltrona: de início eu não calculara os inconvenientes que isso criaria entre nós: no escritório ainda frio e desabitado, conversar sentados nas cadeiras era impossível, tínhamos a impressão de estar na sala de espera de um dentista. Era mais fácil quando os amigos vinham nos visitar: nos sentávamos em torno da escrivaninha; porém, imaginando que eles desejavam ficar sozinhos, eu logo fingia ter sono e ia para a cama. Mas, se estivéssemos só os dois, sentados nas cadeiras, era impossível iniciar aquelas conversas interessantes sobre religião, sobre arte, e sobre nossos desígnios espirituais, temas preferidos por nós durante o noivado, quando parávamos de falar do nosso amor ou da futura vida conjugal.

Após o jantar, íamos nos sentar na cama; mas estávamos cansados e Francesco logo dizia: "E se continuássemos a conversar deitados?". Assim, por causa do nosso cansaço, logo adormecíamos. Eu lutava corajosamente para que nossa vida permanecesse fiel àquela que havíamos imaginado; mas contra duas coisas eu não podia lutar: contra o desconforto que a falta das poltronas nos causava, e contra o desconcerto que nossa falta de dinheiro suscitava em Francesco. Ele tinha o hábito de me entregar tudo o que ganhava, e que era muito pouco; a partir daquele momento, e durante o mês inteiro, parecia acreditar que nas minhas mãos o dinheiro se tornava inesgotável. "Acabou?", me perguntava, espantado: em sua surpresa me parecia vislumbrar uma suspeita de desperdício. Eu corava e me apressava a explicar como o gastara: queria pegar um lápis, somar algumas cifras. "Não, não", ele me dizia galantemente, "você não deve me prestar contas de nada. Pode gastar o dinheiro como quiser, fazer com ele o que quiser." Essas frases me lançavam num ressentimento raivoso que eu, no entanto, conseguia dominar. Insistia em querer fazer as contas, mas ele se opunha, de modo que eu permanecia sob a acusação tácita de ter desperdiçado o dinheiro comigo. Um dia elaborei a lista das compras de mantimentos e consegui de surpresa que ele a lesse: não havia outras despesas exceto as da casa, já reduzidas ao mínimo e até ao essencial. Depois de percorrê-la ele me devolveu a lista, repetindo: "Mas é claro, querida, não precisa se justificar: eu já te disse que você pode fazer o que quiser com o dinheiro".

Adiei para a primavera a ideia de me preparar para um exame e me alegrei por dar aulas particulares de italiano a uma garota que frequentava o terceiro ano ginasial. Era uma mocinha rica e presunçosa; me fazia esperar, me chamava de "senhorita", dizendo que todas as professoras são solteironas. Tinha o vício de lanchar durante a aula e os livros ficavam sujos de chocolate, de café com leite. Naquele horário eu estava faminta: contava os minutos para que o lanche viesse e me saciava vendo minha aluna comer. Às vezes ela me oferecia uma torrada com manteiga ou uma fatia de bolo; Francesco e eu nos limitávamos a uma salada de tomate e feijão-branco: no entanto, a cada dia, para demonstrar indiferença ou desprezo, eu me propunha firmemente a recusar. Mas nunca conseguia.

Desde que aceitara dar aquelas aulas eu pensava com mais frequência em minha mãe. Quando subia a escada da *villa* de minha aluna, me perguntava se, também naqueles momentos, minha mãe conseguia manter a graça inimitável do seu passo: e, supondo que sim, me sentia diminuída. O mordomo, quando a senhorita estava ocupada, me fazia aguardar na saleta; era um homem gigantesco e sua estatura aumentava minha submissão. Os familiares, ao atravessarem a saleta, me cumprimentavam com um apressado aceno da cabeça.

Eu não podia abrir mão daquelas aulas; mas uma tarde, ao sair de lá, como consolo comprei dois pés de jasmim para colocar no terraço: o terraço assim adornado ficou lindo e o perfume entrava pelo quarto. Às vezes Francesco demorava a voltar para casa e, sempre que ele demorava, eu era invadida pelo mesmo terror de quando esperava minha mãe; mas nesse dia, assim que ouvi seus passos na escada, me sentei numa almofada, no terraço alegrado pelas flores. Eu recolhera os cabelos no alto da cabeça e prendera ali um raminho de jasmim. Francesco me procurou por toda parte e eu não respondia. Ele chamava: "Alessandra!" com um tom de aflição na voz. Afinal me encontrou e logo nos abraçamos, felizes, ambos nos tranquilizamos. Após o jantar ele se sentou comigo na almofada, no terraço, e ficamos olhando as estrelas. Mais tarde, de nossa cama também podíamos ver as estrelas aparecendo no vão da janela. Na manhã seguinte bem cedo, corri à casa de Lydia a fim de pedir dinheiro emprestado para as compras de casa; depois me despedi dela às pressas e, temendo me atrasar para o escritório, desci veloz a escada, com o passo desenvolto de minha mãe. Francesco e eu adquirimos o hábito de permanecer em casa, à noite; por causa do terraço, não passávamos calor. Ficávamos deitados na cama. Naqueles momentos eu não me sentia cansada nem pobre: estava apaixonada. Os braços de Francesco já não esbarravam em mim quando ele me envolvia. Ele tinha braços muito longos e eu me sentia contente por ser magra: seus braços me cingiam como ipomeias, encontrando seu lugar natural em torno dos meus ombros e no côncavo da cintura. Quando ele não me abraçava, eu sentia que meu corpo estava indefeso.

No início do outono Francesco foi obrigado a assumir, no período da tarde, um modestíssimo emprego privado junto a um parente de Alberto. Muitas vezes, para comparecer às reuniões com os amigos que, como ele, não estavam contentes, não vinha jantar; quando ele demorava eu sempre temia que tivesse sido preso. Para ter notícias, telefonava para Tomaso. Até mesmo Tomaso, que sempre fora bastante hábil, me confessara encontrar muitas dificuldades em seu trabalho. Francesco não podia mais escrever e em toda parte era objeto de uma frieza crescente: ia a contragosto para a universidade, onde àquela altura todos o evitavam, mas sem terem coragem de desaprová-lo abertamente: viravam o rosto quando ele passava ou mal o cumprimentavam, temerosos, como crianças que receberam uma proibição dos pais. Até Lascari se esquivava dele, se dizendo muito ocupado.

Era uma situação muito triste, agravada pela pobreza que ia se tornando aflitiva: tínhamos uma dívida com o merceeiro do outro lado da rua e eu saía de casa às pressas, me fingindo distraída, por temer que ele me cobrasse na presença do porteiro. A atitude deste último era insuportável para mim; naquela época os porteiros estavam todos a serviço da polícia e portanto presumíamos que ele não ignorasse a posição política de Francesco. Francesco me recomendara ser prudente, até mesmo cortês. De fato, fazia algum tempo que o porteiro parecia querer se deter para conversar comigo: aludia às gorjetas generosas que recebia dos outros inquilinos, aos vestidos com que a senhora do segundo andar presenteava a esposa dele: belos, belíssimos, como novos. Sobretudo tentava descobrir quem eram os amigos que vinham ver Francesco: eu respondia vagamente e ia me refugiar em casa.

Voltava sempre cansada, esgotada. Todo dia fazia longos percursos a pé, a fim de economizar: e, caminhando pelo asfalto cinzento, entre os edifícios cinzentos, relembrava os belos passeios que fizera no Abruzzo. Vovó, desde quando eu me casara, me escrevia com frequência: perguntava sobre minha vida e meus estudos, em seu estilo sóbrio, enxuto: eu respondia que tudo ia bem. Em todas as cartas ela me perguntava se eu não tinha nada de novo para lhe anunciar: ou seja, se estava grávida.

Eu encontrava suas cartas quando retornava ofegante do escritório, carregando a sacola de mantimentos: devia cozinhar e arrumar a casa às pressas para ser pontual com minha aluna: à tardinha voltava preocupada com tudo o que continuava atrasado: passar a ferro, consertar as poucas roupas íntimas e de cama que possuíamos. Pensava na Vovó sentada na horta, satisfeita na paz e no bem-estar do campo: se eu lhe respondesse "sim", ela me enviaria os lençóis destinados aos bisnetos, alguns casaquinhos, e um saco de farinha de milho para polenta. Eu seria obrigada a parar de trabalhar e Francesco deveria arcar sozinho com tudo, porque o fato de ter gerado um filho seu me asseguraria para sempre o direito de ser sustentada. Eu jamais me apresentaria a ele separada do menino: este estaria sempre conosco, dormiria conosco, eu o levaria pela mão, entre nós dois, durante nossos passeios. E todo dia anunciaria candidamente a Francesco que o menino precisava de sapatinhos, de vitaminas, e que ele deveria conseguir o dinheiro de algum modo: bastava que trabalhasse ainda mais, renunciando, por enquanto, aos seus estudos prediletos. De resto, se também, por fim, tivesse de renunciar a isso para sempre — por causa das despesas aumentadas e da falta do meu salário —, podia extrair sua felicidade do pensamento de que o filho, dali a vinte anos, talvez se dedicasse ele próprio àqueles interesses que o pai fora obrigado a sacrificar. Vovó poderia acrescentar mais um ramo à árvore em que se enxertara sua vida segura e vigorosa. "Não creio que teremos filhos por enquanto", escrevi a ela. "Sou pobre demais, ou talvez ainda não o seja o bastante. E sobretudo estou muito apaixonada, quero estar sozinha com Francesco: jamais saberei me adaptar a renunciar ao amor. Do contrário, teria desposado Paolo e ficado aí com você."

Vovó se manteve em silêncio por alguns dias: depois respondeu: "Querida Alessandra, você é muito temerária. As pessoas temerárias não me desagradam. Mas, em minha opinião, se privar de ter filhos não é somente um grave pecado: é também um grave risco. Espero que você consiga ser feliz, sozinha com seu marido: mas, se não conseguir, não poderá sequer atribuir aos sacrifícios feitos pelos filhos a causa de sua derrota".

Essas palavras da Vovó me abalaram. Ao longo do dia, eu tornava a ouvi-las muitas vezes, severas e implacáveis como a sua pessoa. "Espero que você consiga." Incitada por esse desafio, eu trabalhava com mais rigor e firmeza, tentando estabelecer alguma doce pausa em nossa jornada. Era difícil, com a vida que levávamos, mas eu conseguia estar sempre fresca, arrumada, me mantinha serena, sorridente, harmoniosa. Passava a ferro, arejava meus vestidos, e só me desagradava o fato de jamais poder comprar um belo par de meias: as minhas estavam sempre remendadas. Assim, eu devia sempre esconder as pernas, embora soubesse que não eram feias. Negava que a miséria pudesse ser mais forte que o nosso amor. Tentava me convencer de que tudo dependia do fato de Francesco não estar contente: na universidade havia uma investigação em curso sobre ele e receávamos o resultado. "Perderão a guerra", ele me dissera um dia, "então seremos livres, estaremos contentes." É doloroso ser reduzido a desejar que seu próprio país perca a guerra; mas eu desejava isso firmemente. Durante os alarmes, nunca descíamos ao abrigo: saíamos para o terraço, no frio, e ficávamos abraçados: esperávamos que as bombas caíssem, nos matando ou nos libertando, enfim.

Alberto e Tomaso vinham com mais frequência, e àquela altura também nós, como Fulvia e Dario, falávamos sempre de política, deixávamos que nossa casa ressoasse a voz arrogante do rádio. A voz parecia falar naquele tom para nos admoestar, nos ameaçar: mas à noite fechávamos as portas, nos sentávamos no chão, encostando o ouvido no amplificador, e escutávamos as estações proibidas. Permanecíamos em expectativa; Francesco girava o botão de sintonia, no silêncio. Por fim ouvíamos uma batida abafada, insistente, cautelosa. Era como se estivéssemos na prisão e alguém, do lado de fora, batesse na parede para nos dar coragem. Eu pensava no que minha mãe me contara sobre Hervey: quando ele era adolescente e, no delírio, imaginava bater contra o casco do submarino afundado. "Não respondem", gritava, se debatendo, "não respondem mais." Parecia-me que nós também, dali a pouco, já não poderíamos responder.

Ficávamos até tarde sentados no chão, no frio. De manhã eu devia ir cedo para o escritório e Francesco me abraçava dizendo: "Sua expressão é de cansaço". Nunca olhava para mim e, se o fizesse por um instante, não encontrava outra coisa para me dizer senão isso. Sim, eu estava muito cansada, o que sem dúvida era visível no meu rosto: mas ele não deveria me dizer aquelas palavras porque elas tiravam de mim grande parte da minha força. Aliás, ele sabia que eu decerto continuaria cansada. Assim, eu temia também estar feia.

Somente agora, desde quando estou aqui, ele olha para mim. Está sentado numa das duas grandes poltronas de couro, que eu tanto desejara possuir e que um dia consegui ver entrar em casa, sólidas e confiáveis em sua ampla respeitabilidade. Francesco está sentado em sua poltrona, portanto, e sempre que levanto a vista para ele o encontro ocupado em me olhar com amorosa devoção.

Eu sonhara dispô-las uma diante da outra, justamente para que Francesco olhasse para mim. Já estava convencida de que grande parte de nossa infelicidade resultava da falta dessas poltronas. "Sim", dissera Fulvia, "as poltronas são necessárias." Oferecera-se para ser minha fiadora numa loja onde vendiam a prestação. Mas eu decidi pedir ao engenheiro Mantovani um adiantamento sobre a gratificação natalina.

"As coisas vão mal?", perguntou ele, erguendo a cabeça dos papéis.

"Pois é… um pouco. Mas é porque eu queria comprar duas poltronas: em casa não temos onde nos sentar."

Ele fez um movimento de estupor.

"Oh, sim, naturalmente", acrescentei, corando de súbito, "temos algumas cadeiras, mas não é a mesma coisa. Meu marido estuda até tarde, à noite; e estuda mal, sentando-se numa cadeira desconfortável. Além disso ele está sempre cansado e…"

"E a senhora não está cansada?", ele me perguntou, se reclinando para trás na poltrona giratória e olhando para mim.

"Sim, naturalmente, eu também estou cansada. Mas muitas vezes fico na cozinha, cuidando das coisas."

"E seus estudos?"

"Estão um tanto... como direi? um tanto parados, por enquanto. Sou obrigada a dar umas aulas à tarde, e então..."

Houve um silêncio e ele me olhava. Foi muito bondoso comigo, sempre, o engenheiro Mantovani: me espantava que ele fosse tão bondoso, porque era rico e com frequência os ricos são desatentos.

"Eu realmente acho que também tem direito à sua poltrona, sra. Minelli."

Chamou o caixa e ordenou que me fosse entregue uma pequena quantia. "Hoje mesmo", recomendou.

"Como deverei registrar esse pagamento?", perguntou o caixa.

Ele refletiu um instante e disse: "Gratificação extraordinária. Gratificação... por motivo de repouso".

A cifra superava um pouco a que era necessária à compra das poltronas. Eu não ousava olhar para o caixa, porque sentia vergonha dele. Fitava o engenheiro Mantovani e o enxergava confusamente por causa de algumas lágrimas tolas e irrefreáveis que enchiam meus olhos.

"Oh, obrigada", falei, assim que ficamos sozinhos. "Talvez eu não devesse..."

"Mas deve, sim", disse ele com firmeza. Em seguida, mudando de tom, acrescentou: "Eu venho de uma família pobre, e no entanto meu pai, que era mestre de obras, tinha uma poltrona. Lembro-me dela muito bem: era forrada de cretone vermelho. Quem sabe onde terá ido parar aquela poltrona... Éramos oito filhos e minha mãe trabalhava muito, trabalhava em casa mais do que meu pai trabalhava no canteiro de obras. Ela ia pegar lenha, buscar água, mas nunca ousava se sentar naquela poltrona. Meu pai nunca a cedia a ela. Já adulto, quando recordava seu modo de agir, eu sentia rancor contra ele. E, quando eu mesmo poderia comprar uma poltrona para minha mãe, ela já morrera. Então me lembro dela sentada na cadeira, na cozinha, até horas tardias, trabalhando para nós, os oito filhos". Perdeu-se em outra pausa e afinal concluiu: "Sim, isso mesmo, estou realmente convencido de que tem direito à sua poltrona, sra. Minelli".

Inclinei levemente a cabeça e saí: estava demasiado comovida para poder falar; mas por certo ele compreendeu, ele que compreendia tudo sobre as mulheres e as poltronas.

Infelizmente, no dia em que Francesco as viu pela primeira vez houve um contratempo que estragou em grande parte a surpresa que eu tinha preparado. Era seu aniversário e ele não esperava presentes de minha parte, sabendo que eu não tinha dinheiro. As poltronas, de acordo com minhas ordens, chegaram no período da manhã, quando ele estava ausente: eu estava livre porque seu aniversário caía num feriado: desde a manhã me empenhara em deixar o escritório limpo e brilhando; comprara umas flores e, como minha sogra manifestara o desejo de dar um presente ao filho, eu me atrevera a lhe pedir o tapete que ficava no seu antigo quarto de solteiro. Ela me deu o tapete de bom grado e eu o estendi entre as duas poltronas. Assim decorado, o escritório me pareceu muito acolhedor. Sentei-me numa poltrona e imaginei Francesco se sentando diante de mim, me olhando como quando estávamos na Galleria Borghese.

Em vez disso, quando escutei a chave girar na fechadura, ouvi também, junto com a voz de Francesco, outra voz masculina: ele estava voltando para casa com Tomaso, convidara-o para almoçar. Tinha sido por acaso, sem dúvida, mas ele não considerara o quanto eu gostaria de almoçar sozinha com ele, no dia do seu aniversário. Entraram, e eu enrubesci como se tivesse sido apanhada em flagrante.

"E estas aqui?", perguntou Francesco, se detendo.

"Esplêndidas!", exclamava Tomaso, se sentando numa e noutra das novas poltronas para experimentá-las.

"São o meu presente", respondi.

"Mas onde você conseguiu o dinheiro?"

"Recebi uma gratificação."

Ele também se sentou numa poltrona, se sacolejando, como se a testasse. "Muito confortável", disse. Olhou para Tomaso e perguntou: "O que eu te repito sempre? Case-se".

"Obrigado", disse a seguir, se levantando e se aproximando de mim, "você foi ótima." Segurou meu queixo e me beijou. Tomaso pigarreava ao ver nossas expansões.

"O tapete é presente de sua mãe", informei, e fui à cozinha para aprontar o almoço. Eu havia preparado duas taças de macedônia: tive de dividi-las em três. "Ao dividi-las", expliquei muito tempo depois a Tomaso, "senti, pela primeira vez, uma impressão penosa."

Sim, as datas do aniversário e do onomástico são difíceis, no casamento. De tais datas, infelizmente, eu mantinha uma memória inigualável desde a minha infância. Minha mãe era pobre, às vezes não sei como conseguia me comprar um presente. Contudo, nunca eram presentes utilitários, nunca um sapato novo, nunca um par de luvas ou uma echarpe. Quando fiz doze anos, recordo, ela me deu um pintassilgo. Foi me acordar, com um sorriso alegre: "Adivinha o que eu tenho aqui", dizia, me mostrando suas belas mãos unidas e fechadas em concha. Eu estava pálida, com o coração desordenado. Ela abriu as mãos, o passarinho voou pelo quarto e pousou no armário.

Sim, a questão das datas é muito importante, entre um homem e uma mulher. No decorrer do nosso casamento, muitas vezes Francesco esqueceu nossas datas e, quando ele as recordava, eu, me lembrando das gardênias, sempre supunha que ele recebera um previdente telefonema de Fulvia. Por outro lado os presentes de Francesco me deixavam em profunda melancolia: eram aqueles típicos das pessoas que não podem se permitir gastar dinheiro com um capricho, uma loucura. Certa vez ele me deu um par de meias, mostrando assim haver notado a grande necessidade que eu tinha delas: tinha visto os remendos, os longos fios puxados, e, pior, não dissera nada a respeito. Era uma humilhação inesperada: e, para não explodir em pranto, eu me protegi detrás de uma dureza irônica.

"Por que gastou esse dinheiro todo?", perguntei. "Hoje é meu aniversário e eu preferiria umas flores e um bilhete em que você lamentasse o fato de eu ter chegado tão atrasada."

"Atrasada?", repetiu ele, desconcertado, mas logo se refez. "Oh, sim, amor, desculpe, agora entendi. É verdade, seria uma ideia muito delicada, você tem sempre essas ideias." E olhava com pesar as belas meias pousadas na cama, a forma longa do pé.

Aquele seu olhar mortificado me dilacerou. "Não", protestei logo, abraçando-o, "não, era só uma brincadeira, são lindas estas meias. Era uma brincadeira; me perdoe, você me perdoa? Agora estamos felizes." Mas, no desejo de estar feliz, pouco depois recomecei involuntariamente a criticar Francesco: "Por que você já não me escreve cartas de amor?", perguntei.

Ele ficou entristecido, perplexo. "É verdade", respondeu. "Talvez porque agora eu posso te falar quando quero."

"Mas nunca me fala de amor…"

"Nunca te falo de amor? Você precisa ter paciência, Alessandra: eu ando muito nervoso, nestes tempos. Muitos eventos importantes estão acontecendo, e para mim é difícil pensar em outra coisa. Talvez você não possa compreender, porque é mulher."

"Até agora havíamos sempre falado de você e de mim", observei simulando indiferença, mas sentia minha pele doer, "e não dos homens e das mulheres. Lembra? Tínhamos nos proposto a nunca fazer isso."

"Pois é", assentiu ele, "mas talvez não seja possível. Compreendi isso agora há pouco, quando você me falou do bilhete que gostaria de receber, hoje, pelo seu aniversário: você sempre espera de mim aquilo que faria no meu lugar. Você mulher."

"Mas eu sofro", explodi, abandonando qualquer propósito de controle.

"Eu sei", disse ele, "compreendo. Mas eu sou assim."

Sua sinceridade me transtornou; ele não reagia, não protestava. Limitava-se a opor, à minha natureza de mulher romântica e sensível, a sua de homem firme e decidido, sem misericórdia.

"Por que, então, você parecia outro na Galleria Borghese e no Janículo?", perguntei. "Por que me enganou?"

"Oh, Alessandra, por que diz isso? Eu sempre fui o mesmo, posso te assegurar, nunca agi de outra maneira. Às vezes, desculpe, mas me invade o temor de que você tenha acreditado que eu era diferente do que sou na realidade. Nada mudou, em mim: aliás, eu hoje gosto ainda mais de você. O único fato novo é o de nunca termos tempo."

"Mas nós o conseguíamos, naquela época…"

"Pois é. Não sei como fazíamos. E também a cada dia eu estou menos contente com o que acontece, parece sempre que chegamos lá e nunca chegamos. É humilhante não poder trabalhar, exprimir as próprias opiniões…"

"Eu também não pude mais estudar."

"Eu sei: e lamento muito. Mas você pelo menos se expressa no amor. Temo que seja sempre assim, entre homens e mulheres. Todo casal imagina poder se esquivar, fugir…"

"Não!", gritei, "não diga isso, por favor, cale-se!"

"Viu, querida?", continuou ele, calmo, depois de uma pausa. "Esta é também uma força das mulheres; querer sempre ignorar a verdade."

"Então você acha que eu devo me render? Que devo desistir?"

"Não, não é isso, querida; mas nós temos um modo diferente de sentir. É aquela história do copo."

"Que copo?", perguntei, espantada.

"Oh, é simples: eu, quando vejo um copo preenchido até a metade, penso que ele está meio cheio: já você pensa sempre que ele está meio vazio."

Eu ri, mas por dentro gelei. Com aquelas palavras, Francesco parecia ter definido nossos dois temperamentos: opostos, inconciliáveis. Por isso era inútil lhe revelar outra causa do meu sofrimento: o hábito que ele adquirira de não mais me dizer "eu te amo", mas sim "eu te quero bem". Sua resposta seria a de que era a mesma coisa: mas eu tinha Fulvia, Lydia, Vovó, muitas pessoas que me queriam bem; e somente ele para me amar.

Não falei mais nada; ele mudou de assunto, convencido de ter bem-humoradamente dissipado o nosso mau humor: talvez não considerasse a gravidade das palavras que havíamos dito. Mas eu as considerava assim quando, pouco depois, me vi sozinha atrás do muro dos seus ombros.

Ainda fazia frio, no quarto: o terraço das nossas belas noites de verão nos deixava incomodados com o gelo. Acordada, me sentia oprimida por um pesadelo: no apartamento de cima, no contíguo, nos brancos condomínios modernos que surgiam ao lado do nosso, em todas as casas de Roma, em todas as casas do mundo, eu via as mulheres acordadas no escuro, atrás do muro intransponível dos ombros masculinos. Falávamos línguas diferentes, mas todas tentávamos em vão fazer ouvir as mesmas palavras: nada podia atravessar a defesa inabalável daqueles ombros. Era preciso nos resignarmos a estar sozinhas, atrás do muro; e nos abraçarmos entre nós, nos ampararmos, formarmos um grumo de sofrimento e de espera. Era o único bálsamo que nos era permitido, junto com o de trabalhar, parir, chorar; e este, na verdade, era o nosso alívio: chorar, sozinhas, sentadas nas cozinhas azuis que ao entardecer se tornam lívidas e tristes, nas cozinhas cinzentas onde as criancinhas brincam no chão e com frequência choram também elas, com vozes lúgubres e já adultas. Algumas de nós, como Vovó, se satisfaziam em ser donas dos grandes armários da roupa da casa, escuros e solenes como ataúdes: outras, sem saber, se reduziam até mesmo a se esquecerem de si numa sequência de dias ricos, fúteis, mundanos. Mas todas, algumas vezes ou sempre, dormiam no frio, atrás de um muro. Todas. Eu as ouvia gemer, implorar, sem serem ouvidas: porque a voz de uma mulher é somente pobre sopro; e o muro é pedra, cimento, tijolos.

Sempre acontecia, depois de uma pequena altercação, de Francesco se tornar mais afetuoso comigo, por alguns dias. Durante o primeiro ano, isso me induzia a abandonar meus temores e a multiplicar a vontade de me defender da preguiçosa armadilha do hábito. Por isso eu me empenhava em estar sempre calma e sorridente, considerando que nossa felicidade inicial poderia renascer mais facilmente numa atmosfera serena, mais que de discussões amargas e acusações recíprocas. Meus nervos se restauravam; em mim parecia se estender um belo mar tranquilo. Assim, se seguiam dias tediosos, articulados em torno dos nossos monótonos horários de trabalho; só nos víamos no desjejum e, àquela hora, eu tinha as mãos cheias de pratos panelas e copos; à noite, com frequência ficávamos em casa, mas Francesco não podia me ver porque estava sempre escondido atrás de um jornal aberto. Líamos até tarde; depois apagávamos as luzes e íamos nos deitar, fazendo sempre os mesmos gestos, já induzidos pelo sono. Deitar-nos juntos na mesma cama já não nos proporcionava nenhuma perturbação, mas sim repouso para as pernas doloridas, para os flancos massacrados pelo cansaço, como quando eu estava sozinha. Porém, no meio daquele cansaço, eu logo compreendia se Francesco não estava com vontade de dormir. Ele se achegava a mim, perguntando: "O que você está lendo?", tirava o livro da minha mão, olhava-o rapidamente e o pousava na coberta. Esses eram os preâmbulos. Depois, sem nenhuma palavra de amor, se seguiam sempre os mesmos gestos, na mesma ordem silenciosa. Estava tacitamente entendido que, se eu retivesse o livro, Francesco recomeçava a ler ou se virava para o outro lado a fim de dormir.

Aqueles abraços deprimentes me provocavam um sentimento de amarga humilhação: eu não podia evitar compará-los aos doces serões nos quais subíamos à Villa Borghese sempre conversando, ansiosos por nos conhecer: parecia que somente para nos conhecer melhor e nos amar melhor era que cedíamos aos beijos e às carícias. Eu queria retomar o doce diálogo interrompido e falar de mim, das minhas lembranças, mas Francesco já as conhecia todas. Além disso, se eu tentasse encaminhar nossa conversa para os mesmos temas daquela época — usando a mesma voz, os mesmos adjetivos —, Francesco me olhava com desconfiança e eu tinha a impressão de estar atuando. Não podíamos nem sequer ainda nos iludir quanto à nossa vida futura, pois já a conhecíamos: era aquela.

E eu já sabia que aquela vida não bastaria para nos fazer felizes: tínhamos crescido, nossa estatura humana tinha crescido, nem mesmo o júbilo inocente dos dias de Florença nos satisfaria mais. Eu me tornara maior que um hábito conjugal e me veria nele como num vestido apertado. De resto, durante o noivado não havíamos nos proposto o casamento como objetivo, meta. Pensávamos apenas em ser mais fortes, enquanto dupla, para nos ajudar a cumprir nossos desígnios íntimos, a nos aperfeiçoar, em suma. De modo que, me dando conta do progressivo declínio da nossa convivência, eu pensava que a culpa era minha, que eu decaíra tanto, por dentro, que não merecia mais a atenção de Francesco. Aguerridamente, então, reafirmava meus orgulhosos propósitos, combatia as debilidades do meu caráter, flamejava vitoriosa. Não podia comprar livros para mim, mas Tomaso sempre me emprestava alguns, pegando-os na biblioteca de seu pai, que era um estudioso de teosofia. Tomaso tinha uma inteligência rápida, vivaz e expansiva, eu gostava de conversar com ele. Quando eu falava ele me fitava sempre, com o estupor que é natural nos olhos grandes e claros. Mas o interesse crescente que aquelas conversas suscitavam em mim, em vez de me consolar, me proporcionava uma amargura acerba: eu gostaria que fosse Francesco a me acompanhar nos meus problemas e nas minhas leituras; além disso, ele era muito mais inteligente que Tomaso. No entanto — por um repentino pudor estabelecido entre nós depois do casamento —, Francesco e eu nunca falávamos de assuntos que fossem importantes para mim. Quando eu me oferecia para fazer alguma coisa para ele, me pedia que datilografasse os seus escritos: coisa que havia tempos eu já fazia com diligência e entusiasmo; em outra ocasião me propôs trocar o forro de um paletó dele. Talvez tenha sido por sugestão sua que a sra. Minelli me convidou para ir à casa dela, quando estivesse livre, a fim de tricotar agasalhos para os soldados.

A sra. Minelli reunia muitas amigas, no período vespertino, com esse objetivo. Enquanto tricotavam, elas trocavam receitas de doces sem açúcar e sem ovos, de tisanas para substituir o café. Duas ou três vezes eu participei dessas reuniões, mas não tinha nenhuma receita para sugerir: por isso, sem parar de tricotar, aquelas senhoras me observavam espantadas, erguendo as sobrancelhas e me julgando, talvez, desocupada ou preguiçosa, embora nenhuma delas trabalhasse e todas tivessem uma empregada. Obrigavam-me a confessar: "Não, eu não sei fazer doces", e depois olhavam de esguelha para minha sogra com ar de entendimento e comiseração. Além disso, eu tricotava mal; minhas agulhas não tiquetaqueavam desenvoltas como as delas, com o ritmo de uma troca de mexericos. Por causa do tom depreciativo no qual falavam das outras mulheres, eu imaginava que aquelas senhoras eram todas perfeitas, e era levada a ter um leve sentimento de inveja em relação a elas. Em nossa casa faltavam quase todos os utensílios que elas mencionavam; eu nunca ia ao cabeleireiro, quando lavava a cabeça deixava os cabelos secarem no terraço, ao sol; não conhecia as lojas mais renomadas, fazia minhas compras no próprio bairro. E, quando dizia que Francesco e eu nunca íamos ao cinema, aquelas senhoras me fitavam, incrédulas e até desconfiadas, temendo que eu estivesse me atrevendo a zombar delas.

Naqueles momentos minha sogra se virava para mim e acariciava meus cabelos. Talvez ela também lamentasse o fato de eu não saber fazer doces; e, em suma, de eu não ser uma moça semelhante às filhas e noras de suas amigas. Mas Francesco lhe contara que pagáramos as poltronas com minha gratificação. Certa vez Francesco adoecera com febre alta; temíamos ser tifo, mas era só uma intoxicação pelos péssimos cigarros que ele fumava. Eu chamara imediatamente minha sogra e, ao lhe abrir a porta de casa, pedira: "Ajude-me, estou com medo". Olhava-a enquanto ela se movia pelo quarto, segura dos seus gestos: eu não tinha prática de assistir doentes, e além disso sempre estivera bem de saúde; me sentara junto à cama, olhara Francesco, pousara as compressas na sua fronte, e eram como beijos, férvidas preces implorando a ele que sarasse. Permanecera ao lado de sua cama, durante horas, imóvel, encarando-o com a fidelidade de um cão. E assim percebera que sua mãe me observava; naqueles momentos, para ficar mais à vontade, ela removia a gargantilha branca e sua velha pele se abandonava.

"Não, Alessandra não sabe fazer doces porque meu filho não gosta de doces: não os comia nem mesmo quando solteiro." Ela fez uma pausa e a gargantilha se moveu, como para deixar passar alguma coisa: "De resto, ela tem pouco tempo", explicou. "É secretária num escritório. Com seu salário, ajuda o marido."

Mas as senhoras continuaram a me encarar com fria hostilidade. Não era o caso de condená-las: tinham crescido numa sociedade na qual se acredita que as mulheres que trabalham são diferentes das demais.

Certa noite Francesco foi me buscar e, ao me ver, sorriu com ternura: talvez pelo meu modo de vestir, que permanecera um tanto antiquado, ou pela expressão modesta que eu tinha sempre no rosto, eu parecia uma enjeitada, que as outras acolhessem por piedade.

Ao entrarmos em casa Francesco sorria, recordando minha imagem entre as das amigas de sua mãe. Ele estava um pouco mudado, desde quando vivia comigo: por exemplo, não se importava mais com o que a sra. Spazzavento dizia.

Eu lhe disse: "Sabe? Quando estou com elas tenho a mesma impressão penosa que sentia com as colegas, quando estava no primário. Eu era alta, mais alta que todas: a maior quase não me chegava aos ombros. Por isso me encaravam como se eu tivesse me introduzido na classe com um estratagema. Ocorria que eu também tirava as melhores notas, e isso aumentava meu embaraço. Agora, pelo menos, as meias três-quartos que eu tricoto são horrorosas".

Francesco riu, mas eu de repente fiquei séria: "Escute", continuei, "eu não sei fazer meias três-quartos. Não posso me adaptar como as outras a aliviar o mal produzido pela violência: gostaria de trabalhar ativamente a fim de que não se recorresse à violência. Compreendeu, Francesco?".

Estávamos caminhando devagar pela avenida que então era chamada dos Martiri Fascisti: uma subida tortuosa, asfaltada: aqui e ali se estendiam terrenos baldios nos quais se amontoavam detritos e imundícies.

"Em resumo", concluí, "eu queria trabalhar com você."

Francesco não respondeu logo; eu via seu duro perfil contra o céu já clareado por um anúncio de primavera. Corei, como se tivesse fugido à minha reserva feminina, me atrevendo de saída a uma declaração amorosa: mas eu falara de rompante, como quando dissera à minha mãe: "Não vá embora sem mim".

"Não sei o que eu poderia fazer, exatamente", insisti. "Mas você decerto sabe. Um dia destes Tomaso me disse que eu poderia ser útil."

"Quem disse isso?"

"Tomaso."

"Tomaso é solteiro", respondeu ele com dureza.

"E o que isso tem a ver?"

"Tomaso não sabe de nada."

"Por que você diz isso? Quando você sai de casa, e não me diz aonde vai, eu sei que vai ao encontro dos companheiros, e eu fico em casa cuidando das coisas, muitas vezes na cozinha. Mas entre nós sinto um vínculo de solidariedade tão próximo que às vezes dói, quase. Mexo a minestra e cada giro que faço na panela é guiado por uma vontade muito específica, um sentimento muito profundo de conexão com você, a ponto de me fazer acreditar que o meu gesto doméstico e pacífico pode produzir, por milagre, os mesmos efeitos do seu risco e da sua batalha. É assim quando eu entro na fila de manhã cedo, antes de ir para o escritório, enquanto você dorme. No inverno ainda está escuro, faz muito frio, todas as mulheres se lamentam, não estão contentes; e, cada vez que dou um passo à frente na fila, penso em você dormindo. Parece-me que só lhe será permitido repousar se eu não abandonar meu posto, embora sinta minhas mãos como que se descolarem, de tão enregeladas. Mas agora isso já não me parece suficiente. Eu me tornei tão forte, no meu interior, tão vigorosa…", e ao dizer essas palavras passei um dedo pela sobrancelha a fim de ocultar minha timidez. "Sei que poderia ajudá-lo."

Caminhamos mais um pouco em silêncio. Francesco segurou meu braço e o apertou com força; soltou-o e o segurou de novo para apertá-lo outra vez. Éramos uma só pessoa, um só passo: ao redor circulava um tempo de marcha suave que nos incitava. Comovida, pensei: "Somos casados".

"Não", ele disse, "não é possível."

"Por quê?", perguntei, decepcionada.

"Porque não são coisas para mulheres."

"No entanto, há muitas mulheres que trabalham com vocês. E aliás Tomaso me disse…"

"Pergunte a ele por que não faz Casimira trabalhar."

"Quem é Casimira?"

"Uma moça", respondeu ele, evasivo; e insistia, "pergunte a ele."

"Talvez Tomaso não acredite que essa Casimira seja suficientemente corajosa, ou preparada, ou então…"

"Justamente: eu penso em relação a você o que ele pensa em relação a Casimira."

Calei-me por um momento, e depois perguntei, com expectativa duvidosa: "Ou seja, que eu não sou?…".

Houve uma pausa; por fim Francesco, em voz baixa, confessou com firmeza: "Pois é".

Entramos em casa em silêncio. Já não éramos uma só pessoa, mas duas pessoas diferentes: uma tinha coragem, e a outra não.

"Sim", agora Francesco me diz, "e a pessoa que não tinha coragem era eu. Você não sabia que, poucos dias antes, Marisa fora presa. Marisa era a companheira de Alberto; eu não tinha coragem de sofrer como Alberto sofria. Você não a conhecia porque ela estava grávida e não queria ser vista, se sentia constrangida em relação a você: era separada do marido. Era uma mulher particularmente corajosa, Marisa; quase tanto quanto você. Queria sempre transportar o material mais comprometedor, dizia que seu estado a protegeria, e de fato era difícil que pudessem suspeitar dela. Não vivia com Alberto, morava num quarto mobiliado, alugado por uma costureira; desde quando passaram a trabalhar juntos, Alberto e ela eram muito prudentes: nunca deixavam em casa cartas ou qualquer outra coisa que pudesse provar a amizade deles, se encontravam longe dos olhares do porteiro. Era uma mulher muito inteligente, Marisa: quase tanto quanto você. No entanto, foi justamente o estado dela que a pôs a perder: desmaiou, quando caminhava pelo Corso: levaram-na para o hospital, ali, a dois passos, e abriram sua bolsa cheia de impressos. Quem chamou a polícia foi uma enfermeira: outra mulher. Assim que soube, Alberto se refugiou com outro amigo, e temíamos que de uma hora para outra Marisa, naquele estado, esgotada, falasse. Alberto aguardava com impaciência saber que haviam ido procurá-lo, teria sido um alívio para ele. Mas os dias passavam e nossa inquietação crescia. Alberto queria ir se entregar, mas nós o fizemos compreender que seria inútil, e até prejudicial, àquela altura ela também se tornara culpada, e nós não sabíamos quais argumentos escolhera em sua defesa. Alberto, se entregando, por certo iria prejudicá-la. Repetia que a culpa era dele, que era ele quem a fizera trabalhar pela causa. Dizia que ela talvez acabasse falando, e que, se falasse, seria libertada. Só que ela não falou, porque era corajosa; você também teria sido corajosa. E por isso eu não o era."

Seguiram-se semanas frias, desagradáveis. Francesco raramente falava comigo, ficava fora por muito tempo, e eu parecia não querer saber onde ele estivera. Um domingo preparei uma torta: quando a coloquei sobre a mesa ele me interrogou com o olhar: eu disse: "É a famosa receita das amigas de sua mãe". Estava péssima, quase não tocamos nela: e, uma vez que comíamos no escritório, a torta permaneceu a noite toda no meio do nosso silêncio.

Àquela altura tínhamos muitos amigos e eles vinham nos visitar com frequência: de início não gostava que perturbassem nossa solidão, mas depois eu mesma os convidava, temendo nossos tediosos serões. Tomaso era um dos mais assíduos e às vezes vinha também Denise, uma mulher já idosa que usava boina e conhecia todos os companheiros que viviam em Paris. Tinha atitudes masculinas e me cumprimentava inclinando a cabeça, como fazem os alemães. Falava a noite inteira, sem jamais me dirigir a palavra; às vezes parecia repentinamente se lembrar de mim e das regras da boa educação: nesse momento, com um sorriso gentil, me perguntava se eu tinha filhos, esquecendo que já me perguntara isso outras vezes. "Eles virão", me garantia depois maternalmente; e, se virando para os homens, retomava os assuntos que a interessavam: falava sempre de quando viria a liberdade. Pensava que a mim, porém, só interessava que viessem os filhos.

A presença daquela mulher me aborrecia. "Mas não está errada", me dizia Lydia, suspirando, "seria bom você ter um bebê."

"Sim, também acho: só que mais para a frente. Quando eu tiver trinta anos, digamos, e não estiver mais tão ansiosa por viver para Francesco e para nós dois."

"Não. Melhor agora", insistia Lydia. "Aos trinta anos você estará ainda mais impaciente por viver, e mais ainda aos quarenta. Os filhos prendem, retêm um homem. Quando há um filho o homem retorna sempre, mesmo que te traia."

"Retorna pelo filho?"

"Certo. Mas, desse modo, também não pode te abandonar."

"Oh, que horror!", eu dizia, escondendo o rosto. "Que vergonha!" Imaginar Francesco em companhia de outra mulher me fazia arder de ciúme. Eu o via junto à companheira de cabelos opacos que escapavam da boina. "Não posso deixar Alessandra", ele lhe dizia. "Não posso deixá-la por causa do menino." Fitava-a amorosamente e eu esperava em casa, esgotada, com um bebê no colo.

Eu queria que ele pudesse me deixar como se deixa um homem, um companheiro. Talvez — depois — esta viesse a ser uma boa ocasião para descer a escada, lépida: me via caminhando em direção ao rio, o vento inflando o impermeável. Francesco não gostava mais de me ouvir falar de minha mãe: certa vez dissera que ela estava numa idade na qual é preciso aprender a renunciar. Dizia também que meu pai devia ser um bom homem, no fundo. "Mas minha mãe não podia se contentar com um bom homem!", eu respondia, com desdém. "Então, por que se casou com ele?" "Talvez não soubesse disso, ou talvez se achasse mais forte... A pessoa sempre se acha mais forte." "Bobagens", disse ele certa vez. "A verdade é que ela te fez muito mal." "A mim?!", reagi. "Minha mãe me fez mal?" "Sim, e não creio que aquele macaco valesse a pena." Ao ouvir tais palavras, eu me afastara dele, horrorizada. "Macaco"* era um termo que eu só vira nos livros de leitura e que a mim se assemelhava ao ruído pavoroso de uma faca rangendo sobre um prato. Eu não podia tolerar que Francesco se referisse a Hervey com essa palavra, humilhando a história romântica de minha mãe. Eu já sabia que ele a condenava: contara à minha sogra que ela se afogara por acidente. "Que mulher extraordinária", havia murmurado Tomaso ao admirar as fotos dela.

No começo Francesco e eu estávamos sempre de acordo, manifestávamos os mesmos gostos, as mesmas opiniões: agora, porém, quando discutíamos com outros, ele estava sempre no lado contrário. Com muita frequência eu compartilhava a opinião de Tomaso, talvez porque ele fosse só alguns anos mais velho que eu. Mas o que me doía mesmo era perceber que, enquanto seus amigos me escutavam de bom grado — afirmando, inclusive, que eu tinha uma notável clareza de ideias e uma cultura válida também nos problemas

---

* Ou seja, um grosseirão, pateta, imbecil. Mais especificamente, o termo é usado em italiano para se referir a um homem desengonçado, feio e idiota.

políticos —, Francesco nunca parecia levar em consideração aquilo que eu dizia. Eu o justificava pensando que àquela altura ele me via sempre ocupada nos afazeres domésticos e talvez supusesse, como meu pai, que estes constituíam meus principais interesses. Certa noite, durante uma dessas discussões, Francesco me dirigiu uma frase um tanto rude. Calei-me, e Tomaso me defendeu. Fitei-o, agradecendo-lhe com o olhar: ele também me fitava e parecia me pedir desculpas pelo que Francesco dissera. Tomaso tinha um belo rosto límpido, genuíno, e seus cabelos castanhos eram luzidios, vivos, ondulados, como os dos meus amigos de infância. Essa lembrança fez transbordar em mim cálidas ondas de ternura. "Obrigada", repeti com o olhar: e, quando nos despedimos, trocamos um aperto de mão demorado.

A virtude mais enganosa do casamento é a facilidade com que, de manhã, se esquece tudo o que aconteceu na noite anterior. Pacificada pela cor límpida dos primeiros raios de sol, pelo ritmo enérgico dos gestos cotidianos, eu era sempre a primeira a me voltar para Francesco.

Estávamos casados havia mais de um ano: os dias se somavam aos dias, os meses, velozes, engoliam os meses, as estações mudavam. Eu dizia sempre: "Agora eu trabalho e depois estarei feliz, agora lavo os pratos e depois estarei feliz, agora entro na fila e depois estarei feliz". Francesco aprendera a me beijar nas faces, com um leve estalido: não me beijava mais na boca. Antes, porém, não conhecíamos outro modo de nos beijarmos. Depois ele me beijava na boca apenas quando me procurava, à noite. Por fim adquirimos o hábito de ler e ele parou totalmente de me beijar. Não me contava mais o que sentia em consequência de seu amor por mim: talvez pensasse que já era supérfluo falar disso; no entanto, o amor está justo na necessidade de expressá-lo continuamente e no desejo de ouvi-lo ser continuamente expresso. Eu não sabia mais nada de como ele estava: não podia lhe conceder tantas liberdades só porque sabia se ele tinha fome, sede, sono, pouco dinheiro ou dificuldades políticas.

Quando ele me procurava, à noite, nunca pronunciava meu nome. Já eu o chamava apaixonadamente: "Oh, você é Francesco...", dizia, querendo a todo momento reconfirmar que era mesmo ele, o ser amado acima de qualquer coisa no mundo, a me proporcionar aquelas alegrias atordoantes. Os breves encontros noturnos logo se tornaram para ambos uma zona secreta, proibida, em que só era permitido circular às escondidas, embora cada um com a permissão do outro. De manhã Francesco jamais falava do que acontecera, como se quisesse esquecer uma fraqueza, um relaxamento reprovável.

Tomaso telefonava com frequência e tinha uma voz alegre, juvenil. "Não fique sempre em casa, Alessandra. Quer sair? Eu a acompanho. Vamos até os Prati. Eu gostaria de ver o prédio onde você morava. À noite há sempre um bom perfume de madressilva nos Prati. Vamos, anime-se: quer que eu avise Francesco?"

Eu respondia que estava muito ocupada; embora, na realidade, seus convites me deixassem com vontade de voltar ao meu antigo bairro. Mas eu queria voltar lá com Francesco; tinha esperança de que ele também se apercebesse da primavera. Despedia-me rapidamente de Tomaso, depois voltava à cozinha me julgando hipócrita: eu não queria que Francesco se apercebesse da estação, queria que ele se apercebesse de mim.

Pousava o prato que trazia nas mãos, me deixava cair numa cadeira. Estava sozinha em casa como no tempo da minha infância, mas o fervor que me inflamava já não era dirigido às árvores e ao céu que eu via pela janela: se derramava todo sobre mim, sobre a vida física da minha pessoa. Sob minha pele o sangue corria com o ritmo ativo e pontual da juventude. Eu me levantava, ia me deitar na cama, no quarto sombreado e fresco. Tinha os lábios abrasados, uma grande sede.

Fazia muito tempo que ninguém me beijara mais na boca. Parecia-me até impossível que aquele fosse um modo natural de beijar e que eu o tivesse experimentado. Fechava os olhos: imaginava que uma boca pousava na minha com a teimosia raivosa que há nos beijos conquistados após uma longa espera ou uma batalha. Eu resistia, desconfiada, como quem olha para o rio antes de se jogar: e depois me abandonava, submergia. Tentava recordar detalhadamente como era um beijo, como era o momento em que, vencida, eu descerrava os dentes. Mas a sensação exata me escapava. "Como é?", me perguntava consternada. "Não lembro mais como é."

Então me levantava, escovava os cabelos, trocava de roupa e me maquiava cuidadosamente. Não passava batom porque sentia ter todo o sangue recolhido nos lábios. E depois esperava sonhadora, ociosa, deixando de pôr a mesa, de preparar a refeição: sem dúvida não pensaríamos em comer.

Francesco chegava para almoçar, eu o esperava atrás da porta. Na penumbra do vestíbulo, meu vestido branco era uma gardênia fresca.

"Oh, querida", ele dizia, "estou contente por voltar para casa." Ia até o banheiro e a água correndo fresca na pia reativava em mim aquela sede furiosa.

"O que temos?", ele me perguntava.

"Nada, querido", eu respondia. Esperava que, ao se virar, ele visse minha expectativa e a recebesse como uma dádiva.

"Não está pronto?"

"Não, não está pronto."

"Estou com fome."

Dirigia-se ao escritório e eu o seguia. "Nada está pronto, amor", eu falava, "vamos comer mais tarde, depois, vamos comer às quatro."

"Por quê?", ele me perguntava. "O que houve? O que aconteceu? Se você estiver cansada, eu posso ajudá-la", se oferecia com gentileza.

Eu o fitava intensamente. E minha vida estava concentrada nos lábios sem batom. "Como é um beijo?", eu lhe perguntava por dentro com angústia. "Não me lembro mais, Francesco, é terrível, me ajude, não quero perder aquela lembrança." Eu tinha sede, me parecia que poderia desmoronar, esgotada pela sede.

"Não", eu respondia. "Obrigada. Era brincadeira: estará pronto daqui a poucos minutos."

Atravessava devagar o vestíbulo, voltava à cozinha, preparava a fritada com queijo da qual Francesco gostava muito. Lentamente a sede me abandonava, se desprendia de mim, me desprezando. Em vez daquela doce sede, se estabelecia em mim um pranto solitário e desgastante como o uivo de um cão.

E no dia seguinte eu esquecia. Era uma alternância desgastante entre manhãs esperançosas e serões desesperados. As noites eram pausas escuras. Certo domingo, o dia começou com um ato de preguiça involuntária, porque nos esquecêramos de acertar o relógio segundo a hora legal. De início isso foi motivo de apreensão — Francesco já deveria ter saído para um encontro — e, depois, de alegria pueril. Parecia que havíamos decidido não cuidar de nada importante e desfrutar do nosso dia de folga. Pelas venezianas semicerradas o sol solicitava o nosso despertar. "Fique em casa, Francesco", eu dizia com ternura, "fique."

"Fique você", disse ele, enquanto eu o segurava pela manga do pijama. "Fique, eu preciso sair agora. Sabe o que faremos? Vamos nos encontrar na cidade e voltar para casa juntos, devagarinho, desfrutando do sol."

"Na Piazza di Spagna?", eu propus, entusiasmada.

"Se você quiser."

Antes de sair ele escancarou a janela e o sol caiu sobre a cama, a meus pés, como um jorro d'água. *Ciao*, Sandra", disse ele. *"Ciao"*, respondi, sorrindo-lhe, faceira. Eu tinha a sensação de que havia permanecido longamente na cama por uma enfermidade e naquele dia deveria me levantar pela primeira vez, iniciando a convalescença.

De fato, naquele dia todas as coisas me acolhiam festivamente, quando saí pelo portão. O ar estava tépido — nem um tantinho frio nem um tantinho quente — e minha roupa, tão adequada em seu peso que minha sensação era a de não estar usando nada. Nas janelas se estendiam panos coloridos e a grande mimosa do jardim em frente estava florida. As laranjas resplandeciam nas cestas; as garrafas de vinho tinto nas vitrines eram grandes rubis. O bonde corria tilintando alegremente e um garoto, na janelinha traseira, acenava feliz com a mão, decerto imaginando partir num belo trem. Passava muita gente na rua; e todos me olhavam com insistência: eu estava sozinha, mas caminhava lépida, demonstrando ter uma meta precisa, ou melhor — se percebia muito bem —, um encontro marcado. Sem dúvida todos compreendiam que eu tinha um encontro com um homem e por isso exibia tão atrevida segurança.

Entrei na Via Veneto como num palco. Meu passo dominava a calçada: uma ousadia arguta pairava em meu olhar; a terra e a beleza da estação se inclinavam diante de mim: eu era uma rainha soberba com um rebenque na mão. Os homens me olhavam com uma insistência que, normalmente, me aborreceria: naquele dia, porém, eu deixava entrever um leve convite, enquanto me afastava depressa em direção a um encontro de amor. Via-me refletida de vitrine em vitrine e me achava irresistivelmente atraente; até reconhecia em mim uma qualidade que eu sempre acreditara não possuir: aquela atitude provocante das formas que, mais que admiração, estimula o desejo imediato dos homens. Isso talvez se devesse ao alento jubiloso que inflava meus seios sob o blazer; um velho blazer que eu estava feliz por vestir, fiel e seguro, de bom corte, como uma amiga em quem sempre se pode confiar.

Francesco gostava muito daquele blazer cinza. Aliás, de repente recordei que eu usava justo aquele blazer no dia em que o conhecera. Aquela lembrança me provocou um sobressalto, quase um instante de aturdimento: eu quis entrar numa loja, telefonar para Francesco, dizer-lhe: "Escute, estou indo ao seu encontro vestida como no primeiro dia. Estou chegando, espere por mim, Francesco". Mas, não sabendo onde ele estava naquele momento, fui tomada por uma angústia irrazoável: ainda estará vivo?, pensava, e o via estirado no chão, pálido, com muita gente ao redor, como acontece nos atropelamentos, e eu abria caminho em meio à multidão: "Sou a esposa", dizia, "me deixem passar". A angústia era tão viva que eu me lamentava, gemia. "Francesco", gritava por dentro, "Francesco, espere: precisamos viver este dia feliz."

Entrei na Piazza di Spagna pela Via Propaganda Fide: uma rua aristocrática que sempre me incutira submissão.

Parei na esquina da praça porque a calçada estava atulhada de ramos de pessegueiro. "Não", dizia uma senhora à florista, "são caros demais." Aquelas flores tinham o cheiro dos caroços de damasco que, quando menina, eu me divertia em esmagar no peitoril: um cheiro pungente, proibido.

"Eu compro", avisei, e me regozijei com meu tom de voz. "Que voz você tem, Alessandra", Tomaso me dissera um dia. "Quando você fala eu às vezes não consigo captar o sentido exato do que diz. Desculpe, talvez seja falta de educação; mas tenho vontade de fechar os olhos, como faço nos concertos; escutar a música." Paguei com as últimas cinquenta liras que tinha e embolsei o troco com desenvoltura.

Francesco já estava lá, no lugar onde estão as palmeiras. Recordei o que ele me dizia, no tempo do nosso noivado: "A palmeira é uma árvore que se assemelha a você: alta, esbelta, com os cabelos desalinhados no alto da cabeça". Aquela comparação me lisonjeava muito. Talvez ele tivesse escolhido de propósito aquele ponto. Eu não podia evitar sorrir, orgulhosa de mim e do seu amor. Gostava de caminhar devagar, fazê-lo esperar um pouquinho. Ele ainda não me vira, pensava estar sozinho, eu o via passear para lá e para cá, impaciente.

"Francesco...", murmurei com ardor.

"Oh, querida", exclamou ele. "Manhã desperdiçada. Cheguei atrasado, tinham ido embora. Esta maldita hora legal." Em seguida, se virando, disse: "Bonitas, estas flores". E continuou, absorto em suas aflições: "Preciso tentar falar com Alberto, pelo telefone".

"Vamos a pé?", perguntei, e minha voz o convidava a me reconhecer no esplendor da manhã.

"Não, não, está muito tarde: eles podem telefonar e não me encontrar." Afastou o ramo de pessegueiro, me tomou pelo braço e começamos a caminhar. No bonde, ele ficou junto à janelinha segurando as flores, que estorvavam um pouco.

"Francesco...", chamei-o mais tarde para tirá-lo do sono com doçura.

Eu ainda esperava, pacientemente, meu dia de alegre folga. Alberto tinha telefonado. "Está tudo bem", dissera, "dentro de poucos dias a tia chegará." Isso significava que dali a poucos dias os inimigos desembarcariam na Sicília. Pelo rádio nós os ouvíamos bater toda noite às portas da nossa prisão. Agora vinham ao nosso encontro dobrando à sua passagem as amendoeiras, as laranjeiras, os pés de tangerina. Eu estava contente, embora sentisse aquelas árvores se dobrarem dentro de mim. "Está contente?", perguntava a Francesco; mas ele ainda estava fechado nas rígidas paredes dos seus pensamentos: após o almoço se deitara na cama, pegara um livro e adormecera. Eu esperava, dócil, como uma criança a quem alguma coisa foi prometida: havia em mim uma grande calma que ameaçava desmoronar, me atropelando. Fitava o livro que Francesco pousara na mesinha de cabeceira: pousava-o aberto, escancarado, para não perder a marca. Pousava-o daquele modo inclusive antes de se virar para mim, à noite; desejoso, depois daqueles breves parênteses, de voltar à leitura. Era um pacto entre o livro e ele, com o qual se fazia perdoar o descuido momentâneo. Às vezes eu fingia dormir; uma luta se travava entre aquele odioso livro de lombada dura, rígida, e meu orgulho ferido.

"Francesco", chamei de novo. Ele despertou e eu o beijei, longamente, num convite desesperado.

Depois, fiquei deitada na cama; para me proteger da luz que se filtrava pela janela ou talvez porque experimentava uma intensa sensação de vergonha, dobrara o cotovelo sobre os olhos. Parecia-me ser uma daquelas mulheres que sofreram abuso e depois foram abandonadas no campo com as roupas dilaceradas, descompostas. E a vergonha pela violação sofrida me parecia agravada pelo fato de eu mesma ter solicitado o abuso e ele, por alguns instantes, ter obtido prazer.

No escuro do quarto, penetrado por alguns raios de luz branca, chegavam as vozes despreocupadas da rua. Francesco gostaria de voltar a dormir, era só o meu silêncio que o mantinha desperto: naquele silêncio ele captava uma acusação e com dificuldade conseguia se tranquilizar, mesmo estando convicto de sua inocência. Eu sentia que era justamente o temor que ele tinha de mim que o impedia de pronunciar uma só palavra, mas intuía que, se ele a dissesse, seria uma palavra equivocada.

"Queria conversar com você, Francesco", eu disse por fim.

Ele não respondeu, não mostrou nenhuma curiosidade: talvez soubesse o que eu estava para lhe dizer. Seu corpo nu pousava no lençol: era um corpo jovem e seguro que revelava a presença de uma força escondida nos músculos dos ombros, do pescoço, dos flancos.

"Assim não é possível, entende?"

"O que eu fiz?", perguntou ele, calmo, após uma pausa.

"Nada, você não fez nada: mas eu preciso falar com você. Desculpe, tenha paciência."

"Estou ouvindo."

Ele tinha uma voz conciliadora que, em vez de me tranquilizar, aumentava meu mau humor. Eu preferiria que ele confessasse não me amar mais; o fato de ele ter agido daquele modo, mesmo me amando, era a razão principal do meu ressentimento.

"Preciso falar com você. Um dia você deverá lembrar que eu te disse tudo isto, não poderá me reprovar por ter ficado em silêncio: preciso te dizer tudo, com sinceridade. Não estou irritada, não estou nervosa." Segurei a mão dele, que pousava no lençol. "Justamente porque te amo é que devo falar com você."

Ele viu que eu não estava com raiva e me pareceu que isso aumentava sua apreensão. Seus olhos se iluminaram com uma luz dolorosa e terna. Francesco estava muito bonito, naquele momento.

"Quero te falar com franqueza, quero te dizer as coisas que nunca são ditas aos homens porque os homens respondem de modo amargo, cortante. Não responda assim, por favor: me deixe falar."

Minha voz era tão insólita que Francesco se virou para me olhar, perplexo: era a voz com que eu falava com Fulvia, com Claudio, com Tomaso, com que falava com Francesco nos primeiros tempos do nosso amor.

"Eu te traio", disse eu. "Te traio, todos os dias, incontáveis vezes, com a fantasia. Não tem importância", acrescentei, "que eu te traia com a imagem de você mesmo. Porque essa sua imagem faz o que você nunca faz, diz o que você nunca diz, e portanto não é você: é outro. Do choque com esse personagem fantasioso, você sai mais empobrecido que do choque com um homem diferente de você, um estranho. Se te traísse com outro, eu pelo menos teria remorso, pesar: assim, tenho somente rancor."

O quarto estava envolto numa penumbra cinza: sobre as venezianas brilhavam pontos de luz semelhantes a estrelas e os rumores nos chegavam abafados, lentos, com um ritmo de ondas do mar.

"Você queria dormir", continuei. "Você sempre dorme, depois, ao passo que eu fico acordada, pensando. Faz muito tempo que deixamos de conversar. Você não sabe mais quem eu sou, o que levo dentro de mim, o valor que atribuo a cada gesto ou palavra de amor."

Ele disse alguma coisa, aludiu ao desejo que pouco antes sentira por mim.

"Quieto", sugeri, tomando sua mão. "Não fale dessas coisas. O que têm a ver com o amor, essas coisas? Não é amor quando, depois, se tem vontade de chorar. Desde quando era menina eu sabia o que é o amor. Pensava nisso dia e noite, diante da janela ou na caminha espremida entre os armários. Eu sei, sei tudo, sei muito bem. Todas as mulheres sabem como é o amor, ainda que às vezes finjam esquecer, se adaptar, não pensar mais nisso. Não se deve confundir o amor com um gesto banal que proporciona prazer, satisfaz, sacia, como a bebida ou o sono. Você mesmo deve me impedir de fazer isso, não deve permitir que eu me rebaixe, que juntos nos rebaixemos assim."

"Por quê?", disse ele calorosamente. "Foi bonito."

"Não, não foi bonito. Seu desejo foi provocado pelo langor que existe no início do sono, e não pelo amor por mim. O amor é outra coisa. Você nem me beijou na boca", prossegui, cobrindo o rosto. "O amor é um contínuo buscar-se, um beijar-se, um abraçar-se, fitar-se, querer se refletir um no outro a qualquer custo, um temor contínuo de se perderem justamente quando parecem estar mais ligados, 'você me ama, Alessandra?', duvidar sempre, 'você me ama, Francesco?'. Não me diga que está seguro do meu amor: porque nesse caso eu te confessarei que, muitas vezes, enquanto você me possui, eu não te amo. E você não sabe disso, fica embotado, aprisionado em seu corpo, busca um objetivo preciso seu; não me ama, do contrário não me deixaria sozinha. É terrível estar só, nesses momentos. Não basta que você me queira bem. O afeto basta para justificar que eu viva com você, trabalhe com você, faça refeições com você: não justifica que eu esteja aqui deitada com você, nua, na cama."

"Alessandra!", ele me advertiu docemente.

"Não me repreenda, não seja um marido, um parente, se você me repreender eu não falarei mais, e no entanto é necessário que você saiba. Somente o amor justifica que eu esteja aqui, com você, deste modo. E o amor não é isto, compreende?, não está nestes gestos. Escute: nós não temos uma vida fácil, não temos dinheiro, ambos trabalhamos, e às vezes eu estou cansada. A vida para mim não foi fácil, desde minha infância, mas eu nunca me dei conta disso, porque possuía um ilimitado patrimônio de amor que sempre me impediu de me sentir pobre ou cansada. Desde menina eu me sentava junto à janela e esperava: era calma, quieta, dócil: esperava. As mulheres são capazes de qualquer esforço ou sacrifício enquanto esperam. Mas não querem chorar, depois, não querem ter vontade de chorar e cobrir o rosto com a mão. Não podem, compreende?, é uma sina: elas não podem prescindir do amor. Por isso eu te traio. Traio todo dia. E com essa sonhada imagem de você nós passeamos, lemos juntos, conversamos, nos confessamos tão intimamente que cada um conhece tudo do outro, o anjo e o demônio que trazemos em nós. Temos noites longas, alegres, jovens: a luz da alvorada entra pela janela quando ele ainda me tem nos braços e me fala com doçura, no ouvido. Não ria, por favor, realmente estaria tudo acabado se eu pensasse que você tem vontade de rir enquanto eu te digo estas palavras."

"Não estou rindo", disse ele. Segurava minha mão, e seu corpo já não parecia tão cheio de músculos, mas frágil, fatigado.

"Também poderia acontecer que eu te traísse com outro, algum dia." A figura de Tomaso me atravessou a mente; afastei-a de modo brusco, com antipatia e repulsa. "Talvez não tivesse muita importância. Eu continuaria a viver com você, sincera, afetuosa, seria sempre a mesma: honesta." Eu podia falar francamente com ele porque, chegados àquele ponto, ele não contava, para mim, mais do que eu mesma. "Estou certa de que não teria muita importância. Mas quis te falar a fim de que você compreenda, saiba que as mulheres fazem todo o possível para resistir ao amor. Mas o amor é sempre mais forte que elas."

"Sim", disse ele. "Compreendo."

Puxou-me para si: nus, nos abraçamos com tristeza, desesperadamente.

E no dia seguinte eu esquecia. Contudo, se Francesco demorasse a voltar para casa, eu temia que minha sinceridade, em vez de nos aproximar, tivesse escavado entre nós um abismo intransponível. Inquieta, esperava-o debruçada no peitoril; às vezes, temendo permanecer ansiosa apenas por mais uns poucos minutos, ia ao seu encontro na parada do bonde. Ao vê-lo, de imediato um calor gostoso me inundava as veias. A cada abalo o meu amor resistia inquebrantável. Isso me proporcionava um sentimento de raiva, e de medo, sobretudo: me parecia terrível que meu amor pudesse sobreviver apesar da infelicidade.

Lydia me sugeriu ir a uma quiromante: me deu vários endereços, mas disse que, entre todas, tinha muita confiança na sra. Adele, a qual lhe predissera que o capitão iria abandoná-la: e até a aconselhara a fazer um trabalho. "Eu não fiz", confessava Lydia balançando a cabeça, "me parecia impossível..." Quanto a mim, eu desejava reencontrar Ottavia: toda noite minha mãe vinha me encontrar e me olhava, aflita por não poder se comunicar comigo.

Certa noite, em casa, falamos longamente de espiritismo: mas, embora Tomaso afirmasse ter tido experiências interessantes, Francesco se recusava a dar crédito a esses fenômenos e até demonstrava enfado.

"Escute, Alessandra", me disse, quando ficamos sozinhos, "eu queria te pedir que não pense mais nessas coisas: elas te impressionam, te fazem mal. Não dê ouvidos a Tomaso..."

"Você tem ciúme de Tomaso?", perguntei, com um sorriso malicioso.

"Não, por que deveria ter?"

"Porque ele me corteja."

"Ah, sei: passa a noite olhando para você."

"E então?"

"E então, o que eu deveria fazer? Proibi-lo? Conheço Tomaso há muitos anos: sei que ele faz isso para passar o tempo, ou talvez até por cortesia: você é a única senhora…"

"Entendi. Em suma, você acha que ninguém pode se interessar por mim, de verdade?"

"Claro que não, e creio que já o demonstrei. É muito mais fácil cortejar uma mulher casada. Quer que eu realmente me preocupe em relação a Tomaso?"

"Por que não?"

"Para variar, porque te conheço. E também", acrescentou ele após uma breve pausa, "desculpe a imodéstia, porque acredito valer mais que Tomaso."

"Oh, é verdade, mas…"

"Mas não gosto dessas conversas. Tomaso está brincando, eu o conheço bem."

Só que eu sabia que Tomaso não estava brincando. Outras vezes tentei fazer Francesco entender isso e ele sempre respondia do mesmo modo. Aborrecia-me que ele me julgasse presunçosa a ponto de me iludir sobre as intenções do meu cortejador. Certa noite o chamou de "macaco".

No dia seguinte, saí pela primeira vez com Tomaso sem que Francesco soubesse: mas foi somente porque eu desejava ir procurar Ottavia e ele não queria que eu fizesse isso. Estávamos alegres como dois jovenzinhos e ríamos imaginando o que Francesco diria, se viesse a saber da nossa escapada: Tomaso imitava a voz de Francesco, a cara com que iria nos repreender. Eu ria, enternecida, pensando que Tomaso de fato conhecia Francesco muito bem. Ele me observava rir. Eu disse: "Francesco é tão extraordinário", e depois ficamos acanhados por um momento.

Ottavia não estava mais lá: se recolhera à sua aldeia. Ficamos decepcionados diante do portãozinho, numa velha rua perto da Piazza Navona; olhávamos ao redor, atarantados; e, não sabendo como ocupar o tempo disponível, fomos nos sentar num café. Era um local pequeno, frequentado por casais. Eu, sorrindo, disse a Tomaso que me responsabilizava por ele, o qual, também sorrindo, respondeu que, lamentavelmente, não era verdade. Tive só um instante de vergonha diante do garçom, que nos tratava de maneira apressada, e escondi a mão em que usava a aliança. Confessei isso a Tomaso e ele demonstrou se ofender, de brincadeira: "Por quê?", perguntou. "Seu marido não poderia ser eu?" Rimos. Ríamos com muita frequência, mas num tom forçado, tímido. E assim começamos a falar do casamento e, sobretudo, das relações entre homem e mulher: em suma, do amor. Cada um de nós tinha muitas coisas para dizer; e, conversando, nos interrompíamos alternadamente, nossas frases até se sobrepunham. Enquanto isso o café se esvaziara: olhamos para o relógio e eu me sobressaltei: "Oh!", exclamei, confusa, "já é muito tarde".

Tomaso me contemplava com um sorriso bondoso nos olhos claros: "Como você é bonita, Alessandra!", disse. Percorremos um trecho do caminho, em silêncio, e depois nos separamos. Eu disse, sorrindo: "Também poderíamos confessar a Francesco que fomos à casa de Ottavia; até porque não a encontramos...".

Ele me interrompeu: "Não, Alessandra, por favor. Claro, poderíamos fazer isso. Mas eu gosto de ter um segredo com você. Ainda que inocente como este".

Pareceu-me que eu podia lhe conceder tal pedido: e assim encerramos aquela agradável jornada. Fazia muito tempo que eu não passava um dia como aquele, refleti com melancolia, enquanto subia a escada. Debaixo das nossas janelas alguém tocava acordeão. Eram operários, eu vi, ao me debruçar do alto do terraço. "Que ar doce, brando." Eu seria capaz de ficar durante horas escutando o acordeão.

Disse a Francesco que havia ido à casa de Fulvia: depois fiquei hesitante, esperando que ele se virasse e me repreendesse com amargura: "Por que está mentindo?". Enrubesci, embora não tivesse feito nada errado. Mas Francesco estava sentado no chão escutando o rádio; por causa do volume baixo, parecia que alguém lhe falava em sussurros, no ouvido.

"Estive com Fulvia", repeti, esperando que ele percebesse a mentira. Ele balançou a cabeça, demonstrando ter compreendido, e, com um aceno, me convidou para ficar ao seu lado.

Eu via Fulvia mais raramente. Certa manhã estivéramos juntas na casa da quiromante que sua mãe nos recomendara e que morava numa rua isolada, nos arredores do Coliseu. Para fazer isso eu precisara pedir algumas horas de folga no escritório, aduzindo não sei mais qual desculpa: o subterfúgio me divertira e sobretudo a liberdade de que eu não estava habituada a desfrutar no horário matinal. Ríamos, enquanto subíamos a escada estreita e escura, empoeirada; a sra. Adele morava no sótão: chegamos e na entrada logo vimos muitas mulheres que esperavam pacientemente, sentadas junto às paredes, olhando para a porta envidraçada, além da qual se via a sombra da sra. Adele.

Era uma casa paupérrima: nas paredes, além de algumas oleografias, estavam penduradas numerosas imagens de santos, entre os mais prestigiosos. A entrada era escura, clareada apenas por duas lamparinas minúsculas que ardiam diante de uma imagem de santo Antônio. Aquela luz avermelhada parecia acender chamas nos olhos das pessoas que esperavam. Eram mulherzinhas modestas, em sua maioria: uma carregava um menininho a quem de vez em quando dizia "Fique quieto", embora ele não se movesse. Havia também algumas senhoras vistosas, oxigenadas, que mostravam impaciência e fingiam estar ali por um dever incômodo. E depois lá estávamos Fulvia, que viera para saber se Dario a desposaria, e eu; e eu já não era aquela menina que se sentava junto à janela, aquela moça que descia lépida a escada para ir ao encontro de Francesco; era uma das muitas que já não tinham confiança em si mesmas e se reduziam a pedir ajuda aos sortilégios. Eu tinha talvez o olhar perdido da mulher que estava ao meu lado e deixava a bolsa pender dos joelhos; como todas as que estavam ali, eu não tinha pudor de revelar a outras mulheres a minha derrota. Passava o olhar de uma para outra, e a miséria delas suscitava em mim compaixão e revolta.

"Tem gente demais", disse a Fulvia, e a arrastei dali.

Eu tinha convidado Fulvia para almoçar comigo. Francesco estava ausente fazia poucos dias, fora para Milão a fim de se reunir com alguns companheiros. Eu tinha o hábito de acompanhá-lo à estação e sorríamos até o último instante; mas, quando o trem se movia deslizando devagar sobre os trilhos, era como se o sangue me fugisse das veias. Meu sorriso se extinguia e eu era invadida outra vez por aquele medo que já então impregnava nossa vida. Sempre que nos separávamos eu via nisso um risco, era como se, por um descuido nosso, não fôssemos nos ver nunca mais. Voltava para casa e o prédio me parecia uma grande caixa vazia; a porta gemia ao se abrir: eu a fechava e a pancada ecoava sinistramente no apartamento deserto. A primeira noite era terrível, eu não conseguia pegar no sono. Depois, devagar, a paz me envolvia como uma atadura branca e lisa, a solidão me chamava com devaneios sedutores: eu podia traçar qualquer programa para minhas tardes: mas todos os programas me pareciam inferiores à liberdade ilimitada da qual eu era senhora. Acabava ficando em casa, costurando junto à janela. Fulvia se apossava de mim: "Francesco não está?", me perguntava. "Então vou até aí. Tenho muitas coisas para te dizer: quando os homens estão, nunca se pode conversar."

Era verdade. Passávamos semanas sem nos ver, dizendo: "É inútil". Se Francesco estivesse conosco, eu concedia a Fulvia uma atenção limitada, praticamente lhe fazia sala. Fulvia não se surpreendia: sabia que isso constava do papel que toda mulher deve interpretar e sabia também que eu era sincera nesse papel; o papel de uma mulher que tem um homem ao seu lado é muito diferente daquele que uma mulher interpreta quando está sozinha.

Muitas vezes, acabávamos nos fechando no banheiro para conversar. Eu desaprovava esses subterfúgios, mas acreditar neles era mais forte que eu.

Daquelas atitudes éramos nós as primeiras a sair humilhadas. No entanto, quando Fulvia chegava, de imediato ficávamos ansiosas por estar a sós: nossas primeiras frases eram convencionais e, a qualquer coisa que Francesco dissesse, reconheço que mal respondíamos. Precisávamos falar daquilo que era essencial para nós e deixar Francesco na solidão em que ele permanecia mesmo em nossa presença; de fato, quando eu perguntava a Fulvia, sorrindo: "Quer pentear o cabelo?", ou "Quer tirar o casaco?", nós três ficávamos contentes. Francesco pegava o jornal e nós nos afastávamos pelo corredor, deixando que entre as paredes ainda ecoassem nossas frases de conveniência. Quando eu girava a chave na fechadura, Fulvia abandonava seu comportamento vivo, ousado: "E então?", perguntava, apressada. Eu me deixava cair na borda da banheira, dizendo: "Estou desesperada". "Se você soubesse…", respondia ela com um suspiro, apontando para si mesma. Tínhamos a expressão tensa, o olhar perdido. De vez em quando silenciávamos, atentas a qualquer ruído para além da porta, e depois recomeçávamos a falar baixinho: "Imagine, eu ontem havia preparado a mesa com flores, porque era dia 11, e no dia 11…". "Sim, eu sei…" "Bom. Ele sorri, pergunta: 'Que festa é hoje?'. Eu queria começar a chorar, e no entanto digo: 'Adivinhe'. Usava o mesmo vestido daquele dia, tinha penteado os cabelos bem soltos, como então. 'Adivinhe', repetia sorrindo. Ele não se lembrava de nada. Precisei dizer tudo." "E ele, o que fez?" "À noite me trouxe um frasco de perfume." "É estranho", dizia Fulvia, "mas os homens acreditam poder reparar tudo com as coisas que custam dinheiro…" Enquanto isso espiávamos a porta, pousando um dedo nos lábios, esboçávamos palavras inconcludentes, em voz alta. Eu não gostava de pensar que mesmo o amando tanto — e ainda mais por isso — eu fosse obrigada a me humilhar, agindo assim.

Estávamos almoçando sozinhas, então, e pela casa circulava aquela atmosfera ao mesmo tempo descontraída e férvida que as mulheres estabelecem quando estão a sós. Eu ia e vinha da cozinha, servia Fulvia, à mesa, sem constrangimento. Podia não me controlar e isso me relaxava indizivelmente: quando estava com Francesco eu temia sempre que um simples gesto, uma só palavra de minha parte bastassem para angariar um mau julgamento. Uma mulher compreende sempre o quanto é penosa a vida de outra mulher, sabe que é fácil errar quando se está cansada: as mulheres estão sempre muito cansadas. Fulvia olhava de maneira afetuosa para a casa que eu arrumava, varria, desempoeirava diariamente, e seu olhar era uma carícia boa nos meus ombros.

Estávamos almoçando numa mesinha dobrável, no escritório. "A gente se sente bem, aqui", disse Fulvia.

O sol se espremia contra as folhas da janela fechada, tentando violar a penumbra; o ar já quente e um desespero que subia em mim, tenazmente, me tiravam o fôlego.

"Não quero comer", avisei. "E também, desculpe: tudo está muito ruim. Por causa de Francesco, não posso me arriscar a ter provisões em casa, nem sequer um grão de arroz, ou um pouco de azeite. Eles não têm coragem de prendê-lo deliberadamente, Francesco é muito conhecido. Mas fariam isso de bom grado, sob o pretexto de um pequeno delito desse tipo. É o método deles."

Compreendi que meu desespero nascia também do temor de que alguma coisa pudesse ter lhe ocorrido quando estava sozinho, numa cidade desconhecida. Embora tivesse recebido notícias dele ainda na véspera, de repente se formava em mim a certeza de que o haviam detido, em Milão, ou em viagem. Via-o descer do trem, entre os guardas, imaginava a dor que eu sentiria ao ouvir a notícia, sentia essa dor na garganta tal como uma sufocação, um estouro, entretanto sabia que nem mesmo então poderia morrer para me esquivar. Seria somente mais um longo padecimento a ser suportado. Eu passava a mão pela fronte para me livrar desse pesadelo, ou melhor, desse amor.

"Venha", convidei, quando Fulvia acabou de comer, "vamos para o meu quarto, vamos nos deitar na cama para conversar."

Era muito agradável estar no quarto. "Desculpe", disse ela, "vou me despir; fico mais fresca e não amarroto o vestido." Estirou-se na cama numa curta combinação preta que revelava a bela forma das pernas e os seios túmidos sob a renda. Eu continuava a falar já sem manter solidamente o fio daquilo que ia dizendo: fingia fitá-la nos olhos mas olhava seus seios, redondos, brancos. Que coisa doce, eu pensava, um seio de mulher.

"Dispa-se você também", ela me convidou, "é um alívio."

Eu hesitava. Fiquei arrumando o quarto e não me decidia a tirar o vestido, porque sentia vergonha da minha magreza. Propus-me a fazer um tratamento para aumentar o volume dos seios.

"Como você é graciosa!", exclamou ela, quando me despi. "É como um junco", acrescentou com um leve toque de ironia, "eu nunca vi um junco, é uma palavra que se vê escrita, mas te cai bem, eu gosto do som. Junco. Uma palavra meio homem e meio mulher. Afinal, o que é junco?"

"É uma planta que nasce perto da água", expliquei sorrindo. "Pelo menos eu acho. Uma planta muito flexível."

"Ah!", fez ela, já distraída. "Venha cá, se deite, descanse: quando duas mulheres estão sozinhas juntas, acabam sempre estiradas na cama, conversando. Lembra-se de sua mãe e da minha?"

"Pois é", respondi, absorta.

"Falavam sempre de Hervey. Cresci com uma curiosidade muito aguda de conhecê-lo... Mas talvez seja melhor assim. Sabe? Quando Dario me faz sofrer, eu sempre penso em Hervey, para me vingar. Se o tivesse conhecido, iria achá-lo um homem como os outros."

"Não creio", observei com uma severa reprovação na voz.

"Sim, sim, talvez pior. Aliás, te confesso que certa vez, no ano passado — eu nunca te disse —, ouvi falar dos Pierce. Eu estava num grupo de pessoas que vão frequentemente aos concertos. Falavam da mãe, e também falaram dele. Sabe o que diziam de Hervey?"

"De Hervey?", repeti, pálida. "Diga."

"Diziam que é um maluco, um maníaco: que sofre de fixações. Aliás, tive a impressão de..."

"De quê?"

"Não sei, talvez seja apenas impressão minha, mas em suma…"

Calou-se, constrangida, e olhava para mim esperando que eu adivinhasse suas palavras.

"Diga", insisti, "fale."

"Em suma, diziam que ele é um tipo anormal. Não… como direi? Não gosta de mulheres."

"Que tolice!", exclamei. "Como é possível?"

"Claro", ela admitiu logo, "não é possível."

Ficamos em silêncio, fumando. "Nunca há nele alguma coisa que me magoe", dizia minha mãe, "eu falo e ele responde como eu mesma me responderia."

Fazia calor; apesar da janela fechada, o ar se tornava abafado, insuportável. Eu sentia um pouco de sono, somente o desejo de continuar falando daquelas coisas me mantinha desperta. Era incrível que um homem jamais errasse um gesto, uma palavra.

"Ou talvez…", murmurei, admitindo uma desolada hipótese, sem ousar mover os olhos e encontrar o olhar de Fulvia.

"Pois é", respondeu ela.

Silenciamos. Uma suave melancolia se expandia em nós, junto com a necessidade de sermos consoladas. Enquanto isso fumávamos, esboçávamos palavras casuais para aliviar o peso daquele silêncio, "Aqui está o cinzeiro, obrigada, desculpe".

"Não diga isso a Francesco, se por acaso se fale de…", pedi a ela.

"Oh, imagine! Eu não queria ter dito nem sequer a você, eu mesma não me lembrava. Agora, não sei como…"

"Mas sim, claro…"

"Talvez porque estávamos falando de sua mãe, de quando éramos meninas. Sempre, quando recordo aquele tempo, sinto vontade de voltar atrás. Por que nos tornamos adultas, ficamos conhecendo os homens, tantas coisas?" Acrescentou sorrindo: "Creio que nunca te disse que, quando menina, eu era apaixonada por você".

"Por mim?", repeti, atordoada. Meu coração batia com força.

"Sim, e por isso te tratava mal. Depois começava a chorar."

"Oh", fiz eu, com um breve riso hesitante.

"Eu gostava do seu nome, da elegância dos seus modos, do seu vestido fechado até o pescoço, de tudo o que te fazia tão diferente de mim. Então agia de modo descarado, excessivo, para te machucar. Te abandonava, ia me distrair com Aida, com Maddalena, para te provocar ciúme, te fazer sofrer."

"De fato", respondi com um fio de voz, "eu tinha ciúme."

Diante de mim, eu olhava o vazio. Mas, na memória, contemplava o rosto que Fulvia tinha quando menina, e seus cabelos negros soltos sobre o travesseiro de Francesco, seu belo corpo macio, as doces colinas dos seios. Oh, pensei, que coisa maravilhosa é uma mulher, por que ninguém sabe vê-la, ninguém sabe amá-la por completo?

"No fundo", disse ela, em tom brincalhão, "é uma pena que nós duas sejamos mulheres. Poderíamos nos casar. Você se casaria comigo?"

"Claro", respondi, "e te levaria para Veneza em viagem de lua de mel."

Ela riu de leve. Eu também ri. Mas um acanhamento comovido pairava ao nosso redor. Parecia-me não estar vivendo aquele momento por acaso. Uma força precisa nascia em mim, com a diabólica determinação de não mais deixar Fulvia sair do quarto. Permaneceríamos fechadas juntas na casa, na ordem e na desordem feminina, como no giro de um anel precioso. Pensamentos e desejos pareciam correr entre mim e ela, livremente, num entendimento natural. Eu lhe pediria que despisse a combinação, me deixando ver os seios. Nós duas somos mulheres, diria a ela, que mal há nisso? Sua pele era de madrepérola. Em mim se estabelecia uma polêmica acerba com Francesco. Eu desejaria lhe mostrar que conhecia a atenção religiosa que se deve a uma mulher; saberia quais palavras dizer, quais fábulas inventar, um rancor raivoso me invadia, me recordando que ele nunca dizia meu nome, nos momentos que deveriam ser os mais doces mas, ao contrário, eram ásperos, crus.

"Sim, seria lindo nos casarmos. Mas exatamente como somos: duas mulheres. Ah!", disse eu com um suspiro de pesar, em que se desafogava toda a amargura de não ser acompanhada e compreendida.

Fulvia tomou minha mão para me consolar. Estava tão desejosa da minha paz que sem dúvida, eu ousava supor, "se eu lhe pedisse para fazer qualquer coisa por mim, descobrir os seios por exemplo, ela o faria".

Demorei-me por um instante, apertando sua mão gorducha, macia: para a minha mão forte, era um descanso.

A campainha tocou e eu me sobressaltei, como se tivesse sido apanhada em erro. Decidi não atender. "Não vou abrir", disse. A campainha tocou de novo, com insistência. "Espere", exclamei, pulando da cama, "pode ser um telegrama de Francesco."

Enfiei o robe e voltei trazendo nos braços um vestido de seda. "Era a tintureira", expliquei. "Fez um bom trabalho, me parece, o que você acha?"

"Sim", respondeu ela, se soerguendo na cama, "acho que sim."

"Ela foi honesta", admiti. "Oitenta liras."

Procurei o dinheiro na bolsa e voltei à entrada. Quando retornei ao quarto, Fulvia estava de pé, abotoando a blusa. Houve um momento de embaraço e me pareceu que ela estava de mau humor.

Então me aproximei dela: "Volte hoje à tardinha", pedi baixinho. "Nunca vou ao cinema: iremos juntas e depois você vem dormir comigo, estamos sozinhas. A noite é fresca, esta janela dá para o terraço: é agradável ficar aqui, há um perfume gostoso de jasmim."

Ela me fitava, indecisa. Eu lhe apertava o pulso entre os dedos. "Você vem, entendeu?"

"Sim", foi sua resposta, e não falamos mais disso.

Cheguei pontualíssima ao encontro e Fulvia não estava. Os homens me observavam caminhar fora do cinema, sozinha, à espera, lançavam sobre mim a luz branca das lanternas. Eu estava irritada, temendo que Fulvia faltasse ao nosso compromisso. Finalmente ela chegou, queria se desculpar pelo atraso mas eu não lhe dei tempo, porque a última sessão estava para começar.

Eu tinha comprado ingresso para os lugares mais caros: Fulvia não demonstrou se espantar e se comportava como se estivéssemos juntas pela primeira vez. Não falamos de Francesco nem de Dario, parecíamos duas recém-conhecidas que ainda têm poucos assuntos em comum. Ela evitava me encarar; no entanto, sentindo meu olhar buscá-la no escuro com frequência, controlava sua atitude, mantinha os ombros eretos com muito garbo, ajeitava os cabelos. Eu estava agitada pelo temor de que alguma coisa pudesse nos impedir de voltar juntas para casa: temia até que ela tivesse esquecido o meu convite. Por isso avisei: "Se por acaso houver alarme, esta noite, no meu edifício há um abrigo seguro". Fulvia não replicou, e eu me tranquilizei: ela iria.

Trocávamos impressões sobre o filme, que era ruim e não nos interessava nem um pouco: eram comentários em sua maioria tolos, e compreendi que estávamos tentando retornar à familiaridade que mantínhamos quando meninas, voltávamos à mesma linguagem, e sobretudo à impressão que tínhamos, na época, de estar fazendo algo errado, sempre que nos víamos sozinhas. Íamos ao cinema acompanhadas por Sista; no escuro, enquanto o filme nos propunha abertamente problemas aos quais nós nem ousávamos aludir, nos parecia ser outras. Para esconder seu constrangimento Fulvia fazia sempre algum comentário em voz alta; certa vez, quando os atores se beijavam longamente, ela caíra na risada. Eu já conhecia a chave de seu espalhafato daquela época e da indiferença repentina atrás da qual ela se defendia, agora.

"Fulvia", chamei. "Tome, comprei bombons para você."

O cinema não ficava longe da minha casa. Eu indicava a Fulvia o caminho como se ela não o conhecesse. Era uma noite iluminada de lua; e o bairro novo era branco, dava a impressão de estarmos numa cidade desconhecida da Argélia ou do Marrocos. "É um belo bairro", dizia Fulvia. Eu respondia animadamente, para que ela não ouvisse os transeuntes falarem do convite que aquele céu claro e iluminado representava para os aviões.

Subimos tateando pela escada escura e eu guiava Fulvia pela mão. A incerteza que aquela escuridão repentina lhe causava dava ao seu passo o peso de uma resistência. Incitada, eu precisava puxá-la um pouco para que me seguisse. Aquela também era uma escada em espiral, interminável, envolvente; ecoava nossa respiração e minha mão tremia quando abri a porta devagar. "Psssit!", fiz eu.

Continuei guiando Fulvia pela casa escura. Pelas janelas abertas a lua entrava como água gelada, e o quarto cheirava a jasmim. Naquele odor me parecia reencontrar Francesco. Afastei essa lembrança: "Pronto", disse a Fulvia, "veja como é bonito, aqui em cima".

"Oh...", disse ela, surpresa. Do terraço se viam os prédios novos dos Parioli, o campo plano, solitário, angustiante: o rio, baixo entre as margens, era uma faixa de sombra. Mas os grandes prédios, a planície extensa, as árvores e as colinas, tudo se perdia na ilimitada vastidão do céu. Na verdade parecia que somente o céu tinha vida, com sua luz de lua, o leve mover-se das nuvens, o vívido brilhar das estrelas. Fulvia e eu, do terraço alto no nono andar, parecíamos destinadas a ser as primeiras a lidar com aquele elemento admirável e insidioso.

"Dá medo...", ela disse.

"Não", tranquilizei-a, "eles não vêm, precisamos voltar a olhar para o céu com segurança..."

Tornei a entrar no quarto e escolhi apressadamente, em minha escassa roupa íntima, uma camisola para Fulvia; decidi lhe oferecer a melhor, aquela que havia sido de minha lua de mel. Depois fechei a janela e, no escuro, me voltando sem querer, rocei em seu corpo: ela se sobressaltou, deu um grito sufocado. "Espere", disse eu.

Fui até o banheiro, voltei de camisola. Estava decidida nos meus gestos, mas justamente aquela decisão seca e o tom cortante da voz davam a medida do meu constrangimento. O quarto ainda estava no escuro: quando acendi a luz vi Fulvia de pé, imóvel: não ousara se mover um só passo. Estava tão atordoada que senti o desejo de consolá-la falando-lhe demoradamente, acolhendo-a na segurança dos meus braços. Em vez disso, sem olhar para ela, de repente perguntei: "Prefere tirar a roupa no banheiro?".

"Não, obrigada", respondeu ela, humilde; "eu tiro aqui."

Virava e revirava a blusa, dizendo que teria muitas coisas para fazer na manhã seguinte. Finalmente deixou cair a saia florida e ficou na combinação que lhe cobria os joelhos gorduchos, avermelhados pelo calor. A combinação estava puída. Ela adivinhou meu pensamento e, apontando a sua e a minha roupa de baixo, disse: "Há uma loja, nos Prati, onde vendem a prestação e sem juros".

Hesitou um instante, com um vago sorriso, entre ambíguo e amedrontado: depois despiu a combinação e ficou nua, desdobrando a camisola.

Seu corpo branco recolhia a minguada luz da lâmpada: era uma grande mancha leitosa que feria o olhar. Ela não conseguia desatar uma fita que a impedia de passar a cabeça pelo decote da camisola: toda a sua pessoa se movia, com pressa de se cobrir, as pernas se apertavam, os braços se agitavam nervosamente na seda branca que lhe escondia a cabeça. Eu estava à vontade para olhar seu corpo, sem que os olhos dela me impedissem. Este era jovem, sob o esplendor imaculado da pele: mas, sendo Fulvia um pouco roliça, ele já parecia um tanto cansado. Mais forte, mais cheio, ainda assim eu o reconhecia semelhante ao meu em cada detalhe; e, por causa daquela semelhança, me venceu uma piedade pungente pelos sofrimentos que são infligidos a cada corpo de mulher. Da atônita ofensiva da adolescência ao abuso do casamento, da deformação do cândido ventre à dilaceração na maternidade, ao esgotamento de nutrir um filho, até os sofrimentos humilhantes da idade em que a juventude o abandona. Eu fitava o corpo de Fulvia com uma piedade tão intensa que ela talvez o notasse, porque se debatia na camisola apertada: eu sentia que ela estava prestes a rasgar tudo só para conseguir se liberar do meu olhar. Por fim, num grito raivoso, disse: "Ajude-me!".

Aproximei-me dela, desatei a fita e ela, passando a cabeça pelo decote, deu um suspiro de alívio. Olhou ao redor, como se temesse que, naqueles breves instantes, alguma coisa tivesse mudado no quarto. Tranquilizada, se virou para o espelho.

Então nos vimos ambas vestidas de branco, como anjos; atrás de nós se estendia a cama igualmente branca. Sem batom nos lábios, os cabelos ajeitados com simplicidade, mesmo sendo tão diferentes uma da outra parecíamos duas irmãs jovens que dormem no mesmo quarto e juntas esperam o futuro e os sonhos. Atei-lhe a faixa na cintura. "Como é bonita, esta camisola!", exclamava Fulvia, alargando-a num gesto gracioso. E, com o olhar atravessando a sonhadora figura de si mesma retratada no espelho, ela superava os limites do quarto, alcançava alguém a quem se oferecer. Eu também, me contemplando, me inclinava para meu rosto enamorado. Ambas, imóveis, adentrávamos a placa luzidia do espelho, leves, de pés descalços, íamos ao encontro de Hervey. "Ajude-me", eu disse a Fulvia desabando na cama, entre soluços. "Ajude-me", ela também dizia. Dizíamos Dario, Francesco. Dormimos abraçadas a noite inteira.

Eu sentia, às vezes, que só poderia achar conforto na velhice: então talvez pudesse alcançar a calma límpida a que aspirava: me propunha envelhecer depressa, logo, mas era difícil porque eu era muito jovem e a juventude trazia em si a necessidade insistente de relacionar tudo ao amor. "Talvez", dizia comigo mesma, "uma ligação somente espiritual pudesse ser de grande ajuda para mim"; e nessa esperança cultivava o pensamento em Tomaso. Tinha-o encontrado, certo entardecer, e havíamos passeado juntos, demoradamente: assim que voltei para casa, informei Francesco do nosso encontro. Não lhe disse, porém, que faláramos de minha mãe o tempo todo: Tomaso quisera saber tudo, cada detalhe; até me perguntara se eu tinha uma fotografia de Hervey. Sempre que eu via Tomaso, ao retornar me demorava, pensativa, no parapeito do terraço; depois, num rompante, corria para Francesco e me abraçava a ele.

Eu lhe falava, naquele abraço. Confessava-me, muda, escondendo a cabeça em seu peito; mas nem mesmo nesses momentos ele conseguia ouvir minha voz: eu até já temia que, se a ouvisse, ele me repreenderia, como fazem os pais; iria me pedir que não visse mais Tomaso, sem, contudo, procurar compreender por que eu ficava tão contente quando o via. Ele se fazia companhia com seus escritos e com a luta que travava ao lado dos amigos: aquele era também um modo de falar, de se expressar. Não era justo que eu nunca falasse.

Contudo, eu não gostaria que, a partir desta narrativa, Francesco parecesse diferente daquilo que ele era na realidade. Era bom, Francesco, e além disso era o homem mais inteligente que eu já conhecera. Eu, ao contrário, era uma moça como existem tantas, e é por isso que me demoro falando de mim, para que saibam quem sou: todos sabem quem era Francesco.

Ele me agradava muito. Não era bonito, eu já disse, mas tinha aquela graça natural que nos homens se expressa em reserva e sobriedade. Com frequência eu observara como todos, em algum momento, se mostravam feios ou antipáticos: Francesco, ao contrário, me agradava sempre. Às vezes, quando estávamos na casa de outras pessoas, não ficávamos próximos, porém eu me sentia sempre ligada a ele por um fio invisível; ele segurava a ponta desse fio sem sequer olhar para mim. "Eu te amo", eu lhe dizia, e era como se, entre todos os outros, eu o escolhesse mais uma vez. "Compreendeu? Amor, se vire para mim. Eu te amo." Mas ele jamais escutava o que eu lhe dizia dentro de mim. É um homem odioso, eu pensava, egoísta, frio, e sentia o fio invisível apertar meus pulsos, "me solte", eu lhe dizia, "quero respirar". Mas até no rancor que lhe devotava eu me sentia indissoluvelmente ligada a ele; era meu marido, e aquelas surdas dificuldades, aquelas decepções ardentes nos pertenciam; eu lhe reconhecia o direito de ser meu inimigo.

Amava-o e não tenciono acusá-lo; tenciono apenas que saibam o que ele era para mim. Porque todos sabem o que ele valia pelos seus escritos, o que era para seus alunos, os amigos conhecem seu modo de ser amigo e sua mãe o de ser filho, mas só eu posso saber dele como marido. Francesco nunca pensava que eu era a mesma mulher que ele amara e desejara um dia, e que eu tinha o mesmo caráter e as mesmas exigências de então. Ele era muito inteligente e, no entanto, parecia acreditar que tudo havia mudado em mim, pelo simples fato de ter me tornado sua mulher. Dissera-me: "Tudo deverá começar, depois"; se tivesse me dito "tudo deverá acabar", talvez eu não tivesse me casado com ele, porque sabia não ser suficientemente forte para poder renunciar a tudo. Eu permanecera a mesma; e ainda por cima lavava os pratos nos quais ele comia, engraxava os sapatos com os quais ele caminhava, copiava seus escritos e depois os escondia em cima do guarda-louça da cozinha, ficava na fila para obter mantimentos. Eu preferiria comer somente pão e azeite a ter de lavar pratos e ficar na fila. Não é verdade que fazer essas coisas esteja na vocação das mulheres: elas as fazem quando é necessário e sobretudo para serem úteis e agradáveis aos homens, assim como fazem muitas outras coisas por eles, quando amam, até as coisas horríveis e cruéis que eu fiz. E os homens acreditam compensar tudo isso com a certeza que eles têm de sustentá-las. Mas só raramente o fazem, na verdade: sem dúvida, existem mulheres que dormem até o meio-dia e quando saem vão ao cabeleireiro, à costureira ou ao teatro, se bem que os homens trabalhem dia após dia para lhes dar bem-estar, comodidades, vistosas peliças e joias: e se contentam com isso. Eu não conhecia nenhuma dessas, nunca as encontrava porque elas passavam depressa em seus automóveis. Conhecia, porém, as mulheres que trabalhavam comigo, aquelas que moravam na Via Paolo Emilio, e aquelas que ficavam na fila, no frio, com uma criança no colo, aquelas que se sentavam ao meu lado, no bonde, quando eu seguia para o escritório ou ia dar aulas. Quase todas, em casa, faziam o mesmo trabalho de uma empregada; mas à empregada nunca dizemos "eu te sustento" porque ela — em troca do dinheiro que recebe, e da comida, e do leito — nos dá seu fiel trabalho. E a esposa, no entanto, faz o mesmo trabalho de uma empregada, e o de uma mulher a quem se paga, e amamenta as crianças, e cuida delas, e costura suas roupas, e conserta os trajes do marido, sem pretender sequer o salário da empregada. Ainda assim, apesar disso, o marido pode lhe dizer: "Eu te sustento".

Eu fazia tudo isso de bom grado: e, ao arrumar a cama, muitas vezes passava a face pelo travesseiro de Francesco, e ao dobrar os punhos de suas camisas me parecia ter os pulsos dele entre os dedos, e ficava na fila para comprar as abobrinhas de que ele tanto gostava, e, se não as conseguisse, sentia uma inveja raivosa das mulheres que podiam cozinhar abobrinhas para seus maridos. E copiava à máquina os escritos dele e tinha medo quando ele não voltava para casa, e o encorajava a trabalhar com os companheiros e me vestia para ele, me penteava para ele, fazia tudo para ele, faria as coisas mais baixas, como fiz, desde que ele se desse conta de que eu continuava a mesma que descia voando a escada da Galleria Borghese para que ele me olhasse atônito, como se eu fosse uma criatura maravilhosa. Porque as mulheres fazem tudo isso e também dão a vida às crianças e pedem somente, em troca, algumas palavras de amor.

Eu postergava de um domingo a outro a esperança de ouvir essas palavras. Talvez isso possa parecer ridículo a quem, não tendo jamais trabalhado, não conhece a opressão inclemente das horas e o cego rodopiar na engrenagem da semana. Eu, porém, amava o domingo; me parecia que o sol estava mais resplandecente, o céu mais límpido, e creio que de fato era assim. Nunca ia à igreja, mas gostava de ouvir muitos sinos: gostava de ver a expressão destemida das moças, seus vestidos novos; olhar pela janela as empregadas que alisavam o cabelo com brilhantina e depois saíam, desorientadas, subjugadas pela liberdade.

Esperava que se fizesse domingo também dentro de mim: desde a manhã postergava a hora do almoço; depois deste, Francesco trabalhava e eu lia ou costurava junto dele. São apenas seis horas da tarde, eu considerava, ainda há tempo. Ele erguia o olhar e me dizia, afetuoso: "Você parece cansada". Eram oito, oito e meia; e eu mesma me rendia, perguntando: "Quer comer?". "Sim, obrigado", respondia ele, se espreguiçando ligeiramente. Eu ia para a cozinha. Acabou, pensava, hoje também acabou. Sentia a garganta seca, árida, lenhosa; sob minha pele circulava um tremor de pranto. E no dia seguinte eu esquecia. Se chovia, esperava o próximo dia de sol; se trabalhava, um dia de folga; chegava até a confiar no poder de um vestidinho novo. Hoje, dizia: talvez amanhã; e nada adiantava, eu não me sentia mais jovem nem bela e tinha só vinte e um anos. Andava pela rua com a impressão de que somente eu, entre todas as mulheres, já não tinha olhos nem passo nem mãos.

Aos domingos, Francesco sempre me trazia doces quando voltava para casa. A rua onde morávamos não tinha saída e era bastante estreita, ladeada por prédios novos, grudados entre si, com pequenas sacadas onde as pessoas gostavam de se debruçar nos dias de folga, quando havia sol. Em contraste com o traje escuro de Francesco, o lustroso pacote branco se destacava bastante: de modo que essa era a primeira coisa dele que os vizinhos notavam, assim que ele entrava na rua. Inclinavam-se para olhá-lo, certamente pensando que aquele desvelo carinhoso contrastava com a aparente austeridade do professor, o qual, além do mais, deveria estar preocupado porque sua posição política não era bem-aceita nem clara.

"Sandra, eu te trouxe uns doces", ele me dizia.

"Oh, obrigada", eu respondia sorrindo; "obrigada", como se a cada vez tivesse uma surpresa.

Recordava o período do nosso namoro, quando Francesco e eu íamos nos sentar em algum café para conversar com mais calma e intimidade: evitávamos cuidadosamente os cafés isolados, tão preferidos pelos casais, por não querermos de modo algum que as relações destes fossem confundidas com as nossas, que considerávamos totalmente diferentes daquelas dos outros apaixonados. Ficamos assíduos nos cafés frequentados por homens idosos, que passavam ali a tarde inteira. Muitas vezes, num café da Via Nazionale, nos víamos perto de um grupinho de funcionários aposentados de algum ministério, que discutiam sobre política, e por isso falavam baixinho, mudando de assunto quando alguém se aproximava.

Assim que nos sentávamos, Francesco e eu começávamos a falar depressa, ansiosos por fazer caber, no pouco tempo disponível, tudo o que desejávamos dizer um ao outro. O garçom se aproximava e nós nos virávamos para ele aborrecidos, a fim de cumprir o incômodo dever de pedir alguma coisa. Quando o garçom se afastava, logo voltávamos a sorrir felizes, como se tivéssemos conquistado nossa solidão a preço de heroísmo. Mas ele havia deixado sobre a mesinha um prato com alguns docinhos, *cannoli*, suspiros, barquetes recheadas com cerejas. E a presença dessas guloseimas era para nós um insulto, até mesmo uma afronta: porque dava a entender que tínhamos marcado encontro ali para nos saciar ou por causa do renome de que a confeitaria do local desfrutava.

Ao nosso redor muitas vezes víamos alguns casais taciturnos. O homem folheava um jornal, a mulher tomava gulosamente uma taça de sorvete guarnecido de frutas cristalizadas. Terminado o sorvete, lido o jornal, ambos, para se distrair, observavam os demais frequentadores; era raro trocarem algumas palavras, um aceno de cabeça. "São marido e mulher", dizíamos, rindo. O marido conferia a conta, a esposa o olhava de esguelha, carrancuda, e eu virava a cabeça quando Francesco, envergonhado, às pressas, depositava na bandeja algumas cédulas encardidas. Em seguida nos afastávamos, de braço dado.

Mas agora, passado mais de um ano do nosso casamento, raramente saíamos juntos: quando calhava de sairmos, era sempre com um objetivo específico.

Nunca mais fôramos à Villa Borghese para nos beijar, nunca mais ao café para conversar. "Qual é a necessidade?", ele dissera um dia. "Podemos conversar em casa, agora." No entanto, em casa, Francesco lia, escrevia, e eu cozinhava, arrumava a cama, passava a ferro: nunca podíamos conversar. Muitas vezes senti vontade de lhe propor irmos conversar no café como antes, quando eu me apresentava livre das tarefas domésticas e ignorava se ele trazia no bolso o suficiente para pagar a conta. Mas àquela altura temia que, mesmo que voltássemos ao café, não achássemos nada para nos dizer, ele abriria o jornal e eu talvez o invejasse por ele ter um jornal.

Por fim aconteceu aquilo que mais temíamos. Francesco chegou em casa uma noite e disse que a investigação sobre ele, na universidade, estava concluída. Eu o fitei, pálida, interrogando-o com os olhos. Após uma breve pausa, ele disse, em voz baixa:

"De agora em diante, não poderei mais lecionar."

Nós nos abraçamos, em silêncio. Era uma coisa tão grave que nem sequer tivemos forças para falar dela nos dias que se seguiram. Mas, para ambos, era difícil dormir, à noite. "Boa noite, querida", ele dizia. Eu respondia: "Boa noite, amor", e a escuridão descia sobre nós, densa, opressiva. No escuro eu sentia em toda parte, ao redor, invisíveis presenças ameaçadoras, ouvia um carro parar no portão, e meu coração disparava. Francesco estava imóvel, eu acreditava que ele dormia. A noite era interminável: o despertador marcava todos os minutos que nos separavam do dia em que Francesco deixaria de não estar contente. "Estou aqui, querido: durma", eu lhe dizia, internamente; me parecia que ele repousava no meu sangue, em todos os meus membros como num estojo. Eu queria escondê-lo, defendê-lo dos olhos invisíveis que o vigiavam, dos dedos invisíveis que o admoestavam, da voz arrogante que vinha do rádio.

No vasto leito, não nos tocávamos: no entanto, era como se estivéssemos de mãos dadas; eu me sentia ligada a ele por uma solidariedade indestrutível, uma vontade obstinada de nos defender. Tínhamos o mesmo sobrenome e não nos bastava morar na mesma casa, queríamos compartilhar o leito, os lençóis, o sono. "Francesco...", eu murmurava, chamando-o para perto de mim.

Ele estava acordado, se virava: então nos buscávamos, solicitados por um desejo repentino de experimentar nossa familiaridade. Na insidiosa noite que nos circundava, queríamos afirmar que ainda éramos livres em nossos desejos e em nossos gestos. Naqueles dias frequentemente nos enlaçávamos com a obstinação das pessoas pobres, desoladas, oprimidas, que dispõem daquele único meio para manifestar ainda o seu poder. Cada noite talvez fosse a última que passávamos juntos, talvez logo escutássemos baterem à porta, e nos enlaçar era um ato de altiva coragem. Pela janela aberta se via o belo céu de junho e as estrelas: já não nos sentíamos humilhados nem frágeis, naqueles momentos.

Depois veio o tempo em que comíamos somente batatas cozidas. Espalhara-se a notícia da desgraça que coubera a Francesco e todos nos evitavam. Até mesmo minha sogra nos recebia de má vontade, e nos desaprovava com as palavras da sra. Spazzavento. Eu compreendia que todas as acusações que ela fazia contra o filho — chegando a se alegrar com o fato de o marido ter morrido antes de poder se envolver naquela situação infeliz — eram movidas, sobretudo, contra mim. De fato, após cada frase dura, ela me olhava de soslaio a fim de se certificar de que eu a escutara. Sentava-se numa poltrona rígida e nós na sua frente, em duas cadeiras; nos falava com severidade: eu, porém, sorria. Eu sentia que Francesco já não era filho dela, mas sim meu marido. Recordava a primeira vez que entrara naquela casa, quando ele se sentava no braço da poltrona de sua mãe e eu na cadeira diante deles. Agora, ao contrário, ele se sentava ao meu lado e ela estava sozinha. Francesco perdera também o empreguinho vespertino com o parente de Alberto. "O senhor deve compreender...", dissera-lhe este último. E Francesco havia compreendido. A mãe da minha aluna também me dissera "A senhora deve compreender..." quando a notícia saiu nos jornais.

Minha sogra nos perguntou como faríamos para resolver os problemas cotidianos; esperava obter com essa pergunta, que deliberadamente ela deixara por último, a sua desforra. Desejava, talvez, que pedíssemos ajuda. Respondi que nos restava meu salário e que eu contava com muitas horas extras de trabalho. Minha modesta independência suscitou nela, de novo, uma decepção evidente.

"Está vendo, senhora?", disse eu. "É muito bom que as mulheres também trabalhem e os homens não sejam obrigados a aceitar qualquer condição humilhante, para conseguir sustentá-las."

"Então, você aprova seu marido?", disse ela, aborrecida por não encontrar em mim uma aliada. "Você o aprova e o encoraja?"

Como me pareciam absurdas essas palavras; e velha aquela casa com as cortinas vermelhas, os móveis pretos; e presunçosa a copeira de aventalzinho: eu saía dali pela última vez, era claro, nunca mais ouviria mencionar a sra. Spazzavento. Contudo, recordei a noite em que Francesco estivera doente e falei com doçura.

"Procure compreender, senhora", disse eu, "é muito mais que isso. Eu o amo."

"Sempre foi mentirosa", ela diria mais tarde, "hipócrita, mentirosa, ainda que se fingisse dócil e mansa: eu, porém, logo a compreendera." E traçou de mim um retrato em que, honestamente, não consigo me reconhecer. Chegou a afirmar que eu tinha inveja de sua casa, de suas porcelanas. "Oh, não é verdade, por que a senhora diz isso?" Eu queria convencê-la: mas fui silenciada. Ela disse também que eu não amava Francesco, foi a única pessoa a dizer isso. E eu a perdoei porque, depois de mim, sem dúvida era ela quem mais sofria. Mas relembrava a solidão em que nos víramos, Francesco e eu, quando naquela noite saímos da casa dela, na praça da ponte Sant'Angelo. Já não era a doce solidão dos nossos primeiros encontros: era um vazio gélido, animado pela sua voz que nos condenava. Eu queria lhe dizer que, para nós, nada importava mais que nosso amor, mas sabia que ele assentiria sem convicção. Não estava contente, e por isso não estava contente nem mesmo comigo; aliás, a coragem que eu devia ter o confirmava em seu descontentamento.

Às vezes ele parecia irritado com o fato de eu ainda ter a possibilidade de trabalhar; quando eu saía para ir ao escritório, mal respondia à minha saudação.

Tornara-se ranzinza, mal-humorado; chegava a reclamar: "Sempre batatas!". Havíamos recebido um saco delas, vindo do Abruzzo; Vovó era a única pessoa a quem eu não me incomodava de pedir ajuda: ela não podia me achar interesseira ou covarde, sabendo que eu tinha renunciado à propriedade e não podia sequer comprar batatas. O escasso dinheiro de que dispúnhamos servia para os cigarros que Francesco fumava sem parar. Não era fácil encontrá-los; um colega do escritório me cedia sua cota e o recepcionista vendia uns pacotes: mas não queria vender para mim porque era contrário às ideias políticas de Francesco. Atrás de sua escrivaninha ele havia pendurado um grande mapa em que, nos primeiros meses da guerra, se desenvolvia um impetuoso avanço de bandeirinhas; ele andava sorridente, jovial, e se vangloriava de ter um filho no exército. Depois, aos poucos, as bandeirinhas foram desaparecendo, e atrás dele, no mapa, se via a Eritreia perdida, a Líbia perdida. Desde quando Francesco fora afastado da universidade, o recepcionista Salvetti me olhava seriamente, como se a retirada das bandeirinhas fosse culpa minha: ainda assim, sabendo que ele poderia me fornecer cigarros, eu o procurava todo dia, mas recebia uma resposta arrogante: "O que a senhora pensa? Acha que eu faço contrabando? Não sabe que meu filho é combatente?". Eu insistia: "Por favor, Salvetti". De novo, ele respondia não e depois dava uma olhada sugestiva para o mapa.

Um dia, no escritório, tive um mal-estar: todos me rodearam, dizendo que eu talvez tivesse comido algum alimento estragado ou alterado. "Não é possível", respondi. "Ontem à noite eu só comi batatas." Então, constrangida, vi que os colegas se entreolhavam, e depois um deles me perguntou baixinho se eu estava com fome. Neguei, não queria que tivessem pena de mim, seria como me enfileirar contra Francesco. Disse que comia carne frequentemente, e também feijão que vinha do Abruzzo: de verdade, jamais passara fome. Vi então que todos observavam penalizados meus braços, meu busto despojado, e me pareceu desonesto que culpassem Francesco pela minha magreza congênita. "Estou muito bem", falei em tom agressivo, "estamos muito bem." Uma jovem propôs que se arrecadasse dinheiro para mim e eu agradeci, embora declarando que não podia aceitar justamente porque meu marido estava desempregado por motivos políticos. Então alguns colegas se aproximaram de mim e, falando com arrogância, me aconselharam a não ser demasiado orgulhosa. Ameaçávamos acabar numa discussão desagradável e isso me doía porque eram meus colegas de trabalho havia muito tempo; me voltei para as mulheres, sobretudo; mas sentia que enfim desafogavam a desconfiança que sempre tinham sentido em relação a mim: se fez um vazio ao meu redor. Somente o recepcionista Salvetti, quando eu estava saindo, me disse:

"Aceitaria de mim um pacote de cigarros, sra. Minelli?"

Não quis de modo algum ser pago: meneava a cabeça, escondia as mãos, como um menino.

"Eu gosto", declarou, "de ver uma mulher que defende seu marido."

Agradeci-lhe pelo presente, apertei sua mão e, mal cheguei em casa, dei os cigarros a Francesco, narrando-lhe o acontecido. Ele me deixou terminar e em seguida explodiu, disse que não precisava de esmolas. Pegou os cigarros e os retorceu. Tive um sobressalto: me pareceu que aquilo ofendia Salvetti. Finalmente ele anunciou que proveria a tudo; no dia seguinte iria vender o tapete. Era a primeira vez que eu o ouvia falar naquele tom, como, quando chegáramos a Florença, falara com o carregador.

"Onde está o tapete?", me perguntou bruscamente.

Eu não respondia, e ele insistia: "Alessandra, eu te perguntei onde está o tapete".

Tive de confessar que já o vendera.

"Quando?"

"Faz três meses."

"Por quê? Qual é nossa despesa? Comemos somente batatas cozidas, uma esmola de sua avó, e eu não posso sequer fumar, sem me reduzir à esmola do recepcionista."

Eu me calava, lívida. Tinha vendido também o broche com que tia Violante me presenteara e empenhado dois lençóis do enxoval.

"Venderemos as poltronas", disse ele.

Então eu explodi: "Não, as poltronas nunca".

"Ah, porque são suas, não é? Porque foi você quem as pagou, com seu dinheiro?"

Como Francesco devia estar sofrendo, para dizer aquelas coisas! Aproximei-me dele para abraçá-lo, e assim fazê-lo entender por que eu não queria vender as poltronas.

Mas ele continuava: "Não venderei suas poltronas, venderei meus livros. Está bem assim? Posso decidir vender meus livros?".

Eu sofria por vê-lo naquele estado e por isso, sem responder, me afastei. Na cozinha havia somente batatas cozidas e um pedaço de *caciotta*. Francesco tinha razão, não era justo que ele sofresse assim, mas eu já não tinha mais nenhum recurso. Sentei-me junto da pia, como Sista se sentava na cozinha da Via Paolo Emilio. Sista dizia sempre que o homem tem o direito de comer. Comprava a carne para meu pai e nós nos alimentávamos de sopas e salada. "Não importa", dizia também minha mãe, "basta que não falte nada para ele." De fato, à mesa, ela respondia gentilmente: "Não, obrigada, Sista, estou sem fome".

Eu precisava encontrar uma saída, por certo a encontraria. Propunha-me a ir a pé para o escritório, mas isso não serviria de nada. Convinha pedir um saco de farinha a Vovó, embora eu não soubesse fazer massa muito bem: aprenderia melhor, com um pouco de atenção. Temia que isso não bastasse, me desesperava: "Oh, Francesco, Francesco", dizia por dentro, como se diz: "Oh, meu Deus, meu Deus". Não queria que ele vendesse seus livros. Melhor as poltronas, por enquanto somente uma, afinal eu tinha muito pouco tempo para ficar sentada. Corri ao escritório para dizer isso a ele.

Encontrei-o tentando reconstituir um dos cigarros retorcidos, que ele escondeu ao me ver entrar.

Poucos dias depois houve o primeiro bombardeio de Roma. Entre os mortos estava Antonio, o irmão de Aida. Tal como Francesco, ele não podia trabalhar; liberado do confinamento, fora obrigado a deixar o ofício de tipógrafo e se adaptar a descarregar mercadorias no Scalo* San Lorenzo. Morava lá perto com a irmã, que àquela altura se casara, e das janelas deles se via o panorama do cemitério. "Durante o dia é triste, quando não se está habituado", dissera Aida certa vez; "mas à noite é belíssimo, dá para ver todas as luzes acesas, meu filhinho, quando se debruça, sempre bate palmas." Antonio fora atingido no ventre, tinha segurado as vísceras com as mãos até que vieram

---

* Aqui, terminal ferroviário. Esse primeiro bombardeio, feito pelos Aliados em 19 de julho de 1943, atingiu outras áreas de Roma e provocou grande número de mortes, além de sérios danos materiais. Mas, afirmam as fontes, favoreceu o enfraquecimento do regime fascista e contribuiu para a ulterior queda de Benito Mussolini.

buscá-lo para levá-lo ao hospital. Ali compreendera de imediato que não havia nada a fazer e dissera: "Lamento". Repetira o tempo todo essa palavra e morrera naquela mesma noite. "Lamento." Aos companheiros de enfermaria que o encorajavam, à irmã que chorava, ao sacerdote que lhe sugeria se resignar à vontade de Deus, por fim explicara: "Lamento morrer agora, porque falta pouco". Dizia Aida que os presentes acreditaram que estivesse delirando; mas ele continuara a falar com grande esforço: "Faz dez anos que eu espero: na prisão, no confinamento, e vou embora justamente agora que falta pouco", e até o último instante repetira, inclusive nos estertores: "Lamento... lamento...".

Durante o bombardeio eu estava abrigada num velho porão da Via Venti Settembre. As outras mulheres tinham muito medo e gritavam, chamavam por Nossa Senhora. Eu tinha muito medo e chamava Francesco, não sabia onde ele se encontrava, supunha que estivesse na casa de Tomaso. Circulavam as notícias mais absurdas: toda a cidade atingida, destruído o bairro onde morávamos e onde também Tomaso morava. Assim que saí do abrigo, corri para telefonar.

"Tomaso, Francesco está aí?", perguntei, em prantos. "Sim, aqui comigo." "Como ele está? Diga." "Sentado, fumando." "Oh, não brinque, por favor. Me passe Francesco." "Ei-lo, pode falar", disse Tomaso; e acrescentou, em tom de brincadeira: "quero tranquilizá-la: eu também estou ileso." Pedi desculpas, culpando minha agitação, ele riu.

Francesco dizia que Tomaso brincava sempre. Disse-o inclusive naquela mesma noite: estávamos no terraço e olhávamos para a fumaça vermelha de um incêndio. Também afirmou, sem perceber que isso contrastava com sua opinião sobre Tomaso, que este ficara muito preocupado comigo, enquanto caíam as bombas. "Eu, porém, estava tranquilo", assegurou; "nos arredores do escritório onde você trabalha não existem alvos militares e você está sempre pronta, prática, decidida; Tomaso temia que você estivesse na rua, tentando ir ao meu encontro."

Eu não disse nada e esbocei um sorriso vago.

"Por que esse sorriso?"

"Porque Tomaso me conhece bem."

"O que você quer dizer?"

"Na verdade, eu tinha saído do escritório e ia voltar para casa; mas na Via Venti Settembre fui parada e obrigada a entrar por um portão."

Dois dias depois, fui com Tomaso ver o bairro bombardeado. Estávamos no Piazzale del Verano quando o cheiro dos cavalos mortos nos alcançou: era um cheiro tão penetrante que precisamos cobrir o nariz com um lenço, e Tomaso me deu o braço. Fora atingida em cheio uma estrebaria, nos disseram, onde eram abrigados os cavalos pretos dos transportes fúnebres. As pessoas que vieram socorrê-los tinham ouvido os relinchos altos, desesperados. Já as vozes dos homens sepultados vivos nos porões não eram ouvidas. Durante a operação de salvamento os cavalos haviam relinchado o tempo todo, e quando, finalmente, silenciaram, sem dúvida o último grito humano se extinguira sob os escombros.

O bairro de San Lorenzo estava deserto. Dos flancos dos edifícios, das rachaduras, pendiam colchões, roupas, retratos, e o silêncio pesava nos pátios atulhados de escombros e poeira. Por toda parte, se sentia aquele cheiro adocicado e nauseabundo. "Tomaso", perguntei, pálida, "o que é esse cheiro?" Ele me pegou pelo braço. "São os cavalos", murmurou. Encontramos um velho que trazia um balde para encher na fonte. "Eu tinha acabado de sair à rua", contou, "e o prédio desabou atrás de mim." Não parava de repetir essas palavras; eu queria interrogá-lo sobre aquele cheiro atroz, mas Tomaso se antecipou: "São os cavalos, não?". O velho assentiu, repetindo: "Eu tinha acabado de sair à rua e o prédio desabou atrás de mim". Dois soldados também disseram que se tratava do cheiro dos cavalos; e igualmente uma mulher magra que usava sapatos masculinos e tinha o corpo envolto num casaquinho preto. "Sim, sim, são os cavalos." Em seguida se virou para Tomaso e disse que aquele não era lugar para levar a esposa.

"Deixe-me ficar", eu dizia a Tomaso, que insistia em me tirar dali. Eu via minha mãe caminhar à nossa frente, pelas ruas desertas: olhava, se debruçava nos portões, espantada com aquela morte que ela não conhecia. Seguia graciosa, com seu passo leve, desenvolto, sem sujar os pés com a poeira. Via também a vovó Editta: caminhava devagar, majestosa, com o rosto empoado sob o grande chapéu de plumas. E me parecia que a delas não era uma morte de verdade como aquela de Antonio, que segurava as vísceras com as mãos brancas de cal, como aquela que podia nos atingir, que estava por toda parte ao nosso redor e deixava um cheiro de cavalos mortos. "Lamento", dissera Antonio, "porque falta pouco." Eu ainda era menina quando Aida nos contara que ele não estava contente. Agora Aida estava casada, seu filhinho se divertia com as luzes do cemitério, e eu esperava que Francesco ficasse contente. Depois poderíamos voltar a caminhar como minha mãe, como a vovó Editta. "Falta pouco", eu disse a Tomaso; estava inquieta, transtornada, "falta pouco, e depois estaremos contentes."

Retornamos de braço dado e eu segurava o lenço sob o nariz porque os cavalos mortos estavam em todos os porões, em todas as ruas. Acelerava o passo e sentia medo, temia até que os aviões retornassem, agora que estava escuro. Não queria dizer "lamento", como Antonio; ansiava por voltar para perto de Francesco, esperar com ele, nos salvar, já que faltava pouco.

"Sim", disse Tomaso, "mas eu já não poderei estar contente como você, como Francesco..."

"Por quê?", perguntei, me detendo surpresa.

Tomaso me fitava e eu afastei do rosto o lencinho branco. E assim me chegaram ao mesmo tempo o cheiro adocicado dos cavalos mortos e a voz dele que me confessava:

"Porque eu te amo."

Nas noites que se seguiram eu ficava sempre acordada atrás do muro. O calor rodeava nossa cama e eu passava a mão pela fronte para afastar os cabelos e expulsar a voz de Tomaso que dizia: "Eu te amo". Francesco se levantava, ia beber no terraço, descalço, nu. "Está acordada?", me perguntava. Eu respondia com outra pergunta: "Falta pouco, não é, Francesco?", e ele dizia que talvez faltassem poucas semanas. Era preciso que aquele dia viesse logo, para que Francesco voltasse a ser aquele de antes: eu fora invadida pelo medo irrazoável de não conseguir estar contente junto com ele, por culpa da voz de Tomaso. Então, quando ele voltava a se deitar na cama, eu o abraçava e dizia "Te amo". Fazia calor, Francesco me pedia "Desculpe, chegue um pouco mais para lá". Era culpa do calor, mas eu me sentia abandonada, ou melhor, repelida. Remexia-me na cama para me livrar das palavras que Tomaso me dissera e que me sufocavam, se envolviam no meu pescoço como uma fita, te amo te amo te amo, formavam uma espiral interminável. Ficávamos acordados, deitados de costas, no escuro, e olhávamos para a janela.

Àquela altura levávamos as batatas cozidas para perto do rádio e as comíamos sentados ali, no chão. Francesco as comia com vontade e, de resto, no sábado seguinte chegou a farinha que eu pedira a Vovó. No domingo de manhã, assim que ele saiu, comecei a fazer a massa. Estava contente por ficar sozinha em casa; temia apenas que o porteiro aparecesse. Este, ao ver chegarem com tanta frequência as cartas de Claudio, me perguntara diligentemente se eu tinha um parente prisioneiro. Eu respondera que se tratava de um amigo. Desde então ele adquirira o hábito de me entregar as cartas com ar de cumplicidade, quase às escondidas. Certa vez, disse até: "Chegou hoje de manhã", me dando a entender que não achara conveniente entregá-la ao meu marido. Eu falara disso a Francesco: ele dizia que era mais prudente ignorar, suportar, pois corríamos o risco de uma denúncia ou uma perquirição. Eu temia que o porteiro conhecesse meus pensamentos e pudesse me chantagear com base neles, entrando em minha casa e me perguntando duramente: "Onde estão os escritos do professor?". Pensava que talvez tivesse tempo de correr até o quarto, pegar a arma que Francesco mantinha na mesinha de cabeceira e atirar. Tinha medo de ser obrigada a atirar. Por isso, corri o ferrolho assim que Francesco saiu, e comecei a fazer a massa.

Eu gostava de afundar as mãos na massa mole: era um prazer que dos dedos subia pelos braços até o pescoço, até os cantos da boca, até a nuca. "Te amo", Tomaso me sussurrava, e eu tentava tirar as mãos da massa, mas esta me retinha. "Deixe-me, Tomaso", eu dizia, "deixe-me." Minha mãe circulava ao meu redor e se debruçava na janela, exclamando: "Que belo domingo". Eu lhe suplicava, suplicava a Tomaso: "Deixe-me, deixe-me estar". Meus braços doíam pela fadiga. "Falta pouco", eu gemia, "deixem-me estar." Estendi uma folha larga, lisa, resistente, e me parecia ter vencido um desafio.

Francesco não podia usar a chave, por causa do ferrolho. Batia com insistência, apressado. Dizia: "Sou eu, Alessandra, abra, Alessandra". Eu gostava de ouvir meu nome chamado por ele, ansiosamente. Assim que entrou, me envolveu num abraço.

"O que houve?", perguntei, seguindo-o enquanto ele se dirigia para o rádio.

"É bom escutar o dia todo."

"Mas por quê, o que aconteceu?"

Ele hesitou: "Parece que... Em resumo, disseram: é bom escutar música". Pouco depois, eu quis voltar à cozinha e ele disse: "Não, venha cá, não se afaste".

Escutamos o dia todo, sentados no chão. Comemos pão com *caciotta*, ele disse que não estava com fome. De vez em quando eu pensava na folha de massa e dizia "Que pecado". Mesmo quando o rádio não transmitia nada, permanecíamos no chão, eu nos braços dele, acalentados por aquele zumbido. Oh, era um domingo sem esperança, um belo domingo. Estávamos exaustos, tínhamos os ossos massacrados, os nervos consumidos: no entanto, continuávamos a escutar; se o telefone tocava, eu acorria e Francesco me dizia: "Seja breve". Tomaso telefonara recomendando que não perdêssemos o programa de música. Naquele dia, porém, a voz arrogante parecia falar com insistência aumentada, quase uma furiosa desfaçatez: eu olhava para Francesco, interrogando-o. "Vamos esperar", ele dizia, "vamos esperar mais." Até mesmo Fulvia telefonara, dizendo que estava escutando música. "Obrigada, nós também", respondi. Sentimos que também no apartamento contíguo e no de baixo as pessoas estavam a tarde inteira ouvindo rádio. Francesco queria falar com Alberto, mas as linhas telefônicas estavam sempre ocupadas: de um aparelho a outro, vozes circunspectas passavam céleres, dizendo: "Escutem música". Escurecia e eu começava a acreditar que também aquele domingo terminaria sem esperança. "Francesco…", murmurava atordoada, "está tarde." Ele me disse, como toda noite: "Agora feche a janela". Àquela hora, toda noite, quando fechava a janela, eu via as mulheres do edifício em frente fecharem as janelas, embora o calor fosse sufocante; por um momento nos olhávamos. Olhamo-nos com intensidade maior, naquela noite. Voltei para perto de Francesco e, encostando o ouvido no tecido que escondia o alto--falante, ouvimos pancadinhas abafadas, como para nos sugerir ter confiança, esperar.

Mas nós sabíamos que naquela noite o conforto da estação proibida já não nos bastaria. Francesco moveu o ponteiro da sintonia e voluntariamente nos entregamos de novo à voz arrogante que durante anos havíamos escutado, calados, esperando. Nossa revolta se expressava justamente naquele silêncio, naquele modo paciente de esperar; na paciência de Antonio que esperara na prisão, ou descarregando mercadorias no Scalo, sem ceder; no medo que Alberto sentia, que Francesco sentia, e que suportavam sem ceder; no grande medo que eu tinha porque amava Francesco e que suportava sem ceder. Na paciência com que comíamos sempre batatas cozidas, esperando. Na paciência com que meus amigos de infância partiam e Claudio esperava, em silêncio, atrás do arame farpado; na paciência de toda a cidade, de todo o país, que, noite após noite, fechava a janela porque sentia medo, mas noite após noite preferia sentir medo a desistir de escutar aqueles que estavam fora da prisão. Sabíamos que nesse ficar calado, sentir medo e esperar estava nossa revolta mais tenaz. Mas um cansaço repentino parecia ter se manifestado em nós, naquela noite: eu estava exaurida, pálida, o calor se tornava opressivo atrás das janelas fechadas, no entanto Francesco não me dizia "chegue para lá": ele havia tirado o paletó e nossos braços suados se tocavam. Esperaremos a noite inteira, traremos o colchão para cá, esperaremos deitados, esgotados, bastava não cansar de esperar. Sabíamos que, conosco, toda a cidade ficaria acordada, esperando.

De repente se fez silêncio atrás do tecido amarelo do aparelho. Era um silêncio longo e amedrontado, mais amedrontado e mais longo que aquele que se estabelecia entre nós e os nomes dos prisioneiros: nesse de agora, em vez da respiração do mar, se ouvia a respiração de todos aqueles que estavam escutando, com o rosto mal iluminado pela luzinha. Aliás, já não parecia que éramos nós que estávamos escutando, mas sim que era o aparelho que nos escutava. Levantei-me num salto, me afastei do aparelho, estive prestes a gritar. Era a primeira vez que eu realmente sentia medo. "Francesco", disse, pegando-o pelo braço, "não vamos abrir, se vierem, não é? Não vamos abrir!"

Foi nesse momento que a voz nova falou: sem arrogância, dolorida, grave. E, como eu não a conhecia, de início me inspirou um medo mais forte que o medo ao qual eu me habituara. Soubemos que a voz arrogante nunca mais falaria. E eu deveria estar contente, se Antonio, morto apenas seis dias antes de poder ouvir essa voz nova, repetira muitas vezes "Lamento", e Francesco, escutando-a, reconhecia nela a voz querida de um amigo. Mas eu estava sozinha diante dessa voz sensata e modesta: e, embora contente por não ter mais medo, explodi em pranto, humilhada pelo fato de que a voz arrogante tivesse sido justamente a voz do meu tempo e da minha idade.

Logo depois, na manhã seguinte, Francesco desprendeu o forro de uma mala onde estavam escondidos os exemplares do jornal clandestino, dobrou-os e os guardou no bolso. Ia buscar os amigos que saíam da prisão, como se fosse buscá-los à saída da escola. Telefonei para o escritório, mas me atenderam rindo: o engenheiro Mantovani viajara, para destino ignorado, e o escritório ficaria fechado durante alguns dias. Então telefonei para Lydia e a encontrei angustiada: dizia, chorando, que o engenheiro partira por motivo de saúde; e adotava o mesmo tom circunspecto que usáramos para dizer que era bom escutar música. Compreendi que ele havia partido porque estava com medo: entretanto eu esperava que, daquele momento em diante, mais ninguém sentisse medo.

Tudo tinha sido muito bonito, na noite anterior; enquanto eu chorava, Francesco me tomara nos braços, dizendo: "Calma, Sandra, calma", e com aquelas palavras ele também se acalmava. Depois fomos abrir a janela: era uma noite límpida, iluminada pela lua: no silêncio, em vez da voz do rádio, se ouviam as vozes dos grilos. Nós nos debruçamos e, contemplando a noite e o céu, uma luminosa paz se alastrava em mim: então compreendi que, desde meu nascimento, houvera sempre alguma coisa que me impedira de parar a fim de escutar o canto dos grilos. Naquela noite, ao contrário, uma após outra todas as janelas se abriam: em frente a nós havia um grande prédio branco onde moravam muitas pessoas: e todas se debruçavam confiantemente na janela, saíam para as sacadas, a fim de desfrutar a noite estrelada e o canto dos grilos; e, mesmo se conhecendo, não se cumprimentavam nem falavam de um parapeito a outro: estavam habituadas a ficar em silêncio, havia muitos anos, e por isso se contentavam em abrir a janela e escutar os grilos. Fazia muitos anos que já ninguém levava em conta como eram importantes, no verão, as vozes dos grilos.

Francesco e eu ficamos debruçados, ombro a ombro, em silêncio, e olhávamos para os moradores do edifício em frente: eu sempre gostara de olhar as pessoas no rosto e de imaginar sua história, seus pensamentos: mas, quando estava no bonde, sempre sentia um triste embaraço porque as via absortas, preocupadas, e sabia que estavam cansadas de trabalhar e que pensavam em todas as coisas angustiantes de suas vidas: no dinheiro que não tinham, nos parentes que estavam na guerra ou eram prisioneiros, e sabia que esperavam sempre alguma coisa: o correio ou o fim do mês ou o fim da guerra. Naquela noite, porém, me agradava olhar as pessoas que se mostravam calmas, serenas, e aparentavam já não ter pensamentos tristes, mas somente esperanças róseas e próximas. Viam-se as esposas falando com os maridos, baixinho, e eu imaginava que cada sonho mais feliz lhes parecia prestes a se concretizar, naquela noite, e até mesmo tudo o que em vão elas haviam esperado desde a infância. Sem dúvida todos pensavam que poderiam estar sempre contentes, e os casais pobres pensavam que ficariam ricos e os estéreis acreditavam que em breve teriam um filho; os que estavam cansados pensavam que poderiam repousar e as crianças imaginavam um mundo sem castigos e sem exames, as moças sorriam como se tivessem acabado de ser pedidas em casamento. E aqueles que tinham parentes no front acreditavam que no dia seguinte, ao despertar, iriam encontrá-los, sorridentes, à porta de suas casas, enfim de volta. Sem dúvida os enfermos adormeciam certos de que no dia seguinte estariam curados.

E também eu, que vivera noites aflitivas e noites melancólicas, vivia uma palpitante e doce noite de esperança. Aquela era ainda mais doce que as noites nas quais eu me entretinha na janela contemplando o rio, tendo conhecido Francesco poucos dias antes; talvez só tivesse estado tão contente quando criança, na noite que precedia a vinda da Befana.* Francesco estava debruçado comigo, e me falava que havia muito tempo não fazia isso. Depois, assim que entramos de volta, eu fora buscar seus escritos, no alto do armário da cozinha, e os pusera sobre a escrivaninha.

Oh, aquele foi um momento importante. Até então, a cada passo que ouvíamos na escada, fôramos obrigados a esconder aquelas folhas de papel, olhando ao redor, temerosos de ter esquecido alguma. Francesco trabalhava inseguro, como se estivesse ocupado numa atividade vergonhosa; e eu, ao copiá-las, tinha a impressão de escrever palavras vulgares, frases obscenas. E naquela noite, ao contrário, no círculo da lâmpada, elas se encontravam honestamente em seu lugar, brancas sobre a madeira escura da escrivaninha. Abraçados, contemplávamos aquelas páginas; Francesco as folheava devagar e assim percorria de novo os dias passados, as aflições que havíamos sofrido, a fome, o medo. Nossa vida, em suma.

Contudo, a partir da manhã seguinte, já não nos foi possível permanecer muito tempo juntos, porque Francesco estava sempre ocupado; eu não podia

---

* A Befana (corruptela de "Epifania"), figura do folclore italiano, é uma espécie de bruxa boa que, na Noite de Reis, preenche com presentinhos, para as crianças que se comportaram bem, as meias penduradas por elas na lareira; já as meias das que se comportaram mal são preenchidas com carvão ou alho.

acompanhá-lo, pois se tratava de reuniões das quais — ele me explicava — as mulheres nunca participavam, exceto a companheira Denise. De resto eu mesma, nos primeiros dias, saía de má vontade porque nas ruas todos gritavam e não me agradava ouvir gritarem as mesmas pessoas que durante tantos anos haviam permanecido em silêncio; até mesmo o nosso porteiro gritava. No escritório todos me tratavam com deferência, como se de repente eu tivesse me tornado uma pessoa idosa, e ostentavam um contentamento jactancioso por aquilo que acontecera. Somente o recepcionista Salvetti se fechava numa melancolia taciturna: passava a mão pelo crânio careca e dizia que, desde aquela noite, não conseguira mais dormir. "Eu daria qualquer coisa", dizia, "até mesmo a posição que alcancei, esta escrivaninha, a casa: tudo." Eu me sentava com ele, conversávamos. Desagradava-me que Salvetti não estivesse contente e, para confortá-lo, desejaria lhe confessar que eu tampouco o estava.

Àquela altura eu já não via Francesco; com frequência almoçava sozinha. Muita gente telefonava para ele, e quando, ao seu retorno, eu lhe informava quem o procurara, ele era obrigado a ficar no telefone a maior parte do minguado tempo livre. À noite estava tão cansado que, mal se deitava, adormecia sem sequer ler, às vezes esquecendo acesa a luz da mesinha de cabeceira. Eu me soerguia para apagá-la e, antes, olhava longamente para o rosto de Francesco, para seus pensamentos por trás das pálpebras fechadas. Beijava-o, de leve: ele não percebia. Depois tornava a me deitar atrás do muro, com um suspiro. Ainda não queria admitir que sofria: Francesco me negligenciava por causa do trabalho, mas para ele devia ser muito empolgante voltar a trabalhar, a falar livremente. Recebera manifestações de afeto por parte de todos os seus alunos; agora, sua assinatura aparecia com frequência nos jornais, e certa noite um editor veio buscar o manuscrito que, durante um ano, escondêramos em cima do armário da cozinha. Quando ele saiu, no lugar do manuscrito ficara um cheque. Não era uma quantia notável, mas bem importante para nós, que sempre fôramos pobres. "Coma, agora", Francesco me dizia, "compre carne." Quando Francesco não voltava para casa eu comia sozinha a carne, na cozinha.

O engenheiro Mantovani retornara, parecia mais velho, menos expedito. "Contente, hein?", me perguntara, pela primeira vez sem sua bonomia costumeira. Todos me dirigiam a mesma pergunta. "Está contente, agora?", e, a cada dia, se tornava mais penoso responder que sim. Alguns mencionavam até o fato de que meu marido agora ganhava bem, justamente pelo cargo que assumira e que o mantinha sempre longe de mim. Essa pergunta me ofendia, pois dava a entender que Francesco fizera tudo aquilo por cálculo, ainda que, agora, ele ganhasse tanto quanto os outros sempre ganharam; uma cifra modesta que mal nos permitia comer, atentando para a economia de gastos. Com o dinheiro do editor eu retirara os lençóis do Monte di Pietà. Mas, ao passar diante do porteiro com aquele pacote, me parecia que os tinha roubado; e enrubesci ao pagar a conta da mercearia.

Eu ficava sempre sozinha. Fazia algum tempo, me faltava até a amigável conivência de Fulvia. Se eu ia à sua casa, ela de imediato arrumava o quarto, escondia as meias abandonadas em cima das cadeiras, e eu sentia que isso se devia à nova condição de Francesco. "É verdade", me perguntou Lydia, "que vão fazê-lo deputado?" Um dia, quando eu passava, a porteira da Via Paolo Emilio me pediu humildemente que recomendasse o filho dela ao meu marido.

"Lembra", Francesco me contou, rindo, "quando ninguém queria nos cumprimentar? Sabe quem me telefonou hoje de manhã? Lascari. Lascari, que estava sempre com pressa quando me encontrava. Disse até: lembranças à sua esposa." Confessou que o tratara com frieza.

"Oh, não, Francesco", eu pedi, "não faça isso. Foi ele quem nos apresentou."

Ele sorria, comendo apressado porque devia sair. Então eu disse:

"Francesco, escute, nunca mais tivemos um momento para nós. Nunca conversamos…"

"Mas agora, desculpe, o que estamos fazendo?"

"Sim, naturalmente, mas você sabe o que eu quero dizer. Você dizia que, depois, ficaríamos contentes…"

"E você não está contente, agora? Queria voltar ao tempo de antes?", dizia ele, enxugando a boca. Eu gostava de seus gestos, mesmo quando ele enxugava a boca.

"Oh, realmente não. Mas eu estou sempre sozinha…"

"Por que não sai com Fulvia, não vai ao cinema?"

"Ao cinema?!", exclamei, prestes a me enfurecer. "Acha que seria a mesma coisa, ir ao cinema ou passar uma tarde com você?"

"Eu sei; mas, enfim, para passar o tempo..."

"Eu não preciso passar o tempo: tenho o escritório, tenho sempre o que fazer em casa..."

"Poderia arranjar uma diarista, talvez até por algumas horas, para ajudá-la..."

"Mas eu não me queixo disso..."

"Pois eu acho que se queixa, sim." Eu não conseguia me fazer compreender e ele já olhava para o relógio, impaciente.

Não podíamos nos deixar assim, eu o retinha: "Por favor, não vá, só mais um momento". Esperava-o acordada, tentava falar com ele na volta. Certa noite, enquanto eu falava, ele adormeceu.

Eu estava sozinha, horrivelmente sozinha, como todas as pessoas que os outros creem felizes. Lia muitos romances e de cada romance saía mais apaixonada por Francesco, mais desejosa de ser feliz com ele. Parei de ler romances e recomecei a estudar; Francesco me dizia "Muito bem, muito bem", com a mesma voz distraída do meu pai. Não era culpa minha se eu não me divertia em passear olhando as vitrines, ou indo ao cinema. Quando estava melancólica, telefonava para Tomaso e o encontrava sempre pronto a me consolar, me devolvendo a confiança em mim mesma. Tomaso também me perguntava se eu estava contente e eu respondia sim, com uma voz insegura, transparente. Parecia-me que só com ele eu podia ser sincera.

Agora, entre mim e Fulvia estava se erguendo um muro. Dario lhe dissera uma noite: "Vou até aí, preciso falar sério com você". Então ela me telefonou, alegre, havia pedido à mãe que voltasse tarde para casa. Vestira-se com simplicidade, realçando levemente os lábios. Mas na manhã seguinte me telefonou de novo e disse, exaltada: "Vou até o escritório, você pode sair um momento?". Fomos nos sentar num café; e ali ela me confessou ter esperado que ele quisesse pedi-la em casamento justo no quarto dos brinquedos. "Eu tinha passado a tarde inteira na igreja", acrescentou. Em vez disso, porém, havia sido uma noite como as outras: depois, Dario acendera um cigarro, puxara o lençol sobre o corpo dela e dissera: "É melhor que não nos vejamos mais com tanta frequência. Conheci uma moça com quem gostaria de me casar". Enquanto ela me repetia essas palavras, as lágrimas lhe corriam pelo rosto. O garçom nos observava, curioso, e eu recordava o atrevimento de Fulvia, quando menina, no dia em que deixou cair o robe. Contou que se humilhara a ponto de perguntar a ele: "Por que não se casa comigo?". Dario respondera que isso não era possível porque ele já sabia tudo dela, até mesmo as mentiras que ela contava à mãe quando queria receber um homem em casa: ele já não tinha confiança. "Assim como fez com sua mãe", dissera, "você poderia fazer comigo." Eram tão humilhantes aquelas palavras, que eu chorava com Fulvia. Dario a condenava justamente por ter cedido à insistência dele: por tê-lo amado, em suma. Recordei a voz irônica que meu pai usava para descrever os passeios de barco que dava com minha mãe, quando ainda eram noivos: diante de mim, ele ousava abertamente ridicularizar a perturbação dela. Fulvia continuava: "Era muito difícil, para mim, dizer a ele 'case-se comigo', mais difícil que para outro: parecia que eu queria induzi-lo a se casar comigo por causa daquilo que havíamos feito, e não porque eu o amo. Oh", suspirava, "como é difícil, para uma mulher, se fazer entender". Dario lhe prometera que os dois se veriam assiduamente, mas com prudência: iria à casa dela depois de dizer à esposa que ia sair a negócios. "Ah, ele vai fazer isso com a esposa?", perguntei. E Fulvia respondeu: "Sim, e sorria, dizendo que as esposas sempre acreditam nessas coisas. Disse que eu poderei telefonar para o escritório dele para informar quando minha mãe vai sair. Respondi que não queria vê-lo apenas nesses momentos, que esses momentos não me importavam nem um pouco. Mas era difícil falar tendo sobre o corpo apenas um lençol…".

Dois jovenzinhos tinham entrado no café e nos fitavam com olhos maliciosos e convidativos. "Que nojo", dizia Fulvia, ressentida, "vamos embora, que nojo." Era agosto, o sol nos mordia os ombros, as panturrilhas, e ela chorava por trás dos óculos escuros, embora, ao passar diante de uma vitrine, dissesse: "Preciso desse tecido". Tentei lhe falar da minha solidão, mas ela balançava a cabeça, respondendo que eu era casada com Francesco e por isso devia estar feliz. Eu insistia, dizia: "Compreenda-me". Ela replicava: "Não, realmente não posso te compreender". Em outra ocasião, eu lhe dissera: "Talvez seja melhor assim: deixe que ele faça as refeições com outra, durma com outra, e consiga tempo para vir passear com você, ir para a cama com você". Ela se mostrara ofendida e ficáramos algumas semanas sem nos ver.

No entanto, eu jamais quisera bem a Fulvia como naqueles momentos. Comportava-me, com ela, como ela se comportara comigo na véspera do meu casamento, como quando telefonara para Francesco sugerindo que ele levasse gardênias para mim; eu também a condenara, então. Compadecia-me dela, porque não sabia nada dos homens. Fulvia recebera um homem, à noite, no quarto dos brinquedos. Mas nunca dormira atrás do muro, e somente dormindo atrás do muro conhecemos os homens. De modo que essa experiência diferencia as mulheres casadas daquelas que não o são, as mulheres que tiveram amantes daquelas que tiveram marido.

Foi assim que fiquei realmente sozinha. Além de tudo, aquele era o mês das férias anuais que a empresa Mantovani me concedia. Eu queria recusá-las, por temer o ócio, mas o engenheiro me disse que também iria se ausentar, e o escritório ficaria fechado. Todos se ausentavam, na verdade, apavorados com os bombardeios. Eu recomeçara a estudar, sem muito empenho, com a impressão de fazer algo que já não deveria fazer na minha idade: e não só porque ficara em dependência; mas porque o diploma já não me interessava. Preferia ler, sem ordem ou programa, embora somente o estudo regular e metódico solicitasse a atenção de Francesco. Eu gostaria que ficássemos em casa juntos, ele com seus livros, eu com os meus: mas agora ele estava sempre ocupado; e nervoso, irascível. Certa vez o escutei falar no rádio e ao ouvi-lo dizer, em nossos aposentos, palavras totalmente estranhas a nós e à nossa história, me pareceu que já o perdera de fato. Ele sempre lidava com pessoas e interesses distantes de mim, estava fechado no seu mundo, no qual encontrava animação e vida: tudo o que tinha sido o nosso mundo não o interessava mais. "Bons tempos", suspirava, quando eu relembrava a Villa Borghese ou o Janículo. Todos diziam a Francesco que nossa casa era muito agradável e ele sorria, satisfeito por possuir também uma casa acolhedora, uma esposa graciosa. "Francesco", eu lhe disse, "tenho medo de que você se torne ambicioso." Ele não teve compaixão de mim, naquele momento; eu lhe dizia sempre a verdade e talvez estivesse cometendo um erro: deveria adulá-lo. Quando ele retornava eu emergia da sombra da casa, como quando minha mãe retornava: eu tinha incontáveis coisas para lhe dizer, e nos livros sublinhara algumas passagens que eu gostaria que relêssemos juntos: e lhe pedia ao menos uma hora para nós. Certa vez, antes de sair ele apertou meu queixo entre os dedos e o elevou até seu rosto. Achei que ele quisesse me beijar na boca, não fazia isso havia meses; desde sempre, me parecia; esperei seu beijo, trêmula, como na primeira vez. No entanto, ele disse, com a voz solícita de uma pessoa muito mais velha que eu: "Querida, você não gostaria de ter um filho?".

Sugeria-me levianamente, à guisa de passatempo, um filho: da mesma maneira, outra vez, ele me sugerira sair com Fulvia, ir ao cinema. Fazia tempo que não me procurava mais, na cama: no entanto, se eu tivesse dito "sim", talvez ele se voltasse para mim naquela mesma noite, a fim de me dar, em seguida, a possibilidade de me distrair costurando, tricotando, nutrindo, entretendo uma criança. Ele era um homem muito inteligente, todos conheciam seu nome, liam seus escritos, e eu era uma jovem qualquer, ninguém sabia nada sobre mim fora do restrito círculo dos amigos, fora da rua onde eu morava, onde eu tinha morado. No entanto, entre nós dois, eu era a única que compreendia a importância de dar a vida a um filho.

"Não, obrigada", respondi com irônica gentileza. E naquela noite chorei em seu ombro, no cheiro bom de sua pessoa. "Durma, querida", ele me sugeria, "durma, está muito tarde." No dia seguinte, eu lhe disse:

"Escute, Francesco, você não poderia parar de trabalhar em tantas coisas? Poderíamos viver muito bem com seus escritos, a universidade, o meu trabalho."

"Desculpe, mas por quê?"

"Você sempre diz que está ocupado demais e por isso nunca podemos ter tempo para nós, para conversar..."

Ele olhou para o relógio; depois se sentou, dizendo: "Bom, prossiga, vamos conversar".

Era uma maldade, de sua parte. Como poderíamos conversar, daquele modo? Olhei para ele, tentando fazê-lo compreender o que eu entendia por casamento. Não era fácil me expressar rapidamente, em poucas palavras. "Desculpe", disse eu, "obrigada, desculpe."

Fiquei mais tranquila quando comecei a compreender que podia falar com ele por meio de Tomaso.

Compreendi isso plenamente, pela primeira vez, por ocasião do meu onomástico, no dia 26 de agosto.

Tomaso me telefonava todo dia e mantínhamos longas conversas. Fazia algum tempo que ele me falava abertamente do seu amor e, enquanto ele falava, eu olhava para o retrato de Francesco. Na intensidade suplicante do meu olhar, dizia-lhe: "Escute, por favor, escute como Tomaso me ama". Eu estava de férias e Tomaso me ligava de manhã, quando eu ainda estava deitada; ele tinha uma voz agradável e além disso, estando apaixonado, possuía o tom inconfundível da sinceridade. Ouvi-lo era, para mim, como me olhar no espelho e me achar linda.

Recusava-me a sair com Tomaso como ele me pedia com frequência nos primeiros tempos: depois não pedira mais nada. Quando ele vinha à nossa casa, Francesco estava sempre presente e eu demonstrava prestar atenção somente no meu marido, esquecendo a familiaridade dos nossos telefonemas cotidianos. Na manhã seguinte Tomaso me ligava mais cedo que de hábito: "O chefe está?", perguntava, brincando. E, ao saber que eu estava sozinha, mudava de tom, dizia angustiado: "Por que agiu daquela maneira? me diga, Alessandra; você não falou comigo em nenhum momento, ontem à noite. Nem sequer me olhou. Só olha para ele".

"Ele quem?"

"Ele, ora… Francesco."

"Ah", eu dizia friamente, para fazê-lo entender que devia chamar Francesco pelo nome. "Eu olhava para ele? Pode ser. Eu sempre olho. Você bem sabe que eu amo meu marido."

Eu gostava de falar de Francesco, embora soubesse que Tomaso jamais tivera uma amizade sincera por ele. Francesco era de uma estatura diferente da sua: mais sério e mais inteligente: eu repetia sempre que ele era o melhor homem que eu conhecia; falava de sua coragem, de sua dignidade, dos sucessos que obtinha. E Tomaso, que jamais gostara dele, gostava ainda menos porque ele era dono de mim.

No dia 26 de agosto Francesco não lembrou que era meu onomástico: eu mesma o lembrei disso, no almoço, e ele lamentou, disse "desculpe", disse até que havia anotado na agenda e depois se esquecera de consultá-la. Mas eu estava sorridente, serena: de manhã Tomaso me telefonara e perguntara timidamente: "Hoje não é sua festa, Alessandra?". "Sim", eu respondera surpresa, "obrigada, como é que você sabe?" Ele me explicou que, alguns meses antes, examinara com atenção o calendário. "Oh, obrigada", agradeci, comovida: assim como disse mais tarde a Francesco:

"Não importa: temos a noite inteira para nós, vamos nos sentar no terraço: comprei gardênias, muito perfumadas." Era mentira: o pé de gardênia chegara de manhã, pouco após o telefonema de Tomaso.

Ele respondeu: "Impossível: daqui a pouco chegará Tomaso, vamos a uma reunião".

"Encontre uma desculpa, amor. É o meu onomástico, você entende."

Ele hesitou, depois decidiu: "Não, não é possível".

Eu disse cruelmente: "Mande Tomaso".

E ele explicou: "É sobretudo por Tomaso. Trata-se de um jornal novo, uma coisa importante; falamos disso há tempos e esta noite tudo deve ser resolvido. Eu vou principalmente por causa de Tomaso, que não tem um emprego seguro". Mas às dez horas Tomaso ainda não tinha chegado. "Talvez eu tenha entendido mal", disse Francesco, "Tomaso foi direto para lá." Abraçou-me ao sair e acrescentou: "Amanhã, querida, comemoraremos solenemente".

Voltei para o quarto: estava olhando com tristeza pungente para a gardênia que prendera nos cabelos, as almofadas preparadas no terraço, quando Tomaso tocou a campainha.

"O chefe está?", perguntou. Vestira-se de branco, cheirava a sabonete.

"Não", respondi. "Esperou por você até agora. Acaba de sair, se você correr ainda o encontra na parada do bonde."

Ele segurou minha mão, beijou-a, se dirigiu à saída. Então se deteve, perguntou: "E você? Vai ficar sozinha?".

"Oh, sim, não tem importância; na verdade estou meio cansada, e então…"

"Sozinha, na noite do seu onomástico?", me interrompeu Tomaso, retornando.

Eu não queria que ele ficasse, não queria que ele fosse melhor que Francesco: insisti, dizendo que era uma reunião muito importante para ele, talvez se tratasse do emprego. Mas ele disse: "E se eu estivesse doente? Se tivesse uma febre de quarenta graus? Esperariam, não? Todos podem esperar, quando se trata de você".

No dia seguinte, para festejar meu onomástico, Francesco voltou para casa com uma bolsa. Era uma linda bolsa de tecido vermelho e eu a abria e fechava, admirando-a. Nós a comparamos com a outra bolsa que eu tinha e a consideramos muito mais bonita. Falou-se da dificuldade de encontrar bolsas, naquela época, e eu citei inclusive o caso de uma bolsa que Fulvia gostaria de comprar. Fizemos votos de que logo mais, acabada a guerra, acabassem também as dificuldades para as bolsas. Ele me confessou que no fundo — agora, entre nós, podia dizer isso — acreditava ter feito um bom negócio. E eu confirmei que sim, realmente fizera. Abracei-o, ele me deu tapinhas no ombro. Depois começou a trabalhar, eu disse de novo obrigada, e assim terminaram as comemorações do meu onomástico.

Fui para o quarto e atirei a bolsa no chão. Com o baque, tive um sobressalto, porque me parecia ter dado um tapa no rosto de Francesco; me inclinei para recolhê-la, a desempoeirei e a pus na cama. Era de fato uma linda bolsa vermelha, eu deveria estar contente, me enternecia pensar que ele gastara tanto dinheiro comigo: não era a primeira vez que a ideia do dinheiro que Francesco gastava comigo me enternecia.

Doía-me que somente daquele modo ele conseguisse expressar seu amor. Eu queria que ele soubesse se expressar, por exemplo, como Tomaso. E muito me desagradava reconhecer que outro soubesse fazer alguma coisa melhor que ele. "Mas se você não conseguisse…": à noite a voz da Vovó me falava no ouvido, no silêncio do nosso quarto nupcial, o mesmo silêncio que pesava no quarto nupcial de minha mãe e do qual eu tinha medo, quando era menina.

Tomaso permanecera comigo durante cerca de duas horas, na noite anterior: tinha se sentado na poltrona de Francesco e ficara o tempo todo olhando para mim. Eu lhe falava com fervor e era apaixonante poder contar de novo aquelas coisas que eu já não podia contar a Francesco porque ele já as ouvira mais de uma vez, e com frequência, de modo indulgente, me recordava isso. Tomaso achava que eram extraordinárias. Eu também havia lhe mostrado velhas fotografias que pegara com entusiasmo numa gaveta, remexendo, desarrumando tudo: mostrara a fotografia do meu irmão e, depois, ele me observara com atenção, dizendo em seguida: "Vocês dois poderiam ser considerados gêmeos". Sem olhar para ele, eu confessara que fora Alessandro que sempre despertara as tentações em mim.

Ele havia silenciado por um momento e depois dissera: "Eu não gostaria de conhecer Alessandro: gostaria de conhecer você". Como sempre ocorria quando estávamos juntos, o tempo seguia uma medida especial, rapidíssima: e eu via com pesar se aproximar o momento em que estaria sozinha de novo.

Contudo, tinha sido eu mesma que o dispensara, bruscamente; à porta, ficáramos em silêncio, apartados, eu hesitava em lhe estender a mão: me parecia um compromisso. Ele a retivera na sua, beijando-a devotado: e eu me sentia inocente e contente.

Francesco dizia sempre que ainda não podíamos estar contentes porque outros dias difíceis viriam; mas me parecia que, por trás desse temor, ele disfarçava sua indiferença por mim, sua ambição. Sem dúvida, com seu trabalho, ele tentava melhorar a si mesmo através da melhora da sociedade em que vivíamos; mas, naqueles tempos, não era fácil compreender isso. Ele era circundado por muita gente mesquinha e baixamente ambiciosa, e a fria praticidade que o animava parecia contrastar com os ideais pelos quais ele lutara. Sempre que eu me oferecera para ajudá-lo ele recusara com um sorriso. Talvez não me julgasse tão inteligente quanto Denise, junto da qual ele ficava feliz em trabalhar.

Um dia ela veio almoçar; já perdera o hábito de me perguntar se eu estava grávida; se deixou servir por mim como por uma empregada; após o almoço, enquanto ela conversava com Francesco, eu fui para a cozinha lavar a louça. Depois saíram juntos, Francesco mal se despediu de mim, todo ocupado com ela. Era uma mulher quase velha, sem forma no vestido blazer. No entanto, parecia que Francesco a preferia a mim.

Eu tinha ciúme. Logo telefonei para Tomaso e disse: "Quero te ver". Falava secamente com ele, como gostaria de falar com Francesco sobre Denise. Encontrei-o na cidade e, nesse meio-tempo, considerava que aquele encontro não me custava nem mesmo o esforço de mentir a Francesco, já que ele nunca me perguntava onde eu estivera. Começamos a caminhar lado a lado e as pessoas nos olhavam com simpatia, como nunca me olhavam quando eu estava sozinha ou com Francesco. Espantavam-se, talvez, por nos ver fechados numa ilha fértil e serena, apesar da preocupação com a guerra, apesar do calor, da poeira. Eu não sabia onde Francesco estava caminhando naquele momento, ao lado do passo sem graça e pesado da companheira Denise.

Estávamos numa viela solitária perto do Pantheon quando eu me detive subitamente:

"Tomaso", perguntei, "quem é Casimira?"

Ele me fitou atônito, depois sorriu, e eu sofria horrivelmente. "Quem é Casimira?", repeti.

Ele respondeu como Francesco: "Uma moça".

Tínhamos recomeçado a caminhar sem nos olharmos. Com que então, Casimira existia.

"Você é apaixonado por ela?"

"Eu? Não", disse ele de imediato. "Não mesmo."

"Pretendia se casar com ela?"

"Eu não, ela talvez: telefonava sempre, à noite, para o jornal. É uma moça afetuosa."

"Você a vê com frequência?"

"Não... Agora não a vejo mais." Deu um suspiro de alívio.

"Pena", disse eu, "você deveria se casar com ela. Francesco me dizia que Casimira é uma jovem simpática..."

"Francesco?", repetiu ele, surpreso.

"Sim, por quê?"

"Não sei, eu achava que ele não gostava dela..."

"Pelo contrário. Ao menos, suponho: sempre diz que ela tem o mesmo temperamento que eu..."

"Francesco diz isso?"

"Mais ou menos."

Então Tomaso confessou bruscamente: "Desculpe, mas eu sempre achei que Francesco não merece uma mulher como você".

Caminhávamos devagar e ele falava de mim, como de uma pessoa que eu conhecesse pouco. Eu me reconhecia na imagem que Tomaso, com suas palavras amorosas, ia desenhando. Por que Francesco dizia que eu me assemelhava a Casimira? Tomaso sabia muitas coisas de mim, embora eu nunca as tivesse confidenciado a ele; conhecia o empenho com que eu vivia, minhas lutas, minhas dúvidas, e o caminho que eu pretendia seguir. Tive medo de que ele conhecesse também o muro atrás do qual eu dormia.

Para além da ilha do nosso passo, as pessoas caminhavam absortas, apressadas, pareciam mais preocupadas do que nos outros dias. Tomaso dissera que precisava ir ao jornal, e se esquecia disso; eu pensava que Francesco talvez tivesse voltado para casa e estivesse à minha espera. Gostaria que ele me acolhesse sorrindo, me abraçasse, ainda que eu o informasse sobre meus encontros com Tomaso. Por que não podia ser assim? Eu o acolhia feliz quando ele retornava do seu trabalho, que, mesmo nos separando, ratificava seu valor de homem, eu o servia enquanto ele comia com a companheira Denise, e devia desfrutar de duas esplêndidas conquistas, que já não eram nossas, mas pertenciam estritamente a ele. Por que, me amando, ele não podia se alegrar se meu valor também fosse ratificado? Eu queria lhe contar tudo o que Tomaso me dizia.

"Está tarde", murmurei, ao ver o céu escurecer.

"O que importa?", respondeu Tomaso.

E ao nosso redor as pessoas passavam depressa. Algumas formaram uma roda para conversar, depois todas se agruparam diante de uma lojinha de onde vinha o som do rádio. Eu tinha medo quando as pessoas se juntavam para escutar o rádio; era sempre um sinal funesto. No Abruzzo todos ficavam dispersos pelos campos, aqui se demoravam nas ruas ainda claras por causa do verão; estavam nos edifícios, à mesa, alguns trabalhavam, ou estavam apaixonados, pareciam indiferentes, protegidos, e no entanto precisavam de repente interromper qualquer outra atividade e acorrer dóceis para escutar o que dizia o rádio. Este já não era uma invenção miraculosa que transmitia música ou apelos para salvar navios. Era uma potência implacável: o curso da nossa vida dependia em grande parte daquilo que o rádio dizia. "Aguarde", pedi, esperando que nós dois, ao menos, pudéssemos ter tempo de nos salvar; mas Tomaso me segurou pelo braço, como fizera tio Rodolfo. Mal chegamos a tempo de ouvir as últimas palavras e depois ficamos calados, pálidos, enquanto um ou outro soldado lançava para o alto o quepe, se alegrando porque tinham assinado o armistício.

Desde então começou o longo dia em que eu nunca pude descansar. Na verdade, me parece jamais ter dormido um momento, jamais ter comido ou sorrido, jamais ter descansado até o dia em que descansei pela primeira vez, aqui.

A notícia não gerou comentários: já fazia anos que, mesmo sem dizê-lo a si mesmas, as pessoas compreendiam quando era bom ou ruim aquilo que o rádio anunciava. E as pessoas — naqueles dias — tinham esquecido muitas coisas, mas não seu interminável hábito de compreender. Todas recomeçaram a caminhar, absortas nos próprios pensamentos, e não se apressavam a ir encontrar os familiares, a se trancar com eles nas casas, como haviam feito ao saber que a guerra explodira; já sabiam que as casas não bastavam para defendê-las, e tampouco os afetos: por isso caminhavam calmas, mostrando já estarem familiarizadas com os dias longos e escuros, com a fome, e com o cheiro dos cavalos mortos.

Eu caminhava ao lado de Tomaso: ele era poucos anos mais velho que eu e sem dúvida tampouco recordava bem os dias nos quais se vivia com calma, sem temer o que o rádio dizia. Ao nosso lado passou um menino que perguntava ao pai: "Agora vão acender todas as luzes nas ruas, não é? Não lembro como são as ruas iluminadas". Então eu também me voltei para Tomaso: "Tomaso", perguntei, "como são as ruas iluminadas?". Ele me deu o braço, sem responder, e eu pensava nas ruas iluminadas pelas quais passavam moças como minha mãe que estudavam para obter o diploma de piano e moças como minha avó que estudavam para interpretar Shakespeare.

"É um momento difícil, não?", perguntei.

"Não", respondeu ele: mas pensava que sim.

"Poderia acontecer alguma coisa com Francesco?"

"Não creio: é um fato que prevíamos."

Eu queria me tranquilizar e, no entanto, depois de uma pausa, perguntei angustiada: "Tomaso, o que vai acontecer agora?".

Já não estávamos encerrados numa ilha feliz, e agora nós também caminhávamos entre os outros pela rua que escurecia. No entanto, desde aquela noite tivemos a impressão de que já ninguém nos era desconhecido, na cidade: olhávamos desprovidos de curiosidade ou interesse uns para os outros, como pessoas da mesma família embora não nos falássemos, justamente como fazem os familiares entre si. Tomaso me acompanhou até minha casa, sem sequer me pedir permissão: caminhávamos em silêncio, nos comprimíamos em silêncio no ônibus, em meio a muitas outras pessoas que não falavam: um silêncio sufocante e opressivo pesava sobre a cidade escurecida. Tomaso me deixou no portão: eu não me perguntava o que Francesco poderia supor se nos visse juntos. Separamo-nos em silêncio. Porém, eu mal subira poucos degraus quando ouvi Tomaso correr ofegante atrás de mim. Seu terno branco estava lívido à luz da lâmpada azulada, e ainda revejo o ardor que havia em seus olhos quando me detive e ele me alcançou.

"Escute, Alessandra", disse, "preciso te confessar uma coisa: farei de tudo para tirá-la de Francesco. Desculpe. Queria te dizer a verdade, esta noite. Entendeu?"

Fitei-o e não senti nem mesmo força para responder, reagir, me opor. "Sim", acenei com a cabeça. Ele segurou minha mão e a beijou, enquanto eu já recomeçava a subir. Ouvia seu passo se distanciar e estava calma, tranquilizada pela voz do rádio e pela voz dele.

Francesco voltou muito tarde e logo falou: "Eu não te disse que ainda não podíamos estar contentes?". Eu queria responder que a nossa era uma época na qual era preciso se adaptar a estar contente mesmo que somente durante poucas horas, uma tarde, uma noite: sempre que fosse possível. Tomaso conseguira passar uma tarde feliz comigo, antes que o rádio falasse; mas, ao ver Francesco, eu compreendia que só com ele poderia ser verdadeiramente feliz: ele pertencia à minha vida, e até o fato de sofrer com ele me pertencia, tal como o longo dia que começava e que eu não podia me recusar a viver. Francesco repetiu: "O que eu te disse?", e em sua voz havia uma repreenda, embora minha culpa fosse unicamente a de ter tentado, a todo custo, estar contente ao lado dele.

Saímos para o terraço, a fim de interrogar a noite, o ar, o vento, que eram mais fortes que nós. Minha mãe me ensinara a ser amiga das árvores, do céu, e até da chuva, que deixa atrás de si o arco-íris. Mas tudo daquele tempo havia acabado, e ele permanecia em mim como a vaga lembrança de uma fábula.

Era uma noite branca, ameaçadora: o céu, cheio de nuvens, vibrava com estrondos remotos como quando um temporal se aproxima. Eu me agarrava a Francesco, protegia a cabeça no côncavo de seu ombro, me parecia que aquela era a última noite que nos restava: ambos sabíamos que estava prestes a começar o longo dia em que as mulheres e os homens não mais poderiam se deitar juntos nos leitos nem mais se falar ou se amar. Ergueu-se então o vento que depois durou três dias; o vento parecia acompanhar cada hora difícil da minha vida, tal como com frequência o meu humor acompanhava o da natureza. O terraço foi percorrido por um vento quente. Francesco olhava para o sul e parecia se prestar à escuta como quando, junto ao rádio, esperávamos ouvir baterem à parede da nossa prisão. "Não conseguirão chegar a tempo", disse ele. Eu também sentia que não chegariam a tempo: e era bom que fosse assim, que encontrássemos ajuda somente em nós. Assim eu sabia que não aceitaria a ajuda de Tomaso ainda que, muitas vezes, para superar um momento difícil, me apoiasse em pensar nele, como durante anos nos sustentáramos ouvindo as batidas no rádio.

De novo estávamos sozinhos, Francesco e eu; ninguém podia nos ajudar e esta, que era a nossa condenação, era também nossa força desesperada. Oh, não poderei jamais esquecer o terraço nu, o céu branco, e nós também brancos, naquela luz, entre os prédios brancos, as janelas fechadas, os altos terraços desertos. Dali de cima se via toda a cidade, também ela sozinha na desolação miserável de sua campina: indefesa, na véspera do longo dia, assim como nós dois estávamos indefesos. E eu sentia que era necessário falar, naquele momento, quebrar a reserva que até então nos restringira, porque era necessário que dois companheiros se falassem, numa noite como aquela; e recorressem aos seus sentimentos, aos seus impulsos e lembranças, as únicas coisas com as quais podíamos contar, assim como a cidade contava com todos nós, com nossas casas, com as armas escondidas nos porões, e com uma tradição que afinal convinha respeitar de algum modo. Esperei durante toda a noite. Ao amanhecer um companheiro telefonou falando de um desembarque que estava sendo tentado para nos trazer ajuda. Não era verdade. Eu sabia que não havia ajuda. Ouvia novamente as palavras de Tomaso na escada e os estrondos que vinham de longe, anunciando o temporal. Era necessário juntar todas as forças, não ignorar que nós dois também estávamos em perigo, e não só a cidade. Ele falava com os companheiros: se falavam, sugeriam um ao outro onde buscar ajuda, armas, e eu esperava junto ao telefone, sentada num banquinho, de robe: queria ser ajudada, eu também. "Fale comigo", dizia a Francesco, andando ao seu redor enquanto ele se preparava para sair. "Querida, acha que isto é hora?...", ele replicava, me acariciando a fronte. Mas era preciso falar naqueles momentos: o dia inteiro as igrejas ficaram lotadas de gente que rezava para se assegurar de que algo permanecia, de que algo era certo, ainda que os estrondos se fizessem cada vez mais próximos e já se soubesse que não era o temporal.

Francesco pegou a arma e a meteu no bolso, se encaminhando para a porta. Depois retornou e disse: "Não. É melhor que eu a deixe com você. Nunca se sabe. Esconda-a, mas ao alcance da mão. Você tem medo?".

"Não creio", respondi. "Como se faz?"

"Está tudo pronto: basta apertar aqui."

Era terrível ter uma arma, fria, pesada, entre as mãos.

"Você tem medo?", repetiu Francesco, ao me ver empalidecer.

"Não. Apenas não gostaria de ser obrigada a atirar."

"Claro, nunca é bom. Mas às vezes se trata de se defender."

"Aonde você vai, Francesco?"

"Para a casa de Alberto, por enquanto; depois veremos."

"Não me deixe assim", pedi, com ele já na escada. Abraçamo-nos: enquanto me abraçava, ele já estava longe, já falava com os amigos. Entrei de volta em casa, e pouco depois Tomaso telefonou; ele também não acreditava que conseguiriam vir em nosso auxílio. "Queria te ver", pediu, "mesmo que por alguns minutos." Eu disse não, que ficaria em casa à espera de Francesco.

Ainda segurava a arma: guardei-a de volta na gaveta da mesinha de cabeceira. Passei a manhã no telefone respondendo aos amigos que procuravam Francesco. Tomaso ligou novamente mais tarde e me informou que estavam combatendo na periferia da cidade. "E Francesco, onde está?", perguntei ansiosa. "Não sei", ele me respondeu. "Agora preciso te deixar, estou indo com os outros. Escute: queria dizer que te amo."

Eu precisava encontrar Francesco de algum modo, impedi-lo de ir com Tomaso. Saí e o porteiro me reteve: "Senhora", perguntou, "o que diz o professor?".

Fitei-o por um instante, e já sentia o ódio subir dentro de mim, um velho ódio a que eu me desacostumara: mas atrás do homem estavam sua esposa e a filha, que segurava o irmãozinho no colo. Todos me olhavam com expressão angustiada.

"Chegarão a tempo?", insistia o porteiro.

"Não, não creio."

A mulher olhou para a bolsa de compras que eu levava a tiracolo e disse: "O comércio está fechado, mas eu poderia te dar um pouco do meu pão".

Muitas coisas tinham mudado, numa noite. Mesmo sem se conhecer, as pessoas se falavam na rua. Eu procurava Francesco por toda parte; procurava-o nos caminhões que passavam lotados de soldados maltrapilhos e tristes, entre os homens atordoados que se sentavam nas paradas dos bondes e estavam vestidos à paisana mas ainda portavam as cartucheiras. Não havia meios de transporte nem veículos: eu prosseguia a pé, agitada, por alguns trechos me aproximando de grupinhos de mulheres pálidas, que caminhavam e caminhavam, também elas buscando encontrar um homem que indicavam somente pelo sobrenome.

O vento ainda soprava, sufocante, opressivo. Na casa de Alberto, cinquenta, sessenta pessoas estavam reunidas em dois aposentos e escutavam o rádio. Jovens chegavam de bicicleta trazendo mensagens escritas a lápis; depois veio a companheira Denise: também trazia uma mensagem e me perscrutou, aborrecida. "Vá para casa, senhora", disse. "Seu marido não gostaria de encontrá-la aqui."

Ela o conhecia muito bem. De fato, quando retornou, Francesco não gostou de me ver ali: me comunicou isso com um olhar. Seu aspecto severo destruiu o otimismo que ainda sustentava os companheiros. O noticiário das treze não falara dos combates. "Fomos abandonados", disse Francesco, "cada um de nós está sozinho com os companheiros." Eu também estava sozinha porque ele, ao falar, nunca se dirigia a mim. Mais uma vez, olhei para ele e o escolhi, embora ele não me olhasse. Ao seu redor havia muitos outros homens, e alguns tinham a sua idade, outros eram idosos e poucos eram mais jovens. Permaneciam sérios, reunidos em grupo, e no entanto me parecia que, também naqueles momentos, os homens encontravam grande dificuldade para se comunicar um com o outro, porque um esquivamento congênito os retinha, e o pudor de se mostrarem fracos. Em suas faces transparecia o esforço que faziam para aceitar o sofrimento; um esforço supérfluo para as mulheres, que conhecem o sofrimento. Eram menos fortes que nós, ainda que manejassem fuzis e pronunciassem palavras gravíssimas, absolutas, às quais eu já sabia que era quase impossível se manterem fiéis.

Do bairro periférico onde se combatia chegou uma mensagem de Tomaso. No final, recomendava: "Telefonem para a sra. Minelli e digam a ela que seu marido voltou para a cidade, que ela fique tranquila".

Todos olharam para mim e eu enrubesci. Depois Francesco se aproximou me aconselhando a voltar para casa e providenciar alguma comida, já prevendo as dificuldades que sobreviriam no dia seguinte. Na rua vi algumas mulheres que empurravam carrinhos dentro dos quais iam os filhos e algumas coisas de casa; diziam estar vindo dos bairros onde havia combates e continuavam a empurrar o carrinho sem chorar nem se lamentar, sabendo também elas que tinha começado o longo dia em que se devia unicamente sofrer.

Desde aquela noite tivemos de voltar cedo para casa, por causa do toque de recolher: o alarme soava e descíamos para os abrigos; durante o dia eu ficava na fila diante da padaria, e pelas ruas continuamente passavam caminhões lotados de alemães que olhavam para nós, nos avaliando como se fôssemos animais. Eu nunca via Francesco, antes da noite; às vezes ele nem me telefonava: Tomaso, ao contrário, me telefonava com frequência e me dava notícias segundo uma linguagem convencional, porque de novo tínhamos medo da voz arrogante. Quando voltáramos a ouvi-la, todos sentíramos calafrios na espinha, mas agora sabíamos que ela não pertencia inelutavelmente à nossa vida como por tantos anos havíamos acreditado.

Meu pai escrevera nos convidando a passar um tempo no Abruzzo; informei Francesco sobre isso, propondo-lhe aceitar. Tomaso empalidecera, ao saber dessa probabilidade. "Não vá embora", dissera; e depois, reprovando o próprio egoísmo, acrescentara: "Eu não saberia como seguir adiante, se você não estivesse aqui."

Francesco disse: "Sim. Convém que você vá: mas você sozinha. Pensei seriamente nisso, hoje mesmo, e decidi te mandar para seu pai". Falava de mim como de uma menina ou de um móvel: compreendi que havia o que temer daquela conversa.

"E você?", perguntei.

"Devo deixar esta casa hoje à noite mesmo, ou amanhã. Não é prudente que eu fique aqui."

"Então", continuei, "por que não partimos juntos para o Abruzzo?"

Ele fez uma pausa; em seguida respondeu: "Não. Pensei muito nisso, me deixava tentar: estou muito cansado. Mas não é possível. É preciso que eu permaneça com os amigos, agora que se começa a trabalhar: não creio que acabe logo, talvez ainda sejam necessários uns dois meses. Irei para a casa do irmão de Tullio, hoje à noite".

"E depois?"

"Depois me mudarei, se for necessário. Mas quero estar tranquilo em relação a você: saber que está em segurança, que dorme bem, que se alimenta…"

"Ah, entendo…" Ele não se dera conta de que tudo aquilo sempre tivera pouca importância para mim, e agora não tinha mais nenhuma. "E assim, se acontecesse alguma coisa com você, eu me salvaria, naturalmente."

"Não vai acontecer nada comigo."

"Mas se acontecesse…"

"Certo, eu ficaria mais tranquilo sabendo que você estaria a salvo."

Calei-me; e depois disse amargamente: "É uma coisa que sempre me fez pensar".

"O quê?"

"Esse cuidado que os homens têm de salvar as mulheres de duas coisas somente: da fome e da morte, duas coisas que as mulheres temem tanto quanto as teme a maior parte de vocês. E no entanto nunca pensam em salvá-las de todas as outras coisas bem mais temíveis que estão em torno delas, dentro delas. Eu não quero que me ponham a salvo." Mais uma vez, supliquei a ele: "Francesco, por favor, me faça trabalhar com você".

Eu estava sentada ao pé da cama e ele deitado, com a cabeça afundada no travesseiro; de modo que seu olhar se levantou para mim, frio: "Não", disse, após um momento. "É melhor que você vá para o Abruzzo."

Respondi, irada: "Você teme que eu fale, não é? Que eu não tenha sangue-frio o suficiente, que eu seja uma mulher como Casimira, não é?".

"Não, não é isso…"

"É, sim, você tem mais estima pelo último dos seus amigos do que por mim, porque eu sou uma mulher…"

"Acalme-se, por favor, Alessandra…"

"Não é possível: este é um dia decisivo. Se você não quer vir comigo para o Abruzzo, deixe que eu te acompanhe; até este momento você fez tudo o que queria, mas agora eu tenho medo, tenho medo de que tudo acabe, entende? E a única coisa importante somos eu e você."

Ele tentou me persuadir. Disse algumas coisas que eu sabia serem justas mas que não queria acreditar como tais porque o amava. Se ele tivesse falado também de nós, do nosso amor, talvez eu o tivesse compreendido; mas ele não falou.

"E tudo isso é também mais importante do que nós?", perguntei, afinal.

"É mais importante do que tudo, sim", respondeu ele. "Você sempre diz que não se deve trair o traçado de nós mesmos, não é?" Eu dizia isso, mas ele tinha um modo de repetir minhas palavras que me fazia corar por tê-las dito. "E este é justamente o momento de não o trair, compreende?"

"Não", respondi, fria. "Não, não compreendo."

Pouco depois chegou Tullio com o irmão e disseram que convinha ir de imediato. Ele os deixou esperando no escritório e voltou ao quarto para me anunciar que iria antes do toque de recolher. Estava acabado, ele ia embora. Faltava menos de uma hora para o toque de recolher. Mas em uma hora talvez tivéssemos tempo de conversar. "Eu não vou partir", informei, "quero ficar aqui, perto de você, receber suas notícias. Compreende?"

"Não", foi ele quem respondeu dessa vez, "mas você é livre para fazer como preferir."

"Eu te amo...", disse eu, desnorteada, abandonando a batalha. Tínhamos ainda meia hora, ainda podíamos salvar tudo. Peguei a mala, coloquei-a sobre a cama e comecei a enchê-la: "Qual terno?".

"Este que estou usando."

"Só um? Não é prudente."

"Certo; aquele mais velho, então."

Camisas, meias; eu ainda esperava que ele dissesse: "Não, Alessandra, não consigo ir embora daqui". Eu tinha certeza de que não chegaria a terminar a mala, antes que ele dissesse alguma coisa.

"Mais nada?", perguntei.

"Não, obrigado."

Eu esperava que ele dissesse: "Sua fotografia, aquela que está na mesinha de cabeceira". Diria, quem sabe: "Venha você também", antes que eu fizesse estalar a fechadura. Tínhamos ainda poucos minutos. Tullio o solicitava. A fechadura estalou. Ao menos ele diria: "Me perdoe, não posso evitar fazer isto, mas estou desesperado por te deixar e te amo, te amo muito".

Ele, porém, disse apenas: "Fique tranquila. Mandarei notícias". E, enquanto se demorava nesses detalhes, seguia pelo corredor; me abraçou na presença de Tullio e eu também me fingi desenvolta. Quando ele desceu a primeira rampa, chamei-o: "Francesco!", num grito.

"O que é?", ele me perguntou, se detendo: Tullio e o irmão também olharam para cima.

Respondi: "Se você precisar de alguma coisa, me informe".

Depois corri ao terraço para vê-lo. Três homens se afastavam conversando entre si. Aquele alto, vestido de cinza, era Francesco.

Poucos dias depois, Tullio me trouxe um bilhete de Francesco. Enquanto eu o lia, Tullio ficou parado diante de mim, me olhando. "Está bem", eu disse. No bilhete Francesco me sugeria responder, a quem quer que me interrogasse a respeito, que eu me separara dele e não sabia onde se encontrava, supunha que tivesse se transferido para o Norte.

"É preciso queimar logo o bilhete", disse Tullio. Era um homem de quarenta anos, solteiro, louro, severo: seu olhar me fitava gélido por trás dos óculos. Eu sentia que ele era inimigo meu e da vulnerabilidade que eu representava para Francesco. "Por favor", disse, me pedindo de volta o bilhete para queimá-lo. "Francesco também deseja que eu leve todas as coisas dele", acrescentou. "Não esqueça nada, senhora: no banheiro, nos armários. Ponha tudo numa mala. Eu espero."

Remexeu na escrivaninha, pegou todos os papéis; estava calmo, determinado, implacável. Escrevi umas poucas palavras para Francesco, a fim de tranquilizá-lo e sobretudo para me agarrar às palavras escritas; mas quando Tullio saiu, levando a mala embora, me saudou com fria deferência, como se eu não fosse mais a esposa do seu companheiro Francesco.

Era perigoso entrar naquele jogo: todos havíamos assumido uma nova identidade e devíamos nos convencer de que somente ela era a verdadeira. Tullio já não era um arqueólogo: seus documentos pessoais o qualificavam como comerciante de madeira. Eu era uma mulher separada do marido: às vezes me arrependia de ter aceitado, como se tivesse caído numa cilada; chegava a temer que Francesco usasse aquele meio desleal para me abandonar. Era muito difícil permanecermos ligados a tudo o que acontecera antes do longo dia: levávamos a lembrança do nosso passado como um escapulário. Às vezes até mesmo o rosto de Francesco se confundia em minha memória: ele não gostava de ser fotografado e por isso me restara apenas um pequeno instantâneo seu, tirado durante um congresso universitário. Ele aparecia sério, metido no capote, chapéu na cabeça. Não me parecia o mesmo que ia comigo à Villa Borghese. No entanto, me parecia que seu aspecto autêntico fora captado naquela fotografia: eu o imaginava sempre assim, sisudo e severo, metido no capote, chapéu na cabeça, entre Tullio e os demais. E os traços do seu rosto, os tons de sua voz iam se perdendo, como tinham se perdido os de minha mãe.

O rosto de Tomaso me era mais familiar: aliás, se tornara o único rosto familiar em minha vida. Eu precisava fazer um esforço para esquecê-lo e às vezes eu mesma o chamava para aliviar minha solidão. Tomaso acompanhava fielmente a minha vida, que àquela altura era desconhecida por Francesco. Ele também mudava de casa com frequência, mas me telefonava igualmente várias vezes por dia; se anunciava dizendo: "Aqui estou...". Comecei a esperar com ansiedade os seus telefonemas. Durante nossas conversas, me inquietava o julgamento do encarregado da censura telefônica; mas depois eu me tranquilizava pensando que aparentava ser uma mulher sozinha, separada do marido, e aquilo serviria para confirmar esse fato.

Nos primeiros dias, a casa vazia e a visão das roupas de Francesco, de seus livros, tinham me provocado um aperto atroz no coração. Eu circulava pela casa, chamando-o, passava a noite instalada em sua poltrona, e assim me parecia estar em seus braços. Por isso, quando suas roupas desapareceram, senti um alívio amargo. Ia para o escritório, voltava, comia o alimento triste com que as mulheres se saciam quando estão sozinhas. Acreditava estar preenchendo friamente as horas que me separavam do retorno de Francesco. Mas na verdade, durante todo o dia, esperava que Tomaso telefonasse.

Não conseguia pensar em outra coisa: me parecia, ainda assim, lutar contra o sentimento que eu começava a experimentar por ele; recordava sua expressão clara, aberta, o modo como ele sorria, apertando um pouco os olhos. Frequentemente me remetia a certos romances do século XIX, ao personagem de alguma mulher forte e corajosa que se debate para expulsar de si um sentimento culpável e voltar ao sensato e legítimo amor; mas, ao buscar entre as lembranças das leituras feitas, percebia que aquelas lutas sempre haviam sido fictícias e inúteis: cada ataque servia para aproximar ainda mais a heroína do amado adversário, e ao contrário a luta a enfraquecia, tornando-a mais próxima de se render. A inevitabilidade daquele final me aterrorizava.

Então reunia em mim todas as forças e decidia não o ver mais. Por algumas horas me parecia estar segura, decidida, até mesmo alegre com aquela decisão. Depois eu considerava que era impossível desaparecer: ele telefonaria, viria me procurar em casa, afinal seria preciso lhe conceder uma explicação e em suma vê-lo uma última vez, fazê-lo entender qual era o sentimento que me ligava a Francesco. Pensava que seria bom telefonar para ele no dia seguinte e marcar um encontro. Talvez naquela mesma noite, ou talvez de imediato. Melhor de imediato, assim eu me sentiria mais tranquila, depois: tudo estaria definido, encerrado.

"Alô", dizia. "Sou eu, Alessandra."

Deleitava-me em me apresentar a ele, com graça, pela última vez.

"Você não tem medo?", perguntava-lhe.

"Muito; mas não estão me procurando, ao que parece. Procuram as pessoas importantes: Francesco, por exemplo, ou Alberto, ou Tullio. Se me prendessem, outro poderia facilmente assumir meu lugar. Mas nem todos podem assumir o lugar de Alberto ou de Francesco."

E enquanto isso, pouco a pouco, ele tentava assumir o lugar de Francesco junto a mim: e era justamente sua tenaz devoção que me afligia. Ele me tratava como se eu fosse uma mocinha; me pedia, por favor, para beijar minha mão ou me dar o braço. Eu temia a inocência feliz dos nossos encontros, a certeza que eu tinha de não estar fazendo nada errado.

Não demorou e deixei de ter até mesmo o emprego para me distrair: o engenheiro Mantovani assumira muitas tarefas importantes que o obrigavam a se transferir para o Norte. Ele voltara a ser decidido, expedito. Instalara um rádio perto da escrivaninha, volta e meia o ligava, às vezes por um instante apenas, como para se assegurar de que a voz arrogante ainda falava. "Irá para o Norte, não é, sra. Minelli?", me perguntou certa manhã.

Entre nós havia o espaço liso da mesinha, a pasta de couro de javali, os belos objetos de escritório que eu desejava possuir desde que era menina. Antes, quando tínhamos entre nós aquela mesinha, apesar da generosa cortesia do meu chefe ou talvez até por isso mesmo, eu sentia que ele era rico e eu pobre; ele muito forte e eu muito frágil. Naquele dia, porém, embora ele tivesse recuperado sua segurança, ao passo que Francesco fora obrigado a fugir, me parecia que eu era muito mais forte que Mantovani. Porque eu sempre havia sido pobre e, sem sua ajuda, teria morrido, como sua mãe, sem jamais ter possuído uma poltrona. Mas me perguntava o que ele faria sem aquela bela mesinha, sem os telefones, sem a reverência que o recepcionista Salvetti fazia quando lhe abria a porta. Sobretudo, sem a voz arrogante do rádio que o tranquilizava. Francesco e eu estávamos habituados à vida precária.

"Obrigada", disse eu, "acredite que eu realmente lamento não poder continuar trabalhando com o senhor: mas sou obrigada a continuar aqui."

"Por causa do seu marido?"

"Não", respondi, após uma pausa, "eu já informei ao senhor que estamos separados. É porque temo perder a casa."

"Sei", disse ele, "entendo." Era fácil nos compreender, ainda que recorrendo a uma linguagem convencional, por isso não tínhamos a impressão de estar mentindo. Lydia anunciou que viajaria frequentemente entre Roma e Milão. Eu acompanhei Fulvia à prefeitura e lemos todos os proclamas para saber quando Dario se casaria.

Foi Tomaso quem me disse para ir encontrar Francesco no dia seguinte, na hora do almoço.

"O que aconteceu?", perguntei, aflita.

"Nada", respondeu, "ele quer te ver."

Eu compreendia que Tomaso tinha ciúme. Talvez se perguntasse se seu amor não era mais forte que os direitos que Francesco tinha sobre mim. Mas eu queria fazê-lo compreender que não se tratava de direitos, eu me sentia feliz por ir ver meu marido porque o amava. Aproximei-me de Tomaso para lhe dizer isso, e ao mesmo tempo para tentar confortá-lo. Assim, pela primeira vez, nos abraçamos. Eu já não era abraçada daquele modo havia anos e me espantei por sentir prazer num abraço que não era o de Francesco. Compreendi que até então confundira Francesco e Tomaso, mas agora não podia mais. Tive a sensação exata da intimidade com um homem que não era meu marido, e por isso da traição, da culpa. "Vá embora, por favor", pedi a ele. Contudo, a lembrança daquele abraço permaneceu em mim inclusive enquanto eu conversava com Francesco.

Temendo ser seguida, eu tinha dado uma ampla volta. O irmão de Tullio se chamava Luigi, tinha mulher e quatro crianças. Francesco fingia ser cunhado de Luigi e portanto fazer parte da família. Moravam no quarto andar, num prédio no Aventino, e era preciso subir uma longa escada banhada pelo sol. Veio abrir a mulher de Luigi, eu não disse uma palavra, ela me avaliou com os olhos e depois sorriu dizendo: "Fique à vontade".

Francesco estava sentado na sala de jantar e ouvia o rádio: tinha um garotinho no colo. Quando apareci na soleira, ele se virou e, para me abraçar, pôs o menino no chão. O menino começou a chorar, as outras crianças maiores olhavam para nós. Era um abraço diferente daquele de Tomaso. A mulher de Luigi nos contemplava comovida, sorrindo: era gorda, tinha uma expressão simpática. Eu queria ficar sozinha com Francesco, só que ela não dava sinais de nos deixar a sós; pensava, talvez, que as coisas que marido e mulher se dizem podem ser sempre ouvidas por todos. De fato, dissemos: "O que você tem feito? Como se sente? Está comendo?". Eu desejava segurar as mãos de Francesco, desejava me agarrar a ele, reencontrar seu modo de me abraçar, o cheiro de sua nuca. E em vez disso fiquei sentada à mesa posta, entre aqueles desconhecidos com os quais Francesco já fizera amizade. Durante a refeição eles me contaram coisas que aconteceram, ainda agitados por aflições das quais eu não participara. Revelaram-me a existência de uma portinhola, dissimulada atrás de uma estante de livros, que conduzia à água-furtada. Naquela água-furtada ocorriam sessões, reuniões, e ali Francesco e os demais podiam se esconder em caso de perigo. Tive a impressão de ser uma estranha.

Depois do almoço Francesco me disse: "Venha ver meu quarto". Era o do filho mais velho, que tinha doze anos, e nas paredes se viam retratos dos jogadores de futebol mais conhecidos, nas prateleiras livros de aventuras e soldadinhos de chumbo. Desagradava-me que ele dormisse naquele quarto, eu queria a todo custo voltar a dormir atrás de seus ombros. Ouviam-se as crianças brincando para além da porta envidraçada. "Volte para casa, Francesco", pedi; e acrescentei: "Desculpe, sei que é impossível; mas não sei mais ficar sem você". Permanecemos abraçados e eu o amava com todas as minhas forças, com toda a força com que me defendia de Tomaso. Ele me disse: "Tire a jaqueta, não está com calor?". Depois foi até a porta e girou a chave. Um menino veio tamborilar no vidro da porta, com dois dedos. Eu pensava na mulher de Luigi, que certamente imaginava por qual razão um marido queria ficar sozinho com sua mulher, depois de dois meses.

"Penteie-se", me disse Francesco poucos instantes depois, ajeitando a gravata diante do espelho. Continuavam a se fazer ouvir as vozes das crianças; uma chamava a mãe, choramingando. No espelho estava colada uma silhueta de Branca de Neve. Enquanto eu me penteava, Francesco se aproximou para falar comigo: sua presença suscitava em mim uma felicidade tão profunda, e ao mesmo tempo um sofrimento tão agudo, que me fazia desejar ir embora dali o mais depressa possível para que esse conflito se aplacasse.

"Sandra, eu queria te dizer que amanhã vou deixar esta casa. Irei para um chalé no campo, onde temos também uma estação transmissora. É preciso começar a trabalhar: reunimos homens, armas, explosivos."

"É muito perigoso, Francesco."

Ele hesitou um instante, como se afastasse um pensamento; depois disse: "Não, não creio. E, seja como for, você deve compreender que eu não posso agir de outro modo. Deve me compreender. Compreenda-me, por favor. Sei que ficaremos algum tempo sem nos ver. Está precisando de dinheiro?".

"Não", respondi secamente. Enrubesci: eu estava vestindo a jaqueta e me pareceu que ele queria me pagar.

"Escute, Alessandra", continuou, segurando minha mão, "quero que você tenha coragem."

"Não, eu não tenho."

"Eu sei. Aliás, eu até me sinto mais forte quando estamos longe um do outro. Talvez sejam muito diferentes, nestes momentos, as reações de um homem e de uma mulher. Mas espero que, ainda assim, você compreenda tudo o que está acontecendo. Até agora tivemos pouco tempo para nós. Eu nunca fui como você queria que eu fosse. Mas não me sentia livre, ainda: sentia, sabia que era preciso pagar este preço, para estarmos finalmente contentes." O quarto era frio; Francesco vestira o casaco e parecia com a fotografia tirada durante o congresso universitário. "Logo, talvez, você compreenderá, e eu já te compreendi, embora você não acredite. Precisamos nos libertar."

Não respondi; pensei que desejava me libertar do amor que sentia por ele.

"Vamos sair, agora."

Ele estava, de novo, impassível e longe como pouco antes. Eu jamais conseguia transpor o muro que nos separava. No corredor, a mulher de Luigi esperava sorrindo e eu corei, temendo ter deixado o quarto em desordem, me rebelava contra sua benévola cumplicidade. Mal me despedi dela. Francesco me abraçou, enquanto uma criança se agarrava às suas pernas. "Eu te amo, estou com medo", murmurei em seu ouvido; depois, lépida, desci a escada.

Algumas noites depois, eu falava por telefone com Tomaso quando ouvi baterem à porta insistentemente. Já chegara a hora do toque de recolher e aquelas batidas apressadas me despertaram suspeitas. "Desculpe", disse a Tomaso, "estão batendo, talvez sejam eles, daqui a pouco te telefono, *ciao*." Era a garotinha do porteiro, pálida: "Estão vindo, tome cuidado!", disse ela. Depois subiu mais uns poucos degraus e se refugiou no compartimento das caixas-d'água.

Corri até o quarto, peguei a arma e a escondi na fenda de uma poltrona, no escritório. Já ouvia passos surdos, ferrados, subindo a escada; eram os passos que se ouviam nas ruas, toda noite, os passos que buscavam Francesco e que agora estavam na soleira da minha casa. "Basta apertar aqui", dissera Francesco.

O modo como eles batiam se assemelhava a seus passos, ao seu olhar duro. Eram três, e me cumprimentaram ao entrar.

Eu não estava com medo, me sentia fechada numa gélida impassibilidade. Às suas perguntas, respondi que meu marido já não morava comigo havia tempo, que estávamos separados e eu supunha que ele se estabelecera em Milão. Falava calma, segura, queria que Francesco pudesse me ver. Eles me fitavam com desconfiança e eu os fitava, sentindo um regozijo acerbo ao me imaginar apertando o gatilho. Eram altos, louros, e eu tinha em comum com eles a estatura e a cor dos olhos, dos cabelos. Conhecia-os bem: minha mãe sempre me falara da índole da vovó Editta. Parecíamos quatro pessoas da mesma família e por isso eles deviam saber que eu não diria nada. Perguntava-me apenas se saberia resistir à dor física. Eles se mostravam respeitosos, corteses, disseram "Com licença" ao entrar no escritório e eu me sentei no braço da poltrona. Examinaram habilmente os papéis e, sem razão, eu temia que pudessem encontrar alguma coisa. Mas foi justo a precisão do método deles que me tranquilizou: se não erravam ao buscar, eu também não podia ter errado ao destruir. "No peito", pensava, "é preciso atingi-los na segurança empertigada do peito." Sentia-me em grande apreensão quanto à arma, me parecia que a poltrona era transparente.

Os soldados saíram do escritório e eu fiz menção de segui-los. O oficial disse: "Por favor, senhora", me fazendo entender que eu devia permanecer com ele, enquanto os outros remexiam a casa. Convidou-me a sentar e assim me vi a poucos centímetros da arma.

"A senhora lê muito?", me perguntou, olhando para as estantes.

"Sim, é minha atividade preferida."

"Muito bem", disse ele; e começou a pegar os livros. Fazia isso para procurar, sem dúvida; folheava-os e eu desprezava sua simulação inútil.

"O senhor não encontrará nada nos livros", assegurei-lhe.

Então o oficial se virou, surpreso: "Não estou procurando", disse. "Aliás, já compreendi que não encontraremos nada. É difícil encontrar alguma coisa na casa de uma pessoa que lê tantos livros", acrescentou com leve ironia.

Eu sentia medo, temia que ele me conhecesse bem demais, talvez soubesse que eu não suportaria a dor física por muito tempo. "Nas costas", pensava, "quando ele pegar outro livro."

"Desculpe", disse ele, "se eu a estiver aborrecendo, interrompo."

Fiz um gesto para mostrar que aquilo me era indiferente.

"Obrigado. Faz muito tempo que não vejo livros. Desde quando deixei minha casa. Agora minha casa está destruída, tudo, até os livros. Uma pena. Não é possível comprar muitos livros ao mesmo tempo, só aos poucos. Desejo que a senhora não perca seus livros."

Olhei para ele sem dar resposta: não compreendia muito bem o que ele queria dizer. Ouvia os passos dos soldados no meu quarto, seus movimentos, percebia que arrastavam um móvel. Talvez ele tentasse me fazer esquecer o que os outros estavam fazendo, ou talvez estudasse o modo mais conveniente para me convencer a falar.

Aproximou-se e eu o fitei. Era jovem, devia ser um pouco mais velho que eu.

"Eu entro frequentemente nas casas desta cidade", disse ele; e havia um desconforto em sua voz. "Mas nunca encontro muitos livros, como em todas as casas da minha terra. Desculpe", acrescentou, me julgando ofendida. "Por que a senhora tem muitos livros?"

"Eu estudei letras."

"Eu também", disse ele, com seriedade, "estava preparando a monografia sobre este poeta e a guerra me obrigou a partir."

Mostrou-me o livro que segurava: era Rilke, os poemas franceses. Sentou-se na minha frente, na outra poltrona, e enquanto isso eu ouvia os soldados remexerem a casa inteira. "A senhora conhece estes poemas?"

"Sim, claro."

"Leia um dos seus preferidos, por favor." Estendeu-me o livro e, enquanto o recebia, eu tentava intuir onde estava, em tudo aquilo, a cilada para Francesco.

"Qual?", perguntei, fitando-o e esperando adivinhar.

"O que a senhora quiser, por favor."

Eu jamais imaginara ler um poema tendo a mão a poucos centímetros de uma arma. Pensei naqueles que haviam escutado o veículo parar no portão, na notícia que circulava pela viela, no condomínio alerta ao terror, nos poucos homens que restavam, refugiados nos esconderijos improvisados. Talvez, até mesmo ler um poema pudesse ser um modo de ajudá-los.

"Sim, tem um que eu prefiro", respondi. Folheei o livro e ele esperava rígido, atento.

Tous mes adieux sont faits. Tant de départs
m'ont lentement formé dès mon enfance… *

Continuei a ler e de vez em quando o espiava, temendo que de algum modo ele se aproveitasse da minha sinceridade. Ele não devia acreditar que eu o odiava menos, ainda que estivesse lendo um poema.

"*Tous mes adieux sont faits…*", repetia ele.

Ouvi os soldados se aproximarem pelo corredor: me parecia que traziam consigo Francesco, tive certeza de que fora eu que o entregara, com aquele poema. "*Tous mes adieux sont faits*", pensei, aproximando a mão da arma.

Entraram e mostraram ao oficial duas fotografias: uma era a de Francesco e a outra era uma de Tomaso rindo: eu a mantinha escondida em meio à roupa da casa. Falaram entre si sem que eu pudesse compreendê-los; certamente, guiados por aquela fotografia, encontrariam Francesco; dentro de mim havia um cão que sentia vontade de morder.

"Por favor, senhora", disse o oficial, evitando olhar para as minhas mãos, que ainda seguravam o livro aberto. "É preciso que me diga qual destes dois é o seu marido."

Mostrou-me as fotografias: num segundo meu sangue congelou, para em seguida se dissolver num fluxo fervente.

"Este", respondi, apontando a fotografia de Tomaso.

"Obrigado. E o outro?"

Respondi enrubescendo: "É um amigo".

"Compreendo", assentiu ele com uma leve inclinação; pegou a fotografia de Tomaso e a guardou no bolso.

---

* *Meus adeuses, dei-os todos./ Mil partidas me formaram desde a infância, devagar,* na tradução de José Paulo Paes (Companhia das Letras, 2012).

À porta, quando os outros dois já tinham saído, disse: "Eu sei que estas visitas não são bem-vindas. Espero não voltar. Gostaria de não destruir com a minha pessoa a lembrança de Rilke".

Escutei os passos deles na escada; a casa os ecoava e sem dúvida todos temiam ouvi-los parar à sua porta; escutei o portão bater, o veículo arrancar, se afastar. Quando o rumor silenciou, corri para o escritório, peguei a fotografia de Francesco e a queimei. Ele não estava mais ali, eu o tinha subtraído, salvado.

Dirigi-me agitada ao telefone, a fim de ligar para Tomaso, e só então compreendi a gravidade do que fizera. Era uma ação covarde, abjeta: Francesco me desprezaria por aquilo. Eu queria avisar Tomaso de imediato, discava seu número apressadamente, mas ninguém atendia, eu voltava a discá--lo com frenesi: o toque que soava no vazio me dava a certeza de que ele já fora detido. Convencia-me de que era impossível e, enquanto isso, pensava com desespero em seu rosto, guardado no bolso do oficial.

O porteiro subiu para buscar a menina que ficara todo aquele tempo entre as caixas-d'água, no frio, tremendo. As portas se abriram, os vizinhos saíam de roupão. "Ainda bem", diziam. Perguntavam por que os soldados tinham vindo. Eu respondia vagamente. Por fim nos vimos sozinhos, o porteiro e eu.

"Senhora", me disse, em voz baixa. "Eles me mostraram a fotografia e eu respondi que sim."

Enrubesci fortemente; o porteiro continuava: "Aquele senhor está lá fora, querendo entrar".

"Onde?"

"Lá embaixo. Ele os viu ir embora, quer entrar. Acenei-lhe que esperasse, mas agora talvez seja melhor… é melhor não o deixar na rua… por causa do toque de recolher."

"Sim", respondi, sem olhar para ele. Ele acrescentou: "Não voltarão; em todo caso, lembre-se do compartimento das caixas-d'água. A última, à direita, está vazia".

Pouco depois ouvi os passos de Tomaso na escada: se aproximavam, ligeiros, rápidos. Ele entrou ofegando, fechou a porta e nos abraçamos freneticamente no vestíbulo escuro. "Alessandra", ele dizia, e eu dizia: "Tomaso" num tom desesperado. Pensava na fotografia: "Tomaso, Tomaso…", repetia me agarrando a ele. Então ele se inclinou e me beijou na boca. Beijamo-nos longamente, era maravilhoso beijar, sentir a boca quente, viva, o corpo jovem e livre. "Eu te amo", ele me dizia. "Tive medo: depois do seu telefonema saí no mesmo instante para vir para cá."

"E o toque de recolher?"

"Não importa. Escondi-me entre as árvores, aqui em frente. Via o carro parado no portão, e eles nunca desciam…"

Enquanto isso me beijava, me mantinha abraçada.

"Oh, Alessandra, que medo. Você está aqui, finalmente acabou. Eu pensava o tempo todo: 'Se a levarem eu atiro'. Não podiam ser mais de dois ou três. Amor…", me dizia. Eu respondia: "Amor". Passamos a noite no escritório, eu sentada na poltrona e ele a meus pés, eu lhe acariciava os cabelos. Fiquei olhando para um rolinho de papel queimado que era a fotografia de Francesco. Falamos a noite inteira, falamos também de Francesco. Ele me perguntava: "Você o ama muito?" e eu fazia sim com a cabeça: um sim desolado, atônito. Não contei nada sobre a fotografia. Antes que amanhecesse eu quis que ele fosse embora. Protelávamos, incapazes de nos separar: nos beijamos de novo na sombra da escada deserta.

Não houve mais calma ou descanso para mim nas semanas que se seguiram. Eu não conseguia me livrar do remorso por ter exposto Tomaso a um grave perigo, e assim não conseguia me livrar de pensar nele. Sabia que, se por acaso eu lhe confessasse a ação vil que cometera, ele não só continuaria a me amar como também compreenderia e até amaria aquele gesto. Por isso desejava ver Francesco, e obter dele algum conforto; com esse objetivo pedira para falar com Tullio e este marcara encontro comigo na casa de Luigi: eu não queria voltar ali por causa, sobretudo, do que acontecera no quarto do garoto. Veio abrir a mulher de Luigi; Tullio me esperava na sala de jantar, e as crianças ficavam caladas, intimidadas pela presença do tio.

"Preciso ver Francesco", disse eu.

Tullio respondeu que não era possível: após a visita que recebera, eu talvez estivesse sendo seguida, e isso poderia arruinar não somente Francesco, mas também os outros companheiros. Francesco estava bem e, como sempre, Tullio me entregou uma carta dele que li em sua presença. Era uma carta muito bonita, em que Francesco me tranquilizava quanto à sua sorte e me infundia coragem se referindo sempre a sentimentos mais altos que nós, a deveres aos quais era necessário se ater. Era de fato uma carta nobilíssima, como aquelas que os revolucionários escrevem à família, antes de serem justiçados, e que depois são publicadas nas antologias. Depois que a li, me envergonhei por confiar a Tullio a carta confusa, em que expressava ao meu marido a necessidade que tinha de seu amor e de sua presença. Pedi-lhe que me revelasse o lugar onde Francesco estava escondido: ele me corrigiu: "Não está escondido, senhora: está trabalhando", e não quis me dizer o paradeiro de Francesco. Diante de Tullio eu me mostrava sempre em meu pior aspecto: tinha os olhos cheios de lágrimas, os lábios trêmulos, me expressava com incerteza. "Por favor...", insisti. Mas ele se recusou decididamente, embora com pesar, ao que parecia. Sem dúvida relataria a Francesco que eu era uma mulher nervosa, frágil. "No entanto", acrescentei, ao sair, "era de fato necessário que eu falasse com meu marido." Tullio, se despedindo, disse com frieza: "Se por acaso a interrogarem quando sair daqui, diga que veio visitar minha cunhada. Minha cunhada se chama Maria".

Não encontrei ninguém. À noitinha fui ver Tomaso, num café. Achei-o agitado: "Desde quando eles foram à sua casa, naquela noite, toda vez que você se atrasa eu sempre temo não te ver mais", me disse. Já então nos víamos todo dia. Ele sabia o que eu fazia hora por hora, quanto dinheiro me restava: fora ele que me conseguira uma tradução do francês para um editor que trabalhava na clandestinidade. Eu lhe disse que não estava segura de traduzir bem; mas quando, enrubescendo, lhe dei as primeiras páginas para ler, ele ficou surpreso e me olhou com admiração. "Eu pensava que teria de rever tudo", disse, "mas não será necessário, e lamento. Não se pode fazer nada por você. A pessoa sempre ganha, quando se aproxima de você, ainda que tenha a intenção de dar. Você vai acabar revendo os meus artigos", concluiu sorrindo. Naquela mesma noite escrevi para Francesco; contei sobre a tradução; gostaria de escrever uma bela carta que justificasse aquilo que Tomaso dissera; mas quando me dirigia a ele meus sentimentos eram sempre mais fortes que a calma necessária para escrever.

Àquela altura me parecia impossível alcançá-lo: eu não sabia nada sobre sua vida cotidiana e ele ignorava a minha. Eu não ousara lhe confessar que trocara sua fotografia pela de Tomaso, mesmo o acusando secretamente de ter me impelido a uma ação desprezível, ditada pelo amor que sentia por ele. Pouco a pouco, nascia em mim a suspeita de que meu casamento houvesse sido um erro e de que, na verdade, eu pertencia ao homem amoroso e devotado com quem dividia então as horas mais árduas da vida. Talvez nem Tomaso nem eu valêssemos tanto quanto Francesco: mas o nosso dia era um círculo harmonioso, um doce anel. Conversávamos animados, e depois, muitas vezes, trabalhávamos juntos sob a luz da mesma lâmpada, um de cá, outro de lá da escrivaninha. Naqueles momentos, a vida parecia tão completa e bela que quando, como ocorria com frequência, ele erguia a vista do seu trabalho para olhar para mim, eu corava e sentia vontade de chorar. Estávamos sempre ligados e de acordo; ele me avisava quando saía para alguma tarefa temerária; logo depois me telefonava para informar, numa linguagem convencionada, que tudo correra bem. Usava de grande simplicidade em tudo o que fazia.

"Não, nunca serei um herói", dizia sorrindo, "o destino jamais me dará essa oportunidade. Ou talvez eu nunca me empenhe o suficiente para obtê-la."

Naquela época a cidade estava repleta de indivíduos que jamais teriam a possibilidade de se tornar heróis: no entanto, entre nós todos, circulava uma solidariedade tão profunda que com frequência chegava ao heroísmo, ainda que através do medo. Talvez por isso nos entendíamos facilmente: bastava um gesto, uma olhadela. As casas se abriam aos atribulados, acolhendo-os na miséria que havia nelas, como se todos tivéssemos enfim decidido nos revelar. Sim, de fato foi uma época que tornou melhores até mesmo aqueles que não tinham a ambição de se fazer heróis mas que sentiam a obrigação de honrar a si mesmos. Parecerá estranho talvez, mas eu sentia que até os soldados altos e rígidos que nos incutiam tanto medo eram impelidos por esse dever imprescindível. Eu não podia acreditar que eles ficassem satisfeitos por incutir medo a mulheres e homens a quem não conheciam: e, ao contrário do que alguns pensavam então, intuía que eles sentiam suas razões se tornarem cada vez mais frágeis e por isso tentavam sustentá-las mediante o terror. Eu pensava assim, talvez, porque minha mãe, que no entanto vivera em tempos tão diferentes dos nossos, me ensinara a ser clemente com aqueles que se reduzem aos instrumentos da guerra.

Compreendi, além disso, por que Claudio não me escrevera mais, depois do armistício. Eu não podia esquecer aquilo que ele dissera, quando ainda éramos muito jovens: ele condenava, então, a coragem de Antonio, que eu tanto admirava: julgava-a inferior à coragem necessária para se dobrar às humilhações próprias daqueles tempos, à coragem de viver, calado e incógnito, com a própria família à qual se é inevitavelmente estranho, com os próprios deveres que pesam, e se satisfazendo apenas com a consciência de obedecer.

Em suma, era preciso aceitar não ser nem herói nem protagonista. E eu deveria aceitar o casamento, com a solidão que ele traz consigo, a decadência, o fim do desígnio romântico em que nos inventáramos. Era preciso ter a coragem de viver atrás do muro, como Claudio vivia atrás do arame farpado. Mas eu não tinha tal coragem, como Francesco não tivera a de aceitar o aniquilamento da própria liberdade moral. A impossibilidade que tínhamos de nos adequar aos modelos que de todo o entorno nos eram propostos constituía um vínculo que nos aparentava inseparavelmente, para além dos nossos temperamentos tão diferentes e do sofrimento que causávamos um ao outro. As cartas que trocávamos, de fato, talvez fossem exaltadas ou retóricas, mas, embora se referindo a sentimentos diferentes, falavam a mesma linguagem e exprimiam a firme vontade de não aceitar uma rendição.

À noite, eu andava para lá e para cá envolta num xale, na casa gélida onde faltava luz durante horas. No escuro frio e silencioso da casa, considerava como seria convidativo me render: eram muito doces as horas que passava com Tomaso, quando ele me interrogava sobre meus pensamentos, sobre meu passado, sobre meus propósitos, e depois perguntava: "Você me ama?". "Não", eu respondia sempre. "Eu só amo Francesco", e, naqueles momentos, já nem acreditava que fosse verdade. Não tinha nada para me apoiar exceto a lembrança da tarde em que minha mãe morreu. Pedia-lhe "Ajude-me", e, em vez de vê-la com a expressão alucinada que ela exibia ao sair para ir até o rio, eu a revia no vestido azul do concerto. "Ajude-me", dizia, e ela não me dava resposta, continuava a caminhar, a descer a escada num voo, para ir ao encontro de Hervey. "Espero que você consiga", eu ouvia Vovó me repetir continuamente, e enquanto isso a imaginava olhando com desconfiança para a minha compleição frágil, como quando eu chegara ao Abruzzo.

Com frequência eu tornava a me propor não mais ver Tomaso, mas era muito difícil estar sozinha, na minha idade: eu tinha pouco mais de vinte e um anos. Era mais fácil resistir quando se dormia toda noite atrás do muro e a intimidade com um homem parecia uma coisa suja, humilhante: mas era difícil resistir quando Tomaso se sentava a meus pés, me fitava com olhos enamorados e me dizia todas as palavras que eu sempre desejara ouvir. Estávamos sempre em casa e, em nossa idade jovem, a satisfação dos desejos amorosos pareceria não só inocente como também natural. Às vezes o alarme soava, no meio da noite, e de manhã se ficava sabendo que algum prédio havia desabado; no jornal, ao lado dos nomes das vítimas, se lia "cinquenta e oito anos", "sessenta anos", mas com frequência se lia "trinta anos", "vinte e um anos"; e então me ocorria pensar se era justo que uma mulher carregasse consigo, aos vinte e um anos, somente a lembrança das noites em que dormia atrás do muro ou dos dias em que ficava na fila, lavava louça, e se refugiava no porão. "Não é justo", pensava Tomaso ao me deixar e talvez aquela fosse a última vez que nos víamos, já que ele podia ser detido de um momento para outro. "Não é justo", repetia desde quando, pela primeira vez, me pedira que o deixasse ficar. "Não sairei mais daqui", dizia, "irei falar com Francesco, nós nos entenderemos facilmente; é fácil o entendimento entre pessoas que arriscaram a vida juntas."

"Não", eu respondia, "por favor, não me tire a calma necessária, você bem sabe que eu não deixarei Francesco, bem sabe que eu o amo." Dizia-lhe: "Você realmente gostaria que a nossa fosse a pobre história comum da esposa que está longe do marido, que está sozinha nas férias, que…".

"Seria somente isso?…"

"Sim. Somente isso", eu respondia, evitando olhar para ele. Esperava que dissesse: "Não importa, mesmo assim me deixe ficar". Por dentro lhe pedia que agisse desse modo, a fim de que eu pudesse ter um motivo para desprezá-lo. Mas ele se afastava de mim, respirando forte como se voltasse à tona, dizia: "Me perdoe", beijava minha mão, "*ciao*".

Eu ficava encolhida atrás da porta. À noite, me abraçava à garrafa de água quente, para não me perder na vastidão da cama. A sirene tocava, eu descia ao abrigo e sentia o baque das bombas, os golpes surdos da artilharia antiaérea. Não tinha muito medo; mas pensava sempre "trinta anos, vinte e um anos".

Sim, naqueles momentos era realmente difícil resistir.

Eu não tinha ninguém para me ajudar.

Era muito penoso reconhecer que a amizade com Fulvia acabara. Já não tínhamos nada em comum, exceto as lembranças da nossa infância. Eu repetia sempre que gostaria de voltar a viver naquele bairro, em meio àquela gente, e talvez não fosse verdade. Na realidade, com isso eu pretendia dizer apenas que gostaria de voltar a ser aquela que era antes de minha mãe morrer, antes de começar a guerra e de eu conhecer Francesco, e depois Tomaso. Mas isso não era possível. Não me era possível sequer continuar uma amizade sincera com Fulvia. Isso me provocava uma amarga tristeza; porque o seu calor sempre me confortara, e agora não me restava nem mesmo aquele conforto. Não tínhamos mais nada que nos ligasse, nem interesses nem pessoas.

Dario já se casara, e sua mulher era filha de um merceeiro endinheirado. Moravam ali perto, e Fulvia e Lydia haviam adquirido o hábito de ficar à janela, para vê-los quando passassem. Eu também os vi, certa vez. Ela era gorda, bastante vulgar: caminhando, se apoiava no marido. Dario também engordara, e eu não entendia qual atrativo Fulvia ainda encontrava num homem que escolhera viver ao lado daquela mulher, só porque era rica. Fulvia e Dario se viam duas vezes por semana, sempre à tarde: ele dizia preferir aquele horário por causa do toque de recolher. Lydia já entrara em acordo com a filha e naqueles dias se demorava fora de casa.

A última vez em que fui encontrá-las, nos sentamos na cama de Fulvia, para conversar. Eu me propusera não voltar mais à casa delas, até para conservar a memória do quarto dos brinquedos. "Era um quarto encantado", eu dissera a Tomaso, "os móveis lançavam no piso vastas sombras nas quais nos refugiávamos; o leito de colcha verde era uma pradaria sem fim…" Quando Fulvia deixara Dario entrar naquele quarto pela primeira vez, os dois ainda eram adolescentes, e aquilo ainda parecia um jogo perigoso, proibido. Eu não queria imaginar aquele jovem presunçoso e gorducho se despindo ali, se deitando naquela cama, ao lado de Fulvia, que se fazia dócil e agradável.

Elas diziam que eu havia sido afortunada em me casar com Francesco e eu respondia que sim; me perguntavam se eu era feliz e naquela pergunta eu sentia a última esperança que elas tinham de apequenar, com o exemplo da minha desventura, o bem-estar que Dario sentia ao lado da filha do merceeiro. Fazê-las participar do meu amargor seria o único modo de nos reencontrarmos: mas eu não podia confidenciar com elas porque nossas aspirações, àquela altura, eram totalmente diferentes. Até mesmo opostas. Por isso eu respondia que sim: e para apagar, na memória de Fulvia, a confissão das minhas primeiras decepções, dizia que a pessoa deve se habituar ao casamento, porque de início ele desconcerta, mas depois é uma condição ideal, perfeita. Elas me olhavam tal como olhavam a filha do merceeiro passar e, desde aquele dia, senti pertencer legitimamente ao condomínio onde todos eram felizes.

"Sem dúvida", disse Lydia quando Fulvia se afastou para preparar um pouco de vermute que desejava me oferecer a todo custo. "É triste ser a amante de um homem casado. Quando a guerra acabar, mandarei Fulvia para Milão, ao encontro do pai: as moças que são forasteiras numa cidade facilmente encontram marido."

"Mas Fulvia não vai querer…", objetei.

"Pois é, eu sei disso", assentiu Lydia com um suspiro. "Espero convencê-la: não quero que ela acabe como eu. Quando se é jovem tudo vai bem, mas depois… Não sei me explicar, mas decerto você compreende. Você é instruída, lê muitos livros. É estranho: não consigo expressar muitas coisas que sinto, aliás muitas vezes não consigo sequer defini-las, e assim nem sequer sofro com elas. Depois as leio nos romances e então as compreendo verdadeiramente e muitas vezes acabo chorando. Por estes dias li um romance em que se fala de uma mulher que é amante de um homem casado. Não recordo como se chama esse livro, sempre esqueço os títulos: mas explicava muitas coisas minhas, da minha vida. Por exemplo, a certa altura, ele, que é casado, quer ir ao encontro dela, mas é retido pela esposa e então telefona para a amante e diz: 'Desculpe, não posso ir hoje à tarde, comendador'. Nas primeiras vezes nós rimos juntos desses estratagemas. Ele também fala assim comigo, me chama de 'Comendador'. É uma bobagem, não? No entanto, eu fico muito mal depois que desligo o telefone. Hoje em dia, por exemplo, lhe escrevo para o endereço de um recepcionista dele, muito fiel, um certo Salvetti. Sempre para a esposa, naturalmente. O recepcionista finge que é o destinatário. Você dirá: é uma bobagem, certo? No entanto, não sei te explicar, essa correspondência com o recepcionista é bem humilhante."

"Não me parece… O essencial está em receber e em escrever essas cartas."

"Pois é, assim parece, justamente, quando se é jovem. Mas não é assim. Para os jovens parece bonito até mesmo encontrar-se em quartos mobiliados ou num hotel. É uma aventura, parece. Mas depois, na realidade, você volta para casa, sozinha, ele volta para a esposa, vai ao teatro com a esposa, dorme ao lado dela…"

"E talvez nem olhe para ela, nem fale com ela…"

Temi ter confessado tudo com essa frase, estive prestes a me corrigir. Mas Lydia continuava:

"Sim, eu sei. Sei o que você quer dizer. Também fui casada por muitos anos e, no fundo, nos afastamos por um capricho de Domenico." Eu não compreendia como Lydia podia chamar de capricho tudo o que acontecera com o capitão. Enquanto isso ela continuava: "Eu sei. Não se é feliz nem mesmo quando se é casado, mas é diferente. O marido é o marido. Não sei me explicar. Aliás, talvez você não entendesse, nem mesmo Eleonora entenderia. Já eu entendo o que Fulvia sente quando fica horas e horas à janela e depois diz 'Como é gorda', rindo da esposa de Dario…".

Despedi-me de Fulvia no canto da porta de casa onde ela me abraçara certa vez, quando menina. Convidou-me a voltar, mas eu sentia que não tínhamos mais nada a nos dizer depois que Dario se casara. "Lembra?", me perguntou, se debruçando no corrimão enquanto eu começava a descer, devagar. Sim, acenei, reconhecendo que não mais poderíamos nos sentir felizes como quando não conhecíamos Dario nem Francesco. A escada pela qual minha mãe descia ligeira estava escura, parte do saguão fora obstruída por sacos de areia. Ali perto Tomaso me esperava, exatamente como o capitão esperava Lydia, dissimulado atrás da banca de jornais.

Poucos dias depois comecei a trabalhar com Tomaso: era final de março e a cidade estava submetida ao terror. Nos condomínios, todos pareciam esperar somente o momento em que viriam para levá-los embora: famílias inteiras, arrasadas pela fome e pelo medo, ficavam sentadas em silêncio no escuro das casas ainda frias e aguardavam que os passos enfim se fizessem ouvir, encerrando sua espera angustiante. As ruas estavam cada vez mais desertas, as pessoas passavam apressadas, de cabeça baixa, como para evitar uma epidemia. Fulvia me telefonara para contar que Natalia Donati, minha colega de escola, fora levada junto com seu bebê ainda de fraldas, porque era judia. Eu recordava quando íamos nos sentar no jardinzinho e Natalia lia para mim as cartas que acreditava terem sido escritas por Andreani: nem lembrava que ela era judia: era uma garota como eu, tivéramos a mesma infância, os mesmos professores. "Foram levados num caminhão", dissera Fulvia, "gritavam."

dade é contrária a toda lei natural da vida. A razão, no fim, está sempre do lado dos pacientes e dos fracos."

"Não creio", respondi, "e, seja como for, eu nunca me resignarei a ser paciente e fraca."

"Entendo", disse ela, meneando a cabeça, "eu sou muito mais velha que você, posso tratá-la por você, não é?, e também pensava assim, antigamente. Mas talvez seja um erro."

Enquanto isso ia despindo a camisa masculina que escondia seu busto grande e pesado. "Quando eu vinha encontrar Francesco", prosseguiu, "gostava de te ver se mover em torno dele, sempre graciosa, em sua gentileza feminina. Esperava que você não fosse inteligente. As mulheres nunca devem ser muito inteligentes, se quiserem ser felizes. Para os homens é diferente: jamais confiam toda a vida deles ao amor. Julgam que não é um sentimento muito importante, às vezes até o julgam menos importante que a ambição. Ou melhor, consideram-no uma fraqueza. Envergonham-se de ter feito algo errado em sua carreira, ou talvez somente numa operação financeira; mas nem sequer se propõem não errar no amor. As mulheres, ao contrário, se forem de fato inteligentes, reconhecem que nenhum sentimento é mais importante que o amor."

"E então?", perguntei atônita.

"E então compreendem que as relações entre um homem e uma mulher estão na raiz da vida, que, aliás, se perpetua neles. Todos os outros sentimentos são menos importantes, muitas vezes nem sequer são originais em nós, mas sim criados especificamente pela sociedade em que vivemos; além disso não é possível se adequar a eles por completo, a não ser através da consciência do amor. Mas os homens não amam as mulheres que compreendem essas coisas e que sabem aquilo que as move, que as faz agir: eles preferem se fechar em si mesmos, não admitem sofrer um julgamento, se arriscando, assim, a serem condenados."

"E então?", insisti.

"Bem, quando a mulher é inteligente e não pode se resignar a isso, convém se adaptar a ficar sozinha."

Na penumbra eu mal distinguia seu perfil, que pesava sob os olhos. Sem demora ela adormeceu e aquele corpo encolhido ao lado do meu me amedrontou: o sono a emparedava numa solidão amarga e resignada que fazia nascer em mim uma revolta incontível. "É velha", eu pensava, escarnecendo dela. "Fala assim porque é velha." No entanto, observando-a com atenção, considerei que ela mal teria quarenta anos, e que, talvez, seu aspecto fosse apenas o resultado de um propósito. Foi com alívio que a vi partir, de manhã cedo. Antes de sair, me confiou alguns encargos: sua voz era diferente da que ela usava para me perguntar se eu estava grávida.

Logo escrevi uma longa carta para Francesco: pedia-lhe que me ajudasse a ver claro em mim e nessas relações às quais, desde o primeiro momento, eu e ele aderíramos com tanto empenho. Ele me respondia sempre no mesmo tom afetuoso e tranquilizador: de modo que minhas cartas permaneciam sempre sem correlação. Parecia-me que o único modo de alcançá-lo era trabalharmos juntos, ainda que à distância. Por isso eu cumpria pontualmente as instruções da companheira Denise, que no entanto já não me falava como naquela noite, mas sim como falava aos homens e sem dúvida como Francesco falava com ela.

Por outro lado — e em parte pelo terror que ela, com suas afirmações, deixara em mim —, eu sentia uma relutância cada vez maior em evitar os encontros com Tomaso. Ele participava da luta clandestina de modo diferente dos demais companheiros. Estes eram sisudos, solenes, murados numa habitual melancolia: Tomaso não agia com método, frieza e rigor, como Francesco, mas com o entusiasmo inspirado que eu também empregava no cumprimento das tarefas que me eram confiadas. Livres do trabalho, íamos descansar nos campos da periferia; nos deitávamos na grama como dois estudantes e, apesar do dia perigoso que tínhamos vivido, sentíamos um alegre impulso de juventude circular em nós, com o fervor da nova estação. "Você me ama?", perguntava ele. E eu respondia sempre, de brincadeira: "Um pouco". Na verdade, mesmo naqueles momentos, eu sentia que amava somente Francesco; no entanto, me encontrar com Tomaso, ouvi-lo falar e rir, me ver sendo olhada por ele, era uma alegria saudável, jovem, feliz, que eu não recordava já ter sentido.

Com frequência voltávamos juntos para casa. Enquanto estávamos na rua, eu sentia não estar fazendo nada errado; mas, de súbito, lia minha culpa nos olhos respeitosos do porteiro. Eu morava sozinha, Tomaso era um homem jovem e permanecia horas e horas em minha casa: além disso o porteiro conhecia a história da fotografia e isso me mantinha sempre intimidada em

eu era uma mulher impiedosa e cruel, ainda que lesse bem Rilke. De resto, isso já não tinha muita importância. Nada mais tinha importância desde quando Francesco — tendo sabido que eu trabalhava para ele e o compreendia — viera me dizer que me amava e que ele também, por fim, compreendera tudo. Mas nem mesmo aquela vez chegáramos a tempo.

Recebi Tomaso em silêncio; ele se sentou diante de mim e por um longo momento não falamos. Creio que eu olhava para ele com rancor, porque ele disse baixinho: "Eu sei: você me reprova por estar livre".

De fato, a expressão de seu rosto era de culpa. Ele se arriscou a me perguntar se entre nós dois tudo continuaria como antes e eu respondi que sim, ele sempre soubera que eu amava Francesco. Fitava-me, por isso, como se eu tivesse me tornado muito mais forte, naquelas horas; no entanto, desde quando Francesco fora preso eu me sentia absolutamente indefesa, porque, se ele fora obrigado a se render, me parecia que eu tampouco ainda teria coragem ou motivo para lutar. Talvez, se naquele momento Tomaso tivesse me perguntado: "Você quer, Alessandra?", eu o teria guiado até meu quarto e me deitado na cama. Já nada importava, se Francesco estava perdido; traí-lo seria uma pequena história suja, como tantas outras histórias sujas às quais eu assistia.

Fiquei muitos dias sem sair: a menina do porteiro ia comprar pão para mim e eu o comia com batatas, como nos dias em que esperávamos que a voz arrogante parasse de falar. Tudo isso já parecia muito longe. Uma das coisas específicas do tempo em que então se vivia era a capacidade de fazer parecer longe aquilo que acontecera só poucos meses antes, e, com isso, dar às pessoas jovens a sensação de terem vivido bastante.

Tullio me fez saber que desejava me ver e que me esperava num café da avenida Giulio Cesare. Tomaso quis me acompanhar. Aquela avenida é uma das principais artérias do bairro dos Prati. Ao longo do caminho, paramos para nos debruçar no parapeito da ponte do Risorgimento. Sobre ela passavam pesados caminhões lotados de soldados altos e empertigados; sob a passagem dos caminhões, a ponte, feita de um só arco, tremia. Nós também tremíamos, por causa da ponte.

"Está vendo?", eu disse a Tomaso: "Foi ali que minha mãe se matou. Na época havia um belo caniçal, a margem era gramada e a água verde, transparente, parecia correr sobre as folhas."

Eu tinha certeza de que Tomaso não acreditava em mim; de fato, parecia impossível que eu tivesse sido feliz por morar naquele bairro, naqueles prédios: ou melhor, parecia até impossível que eu tivesse sido feliz. Senti ter conhecido a verdade repentinamente, como se até então tivessem tentado me aplacar com mentiras piedosas. O Tibre era um rio de lama; e aquele bairro baixo e plano, um dos mais tristes da cidade; em mim cada paixão se extinguira, não só o ódio ousado que por tantos anos me animara contra papai, mas até mesmo a lembrança de minha mãe. E não mais o rio, as árvores, os voos alegres das andorinhas eram meus companheiros durante a jornada, mas sim o passo dos soldados, a umidade dos abrigos, a escuridão, e a ponte que tremia sob o peso dos caminhões.

Tullio nos esperava na salinha cinzenta de uma leiteria: estava pálido, emaciado: no entanto, de seus olhos advinha uma força aguda que o sustentava inteiro, à guisa de uma armadura. Exaltado, cauteloso, nos informou das notícias mais recentes, como se quisesse dividir conosco um precioso butim. Desse modo, acreditava nos tranquilizar, mas eu lhe disse que, àquela altura, já nada tinha importância para mim: eu estava à espera; e que certamente viria um dia em que ele iria me chamar para me dizer que Francesco não chegara a tempo para estar contente; e por isso o fitei esperando ouvi-lo pronunciar a condenação que sempre lera em seu rosto. Ele, imperturbável, respondeu que, ao contrário, tinha boas notícias do meu marido, que, quando fosse libertado, apreciaria em seu justo valor tudo o que eu havia feito. Tomaso estava sentado ao meu lado e por isso parecia que Tullio queria se referir à batalha que eu travara comigo mesma, pois aquele era de fato um empreendimento difícil. Como sempre, traí meus pensamentos no rubor que me subia ao rosto. Num ímpeto, me virei para Tullio e lhe mostrei, nos olhos, a paisagem dos meus dias. Disse que desejava fazer mais, muito mais, e não só coisas arriscadas, mas também coisas humildes, pacientes. Queria lhe dizer que muitas vezes fora me sentar numa mureta na Via della Lungara e olhara para o grande edifício do cárcere, longamente, fixamente, como olhava para Francesco quando ele se sentava na poltrona. O muro do cárcere se assemelhava aos olhos de Francesco que nunca me respondiam, se assemelhava aos seus ombros impenetráveis atrás dos quais eu ficava acordada e chorava, à noite. Era tal qual estar com ele, me dava a mesma vontade de alcançá-lo e a mesma sensação de desespero impotente. Ao contrário, porém, eu disse que

"Eu. Estou aqui."

"Também não, interrogue-se bem: você não está mais aqui. Agora há pouco, eu subia a escada de dois em dois degraus, me alegrando de que algo mais forte que nós nos obrigasse a aceitar aquilo que eu já decidi há tempos, e que até você aceitou. E me parecia que o direito que Francesco tinha de voltar aqui fosse, no máximo, equivalente ao meu. Subi a escada alegremente, sem sequer procurar ouvir se algum passo me seguia."

Eu, porém, tinha muito medo; era o maior medo que eu já sentira na vida. Tullio não sabia disso e por isso se surpreendeu que eu não tivesse medo, no dia da bicicleta. Naquele dia, mesmo que tivessem me detido, nada mudaria entre mim e Francesco.

"Ao subir a escada", continuava Tomaso, "eu havia esquecido as mensagens, a contracifra, tudo o que acontecerá se não transmitirmos…"

"Transmitiremos", afirmei, "irei eu."

"Não, não é possível, mas, agora que estou aqui, nada mais pode ter importância, o importante era subir, subir até você. Compreende?"

Sim, eu compreendia. Gostaria de pedir a ajuda de Francesco naquele momento, mas ele jamais conseguia me alcançar: eu o imaginava sério, como aparecia na fotografia, chapéu na cabeça, metido no casaco, severo e impenetrável como o muro da prisão. Refleti que ele fora detido logo quando vinha falar comigo, enfim, para me dizer tudo o que eu esperava saber dele. Não chegara a tempo, contudo, e seu gesto permanecia abstrato diante da presença concreta, das palavras de Tomaso. Eu tinha tanto medo que desejava ouvir um carro parar no portão, ouvir os passos pesados subindo a escada, num silêncio aterrorizado. "Eles virão", esperava, "vão levá-lo embora."

"Alessandra", ele me chamou.

Estava sentado à mesa de mármore e me olhava sorrindo: no sorriso mostrava os dentes, brancos sob o bigode que lhe sombreava os lábios. Tinha os olhos claros como eu, era meu irmão. "Eles virão", eu pensava, "virão com certeza, vão levá-lo embora."

"Escute, Alessandra", disse Tomaso alegremente, "estou com fome."

E assim começamos a vida em comum, naquele dia. Eu o servia, porque ele me fora atribuído como companheiro, e ele me seguia sempre com os olhos. "Como você é bonita", falava, e cada vez que eu passava ao seu lado segurava uma das minhas mãos para beijá-la. Os estrondos se faziam ouvir cada vez mais distintamente, mas, no claro céu de maio, pareciam apenas a ameaça benévola de um temporal primaveril. "Gosto de morar nesta casa", Tomaso dizia sorrindo. E, olhando ao redor, falava do escritório como eu falava do quarto dos brinquedos.

Resistir às lisonjas de uma vida tão harmoniosa e serena era um martírio: eu não sabia se teria forças para tanto. Esperava que mais tarde viessem prender Tomaso, ficava até contente por ter dado aquela fotografia ao oficial. "Eles virão, sim, virão sem dúvida." E, naquela esperança, me abandonava à nossa feliz jornada. Desejava que eles viessem logo, porém; porque, do contrário, Tomaso ficaria comigo a noite toda. "Eles virão antes", dizia, me tranquilizando. E, enquanto isso, acariciava secretamente a esperança de que não viessem e assim eu pudesse atribuir a essa incúria, a esse desleixo, a responsabilidade pela permanência de Tomaso em minha casa. Imaginava a cidade às escuras, muda, na ordem comportada do toque de recolher que já não parecia uma medida ameaçadora, mas um cuidado pelo nosso bem-estar. As noites eram longas naquele silêncio imóvel. Na manhã seguinte era preciso entregar a contracifra. "Irei eu", havia dito a Tomaso. E nesse propósito me aplacava. Irei, vão me prender, me fuzilar. Assim aconteceria, eu tinha certeza: mas ao menos teria tido tempo para passar uma noite feliz. Intuía, nebulosamente, que ninguém poderia chegar a tempo se não estivesse disposto a pagar com uma moeda cruel o direito à felicidade. Por certo era essa a razão pela qual Tullio sugerira a Tomaso que viesse para minha casa; compreendi também o motivo da piedade fugidia que lera em seus olhos. Tullio também queria que eu chegasse a tempo.

Assim, me sentia livre para imaginar a noite que me aguardava. Escutava Tomaso, suas palavras, seu modo de rir, e em suma tudo o que pertencia à juventude e me cabia por direito. Eu não queria voltar a dormir atrás do muro. Tomaso me tomaria nos braços para me fazer descansar. Certa vez ele me dissera: "Queria ver como você é quando dorme, quando acorda de manhã. Ainda existem muitas Alessandras que eu queria amar e não conheço". Muitas vezes, sem se preocupar com meu assentimento, e aliás se mostrando seguro de tê-lo, descrevia como seria nossa vida, após o fim da guerra. Dizia: "Deixaremos Roma: aqui nunca estaremos verdadeiramente contentes. A marca

"Sim", confessou ele, com um sorriso inocente. "Desde então, não a vi mais; se passou quase um mês. Ela me esperava num café e estava toda empolgada porque usava um vestidinho novo. Por isso lamentava muito o meu atraso. Mas eu disse a verdade, sabe?, disse que havia estado até pouco antes com você."

Eu sorria, e ao mesmo tempo imaginava de que modo ele me descrevera para ela: sem dúvida não lhe dissera que eu era bonita, como sempre repetia para mim. Talvez tivesse lhe falado do meu aspecto modesto, da minha magreza. Casimira devia ser uma daquelas moças de cabelos ondulados, de seios fartos.

"Oh, Alessandra", disse ele, pesaroso pela imobilidade da minha expressão. "Eu não teria nada se você me deixasse." Segurou minhas mãos. "Quero voltar para antes", disse afinal, num tom de capricho infantil, "antes de você me mandar embora daqui."

"Não é possível", respondi, sorrindo ternamente. "Era muito difícil dizer aquilo: agora me parece estar aliviada de um peso. Será ainda mais difícil assim que você for, e eu ficarei sozinha; e, talvez, também nos dias que virão. Mas agora falta pouco, e Francesco voltará, e aquela moça deixará de sentir tanto medo. Você não deveria mais participar de ações arriscadas. Casimira ainda o esperaria no café, com um vestido novo, e você poderia não ir de modo algum, naquela noite. Quantos anos ela tem?"

"Vinte", respondeu ele distraidamente.

"Pois é: muito jovem." Eu falava como se já estivesse longe da juventude. "Nessa idade muitas coisas ainda são incompreensíveis, eu bem sei. Amanhã de manhã levarei a Tullio a nova contracifra."

"Não, não insista."

"Eu te garanto, para mim é simples. Prendo os cabelos e a escondo no coque: já fiz isso muitas vezes."

"Oh, Alessandra", disse Tomaso, "não quero que você faça isso por mim."

Era difícil lhe explicar que eu não fazia aquilo por ele, mas por mim mesma. Ele não acreditaria.

"Deixe-me ficar", pedia Tomaso. "Quero ficar para sempre."

Eu balançava a cabeça e sorria, acariciando seus cabelos: pois aquele que eu escolhera era justamente o melhor meio de permanecer com ele para sempre. Eu caminharia sempre entre Casimira e ele: brotaria ao lado dos dois, de repente, quando ela tivesse de algum modo revelado a miséria e a mesquinhez que existem em cada uma de nós. No entanto, mandá-lo embora, naquela noite, era ainda mais difícil do que aquilo que minha mãe havia feito para permanecer com Hervey.

"Alessandra", me dizia Tomaso, "não sorria assim. Eu não vou embora. Sei que você me ama muito."

"Não, não muito", respondi, sempre através do mesmo sorriso distante, "um pouquinho; 'muito', eu só amo Francesco."

Continuava a acariciar seus cabelos, para confortá-lo: sentia uma dor agudíssima sob a pele da mão, nos dedos, nas falanges; quando essa dor se tornou insuportável, olhei para Tomaso e disse:

"Já é tarde: é preciso que você vá." Alguns dias depois, relembrando o momento em que pronunciara essa frase, eu gostaria de tranquilizar Tullio, de lhe dizer: "Acredite, era muito mais difícil que passar pelo posto de bloqueio".

Tomaso me olhou e depois perguntou, lentamente, como se calculasse o peso e o valor de cada palavra:

"Ir-me embora daqui, esta noite, tem um significado diferente do das outras noites, não é?"

"Sim, tem um significado diferente."

"Por quê?", insistiu ele, com uma ansiedade amorosa nos olhos.

"Porque, veja bem, Tomaso, a certa altura é preciso escolher entre se render ou se defender. Não se pode viver sempre na incerteza e no medo. Assim fizeram vocês: primeiro se esconderam, e depois começaram a trabalhar."

"Não é a mesma coisa."

"É, sim. Alguns dizem que é mais difícil se render, e talvez seja isso mesmo, se eu, esta noite, tenho tanto medo de me render; mas eu estou entre os que não têm outra escolha a não ser se defender, como Francesco. Ele vai compreender, quando voltar."

"Por que", disse ele com determinação, "vivendo ao seu lado, ainda não compreendeu?"

"Sim, claro, mas…"

"Não", prosseguiu, "ele não compreendeu nada, eu sei. Não compreenderá nem mesmo quando voltar. Veja, Alessandra, eu penso que tudo o que está acontecendo agora, no mundo, deve afinal ter uma razão: e talvez seja

Naquelas semanas um alento confiante reanimara a cidade; e um feliz despertar já circulava, inadvertido, pelas ruas e pelas casas, como a linfa nova circula nos troncos ainda nus das árvores. Todos subiam aos terraços, se debruçavam das sacadas, e ali se sentavam, calmos, esperando que o longo dia acabasse. As moças se dirigiam em grupo às alturas do Monte Mario, se sentavam na grama, olhando para o sul, e começavam a falar do futuro, como havia tempo não faziam. Os velhos saíam de braço dado e, do alto de algum mirante, iam, também eles, desfrutar da paisagem. Grandes caminhões passavam a toda velocidade e os soldados caminhavam cada vez mais vigilantes pelas ruas: andavam em dupla ou em pelotões e todos, na impassibilidade da atitude e do olhar, revelavam um desespero cruel. Gostariam que a cidade pedisse misericórdia, esgotada pelo terror; sentiam, mais urgente que o habitual, o impulso de serem impiedosos, desumanos, a ponto de se esquecerem de si mesmos; mas não podiam fazer nada, não podiam prender mulheres, velhos e crianças só porque se sentavam nos terraços e olhavam para o sul.

Eu também me sentava no meu terraço, esperando; a filha do porteiro esperava comigo; às vezes, como eu era mais alta, ela me perguntava "O que está vendo?". Eu tinha muito afeto por ela: talvez fôssemos as únicas pessoas do edifício verdadeiramente desnorteadas naquela espera, ela por causa de sua idade e eu por causa do meu amor por Francesco. Juntas, ficávamos bem, embora eu soubesse que ela não voltaria a ter os olhos que as crianças devem ter. Talvez em breve as crianças pudessem ter de novo os olhos que cabem a essa idade por direito; e então eu gostaria de ter um filho. A menina do porteiro reconhecia o tipo dos aviões, apontava-os com o dedo, mas não conhecia uma fábula nem um poema. Eu tinha esperança de que meu filho pudesse conhecer as fábulas e os poemas.

Nos terraços os grupos de pessoas iam se tornando cada vez mais numerosos; era primavera e parecia que desejavam somente ficar ao ar livre. Mas os soldados sabiam que, nas casas, muitos homens jovens ficavam atrás das janelas fechadas, olhando como nós fazíamos da água-furtada. E, como cada um de nós, no longo dia, realizara as coisas mais difíceis que nos tinham sido solicitadas pela vida, os soldados sabiam que, no intuito de defender a estupenda novidade dessa espera, não hesitaríamos em realizar outras. De fato, volta e meia Tullio ordenava alguma coisa e um de nós se afastava, em silêncio, para não perturbar a expectativa dos companheiros.

Tomaso não estava conosco, era mais prudente que permanecesse na casa de Saverio; isso dissera Tullio, e ele obedecera. Eu sentia uma espécie de refrigério em me confiar completamente a Tullio: assim aconteceu no dia em que estávamos todos reunidos na água-furtada e ele perguntou se havia ali alguma jovem que soubesse andar de bicicleta. A bicicleta estaria pesada para conduzir, acrescentou.

Todos compreendemos que responder sim, ou não, era uma coisa importante. Houve um silêncio que Tullio interpretou como incerteza: eu andava bem de bicicleta e me adiantei. Vi que a companheira Denise quis me deter.

Não, realmente não foi difícil. Porque o perigo estava fora de mim, e não em mim mesma: por isso eu podia envolver toda a minha pessoa para enfrentá-lo. Recordo que me penteei com capricho, e vesti a saia comprida de pregas de que Francesco gostava: a saia já estava puída, mas mantinha aquela amplitude que me dava a sensação de um voo.

Naquela época todas as mulheres iam buscar legumes e verduras nas hortas da periferia. E, como era proibido andar de bicicleta, todas haviam adaptado as suas para triciclo, acrescentando duas rodas sob um caixote ou um cesto. À tarde se viam longas filas dessas bicicletas, conduzidas por mulheres. Na volta, quando elas passavam diante do posto de bloqueio, os soldados examinavam os cestos e os caixotes. Às vezes se limitavam a olhar, outras vezes afundavam a mão, remexiam, e tiravam um punhado de ervilhas.

Na ida, tive a impressão de estar fazendo uma excursão ao campo; pedalava com leveza e o caixote saltitava alegre atrás de mim. Mas, ao voltar, eu estava séria e decidida como quando ficava na fila com as outras mulheres, de manhã cedo, e Francesco dormia porque estava proibido de trabalhar. Então me parecia que cada passo podia ajudá-lo; e igualmente, naquele dia, cada pedalada. Éramos inúmeras e, mesmo sem nos conhecermos, ao passarmos uma pela outra nos dizíamos uma palavra: talvez apenas "Como a bicicleta está pesada!". Eu tinha uma bicicleta muito velha: pesava mais que as outras, inclusive porque embaixo das ervilhas estavam as verduras e, embaixo destas, as bombas. Pesava muito, o guidom ameaçava continuamente dar uma guinada: eu tenho mãos fortes e, no entanto, o segurava com dificuldade. Precisei criar ainda mais coragem quando avistei, a poucas dezenas de metros, o posto de bloqueio. As demais mulheres à minha frente estavam curvadas a

"Vocês deviam saber", acrescentei, "que afinal essas ações não são muito difíceis." Mas vi que eles interpretavam mal minhas palavras: me julgavam arrogante, talvez, ou presunçosa. Até Tullio me encarava, indeciso, e todos justificavam minha atitude atribuindo-a à ansiedade por Francesco: de fato, me asseguraram que ele não seria morto e, em todo caso, estava tudo pronto para que sua libertação fosse segura. "Falta pouco, agora", diziam todos, olhando para a janela e escutando os canhões dispararem como nos dias de festa. Eu observava o céu velado pelo anoitecer, e o Palatino.

"Não tenho medo", afirmei, "tenho certeza de que Francesco voltará."

Pouco depois eu retornava de bicicleta para casa. Tullio me sugerira dormir, naquela noite, na casa de Luigi, e eu dissera que não via necessidade para tal: pedira-lhe somente que me deixasse voltar de bicicleta para casa: era proibido, ele objetara, e eu respondera sorrindo que tudo aquilo que fazíamos, havia algum tempo, era proibido. Tullio retrucara que não valia a pena correr um risco sem razão. "Acredite, Tullio", eu insistira, "sinto que há uma razão." O funileiro tinha desengatado o caixote e eu partira de imediato, sorrindo num aceno feliz de adeus. A bicicleta, não mais retida por aquele peso, corria facilmente. Era o primeiro dia de junho: uma brisa leve balançava meus cabelos e, pedalando rápido, eu sentia de novo o vigor juvenil do meu corpo circular em mim. Segui ao longo do rio, o qual, no verde anoitecer, tinha recuperado sua bela cor de água que escorre sobre as folhas.

Eu corria ao longo do rio conversando com minha mãe. Ela já não passava ao meu lado sem me ver, como na noite em que eu caminhava com Tomaso, no cheiro adocicado dos cavalos mortos. Eu a chamava, ela me respondia, usávamos a mesma linguagem. Ninguém poderia mais me impedir de falar com ela: eu passava desenvolta diante dos soldados, segurando entre os dentes uma folha de verdura que havia tirado do caixote quando o funileiro o desengatava. Pedalava depressa, movendo os ombros e fazendo a bicicleta serpentear quase como num passo de dança. Os soldados me olhavam sem suspeita: até esqueciam as ordens recebidas e que já não pareciam válidas, se uma mulher jovem podia tornar a se conceder o prazer de andar de bicicleta. De resto eles não eram mais tão rígidos, hostis, seguros, embora tentassem conferir dignidade ao seu medo. Talvez, em pouco tempo, eu pudesse escrever novamente para Vovó: fazia meses que não sabia nada do meu pai nem dela. "Eu consigo", escreveria para ela, "consegui." Eu conseguira até fechar a porta diante dos olhos angustiados de Tomaso: ouvia de novo as palavras dele e, estimulada por aquelas lembranças, pedalava mais rápido no temor de não chegar a tempo de alcançar Francesco. Talvez porque agora seu retorno estivesse próximo, ele reaparecia nítido em minha memória. Já não tinha a expressão severa da fotografia, nem chapéu na cabeça, nem se achava metido no capote; estávamos na Galleria Borghese, no dia 11 de novembro: e ele me fitava com amor. Pelo impulso da bicicleta minha saia inflava em balão, como quando eu descera voando a escada. Iria ao seu encontro como naquele momento. E abriria a porta para ele: "Devia se arrepender de ter chegado tão atrasado", diria, sorrindo.

Não pude dizer: mais uma vez, isso se deveu ao acaso, éramos sempre desafortunados. Nos últimos dois dias, eu não quisera ver ninguém. Não queria nem receber notícias, alguns se espantavam de que eu não temesse por Francesco, mas, na verdade, desde o dia em que conseguira afastar Tomaso, eu não tivera mais nenhuma dúvida sobre o retorno dele.

À noite, se ouviram de início os caminhões passando ininterruptamente; depois, a intervalos cada vez mais longos: assim, pouco a pouco, a última luz do longo dia se dissipava. Francesco voltaria a dormir comigo, toda noite. Eu arrumava a casa, feliz por recomeçar, em breve, a cozinhar para ele, a afofar seu travesseiro. Contudo, ante esses preparativos, a casa parecia oferecer resistência. Nas gavetas, minhas coisas haviam se acomodado ocupando todo o espaço; de igual modo, meus livros nas prateleiras, minhas miudezas sobre a bancada do banheiro: a escrivaninha de Francesco estava tomada pelos meus dicionários, pelos manuscritos das minhas traduções. Parecia impossível que naqueles aposentos já tivéssemos vivido a dois, cada um com a própria vida. Com alegria eu lhe abria espaço na casa e em mim mesma, como fizera quando nos encontráramos e ele subvertera minha solidão. Imaginava o tempo enorme que passaríamos conversando: queria lhe narrar o que acontecera, e depois contar sobre mim, difusamente, pois me parecia que, de outro modo, ele não poderia me reconhecer. Queria, de imediato, lhe falar de Tomaso. Descreveria as noites em que eu estava sozinha, sentia medo, e pensava que aquelas podiam ser minhas últimas noites. "Compreende?", perguntaria; confessaria ter beijado Tomaso, demoradamente, na noite da fotografia, mas

Esperava sentada numa cadeira, no vestíbulo. A luz do dia se acendia, se desvanecia, e em mim se tornava cada vez mais viva a lembrança da noite em que eu esperava minha mãe. De repente, ouvi muita gente subindo a escada; depois os passos se aproximaram e ouvi também as vozes: eram homens. Vozes e passos avançavam, se detinham no andar de baixo, pensei. Em vez disso, prosseguiram: ali em cima somente eu morava. Tocaram. "Não vou abrir", disse a mim mesma, "não quero saber." Ainda assim, abri.

Francesco me olhava alegre, sorrindo. Atrás dele outras pessoas sorriam. Ele me tomou nos braços, beijou minhas faces, de um lado, de outro, me abraçou. "Oh, querida", disse. Eu ouvia outras vozes, eram as dos companheiros, as mesmas que eu ouvia quando Francesco não estava; por isso me parecia impossível que agora ele estivesse entre nós. Era impossível que seu retorno acontecesse tão simplesmente. Eu o esperara durante meses e agora, num instante, ele se encontrava ali, estávamos abraçados em meio a muitas pessoas que nos olhavam. Eu não ousava me soltar dele, não ousava olhar para ele, temia que ele fosse outro, tornado diferente: além disso me envergonhava diante daquelas pessoas, não queria que assistissem à minha comoção, odiava-as. "Não", dizia, escondendo de Francesco o meu rosto. Era mesmo ele, eu reconhecia a forma dos ombros. "Acalme-se", ele disse: ergui os olhos e o vi sorrindo para os demais. Diziam: "É natural, é a emoção". Francesco acariciava meu queixo, sorrindo de leve. Era de fato seu rosto áspero, duro, inclemente. Eu o amava. Abracei-o de novo. "Expulse-os daqui", sussurrei em seu ouvido. Ele acenou que sim, envolveu meus ombros, e entramos todos no escritório.

Os amigos se apressaram a me fazer sentar: Francesco olhava ao redor, satisfeito, olhava para a escrivaninha, para as prateleiras, tocava-as com um gesto lento, delicado: eu esperava que aquela gente fosse embora para que Francesco olhasse para mim como olhava para a escrivaninha, me tocasse como tocava os livros. Depois se sentou na poltrona e todos se sentaram em círculo, um pouco afastados dele, narrando atabalhoadamente os últimos acontecimentos. Era um momento daqueles em que se deve oferecer um vermute.

"Está contente por estar em casa, hein?", disse Alberto.

"Sim", ele respondeu, "eu pensava sempre numa coisa: na banheira." Riram, e depois Francesco passou a falar com os companheiros, a lembrar sua vida na prisão. Enquanto falava, segurava minha mão e acariciava meus dedos, sem olhar para mim. Eu sentia me subir uma fúria violenta; queria expulsar aquela gente, saiam daqui, queria estar de novo sozinha à espera de Francesco. Não desejava me demorar naquele regozijo familiar estúpido. Em vez disso, porém, Luigi, interrompendo os companheiros, se virou para Francesco e disse:

"Sua mulher foi muito eficiente."

"Eu sei: ela é sempre corajosa e eficiente", assentiu Francesco, acariciando afetuosamente minha mão.

"Sim, mas você não sabe..."

"Por favor, Luigi", interrompi.

Os outros companheiros protestaram, eles também queriam contar a Francesco.

"Não, por favor", eu lhes disse. E, me voltando enérgica para Luigi: "Por favor, Luigi", repeti.

Querido Luigi. Ele quis falar a todo custo e terminou de arruinar tudo. Contou o que eu havia feito e, agora que os dias difíceis tinham passado, eu me convencia de não ter feito nada, e a generosa esmola de Luigi humilhou até o escasso orgulho que eu tinha em mim por aquelas ações.

"Muito bem", dizia Francesco. "Você foi mesmo tão eficiente assim?" Levantou meu rosto pelo queixo e eu sorria, imóvel, ao passo que desejava fugir dali, chorar. Não podia mais fazê-lo entender que aquele havia sido, sobretudo, um meio de conhecer o lado dele que me fazia sofrer, que me era naturalmente estranho, ou inimigo, e incluí-lo em nosso amor; nem poderia mais lhe contar que, quando sentia medo, invocava o nome Francesco tal como os outros invocavam Deus. Alberto falou também das bombas e das verduras; então Francesco me encarou por um longo momento, depois disse "Muito bem", e eu sentia vergonha. Já não tinha mais nada para contar.

Eles recomeçaram a conversar e eu fiquei constrangida, ruborizada.

"Aonde você vai?", perguntou Francesco, ao ver que eu me levantava.

"À cozinha, quero esquentar água para te preparar um banho."

Não havia gás. Acendi o fogo e derramei a água de um garrafão em vasilhas, com dificuldade. Em seguida me sentei junto ao fogão, esperando a água esquentar.

413

Eram três panelas grandes, peguei-as com dois panos porque os cabos queimavam; levei-as até o banheiro, uma após outra, cambaleando por causa do peso e da ondulação da água. Esvaziei na banheira aquele fluxo fervente: e o vapor me subia ao rosto, provocando uma leve tontura. Eu queria transportar um número infinito de panelas, para me desafogar no gesto de derramar a água fervente, de uma só vez, num fluxo. Desejava transportar pesos e descarregá-los, para sentir ao menos um instante de alívio.

"Por que não me chamou para ajudar?", disse Francesco pressurosamente; e depois exclamou: "Oh, o banho…" Seu feliz estupor me comoveu: "Sim, o banho", eu queria dizer, "e a casa, e o sol livre do outro lado das janelas, e eu, Francesco, amor, eu".

Imaginei que ele quisesse reconduzir seu olhar para mim, aos poucos, através de tudo o que nos acompanhara até o momento da separação: a casa, os livros, o panorama que víamos da janela. Mas enquanto isso ele fechara a porta e eu ficara sozinha. No vestíbulo, encontrei sua mala. Talvez, a partir dali, ele viesse ao meu encontro, pensava eu, me agarrando a uma pálida esperança. Dentro havia apenas roupa suja, um pente, um caderno. Folheei o caderno ao acaso: era um diário. De repente, iluminada, compreendi que, a partir daquelas páginas, Francesco me falaria, afinal. Procurei atentamente o meu nome, sentada no chão, ao lado da mala aberta. Não constava. Eu lia, ávida, seguindo as linhas com o dedo: era um diário belíssimo, uma longa carta do revolucionário às vésperas da execução. Como eu o amava, descobrindo-o tão superior aos outros homens! Mais uma vez me enamorava dele, me sentia ligada, atada: desfraldávamos juntos algo como uma grande bandeira. No entanto, naquelas páginas ele nunca falava de mim nem de um sentimento amoroso. A certa altura dizia, aludindo à eventualidade de um seu fim próximo: "Espero que minha mãe e minha mulher compreendam".

Francesco se deitara cedo: ao estirar devagarinho os membros, dissera: "Meu quarto, meus lençóis…". Sobre a mesinha de cabeceira eu havia posto um copo com um ramo de jasmins. Ele se alegrara por encontrá-los ainda vivos e floridos; eu lhe falara da noite em que Denise e eu tínhamos sepultado os documentos nos vasos: era um milagre que, depois de servirem àquele objetivo, as plantas continuassem a florir.

Enquanto isso eu olhava para ele com ternura e, olhando-o, para mim era fácil imaginar os dias pesados que ele passara. Aqueles acontecimentos — e justamente por causa da total dedicação que haviam requerido de nós — tinham servido para revelar a trama do nosso caráter e para mudar nosso modo de viver e de julgar. Ambos nos tornáramos muito mais generosos e, em todos os sentidos, melhores. Assim, nossa vida em comum, enriquecida por experiências das quais saíamos vitoriosos, parecia começar pela primeira vez. Comovida pela delicada beleza do momento que estávamos atravessando, me deitei ao seu lado e docemente fechei os olhos.

"Li seu diário", disse eu, "me desculpe, fui indiscreta." Depois acrescentei, com uma intenção calorosa na voz: "Queria te dizer que sua mulher compreenderia".

Ele permaneceu calado e eu continuei: "É muito difícil compreender tudo o que se interpõe entre o amor e nós. Contudo, quando se está muito apaixonado, acaba-se sempre por compreender. Eu comecei a te compreender na noite em que saímos da casa de sua mãe, lembra?, e estávamos absolutamente sozinhos. Depois… Em suma, aos poucos vou te contar tudo. Chegamos à mesma conclusão através de caminhos muito diferentes, mas o que ambos pretendíamos salvar era a incolumidade do sentimento que nos impelira um para o outro. Você não sabe quanta coragem me foi necessária…".

"Eu sei, querida: Luigi me disse…"

"Não, Luigi não te disse nada. Além do mais, agora temos tempo para falar disso. Eu também gostaria que meu marido compreendesse. Foi por isso que comecei a trabalhar: me parecia um modo de falar com você, de ir ao seu encontro. Eu te escrevi sobre isso e…"

"Pois é", Francesco me interrompeu, "por isso me prenderam. Naturalmente a culpa não foi sua."

"Que culpa?", perguntei, espantada.

"Eu tinha vindo aqui em casa porque não queria que você trabalhasse conosco. Sabia que as cartas não a convenceriam."

"Você tinha vindo por isso?"

"Sim. Pretendia ficar poucos minutos, o tempo necessário para te convencer: não imaginava que o portão estivesse sendo vigiado."

"Ah. Entendi."

Beijou-me como para me perdoar. Disse que não era o caso de pensar mais naquilo: agora, tudo devia recomeçar. Mas eu não podia recomeçar assim: não bastava retomar nosso convívio esgarçado. Sentia que Francesco se aproximava de mim como quando me perguntava que livro eu estava lendo. "Não pensemos mais em nada, Sandra", dizia ele. Eu não podia permitir que se aproximasse de mim só porque era meu marido, ou porque estivera na prisão, se eu não dera tal permissão a Tomaso, que compreendia tudo e que me amava. Pensava isso e ao mesmo tempo o acolhia nos braços. "Francesco", sussurrava amorosamente em seu ouvido. "Francesco", murmurei durante a noite enquanto, acordada atrás do muro, ouvia o monótono tique-taque do despertador medir o tempo da minha solidão.

E no dia seguinte não esqueci. Havia conseguido pegar no sono ao amanhecer, confiando no consolo natural que o nascimento de um novo dia deveria trazer consigo. Mas, ao despertar, reencontrara, intactos, rancor e nostalgia. Era cedo, e o tique-taque do despertador com seu ritmo inumano, inexorável, encobria os guinchos das andorinhas que circundavam de voos a nossa casa. Fazia tempo que eu estava habituada a dormir sozinha: por isso me sobressaltei ao perceber uma incômoda forma estranha que jazia ao meu lado, sob o lençol branco.

Francesco dormia de costas; o peso do sono, a estabilidade sisuda de seu rosto, não concediam nem mesmo uma fresta para penetrar nele. Perguntei-me por que aquele homem achava natural dormir na minha cama, sem ter me dado nenhuma justificativa. Aquele homem que mostrava somente a satisfação obtusa de dormir na minha cama não podia ser Francesco: ele, voltando depois de uma longa ausência, desejaria retomar seu lugar em virtude do amor, e não do direito.

Continuei a olhar para ele, sem ousar me mover. No quarto, suas roupas haviam perturbado a harmonia pela qual eu me deixara aplacar: eram roupas escuras e as pernas da calça, compridas, rígidas, pendiam desalinhadamente do espaldar da cadeira. Eu não conseguia encontrar nele nenhum sinal que pertencesse ao nosso passado feliz. Soergui-me nos cotovelos para observar melhor seu rosto; segui os contornos das faces, a testa, o desenho das sobrancelhas, os lábios. Mas ele era, por todos os lados, desconhecido. Senti medo. No medo que me oprimia eu reconhecia a qualidade do medo que sentira na véspera, quando Francesco retornara. Não, eu dizia dentro de mim, com furor: e já me parecia saber como resistir a uma invasão arbitrária.

"Francesco", chamei, mas ele não se moveu. "Francesco", insisti, "Francesco…" Temi que ele tivesse ficado surdo na prisão; de modo que eu não poderia lhe falar, nunca mais; andaria ao seu redor com meus relatos sem que ele pudesse ouvi-los. Talvez ele tivesse ficado surdo de propósito, para continuar fechado em seu mundo e me impedir de alcançá-lo. Recordei que, por enquanto, ele falara somente de si, sem se interessar por aquilo que eu dizia, se descuidando de responder às minhas perguntas.

"Francesco…", chamei mais alto.

Com o simples abrir dos olhos, Francesco fez correr sob minha pele um fluxo cálido e benéfico. Atraiu-me a si com um braço, me apertou ao seu flanco.

Imóvel, ele observava a mobília do quarto, os quadros pendurados na parede; talvez temesse se afeiçoar novamente aos velhos hábitos e, assim, não poder mais estar à altura dos sentimentos expressos no diário. Sem dúvida queria permanecer tal como havia sido durante o longo dia que nos obrigara a não nos render. E eu também desejava o mesmo para mim. Mas o longo dia já terminara: nós ainda éramos jovens e, portanto, estávamos seguros de que viveríamos muito. Nem sequer percebêramos que uma invasão benévola tinha começado: Francesco voltara para casa, alegre, sorridente, e todos lhe faziam festa, assim como nas ruas todos aplaudiam os amigos que por muito tempo, através do rádio, bateram à porta de nossa prisão e que agora, nos reluzentes caminhões, percorriam a cidade, alegres, sorridentes, distribuindo punhados de doces. Enquanto isso Francesco invadira meu quarto com suas roupas escuras, minha cama com seu sono pesado, surdo, hostil. Nos muros da cidade estavam afixados decretos que cominavam a pena de morte, e os palácios, as belas *villas*, os espaços de lazer onde agora finalmente poderíamos encontrar distração também tinham sido invadidos, com sistemática bonomia. Éramos cães fora dos lugares onde nossos amigos matavam a fome ou se divertiam; e nós, que não havíamos mais comido nem sorrido, fazia tanto tempo, solicitávamos a humilhação de uma esmola. Eu era um cão que vigiava atrás dos ombros de Francesco, esperando um gesto amoroso ou uma palavra doce.

Eu vagava entre esses pensamentos quando Francesco se virou e me acariciou o ombro. Virei-me para ele, sorrindo; mas vi que ele mantinha os olhos fechados e talvez acreditasse estar ainda na prisão, quando, ao despertar, todos os companheiros de cela, e também ele, silenciavam no desejo torturante de uma mulher. Sua carícia era tão insistente, limitada, exata, que revelava justamente o estímulo de uma obsessão pertinaz. Eu não queria servir apenas para saciar aquela obsessão, não podia me reduzir a servir de guia para a fantasia. Ele me chamaria pelo meu nome, me diria: "Alessandra" e assim, me reencontrando, sairia do pesadelo do nosso afastamento. Mas ele continuava em silêncio e sua mão invadia todo o zeloso território da minha pessoa. "Não", eu murmurava. "Não, Francesco", dizia ofegante, mas ele não ouvia minha voz, não nos conhecíamos mais, não recordávamos mais nada daquilo que um tinha amado no outro. Ele conhecia meu temperamento romântico, então como podia ter esquecido tudo aquilo e recordar apenas os artigos do códice que o padre lera para nós? Parecia-me que existia até mesmo um códice íntimo que convinha respeitar e ao qual ambos, até então, quiséramos ser fiéis. Se tivéssemos vivido no tempo da escravidão ele reivindicaria os direitos humanos, lutaria, morreria para impedir que um homem fosse senhor de outro homem. Porque ninguém tem o direito de propriedade sobre o corpo de uma pessoa. Não se podia comprar o corpo de um escravo, mas, em contraposição, se podia desfrutar da propriedade do corpo de uma mulher. Este era adquirido junto com a obrigação de mantê-la, exatamente como os escravos; e, se algum dia eu decidisse abandonar meu marido, a lei lhe reconheceria igualmente o direito de continuar senhor do meu corpo. Durante anos e anos, durante toda a minha vida, Francesco podia me impedir de dispor do meu corpo, ainda que tivesse sido mau, ou infiel, ou morasse, havia décadas, a centenas de quilômetros de mim. Porque há mais liberdade para um escravo do que para uma mulher. E, se eu usasse da liberdade do meu corpo, não sofreria somente chibatadas, como os escravos, mas até o cárcere e a desonra. Eu podia dispor do meu corpo de um único modo: lançando-o ao rio.

De manhã cedo, Tullio voltou a procurar Francesco. "O que deseja?", perguntei, assim que abri a porta. Ele abriu um sorriso discreto, como se quisesse me recordar que, em vez disso, eu deveria ter dito, como ele disse: "Bom dia". Queria falar com Francesco, objetei que ele estava no banho. "Não importa", respondeu, "eu espero." Eu conhecia sua firmeza irremovível e, no entanto, mais uma vez, olhei para ele, medindo-o: era magro, louro, não muito alto; sua decisão se expressava inteira na força das mãos. Se lutasse contra alguém, facilmente poderia aniquilá-lo.

Fui avisar Francesco. Encontrei-o fazendo a barba, de torso nu, diante da pia, a espuma branca e fofa lhe conferia uma expressão brincalhona. "Amor...", disse eu, e ele se virou sorrindo.

Fazia meses que eu não via um homem vivendo na minha casa, com sua presença, seus hábitos, que podiam até ser representados por um pincel de barba: ao aspirar o odor áspero do sabão misturado com o cheiro forte do tabaco que pairava no exíguo espaço do banheiro, eu tinha a impressão de que meus poros respiravam, os pulmões se abriam, e me rebelei contra a lembrança do tempo em que estivera sozinha. Aproximei-me de Francesco e perguntei baixinho: "Você não vai sair com Tullio, vai?".

Estava livre do pesadelo que me oprimira durante a noite: aliás, reconhecendo Francesco, eu me comprazia de que ele fosse meu marido. De repente, talvez por desprezo pela mulher sozinha que eu havia sido até então, senti um contentamento atrevido, uma alegria irrefreável.

Francesco se virou e olhou espantado para mim, com a lâmina no ar.

"Você me leva à Villa Borghese?", perguntei sorrindo brejeiramente e me aproximando de sua face ensaboada.

Desculpei-me com Tullio por tê-lo deixado sozinho no escritório.

"Francesco já vem", acrescentei, "está pronto."

Tullio se pusera de pé ao me ver entrar e, como eu ia me dirigindo para ele, quase demos um encontrão. "Desculpe", disse eu, corando, enquanto ele também dizia: "Desculpe." Vimo-nos um diante do outro, como havia sido no dia em que ele viera buscar a mala de Francesco.

Ele disse: "Queria me despedir da senhora, Alessandra".

Tullio raramente chamava alguém pelo nome, só fazia isso nos momentos que considerava importantes; caso contrário, parecia fugir da informalidade como do perigo de se enternecer ou de ceder.

"Por quê?", perguntei baixinho, desconfiada.

"Porque nestes dias todos acreditávamos que ao menos a nossa luta havia terminado. Eu também pensava isso. Por um momento senti apenas a tentação de me descontrair, repousar. Depois compreendi que não podia evitar ir ao encontro dos que ainda precisam se libertar."

"O senhor pensa de fato que se libertar é tão importante assim?"

"Não, talvez não", respondeu ele após uma pausa, "sobretudo porque nunca nos libertamos e a uma invasão se segue outra invasão. Mas é importante sentir a necessidade de se libertar, e lutar por isso."

"Compreendo", disse eu, inclinando a cabeça. "Tenho a impressão de que nunca acabaremos de lutar, até porque sempre existirão territórios invadidos e gente que deseja se libertar…"

Francesco entrou e nós nos calamos. Tullio partiria naquela mesma noite e por isso devia combinar ações com os companheiros. Ainda tive a esperança de que Francesco dissesse: "Desculpe, Tullio, mas não posso: a coisa mais importante, hoje, é ficar com Alessandra". Em vez disso, ele falou: "Vamos, então". Lançou um olhar rápido para a janela, com visível satisfação por ir desfrutar do ar livre, dali a pouco. "Acredite", eu lhe dissera um momento antes, no banheiro, "nada é mais importante do que irmos juntos, hoje, nós dois, à Villa Borghese." "Seja razoável", ele respondera, "por que justamente hoje?" Eu tentara fazê-lo compreender que um fio sutil ainda nos ligava à possibilidade de chegar a tempo, e que logo esse fio se romperia. Então ele, sorrindo, me consolou com sua mania de me tratar como se, depois do casamento, eu tivesse voltado a ser criança. Disse que sempre teríamos tempo para nós: disse também que, sem dúvida, aqueles eram dias difíceis, mas não demorariam a passar. "O essencial", dizia em tom de benévola admoestação, "é o fato de eu ter voltado para casa." Havia dito a mesma coisa na noite anterior; compreendi que dali em diante ele frequentemente me lançaria na cara o seu retorno: parecia que, continuando vivo, ele fizera um sacrifício pelo qual eu deveria lhe ser grata para sempre. Disse que naqueles primeiros dias teria muito que fazer; tinha tentado me convencer, usando palavras e argumentos que ecoavam a carta do revolucionário, mas adaptada para o uso nas escolas. Eu o fitara sem vislumbrar uma mínima fresta através da qual meu amor pudesse abrir caminho em direção a ele. E, enquanto ele falava, eu sentia um furor violento me dominar, me invadir. "Vá embora", gritava-lhe com o olhar, "não me conte essas lorotas. Talvez eu pudesse acreditar em você antes de carregar bombas entre as verduras ou de ler Rilke com a mão sobre a arma." Já nem sentia pena dele; pensava naquilo que Lydia dissera: "Você verá que o farão deputado".

Já na porta Francesco me abraçou, Tullio apertou minha mão, disse: "Adeus". Então repentinamente me dei conta de que, após sua partida, eu não saberia mais a quem pedir ajuda: por muitos meses Tullio dispusera os horários e as tarefas do nosso dia; e, ao fazer isso, nós nos salváramos das insídias dos nossos impulsos, das nossas reações. Quis retê-lo pelo braço, perguntar-lhe: "E agora, o que devo fazer? Faça-me levar mais bombas, mais manifestos, me obrigue de novo a expulsar Tomaso, me obrigue, me obrigue a mostrar o melhor aspecto de mim". Mas ele já estava na escada com Francesco. Fiquei imóvel por um longo tempo, atrás da porta, seguindo com o pensamento os passos deles que se afastavam.

"Me perdoe", Francesco me diz, agora, ternamente, "me perdoe, Alessandra, diga, você me perdoou?" Como se poderia não perdoar um homem que fala com uma inflexão tão amorosa? E, como esse homem é Francesco, eu logo me rendo, sou vencida. "Me perdoe", ele insiste. "Sim: tudo foi um erro, depois do meu retorno. Mas talvez o meu retorno tenha sido o erro. Tínhamos todos sobrevivido ao dia da nossa morte. Porque, se existe um momento em que se atinge o último limite dos nossos recursos ideais, é aquele em que se espera de hora em hora que venham te chamar para morrer. Eu nunca havia sido puro, nobre, generoso, como naqueles dias, e, justamente porque me sentia assim, me doía morrer. Não compreendia que era justamente aquele adeus supremo que me sugeria ser o herói de todos os melhores sentimentos viris. E de fato, talvez por instinto, quando soubemos que estávamos livres, eu me demorei, fui o último a sair da cela. Queria me manter no personagem que, ali dentro, parecia tão fácil ser. Estava sozinho e, olhando ao redor, murmurei: Alessandra. Porque cada instante daquele tempo, e cada progresso que eu realizara em mim, tinha sido dedicado a você. Não falei disso, no diário: se simplesmente tivesse entrado no giro vertiginoso do seu nome, cada propósito meu seria atropelado. Eu te escreveria que estava desesperado porque ia morrer, talvez te pedisse ajuda, iria me aviltar, me humilhar; e, em vez disso, eu estava orgulhoso por ser o único entre os meus companheiros que não tinha chorado. Se viesse a ler esse desespero amoroso no diário, você me julgaria um homem fraco, que morrera cheio de sentimentos sombrios, de ódio e de rancor. Em vez disso, eu queria que você pensasse num homem cuja fidelidade aos próprios preceitos morais era ainda mais forte que o amor. Queria permanecer, em sua memória, semelhante àquele que eu te parecera em nossos primeiros dias. Com muita frequência, no início daqueles acerbos meses de luta, eu estivera prestes a ceder. Não queria recomeçar a trabalhar com Tullio, depois do armistício. Tinha inclusive medo. E foi muito duro aceitar não ter medo e, ao contrário, combater: se fiz isso foi justamente por você, a preço de te parecer desafeiçoado. Preferia que você me imaginasse assim, e não que, me vendo escondido num porão ou vestido de frade num convento, pudesse recordar o que eu te dissera de mim, dos meus propósitos, e constatar que eu não passava de um fanfarrão. Veja, agora posso te falar com sinceridade: no cárcere temíamos sempre ser levados ao paredão e fuzilados. E eu sempre pensava nos gestos que faria naquele momento, na atitude que manteria, na última palavra que diria. Parecia-me que a escolha dessa palavra era muito importante: sem dúvida eu não poderia gritar seu nome ao ver os fuzis apontados contra mim: no entanto, era justamente 'Alessandra' que eu gritaria ao bradar 'Viva a Liberdade'. Eu teria te falado logo de tudo isso se, tendo deixado a cela, tivesse retornado, com um passo, ao nosso escritório. Mas os companheiros foram me buscar e saí com eles. Assim me dei conta de que a cidade, desde quando eu entrara na prisão, não tinha mudado nem um pouco. A primeira coisa que vi foi uma senhora de luvas brancas que levava um cão na guia. Veja bem, estas são considerações menores, as quais, talvez, os que ficaram do lado de fora não possam compreender: mas não se pode achar que, enquanto você está na prisão, em meio aos percevejos, alguém pense em levar o cão para passear. São considerações muitas vezes expressadas, previsíveis, bem sei. Mas, em suma, nós pensávamos até que a cidade estivesse exausta, recolhida em torno dos que morriam e dos que permaneciam na prisão. Depois vi um casal caminhando de braço dado, mostrando uma amorosa familiaridade no passo. Eu pensava que, talvez, a última palavra de amor que poderia te dirigir estaria em gritar 'Alessandra' quando gritava 'Viva a Liberdade'. E este me parecia o modo mais intenso para dizer uma palavra de amor. Mas, de novo, não tínhamos tido tempo de nos expressar em nosso melhor modo. Nos muros da cidade havia placas que davam indicações em línguas estrangeiras, setas, cartazes. Outros soldados passavam nos caminhões, mas estes sorriam, e tinham as faces róseas, bem escanhoadas. Depois, quando entrei na rua onde morávamos, me espantei de não encontrar nossa casa em ruínas, despedaçada pelo sofrimento. E, ao contrário, nada testemunhava ansiedade por mim; nem sequer um vidro quebrado, ou um arranhão na parede da escada. Considerei friamente que tudo seria assim, mesmo que eu tivesse morrido. O erro fora meu, em sobreviver. Eu tinha esperança somente em você: acreditava que tivesse permanecido a salvo dos sofrimentos cruéis, dos amargos retornos, e por isso me baseava em você para voltar a ser aquele que havia sido na prisão e no diário. Somente você reconheceria em mim uma qualidade superior, me contemplaria, atônita, eu poderia te contar minha história e você a escutaria com perturbação admirada, sem intuir o quanto é fácil, às vezes, se reduzir à necessidade do heroísmo. Somente você poderia me salvar, e eu me convencia disso ao vê-la sempre igual, tão bela, ainda que circundada por coisas supérfluas à magra vida de um homem. Ainda que, pouco depois, tenha percebido que você aprendera a dizer, de vez em quando, 'não?', como Tomaso. Quando me informaram sobre o que você havia feito, eu quase não acreditei: porque não queria saber. Eles insistiam, porém. E eu notei a veemência com que você queria impedir que falassem. Foi justamente essa sua insistência que me surpreendeu: porque eu reconhecia nela a tara secreta de todos os que estiveram na prisão, ou carregaram bombas numa sacola. Àquela altura você também, como eu, sabia tudo: não poderia me ajudar. Por isso pedi a Tullio para continuar trabalhando com ele, implorei-lhe que me fizesse trabalhar encarniçadamente. Atormentava-me por deixá-la sozinha, mas continuava a fazer aquilo, queria estar sozinho, sozinho, sozinho mesmo, como estivera quando preso, para recuperar minha segurança de então. E pouco a pouco, ao contrário, sentia o tempo da nossa morte se afastar: em mim o modelo do herói viril tinha desaparecido. Sim, é verdade: me disseram que eu seria eleito deputado. E como, quando estava na prisão, por trás dos sentimentos obrigatórios eu escondia meu amor por você, de igual modo, por trás dos deveres imprescindíveis que me esforçava por te fazer respeitar, escondia a mísera ambição de não ser somente uma pessoa sobrevivente ao mito do homem herói, sublimado na morte. Oh, me perdoe, Alessandra, me perdoe."

* * *

Eu, porém, não perdoava mais: estava sempre sozinha e, desde quando havia dispensado Tomaso, não sabia com quem falar, com quem confidenciar. Via raramente Francesco, durante o dia; muitas vezes ele se demorava na cidade e, não podendo me avisar por causa da interrupção telefônica, acontecia de eu esperá-lo, aquecendo de vez em quando a refeição. Ele estava sempre ocupado com seus amigos e parecia querer me manter afastada dos seus interesses e de sua atividade. Às vezes eu me perguntava por que ainda o amava: até mesmo o rancor, o desprezo, e todos os maus sentimentos que eu nutria por ele eram outros tantos modos de amá-lo. Certa noite em que ele permanecera em casa, eu tentara lhe falar do tempo em que tínhamos ficado longe um do outro: percebia que ele sempre evitava falar disso; esperava ao menos que se interessasse pelo trabalho que eu desenvolvera com Tullio e ao qual ele dava continuidade. Francesco me concedia uma atenção afetuosa e distraída. Reduzi-me até mesmo a falar de um vestido novo que gostaria de comprar. Mas minhas palavras já não suscitavam ecos nele; e, se à noite um muro nos separava, durante o dia um livro se plantava entre nós.

Os companheiros vinham nos ver com frequência, à noite, para falar de Tullio e do trabalho que ele estava desenvolvendo no Norte. Depressa o longo dia se afastava da cidade e, assim que se dissipava, assumia, inclusive aos olhos de quem o vivera, o valor de uma lenda heroica. No entanto, fora o nosso tempo mais belo, ao qual devíamos nos remeter, para justificar alguns aspectos de nós, tal como nos remetíamos à infância. De fato, com frequência, ao conversar dizíamos: "Lembra?", como acontecia entre mim e Fulvia. Também com os companheiros, àquela altura, não encontrávamos mais nada para dizer: a amizade que fingíamos era fictícia: na realidade eles tinham voltado a ser os amigos de Francesco. De fato, quando traziam consigo um novo amigo ou companheiro, o apresentavam a mim dizendo brevemente "a sra. Minelli" e logo, o arrastando pelo braço enquanto este preferiria se demorar em alguma frase de conveniência, o apresentavam a Francesco num tom de voz totalmente diverso. Em seguida ilustravam as já famosas aventuras do meu marido. Alegrava-me que não mencionassem as modestas missões que eu cumprira: porque, para mim, elas possuíam um valor absolutamente pessoal e me aborrecia que outros se aproveitassem disso como bem entendessem. Contudo, me ocorria suspeitar que as bombas que eu transportara eram falsas: se unicamente as que os homens tinham transportado representavam um perigo; duvidava do conteúdo dos manifestos; recordava que as mensagens eram na maioria frases insossas, semelhantes àquelas que se encontram nas gramáticas de uma língua estrangeira. Não significavam nada, talvez; eu começava a crer que haviam sido preparadas com o único objetivo de zombar de mim. Mas, ainda que fossem falsas, isso não teria importância; eu as tinha levado com o mesmo medo, tinha aceitado correr aquele risco da mesma forma. E agora todos estávamos aqui, todos igualmente salvos, todos sobreviventes.

Assim intimidada, com frequência eu permanecia num canto, em silêncio. Francesco, ocupado em suas conversas e no círculo de simpatia que se formava ao seu redor, às vezes, durante toda a noite, se dirigia a mim apenas para pedir: "Pode nos trazer um pouco de limonada, querida, por favor?". Depois eu voltava a me sentar, em silêncio. E recordava o modo como Sista passava a ferro a camisa branca do meu pai, aquela insistência cruel sobre o colarinho. Ela devia experimentar certo alívio.

Já era fim de tarde quando Tomaso apareceu. "O chefe está?", perguntou sorrindo. Sobressaltei-me ao vê-lo. Além disso, ao ouvir aquela frase que nos remetia ao tempo dos nossos primeiros encontros, temi ter de começar tudo de novo.

"Não", respondi a meia-voz. "Não está."

Tomaso ainda não voltara a ver Francesco porque, assim que a cidade fora libertada, ele tivera de ir a Nápoles por causa do jornal. Toda manhã eu comprava um exemplar e, quando encontrava o nome dele ali, dobrava o jornal e o levava para casa debaixo do braço. Naqueles momentos ainda me parecia ser uma mulher muito bonita.

Tomaso entrou no escritório e de imediato olhou ao redor, devagar, como Francesco tinha feito: mas eu sentia que, nas paredes amadas, seu olhar ardente e melancólico procurava a mim, as feições do meu rosto.

"Está feliz, Alessandra?", me perguntou fitando um ponto vago onde certamente havia encontrado meus olhos.

Hesitei por um instante, depois disse baixinho: "Sim".

Houve um silêncio entre nós, grave, acanhado. "Certo, entendo", ele disse, "eu ficava mais tranquilo quando não podia sair da casa de Saverio ou, depois, quando estava em Nápoles. Pensava que você me esperava e que a encontraria, na volta. Agora, não tenho um minuto de paz." Fez uma pausa e continuou: "Eu devia ter ficado aqui, naquela noite. Não devia ter obedecido. Naqueles dias, uma ordem de Tullio era mais importante que uma certidão de casamento. Eu devia aproveitar aquelas leis. Inclusive pelo seu bem".

Eu não queria que ele falasse assim. "Tomaso…", o reprovei.

"Desculpe", murmurou ele, arrependido. Calou-se de novo, e eu sentia em mim um temor confuso, mas irresistível. Com dois passos, indolentemente, coloquei entre nós a escrivaninha repleta de papéis. Tomaso folheava uma revista e ao mesmo tempo perguntava: "Onde você deixou a tradução?".

"Ali, porque aqui…"

"Entendi."

Em poucos dias a escrivaninha, docilmente, se deixara invadir por Francesco.

"O que ele disse da tradução?"

"Quem?", perguntei. Tomaso continuava folheando a revista, sem responder. "Ah", disse eu, baixinho. "Ainda não a viu…"

"E não te pediu para…"

Eu o interrompi:

"Mas se ele nem sabe que eu a estou fazendo."

Então, pela primeira vez, ele ergueu a vista para me fitar: seu olhar subindo da revista para mim expressava uma interrogação. E, agora que Francesco voltara, eu me sentia inerme.

"O que você veio fazer?", perguntei, em tom hostil.

"Queria te ver. Telefonei logo: mas a linha ainda está interrompida; mesmo assim me pareceu ouvir a campainha tocar pela casa: conheço as vibrações dela, o eco: sei que, ao falar, você coloca uma das mãos entre a boca e o fone, como se tivesse vergonha daquilo que está dizendo." Deteve-se, e me pareceu que de repente me faltava o fôlego. Mas Tomaso tinha medo de me ferir; por isso, recomeçou a folhear a revista e disse, mudando de tom: "Vim cumprimentar o chefe".

Dei-me conta de que não tinha mais falado, havia muito tempo. Depois Francesco voltou e ele e Tomaso se abraçaram. Estive prestes a impedir tal abraço: temia que, naquele gesto, Francesco tomasse conhecimento de tudo; talvez retirasse uma das mãos, de chofre, e a olhasse perplexo, murmurando "o que foi?". Gritei dentro de mim, para avisá-lo. "Não", eu dizia, "não, me ajude, não o abrace, insulte-o, mande-o embora." Mas Francesco não ouvia o aposento ressoar meus gritos suplicantes: estava surdo e aquela foi a única vez em que o olhei desfrutando do engano, como fazia com meu pai quando ia telefonar para a *villa* Pierce.

"Vim cumprimentar o chefe", disse Tomaso.

"Finalmente!", exclamou Francesco, com jovial reprovação. "Você está sempre gracejando." E, dando-lhe um tapinha nas costas, acrescentou: "De fato estou contente por te ver".

Durante toda a noite que se seguiu, meus pensamentos ficaram transtornados. "Não", me debatia, "não quero que Francesco me reduza a isto." Quando Tomaso estava de saída, ele lhe dissera: "Volte logo". Tomaso respondera: "Obrigado: talvez amanhã", e enquanto isso me fitava como para pedir confirmação de um encontro. Eu conhecia a tenacidade de Tomaso e sentia que ele a adotaria mesmo contra a minha vontade. Ao lavar o rosto, me olhara no espelho: "Sim", repetira, para avaliar com quanta firmeza respondera à sua pergunta: "Está feliz?". Depois me assegurara de que o telefone ainda estava desligado e dera um suspiro de alívio. No dia seguinte permaneceria o dia inteiro fora de casa; mas não sabia aonde ir. E assim me dei conta de que minha mãe e eu nunca tivéramos amizades. Tullio parecia ser o único que tinha intuído o meu temperamento e também o fervor apaixonado que havia nele. Mas àquela altura era impossível me comunicar com Tullio: ele ultrapassara o front e Francesco se lamentava de não tê-lo seguido. "Por que você não foi?", eu perguntara. "Por sua causa", respondera ele. Então eu não conseguira conter um riso de desdém, maldoso. "Por mim? E com qual objetivo? Não saímos juntos uma só vez, nunca mais conversamos, nem por um momento." Ele protestara; e, ao ouvi-lo repetir que aqueles eram dias particularmente difíceis, eu me erguera de chofre na cama e a expressão do meu rosto o inquietara. "Ah, não, Francesco, não, certo? Agora nem você nem eu acreditamos mais nessas coisas." Ele se virara de lado e apagara sua lâmpada. No breve círculo de luz, do outro lado da cama, eu jazia junto a um abismo tenebroso.

Não conseguia mais dominar meus pensamentos: via o olhar de Tomaso me alcançar através da exígua defesa da escrivaninha. Não me sentia em segurança, me parecendo que ele havia intuído minha fragilidade. Advertida pelo inclemente tique-taque do despertador, sentia que o transcurso fatal do tempo não permitiria que me demorasse naquele conflito. Tomaso por certo viria, no dia seguinte. Eu o ouvia subir a escada, de dois em dois degraus. Era o passo com que eu tinha imaginado que Francesco subiria em direção a mim, ao retornar. Não queria confundi-los naquela promiscuidade inaceitável, não queria que se cumprimentassem com afeto. Preferia-os adversários. Em vez disso, eles se tornariam amigos. Era isso que eu temia: iriam se tornar inseparáveis, manifestar os mesmos gostos, adquirir os mesmos hábitos. Tomaso viria cada vez com mais frequência à nossa casa: todo dia. Se um dia ele não pudesse vir, Francesco sentiria sua falta, talvez ficasse de mau humor. "Não", eu dizia a mim mesma, mas meu sangue circulava no ritmo daquele passo. No dia seguinte Tomaso tocaria a campainha e, após alguns instantes de espera, tocaria de novo. Em seguida mais demoradamente, depois ainda mais demoradamente, sem parar: "Tem de abrir", ele diria a si mesmo; "vai abrir". Não é possível que uma pessoa enamorada chame e ninguém responda: no entanto, eu chamava Francesco a noite inteira e ele nunca respondia. Apurei o ouvido; escutei um som de campainha surdo, insistente: Tomaso já viera e estava tocando. O som irrompia contínuo, incansável. Eu tentava em vão me distrair, esmagar a orelha contra o travesseiro para não o escutar: era uma broca em minha mente. "Depressa, Alessandra", dissera Tomaso naquele dia, "estou sendo seguido." O som não parava. Então me levantei e fui até a porta porque quando alguém está em perigo é preciso sempre responder. "Aqui estou", eu dizia, respondendo àquele som. Abri, mas não vi ninguém, a escada estava às escuras, as portas fechadas. O som persistia, implacável. Temi que fosse Francesco quem chamava e logo acorri ao quarto. Ele dormia, com o rosto imóvel, os braços apertados contra o corpo a fim de se defender. "Mas se você não conseguisse...", me desafiava Vovó. Respondi com atrevimento: "Se não conseguir, eu me mato".

No dia seguinte, saí, no início da tarde, mesmo não sabendo para onde ir: não tinha dinheiro e, além do mais, nunca sentira, como muitas outras mulheres, o gosto por comprar que é também um modo de se fazer valer. Havia pedido a Francesco que saísse comigo, mas ele estava ocupado. Fui me sentar na Villa Borghese e levara comigo um livro, como muitas vezes fazia quando frequentava o liceu. À medida que a luz se atenuava, um medo melancólico me invadia. Eu queria que nossa casa tivesse uma bonita janela perto da qual houvesse árvores e as andorinhas girassem em voo. Nossas janelas, porém, davam para um campo triste, separado de nós por uma fileira de altos e desordenados prédios brancos. Ao anoitecer as cozinhas se iluminavam uma após outra: quando eu era menina, todas as janelas iluminadas me deixavam curiosa: eu tinha vontade de conhecer a história de quem morava ali; mas já sabia que nas casas há sempre uma história infeliz, e por isso não queria mais olhar.

Voltei para casa bastante tarde e o porteiro me passou um bilhete de Tomaso. "Ele me pediu que entregasse isto quando visse a senhora sozinha", disse baixinho. De imediato pensei em rechaçá-lo, mas me reteve a cumplicidade estabelecida entre nós por causa da fotografia: de resto, ele tinha um ofício delicado, em que a pessoa sempre sabe muitas coisas, as quais, porém, deve fingir não saber. Eu já compreendera que ele era um bom homem: não quisera me deixar sozinha na noite em que Francesco fora preso. Com frequência eu considerava, espantada, que muita gente é realmente boa. Na verdade, eu jamais conhecera alguém que, por dentro, fosse de todo mau: até o oficial que detivera Francesco devia ser bom: eu compreendera isso ao ouvi-lo falar com tanto pesar de sua casa e dos livros. Parecia-me que, com muitas pessoas boas no mundo, seria fácil estarmos sempre felizes. No entanto, aconteciam certas coisas que jamais permitiam isso: de modo que se era obrigado a prender ou matar, em vez de ler Rilke.

Assim que entrei em casa, abri o bilhete: Tomaso dizia que tinha vindo e tocado a campainha por cerca de meia hora. Eu não quisera abrir, mas ele voltaria no dia seguinte e depois no outro, até que eu me decidisse a abrir. Tudo isso estava dito amorosamente, como ele sempre costumava me falar. Eu havia caminhado por muito tempo, estava esgotada, e já não tinha mais que pensamentos confusos, elementares. Pensava: sono fome Francesco Tomaso.

Fui até a cozinha, peguei um pedaço de pão e o mergulhei em água como Sista fazia. Reconheci aquele sabor mole e me pareceu voltar ao tempo em que minha mãe era viva e nós a esperávamos na cozinha. Também Sista era boa; eu a revia enquanto, curvada, ela amarrava os sapatos de minha mãe. Todos éramos bons, no mundo: mas dispostos a prová-lo em momentos diversos, de modo que nunca nos encontrávamos. Se Tomaso tivesse telefone eu ligaria para ele e diria: "Não toque a campainha, por favor: não faça isso. Não faça isso", suplicaria, "porque, no fim, eu certamente acabarei atendendo".

* * *

Depois do jantar Francesco e eu nos sentamos no escritório: ele voltara para casa tranquilo e eu tentava me harmonizar com ele, esperando conseguir passar uma noite feliz. Para além das janelas se estendia a desesperada vastidão do ar estival, e o escritório, ao contrário, era íntimo, acolhedor: contudo, olhando ao redor, eu reconhecia por toda parte os sinais da solidão vivida por mim entre aquelas paredes. As almofadas das poltronas, não mais infladas e arrogantes, mostravam sua brandura doméstica. Francesco estava sentado na mesma poltrona em que Tomaso se sentava quando ia me ver.

Até as visitas de Tomaso, pensei com um calafrio, tinham ajudado a dar vida àquele aposento. Parecia-me inclusive que o escritório devia justamente às horas que ali havíamos passado juntos aquele caráter intenso que surpreendia a todos os que entravam ali pela primeira vez. "Como é agradável este aposento, Alessandra", diziam. E eu respondia sempre do mesmo modo, que àquela altura já se tornara rotineiro: "Percebe-se que eu vivo aqui: a casa é muito pequena e sou obrigada a passar o dia inteiro aqui dentro".

Da poltrona em que Francesco estava sentado, eu observava vir ao meu encontro o olhar terno e sorridente de Tomaso. "Não sei se você gosta mais de mim ou desta sala", eu o criticara zombeteiramente, certa vez. "Das duas", respondera ele sem hesitação, "esta sala é você: privada de sua presença, ela não teria mais nenhum encanto." Eu sorria e ele continuava: "É o seu mundo. Qualquer um se enamora do seu mundo assim que o conhece. Por isso é impossível se resignar a ter de você somente uma hora, ou um dia".

Na densa tepidez daquele aposento descobri uma espécie de heroísmo: me parecia que ele se tornara íntimo e acolhedor à custa dos meus sofrimentos. Os braços da poltrona estavam lisos por causa do atrito febril das minhas mãos, quando eu não conseguia dominar a angústia por Francesco, ou o desejo de telefonar para Tomaso. De modo que, numa onda de gratidão, voltei com a memória a todas as horas tormentosas que vivêramos ali, à noite em que lia Rilke e mantinha a mão sobre a arma; e à minha inquietação que se debatera na fumaça dos cigarros ruins que eu preparava para mim quando estava sozinha. Aquele lugar havia sido uma prisão, uma cela, a sala da tortura, mas agora Francesco estava diante de mim, e eu podia olhar para ele enquanto lia. Convinha defender aquele aposento como nos defendêramos da tentação de nos render.

"Francesco", eu disse, "queria falar com você."

Surpreso, ele ergueu a vista do livro: "O que foi?", perguntou, me olhando superficialmente, antes de voltar a ler.

Contemplei seu rosto, o belo talhe da pessoa, as mãos que, ao se moverem, suscitavam em mim uma avidez amorosa. Oh, eu o amava intensamente. Sentia-me resplandecer, ao olhar para ele; me enriquecia de uma ternura suave, um orgulho consciente. Eu jamais fora tão bela como naquele momento.

"Queria falar com você", repeti docemente, e Francesco, pousando o livro aberto nos joelhos, ficou à espera.

"Durante aqueles meses", continuei, "quando você estava escondido, e depois na prisão, uma pessoa se apaixonou por mim. Eu estava sozinha; e esse amor, tão devotado, tão insistente…"

"Você teve um amante?", me interrompeu ele, sério mas calmo, tentando dissimular a gravidade de sua pergunta.

"Não", respondi de imediato, vitoriosa e atônita. "Não… Mas foi uma tentação persistente." Depois de uma pausa, acrescentei baixinho: "Era um amigo seu".

Francesco não me perguntou de imediato quem era, e isso me decepcionou. Eu não queria que ele imaginasse um rival ordinário, um homem medíocre, ao qual teria sido fácil resistir. Esperava que me perguntasse "quem é?", formulei dentro de mim essa pergunta, sugeri-a a ele, e seu silêncio me deixava insegura.

Por um instante, Francesco brincou desdenhosamente com os dedos entre as páginas do livro. Por fim, disse: "Não me agradam esses homens que se aproveitam da ausência do marido para cortejar a esposa. Sobretudo quando o marido está na prisão. Não são leais nem bons jogadores".

"Mas ele estava apaixonado por mim!…", corrigi, angustiada, temendo que Tomaso fosse mal interpretado, aviltado.

"Oh, não diga!…", Francesco exclamou com ironia. "Apaixonado!… Não, não me agradam esses homens. Tenho certeza de que não agradam nem mesmo a você."

Disse isso, e depois voltou ao livro. Não me perguntara quem era, não queria saber: tal como acontecia com muitos outros problemas que ele logo descartava, com uma avaliação fácil. O temor de uma tal avaliação me impedia de falar, àquela altura: se eu lhe confessasse quão forte havia sido minha tentação, ele me desprezaria, talvez, ou talvez duvidasse do meu amor por ele. Além disso era difícil lhe falar depois de ouvi-lo dizer "apaixonado" tal como meu pai dissera "divertir-se", se referindo justamente a ele. Tentei me manter calma, com o objetivo de me defender e ao mesmo tempo defender Francesco e aquele aposento. Por isso, era preciso que ele me compreendesse; eu queria fazê-lo entender que lutar em semelhante guerra, confiando apenas em nossa consciência, não fora fácil como ele acreditava. Queria lhe falar das noites que passara acordada, das palavras que Tomaso me dissera. Francesco não devia ignorar a batalha que eu tinha travado, as dúvidas que me assediaram, o desejo contido, sufocado com violência. Eu precisara combater tudo o que era belo, vivo, atraente. E, se ele resistira a forças brutais e malignas, contra as quais é natural lutar, eu resistira ao amor.

"Francesco…", eu disse, chamando-o desnorteada: suplicava-lhe que compreendesse o quanto havia sido difícil, e ele não devia dizer "as esposas", devia dizer "você, Alessandra", uma mulher, com a fábula trepidante que toda mulher carrega dentro de si e que lhe é mais cara que tudo, mais cara até que a liberdade. Olhava para ele amedrontada, temendo que já não fosse o homem com quem eu ia espairecer no Janículo, se nem sequer recordava meu temperamento romântico nem o quanto certos sentimentos eram importantes para mim; temia que tivesse esquecido tudo o que me provocara arrebatamento e alegria com ele, esperando-o, em seus braços, temia que tivesse se tornado um parente meu, meu marido. Que direito "meu marido" tinha de se sentar naquele aposento?

"Ajude-me, Francesco", pedi, "por que você nunca me ajudou?"

Ele voltou a pousar o livro; me fitou, surpreso e, aparentemente, até aborrecido.

"Como eu poderia ajudá-la, Sandra?", disse, calmo. "Há momentos em que cada um de nós sabe muito bem o que deve fazer. Uma mulher deve sabê-lo melhor que os outros, deve trazer isso em si mesma. Você soube, de fato. Parece-me inútil continuarmos com este assunto."

Não respondi, emudecida pela sua força. Não é verdade que uma mulher sabe bem aquilo que deve fazer, sabe-o unicamente por princípio e os princípios não contam. Eu não o sabia em absoluto, sobretudo desde quando ele retornara, e sua pessoa contrastava com a imagem que eu fizera dele, na ausência, e na qual me apoiara.

434

Desejei expulsá-lo do escritório, repeli-lo dos meus pensamentos, da minha vida; mas sentia que jamais ousaria fechar a porta às suas costas. "Ajude-me, Francesco", suplicava-lhe dentro de mim, já que o amava demais para me reduzir a lhe suplicar com palavras. Tinha adquirido o hábito de chamá-lo com meu silêncio, esperando que ele soubesse ouvir. "Ainda temos tempo", dizia-lhe, "somente você pode me salvar: me salve." Mas ele nunca ouvia.

Meus soluços o arrancaram da leitura: ele veio para perto de mim, acariciou meus cabelos.

"Por que está chorando, querida?", me disse ternamente. "Tenho certeza de que você não fez nada errado."

Pronto, reconheço que desde aquela noite minhas lembranças se tornam nebulosas, confusas. As sensações permaneceram em mim nítidas, em seu emaranhado raivoso, mas eu não saberia situá-las num dia nem numa hora precisa, porque todas elas parecem se dispersar numa noite escura e interminável.

Foi depois dessa conversa, aparentemente pacífica, que a terrível noite começou. Teve início com um sono pesado no qual sofri um pesadelo que depois voltou muitas vezes a me oprimir nos raros momentos em que eu dormia.

Sonhei que era um cão. No sonho eu tinha em mim a consciência desse novo estado. Eu era um cão velho, e, embora não pudesse me ver, sentia o peso da velha pele sobre a magreza humilhante do meu corpo. Era noite e eu caminhava de cabeça baixa, talvez por causa das orelhas pendentes, como me acontecia com as tranças quando eu era menina. Caminhava ao longo do muro, porque o muro me protegia do frio; caminhava, caminhava, esperando que o muro se abrisse e eu fosse acolhida numa casa quente onde pudesse enfim repousar e dormir. Estava exausta, sentia o estômago retorcido pelas contrações da fome. Às vezes surpreendia uma porta aberta e logo pedia asilo: animada por um regozijo confiante, me sentava olhando para os moradores da casa e prometendo dedicar a eles toda a vida que me restava. Olhava para eles me empenhando numa grave promessa que transparecia na postura da cabeça, no focinho nobre e altivo. Mas logo todos me enxotavam duramente e eu me via de novo lá fora sem ter aplacado minha fome e, sobretudo, sem ter podido manifestar minha amorosa fidelidade. Mortificada, me sentava na poeira, à sombra do muro. Recomeçava, de novo era enxotada. Às vezes ficava sentada durante horas, pacientemente, do lado de fora das portas, esperando que me chamassem de volta: era impossível que ninguém quisesse um cão bom como eu.

Acordava e demorava a me livrar da sensação daquela humilhação profunda. Pouco a pouco eu já não era um cão, mas permanecia tensa, transtornada, o coração batia apressadamente. Francesco dormia ao meu lado, ele podia dormir inclusive quando eu era cão e todos me enxotavam. O despertador não parava, nunca pulava um dia, uma hora. E assim a noite nunca acabava.

Eu acordava Francesco, lhe falava do cão e ele me confidenciava que com frequência sonhava estar na prisão ainda. Creio que permanecia sozinha por muito tempo porque tenho lembrança de uma campainha que soa insistentemente, e me vejo caminhando para cima e para baixo, enlouquecida, entre as paredes desertas, torcendo as mãos, tapando os ouvidos, mas encontrando forças para não ir abrir.

Às vezes por todo o dia eu não saía da cama. Francesco acariciava meus cabelos, me dizia que eu estava cansada demais, deveria chamar um médico. Eu sentia um tremor contínuo, sob a pele; minha fronte e a nuca se tornavam rígidas como aço. Agora, mesmo quando Francesco estava em casa, eu ouvia a campainha tocar. Ele estava surdo, ou talvez fingisse não saber o que significava aquele som. "Fique comigo", eu lhe implorava. Mas continuava sozinha, mesmo quando ele permanecia ali. E àquela altura eu tinha medo de ficar sozinha: sentia que era comandada por uma força que me arrastava. "Não me deixe", suplicava-lhe. Ele então me apontava o despertador, comparava-o com seu relógio de pulso, estremecia e, pouco depois, eu ouvia a porta bater às suas costas. Corria ao terraço para me debruçar: se me atirasse lá embaixo e caísse diante dele, talvez Francesco finalmente me enxergasse. "Sim", eu pensava, me apoiando no parapeito, "justo ali, onde acaba o asfalto." Francesco saía pelo portão e, sem perceber, caminhava sobre mim, eu sentia seus sapatos duros sobre meu rosto, sobre meu corpo estendido, inerte, na flácida postura da morte. Sentia-me espicaçada pelas palavras da Vovó: "E se você não conseguisse?". "Se não conseguir, me mato", eu lhe respondia. "Me mato, me mato." Essas palavras se repetiam em mim convulsamente, como num disco arranhado. Eu nunca via o rosto de Francesco: então procurava imaginá-lo com tanta intensidade que ficava com os olhos marejados de pranto. "Amor", eu queria lhe dizer, "estou com medo, temo até que possa me acontecer o que aconteceu à minha mãe." Tinha a exata sensação de que já não conseguiria dominar meus gestos: me agarrava a Francesco para que ele, me mantendo imóvel, me impedisse de executar aquilo que, durante todo o dia, eu me propunha a fazer. Meus nervos só relaxavam quando eu imaginava o frio da arma contra minha têmpora. Então adormecia, num benéfico refrigério. "Durma", eu sonhava que Francesco me dizia, "durma nos meus braços, te amo muito." Era uma bela noite fresca e minha mãe girava ao meu redor como uma brisa. Eu era um cão e me sentava no jardim da *villa* Pierce à sombra de uma grande árvore: feliz, pousava o focinho na grama. Podia finalmente ver os pavões brancos que abriam o leque da cauda, as orquídeas nas árvores, as borboletas de asas coloridas e o grande cedro-do-líbano habitado por um cavalo. "Sandi", minha mãe dizia, vindo ao meu encontro com seu passo gracioso, "oh, você devia se arrepender de ter chegado tão atrasada."

Então eu adormecia junto à árvore. Talvez ninguém possa compreender o que significa, para um pobre cão exaurido, pousar a cabeça na grama densa e úmida de um prado. Tomaso se ajoelhava perto de mim e, tocando em meus cabelos, dizia que eu nunca mais sairia da *villa* Pierce, ele me velaria, impediria quem quer que fosse de se aproximar de mim: me acariciava docemente e eu sentia de novo sob a pele todo o percurso feliz da juventude. Contente, erguia a cabeça para fitar os olhos de Tomaso. Era a primeira vez que os olhos de um homem eram tão bondosos em relação a mim.

Eu estava sempre em casa e a voz de Tomaso me chegava pelo telefone, que havia sido religado porque Francesco era agora uma figura influente e alguns diziam que ele não demoraria a ser nomeado subsecretário. Eu me dispunha a não atender e depois temia que se tratasse de um telefonema para Francesco. Na realidade, sabia que era Tomaso. E lhe perguntava: "Você me ama de verdade? Então, faça com que o jornal o mande viajar, por favor".

Mas nem mesmo Tomaso, que me amava tanto, queria me ajudar.

Francesco e eu nos olhávamos como dois inimigos, ou ao menos eu o olhava como se ele fosse tal, e sem dúvida a coisa que o hostilizava mais asperamente era o meu amor por ele. Tínhamos saído juntos certa noite e eu me sentia trêmula, acanhada, como se fosse a primeira vez que saía com um homem. Imaginava que passearíamos devagar, falando sem olhar um para o outro, como nos primeiros tempos, entregues à doce cumplicidade da noite de verão. Ele, porém, disse que desejava ver não sei qual documentário num cinema. Era um cinema de bairro, próximo à nossa casa: na volta, sonolentos, ficávamos calados, as ruas estavam desertas, melancólicas, entre prédios brancos. Muitos vaga-lumes se animavam repentinamente no ar perfumado de madressilva. E ao vê-los minha decisão de morrer vacilava: eu não resistia ao pensamento de não ver mais os vaga-lumes, não sentir mais o cheiro da madressilva.

Estávamos na cama quando eu disse a Francesco: "Escute, amor, tenho uma coisa para te dizer".

Ele se virou para o despertador e objetou: "Agora?".

"Do contrário, quando eu deveria falar com você? Nunca nos vemos."

"Você me critica por trabalhar, então?"

"Oh, por que diz isso, Francesco? Mas não basta somente trabalhar. Não devemos nos reduzir a isso. Eu estou disposta a renunciar a tudo, menos a ficar junto com você, conversar. Não sei mais o que você pensa: e, assim, eu mesma não sei mais a que me remeter. Temo, dessa maneira, tomar um rumo diferente do seu..."

"Mas não", disse ele, "não se atormente..."

"Pois eu me atormento, sim. Nossas conversas, nossa intimidade, são deixadas para depois de tudo, é a pura verdade. Para isso, basta a chegada de um amigo ou um editorial importante. Por exemplo, a um amigo você dirá 'desculpe, não posso recebê-lo, tenho um encontro com Alberto', mas nunca dirá 'não posso recebê-lo porque preciso falar com Alessandra'. Se o convocam para uma reunião que coincida com um compromisso seu já assumido, você diz 'desculpem, lamento, não posso'. No entanto, aceitaria de imediato se o compromisso fosse o de passar a noite comigo. Para nós temos sempre tempo, você acredita, e assim nunca temos nenhum: de modo que você conversa com todos menos comigo, e todos o conhecem, conhecem o que você pensa, e somente eu não sei nada de você."

"Tivemos a noite toda para falar..."

"Como podíamos, me diga, no cinema?" Eu estava tão desconsolada que recorri à última tentativa: "Escute", propus, "por que não vamos morar em Capri, você e eu? Você poderia escrever livros, eu ganho o suficiente com as traduções. De resto, estamos acostumados a gastar pouco".

Falei-lhe da grande janela e, em suma, de tudo o que Tomaso dizia. Mas ele balançava a cabeça, como meu pai; "Quem dera", suspirou. "Mais tarde, talvez." E, quando ele respondia desse modo, eu sentia um rancor maldoso me dominar. Por fim, depois de me beijar na face, ele acariciou meus cabelos. "Agora durma, querida", disse, se dispondo a dormir. Eu sofria tanto que a carícia de sua mão me queimava os cabelos, como um ferro em brasa.

"Desculpe, não consigo dormir, Francesco: me faça companhia. Tenho muito medo de…"

Senti vergonha por lhe confessar a obsessão que me perseguia: tive medo de que ele gritasse comigo como os pais fazem com as crianças. "Pois é, em suma, creio que não viverei muito mais." Enrubesci ao dizer isso: e ao mesmo tempo pensava que tudo estava de fato acabado entre nós, se eu enrubescia ao lhe confiar meus pensamentos. Ele me tranquilizou, dizendo que eu tinha ótima saúde, e pressurosamente me aconselhou a ir passar uns dias com meu pai, agora que o calor se tornara opressivo. "Tampouco eu me sinto bem", acrescentou.

Então me pareceu necessário que ele soubesse, senti o dever de lhe manifestar meu propósito desesperado, a fim de que ele viesse em meu auxílio. "Escute, Francesco", eu disse. "Tenho medo de acabar como minha mãe." Ele demonstrou dar pouca importância às minhas palavras. "Que tolice", falou, "não pense nessas tolices. Você é muito diferente de sua mãe." "Como assim?", perguntei, já pronta para me defender. "Você é tranquila, séria, sensata…" Eu o encarava, atônita, me perguntando se era de mim que ele estava falando. "Sua mãe, ao contrário…" Hesitou, e eu àquela altura queria impeli-lo a se revelar até o fundo: "Minha mãe?", insisti. "Não sei…", ele prosseguiu, indeciso. "Eu não a conheci… mas…" "Mas? Diga, diga." "Penso que ela era um pouco exaltada…" "Ah", fiz eu, gélida, "compreendi." Francesco tentava se desculpar: "Não sei, talvez isso que eu disse possa te aborrecer. Ficou aborrecida?". "Não, imagine." "Mas é justamente o que eu penso", prosseguiu ele, sério, "e, aliás, queria que você também pudesse se convencer disso." "Certo. Compreendo. Mas creio que não seja fácil."

Depois me calei e a ira me preenchia: eu era como um lago liso, de gelo, sob o qual a água corre veloz, torrencial. Francesco deu corda em seu relógio, acertou-o com o despertador. "Boa noite, querida", me disse; e, depois de me beijar na face, virou as costas, me deixando sozinha com meus pensamentos, atrás do muro.

Desperta, imóvel, eu recordava o tempo em que éramos noivos e íamos nos beijar na sombra do Lungotevere, junto ao local onde minha mãe morrera. Eu falava dela e Francesco demonstrava me escutar com devoção. Talvez desde aquela época a julgasse severamente. Contudo, percebia que, depois daquelas conversas, eu o beijava com ardor reforçado, e por isso me incitava a falar. Ficávamos debruçados no parapeito, ao vento, eu levantava a lapela do velho impermeável. Ele era um homem solitário, então: se encantava ao descobrir o fantástico mundo de uma jovem cuja mãe se suicidara por amor. Mas, agora, se tratava de sua esposa; devagarinho, comedidamente, se propunha a modificar meus traços. Ele gostaria que, em minha velhice, eu me assemelhasse à sua mãe; com a apertadíssima gargantilha branca, a copeira com a coifa engomada, as lindas xícaras de chá. Havia dito que eu era calma, tranquila, sensata: como podia de fato pensar isso de mim? Ocorreu-me a suspeita de que, através daquelas palavras, Francesco pretendesse me propor um modelo. Certa vez ele me dissera: "Queria te ver vestida de modo mais elegante". Talvez já pensasse em mim como esposa do subsecretário.

"Então", eu lhe perguntara num dos momentos daquela noite escura, nebulosa, "então você pensa que nós deveríamos nos resignar, aceitar o casamento?"

Esperei, trêmula: tudo em minha vida dependia de sua resposta. Ele dera de ombros, suspirando, e dissera:

"É a mais antiga das instituições."

Eu me lançara ao chão junto dele, abraçara seus joelhos, suplicando: "Não, Francesco, não, não", e o ódio e o amor se confundiam em mim tão profundamente que eu o abraçava ao mesmo tempo que gostaria de feri-lo.

"Afinal, o que eu disse? É uma consideração de ordem geral. Nada disso tem a ver com você e comigo. Eu te quero bem, Alessandra, o nosso é um casamento feliz."

Eu ouvia a porta de casa bater. Sonhava que era um cão exausto, que caminhava atrás do muro.

Convinha aceitar o casamento. Por isso ele jamais quisera me deixar falar de Tomaso. Muitas outras vezes eu tinha tentado. "Queria conversar com você", começava. Francesco não erguia a cabeça do texto, do jornal, do livro.

"Queria conversar com você", eu repetia, tentando fazer ouvir minha voz para além do muro. "Escute-me, eu queria falar com você." Mas havia sempre um automóvel esperando no portão, um amigo no escritório. Eu acabaria não falando mais. Porque o adultério era uma instituição igualmente antiga. E eu era demasiado apaixonada por ele, para não ceder: já aceitava os bilhetes que Tomaso me mandava pelo porteiro, não evitava mais a cumplicidade deste último e até mesmo, certa vez, ao lhe dizer "Obrigada", compensara-o com algum dinheiro. Ainda assim, permanecera desperta por longo tempo, naquela noite: não conseguia esquecer Lydia, que escrevia para o endereço do recepcionista Salvetti: quando, exausta, caí no sono, sonhei ser um cão do lado de fora das portas das cozinhas. Deliciava-me no cheiro untuoso das comidas, as criadas me atiravam os restos. Além do mais, na lixeira eu sempre encontrava alguma coisa e por isso já não tinha fome, adormecia num saciado bem-estar. "Francesco", chamava, despertando. "Tive um sonho triste, um pesadelo, foi uma noite terrível." Eu sentia que ele custava a acreditar em mim.

"Agora durma", me dizia, "não pense nisso, durma."

Lydia havia dito que, quando se é jovem, é bonito encontrar com alguém às escondidas: mente-se com facilidade, quando jovem, ela observara, é um jogo. Parece que até mesmo se encontrar em quartos mobiliados seja uma aventura estupenda. Eu era uma mulher-feita, agora, e por isso precisava perder o vício de enrubescer tão facilmente. Francesco era uma figura respeitada e tinha direito a pretender que sua mulher se vestisse com elegância. Eu aprenderia a sair com desenvoltura: "Vou à costureira", diria, "vou ao cabeleireiro". Ele me festejaria, na volta, como Tomaso festejava Casimira que o esperava com um vestido novo. Não me queixaria mais dos seus silêncios, não mais lhe diria: "Ajude-me" ou "Fique em casa comigo". Então ele pensaria, satisfeito, que eu me tornara realmente tranquila, séria, sensata, como ele desejava, e que as mulheres só ficam contentes quando têm um belo vestido novo. "Não querem outra coisa", concluiria, com um pouco de amargura. Todo dia Tomaso me diria "como você é bonita!" e depois "eu te amo" e todas as outras coisas inefáveis que ele sempre me dizia. Éramos jovens, iríamos rir olhando ao nosso redor no quarto mobiliado; depois, enquanto Francesco acreditava que eu estava na costureira ou no cabeleireiro, Tomaso começaria a desabotoar devotamente meu vestido novo.

Não, me rebelava com fúria, não queria que Francesco me impelisse a isso. Se o amor que eu sentia por ele podia se macular ou decair, tudo em mim podia decair, eu tinha certeza. Por isso, ao me render, perderia tudo. Não queria me render. Aliás, ele não quisera se render, quando eu lhe suplicara que o fizesse: fora justamente ele que me dera o exemplo dessa custosa intransigência. Ao aceitar suas razões, eu tinha, ao mesmo tempo, reforçado as minhas. É preciso resistir, eu dizia a mim mesma. Monótona, a voz da Vovó se insinuava em meu sono, perturbando os longos cochilos que mitigavam minhas aflições: "E se você não conseguisse?". "Então eu me mato", eu lhe respondia, "me mato." Nesse pensamento eu podia me aplacar. Parecia-me jazer sobre o fundo verde do rio: sobre meu corpo a água corria, verde, opalescente, límpida. Em mim se refletiam as árvores e o céu. Através da água eu via Tomaso se inclinar sobre mim, me chamar angustiado, transtornado pelo desespero: mas eu não escutava mais nada e sorria sem responder. Depois via o rosto de Francesco, severo, triste, seus olhos frios. "Alessandra", ele dizia baixinho, e sua voz me cingia junto com a água. "Alessandra." Ao seu chamado, eu logo me levantava. Francesco caminhava à minha frente e eu o seguia, mas era cão enquanto o seguia, cão exausto e com a velha pele gotejando água.

Jamais cessaria de amá-lo, nem mesmo na morte. Minha mãe, contudo, repousava no rio, numa postura graciosa. Então um despeito irado contra ela me invadia. Eu preferiria que ela tivesse fugido com Hervey, que os dois tivessem vivido juntos, durante anos, na mesma casa, no mesmo leito. Talvez ela não conseguisse mais se levantar, de manhã, com o passo leve que tinha ao descer a escada para se dirigir à *villa* Pierce.

"Francesco", eu o acordei, sacudindo seu braço, "Francesco, escute." Embora humilhada por mostrar a trama acerba do meu sofrimento, eu disse: "Por favor, não durma: estou muito transtornada, tenho medo".

Sonolento, ele perguntou: "O que houve, Sandra?".

"Não consigo estar sozinha, esta noite. Ajude-me."

Ele respondeu: "Acalme-se, querida, eu preciso me levantar cedo, amanhã".

Parecia já estar de saída, chapéu na cabeça, metido no casaco como na fotografia. Despedia-se, eu ouvia a porta bater. Era um desconhecido, embora compartilhasse meu leito: eu fitava sua cabeça escura repousando sobre o

442

travesseiro branco. "Francesco", murmurei. Gostaria de lhe recordar certas noites, nos primeiros tempos do nosso casamento, quando ficávamos nos amando até tarde, no cheiro fresco que vinha da janela aberta. Depois, conversávamos, fumando, com a mente desperta, o corpo jovem, livre, feliz. Até que as andorinhas vinham nos advertir e nós apagávamos a luz, apressados, como que flagrados em delito. Muitas vezes Francesco já devia se levantar uma hora depois; no entanto, nunca deplorava o sono perdido. Eu queria lhe dizer "Não durma nem um pouco, esta noite, estou com medo, perca uma noite por mim, Francesco, por favor: me dê esta noite de presente". Mas, quando me voltava para ele, encontrava-o já mergulhado no sono. Talvez tudo houvesse sido diferente se tivéssemos quartos separados e eu não o visse dormir.

Reerguia-me sobre o cotovelo e fitava Francesco, chamando-o desesperadamente: meus olhos eram doces nomes, ardentes palavras de amor. Na penumbra, consumidas pelo furor do meu olhar, as feições precisas do seu rosto se perdiam: às vezes me parecia até que seu perfil magro assumia a maciça solidez do perfil de meu pai. Francesco se parecia com ele, eu tinha certeza: era ele. Perplexa, passava a mão sobre os olhos para expulsar aquela alucinação. Tentava me serenar considerando que eles não tinham nada em comum, a não ser a forma grande dos ombros. No verão Francesco dormia sem o paletó do pijama. Seus ombros nus branqueavam como uma alta muralha intransponível. E, só de vê-los, eu sentia um frêmito me invadir, me sacudir, cada vez mais violento. Eu era um cão raivoso, queria cravar os dentes, morder. Abalada por tão horrenda sensação, tentava me acalmar, dominar o pavor que aquela raiva maléfica me incutia e voltar a me exaurir na dor. Mas agora eu já era um cão hidrófobo: o cão hidrófobo estava dentro de mim. Para dissipar tal impressão, me esforçava por recordar que a raiva dos cães vem acompanhada pela repugnância à água e considerar que a bebera de bom grado na noite anterior. Porém, nenhuma consideração valia ainda, àquela altura. Eu caminhava rente a um muro interminável e tinha a língua seca, a cabeça baixa. Para além do muro escutava o passo de minha mãe, um leve passo de mocinha. "Você nunca soube caminhar como eu", ela dizia caçoando de mim. Eu a ouvia rir e não conseguia vê-la. O muro me separava de tudo: das casas aquecidas, acolhedoras, das cozinhas onde me davam os restos. Até mesmo da recordação de minha mãe. Ela ria com Hervey, logo atrás do muro. Eu caminhava persistente, paciente, farejando, buscando-os. Encontrava-os, por fim.

Bastava uma mordida e eu os via cair no chão, se estirarem na morte: estavam parados no tempo de sua juventude, na castidade de seu amor sem degradação, ou culpa. Eu queria estropiá-los, destruí-los. Encarniçava-me com as patas sobre o rosto de minha mãe, sobre os olhos, mas era como arranhar o rosto e os olhos de uma estátua. Eu continuava arranhando durante horas, raspava, me parecia estar escavando a areia do rio, o barro cinzento, duro. No barro o corpo de minha mãe aflorava, intacto, vestido de azul.

Acordei num sobressalto. A primeira luz, ainda fria, vazava pelas folhas da janela. Eu já conhecia toda a cerimônia do despertar: primeiro cantava o rouxinol, sozinho, ousado, depois os pardais e finalmente, com o sol, chegavam os guinchos dilacerantes das andorinhas. Fazia tempo que me parecia não ter mais visto a claridade difusa que anuncia a aurora: por isso, tinha certeza de que agora até mesmo a longa noite nebulosa, em que minha consciência se refugiava, estava prestes a me repelir. Eu devia aceitar que um ritmo implacável de dias começasse. A cada dia escutaria a porta bater atrás de Francesco, depois o telefone tocaria e eu atenderia a Tomaso. "Não, não", eu dizia. "Francesco, me ajude." Minhas têmporas latejavam, o cão raivoso estava em mim, arfava. "Não, não", esconjurava minha mãe, acorrendo ofegante em meu socorro. Seu passo era rápido, macio, ela parecia descer de uma escada. A vovó Editta se aproximava devagar, segurando a saia com a mão: se deteve junto ao meu leito, com tristeza no rosto, à espera. E, mesmo as amando ternamente, me senti gelar ao vê-las aparecer. Eu sentia medo, queria recuar, fugir. Um medo horrível que eu já não continha. Até Natalia Donati se aproximava devagar, sem rumor. Era uma garotinha de tranças ruivas, seu olhar enamorado cintilava atrás das lentes. "Você também vai conhecer tudo isso", ela me prometera, ao ler para mim as cartas de amor no jardim poeirento dos Prati. Parecia não ter mudado desde então. Apenas segurava no colo um menininho de cabelos ruivos e tinha os olhos arregalados de terror.

A luz se intensificava pouco a pouco, as andorinhas giravam ao redor de minha casa como no pátio da Via Paolo Emilio, e assim a longa noite acabara. Dali a pouco eu deveria me levantar, recomeçar. "Francesco", implorei, "por favor, Francesco." Os ombros dele eram um interminável muro de pedra. Minha mãe estava sentada junto à minha cama me acariciando os cabelos e sua mão de ar não me trazia calma nem refrigério. Ela me acariciava assim quando eu era menina e nós nos demorávamos junto à janela. Eu lhe disse que gostaria de ver ao menos uma vez os pavões da *villa* Pierce. E de voltar ao Janículo com Francesco, voltar à Villa Borghese. "Francesco", suplicava a ele, "vamos à Villa Borghese." Eu o chamava, tinha o rosto encharcado de lágrimas, e não conseguia me fazer escutar. "Mas se você não conseguisse?" Eu estava de pé diante da Vovó, como na primeira vez que a vi. "Se não conseguir, me mato", murmurei, já sem ousadia.

Abri a gaveta, peguei a arma. Era fria, dura, e meu braço, esgotado por aquele peso, se abandonou ao longo da lateral da cama. O cansaço e o desespero se aplacavam em mim, e até o cão raivoso se aquietava. Seria difícil, muito mais difícil do que quando eu transportara as bombas sob as verduras. Ainda mais difícil do que na noite em que eu fechara a porta diante do rosto angustiado de Tomaso. Depois, porém, não mais dormiria atrás do muro, não iria mais recolher os restos do lado de fora das portas das cozinhas. Eu tinha medo. Também minha mãe e a vovó Editta tinham medo. Condoídas, seguiam meus gestos, e minha mãe estava pálida no vestido azul. Eu as chamava e elas não respondiam. Mais uma vez pensei em fugir, em me refugiar na velha casa do Abruzzo. Encontraria tio Rodolfo sentado à escrivaninha, no pacífico escritório, onde estava pintada a grande árvore que aprisionava meu nome entre os ramos. Tio Rodolfo era um homem do meu sangue e nele eu podia confiar. Era o único que podia me tomar nos braços, me levar embora, me fazer repousar num leito de cortinas brancas. Afora ele, em toda a minha vida eu não encontrara ninguém em quem pudesse me apoiar. "Tio Rodolfo…", eu repetia, "tio Rodolfo…" Ele não veio. Eu estava sozinha atrás dos ombros de Francesco, um muro lívido na fraca luz da aurora. Finalmente eu sentia o refrigério da arma na têmpora. *Tous mes adieux sont faits*", dizia a mim mesma, fitando o rosto de minha mãe: *Tous mes adieux…*"

"Francesco", prorrompi desesperada. "Ajude-me, Francesco…"

Ele mal se mexeu: "Durma", murmurou, "sossegue, durma. Conversaremos amanhã".

Em mim o cão raivoso deu um salto, se arremessou. Lancei-me contra Francesco e descarreguei a arma em suas costas.

Imediatamente vi o sangue correr sobre o lençol branco. Fiquei vazia de qualquer pensamento; depois chamei: "Francesco", balançando-o devagar, como sempre fazia para despertá-lo. "Francesco, eu te amo. Me perdoe, me perdoe, eu te amo."

Ele não respondia, então o sacudi com mais força. "Responda, Francesco", gritei aterrorizada, "responda." Continuei a sacudi-lo e, quando parei, seu corpo caiu pesadamente de costas. "Francesco", supliquei, com voz despedaçada. "Amor, responda. Responda!" Por fim saltei da cama, pedindo selvagemente socorro; escancarei as janelas, a porta de casa, "Socorro", gritava.

Os vizinhos me encontraram ajoelhada junto dele. "Façam alguma coisa", eu dizia, "ele não me responde. Façam alguma coisa", implorava. Todos haviam acorrido de roupão, despenteados, e permaneciam em silêncio ao nosso redor, se afastando, formando um círculo de curiosidade e terror. Deixavam-nos sozinhos. Eu acariciava a mão de Francesco, olhava para seu rosto imóvel, fechado, inexorável, seu maxilar duro; e lhe falava com o amor pungente que sempre estivera em mim desde o primeiro dia. "Responda", dizia, "não faça isso, por favor, responda." Encostava os lábios nas suas mãos. "Eu te amo", dizia-lhe, sob o olhar horrorizado da filhinha do porteiro.

Depois vieram os policiais.

No dia do julgamento todas as mulheres se lançaram contra mim. Habituada ao silêncio e ao isolamento em que permanecera durante onze meses no Carcere delle Mantellate,* pela primeira vez eu me dava conta das reações que meu gesto suscitara: até então, acreditava que estas interessariam só a mim, à minha vida, e aos tutores da lei. Em vez disso, quando entrei na sala, as mulheres pareciam satisfeitas por desafogar um ódio reprimido havia tanto tempo. Algumas gritavam e eu via se voltarem para meu banco seus rostos enfurecidos, com olhares que nada mais tinham de piedosos ou simplesmente de humanos. Contemplei-as, lívida: elas, ao menos, deveriam compreender, mas, ao contrário, se encarniçavam contra mim. As que foram chamadas a depor mal me conheciam e, no entanto, asseguraram que Francesco fora um excelente marido: as vizinhas disseram que aos domingos ele sempre me levava docinhos. Fulvia, durante seu depoimento, não ousou nem olhar para mim: era minha única amiga, e o que ela declarou causou muita impressão. Disse que eu jamais valorizara a sorte de ter me casado com um homem

---

* Nome pelo qual era conhecido o cárcere feminino de Regina Cœli, gerido por irmãs terciárias (as *mantellate*, em alusão ao manto curto que elas usam) e fechado em 1964.

honesto e leal; e que, ao contrário, indiferente a tal privilégio, com frequência acusava Francesco de algumas imperfeições irrelevantes. Meu advogado se inquietava e eu a escutei espantada e magoada, até que compreendi que ela não estava depondo contra mim, mas contra a filha do merceeiro.

Depois foi a vez dos amigos de Francesco. Vinham depor graves e melancólicos, e todos me julgaram com severidade, mas sem rancor. Falavam pouco de mim e se demoravam falando de Francesco; eu gostava de ouvi-los porque assim me convencia de ter tido razão em me apaixonar por ele, que era verdadeiramente um homem extraordinário. Quando Alberto falou, o público o acompanhava comovido; e, depois, as mulheres se lançaram de novo contra mim, de tal modo que o presidente do júri ameaçou mandar esvaziar o recinto. Eu queria agradecer a Alberto com um aceno da cabeça; me parecia que seu depoimento fora na verdade uma sincera e digna homenagem. Mas ele não olhou para mim; ninguém me olhava com amizade. De toda a minha vida transcorrida, nada existia mais, exceto o momento em que eu havia disparado. E de resto, ao ouvi-la interpretada de tantas maneiras, eu mesma não reconhecia mais a minha vida. Falou-se também daquilo que eu fizera durante o período da odiada invasão, e todos estiveram de acordo em reconhecer que minha coragem singular era outra prova óbvia da minha inconsciência e da minha fria crueldade. Tomaso se encontrava na Inglaterra com a esposa, como correspondente do seu jornal. Leram seu depoimento, em que ele falava com respeito de Francesco e, de mim, com devotada admiração. Contudo, a esse testemunho favorável não foi atribuído nenhum valor, porque a partir das asserções do porteiro se tornou claro que Tomaso tinha sido meu amante.

Depois da mãe de Francesco, depuseram alguns parentes meus. Tinham chegado atrasados por causa de uma indisposição do papai. Este entrou de braço com tia Sofia, e sua pessoa alta, seus cabelos brancos, além da enfermidade tétrica que o afligia, logo conquistaram a simpatia da audiência. Apesar do motivo doloroso que o levava até ali, eu compreendia que ele estava orgulhoso por se apresentar, finalmente, no personagem ao qual acreditava ter se mantido sempre fiel: o do homem intransigente e rígido que não hesita em sacrificar a filha em observância às leis do Estado. De fato, ele disse que desde menina eu havia sido extravagante e sujeita a acessos de violência. Achava-me, sobretudo, desmiolada e cruel. Estava cego, e portanto era fácil para ele falar sem reticências, como se eu não estivesse presente: e desse modo eu soube o que ele pensava de mim e que jamais ousara me dizer em tantos anos. Ainda assim, tentou me desculpar, dizendo que eu recebera uma educação errada, imputável à índole de minha mãe. Aludiu ao trágico fim dela e, com sua resignação austera, nos acusava ambas: de modo que afinal foi ele, mais que Francesco, quem suscitou a piedade dos presentes.

Tia Sofia se mostrou insegura: depois de cada pergunta, me olhava esperando que eu lhe sugerisse o que ela devia responder. Declarou que eu era uma boa moça, embora não praticasse a religião: me atribuiu inclusive muitas outras qualidades que eu ignorava possuir, entre as quais a paciência e a ordem. Disse, contudo, que, durante o tempo em que eu permanecera no Abruzzo, ela sempre tivera um medo secreto de mim: não conseguia me compreender, e só intuía confusamente qual seria a violência de uma revolta num temperamento solitário e paciente como o meu. Para exemplificar o que declarava, citou a força com que eu matara o galo, e nesse episódio em particular se deteve a atenção do tribunal. Falou-se da mãe de minha mãe, que havia sido uma atriz de teatro. Eu não compreendia por que se demoravam tanto naqueles detalhes inúteis.

Chegou a vez da Vovó, e, quando ela pronunciou o juramento, se fez um silêncio respeitoso na sala. Ela jamais viera a Roma, jamais entrara num tribunal; no entanto, subiu com desembaraço ao estrado das testemunhas e se posicionou com sua natural solenidade. Dali, superando o espaço que nos separava, buscou de imediato o meu olhar e eu escondi o rosto entre as mãos. Ela foi inclemente em acusar minha mãe pelo exemplo de fraqueza que me dera; depois, difusamente, falou de mim, das condições especiais em que eu vivera e, sobretudo, de meu temperamento, aclarando-o nos aspectos mais recônditos, insistindo em descrever minha natureza doce, leal, honesta, e a aguda sensibilidade de que eu sofria. Comovida, percebi que somente ela sempre compreendera tudo. De fato, foi a única pessoa que depôs a meu favor.

E assim foi pronunciada contra mim a sentença mais dura. Francesco havia sido um homem íntegro e não fizera nada que fosse condenado pela lei. Durante o julgamento, nem tentei me defender. Se a mim tivesse sido possível revelar, diante de tanta gente, tudo o que me ofendera na vida, eu já não seria Alessandra, mas outra. E nesse caso também a minha vida teria sido outra. Eu jamais conseguira falar desde a primeira vez que o juiz me interrogara, áspero, hostil, ditando depois friamente ao escrivão. Tinham me conduzido a uma saletinha escura no palácio de justiça, a qual, dando para uma rua dos Prati, se assemelhava aos aposentos da casa onde eu passara a infância. Ali, confortada, eu começara a falar com confiança espontânea. Mas o juiz, de imediato, à minha sinceridade opusera um incrédulo sarcasmo, como fazia meu pai. Já era muito difícil expressar em poucas palavras o que me impelira a agir daquela maneira: e, sobretudo, citar fatos concretos. Minha mãe costumava dizer que as mulheres estão sempre erradas diante dos fatos concretos. Eu sentia que aquele homem seria surdo às minhas razões, como sem dúvida o era às das mulheres de sua casa. Por isso, desde então, preferi silenciar sempre, aceitando por inteiro a minha culpa.

Também o advogado que me defende, um abruzense contratado pelo meu pai, sabe muito pouco de mim. Não me conhecia antes, tampouco eu me abri com ele em nossas raras conversas: portanto, teve de se ater às causas tradicionais de outros horríveis gestos semelhantes ao meu. Falou de uma infidelidade de Francesco e de uma provável cena de ciúme ocorrida, durante a noite, antes do fato. Referiu-se até a um repentino acesso de loucura. Também ele, para me ilibar, aludiu ao suicídio da minha mãe e a alguns fenômenos de hereditariedade. Deixei que falasse, já que aquele era seu ofício e ele o desempenhava com fervor.

Creio que, se minha defesa tivesse sido feita por uma advogada, eu não teria dificuldade em me explicar; e, de igual modo, se entre os componentes do tribunal eu tivesse visto uma figura feminina. Em vez disso, porém, mesmo percebendo que meus silêncios obstinados provocavam indignação entre os presentes e afastavam de mim qualquer movimento de simpatia e de piedade, eu não conseguia falar. Se não fora possível me fazer compreender pelo homem que vivia ao meu lado e a quem eu amava com todas as minhas forças, se eu não pudera falar com ele, como seria possível com os outros? Por isso, acenando com a cabeça não ter nada a replicar, acolhi serenamente a condenação para me submeter às normas que o longo costume da comunidade estabeleceu. Mas assim que me vi aqui, na prisão, e enquanto aguardo o resultado do recurso, quis narrar a crônica exata desse trágico evento, porque me parece justo que ele seja encarado também do ponto de vista de quem o viveu como protagonista. Não sei se aqueles que vão me julgar terão tempo de ler esta memória. É uma longa memória, na verdade, porque infinitamente longa é, dia após dia, hora após hora, também a breve vida de uma mulher; e raramente é só uma a causa que a pressiona a uma revolta repentina.

Na severa paz deste lugar, para mim foi fácil recapitular minha história; e escrevê-la, até mesmo um alívio. Empenhei-me em expô-la objetivamente até para dissipar a desconfiança suscitada pela minha reserva silenciosa, que era, decerto, um dos motivos pelos quais minha mãe e eu tínhamos tão poucas amizades. Creio que, depois de ter lido, um homem poderá compreender com mais facilidade minha ação, embora, por sua natureza, não conseguirá justificá-la. De resto, se a sentença for confirmada e eu tiver de pagar inteiramente a pena, não lamento permanecer muitos anos fechada numa cela, embora eu ainda seja jovem. Esta cela, por exemplo, dá para um pátio ao qual no crepúsculo descem as andorinhas: nesse horário as freiras me levam para tomar ar e me permitem regar os gerânios. E quem conhece estas páginas já sabe que permanecer em silêncio junto a uma janela é, desde os mais remotos dias da infância, uma das minhas condições de felicidade.

Além disso, toda noite Francesco vem ao meu encontro. Entra e, só de vê-lo, me sinto invadida por um amplo bem-estar. Agora ele perdeu aquele hábito de se mostrar sempre apressado e distraído, que tanto me fazia sofrer. Senta-se na minha frente, na poltrona de casa, e olha para mim. Jamais se cansa de olhar para mim. Toda noite reencontramos o encanto de conversar e de nos revelar mutuamente, como durante os primeiros tempos. Em suma, ele é agora como eu sempre havia sonhado que fosse. De modo que me ocorre suspeitar que somente o gesto violento executado por mim lhe deu a consciência de seu amor e o modo de me reconhecer como aquela que, amada por ele, eu almejara ser.

Posfácio

Elena Ferrante

Quando era muito jovem, eu almejava escrever exibindo um pulso viril. Achava que todos os escritores de alto nível eram do sexo masculino e que, portanto, era necessário escrever como um homem de verdade. Em seguida, comecei a ler com muita atenção a literatura das mulheres e abracei a tese de que cada pequeno fragmento em que fosse reconhecível uma especificidade literária feminina devia ser estudado e utilizado. No entanto, faz algum tempo que me livrei de preocupações teóricas e leituras e passei a escrever sem me perguntar mais o que eu deveria ser: masculino, feminino, de gênero neutro. Limitei-me a escrever lendo vez por outra livros que não fossem uma companhia agradável, mas uma companhia proveitosa, enquanto eu escrevia. Tenho uma lista razoável e os chamo de livros de encorajamento. Um deles é *Na voz dela*, de Alba de Céspedes.

Li o romance pela primeira vez quando eu tinha dezesseis anos. Como não raro acontece com vários livros que nos influenciam na juventude, reescrevemos trechos de acordo com nossas necessidades. Falo sobretudo das primeiras 150 páginas de *Na voz dela*, uma história de uma relação mãe-filha e, mais em geral, um catálogo das relações entre mulheres.

Quando li aquelas páginas pela primeira vez, muitas coisas me agradaram, outras não entendi, outras me incomodaram. Mas o importante foi a leitura conflituosa que se desenvolveu: não consegui me identificar seriamente com a jovem Alessandra, a narradora. É claro, a relação entre ela e a mãe, Eleonora, pianista cerceada por um marido medíocre, me comoveu muito. É claro, me reconheci nos momentos em que Alessandra narrava sua ligação profunda com a mãe. Mas, por outro lado, sua aprovação absoluta da paixão que Eleonora nutria pelo músico Hervey me perturbou — ou melhor, a aceitação de Alessandra me pareceu melosa e improvável, me indignou. Eu teria combatido com todas as forças um hipotético amor extraconjugal de minha mãe, até mesmo uma simples suspeita me deixava com raiva, me enciumava muito mais do que o amor dela por meu pai. Enfim, eu não entendia, tinha a impressão de saber mais sobre Eleonora do que sua filha podia intuir.

E o que marcou a diferença entre mim, leitora, e a narradora em primeira pessoa foram justamente as páginas sobre o vestido preparado para o concerto com Hervey. Achei-as fulgurantes e, ainda hoje, me agradam muito, uma parte importante de um texto que, como um todo, me parece de grande inteligência literária. Vejamos, então, a história daquele vestido, que tem um desenvolvimento bem articulado. Eleonora tem talento artístico, mas, apagada pelo papel de esposa de um homem comum, é reduzida à sombra pálida de uma mulher extremamente sensível e sem amor. Sua mãe, a avó de Alessandra, também desperdiçou a própria vida: austríaca, atriz talentosa, casou-se com um militar italiano e teve de guardar em uma caixa os véus e as plumas de seus figurinos de Julieta, de Ofélia; em suma, ela também teve um destino de renúncia ao talento. Mas eis que Eleonora, já com quase quarenta anos, indo de casa em casa para dar aulas de piano, vai parar em uma rica mansão para trabalhar como professora de uma menina chamada Arletta, conhece o irmão dela, o misterioso músico Hervey, e se apaixona por ele. O amor lhe devolve o talento, o desejo de viver, a ambição artística, e ela decide fazer um concerto com Hervey.

É a essa altura que surge o problema do vestido. Com que roupa Eleonora vai se apresentar no concerto de sua libertação, na rica casa de Arletta e Hervey? Na adolescência, eu era uma leitora que ficava agitada com cada linha. Gostava da ideia de o amor ser tão importante naquele livro. Sentia que era verdadeiro, não se pode viver sem amor. Mas, ao mesmo tempo, percebia que algo não estava certo. Angustiavam-me as roupas do armário de Eleonora, eu reconhecia ali algo familiar. "Eram todos de cor neutra", escrevia de Céspedes dando voz a Alessandra, "havana, cinza, dois ou três eram de seda crua, entristecidos por uma golinha de renda branca: roupas adequadas a uma anciã. [...] Os vestidos pendiam frouxos dos cabides. Eu disse, baixinho: 'Parecem muitas mulheres mortas, mamãe...'." Aí está: a imagem das roupas como mulheres mortas penduradas em cabides deve ter se agarrado a meu sentimento secreto em relação às vestimentas, e eu a usei com frequência, ainda a uso.

E havia mais uma, algumas páginas antes, que eu logo inseri no meu léxico e que se referia ao corpo evanescente de Eleonora apaixonada: "Era tão magra que dentro do vestido parecia haver somente um pouco de ar". Como era verdadeiro aquele vestido animado apenas por um fôlego quente! Eu lia. Lia avidamente para ver como terminaria. Que roupa Eleonora usaria? Ela se levantou, foi até o gavetão, tirou de lá uma caixa grande. Os olhos da filha, Alessandra, não se desgrudavam da mãe:

A caixa era atada por barbantes muito velhos: mamãe os despedaçou com um puxão. Levantada a tampa, apareceram diáfanos tecidos cor-de-rosa e azuis, plumas, fitas de cetim. Eu não imaginava que ela possuísse semelhante tesouro: por isso olhei para ela, espantada, e ela dirigiu o olhar para o retrato de sua mãe. Compreendi que se tratava dos véus de Julieta ou de Ofélia e toquei com devoção aquelas sedas.

"Como poderemos adaptá-los?", ela me perguntou, indecisa.

Eu tremia. O vestido da libertação advinha da linhagem materna; graças à sabedoria de costureira de uma vizinha barulhenta, Fulvia, os figurinos da mãe atriz de Eleonora se tornavam traje de concertista, paramento para surgir bela diante de Hervey. Eleonora punha de lado seus discretos vestidos de esposa e usava véus azuis para fazer um vestido com a cor apropriada para uma mulher apaixonada, uma amante. Eu estava ansiosa. Não entendia o comportamento alegre de Alessandra, a filha.

Lia e sentia que as coisas não terminariam bem, ficava surpresa por aquela garota de dezesseis anos — da mesma idade que eu — nem sequer suspeitar disso. Não, eu não era tolamente cega como ela. Percebia a tragédia de Eleonora. Sentia que a passagem dos vestidos neutros aos coloridos não melhoraria sua condição. Aliás, quando Alessandra exclamava para Fulvia, a vizinha costureira, "Precisamos fazer um vestido para a mamãe com os véus de

Ofélia!", eu tinha certeza de que a tragédia estava próxima. O vestido novo com os velhos tecidos do teatro não salvaria Eleonora. A mãe de Alessandra — era nítido — se mataria, sem dúvida morreria afogada.

De fato, era o que acontecia: Alessandra não entendia, eu sim. A necessidade de oferecer a própria beleza ao homem amado não me soava libertadora, mas sinistra. Eleonora dizia, exibindo o corpo seminu ao olhar da filha e da vizinha: "Sempre que eu chego e ele me olha, sinto vontade de estar bonita como uma mulher num quadro". O trecho continuava assim, narrado por Alessandra: "Levantou-se, correu a dar um abraço em Lydia e em Fulvia, depois em mim, se adiantou até o espelho com um breve voo e ali parou, se perscrutando. 'Deixem-me bonita', disse, apertando as mãos sobre o coração. 'Deixem-me bonita'".

Deixem-me bonita. Como chorei com essas palavras. A frase ficou na minha memória como um grito não de vida, mas de morte. Agora o tempo passou, muitas coisas mudaram, mas aquela necessidade expressa pela Eleonora de Alba de Céspedes ainda me parece desesperada e, por isso, significativa. Vamos percorrer novamente os trechos como eu os senti na primeira e distante leitura, ainda os sinto. Eleonora, sob o impulso do amor, decide despir-se das roupas do castigo, do sofrimento. Mas a única roupa alternativa com que se depara é o figurino herdado da mãe, a roupa do corpo feminino valorizado e exibido. Fulvia, a costureira, prepara o vestido, e ela se adorna para se oferecer a um homem distraído: um vestido de Julieta, um vestido de Ofélia, um vestido que não é menos humilhante do que as roupas neutras, as roupas do papel de esposa e de mãe que a apagam. Isso era o que eu sabia, o que eu achava que sabia desde sempre. Sabia que não apenas as roupas recatadas do guarda-roupa doméstico de Eleonora, mas também aquelas nas quais se exibiria, são trajes que pendem dos cabides como mulheres mortas.

Alessandra demoraria o livro inteiro para entender isso. Tarde demais: assim como a avó, assim como a mãe, ela também desembocava na morte. Eu, não sei como, havia intuído isso nas roupas de minha mãe, na paixão dela por se embelezar, e essa intuição me atormentava. Eu não queria ser daquele jeito. Mas como eu queria ser? Já crescida, já longe, quando pensava nela, eu buscava o caminho para entender que tipo de mulher podia me tornar. Queria ser bonita, mas como? Seria mesmo necessário escolher entre apagamento e espalhafato? Eu me angustiava em busca do meu caminho de rebelião, de liberdade. Será que o caminho era, como Alba de Céspedes fazia Alessandra dizer com uma metáfora talvez de origem religiosa, aprender a usar não as roupas — elas virão como consequência —, mas sim o corpo? E como fazer para chegar ao corpo por baixo das roupas, da maquiagem, dos hábitos comuns impostos pelo ato de se embelezar?

Não encontrei uma resposta certa. Mas hoje sei que minha mãe, tanto na monotonia dos trabalhos domésticos quanto na exibição de sua beleza, exprimia uma angústia insuportável. Havia apenas um momento em que ela me parecia uma mulher em tranquila expansão: quando curvada, as pernas erguidas e unidas, os pés no apoio da velha cadeira, circundada por restos esfarrapados de tecido, sonhava com roupas salvadoras, seguia em frente com linha e agulha, continuando a unir os pedaços de suas fazendas. Aquela era a hora de sua verdadeira beleza.

Apêndice

Prefácio à edição de 1994

Alba de Céspedes

Este livro é a história de um grande amor e de um crime. Quando o escrevi, não sabia como ele iria terminar. Mas, naquela época, eu acreditava totalmente na eternidade do amor. Também acreditava em muitas outras coisas cuja inconsistência a realidade circundante me mostrou. Tinham decorrido somente quatro anos após o fim da guerra e, com outras italianas e outros italianos, eu também acreditava que a solução de todos os nossos problemas estava no fim do fascismo.

Embora tivesse passado dos 35 anos de idade, eu ignorava tudo sobre os mecanismos econômicos que haviam desencadeado as duas guerras mundiais. Este livro foi também uma conscientização minha a respeito do entusiasmo que me guiara ingenuamente no combate pela liberdade e na convicção de que seria possível viver o amor como uma aventura sem limites e sem ambiguidades.

Já naqueles anos, entre 1946 e 1949, essas minhas convicções começavam a vacilar. O amor que eu havia mantido ardentemente durante a passagem da linha de fogo e durante a superior solidariedade gerada pelo espírito da Resistência começava a esfriar ante o contato com a vida, que voltara a ser banal e compromissiva. Já sobrevinha a amargura também no que dizia respeito à minha vida pública. A revista *Mercurio*, fundada por mim em 1944 e que eu dirigia, terminou suas publicações em 1948. O financiador da revista, que, levando em conta inicialmente a particular situação bélica e depois a reviravolta de Salerno, me deixara de rédea solta, de repente me propunha uma guinada rumo a posições de ortodoxo atlantismo. Descobri então como o poder mercantil é permissivo no princípio e como se serve de um título de periódico assim que um número conveniente de leitores se habituou a segui-lo. Recusei.

Somente em alguns velhos corações pode viver ainda a decepção ligada àqueles anos nebulosos. Dar-se conta de que a luta, a prisão e, para muitos, a morte tinham servido apenas para fazer da Itália um protetorado norte-americano. Uma camada de sombra, de tristeza, desceu sobre todas as coisas. O fascismo, com sua presunção e teatralidade, cedera lugar a uma classe dirigente inconfiável e ávida de servilismo. Estes éramos nós? Isto nos cabia? Recordo o dia em que um presidente do Conselho desencadeou o entusiasmo do Senado, desfraldando um cheque americano como uma bandeira. Na época eu não me dava conta disso, mas aquela se tornara a nossa bandeira. As críticas que eu me fazia acerca das facilidades da minha condição, a qual me permitia desprezar o clientelismo político e a submissão ao sistema, não impediam que eu me perguntasse: "O disfarce em heroísmo das ambições que haviam animado os combatentes pela liberdade, então era para isso que servia?".

Eu ainda não podia saber até que ponto de corrupção a nação italiana poderia chegar. Mas o pressentia. Via os protagonistas políticos da Resistência se aviltarem e pouco a pouco se apagarem na aceitação dos ritos da democracia parlamentar. A tragédia se tornava comédia. Meu país de adoção saía da história e meu país de origem — Cuba — se preparava para retornar a ela, mas isso aconteceria uma década mais tarde.

Por outro lado, era para mim cada vez mais pesada a insuportabilidade dos vínculos que impediam as mulheres de expressar sua vontade de ação. Tal insuportabilidade já se expressara no meu primeiro romance, *Ninguém volta atrás*, mas eu já não tinha 27 anos como na época da publicação dele. A experiência da guerra e do envolvimento político haviam tornado esses vínculos ainda mais intoleráveis. A igualdade entre a mulher e o homem diante do perigo e da morte já se tornara evidente para mim.

A passagem das linhas do front sobre o rio Sangro reforçara irrevogavelmente essa convicção. Eu já sabia que um homem pode tremer e uma mulher permanecer impávida durante um bombardeio de artilharia. Em seguida, a documentação histórica me tornaria ciente do supremo sacrifício realizado por mulheres combatentes, tanto antifascistas quanto fascistas. Portanto, me exasperava que com o retorno à realidade eu me visse de novo na condição de subalterna que a sociedade me atribuía enquanto mulher.

Somente uma mulher podia compreender naquela época o quanto era irritante se sentir sob tutela. A liberdade de que eu desfrutava, devida ao meu sucesso literário, confirmava, como uma exceção confirma a regra, a realidade da condição feminina. Talvez, para uma jovem de hoje, seja difícil compreender tudo isso. Porque uma segunda economia baseada por mais de trinta anos no estímulo à demanda de bens abriu às mulheres a porta do trabalho remunerado nas atividades privadas e nas funções públicas. Assim, a conquista de alguns direitos fundamentais levará muitas das minhas leitoras a não compreenderem qual teria sido a sorte delas em 1948. Num daqueles dias eu me encontrava em Milão, na Mondadori, e meu editor me pedia informações sobre meu novo romance. Eu lhe falava com a dificuldade que todo autor sente ao falar ao seu editor sobre o livro que está escrevendo. A certa altura, afirmei que se tratava de uma história de amor, mas vista *dalla parte di lei* [segundo ela]. O genial Arnoldo me interrompeu, com o rosto iluminado, e gritando: "*Dalla parte di lei... dalla parte di lei*". O título em italiano foi decidido assim.

Já fazia um ano que eu estava em Washington, na embaixada da Itália, aonde acompanhara meu marido. Parte do livro foi escrita lá. No momento da publicação de *Na voz dela* eu ainda me encontrava nos Estados Unidos e não pude acompanhar nem o lançamento do livro nem as reações da imprensa. Que diferença em relação a *Ninguém volta atrás*, cujo lançamento foi para mim uma experiência muito próxima do entusiasmo! Permaneci nos Estados Unidos até 1952. E a rubrica com a qual eu colaborava para o semanário *Epoca* se chamou "Dalla parte di lei". Deixei sem pesar a América macarthista daqueles anos de início da Guerra Fria a fim de seguir para a União Soviética, para onde meu marido fora transferido.

Nas breves temporadas que passava na Itália, eu reencontrava como sob uma camada de chumbo o país por mim tão amado. Ainda não se produzira o "milagre econômico", e a distância tornava ainda mais pungente para mim a descoberta, cada vez maior, de que o país perdera a própria independência e se tornara politicamente um valor desprezível. Os anos 1960 dariam a muitos italianos, com a melhora de sua condição econômica, a ilusão da liberdade. Esse meu parecer poderá se afigurar severo, já que, nos anos 1960 e 1970, homens e mulheres na Itália lutaram para que seus direitos fundamentais fossem reconhecidos. As vitórias obtidas sobretudo pelas mulheres italianas quanto à equiparação de seus direitos, e à remuneração de seu trabalho, não podem me deixar indiferente. E, de igual modo, a batalha vencida pelo direito ao divórcio.

Contudo, minha ascendência cubana me exorta a não estabelecer uma separação entre a política interna de um país e sua política externa. E a privilegiar a independência dele e a legitimidade do seu governo como garantias superiores de sua liberdade. Foi o que pude inferir para além do exemplo heroico da morte em combate do meu avô Carlo Manuel de Céspedes y del Castillo, pai da pátria cubana e libertador dos escravos, assim como dos ensinamentos de meu pai Carlos Manuel de Céspedes y de Quesada, presidente da República cubana, morto em 1939. Suas palavras a respeito desse tema me surpreendiam nos anos mais jovens, quando eu as escutava e ainda era inexperiente. As provações da vida me esclareceriam o sentido das palavras do meu pai quando ele me dizia que, em defesa da liberdade e dos interesses da pátria, o cidadão podia até enfrentar a prisão e a morte. Hoje Cuba, minha pátria (tenho dupla cidadania, como toda mulher cubana casada com um estrangeiro), está estrangulada por um bloqueio econômico iníquo que dura há trinta anos, e seu nobre, integérrimo líder é escarnecido e desacreditado pelos mercenários da imprensa ocidental.

Hoje, eu, mulher no crepúsculo da minha vida, retorno sempre em pensamento aos meus jovens anos e às esperanças férvidas de então. Eu não conseguia entender como a liberdade dos cidadãos podia se conciliar com a perda da independência da nação; nem compreender como uma nação podia se reduzir a uma filial de supermercado.

Assim, com o passar dos anos, me pareceu descobrir quanta ilusão existe no próprio termo "liberdade". Vi Cuba conquistar sua independência política em 1959 ao preço da mais feroz sanção econômica imposta ao país por ter ele ousado ambicionar tanto. Vi a Itália perder sua independência em 1945 em nome de uma liberdade sobre cujo sentido me pergunto hoje e no momento em que uma crise de ajuste da economia mundial põe em questão a

unidade da nação, além da prosperidade e do trabalho dos italianos. Pergunto-
-me também que sentido tem o amor, e se falar dele não será uma hipocrisia
ou uma prova de fraqueza. Posso dizer que, numa mulher, até mesmo das mais
frustrantes vicissitudes a força do amor emerge sempre como de uma fonte
inesgotável.

Na voz dela, mesmo em seu trágico fim, queria se opor a que o amor
fosse uma ilusão.

1ª EDIÇÃO [2025] 1 reimpressão

ESTA OBRA FOI COMPOSTA PELO ACQUA ESTÚDIO EM ELECTRA E IMPRESSA
EM OFSETE PELA GRÁFICA BARTIRA SOBRE PAPEL PÓLEN DA SUZANO S.A.
PARA A EDITORA SCHWARCZ EM JUNHO DE 2025

A marca FSC® é a garantia de que a madeira utilizada na fabricação do papel deste livro provém de florestas que foram gerenciadas de maneira ambientalmente correta, socialmente justa e economicamente viável, além de outras fontes de origem controlada.